Das Buch

Verbotene Leidenschaften, Glaubenskriege und Reiseabenteuer sind die Ingredienzien dieses Romans, der im 13. Jahrhundert zwischen der Kreuzfahrerstadt Akko und dem chinesischen Shangdu spielt.

Der Dominikanermönch Wilhelm von Augsburg und der Templer Josseran Sarrazini werden mit einer wichtigen Mission zu dem großen Khan Khubilai geschickt. Sie sollen ihm ein Bündnis gegen die gemeinsamen Feinde, die Sarazenen, vorschlagen. Ihre weite Reise auf der Seidenstraße bringt die beiden unterschiedlichen Männer mit vielen fremdartigen Kulturen und Religionen in Kontakt. Östlich von Samarkand treffen sie auf einen Tatarenstamm, bei dem die Tochter des Khans, Kuthelun, großes Ansehen genießt. Die selbstbewußte junge Frau ist nicht nur eine begnadete Reiterin und Jägerin, sondern gilt auch als Seherin und Heilerin. Der bigotte Dominikanermönch sieht in ihr sofort die Verkörperung des Teufels, aber der Templer fühlt sich auf eine seltsame Weise zu der Tatarenprinzessin hingezogen. Erst am Ende seiner Reise wird Josseran Sarrazini erfahren, ob Kuthelun seine Gefühle tatsächlich erwidert …

Der Autor

Colin Falconer, 1953 in London geboren, lebt heute als Journalist und freier Schriftsteller mit seiner Familie in Australien. Mit seinen großen historischen Romanen *Die Sultanin* (01/9925) und *Die Aztekin* (01/10583) hat er sich weltweit eine große Leserschaft erobert. Für Recherchen zu *Die Tochter des Khan* bereiste er die alte Seidenstraße nach China.

COLIN FALCONER

DIE TOCHTER DES KHAN

Roman

Aus dem Englischen
von K. Schatzhauser und Helmut Mennicken

WILHELM HEYNE VERLAG
MÜNCHEN

HEYNE ALLGEMEINE REIHE
Nr. 01/13025

Titel der Originalausgabe
DAUGHTER OF THE KHANS

Umwelthinweis:
Dieses Buch wurde auf
chlor- und säurefreiem Papier gedruckt.

Taschenbucherstausgabe 3/2000

Printed in Germany 2000
Umschlaggestaltung: Nele Schütz Design, München,
unter Verwendung des Gemäldes
»Chefs arabes passant le gué« von Félix Philippoteaux, 1866
Satz: Leingärtner, Nabburg
Druck und Bindung: Ebner Ulm

ISBN 3-453-16093-2

http://www.heyne.de

Für Helen,
meine wunderbare und getreue Gefährtin
auf der Seidenstraße wie im Leben

Vorbemerkung

Ich habe mich in meinem Roman an geschichtliche Tatsachen gehalten. Das Shangdu der Erzählung ist die sagenumwobene Stadt Xanadu des mongolischen Großkhans Khubilai, von der Coleridge in seinem Gedicht spricht. Das stimmt allerdings nicht ganz genau, denn mit dem Bau der Stadt, die ursprünglich als Kaiping bekannt war und erst 1263 den Namen Shangdu bekam, wurde 1257 begonnen. Auch habe ich in meinem Buch gelegentlich den Begriff ›Kreuzfahrer‹ in der Bedeutung verwendet, die er im Westen heute ganz allgemein hat. Dieser wurde jedoch erst später geprägt und war unter den Franken im 13. Jahrhundert nicht gebräuchlich.

Eine ganze Anzahl der beschriebenen Orte existiert noch heute. So ist die Oasenstadt Kaschgar nach wie vor der bedeutende Handelsplatz, der sie im 13. Jahrhundert war, wenn auch zur Zeit der Kulturrevolution ein großer Teil der Altstadt ebenso zerstört wurde wie die Stadtmauern. Die Oasenstadt Kharakoja ist das heutige Turfan, und Kensan Fu das heutige Xi'an. Von dem nahe Turfan gelegenen Gaotshang sind nur noch Reste erhalten, und von Shangdu ist nichts geblieben als eine Ansammlung von Steinen in der mongolischen Steppe.

Natürlich handelt es sich bei Dschingis Khan und seinen Nachfolgern wie auch bei Khaidu, Khutelun und den anderen Personen ihres Volkes um Mongolen. Sie werden aber in diesem Werk als ›Tataren‹ bezeichnet, weil die gesamte europäische Welt im Mittelalter der Ansicht war, man habe es bei diesem Reitervolk mit Tataren zu tun. Erst später hat sich die Erkenntnis durchgesetzt, daß sie in Wahrheit Mongolen waren.

Ich bin einer Reihe zeitgenössischer und historischer Berichte über die Mongolen zu Dank verpflichtet. Ganz besonders stehe ich in der Schuld Tim Severins, auf dessen Berichte über das Schamanentum unter den mongolischen Völkern der Gegenwart ich mich gestützt habe.

Ebenfalls danke ich Geneviève und Dominique Devinat für ihre muntere Gesellschaft an dem Abend, da östlich von Turfan eine Spurstange an unserem Geländefahrzeug gebrochen war.

Schließlich gilt mein Dank meiner Frau Helen, nicht nur, weil sie mir bei der Arbeit am Manuskript ihre Hilfe hat angedeihen lassen, sondern für die Unerschrockenheit, mit der sie mich unverdrossen in Bussen, Zügen und suspekten Autos auf den Streckenabschnitten begleitet hat, die von der einstigen Seidenstraße geblieben sind …

Der Weg ist das Ziel
aus den *Dhammapada*

Prolog

Toulouse, Frankreich

Im Jahre 1293 nach Christi Geburt

Sie fanden ihn im Kreuzgang. Er lag auf dem Rücken, das Gesicht blau verfärbt und den Bart voll Rauhreif. Er war nur noch halb bei Bewußtsein und stammelte etwas von einem Tempelritter, einem päpstlichen Geheimauftrag und einer schönen Frau auf einem Schimmel. Sie trugen ihn zurück in seine Zelle und legten ihn auf das harte Lager, das ihm in den vergangenen zwanzig Jahren als Bett gedient hatte. Er war alt, und man konnte nichts mehr für ihn tun, denn in seinen Augen lag der kalte Glanz des Todes. Während seine Mitbrüder ihre Gebete zu murmeln begannen, lief einer der Mönche, um den Abt zu holen, damit der Alte seine letzte Beichte ablegen konnte.

Im Raum war es eisigkalt. Der Abt wandte den Kopf, als ein Kiefernast, der unter seiner Schneelast nachgegeben hatte, krachend auf den Waldboden stürzte. Die Augen des alten Mönches öffneten sich bei dem Geräusch, der gelbe Schimmer der Kerze fing sich in seinem Auge. Sein Atem kam stoßweise.

Er flüsterte etwas. Es mochte ein Name sein, doch man konnte es nicht verstehen.

»Wilhelm«, murmelte der Abt und beugte sich mit gerümpfter Nase über ihn, denn der Atem des Mannes roch sauer. »Ich kann jetzt deine Beichte hören.«

»Meine Beichte?«

»Du bekommst die Absolution für all deine Sünden und wirst noch heute abend das Antlitz unseres Erlösers erblicken.«

Auf Wilhelms Gesicht trat ein verzerrtes Lächeln, das den Abt bis in die Tiefe seiner Seele erschauern ließ. Wilhelm war einst unter äußerst geheimnisvollen Umständen in ihr Kloster gekommen und stand jetzt möglicherweise im Begriff, es auf die gleiche Weise zu verlassen. »Wasser.«

Der Abt hob den Kopf und benetzte die Lippen des Mitbruders mit Wasser aus einer hölzernen Schale, die auf dem Boden neben dem Lager stand. Schatten lagen auf den Steinen. Die Luft in der Zelle war kalt, und der Atem der Männer stieg wie Rauchfäden zur Decke, wie eine Seele, die den Leib verläßt. An dem Kruzifix an der Wand schien sich der gepeinigte Christus im Schmerz der Kreuzigung zu winden.

»Unser Erlöser wird mich nicht zu sehen bekommen.«

»Du mußt beichten«, wiederholte der Abt, darauf bedacht, keine Zeit zu verlieren, bevor die Seele dahinging.

»Ich sehe den Teufel.« Wieder erschien das Totenkopfgrinsen auf seinen Zügen. »Er schürt schon das Feuer für mich.«

Dem Abt lief ein ängstlicher Schauer über den Rücken. »Du hast ein gottgefälliges Leben geführt. Was hast du von unserem Erzfeind zu befürchten?«

Der Mönch hob eine Hand, die Finger zu Krallen erstarrt, und ergriff den Kuttenärmel des Abts. »Kommt näher«, sagte er. »Kommt näher, und ich werde es Euch berichten … ausführlich berichten, was ich zu fürchten habe.«

TEIL I

Sarazenischer Mond

VON AKKO NACH ALEPPO
1259-1260

1

Im Jahre des Schafes

Nahe Almalyk, östlich von Samarkand

Schon oft hatte sie geträumt, sie könne fliegen.

Bisweilen, an Tagen wie diesem, stellte sie sich vor, die Erde läge unter ihr wie aus dem Blickwinkel eines Adlers; sie malte sich aus, sie könnte unter ihren Flügeln die Aufwinde aus dem Tal spüren, einen Augenblick lang vergessen, daß es eine silberne Kette gab, die sie an die Erde fesselte …

Khutelun zügelte ihr Pferd und wandte das Gesicht dem Nordwind zu, dessen Kälte auf ihren Wangen brannte. Im Licht der späten Nachmittagssonne hatten die schneebedeckten Gipfel auf dem Dach der Welt eine gletscherblaue Färbung angenommen. Unter ihr im Tal drängten sich die schwarzen Jurten ihrer Sippe im braunen frostkalten Tal zusammen. Während der langen Winter in der Mitte der Welt rührte sich nichts auf der Ebene. Das Land schien zu Eis erstarrt zu sein.

Sie war allein auf dem Berg, allein mit der Stille, dem großen Schweigen der Steppen.

Für dieses Leben hier war sie geboren, im Sattel eines Pferdes, das Gesicht vom Wind gepeitscht. Doch wenn es nach dem Willen ihres Vaters ginge, dachte sie voll Bitterkeit, würde man sie irgendeinem ehrgeizigen jungen Burschen geben, der ihr seine Kinder anhängen würde. Dann müßte sie sich um seine Jurte kümmern, seine Ziegen melken und würde nie wieder an der Spitze der Krieger ihres Vaters reiten. Sie war in den falschen Körper hineingeboren worden, denn sie hatte das Herz eines Hengstes.

Sie wünschte sich, nie zur Frau heranwachsen zu müssen, und den Rest ihres Lebens als Mädchen über die Steppe reiten zu können. Wäre sie als Mann zur Welt gekommen, würde sie der nächste Khan werden, der in der Steppe regierte. So aber würde sie sich damit begnügen müssen, zuzusehen, wie einer ihrer Söhne über das hochgelegene Grasland von Almalyk herrschte.

Doch um sich damit trösten zu können, würde sie sich eines Tages einem Mann hingeben müssen. Die Vorstellung, sich zu unterwerfen, verursachte ihr heftiges Unbehagen.

Es war keineswegs so, als hätte sie nicht bisweilen das Bedürfnis nach der Gesellschaft eines Mannes oder nach eigenen Kindern empfunden. Vielleicht sehnte sie sich sogar nach den körperlichen Genüssen, die ein Mann ihr zu bieten vermochte. Möglicherweise lauschte sie den zuchtlosen Reden ihrer Schwestern auch mit mehr als flüchtiger Aufmerksamkeit. Doch dieser Weg – von dem sie wußte, daß sie ihn eines Tages würde beschreiten müssen – würde sie für immer an die Jurte ihres Gatten fesseln.

Ihr Vater hatte einen neuen Bewerber um ihre Hand gefunden. Er war Sohn eines Khans, der nördlich vom Balkaschsee herrschte. Es war nicht nur das gute Recht ihres Vaters, ihn als möglichen Schwiegersohn zu sehen, ihr war auch klar, daß diese Wahl politisch klug war. Aber es war ihr gutes Recht als Tatarin, einen solchen Mann abzuweisen, wie sie das zuvor schon oft getan hatte. Doch statt dessen hatte sie mit ihrem Vater ein Abkommen getroffen: sie hatte sich bereit erklärt, sich der Eheschließung zu fügen, sofern er ihr einen jungen Mann brachte, der ihrer würdig sei. Und jener könne das beweisen, indem er sie bei einem Wettritt besiege. Das war zwar weniger unfreundlich als eine offene Weigerung, aber lief dennoch auf dasselbe hinaus.

Sie hob den Blick, als sie hoch über sich den Schrei eines Falken hörte, der mit den Flügelspitzen gegen den Wind schlug.

Noch war über ihre Zukunft nicht entschieden. Sie würde beweisen, daß sie imstande war, ihre Brüder in den Schatten zu stellen. Gerel war ein Trunkenbold, und Tekudai hatte nicht mehr Verstand als eine Ziege. Keiner von ihnen konnte ihr das Wasser reichen, weder was Klugheit, noch was Körperkräfte oder einen feurigen Geist betraf. Sie würde allen zeigen, daß sie mehr war als das Gefäß für den Samen eines Mannes.

Sie legte vor sich selbst das Gelöbnis ab und rief es dem Ewigen Geist des Blauen Himmels zu, doch es wurde vom Heulen des Windes verschlungen.

2

Khaidu hatte sein Winterlager im Tal von Fergana aufgeschlagen, nahe dem Gebirge, das dem Dach der Welt vorgelagert war. Oberhalb der riesigen Ansammlung von Jurten, die einer Stadt glich, zerrissen fast senkrecht verlaufende Felsenklüfte die braunen Flanken der Berge. Über den Schotterflächen mit Silberpappeln bestandener Hänge erhoben sich schwarze Felszacken wie Fäuste von Göttern in den Himmel. Von einem Paß, neben dem ein dunkler Gletschersee lag, ragte der Berggrat auf, den die Tataren ›Das fortgehende Weib‹ nannten.

Am Vorabend hatte Khaidu selbst die Kadaver zweier weißer Ziegen, denen man die Köpfe abgeschnitten hatte, auf diesen Berggrat gelegt. Sie sollten als Beweisstücke für den Ausgang des Wettstreits zwischen Khutelun und Dschebei dienen, der sich um ihre Hand bewarb. Gewonnen hatte, wer von ihnen als erster eine der Ziegen vor Khaidus Jurte legte.

Alle waren zusammengekommen, um dem Schauspiel beizuwohnen, Männer in Fellmänteln und Zipfelmützen, Frauen, die triefnasige Kinder an sich drückten. Schwarze Augen beobachteten das Geschehen, niemand sagte ein Wort, und weiß erhob sich der Atem von tausend Mündern in der stillen Morgenluft. Auf einer Seite saßen die Männer, die mit Dschebei von Almalyk gekommen waren, auf ihren stämmigen kleinen Tatarenpferden, die in der Kälte der Morgendämmerung mit den Hufen stampften.

Dschebei hatte den Körper eines Mannes und das Gesicht eines Knaben. Seine raschen, fahrigen Bewegungen zeigten, daß er aufgeregt war. Sein Vater, der Khan, saß neben ihm im Sattel.

Khaidu schritt aus seiner Jurte, trat zu seiner Tochter und legte eine Hand auf die Mähne ihres Pferdes. Zwar empfand er Stolz, zeigte es aber nicht. Khutelun war hochgewachsen wie ein Junge, doch die Schlankheit ihres Leibes blieb unter dem dicken Mantel und den schweren Stiefeln verborgen. Da sie unter der pelzgefütterten Mütze ein Tuch um Nase und Mund gewunden hatte, waren ausschließlich ihre Augen zu sehen. Trotzdem war an ihrer Haltung etwas unverkennbar Weibliches.

»Laß ihm den Sieg«, flüsterte er seiner Tochter zu.

Die dunklen Augen blitzten. »Wenn er meiner wert ist, gewinnt er auch.«

»Er ist ein großartiger Junge. Du mußt nicht alles zeigen, was du kannst.«

Ihr Pferd stampfte mit den Hufen, begierig, davonzustürmen.

»Wenn er so großartig ist, wie du sagst, wird alles, was ich zeigen kann, nicht genügen.«

Er empfand einen Anflug von Ärger. Dennoch hätte er Tekudai oder Gerel ein wenig von ihrem feurigen Geist gewünscht. Er sah sich in der Runde aus stummen bronzefarbenen Gesichtern um. Viele der Frauen und Mädchen lächelten: Sie wollten, daß Khutelun gewann.

»Wer mir die Ziege bringt, bekommt seinen Willen«, rief er und trat zurück.

Dschebei ritt einige Schritte vor, so daß er genau neben Khutelun stand. Als Khaidu zu ihm aufsah, nickte Dschebei kaum wahrnehmbar zum Zeichen seiner Zuversicht. *Sachte, mein Junge,* dachte Khaidu. *Du kennst meine Tochter nicht.*

Er hob die rechte Faust, ließ sie herniederfahren, und der Wettritt hatte begonnen.

Ein scharfer Galopp durch die in der Ebene versammelte Menge, über die Jurtenstadt hinaus, den mit Weiß gesprenkelten Bergen entgegen. Dschebei stand in den Steigbügeln, der Wind schnitt ihm eisig ins Gesicht. Hufe trommelten auf den gefrorenen Boden. Ein Blick über die Schulter zeigte ihm, daß Khutelun mit einem Mal die Richtung änderte. Nach wenigen Augenblicken war ihr Pferd zweihundert Schritte entfernt und galoppierte auf den steilsten Teil des Gebirges zu.

Er überlegte, ob er ihr nachreiten sollte. Über ihm lag die breite Schulter des Passes und der Weg hinauf zum Grat, den er am Vortag ausgewählt hatte. Es war zu spät, die Entscheidung noch umzustoßen. Möglicherweise wollte Khutelun ja auf diese Weise sicherstellen, daß er siegte.

Obwohl er den schrecklichen Verdacht hegte, getäuscht worden zu sein, hielt er weiter auf den Paß zu.

Sie lächelte breit, als sie sich Dschebeis Verwirrung ausmalte. Ihm blieb in Wahrheit keine Wahl. Wenn er ihr jetzt folgte, würde er weit zurückfallen, und ihm dürfte klar sein, daß er einen so großen Vorsprung nur einholen konnte, wenn ihr Pferd stürzte. Was also blieb ihm übrig, als auf dem Weg zu bleiben, der sich ihm anbot?

Sie ritt um den Felsvorsprung herum zum Hohlweg, dem man wegen der zu beiden Seiten steil ansteigenden Felsen den Namen gegeben hatte ›Wo der Esel verendete‹. Die Hufe ihres Pferdes glitten auf dem losen Schiefergeröll aus. Sie trieb es weiter, denn sie wußte, daß sein kräftig arbeitendes Herz und seine starken Muskeln der Aufgabe gewachsen waren. Wie oft schon war sie diesen Weg geritten, einfach zum Vergnügen?

Armer Dschebei.

3

Khutelun ritt bergab auf ihn zu. Der Ziegenkadaver lag vor ihr über dem Pferderücken. Breit lächelnd saß Dschebei auf seiner Rappstute. Er war ihr also doch nachgeritten. Was er beabsichtigte, war ihr klar. Er hielt sie für schwach und nahm an, er könne ihr die Ziege im Hohlweg entreißen.

Khutelun zügelte ihr Pferd. Sie sahen einander an.

»Du bist nicht so dumm, wie du aussiehst«, sagte sie.

»Wäre es denn so schrecklich, die Gemahlin eines Khans zu sein?« fragte er.

»Ich bin Tochter eines Khans. Das genügt mir im Augenblick.«

Er streckte die Hand aus. »Du bist vielleicht schneller zu Pferde, aber nicht so stark wie ich. Denkst du, daß du mit deiner Last an mir vorbeikommst?«

Sie ließ die Schultern sinken. Sie war nicht auf den Gedanken gekommen, daß er klug genug sein würde, ihr auf diese Weise eine Falle zu stellen. Sie ließ ihr Pferd im Schritt weitergehen.

»Ich habe dein Gesicht noch nie gesehen«, sagte er. »Womöglich wäre es mir dann sogar recht, wenn du die Ziege behieltest.« In der Steppe gingen die Frauen unverschleiert, sahen sie sich doch in erster Linie als Tataren und erst in zweiter als Anhänger des Islams. Er hatte Khutelun erst ein einziges Mal gesehen, und da hatte sie ein purpurfarbenes Seidentuch vor dem Gesicht getragen, sei es, um ihn zu reizen, oder um seine Neugier zu erregen. Jetzt wartete er, während sie mit der freien Hand nach dem Tuch griff und es beiseite zog.

Was er sah, erstaunte ihn offenbar. »Du bist ja schön«, murmelte er.

Schön, dachte sie, *das sagen die Männer so.* Für eine Tatarenprinzessin war Schönheit ein wertloses Geschenk, denn sie ist die Gabe der Unterwerfung. *Wichtiger ist, daß ich viel stärker bin, als ich aussehe.*

Mit einer fließenden Bewegung, die in den Hüften ansetzte, schlug sie ihm mit der Faust ins Gesicht, so daß der überraschte Dschebei rücklings aus dem Sattel stürzte. Reglos lag er nun auf dem frostkalten Felsen.

Ohne ihn eines Blickes zu würdigen, führte sie ihr Pferd an ihn vorbei und trabte durch den Hohlweg zurück.

Lange sah Khaidu wortlos auf den Ziegenkadaver zu seinen Füßen. Er stieß ihn mit dem Stiefel an, fast, als erwarte er, das leblose Fleisch werde aufspringen. Schließlich hob er den Blick zu seiner Tochter. Belustigung und Zorn stiegen zugleich in ihm auf. »Du hast also gewonnen.«

»Dschebei ist ein Dummkopf.«

Khaidu sah zu Dschebeis Vater hinüber, der mit versteinerter Miene im Sattel saß, glücklicherweise zu weit entfernt, als daß er diese Herabsetzung seines Sohnes hören konnte. »Er ist der Sohn eines Khans.«

»Der Wind ist für Fürsten und Ziegen gleichermaßen kalt.«

Khutelun sah, daß ihre Brüder von der väterlichen Jurte herübersahen. Die Enttäuschung über den Ausgang des Wettkampfs stand deutlich in ihren Gesichtern geschrieben. »Wäre doch Tekudai ein wenig mehr wie du«, sagte Khaidu leise zu ihr. Mit diesen Worten wandte er sich um und stapfte in seine Jurte zurück. Unter ihrem purpurfarbenen Tuch lächelte Khutelun befriedigt. Ein höheres Lob hätte er ihr nicht zollen können.

Nachdem Dschebei das Lager mitsamt seinem Vater und ihren Begleitern verlassen hatte, um in die erstarrten Weiten um den Balkaschsee zurückzukehren, gab die Sippe dem Hohlweg, wo Khutelun ihren Ritt gewonnen hatte, einen neuen Namen. Ab sofort hieß er nicht mehr ›Wo der Esel verendete‹, sondern ›Wo eine Ziege den Esel zu Fall brachte‹.

4

Die Templerfestung von Akko

Am Tag des Erscheinungsfestes
im Jahre 1260 nach Christi Geburt

Josseran Sarrazini kniete allein auf dem Boden der Kapelle. Im Schimmer einer einzelnen Öllampe, die das Dunkel kurz vor der Morgendämmerung erhellte, erkannte man das schwarzgoldene Bildnis der Madonna über dem Altar. Reglos neigte der Hüne mit den kurzgeschnittenen roten Haaren den Kopf, bewegte stumm die Lippen im Gebet um Vergebung für die eine Sünde, die er sich selbst nicht vergeben konnte.

In seinen Gedanken befand er sich weit weg von den staubigen Straßen und den Olivenpressen Palästinas. Er hörte das Krachen von Scheiten in einem Kamin, das Knarren von Ästen unter der Last des Schnees im Languedoc, nahm den Geruch feuchter Felle wahr und die Kälte, die von steinernen Mauern ausging.

»Ich wußte, daß es falsch war, aber ich konnte nicht widerstehen«, murmelte er.

Es war an einem Morgen wie diesem gewesen, mit einem klaren, blauen Himmel, nicht lange nach dem Fest der Geburt des Herrn.

Sie hatte im Wald reiten wollen, und er hatte sie auf Geheiß des Vaters begleitet. Sie saß auf einer Fuchsstute, die ebenso stolz und geschmeidig war wie sie. Seit sie im Herrenhaus bei ihnen lebte, hatte sie kaum je das Wort an ihn gerichtet. Nichts ließ ihn erkennen, daß seine Gegenwart sie mehr beeindruckt hätte als die eines Reitknechts. Doch obwohl der Atem in der Morgenluft gefror, spürte er die Hitze, die von ihr ausging.

Tief im Wald verfing sich ihre Stute mit einem Huf in einem Kaninchenbau und stolperte. Sie fiel vom Pferd und lag reglos auf dem gefrorenen Boden. Er sprang ab und rannte zu ihr, weil er fürchtete, sie hätte sich etwas gebrochen. Doch als er sich über sie beugte, schlug sie die Augen weit auf. Sie waren schwarz wie die Sünde, und er spürte ein sonderbar warmes Gefühl im Unterleib. Sie lächelte.

Er sah sie aufmerksam an. Ihre Lippen waren blutrot, und ihre glatte Haut weiß wie Perlen. Er spürte, wie sich das Tier in ihm regte und ihm mit Lauten zuflüsterte, die dem Zischen einer Schlange glichen.

Leise sagte sie, sie habe sich wohl den Knöchel verstaucht, und er möge ihr wieder in den Sattel helfen.

Ich konnte nicht widerstehen.

War die Versuchung zu groß gewesen, oder hatte er ihr einfach nicht widerstanden?

Kaum hatte er seine Arme um sie gelegt, als er schon die Hitze ihres Leibes spürte. Als er sie, der Eingebung des Augenblicks folgend, zu küssen versuchte, nahm er an, sie werde ihn zurückstoßen. Statt dessen aber zog sie ihn zu sich herunter. Er stöhnte auf, unfähig, sich länger zu beherrschen. Seine noch unerprobte Männlichkeit war hart wie Eichenholz, und Hals über Kopf suchte er sich den Weg in die enge feuchte Pforte, die ihm der Satan so keck aufgetan hatte.

Zu seiner großen Verblüffung war er sogleich in ihr. Fast schmerzlich hämmerte ihm das Herz gegen die Rippen, und sein Puls ging rascher, als er ungläubig merkte, was er getan hatte.

Welche Erinnerung war ihm von jener Begegnung mit dem Teufel geblieben? Er spürte noch das Dröhnen des Blutes in seinen Ohren, die Beklemmung in seiner Brust, das Stampfen der Pferdehufe auf dem hartgefrorenen Boden, den salzigen Geschmack ihrer heißen Zunge in seinem Mund. Ein Gewirr eindrucksvoller Empfindungen, die kalte harte Erde unter seinen Knien, die geradezu unvorstellbare Hitze, die von ihrem Fleisch ausging. Er empfand ein tiefes Schuldbewußtsein und zugleich ein beschwingtes Hochgefühl, und es kam ihm vor, als würde er in einen finsteren Strudel hinabgezogen, wobei er mit einer Hand verzweifelt nach dem Tageslicht griff. Unerbittlich hielt sie ihn fest, bedrängte ihn mit dem Innersten ihres Leibes. Er sah ihr Gesicht wie durch einen blutigen Schleier, ihre Züge verwandelten sich zu einer Grimasse, die eher an Bitterkeit als an Genuß denken ließ.

Er hatte versucht, den Dammbruch der unerträglichen Wonne zurückzuhalten, wurde aber davon mitgerissen. Er verfluchte seine Unerfahrenheit und Jugend und ergoß sich bald. Danach fühlte er sich ausgehöhlt und schwach.

Schroff stieß sie ihn von sich. Keuchend lag er auf dem Rücken, den Blick auf das verwaschene Blau des Himmels gerichtet, und spürte, wie die Kälte von ihm Besitz ergriff. Er sah sie zu ihrem Pferd humpeln und wieder aufsitzen. Dann ritt sie davon, ließ ihn zurück mit den Säften ihres Leibes auf seinen Schenkeln und der Erinnerung an ihren Duft.

Wäre sie eine der Mägde gewesen – man hätte ihn von seiner Sünde lossprechen können. Aber wie die Dinge lagen, war ihm klar, daß es für seine Tat keine Vergebung geben konnte, und so erhob er sich und verließ die Kapelle, während ihm das triumphierende Gelächter des Teufels in den Ohren hallte. Seine Schuld lastete schwer auf ihm.

5

Wilhelm befand sich erst seit wenigen Tagen in Outremer, dem Heiligen Land, und er war empört.

Akko gehörte zum Kreuzfahrerstaat Jerusalem, und so hatte er dort ein Bollwerk der Frömmigkeit vorzufinden gehofft. Statt dessen führten sich die Ritter und Edelleute, denen der Schutz dieser heiligen Stätte anvertraut war, nicht besser auf als die Sarazenen.

Er war erst vor wenigen Tagen an Bord einer venezianischen Galeere eingetroffen. Während er neben dem Kapitän am Heck gestanden und zugesehen hatte, wie sich die große Festung aus dem Meer erhob, war er tief bewegt gewesen, als wäre er ein Reiseprediger. Vor ihm lag Palästina, Outremer, wie die Franken sagten, das Land jenseits des Meeres, die verehrungswürdige Geburtsstätte des Herrn, das Heilige Land, auf dessen Boden einst die Propheten gewandelt und wo die Bücher der Heiligen Schrift entstanden waren, das Land mit den Städten Nazareth, Jerusalem und Bethlehem. Es war die Erfüllung seines höchsten Traumes. Ein plötzlicher messianischer Eifer hatte ihn durchdrungen, und Tränen waren ihm in die Augen getreten. Er hatte so fest nach der hölzernen Reling gegriffen, daß seine Fingerknöchel weiß hervortraten. Die Eindrücke hatten ihn überwältigt.

Gott, mein Herr, laß mich Dir dienen und mich für Dich sterben, wenn es Dein Wille ist.

Die Segel erschlafften, als sich der Rudergänger auf der erhöhten Plattform über dem Heck gegen das Steuer stemmte. Seeleute nahmen ihre Positionen für das Anlegemanöver ein. Während die Galeere durch den Hafen glitt, brachen sich die Wellen gischtsprühend an den Mauern der großen Festung. Doch jenseits der abweisenden Wachtürme und Brustwehren erhoben sich die Minarette und die Kuppeln der Moscheen, eine Erinnerung daran, daß hier der Herr selbst belagert wurde. Zwar waren die Sarazenenbauten längst als christliche Kirchen geweiht worden, doch lag zwischen den Pilgern und den Mohammedanern nichts als die dicken Mauern der

Festungsanlage. Seit dem Verlust Jerusalems war Akko für die ganze Christenheit ein Symbol, ein Vorposten Gottes unter den Heiden.

Und Wilhelm sollte die Rettung bringen.

Entgegen aller seiner Vorstellungen mußte Wilhelm sich bald eingestehen, daß Akko weit davon entfernt war, ein Vorposten all dessen zu sein, was ihm heilig war. Akko erwies sich als stinkende, heiße Sarazenenstadt wie jede andere. In den engen Straßen drängten sich die Menschen, überall sah man Schleier und die Kopfbedeckungen von Juden und Mohammedanern. In den schmutzigen Gassen stank es so sehr nach tierischen und menschlichen Exkrementen, daß man daran zu ersticken glaubte. Auf den Basaren ertönten die kehligen Rufe der Händler.

Überall sah er die dunkelhäutigen hakennasigen Mohammedaner, deren Raubtieraugen ihn haßerfüllt musterten. Ihre Blicke waren ihm unangenehm, fast hätte er sich vor ihnen gefürchtet, wenn nicht an jedem Tor der Stadt Tempelherren Wache gestanden hätten, unübersehbar in ihren weißen Umhängen mit dem achtfach spitz zulaufenden roten Zackenkreuz.

Doch nicht nur die Allgegenwart der Heiden widerte ihn an. Auch die Art und Weise, wie die Herren von Akko lebten, mißfiel ihm, wie es wohl jedem guten Christen in der Provence oder der Lombardei mißfallen hätte. Die Böden in den hohen Räumen ihrer Paläste bestanden aus Marmor, und an den Wänden hingen Seidenteppiche. Der dekadente Luxus, mit dem sie sich umgaben, mußte jedem gottesfürchtigen Christen ein Greuel sein.

Man hatte ihn sogar am Abend seiner Ankunft damit beleidigt, daß man ihm ein Bad angeboten hatte.

Die Edelleute, denen er bisher begegnet war, trugen lose Gewänder und Turbane wie die Sarazenen. Sogar ihre Frauen gingen verschleiert, trugen wie die Mohammedanerfrauen juwelenbesetzte Jäckchen und wallende Gewänder, verwendeten Kajal und Duftwässer gleich den jungen Schönen von Damaskus.

Das alles hatte er bei seinem Aufbruch in Rom nicht vorzufinden erwartet.

In den vergangenen zwei Jahrzehnten hatte das heilige Vorhaben in Outremer immer wieder Schiffbruch erlitten. Jerusalem, das man auf Betreiben des Heiligen Vaters im Jahre 1099 nach Christi Geburt den Ungläubigen entrissen hatte, war erneut an die Sarazenen gefallen und im Jahre 1244 von einer Horde Charesmier geplündert worden, die in Sultan Ayubs Sold stand. Lediglich ein Jahrzehnt zuvor hatte Ludwig IX. von Frankreich das Kreuz genommen, um die Heilige Stadt erneut vor den Heiden zu erretten, doch war dies Unternehmen mißglückt, denn schon im Nildelta hatte man seine Streitmacht besiegt, Ludwig gefangengenommen und für seine Freilassung Lösegeld verlangt.

Wilhelm hatte erwartet, daß die Christen in den Städten Akko, Antiochia, Jaffa und Sidon mit aller Macht danach strebten, die Heilige Stadt erneut zu gewinnen. Es sah aber ganz so aus, als trieben sie mit den Sarazenen ersprießlichen Handel und pflegten angenehme geschäftliche Beziehungen mit ihnen. Die Kaufleute aus Genua, Pisa und Venedig kämpften häufiger gegeneinander als gegen die Ungläubigen, und ihnen lag mehr am Handel als daran, für Christus in den Krieg zu ziehen.

Zwar hatte man die große Moschee von Akko glücklicherweise in eine christliche Kirche umgewandelt, doch war Wilhelm zu seinem Entsetzen auf eine Seitenkapelle gestoßen, in der die Mohammedaner ihrem Gott dienen durften. Darüber hinaus hatte es ihn aufgebracht, zu sehen, daß die Moschee am Ochsenbrunnen noch nicht dem christlichen Glauben geweiht war und diese Heiden nach wie vor offen dort beteten. Noch erstaunter war er gewesen, als er sah, daß ein christlicher Altar neben dem der Ungläubigen stand.

Weder war die Stadt ausschließlich den Christen vorbehalten, wie er erhofft hatte, noch gab man sich dort Mühe, die Sarazenen in ihre Schranken zu weisen. Jede Nacht kamen in der Stadt bei Auseinandersetzungen Männer ums Leben, und unbehelligt zogen Prostituierte und Haschischverkäufer durch die Straßen.

Doch er reiste im Sonderauftrag des Papstes und durfte nicht zulassen, daß ihn jene Dekadenz, die sich innerhalb der Stadtmauern entwickelt hatte, von seiner Aufgabe abhielt. Seiner Meinung nach mußte er sofort handeln.

Dem Herrscher über den als ›Königreich von Jerusalem‹ bezeichneten Kreuzfahrerstaat stand die *Haute Cour* bei, ein aus den vornehmsten weltlichen Herren und Kirchenführern des Reiches bestehender Oberster Rat, der zugleich als Gericht fungierte. Diese Institution aber war seit zwei Jahren nicht mehr zusammengekommen, da die Nachfolgestaaten Akko und Tyrus sich nicht einigen konnten, wem der beiden sechsjährigen Prinzen die Krone zustehe, ob Hugo II. von Zypern oder Konradin, Enkel des Kaisers über das Heilige Römische Reich deutscher Nation.

Es war ein denkbar ungünstiger Zeitpunkt für eine solche Auseinandersetzung. Denn schon seit dreizehn Jahren befanden sich Tatarenheere auf dem Zug nach Westen, hatten im Norden Persiens Alamut, die Bergfestung der gefürchteten Assassinen, zerstört und anschließend Bagdad erobert und geplündert. Dabei hatten sie Zehntausende von Menschen abgeschlachtet, deren Verwesungsgeruch die Luft in der Stadt so sehr verpestet hatte, daß sich die Eroberer hatten zurückziehen müssen. Jetzt standen sie mit ihrem Anführer Hulagu vor den Toren der Stadt Aleppo in Syrien.

Wenn sie fiel, würde das Heilige Land offen vor ihnen liegen.

6

Den Raum schmückte ein edler Marmorfußboden, eine hohe gewölbte Decke und Wände, reich mit Seidenteppichen behangen. Viele der Edlen waren bereits versammelt, als Wilhelm schwerfällig in seinem schwarzen Mantel hereinkam. Seine ganze Haltung wie auch sein Gesichtsausdruck zeigten, wie sehr er diese hochgeborenen Herren verachtete.

Der Luxus, den sie sich hier gestatteten, lieferte seiner Ansicht nach reichlich Grund dazu, zumal wenn man bedachte, daß sich Jerusalem nach wie vor in den Händen der Heiden befand. Wilhelm sah sich im Saal um, der auf einen schattigen Hof führte, in dessen Mitte sich ein Springbrunnen befand. Aus einem der Fenster fiel sein Blick aufs Meer. Während die sarazenisch gewandeten christlichen Edlen auf Diwanen lagerten, kredenzten ihnen in seidene Gewänder gehüllte Sarazeninnen, an deren Hand- und Fußgelenken dünne goldene Reifen klirrten, Scherbet aus Silbergefäßen. Auf niedrigen Tischchen standen Kupferschalen mit Melonenstücken und Feigen. In einer Ecke des Raumes musizierten Sarazenen auf Trommeln und Saiteninstrumenten, die Lauten ähnelten.

»Pater Wilhelm«, sagte einer der Edlen. »Es tut mir leid, daß wir Euch nicht gebührend willkommen heißen können. Wir haben kein Nagelbrett zur Verfügung, sondern, wie ich fürchte, nur diese weichen Kissen.«

Leichtes Gelächter erhob sich.

Wilhelm überhörte den Spott. In den letzten Tagen hatte er gelernt, von diesen gottlosen Rittern nichts anderes zu erwarten, wenn sie auch von Adel sein mochten. Er trat ans Fenster und sah über das winterliche Meer hinaus, das unter einem glatten blauen Himmel lag. Ein landeinwärts kommender Wind setzte den Wellen Schaumkrönchen auf. In Rom lag jetzt wohl Schnee auf den Pinien und waren die Brunnen zugefroren.

Er wandte sich wieder dem Raum zu und sah sich im Kreise der hohen Herren um. Er erkannte den Grafen Julian von Sidon und Beaufort, einen breitschultrigen, gutaussehenden Mann, der ein mit kostbaren Steinen besetztes, üppiges Seidengewand trug. Ihm eilte der Ruf voraus, ein Prahlhans und ein eitler Stutzer zu sein. Aus Antiochia war Bohemunds Schloßvogt gekommen; neben ihm erkannte er Gottfried von Sargina, Statthalter des Königreichs Jerusalem sowie den alten Grafen Johannes von Jaffa. Möglicherweise fand er in diesem alten rauhen Krieger einen Verbündeten. Außerdem waren mehrere Vertreter der venezianischen Kaufmannsgilde anwesend sowie der Patriarch Reynald von Jerusalem. Nicht gekommen waren die Genueser, der Herrscher von Tyrus,

Philippe de Montfort, sowie der Großmeister der Johanniter, die mit den Venezianern im Unfrieden lebten.

Es erstaunte Wilhelm, daß gute Christen miteinander im Streit lagen, während die Sarazenen gegen die Tore anrannten.

Die Angehörigen der Ritterorden waren deutlich zu erkennen, vor allem die Tempelherren in ihren auffälligen weißen Umhängen mit dem roten Zackenkreuz auf der linken Brust. Im Unterschied zu den langhaarigen und glattrasierten anderen Edlen war ihr Haar kurz geschnitten, und sie trugen einen Bart.

Auch der Großmeister der Tempelritter, der Engländer Thomas Berard, war anwesend. Seine aus zehn Kriegern bestehende Eskorte wartete schweigend, aber bedrohlich, an der Tür.

Trotz oder vielleicht auch wegen der einzigartigen Stellung, welche die Tempelherren in der Christenheit einnahmen, stand Wilhelm einem jeden von ihnen mißtrauisch gegenüber. Ihr Ordensstatut verlangte, daß sie die Pilger im Heiligen Land schützten und auf der Seite Christi kämpften. Zweifellos waren sie in Outremer die disziplinierteste Streitkraft, und sie hatten im Unterschied zu den anderen Rittern und Edlen keinem weltlichen Herrscher Treue gelobt, sondern unterstanden allein dem Papst. Doch weil als Lohn für den Dienst in ihrem Orden die Vergebung aller Sünden winkte, drängten sich nicht nur unabhängige Geister zum Dienst mit der Waffe und solche, die gegen die Ungläubigen kämpfen wollten, sondern auch Ketzer, Vergewaltiger und sogar Mörder.

In Wilhelms Augen waren die Templer gefährlich.

Hinter Berard lehnte sein Begleiter an der Wand, ein Hüne mit hellem Bart, dessen Züge eine distanzierte, wenn auch wohlwollende, Belustigung ausdrückten. Man stellte ihn als Josseran Sarrazini aus Toulouse vor.

Wilhelm verabscheute ihn vom ersten Augenblick an.

Trotz des sittenlosen und ungehobelten Verhaltens spürte Wilhelm, daß in diesem erlauchten Kreis eine unübersehbare Spannung herrschte. Jeder wußte, welche schwierige Lage Anlaß für ihre Zusammenkunft war.

Gottfried von Sargina nahm in seiner Eigenschaft als Statthalter die Sache in die Hand. Er verkündete die neuesten Nachrichten aus dem Osten und beschrieb, welch unglaubliche Gebietsgewinne die Tataren in den letzten Monaten gemacht hatten.

»Wir sehen uns der Frage gegenüber«, sagte er, »ob wir uns den Tataren entgegenstellen sollen, weil sie unsere Herrschaft über dieses Land bedrohen, oder ob wir sie als Verbündete im Kampf gegen die Sarazenen begrüßen wollen.«

»Damit kommen wir vielleicht zu spät«, sagte Johannes von Beirut, wobei er genüßlich an einer Feige sog. »Es heißt, daß Bohemund von Antiochia diesem Hulagu bereits entgegengeeilt ist wie ein Hund, der um Abfälle bettelt.«

Ein empörtes Zischen aus dem Munde Hugos von Paris, der Bohemund bei der Zusammenkunft vertrat, antwortete ihm. »Es handelt sich lediglich um ein kluges Bündnis! Als Gegenleistung hat mein Gebieter Bohemund von den Tataren die Zusicherung erwirkt, daß ihm alles Land zwischen Aleppo und Antiochia gehören soll!«

»Das er zum größten Teil bereits besitzt!«

»Dieser Hulagu hat angeboten, mit ihm und König Heth'um von Armenien gegen Jerusalem vorzurücken, um es zurückzuerobern!« fuhr Hugo fort, ohne auf die kritischen Äußerungen zu achten.

»Das will ich gern glauben. Aber wird er zulassen, daß wir es behalten?«

Graf Julian räkelte sich auf dem Diwan und bedachte die Anwesenden mit einem spöttischen Lächeln. »Bohemund hat, was er will, und Hulagu hat ihm zusätzliche Ländereien versprochen.«

»Die er aber trotzdem geplündert und gebrandschatzt hat.«

»Die Tataren behaupten, ihrem Khan gebühre die Herrschaft über die Welt!« rief Johann von Jaffa. »Das ist Gotteslästerung und ein ebensolcher Schlag ins Gesicht der heiligen Kirche wie die Anwesenheit der Sarazenen am Grabe Christi!«

Der Großmeister der Tempelherren, Thomas Berard, meldete sich zu Wort. »Unsere Position hier ist nicht besonders stark. Wenn wir mit ihnen verhandeln, könnten wir gegenüber den Sarazenen den Spieß noch umdrehen.«

»Mit ihnen verhandeln?« schnaubte Johann. »Wollen wir etwa so tun, als wüßten wir nicht, was sie in Polen und Ungarland getan haben? Erst vor zwanzig Jahren haben sie die Welt der Christenheit zu einem großen Teil in Schutt und Asche gelegt und sich mit Feuer und Schwert den Weg bis fast vor die Tore der Stadt Wien gebahnt. Und Ihr sagt, wir sollen mit ihnen verhandeln! Das wäre so, als wollte man einen lästigen Hund vertreiben, indem man sich einen Bären ins Haus holt!«

Wilhelm war noch ein Kind gewesen, als die Ereignisse stattfanden, von denen Johann sprach, dennoch erinnerte er sich an den Schrecken, den das Auftauchen der Tatarenhorden hervorgerufen hatte. Ohne Vorankündigung waren sie im Osten erschienen, hatten in riesigen Gebieten Rußlands eine Spur der Verwüstung hinterlassen, ganze Städte in Schutt und Asche gelegt und Zehntausende von Menschen abgeschlachtet. Sie hatten Moskau, Rostow und Kiew eingenommen und anschließend in Polen und Schlesien die Heere vernichtet, die sich ihnen in den Weg gestellt hatten. Bei der Schlacht von Liegnitz hatten sie die Ritter des Deutschen Ordens vernichtend geschlagen, den toten Feinden ein Ohr abgeschnitten und ihre grausigen Erinnerungsstücke als Halsketten getragen, während sie raubend und brandschatzend durch Ungarn und Dalmatien weitergezogen waren.

Wilhelm erinnerte sich an die vielen schwarzen Ratten, die seine Heimatstadt Augsburg heimgesucht hatten und die im Gefolge der Tataren nach Europa gekommen waren. Zu jener Zeit hatten viele geglaubt, jene teuflischen Reiter seien dem Hades entsprungen, um jeden zu strafen, der Christus nicht die Treue gehalten hatte. Nahezu alle Einwohner seiner Heimatstadt hatten Zuflucht in Kirchen gesucht, da man annahm, das Jüngste Gericht stehe bevor. Dann waren die Tataren ebenso plötzlich wieder verschwunden, wie sie aufgetaucht waren, und auf demselben Weg zurückgeritten, auf dem sie gekommen waren.

»Diese Tataren sind keine Menschen«, sagte ein anderer der Anwesenden. »Sie verzehren ihre Gefangenen. An den Weibern vergehen sie sich, bis sie sterben, und schneiden ihnen dann die Brüste als Leckerbissen ab. Sie essen Schlangen und trinken Menschenblut.«

»Habt Ihr nicht gehört, was sie bei Majjafaqin getan haben?« fragte einer der anderen. »Sie haben den Emir ergriffen, ihm Fleischstücke aus dem Leib geschnitten, diese am Feuer gebraten und ihm mit Gewalt in Mund und Rachen gesteckt. Sein Sterben hat sich über Stunden hingezogen.«

»Wir hier in Outremer haben uns solch barbarischer Handlungsweisen natürlich nie schuldig gemacht«, merkte der als Josseran Sarrazini Bezeichnete mit spöttischem Lächeln an.

Einen Augenblick lang geriet das Gespräch ins Stocken, und manch einer warf ihm wegen dieser gegen die Anwesenden gerichteten Stichelei beunruhigte Blicke zu. Aber statt ihn zu ermahnen, lächelte Berard voll Nachsicht in seinen Bart. »Es heißt auch, daß man die Mohammedaner in Bagdad gezwungen hat, sich vor einem Kreuz zu verneigen, das in einer Prozession durch die Straßen getragen wurde«, erklärte er, »auch hat man, um die Messe zu feiern, eine Moschee in eine Kirche umgewandelt. Manche sagen sogar, Hulagus Heerführer sei ein Nachkomme eines der drei Weisen, die unserem Erlöser Geschenke aus dem Morgenlande gebracht haben. Hat nicht Wilhelm von Rubruck berichtet, Hulagus Gattin sei Christin? Welchen Beweis brauchen wir noch dafür, daß die Tataren hier sind, um die Herrschaft der Sarazenen über das Heilige Land zu brechen?«

Wilhelm erinnerte sich an diesen Rubruck, einen Franziskanermönch, den König Ludwig als Abgesandten zu den Tataren geschickt hatte. Er war etwa fünf Jahre lang durch Rußland bis zur Hauptstadt der Tataren gereist und hatte nach seiner Rückkehr von Christen berichtet, die unter den Barbaren lebten. Eine von ihnen sollte die Gattin jenes Hulagu sein, nach Rubrucks Darstellung der leibliche Bruder ihres obersten Herrschers. Inwieweit man diesen Berichten Glauben schenken durfte, war allerdings eine andere Sache.

Als nächster ergriff Anno von Sangerhausen das Wort, Hochmeister des Deutschen Ritterordens. Zwar war er den Tempelherren alles andere als freundschaftlich gesonnen, doch waren sie zumindest in diesem Punkt einer Meinung. Vielleicht war ihm auch die Vorstellung zuwider, daß eins seiner Ohren den Hals eines tatarischen Feldherrn schmücken sollte. Ungeduldig schlug er sich mit den Lederhandschuhen in die Handfläche und erklärte: »Ich bin auch der Meinung, daß wir mit ihnen verhandeln sollten.«

Gottfried von Sargina strich sich über das Kinn; offensichtlich störte es ihn, daß es unterschiedliche Meinungen in der Versammlung gab, obwohl sich das gar nicht vermeiden ließ. »Bevor wir über diese Frage entscheiden, muß ich euch noch mehr berichten. Die Sarazenen haben uns eine Botschaft von ihrem Anführer Baybars geschickt. Er möchte sich mit uns gegen die Tataren verbünden.«

»Das kann ich mir denken«, brach es mit einem Lachen aus Berard heraus. »Sie verwüsten alles, wohin sie den Fuß setzen.«

»Ich denke, wir sollten mit keinem von beiden ein Bündnis abschließen«, rief Graf Julian. »Noch nicht. Sollen sich ihre beiden Heere doch gegenseitig bekämpfen. Wenn sie einander ermattet haben, können wir noch einmal über die Sache nachdenken und uns entweder auf die Seite des Siegers schlagen, sofern er noch stark ist, oder ihn vernichten, sofern er schwach ist. Auf diese Weise können wir unmöglich verlieren.«

So ging es Stunde um Stunde weiter, bis sich die Schatten des Abends über den Innenhof legten und die ersten hellen Sterne am samtenen Horizont vor den Fenstern erschienen. Wilhelm spürte, wie seine Empörung wuchs. Diese Beratung brachte sie keinen Schritt weiter. Insgeheim war er wie Johann von Jaffa der Ansicht, daß die Tataren Gott ein ebensolcher Greuel waren wie die Sarazenen. Aber er hatte seinen Auftrag direkt vom Heiligen Vater, und er mußte ihn ausführen, ganz gleich, was bei diesem Gespräch herauskam.

»Und was sagt Ihr, Wilhelm?« richtete Gottfried schließlich das Wort an ihn. Das Hin und Her der letzten Stunden schien ihn körperlich erschöpft zu haben.

Wilhelm wandte sich vom Fenster ab. »Ich bin im Besitz eines Schreibens des Papstes, das ich dem Herrscher der Tataren persönlich übergeben soll.«

»Und was steht darin?« wollte Gottfried wissen.

»Mein Auftrag lautet, es dem Herrscher der Tataren zu übergeben, nicht dem Statthalter von Jerusalem. Außerdem bin ich beauftragt, die Antwort dem Heiligen Vater persönlich zu überbringen. Mehr kann ich nicht sagen.« Mit Befriedigung sah Wilhelm auf den Gesichtern der Edlen um ihn herum Zorn und Abscheu. »Darüber hinaus hat er mich beauftragt, den Tataren die Lehre unseres Glaubens zu predigen«, fuhr er fort, »und mir die Vollmacht gegeben, bei ihnen Kirchen zu errichten und Priester zu weihen.«

»Möchte er etwa einen Waffenstillstand mit den Tataren?« fragte Johann von Jaffa ungläubig.

»Ich maße mir nicht an, die Gedanken des Heiligen Vaters zu kennen. Aber wie Ihr hat auch er Berichte empfangen, nach denen es unter den Tataren Christen geben soll, und er ist der Ansicht, es könnte an der Zeit sein, Gottes Willen zu tun und dieses Volk in den Schoß der Heiligen Mutter Kirche zu führen.«

Er merkte, daß mehrere der Männer vor sich hin murmelten. Sie mochten Christen sein, aber nicht jeder brachte dem Papst die ihm gebührende Verehrung entgegen.

Ein düsteres Schweigen, das alles andere als gottgefällig war, legte sich über die Versammlung.

»Und was ist mit dem Priester Johannes?« fragte einer.

Jener Johannes, ein legendärer Priesterkönig, von dem es hieß, er werde aus dem Osten kommen, um die Christenheit in ihrer dunkelsten Stunde zu erretten, sollte ein Abkömmling eines der Weisen aus dem Morgenland sein. Zum ersten Mal hatte man seinen Namen rund hundertfünfzig Jahre zuvor in Rom vernommen.

»Ist der nicht ein bißchen zu alt, um uns jetzt zu retten?« murmelte Josseran.

Mehrere der Männer im Raum hoben aufmerksam den Blick. Zwar dachten sie wie er, doch es war nicht klug, derlei laut zu sagen.

Den strafenden Blick, den ihm Wilhelm zuwarf, übersah Josseran geflissentlich. »Manche glauben, daß die Tataren Johann besiegt haben und ihr Herrscher sich mit dessen Tochter vermählt hat. Deren Nachkomme soll jetzt auf dem Tatarenthron sitzen, und das ist der Grund, warum es heißt, unter ihnen gebe es Christen. Es ist durchaus möglich, daß wir dort unser Heil finden.«

»Eine Möglichkeit, die wir keinesfalls aus dem Auge lassen sollten«, sagte Gottfried.

Thomas Berard nickte. »Sofern Pater Wilhelm eine Zusammenkunft mit Hulagu wünscht, sind wir gern bereit, ihm dabei behilflich zu sein, wie das unser Ordensstatut verlangt.«

»Was schlagt Ihr vor?« fragte ihn Gottfried.

»Wir können dafür sorgen, daß er unter der Fahne des Waffenstillstands nach Aleppo geleitet wird, um dort seine Botschaft abzuliefern. Einer meiner eigenen Ritter kann ihm das Geleit geben und als Dolmetscher dienen. Das gibt ihm die Möglichkeit, zugleich Augen und Ohren offenzuhalten, damit wir mehr darüber erfahren, was dieser Tatar im Schilde führt, bevor wir unsere Entscheidungen treffen.«

Nachdenklich nickte Gottfried. »Denkt Ihr dabei an einen bestimmten Mann?«

»Gewiß«, sagte er. »Er spricht Persisch und Arabisch und ist ein ebenso geschickter Diplomat wie tapferer Krieger.« Lächelnd sah Berard über die Schulter auf Josseran Sarrazini. »Kurz gesagt, ist er in jeder Beziehung der vollkommene Gesandte.«

7

Nahe Almalyk, östlich von Samarkand

Die Steppe war mit Schnee bestäubt, und unter einem endlosen blauen Himmel lag Eishauch in der Luft. Zwei in Felle gehüllte Gestalten, deren stämmige Pferde im Schritt gingen, zeichneten sich vor der Morgensonne ab.

»Du mußtest ja unbedingt gewinnen«, sagte Tekudai. »Er wäre bestimmt ein guter Gatte gewesen. Unser Vater wollte es. Sein Vater wollte es. Vielleicht wolltest auch du es. Aber nein. Du mußtest gewinnen. Immer mußt du gewinnen.«

Sie achtete nicht auf ihn. Ihr Atem bildete weiße Wölkchen in der Luft.

»Irgendwann wirst du heiraten müssen«, sagte er mit Nachdruck.

Er ist eifersüchtig, dachte sie. Der Neid auf seine Schwester brannte seit langem in ihm, denn Tekudai war nicht wie Gerel. Ihrer beider Bruder Gerel war ständig von schwarzem *kumys* berauscht und kümmerte sich um nichts. Tekudai war ein Krieger mit dem Herzen eines Kriegers, aber von schlichtem Gemüt. Weder besaß er die geistigen Gaben eines militärischen Führers noch die körperlichen Voraussetzungen eines guten Reiters. Es war Khutelun klar, daß die Götter ihr beides geschenkt hatten, und es wurmte ihren Bruder, daß sie ihm auf der Jagd wie zu Pferde überlegen und in mancherlei Hinsicht der Liebling des Vaters war.

»Was wirst du tun? Du kannst nicht dein Leben lang die Schärpe tragen.«

Dann sahen sie beide gleichzeitig die einzige Bewegung auf der riesigen und leeren Steppe, vielleicht zweihundert Schritt von ihnen entfernt. Zwei Murmeltiere, deren rötliches Fell hell in der weißen Ödnis glänzte, stießen beim Auftauchen der Menschen Pfiffe aus. Das eine zog sich in den Bau zurück, das andere zögerte und wandte mit aufgerecktem Schwanz den Kopf wie fragend hin und her.

Khutelun hatte den Bogen als erste hochgerissen, den Pfeil bereits in der anderen Hand. Ihre raschen Bewegungen waren ihr so in Fleisch und Blut übergegangen, daß sie so selbstverständlich wirkten wie das Zwinkern ihrer Augen. Ihr erster Pfeil – für einen zweiten wäre keine Zeit geblieben – drang dem Tier durch den Kopf. Ein schneller und gnädiger Tod. Etwas zum Abendessen, ein wenig Fleisch für den winterlichen Eintopf.

Tekudai neben ihr hatte die Sehne seines Bogens noch nicht einmal gespannt. Er ließ ihn sinken und steckte den Pfeil langsam zurück in den hölzernen Köcher an seiner Hüfte. Ihre Blicke trafen sich. Khutelun sagte nichts. Er hatte seine Antwort.

8

Die Templerfestung in Akko

Die Mondsichel erhob sich über dem Leuchtturm. Josseran stand an der Brustwehr und spähte auf die schlafende Stadt hinab. Das auf drei Seiten vom Meer umschlossene Akko wurde im Norden durch massige Festungsmauern und einen Wassergraben geschützt. Die Tempelherren hatten ihre Zitadelle an der Südspitze der Hauptinsel errichtet, die ins Meer vorsprang, von wo aus sie das Süd- und Westufer beherrschten. Er konnte den Aufprall der Wellen gegen die unter ihm liegenden Felsen hören.

Das auf einem Hügel zwischen dem Viertel der Venezianer und Genuesen gelegene große Kloster San Sabas ragte in der Finsternis auf. Als die Mönche es vor einigen Jahren verlassen hatten, war es sogleich zum Zankapfel zwischen den miteinander um den Vorrang rivalisierenden Handelsgesellschaften aus Venedig, Genua und Pisa geworden, die sich nahe dem Hafen angesiedelt hatten. Jede von ihnen hatte sich um seinen Besitz bemüht, zuerst vor der *Haute Cour,* dann mit Gewalt. Aus Straßenschlachten war ein Bürgerkrieg geworden, bei dem sich Edelleute und Ritterorden genötigt gesehen hatten, die Partei Genuas oder Venedigs zu ergreifen, denn die Existenz der Kreuzfahrerstaaten stand oder fiel mit der Seemacht der italienischen Kaufleute.

Seinen Höhepunkt hatte der Krieg vor achtzehn Monaten in einer Seeschlacht vor Akko erreicht, in deren Verlauf die Venezianer vierundzwanzig genuesische *bucche* versenkt hatten. Obwohl der Papst im Fürstentum Antiochia seither einen wackligen Frieden gezimmert und die Genueser Akko verlassen hatten, um sich in Tyrus niederzulassen, glomm der Streit unter der Oberfläche weiter.

Josseran erkannte im Dunkeln den hochaufragenden zierlichen Umriß der Andreas-Kirche, den Gouverneurspalast im venezianischen Viertel, den Dom zum Heiligen Kreuz, das Dominikanerkloster in Burgos Novos, und in der Ferne die

Festungstürme der Nordmauer. Er sah auf die schlafende Stadt hinab und dachte an die Reise, die ihm bevorstand. Dabei erinnerte er sich unwillkürlich auch an die Reise, die bereits hinter ihm lag. Nach fünf Jahren in Outremer vermochte er in sich kaum noch den Eiferer zu erkennen, als der er an dieses Gestade gekommen war, erfüllt von glühender Begeisterung für die Sache und gleichzeitig voller Befürchtungen. Vor seinem Aufbruch aus Frankreich hatte er im Tempelhof von Toulouse dreitausend Schillinge für die Reise aufgenommen, die ihn mit vier Maultieren aus der Abtei Carcassonne nach Akko führen sollte. Als Sicherheit hatte er den Tempelherren von Toulouse Grundbesitz hinterlassen, der an sie fallen würde, sofern er nicht von seiner Pilgerschaft zurückkehrte.

Fünf Jahre waren seitdem vergangen.

Er hatte sich sehr verändert. Zu Hause hatte er sich wie die anderen Franken in Felle gekleidet und seinen Hunger mit riesigen Portionen von Rind- und Schweinefleisch gestillt. Damals pflegte er sich nur selten zu waschen, weil er überzeugt war, das werde den Körper auskühlen und Krankheiten hervorrufen. Inzwischen kam ihm jener Josseran Sarrazini nicht viel besser vor als ein Wilder. Hier aß er nur wenig Fleisch, wohl aber Orangen, Feigen und Melonen von kupfernen Tellern, und er trank Scherbet statt Glühwein. Und mindestens dreimal die Woche badete er.

Bei seiner Ankunft im Heiligen Land hatte er die Sarazenen gehaßt und war überzeugt gewesen, wie man es ihn als Kind gelehrt hatte, daß jeder von ihnen den Teufel verkörpere. Nach fünf Jahren in Akko kleidete er sich wie einer von ihnen und hatte von eben diesen Teufeln ein wenig Mathematik, Astronomie und Dichtkunst gelernt. Die Tempelritter beschäftigten sogar mohammedanische Gefangene als Rüstungs- und Waffenschmiede, Sattler oder für andere Handwerksarbeiten. Er hatte im Laufe der Zeit nicht nur mit einigen von ihnen Freundschaft geschlossen, sondern betrachtete inzwischen manchen von ihnen mehr oder weniger als gleichwertigen Menschen.

Der Tagesablauf eines Tempelherrn war streng geregelt. Im Winter begann sein Tag unmittelbar vor Morgengrauen; nach der Matutin kümmerte er sich um seine Pferde und deren Geschirr, überprüfte nicht nur seine Rüstung und Waffen, sondern auch die seiner Waffenknechte. Anschließend begannen für ihn und für seine Männer die täglichen Waffenübungen, bei denen immer wieder der Umgang mit Lanze, Morgenstern, Langschwert, Kurzschwert und Schild trainiert wurde. Die erste Mahlzeit gab es zu Mittag, und die nächste am Abend. Mehr als zwölf Dutzend Vaterunser wurden täglich gesagt, vierzehn zu jeder Stunde und achtzehn zum Vespergebet.

Jetzt hatte er seine Pilgerschaft beendet, Buße getan; die fünf Jahre waren um, die er zu dienen gelobt hatte. Der Priester hatte gesagt, all seine Sünden seien ihm vergeben. Warum also war ihm das Herz nach wie vor schwer? Bald war es Zeit, nach Frankreich zurückzukehren und die Verwaltung der väterlichen Güter im Languedoc zu übernehmen. Er fragte sich, warum er sich auf seine Heimkehr nicht besonders freute.

Er hörte in der Dunkelheit einen Schritt auf der Treppe und wandte sich um. Unwillkürlich fuhr seine Hand zum Schwert. Es gab viele Meuchelmörder in dieser Stadt. Die Franken wurden von vielen gehaßt.

»Laß dein Schwert stecken, Templer«, sagte jemand auf lateinisch.

Er kannte die Stimme. Es war der Dominikanermönch Wilhelm. »Man hat mir gesagt, ich würde Euch hier finden«, sagte dieser.

»Ich suche oft Trost in der Nacht.«

»Warum nicht in der Kapelle?«

»Hier oben sind weniger Heuchler.«

Josseran konnte das Gesicht des anderen im Dunkeln nicht erkennen. Der Mönch trat an die Brüstung und sah zum Hafen hinüber, so daß sein Umriß sichtbar wurde. Manche witzelten, das Wort Dominikaner gehe auf *Domini canes*, Gottes Bluthunde, zurück. Gegründet hatte den Orden ein Spanier namens Domingo Guzmán, den die Kirche inzwischen als den heiligen Dominikus verehrte. Papst Innozenz III. hatte die Inquisition ins Leben gerufen, und auf sie gestützt hatte Gregor IX. den Orden mit einem Kreuzzug gegen die sogenannten Katharer beauftragt, die auf dem Boden des Languedoc im Südwesten Frankreichs seine Autorität bedrohten. In der von ihnen verbreiteten gotteslästerlichen Irrlehre hieß es, das Seelenheil des Einzelnen stehe höher als die Lehre der Kirche. Da es Guzmán darum zu tun war, jegliche Art von Ketzerei zu verfolgen und ganz Europa unter die Herrschaft der Geistlichkeit zu bringen, waren die Dominikaner inzwischen überall zu finden. Nicht nur predigten sie dem gemeinen Volk, sie unterwiesen auch weltliche Herrscher und religiöse Führer, wobei sie streng an den Grundsätzen von Armut und Keuschheit festhielten. Ihr ganzes Sinnen und Trachten war darauf ausgerichtet, den Heiligen Stuhl in den Vordergrund zu rücken. So hatte der Papst, als dessen verläßlichste Helfer sie in Rom eine Sonderstellung einnahmen, allein ihnen das Recht gewährt, in der ganzen Christenheit zu predigen und den Gläubigen die Beichte abzunehmen. Seit Domingo Guzmáns Tagen hatte ein Ordenspriester im Vatikan das Amt des *Magister sacri palatii* bekleidet und fungierte in dieser Eigenschaft als Lehrer des Heiligen Palastes und als Haustheologe des jeweiligen Papstes.

»Es sieht so aus, als sollten wir miteinander reisen«, sagte Wilhelm.

»Ich hätte diese Wahl nicht getroffen.«

»Mir geht es ebenso. Ich habe bereits von den Lastern und dem betrügerischen Wesen der Templer gehört.«

»Mir hat man das Gleiche über die Priester gesagt.«

Wilhelm lachte kurz und bellend. »Ich wüßte gern, warum man Euch ausgewählt hat.«

»Nach Ansicht des Großmeisters verfüge ich über eine gewisse diplomatische Begabung. Außerdem kann ich das Schwert führen und bin gut zu Pferde. Überdies kenne ich einige Sprachen. Es hat Gott gefallen, mir diese Gabe zu verleihen. Kennt Ihr noch andere Sprachen außer dem Lateinischen?«

»Welche meint Ihr?«

»Nun, man kann in Outremer ohne eine gewisse Kenntnis des Arabischen nur schwer mit Leuten verhandeln.«

»Das ist die Sprache der Heiden.«

Josseran nickte. »Unser Herr hat natürlich Latein gesprochen, als er über die Straßen von Jerusalem zog.« Wilhelm gab keine Antwort, und Josseran lächelte im Dunkeln vor sich hin. Ein kleiner Sieg. »Ihr könnt Euch also nur lateinisch und deutsch verständigen? Da hat sich der Papst aber einen schönen Botschafter für den Osten ausgesucht.«

»Wenn Ihr mein Dolmetscher sein sollt, erwarte ich, daß Ihr mir getreulich dient.«

Josseran begehrte auf. »Es wäre wohl angemessen, wenn Ihr mich als Euren Begleiter sähet, nicht aber als Euren Diener.«

»Ihr sollt wissen, daß ich keine Einmischung in meine Pläne dulden werde.«

»Falls ich Euch im Wege bin, könnt Ihr gern allein weiterreisen.«

Wilhelm wandte sich im Dunklen auf dem Absatz um. Josseran zog ein finsteres Gesicht. Priester! Aber am Auftrag des Großmeisters ließ sich nicht deuteln. Das Ordensstatut der Tempelherren verlangte von Josseran, daß er Wilhelm auf dem Weg nach Aleppo beschützte und seine Überheblichkeit ertrug. So Gott wollte, würde die Reise nicht länger als einen Monat dauern.

Er wandte dem Nachthimmel mit seinen Sternen den Rücken zu und überlegte, welches Geschick ihm bis zum nächsten Vollmond beschieden sein mochte.

9

Am folgenden Tag trafen bei Morgengrauen Josseran und sein Waffenknecht, Gérard aus Poitiers, mitsamt ihren Reisevorräten am Kai ein. Josseran führte drei Pferde mit sich. Sein schweres Streitroß hatte er zurückgelassen und statt dessen sein Lieblingspferd, die persische Schimmelstute Kismet, mitgebracht. Geschenke für den Tatarenfürsten waren in einer mit Eisenbändern beschlagenen Geldtruhe verschlossen; unter anderem ein damasziertes Schwert mit goldenem Stichblatt und einer Verzierung in arabischen Schriftzeichen, ein mit Gold verziertes Schreibzeug aus Ebenholz, ein Kettenpanzer mit Halsberge und Ringkapuze sowie rotlederne Reithandschuhe mit gepunzten Verzierungen auf den Stulpen und eine Handvoll Rubine. Außerdem hatte man ihm einige Silber- und Goldmünzen mitgegeben, über die er nach Bedarf verfügen konnte, Drachmen der Kreuzfahrerstaaten und arabische Dinare.

Sie gingen an Bord der Galeere und traten zum Kapitän auf dem Schanzdeck. Der Morgen war windstill, und die Flagge mit dem roten Zackenkreuz hing schlaff herab.

Josseran sah zu, wie das zum Kochen benötigte Geschirr von einem knarrenden Fuhrwerk abgeladen wurde. Packpferde, die ihre Vorräte tragen sollten, wurden über die Laufbrücke an Bord geführt, ihnen folgten die Bediensteten, die ihnen unterwegs aufwarten und für sie kochen sollten.

Schließlich kam Wilhelm. Er trug den schwarzen Kapuzenmantel seines Ordens über einem weißen Wollrock. Sein Gesicht war fahl.

»Ich hoffe, daß Ihr Euch wohl befindet«, grüßte ihn Josseran.

Wilhelm zog ein mit Duftwasser getränktes Sacktuch heraus und hielt es sich an die Nase. »Ich weiß nicht, wie jemand diesen Gestank ertragen kann.«

Ja, der Gestank war fürwahr unerträglich. Er kam vom Ruderdeck unter ihnen. Dort, wo die mohammedanischen Sklaven an die hölzernen Ruderbänke geschmiedet waren, schwappte das mit deren Ausscheidungen vermischte Bilgenwasser um ihre Knöchel.

»Ich habe in diesem Land gelernt, mich an alles noch so Entsetzliche zu gewöhnen«, sagte Josseran. Er wandte sich um und murmelte Gérard zu, der neben ihm stand: »Sogar, wenn es von Kirchenmännern kommt.« Nun, ganz stimmte das nicht. Die Vorstellung, Männer an Galeerenruder zu fesseln, widerstrebte ihm ebenso wie dem Mönch.

»Ich fürchte, mein Magen wird rebellieren«, sagte Wilhelm.

»Dann wäre es besser, Ihr würdet beiseite gehen«, sagte Josseran und führte ihn an die Steuerbordreling. Kurz darauf hörten sie, wie sich der Mönch seines Frühstücks entledigte.

Das Dröhnen einer Trommel und das gleichmäßige Klatschen der Peitsche des Aufsehers drang zusammen mit dem Brüllen der Rudersklaven zu ihnen herauf, während sich die Galeere langsam ins Hafenwasser schob und ihre Geschwindigkeit steigerte. Kurz tauchten die Ruderblätter im Takt der großen Trommel ins Wasser, dann sah man silbern aufblitzende Tropfen daran abperlen, und allmählich strebte die Galeere dem offenen Meer zu.

Vom Heck aus sah Josseran zurück auf den von Säulengängen umgebenen Platz des venezianischen Viertels, von dem aus drei breite Tore zur Seeseite führten. Vom Lager- und Zeughaus wehte die Fahne mit dem Goldenen Markuslöwen. Neben dem Eisernen Tor erhob sich eine schroff aufragende Mauer; sie schützte die alte Anlage der Genueser.

Die Sperrkette an der Mole wurde niedergelassen, der Bug umrundete den Wellenbrecher und wandte sich im Schatten des Fliegenturms hart nach Steuerbord. Josseran hob den Blick zu den vertrauten Wehrgängen der Templerfestung an der Landspitze.

Er hatte das beklemmende Gefühl, daß er sie nie wiedersehen würde.

Josseran und Wilhelm sprachen auf der Seereise nach Norden nur wenig miteinander. Bis die Galeere Tyrus hinter sich gelassen hatte, lag eine greifbare Spannung in der Luft, denn nach wie vor kam es zu gegenseitigen Überfällen von genuesischen und venezianischen Handelsschiffen, und auch eine Galeere der Templer war vor einem Angriff keineswegs sicher. Den Bogen umgehängt, hielten die Krieger mit finsterem Gesicht aus der Takelage Ausschau.

Es war Josseran nur recht, daß der Mönch einen großen Teil seiner Zeit damit zubrachte, über die Heckreling Galle ins Wasser zu speien. Es war nicht seine Art, sich über das Leiden anderer zu freuen, aber Wilhelm verleitete ihn irgendwie dazu.

Der Dominikaner roch bei ihrem Eintreffen in Antiochia so übel, daß sogar Kismet mißbilligend die Nüstern verzog, während sie wartend am Kai von Sankt Simeon standen.

»Es dürfte Euch nicht schwerfallen, in Antiochia ein Badehaus zu finden«, teilte ihm Josseran mit, den sein schlechtes Gewissen dem Mönch gegenüber drängte, etwas gutzumachen.

Wilhelm sah ihn an, als hätte er eine Gotteslästerung von sich gegeben. »Habt Ihr den Verstand verloren? Ihr wollt wohl, daß ich dem Pesthauch erliege?«

»In diesem Klima scheint uns solcher Luxus willkommen, ja, sogar notwendig zu sein.«

»Luxus ist allerdings alles, was ich bisher unter Euch und Euresgleichen gefunden habe.« Mit unsicherem Schritt setzte er sich in Bewegung.

Das wird eine lange Reise, dachte Josseran. *Eine sehr lange Reise.*

10

Antiochia

Die byzantinischen Mauern waren unter Kaiser Justinian errichtet worden. Die eine überquerte den Orontes, zwei weitere erklommen die steilen Anhöhen des Silpius bis hinauf zur Zitadelle. Die über vierhundert Türme dieser Festung beherrschten die Ebene um Antiochia.

Zwar mochte Fürst Bohemund einen Waffenstillstand mit den Tataren geschlossen haben, doch hatte Josseran nicht den Eindruck, als wären die Menschen in der Stadt frei von Furcht. Sie lag auf den Gesichtern der Krieger, die an den Toren und auf den Mauern Wache hielten, und selbst die Mohammedaner eilten mit gesenktem Kopf und gedämpfter Stimme durch die Gassen der Altstadt. Sie alle hatten gehört, was ihren Glaubensbrüdern in Aleppo und Bagdad widerfahren war.

Mißmutig empfing Bohemund Josseran mit dessen Begleitern in seiner Burg. Er brachte weder dem Papst noch irgendeinem seiner Abgesandten besondere Zuneigung entgegen und hatte kürzlich den römisch-katholischen Patriarchen der Stadt seinem Schwiegervater, König Heth'um von Armenien, zuliebe durch einen griechisch-orthodoxen Bischof ersetzt. Aber in Outremer empfahl es sich, die Templer nicht zu kränken.

Von der Festung aus sah man über die weißgetünchten Häuser an den Hängen des Silpius bis hinab zu den engen und gewundenen Sträßchen der Stadt. Durch den Dunst über der Ebene schweifte der Blick bis zum fernhin schimmernden Mittelmeer bei Sankt Simeon. Die kühle Luft und die nach Salz riechende Brise erinnerten Josseran an den Süden Frankreichs.

Der Palast war prachtvoll ausgestattet. Kostbare Teppiche bedeckten die Böden, an den Wänden von Bohemunds Privatgemach reihten sich zahlreiche herrlich gebundene Bücher, manche von ihnen in arabischer Sprache. Darunter befanden sich Werke des Ostens über Geheimlehren wie Alchimie, Physik und die Rechenkunst, welche die Perser *al'jibra* nannten.

Josseran sah, wie Wilhelm verächtlich eine Braue hob.

Bei ihrem Eintritt saß Bohemund auf einem niedrigen Diwan. Vor ihm stand ein Tisch voller Früchte, den Boden bedeckte ein riesiger Teppich mit einem schwungvollen Muster, dessen Mittelstück in den Tönen Karmesinrot, Gold und Königsblau gewebt eine hängende Votivlampe zeigte. Ein Feuer brannte im Kamin.

»Ihr wollt also die Tataren zum Christentum bekehren«, sagte Bohemund zu Wilhelm.

»*Deus le volt*«, erwiderte dieser, wobei er sich der Worte bediente, mit denen die ersten Kreuzfahrer ins Heilige Land entsandt worden waren. »Gott will es.«

Bohemund schien zugleich verärgert, ängstlich und belustigt zu sein. »Nun, Ihr wißt ja, daß Hulagus Gemahlin Christin ist«, sagte er.

»Solche Gerüchte habe ich vernommen.«

»Es ist kein Gerücht, sondern die Wahrheit.«

»Und dieser Hulagu selbst?«

»Der Herrscher der Tataren ist ein Götzendiener. Ich habe mit ihm verhandelt. Er hat Augen wie eine Katze und riecht wie ein wilder Ziegenbock. Trotzdem hat er die Sarazenen in ihren eigenen Städten gedemütigt, was uns in hundertfünfzig Jahren Krieg nicht gelungen ist.« Er wandte sich an Josseran. »Was ist mit Euch, Tempelritter? Begleitet Ihr lediglich unseren Mönch hier, oder wollt Ihr Euch ebenfalls mit den Tataren verbünden, wie ich es getan habe?«

Josseran überlegte, was hinter der Frage stecken mochte. Hatte Bohemund etwa einen Nachrichtenübermittler in Akko? Vielleicht beunruhigte es ihn auch nur, daß er zwischen zwei Stühlen saß. »Ich bin nichts als ein bescheidener Ritter, Herr«, gab Josseran zur Antwort.

»Den Templer möchte ich sehen, den man mit Fug und Recht bescheiden nennen darf.« Bohemund trat ans Fenster. Ein Hirtenjunge zog mit seinen Ziegen durch die Olivenhaine und über kahle Kalksteinflächen unterhalb der Zitadelle. »Was erzählt man denn in Akko über mich?«

Josseran nahm an, daß er die Antwort auf diese Frage bereits kannte, und sagte daher: »Manche nennen Euch weise und andere einen Verräter.«

Bohemund wandte ihnen weiterhin den Rücken zu. »Die Zeit wird euch alle lehren, daß Weisheit und nicht Verrat der Grund für mein Handeln war. Das ist unsere Gelegenheit, die Ungläubigen aus dem Heiligen Land zu verjagen. Seite an Seite werden Hulagu und ich durch die Tore Jerusalems reiten.«

»Sofern er als getaufter Christ dort einreitet, haben wir wahrhaftig Grund, Gott zu loben und zu danken«, sagte Wilhelm.

Bohemund wandte sich vom Fenster ab. »Sofern uns die heiligen Stätten zurückgegeben werden, welche Rolle spielt das?« Als ihm Wilhelm nicht antwortete, fuhr er fort: »Ich werde euch einen Führer und ein Dutzend Krieger mitgeben. Die sollen euch nach Aleppo begleiten, wo ihr mit dem Fürsten Hulagu zusammentreffen könnt. Ihr werdet selbst sehen, daß wir von ihm nichts zu befürchten haben.«

»Wir danken Euch für diesen Dienst«, sagte Wilhelm. *Nichts zu befürchten?* fragte sich Josseran. *Warum blickt Fürst Bohemund dann so furchtsam drein?*

An jenem Abend dinierten sie mit Bohemund und seinem Hof, und am nächsten Tag verließen sie Antiochia, eine Eskorte von des Fürsten Reiterei im Rücken. Die Fuhrwerke mit ihren Vorräten und den Geschenken für die Tataren bildeten die Nachhut. Yussuf, der Beduine, der sie führte, ritt an der Spitze des Zuges, der sich den Weg nach Osten ins Gebirge bahnte, Aleppo und einer ungewissen Zukunft entgegen.

11

Nahe Almalyk, östlich von Samarkand

»Ein Reiter ist heute morgen von Almalyk gekommen«, sagte Khaidu. An seinem Gesichtsausdruck erkannte Khutelun, daß er schlechte Nachrichten gebracht hatte.

Khaidu saß dem Eingang der Jurte gegenüber. Rechts von ihm saßen seine Söhne, links von ihm Nambi und Khutelun. Nambi war Khaidus dritte Gemahlin und Gerels Mutter. Zwei weitere seiner Ehefrauen waren ebenfalls anwesend, denn es war bei den Tataren Brauch, in allen Fragen, die nichts mit Krieg und Jagd zu tun hatten, den Rat der Frauen einzuholen.

Khutelun hatte ihre Mutter Bayaghuchin verloren, als sie zehn Jahre alt war. Sie war Khaidus erste und zugleich seine Lieblingsfrau gewesen. Nach wie vor trug Khutelun das Bild der Mutter im Herzen, denn ihre Erinnerungen an sie waren sehr lebendig. Sie war hochgewachsen gewesen wie sie selbst, hatte dunkle Augen gehabt und den Kopf aufrecht getragen. Sie war eine eindrucksvolle Tatarin: kräftig, ehrenhaft und mit dem nötigen Temperament. Damit folgte sie einer alten tatarischen Tradition, denn es hieß, sogar Dschingis Khan habe vor seiner Gattin gezittert.

Khutelun erinnerte sich noch, wie ihr Vater einmal über einen Streit in der Sippe in Wut geraten war und die Hinrichtung seines *andas* befohlen hatte, seines Blutsbruders, der in vielen Schlachten an seiner Seite gekämpft hatte. Bayaghuchin hatte ihm damals gehörig die Meinung gesagt, wobei sie ihn eher wie einen auf Abwege geratenen Sohn behandelt hatte als wie einen Ehemann. Khaidu hatte nachgegeben und war ihr danach für alle Zeiten dankbar gewesen, weil sie ihn vor den Auswirkungen seines Jähzorns bewahrt hatte. Doch schon ein Jahr später war sie gestorben. Eine fiebrige Krankheit hatte sie heimgesucht, drei Tage lang in ihrem Leib getobt, ungestüm wie ein Sturm aus dem Gebirge, und schließlich ihren Tod herbeigeführt.

Inzwischen hatte ihr Vater drei andere Ehefrauen und dazu noch, wie es bei den Tataren üblich war, Konkubinen, doch er trauerte nach wie vor um Bayaghuchin.

Ein Ast knackte im Feuer.

»Möngke, unser Khan der Khane, ist tot«, sagte Khaidu. »Er hat vor vier Monden im Kampf gegen die Sung im Lande Kitai den Tod gefunden.«

»Möngke ist tot?« wiederholte Gerel. Er war bereits betrunken. Zuviel *kumys*. Immer zuviel *kumys*. Ein langes und ängstliches Schweigen trat ein. In der raucherfüllten Jurte roch es nach Hammelfett. Allen wurde in jenem Augenblick bewußt, daß ihr Leben nie wieder so sein würde wie zuvor. Wenn ein Großkhan dahinging, änderte sich die Welt unwiderruflich. Khutelun wußte, daß das Gefahr bedeutete. Möngke war Großkhan gewesen, so lange sie sich erinnern konnte.

Auch auf dem Gesicht ihres Vaters las sie Ungewißheit.

»Möngke ist tot?« wiederholte Gerel.

Khaidu nickte bedächtig. Keinem machte es etwas aus, daß er betrunken war, denn es galt unter ihnen nicht als Schande. Nur wurde man auf diese Weise kein bedeutender Khan.

»Hat man dich zur *khuriltai* gerufen?« fragte Tekudai seinen Vater.

»Von jedem Tatarenkhan wird erwartet, daß er zur Wahl unseres neuen Großkhans nach Karakorum reitet.«

»Möngke ist tot?« sagte Gerel erneut mit undeutlicher Stimme. Stirnrunzelnd schüttelte er den Kopf, als verstünde er seine eigenen Worte nicht.

»Wer wird sein Nachfolger werden?« fragte Nambi, ohne auf ihren Stiefsohn zu achten.

Khaidu blickte ins Feuer. »Möngkes Bruder Hulagu ist seit zehn Jahren von Karakorum fort, weil er im Westen Krieg geführt hat. Von den anderen Brüdern hat nur Arik Böke das Herz eines Tataren. Gern würde Khubilai den Umhang des Dschingis Khan tragen, aber er hat sich zu lange im Lande Kitai aufgehalten.«

Ein lautes Schnauben ertönte, das an ein Kamel erinnerte. Gerel war eingeschlafen und schnarchte laut. Niemand achtete auf ihn.

»Möngke wird unser letzter Großkhan sein«, sagte Khaidu.

Sie schwiegen erneut und dachten über Khaidus Befürchtungen nach.

»Berke befindet sich mit der Goldenen Horde zu weit im Norden, in Rußland. Er wird nie zurückkehren, sich aber auch der Herrschaft seiner Brüder nicht beugen. Hulagu hat sich im Westen ein eigenes Reich geschaffen, und ich bezweifle, daß er bereit ist, in der Ratsversammlung das Knie zu beugen. Nur Organa könnte sich gezwungen sehen, in Karakorum zu erscheinen. Darin aber liegt für uns eine Gefahr.« Er sah auf seine Tochter Khutelun, die Schamanin der Sippe, die Seherin. »Heute nacht mußt du in Verbindung mit den Geistern treten«, sagte er. »Du mußt feststellen, was sie von uns erwarten.«

Khutelun stand, den unbedeckten Kopf dem Wind ausgesetzt und die Schärpe über den Schultern, auf dem Felsgrat, den man ›Das Fortgehende Weib‹ nannte. Neunmal kniete sie, wie es der Brauch war, zu Ehren Tengris, des Herrn des ›Ewigen Blauen Himmels‹, nieder. Sie besprengte den Boden mit Stutenmilch als Opfer für die Geister des Berges, goß dann ein kleines Rinnsal als Gabe für die Wassergeister aus.

Anschließend kehrte sie in ihre Jurte zurück, wo die Auswirkungen von *kumys* und Haschisch sie umfingen wie die Arme einer Mutter. Dort tanzte sie in der die Sinne benebelnden Finsternis allein mit ihren Vorfahren und dem großen Stern, der von oben durch das Rauchabzugloch hereinsah. Die Schatten schwankten und griffen nach ihr, im Stöhnen des Windes vernahm sie die Stimmen von unzähligen Toten, die der rasselnde Rhythmus der Schamanentrommeln geweckt hatte.

Aber die Zukunft enthüllte sich ihr nicht. Statt dessen zeigten ihr die Rauchträume einen Mann, dessen Haare die Farbe des Feuers hatten und der ein Pferd ritt, so weiß wie Eis und so groß wie ein Yak. Bei ihm waren zwei weitere Männer. Einer war schwarz gekleidet, der andere weiß, mit einem Kreuz von der Farbe des Blutes auf der Brust. In ihrem Traum brachte der Mann mit dem feurigen Haar den Kadaver einer weißen Ziege vom Berge herab. Er legte ihn als erster ihrem Vater zu Füßen und forderte sie dann als sein eigen.

12

Auf der Strasse nach Aleppo

Rötlicher Feuerschein glomm im Schatten der Ölbäume. Ein Scheit stürzte knisternd mit einem Funkenschauer nieder, so daß das Feuer erneut aufflammte. Die Pferde zerrten an den Stricken, mit denen sie festgebunden waren. Man hörte das leise Murmeln der Unterhaltung zwischen Wilhelm, Josseran und Gérard, die sich in der Kälte aneinanderdrängten.

Bohemunds Krieger schliefen mit Ausnahme der beiden, die Josseran am Rand des Lagers als Wachposten aufgestellt hatte. Die Diener suchten Zuflucht unter den Fuhrwerken. Außer den Europäern war zu dieser späten Stunde nur noch der alte arabische Führer Yussuf wach, doch dieser hielt sich außerhalb des Feuerkreises ein wenig abseits, da er Wilhelms Feindseligkeit gespürt hatte.

Gérard, ein schlanker junger Mann mit spärlichem Haarwuchs und struppigem Bart, sprach selten und hielt lustlos mit einem langen Stock das Feuer in Gang.

Wilhelm sah im Feuerschein auf Josseran. Auf dem Weg von Antiochia her hatte es sich der Ritter zur Gewohnheit gemacht, ein Tuch als Behelfsturban um den Kopf zu winden, der Haare und Gesicht vor der Sonne schützte. »Ihr seht aus wie ein Sarazene«, sagte Wilhelm.

Josseran hob den Blick zu ihm. Wilhelms Lippen waren aufgerissen, und seine gerötete blasse Gesichtshaut schälte sich unter der Wirkung der Tag für Tag vom Himmel herabbrennenden Sonne. »Und Ihr seht aus wie ein gekochter Pfirsich.«

Wilhelm sah, daß Gérard lächelte.

»Woher kommt Ihr, Templer?«

»Aus dem Languedoc. Dort besitze ich Ländereien.«

»So, aus dem Languedoc also«, flüsterte Wilhelm. Das bestätigte seine schlimmsten Vermutungen. Eben dort war die gotteslästerliche Ketzerei der Katharer entsprungen, gegen welche die Inquisition einen Kreuzzug hatte führen müssen, um sie auszurotten. Doch Wilhelm nahm an, daß die Lehre in den Herzen von Edelleuten wie diesem Josseran weiterlebte.

»Seit wann befindet Ihr Euch im Heiligen Land, Templer?«

»Seit fünf Jahren.«

»Das ist eine lange Zeit für jemanden, der den Umgang mit zivilisierten Menschen gewohnt ist.«

»Unser Herr wurde hier geboren. Ich möchte lediglich Gott näher kommen.«

Klug gewählte Worte, dachte Wilhelm. Warum hatte er den Eindruck, daß der andere ihn verspottete? »Seid Ihr deshalb hierher gekommen?«

»Man hat mir gesagt, das Heilige Land brauche Ritter wie mich.«

»So verhält es sich auch. Es ist das uns anvertraute Lehen. Daß viele der heiligen Stätten wieder in den Händen der Sarazenen sind, steht uns in Gottes Augen nicht wohl an. Es ist die Pflicht eines jeden guten Christen, an ihrer Rückgewinnung mitzuwirken.« Der Gesichtsausdruck, mit dem der Tempelherr auf seine Worte reagierte, ärgerte ihn. »Glaubt Ihr das etwa nicht?«

»Ich bin seit fünf Jahren hier im Heiligen Land, Ihr noch keine fünf Tage. Sagt mir also nicht, was meine Pflicht ist.«

»Jeder von uns ist hier, um Christus zu dienen.«

Mißgestimmt starrte Josseran ins Feuer. Schließlich sagte er: »Sofern man Christus damit dienen kann, daß man Männer tötet und Frauen und Kinder abschlachtet, werden Gérard und ich im Himmel gewiß glänzend dastehen.«

Wilhelm sah, daß die beiden Templer einen weiteren Blick miteinander tauschten, und er fragte: »Was meint Ihr damit?«

Seufzend warf Josseran ein Stück Holz ins Feuer. »Damit meine ich, Pater Wilhelm, daß meine Pflicht im Heiligen Land drückend auf meiner Seele lastet. Ich bin hergekommen, weil ich dachte, ich könnte die Heilige Stadt den Türken entreißen. Statt dessen mußte ich mitansehen, wie auf Akkos Straßen Venezianer ihre Schwerter Genuesern in den Leib gestoßen haben, und im Kloster Sankt Sabas sind die Genueser mit den Venezianern ebenso verfahren. Christen töten Mitchristen. Ich bin Zeuge geworden, wie andere gute christliche Krieger Müttern das Kind mit dem Schwert aus dem Leib gerissen, Frauen vergewaltigt und ihnen anschließend die Kehle durchgeschnitten haben. Diese unschuldigen Geschöpfe hatten keine Heiligen Stätten besetzt gehalten, sondern waren einfache Beduinen, die im Begriff standen, ihre Schafe von der Weide zu holen. All das ist im Namen unseres Erlösers geschehen.«

»Wie Ihr wißt, hat es den Heiligen Vater zutiefst entsetzt, als er vom Streit zwischen den Venezianern und den Genuesern erfuhr, denn genau wie Ihr glaubt er, daß wir unsere kriegerischen Bemühungen gegen die Ungläubigen und nicht gegeneinander richten sollen. Doch was jene angeblich Unschuldigen betrifft... wir töten Schweine und Schafe, ohne zu sündigen. Einen Sarazenen zu töten, bedeutet keinen größeren Fleck auf der Seele, als ein solches Tier zu töten.«

»Schweine und Schafe.« Josseran schien mit sich zu kämpfen. Ihm war klar, daß man ihm unter Umständen Ketzerei vorwerfen würde, wenn er zuviel sagte. Gérard rutschte unruhig auf seinem Platz umher und warf ihm einen warnenden Blick zu.

Josseran aber brachte es nicht über sich zu schweigen. »Haben Schweine und Schafe gute Ärzte? Verstehen Schweine und Schafe etwas von Astronomie und der Bewegung der Gestirne am Himmel? Tragen Schafe und Schweine Gedichte vor, haben sie ihre eigene Musik und Architektur? All das trifft auf die Sarazenen zu. Ich kann in religiösen Fragen anderer Meinung sein als sie, aber es ist mir unmöglich, sie einfach für Schafe und Schweine zu halten.«

Er wußte, daß er sich auf gefährlichen Boden begeben hatte. Die Kirche stand jedem Versuch, die Geheimnisse der Natur zu ergründen, voll Mißtrauen gegenüber. Er erinnerte sich, wie einst der Pöbel in Toulouse eine jüdische Familie aus ihrem Haus gezerrt und verprügelt hatte, weil ruchbar geworden war, daß sie insgeheim arabische Texte übersetzt hatten, in denen es um Mathematik und Alchimie ging.

»Der Heide glaubt entgegen den Gesetzen Gottes und des Himmels, daß die Welt rund sei. Glaubt Ihr das etwa auch?«

Josseran ging ihm nicht in die Falle. »Alles, was ich weiß, ist, daß die Sarazenen keine Tiere sind, auch wenn sie nicht dem rechten Glauben anhängen. In Tripoli hat mich ein Pferd getreten. Das Bein entzündete sich und bildete ein großes Eitergeschwür. Ein Wundarzt der Templer sah keine andere Möglichkeit, als mir das Bein mit einer Axt zu amputieren. Da schickte einer meiner Diener um einen mohammedanischen Arzt. Dieser legte einen Umschlag auf das Geschwür, es öffnete sich, und ich wurde gesund. Es fällt mir schwer, diesen Mann zu hassen.«

»Ihr habt eine gotteslästerliche Zunge, Templer. Gott hat Euch geheilt. Ihr solltet überlegen, was Ihr sagt.«

»Da könntet Ihr recht haben.« Der Feuerschein tanzte auf dem Gesicht des Tempelritters. »Für den Augenblick bin ich es müde, mit Priestern zu reden.« Er ging beiseite und legte sich unter den Bäumen auf eine Decke. Gérard folgte ihm, er wollte nicht in gefährliche Gespräche mit dem Dominikaner verwickelt werden.

Wilhelm saß allein am funkensprühenden Feuer und sah in die gelben Flammen. Wie es seine Pflicht verlangte, betete er zu Gott um die Seele des Tempelherrn, und zugleich erflehte er Kraft für das, was ihnen bevorstand. Ihm war bewußt, daß er bald den Tataren gegenübertreten und seinen Auftrag erfüllen mußte, und er wußte nicht, was dabei herauskommen würde. Er betete noch lange, nachdem das Feuer erloschen war, denn er empfand tödliche Angst und wollte nicht, daß die anderen davon erfuhren.

13

Langsam arbeitete sich ihr Zug über die Berge, vorüber an den Dörfern mit ihren sonderbaren bienenkorbähnlichen Häusern aus Lehmziegeln. In der Nacht umgingen sie die türkische Festung Harenc bei Aleppo. Yussuf bildete die Spitze, hinter ihm ritten Josseran, Gérard und Bohemunds Krieger. Den Abschluß bildete der Troß aus Packpferden und Fuhrwerken, der sich weit auseinanderzog. Als letzter folgte Wilhelm, mit gesenktem Kopf, schon jetzt von der Reise angegriffen.

Sie zogen auf der alten befestigten Römerstraße, die sich wie schon in biblischen Zeiten durch die Felsenwüsten schnitt. Josseran war froh, Bohemunds Krieger bei sich zu haben, denn das Gelände eignete sich in idealer Weise für einen Hinterhalt, und er war sicher, daß räuberische Beduinen ihren Zug aus den Bergen beobachteten. Zwar erweckte er in keiner Weise den Eindruck einer reichen christlichen Karawane, schon gar nicht, wenn man sie nach ihrer Kleidung beurteilte. Er und Gérard trugen einfache Waffenröcke aus Musselin, einem feinen Baumwollgewebe, das die Kreuzfahrer von den Türken in Mossul bezogen. Um den Kopf hatten sie in der Art der Mohammedaner Tücher geschlungen. Sie verhinderten selbst in dieser Jahreszeit, daß ihnen die Sonne die Haut verbrannte. Josseran hatte Pater Wilhelm ein solches Tuch angeboten, doch wollte dieser nicht von seiner schweren Wollkapuze lassen, die er aus Rom gewohnt war. Man konnte erkennen, daß sein Gesicht darunter hochrot war.

So sah nun einmal das Los eines heiligen Mannes aus.

Es war Spätnachmittag, und sie waren benommen und ermattet. Gérard und Wilhelm saßen im Sattel, von der Hitze der

Sonne betäubt, die ihnen auf den Rücken brannte, man hörte das Knarren der Räder und das immerwährende Hämmern der Pferdehufe. Um sie herum erstreckten sich die steinigen Berge Syriens.

Man konnte sie riechen, bevor man sie hörte. Als erste bemerkten sie die Pferde, sie zuckten unruhig und stampften mit den Hufen. Yussuf zügelte sein Tier und drehte sich im Sattel um.

»Was gibt es?« rief Wilhelm.

Sie erschienen unvermittelt und wie aus dem Nichts. Ihre Helme blitzten in der Sonne, ihre rotgrauen Wimpel flatterten an den Spitzen ihrer Lanzen. Yussuf stieß einen Fluch aus. Er hatte die Augen weit aufgerissen, wie ein Pferd, das vor dem Feuer flieht.

Schon umritten die Tataren sie im Galopp, in einer gekonnten Zangenbewegung an der Flanke. Unwillkürlich griff Gérard nach dem Schwert, stieß es aber auf einen scharfen Befehl Josserans wieder in die Scheide. Auch Bohemunds Krieger waren überrascht worden und blieben fügsam wartend im Sattel sitzen.

Josseran sah sich nach dem Dominikaner um, der mit ausdruckslosem Gesicht ruhig auf seinem Pferd saß. »Nun, Templer?« rief dieser über den Donner der Hufe der Tatarenpferde hinweg. »Jetzt könnt Ihr Euch des Auftrags würdig erweisen, den Euch der Papst erteilt hat. Wir wollen hoffen, daß Euer Großmeister sein Vertrauen nicht vergebens in Euch gesetzt hat.«

Kismet stampfte mit den Hufen, erregt von dem Angriff und dem fremden Geruch in der Luft.

Mit markerschütternden Schreien vollendeten die Tataren ihre Einkreisung, dann stürmten sie auf sie zu. Nach Josserans Schätzung bestand der Trupp aus etwa hundert Kriegern. Einen Augenblick lang sah es so aus, als sollten sie niedergeritten werden, doch im letzten Augenblick zügelten die Angreifer ihre stämmigen Pferde und hielten an.

Es herrschte eine tödliche Stille, abgesehen vom gelegentlichen Schnauben eines Pferdes und vom Klirren seines Geschirrs.

Das also waren die gefürchteten Tataren.

In Wahrheit war ihr Gestank schrecklicher als ihr Aussehen. Ihre Wangen sahen aus wie gegerbtes Leder, und sie hatten ausnahmslos dunkle, schrägstehende Augen und dichtes glattes, schwarzes Haar. Sie waren nur schwach gepanzert, entweder mit einem Kettenhemd oder einem mit eisernen Schuppen bedeckten Lederpanzer. Ein jeder von ihnen trug einen ledernen oder eisernen Helm mit Nackenschutz und einen runden, mit Leder bedeckten Schild aus Weidengeflecht. Im Kampf Mann gegen Mann waren sie einem fränkischen Ritter in voller Rüstung wohl kaum gewachsen, überlegte Josseran. Ihre Bogen und die eckigen Köcher, die sie am Gürtel trugen, ließen aber darauf schließen, daß sie eher aus der Ferne töteten.

Die Pferde dieser Krieger, kaum größer als Maultiere, waren mit ihren stumpfen Nüstern und breiten Schultern von geradezu lächerlicher Häßlichkeit. Das also sollte das gefürchtetste Reitervolk der Welt sein?

Einer der Tataren, der einen goldenen Flügelhelm trug und eine Streitaxt in der Rechten hielt, ritt ein Stück voraus und nahm sie in Augenschein. Vermutlich war er ihr Feldhauptmann. Seine mandelförmigen goldenen Augen wirkten grausam, sein Kinn bedeckte ein schütterer schwarzer Bart.

»Wer seid Ihr?« begann er in durchaus brauchbarem Arabisch. »Warum nähert Ihr Euch Aleppo?«

Josseran nahm das Tuch ab, das seinen Mund bedeckte. Der Anblick seines blonden Bartes rief Überraschung in den Augen des Tataren hervor. »Ich heiße Josseran Sarrazini, bin Ritter des Templerordens und diene in der Festung von Akko unter dessen Großmeister, Thomas Berard. Ich habe eine Botschaft an Euren Fürsten Hulagu.«

»Und was ist mit der Krähe auf dem braunen Klepper hinter Euch?«

Josseran lächelte. In seinem schwarzen Mantel ähnelte Wilhelm tatsächlich einem solchen Vogel. »Er ist ebenfalls ein Gesandter.«

»Er kleidet sich aber nicht wie einer.«

»Er ist weit gereist. Er kommt aus Rom, einer sehr fernen Stadt.«

Dann gab Josseran einer Laune nach, tippte sich an die Schläfe und fügte leiser hinzu: »Die Anstrengungen der Reise haben ihm den Verstand getrübt.«

Der Tatar nickte, als bestätigte das seinen ersten Eindruck.

»Was hat er gesagt?« fragte Wilhelm.

»Er möchte wissen, was uns hierher führt.«

»Sagt ihm, daß ich für seinen Herrn ein Handschreiben vom Papst persönlich habe.«

»Das habe ich ihm bereits gesagt«, log Josseran. »Habt Geduld und überlaßt mir das Reden.«

»Ich heiße Dschuchi«, sagte jetzt der Tatar. »Ich werde Euch nach Aleppo geleiten. Dort wird Euch Hulagu, der Khan von ganz Persien, anhören.«

So machten sie sich wieder auf den Weg durch die Steinwüsten des syrischen Gebirges, auf den Weg nach Aleppo und zu einem Schicksal, das weder Josseran Sarrazini noch Wilhelm von Augsburg in ihren finstersten Träumen hätten voraussehen können, umgeben von einem Trupp der gefürchtetsten Reiterei der bekannten Welt.

14

Sie hörten Aleppo lange, bevor es in Sichtweite kam. Das Dröhnen von Kesselpauken und die Schreie kämpfender und sterbender Männer waren meilenweit über die große Ebene zu hören. Die Stadt lag inmitten einer wasserlosen Landschaft unterhalb der großen Zitadelle. Der Versorgungstroß der Tataren wirbelte einen so gewaltigen Staubsturm auf, daß der blaßblaue Himmel mit dem gelben Dunst verschmolz, in den sich der Rauch von Feuern mischte.

Die Stadt lag im Sterben. Sie befand sich bereits in den Händen der Tataren, die an der Bevölkerung rasche Vergeltung für die Unnachgiebigkeit übten, mit der sie sich der Einnahme widersetzt hatte. Rauch stieg von den geplünderten Moscheen und Medresen auf. Nur die Festung mit ihren Wehrtürmen und ihrem Felsenglacis hoch oben über der Stadt leistete dem Ansturm der Eroberer noch Widerstand.

Noch nie hatte Josseran ein so gewaltiges Belagerungsheer gesehen. Schaf- und Ziegenherden sowie Packpferde und Lastkamele schienen die ganze Ebene anzufüllen. Schon aus der Ferne dröhnten die Tatarentrommeln wie pulsierendes Blut in den Ohren. All den Lärm aber übertönten das Gewieher von Pferden, die Schreie von Kamelen und der Kampflärm. Während unterhalb der Mauern sterbende Krieger stöhnten, wurde bereits ein weiterer Angriff gegen die Tore der Zitadelle befohlen.

Schon seit drei Jahren zog dieses Heer seine blutige Spur durch die mohammedanische Welt. Es sah ganz so aus, als hätte es dabei nichts von seiner Wildheit eingebüßt. »Das könnte auch Akko sein«, murmelte Josseran. Sein Blick traf den Wilhelms. Er wußte, daß jener das gleiche dachte.

Sie ritten durch die Straßen, in denen einst der Basar gewesen war, sahen auf die noch rauchenden geschwärzten Balken eines Lagerhauses, auf die Mauern einer geplünderten Moschee. Das Pflaster unter den Hufen ihrer Pferde war glatt von Blut. Es war unübersehbar, daß sich die Tataren auf Massaker verstanden. Männer, Frauen und Kinder lagen, wo sie gefallen waren, aufgedunsen in der Sonne. Viele von ihnen waren enthauptet und verstümmelt. Summend stiegen Schwärme schwarzer Fliegen auf, als der Trupp vorüberritt.

Wie eine Wolke hing der Geruch des Todes über der Ebene. Wilhelm legte sich einen Ärmel seines Mantels vor den Mund und begann zu würgen.

Die feindseligen Blicke der Tatarenkrieger waren ihnen durchaus bewußt. *Die würden uns eher die Kehle durchschneiden als mit uns zu verhandeln*, dachte Josseran, *auch wenn wir angeblich mit ihnen verbündet sind.* Ein Regiment armenischer Fußtruppen zog vorüber, vorwärts getrieben von einem Tataren, der auf einem Kamel hockend die als *nachara* bezeichnete große Kriegstrommel schlug. Während die Männer gegen die Mauern anstürmten, übertönte das hohle Dröhnen der Trommel das Klirren ihrer stählernen Rüstungen. *Deshalb also ist*

Hulagu das Bündnis mit Bohemund und Hayton eingegangen, dachte Josseran. *Er braucht Leute, die er vor den Mauern opfern kann.*

Inzwischen ragte die Zitadelle finster über ihnen in den Abendhimmel. Die Sonne war hinter den Mauern verschwunden, so daß die Straßen der Stadt im Schatten lagen.

Trupps von tatarischen Bogenschützen schickten Salven von Brandpfeilen über die Brustwehren. Die Tataren hatten fast zwei Dutzend Belagerungsmaschinen nahe an den Fuß der Mauern herangeführt – leichte Steinschleudern und gewaltige Katapulte, mit denen man riesige Felsbrocken schleudern konnte. Die Mauern der Festungen waren schon schwer beschädigt, ein Hinweis auf die täglichen Angriffe.

»Seht doch!« rief Gérard mit einem Mal aus.

Josseran wandte sich im Sattel um und folgte mit den Augen der Handbewegung seines Waffenknechtes. Statt mit Steinen luden die Belagerer eine der Schleudern mit etwas, das wie kleine schwärzliche Melonen aussah. Es dauerte eine Weile, bis er begriff, worum es sich handelte. Es waren weder Melonen noch Steine oder andere bei einer Belagerung üblicherweise verwendete Geschosse, sondern Dutzende menschlicher Köpfe. Diese grausige Waffe würde zwar die Mauern der Verteidiger nicht zum Einsturz bringen, aber Josseran konnte sich gut vorstellen, welche Wirkung sie auf den Widerstandswillen der Sarazenen haben würden.

Das Katapult wurde ausgelöst, und mit einem Zischen flog seine gräßliche Ladung im hohen Bogen auf die brennenden Mauern zu.

Eine Abteilung Reiterei näherte sich durch die raucherfüllte Straße von der Zitadelle her. Sie bestand aus etwa hundert Berittenen. Rotgraue Wimpel flatterten an den Spitzen ihrer Lanzen, golden blitzten die Helme der Krieger in der Abendsonne.

Bohemunds Männer waren bereits abgesessen und knieten neben ihren Pferden. Da Josseran und die anderen nicht recht zu wissen schienen, wie sie sich verhalten sollten, sprangen Dschuchis Männer zu Boden und rissen sie aus dem Sattel.

»Was geschieht hier?« schrie Wilhelm.

Josseran widersetzte sich nicht, als die Tataren sie veranlaßten, im Staub der Straße niederzuknien. Es wäre ohnehin sinnlos gewesen. Von irgendwo hinter ihm hörte er, wie ihr Führer Yussuf, der wohl fürchtete, geköpft zu werden, schluchzend um sein Leben flehte. Wilhelm betete laut das *Te Deum*.

Neben Josseran flüsterte Gérard, dem ein Tatar den Stiefel auf den Nacken gesetzt hatte, so daß sein Gesicht im Kot lag: »Wollen sie unsere Köpfe für ihre Katapulte?«

»Besonders dafür eignen würde sich der Quadratschädel des Dominikaners«, antwortete Josseran. »Vielleicht würde der ihnen sogar die Bresche in die Mauer reißen, die sie sich so dringend erhoffen.«

Das Zittern des Bodens unter seinen Knien zeigte ihm an, daß sich Hunderte von Hufen näherten. Wollte man sie etwa so sterben lassen, das Gesicht in den Schmutz der Straße gedrückt? Ihnen blieb nichts übrig, als zu warten.

15

Der Trupp hielt kaum mehr als zwanzig Schritt entfernt. Metallhelme blitzten in der Sonne, unter bestickten rotgrauen Standarten sah man schwere Reiter mit Streitäxten und eisernen Keulen. Zwei der Tataren ritten im Schritt voran. Einer von ihnen trug einen goldenen Flügelhelm und einen Umhang aus Leopardenfell.

Das mußte Hulagu sein.

Dschuchi fiel auf die Knie. Er sagte dem Khan und dem Feldhauptmann an dessen Seite etwas in einer Sprache, die Josseran nie zuvor gehört hatte. Josseran nutzte den Augenblick, um den Tatarenfürsten genauer anzusehen, dem so leicht gelungen war, was die christlichen Streitkräfte – trotz Gottes Hilfe – nahezu zwei Jahrhunderte lang vergeblich zu erreichen versucht hatten, nämlich die Niederwerfung der Mohammedaner. Eigentlich hatte er sich eine Geißel Gottes anders vorgestellt als diesen nicht besonders großen Mann mit rundem Gesicht, flachgedrückter Nase und den sonderbar gestalteten mandelförmigen Augen, durch die sich die Tataren so deutlich von anderen Menschen unterschieden.

Was die Begegnung mit Hulagu betraf, hatte er angenommen, man werde die Abordnung in ein großes Zelt führen, wo sie dem auf seinem Thron hofhaltenden Herrscher vorgestellt würde – auf den Gedanken, daß er in dieser nach Blut riechenden Straße vor einem staubbedeckten berittenen Krieger knien müßte, wäre er nicht im Traum verfallen.

Während er wartete, drang von den Toren der Zitadelle, die keine zwei Bogenschuß weit entfernt war, der Lärm der Schlacht herüber, der Schall der Trompeten, die Schreie der qualvoll Sterbenden. Ein neuer Angriff wurde gegen die Tore geführt. Josseran dachte an die armenischen Fußtruppen, die sie kurz zuvor gesehen hatten.

Jetzt aber richtete Hulagus Feldhauptmann in stockendem Arabisch das Wort an ihn. »Mein Herrscher will wissen, ob du als Abgesandter der Franken gekommen bist, um einen Pakt mit uns zu schließen?«

Über diese Absicht hatte Josseran zu den Männern, die sie gefangengenommen hatten, kein Wort gesagt. *Wie hochnäsig diese Tataren sind,* dachte er. Allerdings war nicht von der Hand zu weisen, daß sie sich angesichts der Größe ihres Heeres und ihres bisherigen Siegeszuges diese Haltung leisten konnten. »Ich heiße Josseran Sarrazini. Mich sendet Thomas Berard, Großmeister des Templerordens, aus seiner Festung Akko im Königreich Jerusalem. Ihr und wir haben einen gemeinsamen Feind, nämlich die Sarazenen, und mein Gebieter erlaubt sich, euch seine Glückwünsche zu euren zahlreichen Erfolgen zu übermitteln, und reicht euch die Hand der Freundschaft.«

Der Feldhauptmann begann zu lachen, noch bevor Josseran geendet hatte. Hulagu hörte sich an, was er dolmetschte, und antwortete dann mit teilnahmslosem Gesicht in der sonderbaren Sprache.

»Es erstaunt unseren Khan nicht, daß dein Gebieter ihm die Hand der Freundschaft reicht«, sagte der Feldhauptmann, »denn sicher hat er Angst, daß man sie ihm sonst unversehens abschneiden könnte.«

Josseran schluckte seinen Grimm über diese beleidigende Antwort hinunter. Denn vielleicht mochte dahinter der Versuch stehen, ihn zu provozieren. »Wir haben keinen Streit mit Eurem Khan«, antwortete er daher zurückhaltend. »Eher ließen sich Gemeinsamkeiten entdecken.« Er dachte an Rubrucks Berichte, denen zufolge Hulagu mit einer Christin vermählt war und die Tataren ein hölzernes Kreuz durch Bagdads Straßen geführt hatten. »Auch wir Franken sind Christen.«

»Worüber redet Ihr da?« zischte Wilhelm.

Da er kein Wort Arabisch verstand, wußte er nicht, daß Josseran gerade das Abkommen vorgeschlagen hatte, dem sich so viele Mitglieder der *Haute Cour* widersetzt hatten. Diese Entscheidung hatte Thomas Berard vor Josserans Aufbruch aus Akko auf eigene Faust im Namen der Tempelherren getroffen. Es wäre nicht das erste Mal, daß sie mit jemandem paktierten, ohne die Zustimmung der anderen Kreuzfahrerstaaten zu haben. Das hier aber war das gefährlichste Spiel, das irgendeiner von ihnen je gespielt hatte. Wer den Bären am Hals packt, muß unbedingt darauf achten, daß sich dieser nicht losreißen kann.

»Er will den Zweck unseres Hierseins wissen«, sagte er zu Wilhelm.

»Habt Ihr ihm gesagt, daß ich ein Handschreiben des Papstes an ihn persönlich habe?«

»Ich bezweifle, daß dieses Geschöpf je vom Papst gehört hat, Pater Wilhelm.«

»Dann müßt Ihr ihm erklären, daß er an der Spitze der christlichen Welt steht und mich hergesandt hat, um ihm und den anderen Barbaren das Heil zu bringen!«

»Soll ich diesen Gedanken so feinfühlig ausdrücken?«

Wilhelm verstand seine Ironie nicht. »Ihr müßt ihm sagen, wer ich bin!« zischte er.

Josseran wandte sich ab. Er dachte nicht im entferntesten daran, dieser Aufforderung Folge zu leisten. Die Tataren konnten sie ohne weiteres im nächsten Augenblick köpfen. Und er dachte nicht daran, auf diese Weise, im Schmutz kniend, zu sterben. Falls er den Tod im Dienste Christi finden sollte, dann nur mit dem Schwert in der Hand. Das hatte er sich vorgenommen, sozusagen als Wiedergutmachung für seine Sünden.

Hulagu sah zu ihnen herüber, und Josseran meinte auf seinen Zügen eine gewisse Unsicherheit zu entdecken.

»Mein Gebieter Hulagu will wissen, was diese Gemeinsamkeit ist, von der du sprichst«, wandte sich der Feldhauptmann wieder an Josseran.

»Die Vernichtung der Sarazenen.«

Erneut lachte jener auf. »Du meinst, so?« Er wies mit der Hand auf die Stadt. »Wie du sehen kannst, haben wir sie bereits ohne die Hilfe des Großmeisters, wie du ihn nennst, vernichtet.«

»Was sagt er jetzt?« rief Wilhelm, fast zitternd vor Enttäuschung, weil er selbst nicht eingreifen konnte.

»Ich habe nicht den Eindruck, daß er sich besonders für uns begeistert.«

»Aber er muß Kenntnis vom Handschreiben des Heiligen Vaters bekommen!«

Hulagu flüsterte seinem Feldhauptmann etwas zu. »Wer ist diese Kreatur, und was sagt sie?« fragte dieser.

»Einer unserer heiligen Männer, Herr.«

»Kann er uns Zauber zeigen?«

Die Frage verblüffte Josseran. »Zauber? Ich fürchte, nein.«

Der Feldhauptmann gab diese Auskunft an Hulagu weiter, der davon enttäuscht schien. Es folgte eine weitere längere Unterhaltung zwischen den beiden Tataren.

»Mein großer Herrscher möchte wissen, ob dein Gebieter bereit ist, sein Vasall zu werden, wie der Herrscher über Antiochia, und ihm alljährlich Tribut zu zahlen?«

Josseran verbarg seine Überraschung. *So* hatte Bohemund dem Obersten Rat und Gericht die Beziehung nicht beschrieben. »Wir wünschen ein Bündnis gegen die Sarazenen. Als Gegenleistung für unsere militärische Unterstützung würden wir Jerusalem beanspruchen ...«

Hulagu wartete nicht, bis er fertig war. Er sagte einige leise Worte zu seinem Feldherrn und wendete sein Pferd.

»Mein großer Herrscher sagt, daß er mit dir nicht über ein Bündnis reden kann. Darüber kann nur der Großkhan Möngke entscheiden, der Herrscher aller Herrscher. Man wird dich zu ihm führen. Deinen heiligen Mann kannst du mitnehmen. Die übrigen Männer deiner Begleitung werden bis zu deiner Rückkehr als Geiseln hierbleiben.«

Rasch sagte der Feldhauptmann etwas in der Sprache der Tataren zu Dschuchi, dann wendete auch er sein Pferd und ritt dem Khan, begleitet von seinen Kriegern, nach, die in geschlossener Formation den Mauern der Zitadelle entgegenstrebte. Die Audienz war ausgesprochen kurz gewesen und in keiner Weise so abgelaufen, wie Josseran sie sich ausgemalt hatte.

Sie alle wurden wieder auf die Füße gerissen.

»Was geschieht jetzt?« rief Wilhelm.

»Er sagt, er sei nicht befugt, Entscheidungen zu treffen. Es scheint, daß es einen noch höheren Gebieter als ihn gibt. Vor ihn sollen wir gebracht werden.«

»Wo befindet sich der? Wie weit müssen wir noch reisen?«

»Das weiß ich nicht.«

Man führte sie zu ihren Pferden zurück. Josseran sah, daß Gérard und Yussuf sie mit aufgerissenen Augen anstarrten. Im Unterschied zu Wilhelm hatten sie jedes Wort verstanden.

»So«, lachte Dschuchi. »Ihr werdet also Karakorum sehen.«

»Wie viele Tagesreisen sind es bis dahin?«

»Tagesreisen?« Der Feldhauptmann wiederholte seinen Gefährten die Frage, worauf diese in schallendes Gelächter ausbrachen. Er wandte sich wieder an Josseran. »Wenn ihr scharf reitet, könnt ihr es in vier Monden schaffen. Mit deinem Elefanten da kannst du von Glück sagen, wenn du nach acht Monden dort eintriffst!«

Josseran sah ihn ungläubig an. Mit einem guten Pferd ließ sich die Strecke von Toulouse nach Konstantinopel, so weit die Christenheit reichte, in vier Monaten bewältigen. Acht Monate, doppelt so lange, für den Weg durch das Land der Mohammedaner und darüber hinaus! Acht Monate! Bis dahin konnte Outremer bereits von den Tataren überrannt sein.

»Und wenn wir nicht dorthin wollen?«

Der Tatar lachte erneut. »Was ihr wollt, ist belanglos. Entscheidend ist allein, was der Khan will. Was er sagt, geschieht.«

Wilhelm zupfte Josseran am Ärmel seines Waffenrocks. »Was sagen sie? Ihr dürft mir nichts verheimlichen.«

Acht Monate zusammen mit diesem verdammten Kirchenmann! Sofern er überlebte. »Steigt einfach auf«, knurrte er. »Es geht nach Osten. An einen Ort, den sie Karakorum nennen. Mehr weiß ich auch nicht.«

16

Nahe Almalyk, östlich von Samarkand

Der Himmel war grau und trostlos, und die Berge verbargen sich hinter einem Wolkenschleier. Schneeregen trieb über die Steppe. Die hölzernen Räder zweier Fuhrwerke knirschten über den gefrorenen Boden. Sie waren mit dem Tribut der Kasachen von Almalyk beladen: Hermelin- und Zobelfelle, zwei junge Frauen für Khaidus Harem. Im Sattel seines Lieblingspferdes sitzend, sah Khaidu, dem Eiskörner im Bart hingen, dem Zug zu. Die schwarzen Streifen an den Hinterbeinen seiner Stute zeigten, daß sie noch nicht lange aus einer der wilden Herden herausgefangen und gezähmt worden war, die nach wie vor frei über die nördliche Steppe zogen. Unter seiner dicken Pelzmütze ließ er den Blick über die aufgestapelten Felle und die beiden jungen Frauen gleiten, die zitternd im hinteren Teil des Fuhrwerks hockten. In seinen Augen lag eher Härte als Gier, als er mit dem geübten Blick eines Eroberers den Wert der Tributlieferung abschätzte.

»Riechen sie?« fragte er Khutelun, den Blick auf die jungen Frauen gerichtet.

»Sie scheinen recht angenehm zu sein«, antwortete sie, »sind aber, obwohl sie die wohlgestaltetsten unter all ihren Weibern sind, kaum ansehnlicher als die Yaks, die sie bisher gehütet haben. Die Kasachen sind kein schönes Volk.«

Khaidu nickte, doch Khutelun konnte sehen, daß er mit seinen Gedanken nicht bei den jungen Frauen war. Sie überlegte, welche Nachrichten es in ihrer Abwesenheit gegeben haben mochte.

»Khubilai bleibt zum Kampf gegen die Sung in Kitai«, sagte er, als er die unausgesprochene Frage in ihren Augen las. »Arik Böke hat in Karakorum eine *khuriltai* einberufen.«

»Wirst du hinreiten?«

Er runzelte die Stirn. Sein Blick richtete sich auf den grauen Horizont. Er dachte daran, wie ungewiß die Zukunft ohne einen Großkhan war. »Organas Tage in Buchara sind gezählt. Ihre Macht ging auf Möngke zurück. Wer weiß, was mit uns wird, jetzt, da er tot ist? Es dürfte besser sein, wenn ich hierbleibe.«

Khutelun glaubte zu wissen, was ihr Vater dachte. Dschingis Khans Reich, das sich über einen Großteil Asiens erstreckte, war nach seinem Tod unter seinen Söhnen aufgeteilt worden. Batu war Khan der Goldenen und Weißen Horde in der Steppe im Norden geworden, während der jüngste Sohn Dschagatai das Gebiet jenseits des Dachs der Welt bekommen hatte, das dann unter seinem Namen als Khanat Dschagatai bekannt geworden war. Nach dessen Tod hatte seine Witwe Organa die Herrschaft darüber ausgeübt. Khaidu unterstand ihr zwar dem Namen nach mitsamt allen ihm treu ergebenen Sippen, zahlte aber niemandem Tribut.

Wenn sich also in Buchara Veränderungen ergaben, konnten diese sich auch in Almalyk auswirken.

»Heute morgen ist ein Reiter mit Nachrichten aus Buchara eingetroffen«, sagte er. »Botschafter werden auf ihrem Weg nach Karakorum bei uns vorüberkommen. Organa hat uns aufgefordert, sie in Empfang zu nehmen und bis Besch Balik zu geleiten.«

Seiner Mitteilung entnahm sie, daß diese Aufgabe ihr zugedacht war.

»Du wirst sie aber in Besch Balik nicht an eine andere Eskorte übergeben, sondern sie ganz bis Karakorum begleiten. Es ist mein Wunsch und Wille, daß du in der *khuriltai* Arik Böke unterstützst.«

»Es ehrt mich, von dir mit dieser Aufgabe betraut zu werden, Vater.«

»Ich habe immer Vertrauen zu dir gehabt, Tochter. Du bist die Fähigste unter all meinen Kindern.«

Sie spürte, wie sie bei diesen Worten Stolz überlief; es war das höchste Lob, das er ihr je gezollt hatte. *Wäre ich doch als Junge zur Welt gekommen*, dachte sie, *ich könnte Khan werden.* »Woher kommen diese Botschafter?« fragte sie.

»Aus Ländern weit im Westen. Es sind Barbaren. Sie wollen sich dem Khan der Khane zu Füßen werfen.«

»Aber wir werden doch erst wieder einen Großkhan haben, wenn die Wahl entschieden ist.« Das, so wußte sie, konnte ohne weiteres zwei oder drei Jahre dauern.

Khaidu zuckte die Achseln. »Wenn wir keinen haben«, gab er zur Antwort, »werden sie warten müssen, bis es so weit ist.«

TEIL II

Das Dach der Welt

ALEPPO – KASCHGAR

1

Am Josefstag des Jahres 1260 nach Christi Geburt

Im Tal von Fergana, östlich von Samarkand (Khanat Dschagatai)

»Glaubt Ihr, daß sie als nächstes uns verzehren werden?« fragte Wilhelm.

Die Gesichter der Tataren lagen im Schatten. Josseran hatte die Berichte gehört, in denen es hieß, daß dieses Volk Blut trinke und sich von Hunden, Fröschen und Schlangen ernähre, ja, sogar seine Artgenossen nicht verschmähe. Und als er diesen Menschen an jenem Frühlingstag zusah, fiel es ihm nicht schwer, sich das vorzustellen. Er sah auf den Boden und hielt den Blick unverwandt auf die vor ihm liegenden Innereien eines Schafes gerichtet. Der Rauch des Feuers brannte ihm in den Augen. Ihre feuchten Kleider rochen nach Pferdedung, und fast konnte man den strengen Geruch in der Jurte mit Händen greifen.

Durch den Eingang sah man einen orangefarbenen Streifen am Himmel. Im Tal herrschte noch Winter, und die Ödnis der Berge erfüllte Wilhelm mit Niedergeschlagenheit.

Lachend ermunterten ihn die Tataren zum Essen. Mit fettglänzenden Fingern rissen sie mit Hilfe ihrer Dolche Stücke aus den dampfenden Innereien, die vor ihnen im Gras lagen. Der Rest des Tieres, Fell, Kopf und blutbeschmierte Knochen, lag auf einem Haufen beiseite.

Ihnen zu Ehren hatte der Besitzer der Jurte eins seiner Schafe geschlachtet. Das Verfahren war denkbar einfach: er hatte es auf den Rücken geworfen, mit den Knien festgehalten und ihm den Leib aufgeschlitzt. Dann hatte er den Arm bis zum Ellbogen in die Eingeweide des noch zuckenden Tieres gestoßen und die Hauptschlagader abgedrückt, bis das Herz aufgehört hatte zu schlagen. Nach wenigen Augenblicken war der Kopf zur Seite gesackt. Kaum ein Blutstropfen war bei diesem Vorgang zu Boden gefallen.

Die Zubereitung war in ähnlich einfacher Weise erfolgt. Lediglich der Mageninhalt wurde fortgeworfen; alles andere – Gekröse, Kopf, Innereien, und Muskelfleisch – waren in siedendes Wasser geworfen und gekocht worden.

Obwohl wütender Hunger an Wilhelms Eingeweiden nagte, sah er sich außerstande, die nahezu rohe Nahrung der Tataren zu verzehren. Sie waren in der Tat Barbaren. Einen Augenblick lang meinte er, sterben zu müssen. Ihm war, als hätten diese Teufel Menschenfleisch auf der Spitze ihrer Dolche stecken, und er selbst läge in halbrohen Stükken über dem Feuer, er sei, ohne noch einmal gebeichtet zu haben, umgekommen und würde sein Grab in ihrem Magen finden.

Gerade schnitt der Anführer ihrer tatarischen Eskorte, den Josseran Baitu rief, ein Stück kaum gekochtes Fleisch ab und steckte es in den Mund, daß ihm das Fett im Feuerschein am Kinn glänzte. Wilhelm hörte, wie die kleinen Knochen unter seinen Zähnen krachten.

Am Eingang der Jurte hing ein Ziegenbalg, der als Flüssigkeitsbehälter diente. Schwerfällig erhob sich Baitu und ließ etwas davon in eine hölzerne Schale laufen, die er Wilhelm in die Hand drückte und ihm mit einer Handbewegung gebot, davon zu trinken.

Es war *kumys*, gegorene Stutenmilch, die sie zu jeder Mahlzeit tranken. Wenn man sich einmal daran gewöhnt hatte, war das Getränk nicht einmal unangenehm: es war hell wie Wein, schäumte ein wenig, hatte einen leicht beißenden Geschmack und einen Nachgeschmack nach Mandeln.

Wilhelm hob die Schale an die Lippen und leerte sie mit einem Zug. Sogleich griff er sich an die Kehle, seine Wangen liefen purpurrot an, und er rang nach Luft. Die Tataren brachen in Gelächter aus.

»Ihr habt ihn vergiftet!« rief Josseran in ihrer Sprache.

»Es ist schwarzer *kumys*«, sagte Baitu. Er klopfte sich auf den Bauch. »Köstlich!«

Es half alles nichts, Wilhelm mußte immer mehr trinken. Sie standen vor ihm und klatschten in die Hände, während er trank. Dieses Getränk war nicht mit ihrem üblichen *kumys* zu vergleichen. Es war so stark wie spanischer Wein, und Wilhelm merkte, daß er bald ebenso betrunken sein würde wie sie. Er hoffte, Gott werde ihm verzeihen.

Nachdem er mehrere Schalen ihres gräßlichen Gebräus geleert hatte, wurden sie des Spiels müde, nahmen wieder im Gras Platz und setzten ihre Mahlzeit fort.

»Geht es Euch gut, Pater Wilhelm?« fragte ihn Josseran.

»Wollt Ihr mit mir beten?« fragte der Angesprochene zurück. Seine Zunge kam ihm mit einem Mal doppelt so groß vor wie sonst, und er merkte, daß er undeutlich sprach.

»Meine Knie sind schon aufgescheuert und voller Blasen von Euren ständigen Anrufungen.«

»Wir müssen die Heiden mit unserer Frömmigkeit beeindrucken … wenn wir sie für Gott gewinnen wollen.«

Mit weit aufgerissenen Augen sahen die Tataren zu, wie der Mönch neben dem Feuer auf die Knie stürzte und die ineinander verschlungenen Hände zum Himmel reckte. Sie folgten der Richtung seines Blicks zum Rauch-Abzugloch und zum Abendstern, der über der Jurte stand.

»Setzt Euch und eßt«, forderte ihn Josseran auf. »Seht sie Euch doch an. Sie sind in keiner Weise von Eurer Frömmigkeit beeindruckt, wohl aber davon überzeugt, daß Ihr nicht ganz richtig im Kopf seid.«

»Die Ansichten von Tataren stören mich nicht.«

Das stimmte. Zum ersten Mal seit Wochen hatte er keine Angst mehr. Er fühlte sich stark, unbesiegbar und von einem großen Sendungsbewußtsein durchdrungen. Schweigend und in stummem Vorwurf aß Josseran weiter, während Wilhelm den Herrn laut um seinen Beistand anflehte, ihn bat, ihre Seelen zu schützen und ihre barbarischen Begleiter auf den einzig rechten Weg zu führen.

Als er fertig war, sah er, daß Josseran nach wie vor finster auf einem rohen Stück Innereien kaute. »Wie könnt Ihr dies widerliche Zeug nur essen?«

»Ich bin Krieger. Krieger können ohne Nahrung nicht leben, ganz gleich, ob sie dem Gaumen schmeichelt oder nicht.«

Wilhelm nahm ein Stück von dem halbgaren Gekröse in die Hand. Als er spürte, wie glatt es war, hob sich sein Magen. Er stand auf, verließ die Jurte und warf es einer Meute Hunde hin.

Dann drehte sich die Welt um ihn, ihm wurde schwarz vor Augen, und er sank ins Gras, sinnlos betrunken.

Wilhelm erwachte schon vor Morgengrauen vom Heulen eines Wolfs irgendwo in der Finsternis. Hinter seinen Augen spürte er einen dumpfen Schmerz. Er griff nach dem Kruzifix, das ihm um den Hals hing, und murmelte ein stummes Gebet zu Gott, der über ihn urteilen würde. In seinem tiefsten Inneren gab ihm sein Glaube nur wenig Trost, denn er wußte nicht nur, wie sündig er war, sondern auch, daß er das Urteil seines Gottes zu fürchten hatte, falls er bei diesem Auftrag versagte, der seinem armseligen Leben einen Sinn geben sollte.

Wie lange waren sie schon unterwegs? Er wußte nicht mehr, wie viele Wochen oder Monate es waren.

Von Aleppo aus hatten sie die Wüste durchquert, Meile um Meile harten Gesteins, das einsame Reich von Ziegen und wenigen Beduinenhirten. Die Tataren hatten darauf bestanden, daß die Fuhrwerke mit den schweren eisenbeschlagenen Vorratskisten und dem Kettenhemd zurückblieben, das dem Tatarenherrscher hatte überreicht werden sollen. Die anderen Geschenke packte Josseran in einen wasserdichten Lederbeutel, den er am Sattel festband. Er selbst trug das damaszierte Schwert.

Trotz des Winters waren die Tage warm, und Wilhelm, der die Hitze nicht gewohnt und von der Mühsal der Reise ermattet war, schleppte sich auf seinem Tier dahin. Ihn quälten die Fliegen, die sich um Augen- und Mundwinkel sammelten, wo sie begierig jegliche Feuchtigkeit aufsogen.

Eines Abends, nicht lange nach ihrem Aufbruch von Aleppo, wurde einer der Tataren von einem Skorpion gestochen. Er schrie und schluchzte die ganze Nacht. Niemand vermochte ihn zu trösten. Am nächsten Morgen starb er. Der Vorfall hatte Wilhelm bis ins Mark erschüttert, doch beneidete er den Mann in den nächsten Wochen noch oft um die schnelle Erlösung von den Qualen der Wüste. Oftmals kannte er keinen anderen

Wunsch, als sich in den heißen Sand zu werfen und dort zu sterben.

Doch immer wieder half ihm der Gedanke an seinen Erlöser auszuharren. Sofern das hier sein Kreuz sein sollte, sein Fegefeuer, war er bereit, es zu erdulden. Er würde seine Heimsuchungen als Läuterungen willkommen heißen, als Buße für seine unreinen Gedanken und die mangelnde Kraft seines Geistes.

2

Ein kalter, grauer Morgen brach an. Unter ihnen erstreckte sich ein riesiger See, der sich aus den gewaltigen Gletschern oberhalb des Tales speiste. Seine Oberfläche hatte die Farbe von Stahl. Die Hänge über ihnen waren von dunklen Wolken verhüllt. Gelegentlich erhaschten sie in einer Lücke zwischen ihnen einen Blick auf die schroffen Zacken der von Schnee und Eis bedeckten Gebirgskette, die sich am Horizont entlangzog.

Josseran sah auf Baitu, der vor der Jurte am Feuer hockte. Er trug die dicksohligen Filzstiefel der Tataren, deren Spitzen leicht nach oben wiesen, und das *del* genannte dicke Gewand, das sie um den Körper wickelten und mit einer breiten Schärpe aus orangefarbener Seide befestigten. Seine Fellmütze hatte er noch nicht aufgesetzt. Wie alle Tataren hatte auch er den Schädel fast kahlgeschoren. Lediglich ein Haarbüschel über der Stirn war stehengeblieben, und hinter den Ohren hingen ihm zwei lange Zöpfe herab.

Er briet den auf ein Stück Holz gespießten Kopf eines Schafes über dem Feuer und wendete ihn sorgfältig hin und her. Als alle Haare abgesengt waren, legte er ihn auf den Erdboden und begann, mit der Spitze seines Dolches das Fleisch davon zu lösen. Kein noch so kleines Stückchen blieb daran.

Das Frühstück war bereitet.

»Wann werden wir in Karakorum sein?« fragte ihn Josseran in der Sprache der Tataren. Gleich zu Anfang der Reise hatte er sich von Hulagus Hauptmann Dschuchi einige Worte beibringen lassen. Ursprünglich hatte der Tatar das als bloßen Spaß betrachtet, war dann aber erstaunt gewesen, zu sehen, wie rasch der Barbar lernte. Baitu, ihr neuer Weggefährte, hatte Dschuchis Unterweisung auf dem Weg von Buchara fortgesetzt, so daß Josseran die Sprache nun nahezu fließend beherrschte.

»Vielleicht im Sommer«, sagte Baitu, während er auf der Suche nach einem weiteren Leckerbissen mit der Spitze des Dolches in der Augenhöhle des Tierkopfes herumstocherte. »Vorausgesetzt, wir reiten scharf und das Wetter meint es gut mit uns ...«

Josseran merkte, wie sein Mut sank. »Ist es noch so weit?«

»Karakorum liegt in der Mitte der Welt. Hier sind wir erst an ihrem Rand.«

Josseran fragte sich, was der Papst in Rom wohl von einer solchen Äußerung halten würde, schwieg aber.

Auf unsicheren Beinen und mit aschfahlem Gesicht tauchte Wilhelm aus der Jurte auf. Der schwarze *kumys* vom Vorabend hatte weder seinen Körper noch seinen Geist auf die Strapazen des bevorstehenden Tagesritts vorbereitet.

»Wie bin ich auf mein Lager gekommen?« fragte er Josseran mit belegter Stimme.

»Ich habe Euch hingetragen. Ihr wart ins Gras gefallen.«

Der Mönch nahm diese Mitteilung schweigend auf. Josseran hatte wenigstens einen gemurmelten Dank erwartet, bekam aber statt dessen einen Vorwurf zu hören. »Ihr tragt die Schuld daran, daß wir in jenes Karakorum reisen«, sagte Wilhelm.

»Was?«

»Statt den Heiden etwas vom Handschreiben des Heiligen Vaters zu sagen, habt Ihr diesen Teufeln einen Waffenstillstand angeboten.«

Josseran war beunruhigt. Sollte er diesen Mönch unterschätzt haben? »Ich bin Euch als Begleiter und Dolmetscher mitgegeben. Das ist alles.«

»Ich weiß, was Ihr von mir denkt, Templer, aber haltet mich nicht für einen Dummkopf.«

Josseran wandte sich ab. Er sah, wie Baitu den Schafskopf ins Feuer schleuderte, wo die Reste des Frühstücks zischend verbrannten.

»Was gäbe ich für einen schönen zarten Braten«, sagte Wilhelm sehnsüchtig und schwankte davon, um sein Pferd zu holen.

Josseran machte sich Sorgen um seine Stute Kismet. Das scharfe Tempo der Reise hatte das Pferd ausgelaugt. Seit sie durch die Berge ritten, gab es weniger Futter, so daß das Tier inzwischen fast nur noch aus Haut und Knochen bestand. Zwar schleppte sich die Stute unverzagt weiter, aber Josseran glaubte nicht, daß sie noch lange durchhalten würde.

Es war widersinnig. Anfangs hatte er die Pferde der Tataren, die kaum größer waren als das Pony, auf dem er als Kind das Reiten gelernt hatte, für lachhaft gehalten. Beim ersten Anblick dieser angeblich so wilden Krieger auf ihren gelbbraunen, maultierähnlichen Reittieren mit den dicken Hälsen hatte er kaum glauben können, daß es sich dabei um die Reiterei handeln sollte, welche die halbe bekannte Welt gebrandschatzt hatte.

Aber in den vergangenen Wochen hatte er seine Meinung grundlegend ändern müssen. Es sah ganz so aus, als ließen sich diese Pferde ununterbrochen im Galopp reiten. Auch suchten sie sich sogar im Schnee auf irgendeine geheimnisvolle Weise selbst ihr Futter. Sie kratzten mit den Vorderhufen das Eis ab, fraßen die gefrorenen schwarzen Pflanzen darunter und gewannen aus ihnen Kraft.

Die aus Akko mitgebrachten Packpferde waren längst verendet.

Woche um Woche hatten sie nun schon im Sattel verbracht, wobei ihre tatarischen Begleiter ein mörderisches Tempo anschlugen und nur alle zwei Stunden einige Minuten Rast machten. Es kam Josseran so vor, als sei ihnen nur eine Gangart bekannt, und das war der Galopp. Auf diese Weise legten sie an einem Tag mitunter bis zu fünfzig Meilen zurück.

Jeder der Tataren hatte aus Aleppo mindestens fünf Pferde mitgebracht, deren Zaum lose mit dem des Tieres zur Linken verbunden war, wobei der Reiter das letzte Tier der Kette mit der rechten Hand führte. Ein Pferd wurde jeweils nur zwei Tage geritten, dann durfte es ohne Reiter mitlaufen. Dschuchi hatte ihnen erklärt, normalerweise werde ein Pferd sogar nur vier oder fünf Tage im Monat geritten, so daß die Tiere immer ausgeruht waren.

Weil sich Kismets Zustand immer mehr verschlechterte, hatte man auch Josseran einige Tatarenpferde gegeben. Er aber konnte sich nach dem leichtfüßigen Galopp seiner Perserstute nicht an deren flachen, hämmernden Lauf gewöhnen.

Die kurzen Steigbügel der Tataren bestanden aus Leder, und in ihnen standen sie mit ihren sehnigen Beinen Stunde um Stunde, ohne zu ermüden. Josseran hatte es ihnen nachzutun versucht, aber schon nach wenigen Minuten einen Wadenkrampf bekommen. So zog er es vor, sich auf dem harten hölzernen Sattel die Knochen durchschütteln zu lassen. Tag für Tag spürte er bereits vor Mittag die Schmerzen. Es fing in den Knien an und stieg dann ins Rückgrat auf, bis es ihm schließlich vorkam, als brenne sein ganzer Körper.

Es war auch erstaunlich, mit wie wenig Nahrung die Tataren auskamen. Bisweilen ritten sie den ganzen Tag ohne eine einzige Essenspause. Gegen Abend war Josseran vor Hunger jedesmal so geschwächt, daß er sich gierig auf die immergleiche Mahlzeit stürzte: einige Stücke Hammelfleisch, die halbgar verzehrt wurden.

Schließlich begann er die Morgendämmerung zu fürchten, denn sie bedeutete, daß ihm ein weiterer Tag nicht nachlassender Schmerzen im Sattel seines Tieres bevorstand. Bisweilen fragte er sich, ob er die Ankunft in jenem sagenhaften Karakorum noch erleben würde. Wilhelm war bereits grau vor Erschöpfung; er konnte seinen Körper kaum noch bewegen, so sehr hatten ihn die Anstrengungen der Reise mitgenommen. Aber da er fest in seinem Glauben ruhte, ergab er sich wie ein wahrer Märtyrer jeden Morgen aufs neue in sein Schicksal.

Solange der verdammte Mönch das aushielt, würde er es wohl auch können.

3

Josserans bisherigen Erfahrungen nach war ein Bündnis mit diesen Tataren nicht nur einem Kampf vorzuziehen, sondern sogar unerläßlich. Ihm war inzwischen klar, daß kein christliches Heer imstande sein würde, sie zu besiegen oder auch nur ihrem Vordringen Einhalt zu gebieten, jedenfalls nicht mit den zur Zeit in Outremer verfügbaren Kräften. Bei einem Treffen auf offenem Schlachtfeld wäre die tatarische Reiterei auf jeden Fall überlegen. Da sie ihre Steigbügel so einsetzten, daß sie ohne den Gebrauch der Zügel zu reiten vermochten und ihre Tiere mit einem Wadendruck gegen die Flanken lenkten, konnten sie im vollen Galopp ihre Pfeile abschießen. Sie schienen sich auf ihren Pferden natürlicher zu bewegen als auf ihren kurzen O-Beinen. Er hatte sie sogar schon im Sattel schlafen gesehen. Inzwischen war ihm klar, warum sie so leicht gepanzert waren – diesen Kriegern lag nichts an einem Zweikampf Mann gegen Mann, wie er unter europäischen Rittern üblich war. Sie töteten mit ihren Pfeilen aus sicherer Entfernung.

Da die christlichen Heere die Tataren auf keinen Fall in offener Feldschlacht würden besiegen können, blieb ihnen keine andere Möglichkeit, als Zuflucht hinter den Mauern ihrer Burgen zu suchen. Doch nach Anzahl und Größe der Belagerungsmaschinen zu urteilen, die Josseran in Aleppo gesehen hatte, würden ihnen möglicherweise nicht einmal Akko und die Pilgerburg auf Dauer Schutz bieten.

Zwar hatten diese Tataren die Sarazenen, die Feinde der Christen, bekämpft, doch mußte Josseran an die Worte des Grafen Johannes von Jaffa denken: »Und Ihr sagt, wir sollen mit ihnen verhandeln! Das wäre so, als wollte man einen lästigen Hund vertreiben, indem man sich einen Bären ins Haus holt.«

Nach der Überquerung des Elburs-Gebirges nach Persien hinein hatte Josseran mit eigenen Augen gesehen, was dabei herauskam, wenn man den Tataren Widerstand leistete.

In der als Anlaufstation für Karawanen dienenden Oasenstadt Merw gab es kein einziges Gebäude aus der Zeit vor

Dschingis Khan. Im Flüsterton berichtete ihr arabischer Führer von dem schrecklichen Blutbad, das die Tataren dort angerichtet hatten. Nachdem die Bewohner herausgekommen seien, um sich zu ergeben, erzählte er, habe Dschingis Khan seinen Kriegern den Befehl erteilt, ein jeder von ihnen solle mit eigener Hand dreihundert Perser töten. Dieser Befehl war genau so ausgeführt worden. Danach hatten die Eroberer Feuer an die große Bibliothek gelegt, und hundertfünfzigtausend alte Schriftwerke waren in Rauch und Asche aufgegangen. Es wurde berichtet, man habe den Feuerschein über die Wüste hinweg bis ins ferne Buchara sehen können.

Ihr Trupp durchquerte eine weitere Wüste, in der es noch weniger Wasser gab als in der syrischen Wüste. Zwischen erstarrten Sanddünen fanden sich hier und da Ansammlungen dürrer Salzsteppensträucher. Bei Nacht konnte man am Nordosthorizont einen Schimmer erkennen, und ihr Führer teilte ihnen mit, er stamme von einem Feuer auf dem Kalyan-Minarett in Buchara, dem höchsten Bauwerk der Welt. Er erklärte, an seiner Spitze befinde sich eine gemauerte Laterne mit sechzehn Bogen, in der nachts ein Feuer brenne, das Handelskarawanen in der Wüste die Richtung angebe. Josseran tat das als eine der üblichen Übertreibungen der Mohammedaner ab, doch als sie schließlich die große Oasenstadt erreichten, zeigte sich, daß es sich tatsächlich so verhielt.

Wie ein Finger aus gebrannten Ziegeln ragte das Minarett schwindelerregend hoch in den tiefblauen Himmel. Ein Band aus schimmernden blauen Kacheln umgab es im geschwungenen Muster der arabischen Schrift unterhalb der Bögen, hinter denen das Leuchtfeuer brannte, und der Galerie des Muezzin, die mit kunstvoll verzierten Konsolen und Nischen ausgestattet war. Man nenne es auch das Minarett des Todes, sagte der Führer, da die Usbeken-Herrscher, die dort einige Jahrhunderte lang regiert hatten, ihre Gefangenen von seiner Spitze in den Sand der Wüste hinabzustürzen pflegten.

Die Stadt Buchara, in der es ebenso stank wie in Paris oder Rom und wo das Wasser in den Kanälen faulig und grün war, kam ihnen wie ausgebleicht vor. Wohin das Auge fiel, überall standen weißgetünchte Lehmbauten mit verwitterten Türrahmen. Lediglich die Moschee und das Minarett des Todes waren Dschingis Khans Zorn entgangen; fast alle anderen Gebäude stammten aus jüngster Zeit. Nach wie vor lag eine beklommene Stimmung über der Stadt, als wären die alles vernichtenden Horden erst vor wenigen Tagen hindurchgezogen.

Man sah nur wenige persische Gesichter; die meisten Bewohner waren von dunklerer Hautfarbe und hatten mandelförmige Augen – Tataren, Kirgisen und Usbeken, wie ihr Führer ihnen erklärte. Noch immer konnte man an den Wänden der Moschee Brandflecken sehen, wo Dschingis Khan ans Lesepult getreten war und den heiligen Koran mit den Worten zu Boden geschleudert hatte: »Das Heu ist gemacht, gebt euren Pferden Futter!« Das war der Auslöser für ein Blutbad ebenso gewaltigen Ausmaßes wie in Merw gewesen.

Zwar war die Stadt wieder aufgebaut worden, doch lagen die unbewässerten Felder vor ihren zerstörten Mauern noch immer brach. Das ganze Land wirkte öde. Nur eine Reitstunde vom als *registan* bezeichneten großen Platz in der Mitte der Stadt entfernt, kamen sie an einer aus Menschenschädeln errichteten Pyramide vorüber. Die Sonne schien die durch Aasfresser von allen Fleischresten befreiten Knochen gebleicht zu haben. Der Trupp hielt an, und Wilhelm sprach ein Gebet für die Toten.

»Gott steh uns bei«, murmelte Josseran.

Vorsichtig sah der Führer über die Schulter, um sicher zu gehen, daß keine Krieger in Hörweite waren. »Bevor die Tataren kamen, war hier alles grün«, flüsterte er Josseran zu. »Jetzt seht selbst. Alles stirbt. Alles.«

Über der Ebene lag die Stille der Trauer. Es war, als hätte das Gemetzel erst am Vortag stattgefunden, als verwesten die Leichen noch auf den Feldern. Es war schwer, sich in dieser Wüstenlandschaft fruchtbare Äcker vorzustellen. »Und das ist das Werk der Tataren?«

»Die armen Bauern haben die *qants* instand gehalten«, erläuterte der Führer. Er bediente sich des persischen Wortes für die Brunnen, die in der Wüste Wasser lieferten. »Jetzt, nachdem die Tataren sie abgeschlachtet haben wie die Schafe, hält niemand mehr die Bewässerungskanäle frei, und das Land ist vertrocknet. Sie haben nicht nur die Menschen ermordet, sondern auch das Land zerstört.«

»Haben sie denn alle Bewohner getötet?«

Der Führer nickte zu der Knochenpyramide hinüber. »Ja, mit Ausnahme der Dichter, der Handwerker und der Ärzte, die sie nach Karakorum verschleppt haben. Nicht einmal die Tiere haben sie verschont.«

Josseran wandte sich an Wilhelm. »Da hat der Priester Johannes ja gründliche Arbeit geleistet, als er diesem Teil der Welt das Christentum gebracht hat.«

»Ich werde keine Tränen um die Sarazenen vergießen.«

»Es kommt mir ganz so vor, als ob Ihr für niemanden Tränen vergießt«, brummte Josseran und lenkte sein Pferd von dem grauenerregenden Knochenhaufen fort.

4

Buchara war die Hauptstadt des sogenannten Khanats Dschagatai. Da es einer Tatarenherrscherin unterstand, bekamen sie außer frischen Pferden und Vorräten auch eine neue Eskorte. Nur Hauptmann Baitu zog weiter mit ihnen.

Durch eine weite Ebene ging es an Dörfern mit weiß getünchten Lehmziegelhäusern vorüber. Gelegentlich sahen sie die Überreste einer Moschee oder einen einzelnen Bogen, der anzeigte, daß dort vor einem halben Jahrhundert eine Karawanserei gestanden hatte, bevor Dschingis Khan brennend und mordend durchs Land gezogen war. Schließlich aber lagen Wüsten und Schotterebenen hinter ihnen, und sie folgten einem grünen Flußtal in Richtung der Oasenstadt Samarkand.

Schneebedeckte Berge umgaben diesen Treffpunkt von Karawanen. Inmitten von Silberpappeln ragten die Kuppeln von Moscheen auf, der *registan* war ein Gewirr von Basargassen, um den herum sich die braunen Mauern von Lagerhäusern und einer als *han* bezeichneten Karawanserei erhoben. Auch Samarkand war nach der Heimsuchung durch die Tataren neu errichtet worden. Die an der Sonne getrockneten Ziegel der Medresen und Moscheen waren mit pfauenblau und leuchtend türkisfarben glasierten Kacheln verziert, die im Schein der Wintersonne glänzten.

Eines Morgens trat Josseran auf das Dach des *han* hinaus, in dem sie Obdach gefunden hatten. Die Dämmerung zeigte sich zitronenfarben über den fernen Bergen. Während das Bogengewirr und die vielkuppeligen Dächer des Basars noch von der Schwärze der Nacht eingehüllt waren, strahlten die fern aufragenden schneebedeckten Bergrücken in überirdischer Schönheit. Die mit Schmuckziegeln bedeckte Kuppel einer Moschee glänzte in der Dunkelheit wie Eis, und die Spitze eines Minaretts zeichnete sich schwarz vor den Sternen ab. Der Muezzin hatte dessen oberste Plattform erklommen und den Gebetsruf angestimmt. Weit hallte dieser über die Dächer der Stadt: »Auzbillahi mina shaitani rajim, bismillah rahmani rahim ...« *Ich nehme meine Zuflucht zu Gott vor Satan, dem Verworfenen, im Namen Gottes des Gnädigen und Barmherzigen.*

»Hört Euch nur das Geheul an! Es klingt, als würde jemandem ein Zahn gezogen.« Josseran wandte sich um. Wie ein Gespenst war Wilhelm aus dem Schatten getreten. Er stand hinter ihm an der Brüstung und knotete die Kordel zu, die seinen Mantel zusammenhielt.

»Es ist ein Lied zum Lobe Gottes wie bei uns«, sagte Josseran. »Seine Melodie steigt und fällt mit dem gleichen Wohlklang.«

»Wie bei uns?« knurrte Wilhelm.

»Ihr haltet es für barbarisch, weil Ihr es nicht versteht. Ich lebe seit fünf Jahren im Heiligen Land. Sie wiederholen diese Anrufung Tag für Tag bei Morgengrauen. Es sind stets die gleichen Worte und die gleiche Melodie. Sie suchen ihren Gott, wie wir den unseren.«

»Sie haben keinen, Templer. Es gibt nur einen Gott, und das ist der Gott des einzigen und wahren Glaubens.«

Die ersten Sonnenstrahlen legten sich auf die Hügel über der Stadt und die Kuppeln der Moscheen. Josseran konnte den Umriß eines Storchs erkennen, der auf dem Minarett nistete. Was er hier sah, war ihm ebenso vertraut wie das, was er aus Akko kannte. Hatte er tatsächlich zu lange unter den Sarazenen gelebt und sich von ihren ketzerischen Vorstellungen anstecken lassen?

»Ich will damit nur sagen, daß sie nicht gottlos sind, wie manche glauben.«

»Wie können sie etwas anderes als gottlos sein, wenn sie nicht Christus lieben?«

Josseran gab keine Antwort.

»Hier sind wir weit von Akko entfernt«, fuhr Wilhelm fort, »doch werden wir schon bald dorthin zurückkehren. Dann werde ich gezwungen sein zu berichten, was Ihr gesagt habt. Ihr tätet gut daran, Eure Zunge zu hüten.«

Er ging fort. Ein Schauer, der nicht auf die Morgenkälte zurückzuführen war, überlief Josseran. Er wußte, daß Wilhelm seine Worte nicht als leere Drohung gemeint hatte.

5

Josseran sah zum See hinab und beobachtete, wie sich die Farbe des Wassers von Violett in Schwarz verwandelte. Auf der anderen Seite des Tales erhob sich der dunkle Umriß der Berge vor dem mit goldenen Strahlen durchzogenen bleigrauen Himmel.

Er zitterte, obwohl er sich wie die Tataren in Felle kleidete, seit sie hinter Samarkand die Ebene verlassen hatten, um das Gebirge zu bezwingen. Wie sie trug er zu einer Felljacke eine Hose aus dem gleichen Material, deren untere Enden er in die dicken Stiefel stopfte. Die anderen sattelten die Pferde, und so riß er sich von der Betrachtung des Sees los und trat zu ihnen. Er strich Kismet über die Nüstern und flüsterte ihr aufmunternde Worte zu. Die Stute, deren Rippen sich durch die Flanken deutlich abzeichneten, war nur noch das Zerrbild eines Pferdes.

Er wandte sich an Baitu und sagte: »Gibt es keinen anderen Weg als den über dieses Gebirge?«

»Du wirst noch viele Gebirge und viele Wüsten überwinden müssen, bis du die Mitte der Welt erreichst.« Offenkundig machten ihm die Strapazen nichts aus, eher schien ihm die Beschwerlichkeit ihrer Art des Reisens ein abartiges Vergnügen zu bereiten. *Sein Hintern ist so hart wie gegerbtes Leder*, dachte Josseran.

»Dein Schamane wird die Reise nicht überleben«, sagte Baitu und wies auf Wilhelm,

»Deus le volt«, flüsterte Josseran den Schlachtruf der Kreuzfahrer. Gott will es.

Mit breitem Grinsen fuhr Baitu fort: »Bestimmt würdest du gern sein Blut fließen sehen.«

»Bei ihm würde kein Blut kommen. Dazu ist er zu knauserig.«

Baitu sah über die Schulter. »Wo ist er? Es ist Zeit aufzubrechen.«

»Ist er nicht bei seinem Pferd?«

Dort war Wilhelm nicht, und auch nicht in der Jurte. Sie suchten das ganze Lager ab, ohne eine Spur von ihm zu finden.

Josseran fand ihn am Fluß. Die obere Hälfte seines Rocks hing herab und rote Striemen bedeckten seinen leichenblassen Rücken. In der Hand hielt er einen Zweig, den er von einer Pappel heruntergerissen hatte. Josseran sah vom Sattel aus zu, wie sich Wilhelm, der seine Gegenwart offenbar nicht bemerkt hatte, fortfuhr zu geißeln.

Sein Leib war klapperdürr, so, als schämte er sich, einen Körper zu haben. Unter den Striemen waren alte Narben zu sehen. Das wunderte Josseran nicht besonders, hatte er doch gehört, daß die Dominikaner zur Selbstkasteiung neigten. Während der Mönch sich Hieb auf Hieb versetzte, sang er im Takt, ohne daß Josseran die Worte verstehen konnte.

»Ich hatte gedacht, die Mühsal unserer Reise wäre sogar für einen Gottesmann genug der Kasteiung«, sagte Josseran.

Verblüfft wandte sich Wilhelm um. Er zitterte vor Kälte, seine Hände und Finger waren blau angelaufen. Es schien ihm nicht recht zu sein, daß er beobachtet worden war. »Unser Fleisch verführt uns zur Sünde, und dafür muß es leiden.«

»Und was für Sünden habt Ihr heute schon begangen? Die Sonne ist doch kaum aufgegangen.«

Josserans Blick meidend warf Wilhelm den Zweig zu Boden und brachte seine Kleidung in Ordnung. »Der Leib ist unser Feind.«

»Unser Feind? In diesem Fall würde ich sagen, daß er bereits genug für das bißchen Vergnügen leidet, das es bereitet, unsereinen durch die Lande zu schleppen.«

Josseran sah, daß die Füße des Mönches fast schwarz vor Kälte waren. Er verschmähte es, wie die Tataren Stiefel zu tragen, und ging lieber nach wie vor in Sandalen. *Es ist ihm wohl noch nicht schmerzhaft genug*, dachte Josseran. »Genügt Euch das Ausmaß an Folter nicht, das unsere Tagesreise mit sich bringen wird?« fragte er.

Der Mönch arbeitete sich das Flußufer empor. Statt einer Antwort fragte er: »Hat man Euch schon gesagt, wie weit es noch ist?«

»Ich glaube, sie wollen uns durch die halbe Welt bis zu ihrem Herrscher geleiten. Wenn wir ins Heilige Land zurückkehren, werden wir weiße Bärte haben, und die Sarazenen werden so alt sein, daß sie sich nicht mehr im Sattel halten und Jagd auf uns machen können.«

Wilhelm stand im bitterkalten Wind des Berglandes und zitterte. Blutflecken zeichneten sich auf dem Rücken seines Rocks ab. Josseran war zugleich beeindruckt und angewidert. Der Mönch hatte bereits weit mehr ertragen, als er einem Kirchenmann zugetraut hatte, doch lag in seiner Begierde nach körperlicher Qual etwas beinahe Sinnliches.

»Fürchtet Ihr Euch nicht vor dem, was hinter den Bergen liegt, Templer?« fragte Wilhelm.

»Ich fürchte Gott und sein Urteil. Darüber hinaus fürchte ich nichts auf dieser Erde, und schon gar keinen Menschen.«

»Ich spreche nicht von Menschen. Es heißt, daß es im Lande Kitai Geschöpfe mit Hundsköpfen gibt, die bellen, aber auch sprechen können. Andere sagen, es gebe dort Ameisen so groß wie Rinder. Sie graben in der Erde nach Gold und reißen jeden, der ihnen in die Quere kommt, mit ihren Zangen in Stücke.«

»Wenn ich solche Ammenmärchen glaubte, hätte ich diese Reise nicht angetreten. Ich bin noch nie jemandem begegnet, der in diesem Lande Kitai war und derlei mit eigenen Augen gesehen hat.«

»Aber wie können wir wissen, was uns hinter jenen Bergen erwartet?«

»Wollt Ihr damit sagen, wir hätten nicht herkommen sollen?«

»Es war Gottes Wille.«

Kopfschüttelnd zuckte Josseran die Achseln. Seiner Ansicht nach ging ihre Reise weniger auf Gottes Willen zurück als auf die Laune irdischer Herrscher. »In Samarkand habt Ihr gesagt, wir würden bald wieder in Akko sein. Ich muß gestehen, daß ich in letzter Zeit immer öfter denke, daß wir nie dorthin zurückkehren werden.«

»In dem Fall werden wir umgehend in die Arme des Herrn gelangen«, sagte Wilhelm und machte sich auf den Rückweg ins Lager.

»Da kann ich nur hoffen, daß er auch ein schönes warmes Feuer unterhält«, brummelte Josseran vor sich hin, »denn in meinem ganzen Leben habe ich noch nie so gefroren.«

6

Wie aus dem Nichts tauchte inmitten von Wolken und Eis mit einem Mal etwas auf der Straße vor ihnen auf, das Josseran anfänglich für eine Sinnestäuschung hielt.

Ein junges Mädchen führte einen Trupp von etwa zwanzig Reitern an. Sie trugen Fellmützen mit Ohrenklappen, manche von ihnen hatten glockenförmige Helme darüber gezogen, und unter ihren knielangen Mänteln sah ein gehärteter Lederpanzer hervor, dessen Bestandteile mit rohen Lederriemen zusammengebunden waren. Das Mädchen saß weit vorn auf ihrem Pferd, wie es bei den Tataren üblich war. Sie ritt gut.

Wenige Schritte von ihnen entfernt gebot sie ihrem Trupp Halt.

Sie saßen nach vorn geneigt auf ihren kleinen Steppenpferden, so daß die langen Filzmäntel an den Flanken ihrer Tiere fast bis zu den Stiefeln herabhingen. Die hölzernen Köcher auf ihren Rücken waren voller Pfeile; ein Schwert klirrte, ein Wimpel hing schlaff von einer Lanzenspitze. Dampfend erhob sich der Atem der Pferde und der Krieger in die kristallklare, windstille Luft.

Vom stahlfarbenen Himmel fiel Schnee.

Josseran konnte den Blick nicht von dem Mädchen lösen. Ihr hochgeschlossener langer Mantel von der Farbe roten Weines war bis zur Hüfte geschlitzt, damit er ihr beim Reiten nicht hinderlich war. Darunter sah man eine Reithose aus Filz und weiche Lederstiefel. Eine breite Seidenschärpe war fest um ihre schmalen Hüften gebunden, und ein purpurfarbener Seidenschal um Haar und Gesicht schützte sie vor dem Wind.

An ihr war nicht die Spur der Zurückhaltung zu sehen, die man von einer sittsamen Jungfrau erwartet hätte. Sie zog den Schal beiseite, wobei man sah, daß ihre weißen Zähne in scharfem Kontrast zu der vom Wind gegerbten bronzefarbenen Haut standen, und musterte ihn und Wilhelm mit dem kalten Blick eines Pferdehändlers, der die auf dem Basar angebotenen Tiere begutachtet. Wild loderten ihre mit Kajal umrandeten mandelförmigen Augen. Den Anflug eines Lächelns um ihre Lippen konnte Josseran nur als Ausdruck natürlicher Überheblichkeit deuten. Ein einzelner tiefschwarzer Zopf fiel ihr bis fast zu den Hüften über den Rücken.

Josseran erwiderte ihren harten Blick. Eine wilde Schönheit wie sie hatte er noch nie gesehen.

Ihre Lippen öffneten sich zu einem Lächeln, in dem jedoch nichts Freundliches lag, dann wandte sie sich an Baitu. »Das also sind die Barbaren«, sagte sie. Vermutlich nahm sie an, daß niemand sie verstand.

»Il-Khan Hulagu hat sie hergesandt«, gab Baitu zur Antwort. »Sie wünschen eine Audienz beim Großkhan. Organa ersucht Euch, sie sicher bis Besch Balik zu geleiten, von wo aus sie den Rest des Weges nach Karakorum zurücklegen können.«

Das Mädchen wandte sich an einen ihrer Gefährten. »Der Dürre stirbt an der Kälte, bevor wir das Gebirge halb hinter uns haben. Der andere sieht ziemlich widerstandsfähig aus.

Aber er ist so häßlich wie sein Pferd. Hoffen wir, daß er ebenso nutzlos ist.«

Die Tataren lachten.

»Ich will mich nicht mit Euch streiten, was meine Person betrifft«, richtete Josseran in ihrer Sprache das Wort an sie, »aber ich verwahre mich dagegen, daß Ihr mein Pferd häßlich nennt.«

Das Lächeln auf ihrem Gesicht erstarb, und ihre Gefährten verstummten. Aufmerksam sah sie Josseran an. »Nun«, sagte sie schließlich. »Der Barbar spricht also.«

»Und mein Pferd ist auch nicht nutzlos. Es hat mir in den vergangenen Jahren in Outremer gute Dienste geleistet und ist so mutig, wie man es sich nur wünschen kann. Doch was ihn betrifft, habt Ihr recht«, fügte er mit einem Nicken zu Wilhelm hinzu.

Jetzt war Baitu an der Reihe zu lächeln. »Er hat unsere Sprache unterwegs gelernt. Er hat eine rasche Auffassungsgabe und ist für einen so minderwertigen Menschen wirklich unterhaltsam.«

»Das ist beruhigend«, gab sie zur Antwort. »Doch kann ich nicht verstehen, wie ein zivilisierter Mensch einen Barbaren unterhaltsam finden soll.« Sie wandte sich wieder an Josseran. »Mein Vater Khaidu ist der bedeutendste Tataren-Herrscher hier auf dem Dach der Welt, abgesehen von der Regentin in Buchara. Ich werde Euch zu ihm bringen. Aber ich rate Euch, daß ihr Euch benehmt, wie es sich geziemt.« Damit wendete sie ihr Pferd und führte den Trupp über den Paß ins Tal von Fergana.

7

Eine Nomadenstadt, deren schwarze Jurten sich vor dem tief hängenden Himmel abzeichneten, breitete sich auf dem Talboden aus. Ein Kreis von Fuhrwerken umgab das Ganze, und Reiter patrouillierten auf und ab. Kamele, Pferde und Schafe suchten in der von einer dünnen Schneeschicht bedeckten Steppe nach Futter.

Während die Fremden ins Lager einritten, kamen die Menschen neugierig herbei. Die in Fellmützen und schwere braune Mäntel gekleideten Männer hatten ihre Hosen in die Reitstiefel aus Filz gestopft, und die Frauen hatten ihr zu Zöpfen geflochtenes Haar zu beiden Seiten des Kopfes aufgesteckt, so daß es aussah wie das Gehörn von Schafböcken. Die Kinder, deren Schädel bis auf eine lange Stirnlocke kahlrasiert waren, rissen vor Staunen über die Fremden die Augen weit auf.

Der Trupp hielt vor dem Audienzzelt des Khans an, an dessen Eingang eine Standarte aus Yak-Schwänzen im kühlen Wind flatterte, der von den Bergen herabwehte.

Die große Jurte, von kräftigen lackierten Pfählen gestützt, war so lang und so breit, daß nach Josserans Schätzung an die zehntausend Menschen hineingepaßt hätten. Sie bestand vollständig aus rot, weiß und schwarz gefärbter Seide und war an den Außenwänden mit Leopardenfellen verziert.

»Gib acht, Barbar«, sagte Baitu, als sie vom Pferd stiegen. »Weder du noch dein Gefährte dürfen den Fuß auf die Schwelle der Jurte des Khans setzen. Es würde der Sippe Unglück bringen, und man würde euch zu Tode foltern.«

»Ich werde ihnen diese Mühe ersparen«, antwortete Josseran und gab den Hinweis an Wilhelm weiter. *Was für ein abergläubisches Volk,* dachte er. Da hatten sie die halbe bekannte Welt in Angst und Schrecken versetzt und lebten in Furcht vor ihrem eigenen Schatten!

Sie folgten Baitu ins Innere der Jurte.

Die Wände des großen Audienzzeltes waren mit Hermelin- und Zobelfellen ausgekleidet, die den kalten Wind abhielten, und so war es darin recht warm. Josseran merkte zwar, daß zahlreiche Menschen anwesend waren, doch war es anfangs zu dunkel, als daß er ihre Gesichter hätte erkennen können. Allmählich gewöhnten sich seine Augen an die raucherfüllte Dunkelheit, und er sah zwei Reihen Tataren: Männer auf der einen Seite, Frauen auf der anderen. Am hinteren Ende des Zeltes ruhte eine streng wirkende grauhaarige Gestalt auf einem Lager aus Bären- und Fuchsfellen.

Zwei Feuer brannten in der Mitte der Jurte. »Du mußt zwischen den Feuern hindurchgehen, Barbar«, wies ihn Baitu an. »Die Flammen werden deinen Geist von bösen Absichten läutern.«

Als zusätzliche Sicherheitsvorkehrung durchsuchten Khaidus Wachen ihre beiden Gäste gründlich nach Waffen. Erst nachdem Josseran sein Schwert abgegeben hatte, durften sie sich dem Thron des Khans nähern.

Vor einem kleinen Schrein mit einer ausgestopften Puppe in Gestalt eines Mannes brannte Weihrauch in Silbergefäßen.

»Verneigt euch«, flüsterte Baitu. »Es ist der Schrein von Khaidus Großvater Dschingis Khan.«

Flüsternd sagte Josseran zu Wilhelm: »Wir müssen ihrem Gott eine Ehrenbezeugung machen.«

»Ich erweise keinem Götzenbild meine Ehrerbietung.«

»Gebet dem Kaiser …«

»Es ist ein Greuel.«

»Tut es«, zischte Josseran. Er spürte, daß die Augen aller Tartaren im Zelt auf ihnen ruhten.

Wilhelms Augen waren dunkel vor Zorn. Dann aber gab er zu Josserans Erleichterung nach und beugte mit der Flinkheit und Übung eines ganzen Lebens das Knie. Ihm war wohl aufgegangen, daß es ein Gebot der Klugheit war, sich zu fügen.

Vor Khaidus Thron beugten sie die Knie erneut – dreimal, wie es Baitu getan hatte, denn so erforderte es der Brauch.

Schweigend musterte Khaidu, Khan der Hochsteppe, die Fremdlinge. Sein Gewand aus dichtem silbernem Fell hatte die gleiche Farbe wie sein Bart, und auf seiner Fellmütze thronte ein goldener Glockenhelm. Auch seine Augen waren golden, wie die eines Raubvogels. Zu seiner Rechten befanden sich, wie Josseran vermutete, seine wichtigsten Höflinge und möglicherweise seine Söhne, außerdem ein Falkner und einige wild dreinblickende heilige Männer; zu seiner Linken waren die Frauen seiner Hofhaltung versammelt, die ihr Haar auf die gleiche Weise trugen, wie er es beim Einreiten ins Lager gesehen hatte, nur daß ihnen von den geflochtenen Zopfenden silberne Schmuckstücke herabhingen.

»So also sieht ein Barbar aus«, knurrte Khaidu.

Josseran gab keine Antwort.

»Wer von Euch beherrscht die Sprache der Menschen?«

Josseran hob den Blick. »Ich, Herr.«

»Man sagte mir, Ihr wollt in Karakorum mit unserem Khan der Khane sprechen.«

»Es war der Wunsch Hulagus, dem ich in Aleppo zu begegnen die Ehre hatte. Ich habe ihm ein freundschaftliches Anerbieten meines Gebieters in Akko überbracht, im Lande Outremer, das weit entfernt von hier im Westen liegt.«

»Unser Großkhan ist tot«, sagte Khaidu. »Und ein neuer muß erst noch gewählt werden. Zweifellos wird dieser eure Huldigung entgegennehmen.«

Von einer Huldigung vor dem obersten Khan der Tataren hatte Josseran zwar mit keiner Silbe gesprochen, aber er hielt es nicht für klug, diesen Punkt jetzt klären zu wollen. Außerdem hatte ihn die verblüffende Mitteilung vom Tod des Großkhans getroffen. Jener Khaidu hatte das so beiläufig gesagt, als spräche er über das Wetter. Josseran fragte sich, welche Bedeutung dies für ihren Auftrag haben könnte.

»Habt Ihr mir Geschenke mitgebracht?« fragte ihn Khaidu.

»Wir führen Geschenke für den Großkhan in Karakorum mit. Es war eine lange Reise, und wir konnten nur sehr wenig mitbringen.«

Diese Antwort schien dem Herrscher nicht zu gefallen.

Fieberhaft überlegte Josseran. Der oberste Gebieter der Tataren war tot. Würde es nun über die Frage der Nachfolge zu einem Zerwürfnis kommen? Ihr eigenes Königreich Jerusalem war jahrelang über der Frage zerstritten gewesen, wer es beherrschen sollte. Und sofern es bei der Nachfolge zu einer Verzögerung kam – hieß das, daß sie nach Akko zurückkehren mußten? Oder würde man sie in dieser abgelegenen Bergwelt monate-, wenn nicht gar jahrelang festhalten, bis die Sache geklärt war?

Wilhelm unterbrach seine Überlegungen, indem er in nörgeligem Ton fragte: »Was sagt er?«

»Er möchte wissen, ob wir Geschenke für ihn haben«, gab Josseran zur Antwort.

»Das haben wir in der Tat. Das Geschenk der Religion.«

»Ich glaube nicht, daß das der Schatz ist, den er sich erhofft hat. Wahrscheinlich liegt ihm mehr an irdischen Dingen.«

Währenddessen betrachtete ihn Khaidu ärgerlich von seinem Podium aus. »Wer ist Euer Begleiter?« fragte er.

Josseran überlegte, was er antworten sollte. Er fühlte sich versucht zu sagen, Wilhelm sei sein Diener, gab dann aber der Wahrheit die Ehre. »Ein heiliger Mann.«

»Ein Christ?«

»Ja, Herr.«

»Kann er zaubern?«

»Ich fürchte, nein«, gab Josseran zur Antwort. *Es sei denn,* dachte er, *man kann es Zaubern nennen, daß er die Gabe besitzt, einen vernünftigen Menschen innerhalb von Stunden zur Weißglut zu treiben.*

»Und wem nutzt er dann als heiliger Mann?«

»Er hat eine Botschaft unseres Papstes, der an der Spitze der christlichen Welt steht, für Euren Großkhan.«

»Papst«, sagte Khaidu und wiederholte das sonderbare Wort mehrere Male. »Möchte auch er unseren Großkhan sehen?«

»In der Tat, Herr. Ist dessen Palast viele Tagesritte von hier entfernt?«

Gelächter erhob sich unter den Höflingen. Khaidu brachte es mit erhobener Hand zum Schweigen. »Wer nach Karakorum möchte, muß zuerst das Dach der Welt überqueren. Doch noch ist Winter, und die Pässe sind kaum zu überwinden. Ihr werdet hier warten, bis der Schnee schmilzt. Vielleicht noch einen Mond.«

Wilhelm war nun außerstande, sich noch länger zu beherrschen. »Was sagt er?«

Seufzend erklärte ihm Josseran: »Der Weg über das Gebirge ist zur Zeit unpassierbar. Wir müssen unter Umständen bis zum Frühjahr hierbleiben.«

»Diese Reise ist endlos. Bis ich an unserem Ziel eintreffe, haben wir womöglich schon einen neuen Papst.«

Oder Christus ist auf die Erde zurückgekehrt, dachte Josseran.

»Sagt ihm, daß wir unsere Reise keine Sekunde länger hinauszögern können!« zischte Wilhelm.

»Was plappert Euer heiliger Mann da?« erkundigte sich Khaidu.

»Er sagt, es sei ihm eine Ehre, als Euer Gast hierzubleiben, bis es Zeit ist weiterzuziehen«, antwortete Josseran. »Die Mitteilung, daß Euer Großkhan dahingeschieden ist, hat ihn sehr bestürzt, und er wüßte gern, ob schon ein neuer Großkhan gesalbt worden ist.«

»Das geht einen Barbaren nichts an«, sagte Khaidu und hob matt die Hand zum Zeichen, daß die Audienz vorüber war. »Sieh zu, daß man ihnen Essen und eine Unterkunft gibt«, beschied er den Hauptmann ihrer Wache.

Als sie das Zelt verließen, sah Josseran das Mädchen in der Menge der Gesichter um sie herum. Kaum spürbar regte sich ein noch gestalt- und namenloses Sehnen in ihm. Ärgerlich schob er es beiseite, etwa so wie einen lästigen Bettler. Doch es verfolgte ihn von Stund an hartnäckig und ließ ihm nie wieder Ruhe.

8

Draußen hörte man das Muhen der Rinder, das Schnauben der Pferde und die barschen Rufe der Männer. Ein Streifen Sonnenuntergangshimmel zeichnete sich im Eingang der Jurte ab. In Felle gehüllte Gestalten trugen Hammel- oder Pferdefleisch für die Abendmahlzeit zu ihren Jurten.

Josseran sah unverwandt ins Feuer. Es brannte nur schwach, und da die Wärme der Flamme nicht bis ins Innere des ihnen zugedachten Stücks Hammel vordrang, wurde es nicht gar, sondern verkohlte nur außen ein wenig. Sie mußten es blutig und halbroh verzehren.

»Seht nur das Feuer«, sagte Wilhelm. »Es brennt kaum. Das Werk des Teufels.«

Josseran spie ein Stück Knorpel ins Feuer. »Wenn es etwas gibt, wovon der Teufel etwas versteht, dann doch wohl, wie man ein ordentliches Feuer zustande bringt, oder meint Ihr nicht?«

»Und wie erklärt Ihr Euch dann diesen Zauber?«

»Baitu sagt, es liegt daran, daß wir sehr hoch gestiegen sind. Das nimmt den Flammen die Kraft.«

Wilhelm knurrte ungläubig.

Sie waren in der Jurte von Khaidus ältestem Sohn Tekudai zu Gast. Diese runden Kuppelzelte unterschieden sich von allem, was Josseran je gesehen hatte. Sie waren der Lebensweise der Nomaden vollkommen angepaßt und ließen sich in wenigen Stunden ohne weiteres auf- oder abbauen und auf dem Rücken zweier oder dreier Pferde transportieren, wenn die Tataren die hochliegenden Sommerweiden für den Winter verließen. Dafür sorgte ein zerlegbares Gerüst aus Bambus- oder Weidenstangen, auf das man schwere Filzbahnen legte. Am Boden gehalten wurde das Ganze mit aus Roßhaar geflochtenen Seilen. Größere Jurten, wie beispielsweise die, in denen der Khan mit seinen Angehörigen wohnte, ließen sich sogar so, wie sie waren, auf einem Fuhrwerk transportieren.

Innen waren sie alle völlig gleich: den gestampften nackten Erdboden bedeckten gewöhnlich Teppiche und Filzmatten, denn Spinnen und Skorpione setzten, wie ihnen Baitu erklärte, unter keinen Umständen einen Fuß auf eine solche Filzmatte. Und so hielten diese nicht nur die Bodenkälte fern, sondern auch Insekten. Nur die Mitte des Raumes blieb ausgespart, denn dort war die Feuergrube angelegt, auf der gewöhnlich rußgeschwärzte Töpfe standen. Eine darüber befindliche Öffnung im Dach ermöglichte es dem Rauch abzuziehen und ließ zugleich ein wenig Licht und Luft herein. Der hintere Teil des Raumes diente zum Schlafen. Sättel und Zaumzeug wurden entlang der Wände aufbewahrt, und dort fand tagsüber auch das zusammengerollte Bettzeug neben leuchtend bunten Kleidertruhen und großen glasierten Tongefäßen Platz, in denen die Nomaden ihren Wasservorrat aufbewahrten. Eine meist mit bunten Darstellungen von Vögeln oder Säugetieren verzierte schwere Filzbahn ließ sich vor den Eingang klappen, der stets nach Süden wies.

Gleich hinter dem Eingang hing zu beiden Seiten je eine aus Filz nachgebildete Gestalt, die eine mit einem Kuheuter, die andere mit den Zitzen einer Stute. Links, im Osten, wo die

Kuh hing, war die Frauenseite der Jurte. Die Stute kennzeichnete die Männerseite im Westen, denn Frauen war der Genuß von Stutenmilch untersagt. Sie blieb den Männern vorbehalten, die daraus durch Vergären den beliebten *kumys* herstellten, eins ihrer Grundnahrungsmittel. Es verblüffte Josseran, welche Unmengen ein Tatar davon trinken konnte. Manchmal hatte er den Eindruck, daß sie geradezu davon lebten. Als schwarzer *kumys* wurde das besonders hochkonzentrierte Getränk bezeichnet, das man dem guten Mönch eingeflößt und ihm damit zu einem Rausch verholfen hatte – möglicherweise war es der erste seines Lebens gewesen.

Als Herr über den *ordu* genannten Haushalt saß Tekudai auf einer Art erhabenem Diwan hinter dem Feuer. Über ihm hing ein aus Filz hergestelltes Götzenbild, das die Tataren ›Bruder des Gebieters‹ nannten. Das über seiner Gemahlin hängende Bild trug die Bezeichnung ›Bruder der Gebieterin‹. Inzwischen kannte Josseran auch das Wort der Tatarensprache für diese Filzbildnisse, nämlich *ongot*, und ihm fiel auf, daß es in jeder Jurte mehrere davon gab. Das wichtigste war das der Natigay, der Göttin der Erde. Es fehlte in keiner Jurte, und täglich wurde davor um gutes Wetter und wohlgenährte Tiere gebetet.

Nur Khaidu durfte als Khan der Sippe ein als heilig verehrtes Abbild des Dschingis Khan besitzen.

Josseran sah, wie die Tataren, bevor sie mit ihren Mahlzeiten begannen, den Mund der Filzgöttin in ihrem Schrein mit ein wenig Fett des vorbereiteten halbrohen Hammelfleischs bestrichen. Erst dann rissen sie große Stücke davon ab, hielten sie mit einer Hand dicht vor den Mund und schnitten mit einem in der anderen Hand gehaltenen Messer jeweils einen Bissen ab, wobei die Klinge im Feuerschein blitzte. Dabei gingen sie mit großer Geschicklichkeit zu Werke. Josseran versuchte, es ihnen gleichzutun, während Wilhelm voll kalter Verachtung zusah.

»Seht Euch diese Geschöpfe nur an«, murrte er. »Vielleicht stimmt es sogar, was man über sie sagt – vielleicht sind sie gar keine Menschen. Der Hades selbst hat seinen Schlund geöffnet, und sie sind der Hölle entstiegen.«

»Sie sind Menschen wie wir.«

»Wilde sind sie. Seht nur, wie sie fressen. Sogar *sie*. Sie ist eine Teufelin, eine Hexe.«

Josseran sagte nichts. Er hatte mittlerweile erfahren, daß die junge Frau Khutelun hieß und die Tochter des Khans Khaidu war. Mehrfach hatte er versucht, ihren Blick auf sich zu lenken, aber bisher nichts als Mißachtung geerntet.

»Wenn ihr Großkhan tot ist, wie Ihr sagt«, fuhr Wilhelm fort, »könnte ihr neuer Herrscher vielleicht geneigt sein, mit uns ein Abkommen zu schließen.«

»Er könnte aber auch ein ebenso großer Despot sein wie dieser Dschingis Khan, von dem sie alle reden.«

»Möglich. Aber irgendwo in dieser Gegend muß sich der Priester Johannes aufhalten. Falls es uns gelingt, ihm eine Botschaft zukommen zu lassen, können wir uns möglicherweise vor diesen Teufeln retten.«

Der Priester Johannes! dachte Josseran. Warum nur hingen die Menschen so verzweifelt an ihrem Aberglauben?

»Glaubt Ihr das etwa nicht?« fragte Wilhelm.

»Falls es je einen Priester Johannes gegeben hat, ist er jetzt bei Gott – das glaube ich.«

»Seine Nachkommen aber leben weiter.«

»Die Sarazenen treiben Handel mit dem Osten. Sogar jene, die sagen, daß sie bis nach Kitai gelangt sind, haben nie von einem solchen Herrscher gehört.«

»Glaubt Ihr etwa einem Sarazenen?«

»Jedenfalls eher als dem Wort eines Mannes, der noch nie weiter östlich war als in Venedig.«

Wilhelm warf ihm einen Blick voller Abscheu zu. »Heißt das, Ihr schenkt dem Wort des Papstes keinen Glauben?«

Josseran ging ihm nicht in die Falle. »Sofern diese Legende stimmt, wo befindet sich dann dieser Priester Johannes?«

»Die Tataren haben ihn möglicherweise nach Süden gedrängt.«

»Wenn er vor den Tataren davonläuft wie alle anderen, was nützt er uns dann?«

»Er muß hier irgendwo in der Nähe sein. Wir sollten uns bemühen, etwas über ihn zu erfahren. Er ist unsere Rettung.«

Ärger stieg in Josseran auf, wie immer, wenn er mit diesem Mönch sprach, und so wandte er seine Aufmerksamkeit der Mahlzeit zu. Khutelun, die ihm am Feuer genau gegenüber saß, beobachtete seine Bemühungen, zu essen wie die Tataren, und sagte: »Vielleicht solltest du besser auf eure Weise essen. Deine Nase ist so lang, daß du Gefahr läufst, sie dir abzuschneiden.«

Josseran sah sie an. »In meiner Heimat findet niemand meine Nase lang.«

Khutelun teilte das ihren Gefährten mit, die laut lachten. »Sie sagen, dann mußt du aus einem Volk von Elefanten stammen.«

Mühsam beherrschte Josseran seinen Zorn und fuhr fort, das Messer auf die Weise der Tataren zu verwenden. Er hatte in Outremer gelernt, daß es klüger war, sich örtlichen Bräuchen anzupassen, als an seinen alten Gewohnheiten festzuhalten.

Manche der Männer hatten ihre Mahlzeit beendet und leerten begeistert eine Schale nach der anderen des schwarzen *kumys*. Tekudais Bruder Gerel lag bereits berauscht auf dem Rücken und schnarchte. Einige seiner Gefährten sangen mit rauher Stimme, wobei sie einer von ihnen auf einer einsaitigen Fiedel begleitete.

Josseran wandte seine Aufmerksamkeit erneut Khutelun zu und betrachtete sie unauffällig im Feuerschein. Verglichen mit den Frauen seiner Heimat war sie nicht schön. Ihr ovales Gesicht mit den hohen Wangenknochen der Tataren wirkte glatt poliert wie die Bronze eines vielbetasteten Standbildes. Die geschmeidigen Bewegungen ihres sehnigen Leibes ließen ihn an die einer Katze denken. Sie kam ihm exotisch und unerreichbar vor. Doch was ihn vom ersten Augenblick an fasziniert hatte, waren ihre Augen, schwarz, unergründlich und unwiderstehlich.

Es war lachhaft, an eine Verbindung mit ihr auch nur zu denken.

Dennoch war ihm klar, daß er in jener Nacht nicht viel schlafen, sondern an sie denken würde.

»Ich habe noch nie Haar von solcher Farbe gesehen«, sagte sie unvermittelt.

Entsprechend dem Ordensstatut der Tempelherren hatte Josseran sein Haar in Akko kurzgeschoren getragen, doch hatte sich seit ihrem Aufbruch kein Barbier mehr darum gekümmert. Und jetzt fiel ihm auf, wie lang es geworden war. Er schob es mit der Hand aus dem Gesicht.

»Es hat die Farbe des Feuers«, sagte sie.

»Man nennt es kupferfarben«, gab er zur Antwort. Einen Augenblick lang trafen sich ihre Blicke.

»Du bist also gekommen, um mit uns Frieden zu schließen«, sagte sie nach einem Augenblick.

»Ein Bündnis«, verbesserte er sie. »Wir haben einen gemeinsamen Feind.«

Sie lachte. »Wir Tataren kennen keine feindlichen Völker, sondern lediglich Reiche, die wir noch nicht erobert haben.«

Ihm war klar, daß sie das sagte, um ihn herauszufordern. Er schwieg.

»Unser Reich erstreckt sich vom Aufgang der Sonne bis dorthin, wo sie im Westen untergeht«, sagte sie. »Noch nie hat man uns im Kampf besiegt. Da ist es verständlich, daß ihr Frieden mit uns wollt.« Nach wie vor widersprach er ihr nicht, und seine Teilnahmslosigkeit schien sie zu erzürnen. »Du hättest einen Tribut für meinen Vater mitbringen sollen«, fügte sie hinzu.

»Wir hatten nicht damit gerechnet, daß wir die Ehre haben würden, ihn zu Gesicht zu bekommen. Doch wir bringen Worte der Freundschaft.«

»Ich glaube, Gold wäre ihm lieber«, sagte sie, und die Versammelten lachten erneut. Josseran merkte, daß die Männer zu ihr aufschauten. Unter den Franken hätte eine Frau nie und nimmer so frei sprechen dürfen, sofern sie keine Dirne war. Und dieses Ausmaß an Hochachtung hätte man äußerstenfalls der Gemahlin eines hohen Edlen entgegengebracht. Offensichtlich unterschieden sich die Bräuche der Tataren, was die Behandlung von Frauen anging, deutlich von denen der Franken.

»Wer ist dein Freund?« fragte sie ihn.

»Er ist nicht mein Freund. Er ist ein heiliger Mann. Ich habe den Auftrag, ihn nach Karakorum zu begleiten.«

»Seine Haut hat die Farbe einer Leiche. Weiß er, wie häßlich er ist?«

»Soll ich es ihm sagen?«

»Was sagt sie?« fragte Wilhelm, der merkte, daß mit einem Mal die Aufmerksamkeit aller auf ihm ruhte. Er hielt ein Stück zähes Hammelfleisch in der Hand und zerrte mit den Zähnen daran.

»Sie sagt, daß ihr Euer Anblick angenehm ist, und bittet mich, Euch ihre Glückwünsche zu übermitteln.«

Die Worte verblüfften Wilhelm. Es war, als hätte sie ihn geohrfeigt. »Erinnert sie daran, daß sie ein Weib ist und kein Recht hat, auf diese Weise zu einem Priester zu reden. Ist sie etwa eine Art Hure?«

»Ich glaube eher, daß sie eine Art Prinzessin ist.«

»Sie verhält sich aber nicht wie die Prinzessinnen, die ich kennengelernt habe.«

»Mag sein, daß sich die Bräuche hierzulande von den unsrigen unterscheiden.«

Als sich Josseran wieder Khutelun zuwandte, war der spöttische Ausdruck von ihrem Gesicht gewichen. Sie sah den Mönch mit wilden und sonderbaren Blicken an. Die Tataren um sie herum waren verstummt.

»Sag ihm, daß er umkehren muß«, sagte sie.

»Was?«

»Er muß umkehren. Wenn er das Dach der Welt überquert, wird seine Seele nie wieder Frieden finden.«

»Das kann er nicht. Er muß seine Pflicht tun. Ebenso wie ich.«

Eine gefährlich wirkende Stille trat ein. Die Tataren, Männer wie Frauen, sahen Khutelun an; der Fiedler hatte sein Instrument beiseite gelegt, und nicht einmal die Betrunkenen sangen noch. Khutelun hielt den Blick nach wie vor auf Wilhelm gerichtet, ohne ihn jedoch anzusehen. Sie schien durch ihn hindurchzublicken.

Wilhelm sah sich um. »Was geht hier vor?« flüsterte er.

»Ich weiß es nicht«, teilte ihm Josseran mit.

»Warum sehen die uns so an? Haben wir sie irgendwie verärgert?«

Erneut sagte Khutelun leise: »Sag deinem Schamanen, daß er lernen muß zu leiden, wenn er nicht umkehrt.«

»Das genießt er jetzt schon«, antwortete ihr Josseran. Wieder dieser Aberglaube. Josseran konnte sich gut vorstellen, was Wilhelm zu einer solchen Warnung sagen würde.

»Er hat nicht die geringste Vorstellung davon, was leiden bedeutet«, sagte Khutelun. Dann war der sonderbare Blick mit einem Mal aus ihren Augen verschwunden, und sie wandte ihre Aufmerksamkeit wieder dem Hammelfleisch vor sich zu.

Das Gespräch kam aufs neue in Gang, die Tataren lachten wieder. Mit neuem Schwung wandten sich die Zecher dem schwarzen *kumys* zu, und das Gelage nahm seinen Fortgang. Aber Josseran war aufgewühlt. Er spürte, wie ihm ein kalter Schauer über den Rücken lief, und es kam ihm vor, als wäre der Teufel in Person über sein Grab hinweggeschritten.

9

Josseran und Wilhelm bekamen eine eigene Jurte nicht fern von der Mitte des großen Lagers und unweit Khaidus eigenem *ordu* zugewiesen. Ihre tatarischen Gastgeber hatten in einer Ecke des Zeltes vor Natigays Schrein in einer Silberschale Weihrauch entzündet, und obwohl Wilhelm die Glut rasch gelöscht hatte, hing der Duft noch in der Luft. Josseran kroch unter die Tierfelle, aus denen seine Lagerstätte bestand, und betrachtete, auf dem Rücken liegend, durch den Rauchabzug oben in der Jurte einen einzelnen Stern am Himmel.

In ihrem einfachen Zelt war es erstaunlich warm. Über ihnen lagen die Weidenzweige bloß, doch dicke Filzdecken, mit denen die Wände um sie herum verkleidet waren, hielten die Kälte fern. Zwar war es finster, und der Rauch brannte in den Augen, doch hielt die Jurte den beißend kalten Hochlandwind von ihnen ab.

Josseran hörte den auf dem Boden knienden Wilhelm um seine Erlösung beten. Sein Umriß zeichnete sich im Schimmer der Feuersglut ab.

Er schob sich weiter unter die Felle, schloß die Augen und bemühte sich, seine eigenen Befürchtungen zu unterdrücken. Sie waren jetzt fern den Gebieten der Mohammedaner in den finsteren Winkeln der Welt, in die kaum je ein Christ vorgedrungen war. Er hatte über Wilhelms Schauermärchen von Riesenameisen und anderen Fabelwesen gespottet, aber auch er war nicht frei von Furcht. Wie Wilhelm hatte er Berichte gehört, denen zufolge dort Menschen mit Schwänzen lebten und andere, denen am Kopf Füße wuchsen. In der Sicherheit Akkos war es leicht gewesen, solche Erzählungen als Hirngespinste abzutun, aber hier in der abweisenden fremdartigen Bergwelt nahmen sie beängstigend Gestalt an.

Er befand sich auf einer Reise, die kaum jemand freiwillig unternommen hätte. Es war Kaufleuten und Missionaren vorbehalten, in der Welt umherzuziehen, und nur wenige überlebten Reisen wie diese, um zu Hause davon zu berichten. Vielleicht würden einmal später die Lieder der *jongleurs* auf dem Markt von Toulouse davon erzählen.

In Akko vermutete man gewiß, daß er und der Mönch sich bereits daran gemacht hätten, mit Hulagus Antwort auf ihre Botschaft heimzukehren. Statt dessen hatte man sie aufgrund der Laune eines Tatarenfürsten in einen der entferntesten Winkel der Erde geschickt, wie unwichtige Gestalten, derer man sich auf die gleiche Weise entledigt, wie man eine Fliege verscheucht.

»Möchtet Ihr nicht beichten?« fragte ihn Wilhelm unvermittelt aus der Dunkelheit.

»Beichten?«

»Wir sind schon viele Wochen unterwegs, ohne daß Ihr die Beichte abgelegt hättet.«

»Ich habe ständig im Sattel gesessen. Da gab es nicht viele Gelegenheiten zu sündigen.«

»Wann habt Ihr zuletzt gebeichtet, Templer?«

Das dürfte über zehn Jahre her sein, überlegte er. Nach wie vor gab es einen Fleck auf seiner Seele, über den er nicht einmal zu einem Priester sprechen konnte oder wollte. »Im Orden haben wir für diesen Zweck unsere eigenen Geistlichen.«

»Dann ist Euch wohl auch bekannt, daß Ihr regelmäßig Buße tun sollt. Jetzt wäre der richtige Zeitpunkt.«

»Ich werde es Euch wissen lassen, Pater Wilhelm, wenn ich das Bedürfnis danach empfinde.«

Er hörte den Mönch seufzen. Ohne ihn weiter zu beachten, versuchte er zu schlafen, doch nach einer Weile begann Wilhelm erneut zu sprechen. »Warum verläßt mich das Gefühl nicht, daß Ihr eine schwere Last mit Euch herumtragt?«

»Ich trage in der Tat eine schwere Last mit mir herum. Sie heißt Wilhelm und ist Dominikaner.«

»Ich werde für Eure Seele beten.«

»Wie Ihr wollt.«

»Ich kenne Eure Meinung über mich, Templer. Ich kann Euch nicht an Euren Gedanken hindern. Aber begeht nicht den Fehler, mich für dumm zu halten. Ich weiß, wenn jemand in großer Seelenpein ist. Der Krieg mag das Gebiet sein, auf dem Ihr Euch auskennt, meines aber sind die Irrwege der menschlichen Seele.«

»Ich danke Euch für Eure Besorgnis«, knurrte Josseran, drehte sich um und tat, als schliefe er.

Wilhelm murmelte seine Gebete bis weit in die Nacht hinein.

Der Schlaf wollte nicht kommen. Mit offenen Augen lag Josseran da, hielt den Blick durch den Ausgang der Jurte in die dahinterliegende Dunkelheit gerichtet, in eine unbekannte Welt, deren Menschen noch nichts von Christus gehört hatten, und in der die Erlösung alles andere als sicher war. Er dachte an Khutelun, an den leeren Blick, der in ihre Augen getreten war, an die Art und Weise, wie die Tataren um sie herum verstummt waren.

Schon in Outremer hatte er sich weit von den Gepflogenheiten und Werten seiner südfranzösischen Heimat entfernt gehabt. Jetzt hielt ihn dieses Gebirge gefangen, und er war verloren für die Religion, die Kirche, das Ordensstatut, für sich selbst und auch sein Volk. Das einzige Vertraute, das ihm geblieben war, war Wilhelm, sein einziger Anker in einer Welt, die seine Persönlichkeit und seine Seele bestimmte.

In Wahrheit fürchtete er jetzt nicht die Ungeheuer, die hinter dem Dach der Welt lauern mochten, sondern jene, die sich in seiner eigenen Seele verbargen.

10

Sie hatte die Gabe besessen, solange sie sich erinnern konnte. Diese Gabe hatte sich als Energie in ihrem Körper geäußert, die sie nicht zu bändigen vermochte, als unstillbarer Drang, unausgesetzt zu laufen, auf Bäume zu klettern, als verzweifelter Wunsch, fliegen zu können.

Schon als kleines Mädchen hatte sie nie stillsitzen können, und stets war es ihr schwergefallen einzuschlafen. Die Mutter hatte sich angewöhnt, besondere Vorkehrungen dafür zu treffen, daß sie nachts in der Jurte blieb, aber immer wieder hatte das Kind einen Ausweg gefunden. Bisweilen war sie sogar zum Rauchloch hinausgeklettert und, ohne etwas zu sehen, durch die Dunkelheit aus dem Lager gelaufen. Dann wurden die Männer ausgesandt, sie in der beißenden Kälte des Windes zu suchen. Manchmal war es vorgekommen, daß man sie nicht gefunden hatte, und wenn sie dann am nächsten Morgen ins Lager zurückgekehrt war, durchgefroren und mit einem wilden Blick in den Augen, hatte die Mutter bereits vor lauter Gram geweint, weil sie überzeugt war, das Kind sei tot.

Zwar hatte es Khutelun jedesmal zutiefst betrübt, der Mutter Kummer bereitet zu haben, doch war sie außerstande gewesen, ihr Verhalten zu ändern. Die Gabe ließ es nicht zu.

Am liebsten galoppierte sie mit den Pferden ihres Vaters durchs Land. Wie die meisten Tatarenkinder hatte sie früher reiten als laufen können. Doch in ihrem Fall hatte es sich noch anders verhalten. Ihr war die Geschicklichkeit im Umgang mit dem Tier weniger wichtig gewesen als das Empfinden von Freiheit, das sie dabei hatte; die Wonne, vom Wind umrauscht Stunden um Stunden durch die Weiten des Graslandes zu streifen. Es gab in ihrem Körper eine Energie, die sie weder bändigen noch freilassen konnte.

Einmal war sie im Schritt auf einen der hohen Pässe am Rand des Felsabsturzes geritten und hatte sich vorgestellt, wie sie dem Pferd die Sporen gab, damit es über den Rand hinaus ins Leere sprang, in die Stille des Ewigen Blauen Himmels. Sie hatte sich vorgestellt, wie sie die Arme ausbreitete und diese sich in die großen braungrauen Schwingen eines Habichts verwandelten. Sie konnte fliegen.

Fliegen.

Nie hatte sie Schamanin sein wollen, nie die Gabe des Sehens zu besitzen begehrt. Zum ersten Mal hatte sie sich ihrer vor den anderen mit dreizehn Jahren bedient, als ihr Bruder Tekudai krank geworden war.

Ihr Vater hatte die Schamanen zusammengerufen, und diese hatten über dem Kranken gebetet. Dann hatte man drei Gefangenen aus Kerait den Leib aufgeschlitzt und Tekudais Körper, der zuckend auf seinem Lager aus Fellen ruhte, mit deren Blut besprengt. Aber er war immer schwächer geworden.

Nur Schamanen betraten eine Jurte, in der sich ein Kranker befand. Zu leicht konnten böse Geister von einem Körper auf den anderen übergehen, und daher war es für gewöhnliche Menschen zu gefährlich, sich einem Kranken zu nähern. Als dann Khaidu eines Morgens den Blick durch die Filzklappe der Jurte geworfen und Khutelun tief schlafend neben ihrem Bruder liegen gesehen hatte, war er hineingestürzt und hatte sie laut jammernd hinausgetragen. Unter dem bleiernen Himmel hatte er seine Verzweiflung herausgestoßen, denn er hatte angenommen, jetzt werde er nicht nur einen Sohn verlieren, sondern auch eine Tochter.

Aber Khutelun war nicht krank geworden, wohl aber hatte Tekudai zu gesunden begonnen.

Schon bald danach kamen die Visionen. Eines Tages hatte sie ihren Vater aufgesucht und ihn gebeten, an jenem Tag nicht zur Jagd zu gehen, da ihr im Traum ein Ungeheuer erschienen sei. Er hatte über ihre Bedenken gelacht, doch als er am Nachmittag seine Pfeile von einem erlegten Steinbock zurückholte, fiel ihn ein Bär an und riß ihm mit seinen Pranken vier große Wunden in die Brust. Als man ihn zurückbrachte, waren seine Kleider von Blut getränkt. Khutelun war die ganze Nacht bei ihm geblieben und hatte ihm das geronnene Blut aus den Wunden gesogen.

Als ihr Vater trotz dieser allem Anschein nach tödlichen Wunden überlebt hatte, waren die Schamanen zu ihr gegangen und hatten ihr mitgeteilt, sie besitze die Gabe.

Eine alte Frau, Dschangelai, und ein Mann namens Magui hatten sie mit den Riten vertraut gemacht. Ihr Vater war sehr stolz gewesen, daß sie als Schamanin anerkannt werden sollte und hatte sie von Stund an immer um Rat gefragt, wenn es wichtige Entscheidungen zu treffen galt.

Sie selbst war froh, daß es ihr gelungen war, etwas zu tun, worüber er sich freute. Dennoch hätte sie die Sehergabe lieber nicht besessen. Oft verstand sie ihre Träume nicht, und manchmal hatte sie auch nur eine undeutliche Vorahnung, wie an jenem Abend, als es um den heiligen Mann der Christen ging. Bei anderen Gelegenheiten wieder belasteten diese Visionen sie, beispielsweise, als sie träumte, daß einer der Männer in der Sippe unstatthafte Beziehungen zur Gattin eines anderen unterhielt. Sie schwieg, von ihrem Wissen gequält, bis der Mann im Kampf gegen die Kermiden fiel.

Nein, sie hatte die Gabe nicht gewollt. Es hätte ihr genügt, wie ihre Brüder frei über die Steppe zu reiten und mit ihrem Vater über die Ebene galoppieren zu können.

In der rauchigen Finsternis der Nacht kamen die Geister, sprachen zu ihr und trugen sie durch die Luft über die Steppe. Anfangs hatte das jeweils nur einen flüchtigen Augenblick gedauert, so, wie der Blitz nachts über den Bergen zuckte. Aber je älter sie wurde, desto besser vermochte sie den Augenblick festzuhalten und deutlich zu sehen, wohin der Weg führte – bis an den Horizont der Zeit. Hier war das Fenster in eine andere Welt, und ihre Seele verschmolz mit dem Blau des Himmels, sie war frei, sie flog. Wenn der Geist in ihr wirkte, konnte sie tatsächlich durch das ganze Tal fliegen und in jeden hineinblicken. Aber die Gabe machte sie schwindeln und erschöpfte sie.

Während Wilhelm in der raucherfüllten Finsternis der Jurte seine Gebete murmelte und Josseran wach auf seinem Lager liegend mit seinem Gewissen und seinen quälenden Erinnerungen rang, schlief Khutelun erschöpft, denn sie hatte an jenem Abend ihre Gabe bis an deren Grenzen genutzt. Zusammen mit dem Barbaren mit dem hellen Bart war sie über das Dach der Welt geflogen, über die großen Weiten der Zeit hinweg, und hatte gesehen, was für sie und ihn in der Zukunft lag. Wieder einmal hatte sie gewünscht, dieses schreckliche Vorauswissen nicht zu besitzen, denn die Zukunft, die sich ihr gezeigt hatte, war zu entsetzlich, als daß sie sie hätte bejahen oder auch nur in Erwägung ziehen können.

11

Am nächsten Morgen wurde Josseran durch Rufe und Gelächter geweckt, die von außerhalb des Lagers kamen. Er schob den schweren Vorhang beiseite, der den Eingang der Jurte verschloß. Auf der Ebene hatte sich unmittelbar hinter der ersten Reihe aus Fuhrwerken eine große Menschenmenge versammelt. Allem Anschein nach stand etwas Bedeutsames bevor.

»Zweifellos irgendeine Schändlichkeit«, sagte Wilhelm hinter ihm.

»Ich habe von meinesgleichen so viele Schändlichkeiten erlebt, daß ich bis an mein Lebensende genug davon habe«, entgegnete ihm Josseran. »Da kann das hier bestimmt nicht schlimmer sein.«

Er zog seine Filzstiefel an, warf sich den schweren Mantel über und überquerte das offene Gelände, um zu sehen, was vor sich ging. Wilhelm eilte ihm nach. Der hartgefrorene Boden war mit einer dünnen Schneeschicht bedeckt, und der kalte Wind blies ihnen beißend ins Gesicht.

Hunderte von Tataren, Männer, Frauen und Kinder, standen im Kreis, um dem Schauspiel zuzusehen, das sich ihnen bot. Die Stimmung war festlich, und Josseran spürte, daß Blutvergießen in der Luft lag. Gesichter voll so begeisterter Erwartung hatte er einst bei öffentlichen Hinrichtungen in Orléans und Paris gesehen.

In der Mitte des Kreises stand eine stämmige junge Frau, die eine Pferdepeitsche mit geflochtenen Lederschnüren lose in der Hand hielt. In ihrem Gürtel steckte ein Dolch. Ihr Gesicht war von irgendeiner unmöglich zu bestimmenden Empfindung gerötet.

Als ein junger Mann aus dem Lager herbeigeritten kam, wich die Menge vor ihm auseinander. Er trug eine Hose, deren Hosenbeine wie üblich in die Stiefelschäfte gesteckt waren, seine Brust und sein Rücken aber waren unbekleidet.

»Was geht hier vor sich?« flüsterte Wilhelm.

»Ich weiß es nicht.« Josseran blickte sich um und sah einige Schritte entfernt Khutelun stehen, deren Augen vor Erregung glänzten.

Langsam umritt der Mann die Frau, die ihre Peitsche fester packte. Was geschah da? Ging es um eine Art Sippenstrafe? Dafür schien das Opfer allerdings recht munter zu sein.

»Er läßt sich von ihr auspeitschen«, sagte Wilhelm, der plötzlich begriffen hatte, worum es ging.

Josseran nickte. Dann fügte er boshaft hinzu: »Vielleicht wollt Ihr ihm Gesellschaft leisten? Noch ist es nicht zu spät; ich kann Euch ein Pferd besorgen.«

Wilhelm warf ihm einen tadelnden Blick zu, und sogleich bedauerte Josseran seine spitze Bemerkung. Die Reise war beschwerlich genug, da brauchte er sich nicht auch noch die Feindschaft des Priesters zuzuziehen. Doch es fiel ihm schwer, diesen verwünschten Mann der Kirche nicht zu reizen, und so wandte er sich sicherheitshalber ab und verließ ihn. Er ging zu Khutelun, die allein dastand.

Er hörte die Peitsche knallen.

Khutelun sah auf das Schauspiel, das sich ihnen bot. Er erkannte die Wildheit in ihrem Gesicht. Das war keine Frau, wie er sie kannte, dachte er unwillkürlich. Das war eine Wilde. Eine wahre Dame versagte es sich, solche Darbietungen zu genießen.

»Was tun die beiden?« fragte er.

»Sie stellt ihn auf die Probe.«

»Inwiefern?«

»Er will sie heiraten. Jetzt hat sie das Recht festzustellen, ob er als Ehemann taugt. Er muß seinen Wert beweisen. Was nützt ein schwacher Ehemann? Keine Frau kann ihre Kinder allein mit Küssen und Zärtlichkeiten ernähren.«

Erneut knallte die Peitsche. Josseran wandte sich um. Noch immer saß der junge Mann aufrecht im Sattel und ritt gleichmäßig im Kreis um die Frau herum. Schon waren auf seinem Rücken zwei blutige Striemen zu sehen.

»Wie lange dauert das?«

»Bis sie zufrieden ist.«

»Und wenn sie ihn nicht heiraten will?«

»Dann muß er entscheiden, wie lange er bereit ist, die Peitsche zu ertragen. Wenn er vom Pferd fällt, hat er keinen Anspruch auf sie. Niemand würde erwarten, daß sie einen Mann heiratet, der weder mutig noch stark ist.«

Immer wieder knallte die Peitsche. Das Gesicht des jungen Mannes zeigte keinerlei Anzeichen von Schmerzen, obwohl ihm das Blut über den Rücken lief und die Hose befleckte. Wieder ließ die Frau die Peitsche zucken.

Bei jedem Schlag, der den Rücken des Reiters traf, jubelte die Menge auf. Inzwischen schien der junge Mann ein wenig im Sattel zusammengesunken zu sein. Sein Rücken war rot von Blut, und bei jedem neuen Schlag verzog er gequält das Gesicht. Dennoch ließ er das Pferd gleichmäßig weiterlaufen und unternahm keinen Versuch, der Peitsche auszuweichen.

Die junge Frau wartete, bis der Reiter die Runde beendet hatte. Dann stieß sie einen lauten Schrei aus und legte ihr ganzes Gewicht in einen weiteren Schlag. Wieder zuckte der junge Mann zusammen, blieb aber im Sattel sitzen.

»Wenn sie ihn liebt, läßt sie es damit genug sein«, sagte Khutelun. »Er hat sich bewährt.«

»Und andernfalls?«

»Wäre es besser, wenn er nicht zu viel Mut bewiese.«

Doch noch während sie sprach, schob sich die Frau den kurzen Peitschenstiel in den Gürtel, riß die Arme hoch und stieß einen langgezogenen Schrei aus, der von den Bergen zurückhallte. Die Angehörigen unter den Zuschauern stürmten herbei, sammelten sich um das Pferd und beglückwünschten den

Reiter. Zwar nahm dieser die guten Wünsche lächelnd entgegen, doch merkte Josseran, daß er jeden Augenblick zusammenzubrechen drohte und das Lächeln eine festgefrorene Maske war.

»Als Frau würde ich das von jedem beliebigen Mann erwarten«, sagte Khutelun. »Als Prinzessin aber würde ich erwarten, daß er weit mehr für mich täte.«

Aus irgendeinem Grund kam es ihm vor, als wollte sie ihn mit ihren Worten herausfordern.

»Giltst du in deinem Lande als tapfer?«

Er war überrascht, diese Frage aus dem Mund einer Frau zu hören. »Was besitzt ein Mann, wenn nicht Ehre und Mut?«

»Bist du auch ein guter Reiter?«

»Einer der besten«, sagte er, außerstande, den Stolz in seiner Stimme zu unterdrücken. War sie etwa so schamlos, ihn abschätzen zu wollen?

»Wie viele Pferde nennst du dein eigen?«

Er sah, daß ihr Blick unverwandt auf ihm ruhte und empfand Scham. Inzwischen wußte er, daß jeder Tatarenkrieger auf einem Feldzug zwanzig Pferde mit sich führte – mehr, als ein Ritter im Abendland je hoffen konnte zu besitzen, auch mehr, als mancher der reichen Edlen besaß, und er war alles andere als reich. Wie hätte er der Tatarenprinzessin erklären können, daß er einen großen Teil seiner Güter verkauft hatte, um ins Heilige Land ziehen zu können; wie hätte er ihr die Umstände seines Dienstes im Templerorden zu erklären vermocht?

»Ich besitze drei Pferde«, sagte er. Das entsprach nur zum Teil der Wahrheit, denn wenn er die Pferde auch in der Schlacht ritt, so gehörten sie doch dem Orden.

»Und wie viele Frauen?«

»Gemäß Gottes Gebot kann ein Mann nur eine Frau haben.«

»Eine einzige Frau ist etwas für einen Mann, der keinen Appetit hat – so wie ein Mann nur eine Schale *kumys* trinkt, wenn er keinen Durst hat.« Sie lachte.

Josseran traute seinen Ohren nicht. Nur gut, daß Wilhelm Khutelun und ihre Lästerungen nicht verstehen konnte.

Sie war ihm so nahe, daß er den Geruch von Leder, geronnener Milch und Weiblichkeit wahrnehmen konnte, der von ihr ausging. Er spürte, wie sein Körper auf sie reagierte. Er mußte sich hüten, daß er sich nicht um jegliche Aussicht auf Erlösung brachte. Seit fünf Jahren lebte er nach dem Ordensstatut der Tempelherren und hatte geglaubt, das Tier in sich gebändigt zu haben, das sein Leben und seine Seele fast zugrunde gerichtet hatte. Jetzt hatte diese Wilde seine Sündhaftigkeit erneut geweckt. Wenn er dem nachgab, war er verloren.

»Wie sind eure Weiber?« fuhr sie fort. »Sitzen sie gut zu Pferde?«

»Nein. Keine von ihnen könnte sich mit Euch vergleichen.«

»Worauf verstehen sie sich dann?«

Wie hätte er dieser Teufelin die Tugenden einer Christin schildern können? »Ein Mädchen soll schön und sanftmütig sein, leise und wohltönend sprechen.«

Ungläubig stieß sie die Luft aus. »Stellt Ihr Euch so eine Ehefrau vor?«

»Sie sollte auch musizieren und Wandteppiche sticken können. Kurz gesagt, sollte sie ein Ebenbild Marias sein, der Mutter unseres Erlösers.«

»Mir leuchtet ein, daß eine Frau nähen und kochen können muß, um die Kinder großzuziehen und die Jurte in Ordnung zu halten. Aber in Zeiten des Krieges oder bei Schicksalsschlägen muß sie auch kämpfen und jagen können.«

Er ließ ihren prüfenden Blick über sich ergehen und überlegte, was sie wohl denken mochte.

»Was erwartet ihr Christen darüber hinaus von einer Frau?«

»Züchtigkeit.« Er verwendete dazu das Tatarenwort für richtiges und angemessenes Verhalten.

Khutelun runzelte die Brauen.

»Sie muß keusch sein«, fügte er hinzu, bemüht, ihr die Vorstellung so zartfühlend wie möglich nahezubringen.

»Willst du damit sagen, daß sie den Blutschleier besitzen muß?«

Er nickte, von ihrer mangelnden Zurückhaltung erschüttert. »Ja«, gab er zur Antwort. »Sie muß Jungfrau sein.«

»Ich habe meine Jungfräulichkeit schon vor langer Zeit verloren.« Entsetzt sah er sie an. Er versuchte, in ihren Zügen zu lesen, erkannte darin aber nur Stolz und Verachtung. »Wie jede gute Tatarin habe ich sie meinem Pferd geschenkt«, setzte sie hinzu.

Dann wandte sie sich ab und ging zurück ins Lager.

12

Die Fremden wurden von den Tataren mit unverhohlener Neugier beobachtet. Wo immer sie sich zeigten, liefen ihnen die Kinder lachend und rufend nach. Gelegentlich ließ sich eines auf die Herausforderungen der anderen ein und rannte ihnen nach, um sie am Saum des Gewandes zu zupfen, woraufhin es eilends wieder umkehrte. Manchmal trat auch ein Erwachsener zu ihnen und wollte Josserans Dolch oder Wilhelms silbernes Kreuz haben. Sie stellten ihre Forderungen ohne jede Verlegenheit, nicht wie Bettler, sondern mit der Haltung eines Herrn, der sich nehmen darf, wonach ihn gelüstet. Mehrere Male hätte Josseran, über die Maßen gereizt, fast nach seinem Schwert gegriffen.

Khuteluns Bruder Tekudai erlöste die Fremden aus dieser schwierigen Lage, indem er sie zu seinen persönlichen Schutzbefohlenen ernannte und sie im Lager auf Schritt und Tritt begleitete. Von einem Augenblick auf den anderen hörten die Forderungen auf.

Tekudai war ebenfalls neugierig und wollte von seinen Schützlingen alles über ihre Religion, die Art ihrer Kriegführung und ihre Burgen erfahren. Er fragte, ob es in Christen – die Tataren nahmen an, der Name ihrer Religion sei zugleich der ihres Landes – endlose Weideflächen gab wie bei ihnen, wo ein Mann seine Pferde umherziehen lassen konnte, welche Strafe auf Ehebruch stand, woraus sie Pfeile machten. Rasch erkannte Josseran, daß hinter seinen Fragen nicht allein Tekudais Wißbegierde steckte, sondern daß er vermutlich von Khaidu vorgeschickt worden war, um sie auszuhorchen, und so gab er sich Mühe, umsichtig zu antworten.

Bald aber zeigte sich, daß Khaidu nicht gut beraten gewesen war, wenn er Tekudai tatsächlich als Spion auf sie angesetzt hatte, denn jener redete ebenso gern, wie er zuhörte, und so erfuhr Josseran manches Wissenswerte von ihm. Zwar hatten sich die Tataren im Osten als die Geißel der Sarazenen erwiesen, doch dann nahm er verblüfft zur Kenntnis, daß Khaidu Mohammedaner war, wie viele Angehörige seiner Sippe. Doch obwohl sie eine ganze Anzahl der Gebote jener Religion befolgten, glaubten sie nach wie vor an etwas, das sie den Geist des Ewigen Blauen Himmels nannten.

Wie bei den Mohammedanern durften im *ordu* eines Tataren bis zu vier Ehefrauen leben, und ein Khan hatte darüber hinaus das Recht, so viele Konkubinen zu besitzen, wie er sich leisten konnte. Trotz dieser auf den ersten Blick nicht unbedenklich erscheinenden Situation komme es, wie Tekudai unverdrossen versicherte, nie zum Zank unter den Frauen, da jedes Kind als legitim gelte, ganz gleich, ob eine Ehefrau oder eine Konkubine es zur Welt gebracht habe. Er selbst, behauptete Tekudai, sei der Sohn einer von Khaidus zahlreichen Haremsfrauen.

Der *ordu* eines hochrangigen Tataren gewährte einer Frau mitsamt ihren Kindern lebenslange Sicherheit. Tekudai teilte Josseran mit, beim Tod seines Vaters werde er dessen Gemahlinnen und Konkubinen übernehmen und zwar auch im Bett, wenn es ihn danach gelüste – natürlich mit Ausnahme seiner Mutter. Auf diese Weise, so erklärte er, brauche eine Witwe mit ihren Kindern nie Sorge um die Zukunft zu haben. Auch erstaunte er Josseran mit der Erklärung, daß bei den Tataren die Frauen, obwohl ihr Körper dem Mann gehörte, Anspruch auf Eigentum hatten und ihren Besitz, wie beispielsweise Pferde und Ziegen, nach eigenem Dafürhalten kaufen oder verkaufen durften.

Es war eine ganz sonderbare Vorstellung, aber offensichtlich war sie unter diesen Heiden allgemein verbreitet.

Außerdem erfuhr er, daß Khaidus Sippe aus den Ebenen östlich des Dachs der Welt stammte, wie sie das hohe Gebirge nannten, das auf dem Weg nach Karakorum überquert werden mußte, und daß sie diese Täler erst eine Generation zuvor erobert hatten, als sie mit Dschingis Khan hier eingetroffen waren. Jetzt beherrschten sie alle Völkerschaften im Tal von Fergana bis fast zum südlichen Gestade des Baikalsees. Die Tataren besaßen ein Feudalsystem ähnlich dem europäischen; Khaidus Macht gründete einerseits darauf, daß er mit vielen Khanen der Nachbarsippen verwandt war, die ihn unterstützten, und ging zum anderen auf seine als *andas* bezeichneten Blutsbrüder zurück, die ihn ebenfalls als Führer anerkannten. Er wiederum war dem Khan in Buchara verpflichtet, den der in jenem fernen Karakorum residierende Großkhan, Dschingis Khans Nachfolger, eingesetzt hatte.

Es sah also ganz so aus, als sei Khaidu ein unabhängiger Herrscher.

Tekudai erklärte, daß nach Möngkes Tod in Karakorum eine Ratsversammlung zur Wahl eines neuen Großkhans einberufen werde, die sogenannte *khuriltai*, und daß vermutlich Möngkes Sohn Arik Böke auf dem Thron sitzen werde, bis Josseran und Wilhelm die Mitte der Welt erreichten.

Josseran stellte Tekudai auch Fragen, die ihn eher persönlich interessierten. Eines Tages sah er Khutelun zu Pferde und wies auf die Seidenschärpe um ihre Hüften.

»Was bedeutet diese Schärpe?« fragte er, so beiläufig er konnte.

»Jede Frau, die sie trägt, ist unverheiratet.«

Nachdenklich nickte Josseran, schob jedoch den aberwitzigen Gedanken sogleich von sich. Gott mochte ihm verzeihen, seine Aufgabe war, Gott zu dienen, und nicht, sich mit irgendeiner wilden Tatarin aus der Steppe zu verbinden.

Als ob derlei überhaupt möglich wäre.

Er beobachtete die Tataren bei ihren alltäglichen Verrichtungen; die Frauen molken die Kühe oder saßen in kleinen Gruppen vor den Jurten, nähten oder stellten Filz für Kleidungsstücke oder Teppiche her, ermahnten Kinder, zerschnitten Fleisch für die Mahlzeiten. Die Männer stellten Bogen her oder schärften Pfeilspitzen, wenn sie nicht draußen auf der Ebene mit lauten Rufen ihre Pferde abrichteten. Ab und zu sah er auch Männer, die Stutenmilch in große lederne Behälter gossen, die sie dann an Holzgestelle hängten und mit langen Stöcken mehrere Stunden lang bearbeiteten. Auf diese Weise trennten sie die Molke vom Quark, was für die Erzeugung des beliebten *kumys* unerläßlich war.

Je öfter er den Tataren zusah, desto mehr beeindruckte ihn ihre Kampfkunst. Sie alle waren geübte Bogenschützen, und ein jeder von ihnen stellte seinen Bogen selbst aus Bambus und Yakhörnern her, wobei die Bestandteile mit Seide und Harz verbunden wurden. Zum Schießen verwendeten sie einen Daumenring aus Leder oder Stein, der es ihnen ermöglichte, die Sehne weit kräftiger zu spannen als mit den bloßen Fingern. Die Schußweite ihrer Bogen betrug mehr als zweihundert Schritt, und selbst aus dem Sattel trafen sie mit tödlicher Genauigkeit.

Jeder Tatarenkrieger führte mindestens zwei kastenähnliche hölzerne Köcher mit, die jeweils an die zwei Dutzend Pfeile aufnehmen konnten. Der eine enthielt Pfeile für Weitschüsse, der andere solche mit einer großen Spitze für den Nahkampf. Mit ihnen versuchte man, den Feind ins Gesicht und in die Arme zu treffen. Außerdem verfügten sie über stumpfe Signalpfeile, die während des Fluges ein pfeifendes Geräusch erzeugten und ihnen im Kampf als Verständigungsmittel dienten.

Die Krieger waren einer strengen Disziplin unterworfen, und alle jungen Männer wurden zum Waffendienst hinzugezogen. Sie bildeten als *arbans* bezeichnete Zehnergruppen, aus denen wiederum eine Hundertschaft, die *dschegun*, bestand. Wer ohne Erlaubnis plünderte, einen Gefährten aus dem eigenen *arban* im Stich ließ oder während der Wache schlief, wurde mit dem Tod bestraft. Auch wurde darauf geachtet, daß kein Tatar, der den anderen körperlich überlegen war, eine Kommandoposition bekam. Dahinter stand die Überlegung, daß ein solcher Mann Hunger und Durst nicht in dem Maße spüren würde wie die ihm untergebenen Krieger, was letztlich die Kampfkraft der Truppe verminderte.

Die Tempelherren konnten von diesen Tataren noch viel lernen, befand Josseran.

Bereits das Wenige, was er von ihren Fähigkeiten als Krieger mitbekommen hatte, hatte ihn tief beeindruckt. Nachdem ihm Khaidu eine Woche nach ihrer Ankunft im Lager dann auch noch die Möglichkeit gegeben hatte, sie zur Jagd zu begleiten, kannte seine Bewunderung für die Tataren keine Grenzen mehr.

13

Es war noch dunkel, als der *mingan* – eine Tausendschaft Berittener – das Lager verließ. Josseran erwachte im Laufe der Nacht und hörte den Donner der Hufe, der in der Steppe verhallte.

Früh am nächsten Morgen kam Tekudai, um die beiden Gäste abzuholen. »Kommt«, sagte er. »Die Jagd hat angefangen.«

Es war wieder bitterkalt, und so warf sich Josseran seinen *del* um, zog die Stiefel an und verließ die Jurte. Wilhelm folgte ihm. Auch er hatte inzwischen die Bekleidung der Tataren übernommen, trug Filzstiefel statt Sandalen und über dem schwarzen Mantel eins der dicken Filzgewänder.

Sie sattelten ihre Pferde und ritten hinter Tekudai zu der Anhöhe, von der aus man das Lager überblicken konnte. Dort wartete Khaidu, von seiner Leibwache umringt. Er trug den Hermelinumhang über einem reich mit Silber beschlagenen Lederpanzer. Zaumzeug und Satteldecke seines Pferdes waren mit karmesinrotem Schmuck verziert und der hölzerne Sattel mit Jade besetzt.

»Das ist eine hohe Ehre für euch«, sagte Khaidu zu Josseran, während sie aufwärtsritten. »Noch kein Barbar hat je zu sehen bekommen, was ihr bald sehen werdet.«

Josseran wußte nicht, ob die große Jagd, deren Zeugen sie werden sollten, ein übliches Wintervergnügen war oder man sie eigens der Besucher wegen angesetzt hatte.

Er stellte sich vor, daß sie am Abend mit einigen Wildschweinen und vielleicht der einen oder anderen Antilope heimkehren würden. Er hatte nicht die geringste Vorstellung von dem, was sie erwartete.

Sie ritten ohne Unterbrechung mehrere Stunden lang, wie es bei den Tataren üblich war. Kismet hielt Schritt, denn die lange Ruhepause in Khaidus Lager hatte ihr gutgetan, und das reichliche Futter hatte sie wieder zu Kräften kommen lassen. Es erleichterte Josseran, sie wieder in so guter Verfassung zu sehen, hatte er doch schon befürchtet, sie zu verlieren.

Auf der Kuppe eines niedrigen Hügels hielten sie an. Die blauweißen Gipfel der Berge umgaben sie wie der Rand einer riesigen Schüssel.

Weit in der Ferne konnte Josseran eine dunkle Linie tatarischer Reiter ausmachen, die sich im Tal verteilt hatten. Er nahm an, daß es sich um die Reiter handelte, deren Hufgetrappel er in der Nacht gehört hatte. Der Trupp teilte sich und galoppierte in zwei bogenförmig einander entgegen strebenden Reihen durch die Steppe.

Eine Staubsäule stieg zwischen den Hörnern des auf diese Weise entstandenen Halbmondes auf. Die Reiter trieben eine Herde Antilopen vor sich her, es mußten über zweitausend Tiere sein. Man konnte ihre sonderbaren Klagelaute über die gefrorene Ebene hinweg hören. Sie waren in Panik, manche sprangen verzweifelt hoch in die Luft – wie Fische, die aus dem Wasser schnellen. Atemlos vor Aufregung wies Wilhelm nach rechts, wo ein Wolfsrudel bellend voranstürmte. Zwei Schneeleoparden, die von der wilden Jagd bereits erschöpft zu sein schienen, liefen an der Flanke der gewaltigen Tiermasse über das Eis. Eine Ziegenherde stob quer über die Ebene und wurde von den Reitern umzingelt, so daß kein Entkommen möglich war.

»Gütiger Gott«, entfuhr es Josseran.

Er hatte in den Wäldern des Languedoc Hirsch- und Wildschweinjagden miterlebt, doch hatte keine davon auch nur annähernd dieses Ausmaß erreicht oder war nach einem so präzisen Plan abgelaufen. Daheim jagten Treiber und Hunde die Beutetiere den Schützen entgegen. Sobald die Tiere in Sicht kamen, war es Aufgabe des adligen Herrn oder seiner Ritter, ihnen nachzusetzen und sie zu töten. Doch verglichen mit dem, was er hier sah, waren das Kindereien gewesen.

Es sah ganz so aus, als bedienten sich die Tataren zur Jagd ihres gesamten Heeres.

Jetzt hatte sich die Halbmond-Formation der Reiterei fast geschlossen, so daß die Tiere in der Ebene unter ihnen eingekreist waren.

»Auf diese Weise bilden wir unsere Krieger aus«, sagte Tekudai. Er mußte laut rufen, um sich über dem Lärm der hämmernden Hufe auf dem gefrorenen Boden verständlich zu machen. Die Reiter selbst gaben keinen Laut von sich, wandten sich schweigend hierhin und dorthin. Koordiniert wurden ihre Bewegungen von Berittenen, die zwischen den Befehlshabern hin und her eilten, mit Hilfe wehender Signalflaggen und von Zeit zu Zeit durch den singenden Laut eines Signalpfeils.

»Seht her! Mein Vater hat die zum Töten vorgesehene Stelle festgelegt, bevor die Jagd begonnen hat, und jetzt sind alle dort eingetroffen. Kein Tier darf getötet werden, bevor der Khan selbst das Zeichen dazu gibt. Läßt jemand aus Unaufmerksamkeit zu, daß auch nur ein einziger Hase das Weite sucht, bekommt er den schweren Holzkragen, das *cangue*, umgelegt, und obendrein hundert Stockhiebe verpaßt.«

Von klein auf hatte Josseran gelernt, daß eine Schlacht aus einer Abfolge von Zweikämpfen bestand. Erst bei den Tempelherren hatte er gelernt, auf Befehl im Einklang mit der übrigen Reiterei anzugreifen. Diese eiserne Disziplin unterschied die Tempelherren und die Ritter des Johanniter-Ordens von allen anderen, die im Heiligen Land kämpften. Doch all das war nichts im Vergleich zu dem, was sich ihm nun enthüllte. Verblüfft bemerkte er, daß die Tataren auf solchen Jagden die Techniken der Geländeerkundung, der Tarnung, der Koordination übten und darüber hinaus lernten, die Verbindung zwischen den Truppenteilen aufrechtzuerhalten. Wer gegen sie antrat, hatte es also nie mit Einzelkämpfern zu tun, sondern stets mit der ganzen Horde.

Ihre leichte Panzerung und Bewaffnung stand in krassem Gegensatz zu seiner eigenen Ausrüstung, dem schweren Kettenhemd mit Kettenhaube, Breitschwert und Morgenstern. Jeder für sich genommen, war keiner dieser wilden Reiter einem fränkischen Ritter gewachsen; da sie aber stets als geschlossene Einheit auftraten, waren sie jedem überlegen, der sich ihnen entgegenstellte.

Wenn es ihm nicht gelang, mit einem Waffenstillstand nach Outremer zurückzukehren, so würden diese Teufel – dessen war er sich sicher – das ganze Heilige Land an sich reißen.

Khaidu nickte einem seiner Männer zu. Dieser nahm einen Pfeil aus dem Köcher, an dessen Spitze eine mit kleinen Löchern versehene Eisenkugel saß. Er schoß den Pfeil ab, der sich mit einem singenden Pfeifen zu den Kriegern in der Ebene senkte.

Dies war das Zeichen, mit dem Töten der Tiere zu beginnen.

Eine der Gestalten in jenem großen Kreis von Berittenen sprang aus dem Sattel. Obwohl Josseran aus der Entfernung ihr Gesicht nicht sehen konnte, wußte er, daß es Khutelun war, denn er hatte sie an ihrer aufblitzenden purpurroten Schärpe erkannt. Er sah sich um. Khaidu lächelte ihm wölfisch zu, er hatte also mit seiner Vermutung recht gehabt.

»Meine Tochter«, sagte Khaidu. »Ich habe den Befehl gegeben, daß niemand töten darf, bevor sie den ersten Pfeil abgeschossen hat.«

Nur mit dem Bogen in der Hand, auf dessen Sehne ein Pfeil ruhte, schritt sie über die Ebene. Alle anderen Waffen hatte sie auf dem Pferd zurückgelassen, sogar ihre Köcher.

»Nur ein Pfeil ist ihr erlaubt«, sagte Tekudai. »Sie muß mit dem ersten Schuß töten.«

Ungläubig sah ihn Josseran an. Tausende von Tieren liefen da unten voller Panik durcheinander. Khutelun schritt offensichtlich furchtlos unter ihnen voran, mit nichts als ihrem schlanken Bogen in den Händen.

Das Wolfsrudel hatte sich von den anderen Tieren gelöst und kam bellend auf sie zugerannt. Sie hielt den Bogen lose in der Rechten und wartete. »Die werden sie umbringen«, murmelte Josseran.

Er sah sich um. Neben ihm spähten Khuteluns Vater und Bruder mit Gesichtern hart wie Feuerstein nach unten. Josseran wandte seine Aufmerksamkeit erneut dem Drama in der Ebene zu. Die Wölfe kamen näher. Er bemerkte, daß er

Angst um das Mädchen hatte. Aber was ging ihn eigentlich das Schicksal irgendeiner wilden Tatarin an?

Doch sein Herz raste.

Noch immer wartete sie, ließ die Wölfe näher herankommen, den Bogen nach wie vor neben sich haltend. Sie wirkte völlig unbeteiligt …

Schließlich hob sie mit einer flüssigen Bewegung den Bogen an die Schulter und zielte. *Zu spät*, dachte er. *Bestimmt überrennt das Rudel sie jetzt, bevor sie Zeit hat, den Pfeil abzuschießen.* Kismet schien seine Unruhe zu spüren und kaute auf der Gebißstange.

Er sah nicht, wie sie die Bogensehne löste, aber mit einem Mal stürzte einer der Wölfe zu Boden, wälzte sich auf dem gefrorenen Boden, den Pfeil in der Kehle. Sogleich ließen die Reiter um Khutelun herum ihre Pfeile fliegen, und ein Dutzend weitere Wölfe gingen in einem Gewirr von Beinen und blutigem Fell zu Boden. Doch Khutelun ging unter dem Ansturm der übrigen Tiere zu Boden. Die Tataren stürmten voran, trennten die Wölfe von ihren Gefährten, schossen Pfeil um Pfeil in das Rudel.

Josseran sah zu Khaidu hin.

Keinerlei Gefühlsregung war auf seinem Gesicht zu erkennen.

Mit angehaltenem Atem wartete er. Sie lag mit dem Gesicht nach unten auf dem eisbedeckten Boden.

Schließlich bewegte sie sich und erhob sich zögernd. Einer ihrer Gefährten hielt ihr Pferd am Zügel, und sie hinkte auf ihn zu. Unmöglich zu sagen, wie schwer sie verletzt war.

Mit breitem, zufriedenem Lächeln sagte Khaidu: »Was für ein Sohn wäre aus ihr geworden! Aber auf jeden Fall wird sie eine großartige Mutter von Khanen abgeben.«

Das Gemetzel dauerte eine volle Stunde. Schließlich wurde ein weiterer Signalpfeil abgeschossen, das Zeichen des Khans für das Ende der Jagd. Der eiserne Ring der Reiterei öffnete sich, und die übrigen Tiere stürmten davon.

Die Krieger machten sich daran, die Beute zusammenzutragen.

»So«, murmelte Wilhelm neben ihm. »Zumindest gibt es heute abend keinen Hammel.«

»Habt Ihr je so etwas gesehen?«

»Wilde auf der Jagd.«

Josseran schüttelte den Kopf. Dem Mönch war die Bedeutung dessen, was sie gerade miterlebt hatten, in keiner Weise aufgegangen. Aber er war ja auch kein Krieger.

Josseran sah, wie Khutelun den Hang emporgeritten kam, um ihren Vater zu begrüßen. Der Ärmel ihres Umhangs und ihre Hose waren blutbefleckt, aber nichts an der Art, wie sie sich hielt, ließ erkennen, daß sie verletzt war. Er merkte, daß ihre schwarzen Augen ihn im Näherkommen aufmerksam ansahen.

Sonderbar, daß sie ihn so beeindruckte. Er hätte nie geglaubt, daß er eine Tatarin schön finden könnte. Wie ein Raubvogel blickte sie ihn an, während sie an ihm vorüberritt. War es möglich, daß sie seine Gedanken zu lesen vermochte? Es drängte ihn zu ihr, und er fragte sich, was ihr die Wölfe angetan hatten, welche Wunden sich unter dem dicken Filz ihrer Gewänder verbargen.

»Vater«, rief sie Khaidu zu.

»Wie steht es mit deinen Verletzungen, Tochter?«

»Nur Kratzer«, sagte sie wegwerfend. Sie schwankte ein wenig im Sattel, fing sich aber wieder.

»Eine befriedigende Jagd.«

»Danke, Vater.«

»Sage deinem *mingan* meine Glückwünsche. Ich bin mit den Männern zufrieden.«

Khutelun lächelte erneut breit und wendete dann ihr Pferd, um sich wieder zu den Kriegern auf dem Gelände unter ihnen zu gesellen.

Josseran wandte sich an Tekudai. Er konnte den Ausdruck seines Gesichts nicht deuten. »Geht es ihr gut?« fragte er.

»Sie ist eine Tatarin«, knurrte dieser, als sei das eine hinreichende Erklärung. Auf dem langen Ritt zurück ins Lager wurde kein weiteres Wort darüber gesprochen.

Dann aber lernte Josseran eine gänzlich andere Seite jener gefürchteten Tataren kennen.

Das Unwetter war vom Norden herangezogen. Dunkle Gewitterwolken hingen über dem Tal, so daß man nichts mehr von den Bergen sah. Wie Rauch von brennendem Teer wälzten sich Wolkenbänke über die Felszacken herab. Der Donner grollte im Gebirge, Blitze gingen über der Steppe nieder, so daß in einem Augenblick grünliches Dämmerlicht herrschen mochte und man im nächsten Moment im grellen Lichtschein durchgehende Pferde mit weit aufgerissenen Augen sehen konnte.

Tekudai hatte Wilhelm und Josseran in seine Jurte eingeladen, um mit *kumys* das Ergebnis der Jagd zu feiern. Beim ersten Donnerschlag, der den Boden unter ihnen beben ließ, schien den Tataren das Herz stehenzubleiben. Tekudais Frauen und Kinder hockten kreischend in der Ecke, wobei die Jüngsten Zuflucht unter den Röcken ihrer Mütter suchten. Gerel stürzte, so schnell ihn seine Beine trugen, aus seiner Ecke herbei, um sich unter einem Stapel Felle zu verbergen.

Tekudai sprang auf, seine Augen so groß wie die eines Pferdes, das vor dem Feuer flieht. Speichel troff ihm vom Kinn. Er packte Wilhelm an den Schultern, schleuderte ihn quer durch die Jurte und beförderte ihn mit einem Tritt nach draußen.

Dann wandte er sich an Josseran. »Raus! Raus mit dir!«

Verwundert und verständnislos sah dieser ihn an.

»Ihr habt den Zorn der Götter auf uns herabbeschworen!« tobte Tekudai.

»Es ist nur ein Gewitter«, überschrie Josseran das Prasseln des Regens. »Es geht vorüber!«

Aber Tekudai war nicht bereit, ihn anzuhören. »Raus!« Ohne Widerstand zu leisten, ließ sich Josseran zum Eingang schleppen, wo man ihn in den regennassen Schlamm stieß.

Dort stand Wilhelm, mit strähnigem Haar, und hielt den Blick auf die vorüberjagenden schwarzen Wolken gerichtet. Sein Gesicht wirkte in der Dämmerbeleuchtung unheimlich. »Was haben sie nur auf einmal?«

Josseran schüttelte den Kopf. Er packte den Mönch am Arm und zog ihn, den Kopf gegen den Wind gesenkt, mit sich fort, zu ihrer Jurte.

Später drängten sie sich triefend neben ihrem kleinen Feuer aneinander, während von ihren durchnäßten Kleidungsstücken Dampf aufstieg. Das Gewitter verzog sich nach Süden. Wie sollte man solche Menschen verstehen? überlegte Josseran. Die Geißel der halben Welt, die Eroberer der Städte Bagdad, Moskau, Kiew und Buchara, versteckten sich hier unter ihren Filzmatten, weil sie wie kleine Kinder Angst vor einem Gewitter hatten.

Es war in der Tat ein sonderbares Volk.

14

Eine Frage beunruhigte Josseran weiterhin, machte ihm täglich zu schaffen, ließ ihm keine Ruhe; er mußte es einfach wissen, doch fürchtete er sich insgeheim vor diesem Wissen und machte sich über sein Verlangen lustig, denn gewiß war die Sache unbedeutend. Dennoch mußte er unbedingt eine Antwort haben.

Es war etwa eine Woche nach dem Gewitter. Der Himmel war blau, die Sonne schien auf den Schnee, der das Dach der Welt bedeckte. Er ritt mit Tekudai auf die Anhöhe oberhalb des Lagers. Tekudai führte eine Seilschlinge mit sich, die am Ende einer langen Stange saß. Damit fing er die Pferde ein, die sie auf ihrem Weg durch die verschiedenen Gebirge mitnehmen würden. Die Tiere auf diese Weise zu fangen, kostete viel Geschicklichkeit und Kraft, denn sie waren daran gewöhnt, halbwild in der Steppe zu leben, bis man sie brauchte, und sie wehrten sich mit allen Kräften dagegen, eingefangen zu werden. Am anderen Ende des Tales sah man weitere Reiter, die sich ebenfalls mit dieser Aufgabe beschäftigten. Ihre Rufe und das Getrappel ihrer Pferde hallten von den Wänden des Tals zurück.

Josseran holte tief Luft, denn das war seine Gelegenheit, hinter die Wahrheit zu kommen, ganz gleich, wie wenig sie ihm dann schmecken mochte. »Tekudai, sagt mir: wenn Ihr eine Frau heiraten wollt – muß sie dann …« Er suchte tastend nach dem richtigen Wort in der Sprache der Tataren, merkte dann aber, daß er es vergessen hatte.

Tekudai lächelte freundlich, aber zugleich von oben herab. Es kam ihm stets so vor, als gingen sie mit ihm um wie ein Herzog mit seinen Hofnarren.

»Willst du wissen, ob bei uns der Blutschleier einer Frau unversehrt sein muß?« fragte Tekudai.

»Ja, das meine ich.«

»Natürlich nicht. Das wäre ja schändlich. Würdest du eine solche Frau zur Gattin haben wollen?«

»Sie werden in …«, fast hätte er gesagt ›in allen christlichen Ländern‹, überlegte es sich aber anders und fuhr fort: »in meinem Land hoch geschätzt.«

»Vielleicht könnt ihr deshalb die Sarazenen nicht besiegen.«

Am liebsten hätte Josseran ihn mit einer kräftigen Ohrfeige vom Pferd gefegt. Dieser junge Mann da wagte es, ihn zu verhöhnen? Am liebsten hätte er ihm die Zunge herausgerissen und sie an die Hunde verfüttert.

»Man hat mir berichtet«, fuhr er, sich zur Ruhe zwingend, fort: »daß eure Frauen ihre Jungfräulichkeit an ihre Pferde verlieren.«

Tekudai zügelte sein Pferd und drehte sich im Sattel um. Er schien nicht mehr belustigt. »Auf welche Weise sollte das denn sonst vor sich gehen?«

Der Mann redete mit ihm, als wäre er seinesgleichen.

»Stört euch das nicht?«

»Wenn eine Frau den Blutschleier besitzt, ist das ein Zeichen von Schwäche. Er zeigt nämlich, daß sie nur wenig Zeit im Sattel verbracht hat. Daher kann sie keine gute Reiterin sein und wäre für ihren Mann nur eine Last.«

Josseran sah ihn verständnislos an. »Sie verlieren ihre Jungfräulichkeit, indem sie reiten«, wiederholte er. Allmählich begann es ihm zu dämmern.

»Ja, natürlich«, sagte Tekudai. Da er Josserans Gedanken nicht lesen konnte, blieb ihm nichts anderes übrig, als diesen Barbaren verständnislos anzustarren, dem man schlichte Tatsachen drei- oder viermal erklären mußte, bis er sie begriff.

Und Baitu hatte ihnen weismachen wollen, jener Mann sei von rascher Auffassungsgabe!

»Sie verlieren ihre Jungfernschaft, indem sie reiten«, sagte Josseran noch einmal, als könnte er es nicht glauben. Dann lächelte er. »Gut. Laßt uns weiterreiten.« Dann warf er den Kopf in den Nacken und begann zu lachen, ohne daß sein Begleiter verstand, warum.

Anfangs erkannte Josseran sie nicht. Sie trug ein Kleid in verschiedenen Rottönen und eine lose Kopfbedeckung, deren hintere Verlängerung bis in den Nacken reichte und an der vorn schwere schwarze Fransen die Stirn bedeckten. Ein Tamburin in der Rechten, betrat sie rückwärts die große Jurte, wobei sie langsam und leise etwas sang, das wie ein beschwörendes Lied klang. Sie schob sich in die Mitte des großen Zeltes zwischen die beiden Feuer und fiel auf die Knie.

Er sah, daß sie in ihrer linken Hand einen aus Stoffetzen bestehenden Gegenstand hielt, der einem Dreschflegel ähnelte.

Sie griff hinter sich, und eine der Frauen, die sie begleiteten, gab ihr eine Pfeife, aus der sie einen langen Zug tat.

»Haschisch«, murmelte er kaum hörbar vor sich hin. Er kannte das Rauschmittel aus Outremer, wo es bestimmten Sekten der Sarazenen – beispielsweise den Assassinen – zu ihren mörderischen Überfällen Mut verlieh.

Nach mehreren tiefen Zügen erhob sich Khutelun und trat nacheinander in alle Winkel der Jurte, sank auf die Knie und versprengte aus einem kleinen Krug Stutenmilch als Trankopfer für die Geister. Dann kehrte sie in die Mitte zurück und goß einige Tropfen *kumys* für die Geister des häuslichen Herdes ins Feuer. Schließlich ging sie hinaus und brachte den Geistern des Ewigen Blauen Himmels ein weiteres Opfer.

Als sie zurückkehrte, brach sie plötzlich zusammen und blieb am Boden liegen. Ihre Glieder zitterten, als befände sie sich in Trance. Ihre Augen verdrehten sich, und ihre Lippen wurden kaum noch von Atemzügen bewegt.

»Sie hat den Teufel im Leib«, zischte Wilhelm. »Ich habe es Euch gesagt – sie ist eine Hexe.«

Josseran bekam Angst um sie und zugleich um sich selbst. Wie jeder gute Christ fürchtete er den Teufel und dessen Werke, denn die Kirche hatte ihn wiederholt vor der Macht Satans gewarnt. Er spürte, wie ihm das Blut aus dem Gesicht wich.

In der Jurte war es dunkel, und die Luft war schwer von Weihrauch und vom süßen, bedrückenden Geruch des Haschischs. Josseran sah sich in der Versammlung der Tataren um, deren Gesichter ebenso bleich und furchtsam waren wie sein eigenes. Sogar Khaidu, der am Feuer saß, sah zusammengesunken und furchtsam aus.

Ein langes und angstvolles Schweigen folgte, während Khutelun reglos am Boden lag.

Schließlich kam Bewegung in sie. Langsam erhob sie sich, trat ans Feuer und kehrte mit dem geschwärzten Unterschenkel eines Schafes in der Hand zurück. Sie nahm ihn, betrachtete ihn aufmerksam und untersuchte die verkohlten Knochen auf Risse und Sprünge.

»Sie beschwört den Antichrist«, flüsterte Wilhelm.

»Es ist nichts anderes als Aberglaube.«

Aber Wilhelm hörte nicht zu. Er sank auf die Knie, faßte das silberne Kreuz an seiner Brust, hielt es vor sich und begann laut, ein Gebet zur Vertreibung dieser Geister zu sprechen. Starr sahen ihn die Tataren an. Khaidus Gesicht verzog sich im Zorn.

»Weg mit ihm«, knurrte er. Zwei seiner Krieger ergriffen Wilhelm an den Armen und schleppten ihn hinaus.

Dann wandte Khaidu seine Aufmerksamkeit erneut Khutelun zu. »Wie lautet das Urteil der Geister?« fragte er.

Sie zeigte ihm den geschwärzten Knochen. »Sie sagen, es ist eine günstige Zeit für die Reise«, teilte sie ihm mit.

»Sehr schön.« Khaidu wandte sich an Josseran. »Habt Ihr das gehört? Morgen brecht ihr nach Karakorum auf.«

Aber dieser hörte ihn kaum. Er nahm den Blick nicht von Khutelun, die erneut zu Boden gestürzt war und bewegungslos dort lag. Ihre Augen waren offen, aber was sie sah, war keinem der anderen Anwesenden sichtbar. Ihn überlief erneut ein Schauer.

Gott im Himmel, dachte er. Ihn hatte nach einer Hexe gelüstet!

15

Khuteluns Tuch wehte wie ein Banner im Wind. Reglos saß sie im Sattel, umgeben von zwanzig Reitern, die den Reisenden das Geleit über das Dach der Welt geben sollten. Khaidu und Tekudai waren ebenfalls gekommen, um sie zu verabschieden.

»Wer wird uns führen?« fragte Josseran.

Khaidu nickte zu seiner Tochter hinüber. »Khutelun wird dafür sorgen, daß ihr sicher in der Mitte der Welt ankommt.«

Josseran merkte, wie sich Wilhelms Pferd neben das seine schob. Offenbar hatte der Mönch erraten, worum es ging. »Soll uns etwa die Hexe führen?« zischelte er.

»Es sieht ganz so aus.«

»Dann sind wir zum Untergang verurteilt. Verlangt, daß man uns einen anderen Führer gibt.«

»Wir sind nicht in der Lage, etwas zu verlangen.«

»Tut, was ich Euch sage«, blaffte er ihn an.

Josseran wandte sich ihm zu. »Hört mir zu, Priester, ich nehme Befehle von niemandem als meinem Großmeister in Akko entgegen. Wagt es also nicht, mir vorzuschreiben, was ich zu tun habe!«

Wilhelm griff nach dem silbernen Kreuz, das ihm vor der Brust hing, hielt es sich vor das Gesicht und begann, das Vaterunser zu beten.

»Was tut er?« fragte Khaidu.

»Er spricht ein Gebet für eine sichere Reise«, log Josseran.

»Wir haben unsere eigene Methode, für eine sichere Reise zu sorgen«, sagte Khaidu und nickte erneut zu Khutelun hinüber.

Sie saß ab und gab einer der Frauen, die in der Menge um die Pferde herum warteten, einen Wink. Diese trat mit einem Eimer voll Stutenmilch vor. Khutelun nahm einen hölzernen Schöpflöffel heraus, kniete sich ins Gras und besprengte den Boden als Opfergabe an die Geister mit der Milch. Dann trat sie zu jedem Reiter und besprengte ihm das Haupt, seine Steigbügel und schließlich den Rumpf jedes Pferdes.

Anschließend schwang sie sich erneut in den Sattel.

»Wieder diese Zauberei«, murrte Wilhelm.

Unter Umständen auch nicht mehr als unser Glaube an das Kreuz und den Weihrauch, dachte Josseran mit plötzlichem Verständnis, ohne diese Lästerung jedoch auszusprechen. Er hatte in Gegenwart des verdammten Mönches schon viel zu viel von seinen Ansichten preisgegeben. Allerdings glaubte er nicht, daß das von Bedeutung war, denn er war überzeugt, Akko nie wiederzusehen.

Sie verließen das Lager in Richtung Norden. Die über dem Dach der Welt aufgegangene Sonne wirkte wie eine kalte Kupfermünze, die eisige Luft biß in Nase und Lippen und brannte in der Lunge. Khutelun wandte sich zuerst nach rechts, dann ritten sie ostwärts, der Sonne entgegen. Ab sofort, das wußte Josseran, drangen sie in eine Weltgegend vor, die nur wenige Menschen je bereist hatten, nicht einmal mohammedanische Händler. Sie zogen in die Bereiche jenseits der Finsternis, und er spürte eine gewisse Furcht in sich aufsteigen.

16

Sie ritten im üblichen scharfen Galopp durch die Ebene. Nach wenigen Stunden kam es Josseran vor, als hätte man ihm die Wirbelsäule durch das Schädeldach getrieben. Er blickte zu Wilhelm hinüber und sah, daß jener noch mehr litt als er. Die leuchtend bunt bemalten Holzsättel der Tataren waren sehr schmal und vorn wie hinten aufwärts gebogen. Sie sahen sehr schön aus, aber man saß darauf wie auf einem Stein.

Khutelun ritt vor ihm. Ihr Sattel war mit rotem Samt überzogen und der Sattelknauf mit Edelsteinen besetzt. Auf der Höhe ihrer Schenkel glänzten silberne Beschlagnägel. Er fragte sich, wie sie auf einem solchen Sattel reiten konnte. Es mußte eine Qual sein. Vielleicht war die Haut ihrer Schenkel ja zäh wie Leder? Aber das war wohl ein Geheimnis, das er nie würde enträtseln können, überlegte er finster.

Sie ritten im Schatten der schneebedeckten Berge durch Täler, in denen Pappeln und Zypressen wuchsen, vorbei an grünen Feldern mit Bohnen und Gerste. Die Menschen, die dort lebten, Kasaken und Usbeken, wohnten während des Winters nicht in Jurten, sondern in rechteckigen Steinhäusern mit flachen Dächern. Die Risse in den Mauern waren mit Stroh ausgestopft, die Dächer bestanden aus Ästen, über die mit getrocknetem Schlamm vermischtes Gras gedeckt wurde.

Von unten wirkte das grauweiß aufragende Gebirgsmassiv wie eine unmöglich zu überwindende Schranke, und Josseran fragte sich, ob es über diese Wälle aus Fels und Eis wirklich einen Weg gab.

Nach zwei Tagen scharfen Ritts erreichten sie, nachdem sie erst Wälder von Walnußbäumen und dann Flächen voller Wacholdersträucher hinter sich gelassen hatten, die Hochtäler, auf deren Weideflächen hier und da die schwarzen bienenkorbähnlichen Jurten kirgisischer Hirten zu sehen waren. Einige Schafherden waren bereits hinaufgetrieben worden und weideten an den Hängen.

Diese Schafe unterschieden sich sehr von denen, die Josseran aus seiner Heimat kannte. Sie sahen eher wie Ziegen aus, nur daß sie sonderbare dicke Schwänze hatten, die sie wie längliche Bratpfannen aus Wolle aussehen ließen. Auch hatten sie riesige gewundene Hörner, deren abgewickelte Länge gewiß der Größe eines erwachsenen Mannes entsprochen hätte. Darüber hinaus sah Josseran einige der von den Tataren Yaks genannten furchterregend wirkenden Rinder mit massigen Hörnern.

Von Zeit zu Zeit machten sie Halt an einer der Jurten, aus denen dünner Rauch aufstieg und vor denen auf Bambusmatten Ziegenkäse an der Sonne trocknete. Sie banden die Vorderbeine ihrer Pferde zusammen, und Khutelun schob die Eingangsklappe des Zeltes beiseite, als wäre sie zu Hause. Die anderen traten nach ihr ein, sie alle setzten sich nieder, und der kirgisische Hirte oder sein Weib brachten Käse, Ziegenmilch und vielleicht auch ein wenig getrocknetes Hammelfleisch. Dann standen sie so plötzlich auf, wie sie eingetreten waren, murmelten einige Dankesworte, bestiegen erneut ihre Pferde und ritten weiter.

Unterwegs sah sich Khutelun den breitschultrigen Barbaren und den heiligen Mann der Christen genauer an. Selten hatte sie zwei weniger zueinander passende Reisegefährten gesehen. Man hatte Rast gemacht, um den Pferden etwas Ruhe zu gönnen, und jetzt lag der Schamane auf dem Rücken im Gras und murmelte Beschwörungen in seinen Bart. Der Barbar kniete neben ihm und versuchte, ihm ein wenig *kumys* aus seiner ledernen Reiseflasche in den Mund zu gießen.

»Was fehlt ihm?« fuhr sie ihn an.

»Er ist erschöpft.«

»Wir sind kaum eine Woche unterwegs.«

»Er ist es nicht gewohnt.«

»Dieser Papst, von dem er spricht, wählt seine Botschafter schlecht aus.«

»Ich nehme an, daß er ihn wegen seiner Frömmigkeit und nicht wegen seiner Fertigkeit im Reiten zu seinem Gesandten bestimmt hat.«

»Das ist wohl richtig.« Sie rutschte auf ihrem Sattel unruhig hin und her. Es bedeutete selbstverständlich eine Ehre für sie, daß ihr Vater sie als Begleiterin dieser Botschafter ausersehen hatte, doch war es eine Ehre, an der ihr nichts lag. Sie empfand Angst vor diesem Barbaren und seinem stinkenden Schamanen. Sie war in ihren Träumen in die Zukunft geflogen und hatte dort finstere Dinge über diese beiden erfahren.

»Wir müssen weiter.«

»Wir sind den ganzen Vormittag geritten«, warf Josseran ein, »und gerade erst abgestiegen.«

Wilhelm versuchte, sich aufzusetzen. »Müssen wir schon aufbrechen?« In seiner Stimme lag eher Ergebenheit als Auflehnung.

Josseran nickte. »Es sieht so aus, als hätten wir keine Zeit für eine Rast.«

»Dann möge uns Gott Kraft geben, auf daß wir tun können, was wir müssen.« Er packte Josseran am Arm und erhob sich taumelnd. Einen kurzen Augenblick lang empfand Josseran unwillkürlich Bewunderung für den Mönch.

Ihre Tiere waren an einen Pistazienbaum in der Nähe gebunden. Der Mönch taumelte auf sein Pferd zu. Es war den sonderbaren Geruch dieses Fremden immer noch nicht gewohnt und stampfte unruhig. Als es Wilhelms Hand auf seiner rechten Flanke spürte, ging es voll Panik auf die Hinterhand und riß so kräftig an seinem Zügel, daß dieser zerriß. Es schleuderte Wilhelm zu Boden und galoppierte davon.

Khutelun stieß einen Warnruf aus und jagte dem verängstigten Tier quer über die Weidefläche nach. Nach kaum zweihundert Schritt fing sie es ein und griff, sich aus dem Sattel beugend, nach dessen Zaumzeug, um es dann zurückzuführen.

Wilhelm saß nach wie vor bleich vor Entsetzen am Boden und hielt sich die Schulter. Besorgt kniete sich Josseran neben ihn. Lachend umstanden ihre tatarischen Begleiter die beiden. Sie hatten offenbar ihren Spaß an der Szene.

Khutelun empfand nichts als Ärger. Zwar mochte der Vorfall lustig sein, aber es war durchaus möglich, daß dieser Schamane später etwas tat, was nicht so spaßhaft war. »Ist mit ihm alles in Ordnung?«

»Er hat sich nichts gebrochen«, sagte Josseran.

»Da hat er Glück gehabt. Erinnere ihn daran, daß er nur von links aufsitzen darf, wie ich es ihm gesagt habe. Das Pferd bleibt ruhig stehen, wenn er von der richtigen Seite herantritt.«

»Ich denke, er wird es sich jetzt merken.«

»Das hoffe ich. Er kann nicht reiten, er spricht nicht wie ein Mensch, er ist nicht stärker als ein Kind. Er wird uns eines Tages noch Unglück bringen, Barbar!«

»Er ist ein heiliger Mann, kein Ritter!« sagte Josseran, den es selbst überraschte, daß er für den Mönch Partei ergriff. »Und nennt mich nicht Barbar! Ich heiße Josseran.« Er sah sie mit vor Wut blitzenden Augen an.

So, hatte sie endlich seinen Zorn erregt? Herrlich. Sie merkte, wie sich ihre Laune besserte. »Joss-ran, der Barbar«, sagte sie lachend und wendete ihr Pferd als Zeichen zum Aufbruch.

Erschöpft saß Wilhelm im Sattel.

»Daß Ihr mir ja nicht unter den Händen wegsterbt, Priester«, sagte Josseran durch zusammengebissene Zähne. »Ihr steht unter meinem Schutz.«

»Gott leitet mich und sorgt dafür, daß ich jeden Tag reiten kann. Sorgt Euch nicht um mich.«

»Das tue ich nicht. Aber ich vernachlässige nicht gern meine Pflichten.«

»So geht es mir auch, Templer.«

Der arme Bursche sitzt im Sattel wie Teig in der Pfanne, dachte Josseran, während er zusah, wie der Mönch matt sein Pferd antrieb. Wilhelms Herz mochte dem Papst gehören, aber sein Hinterteil gehörte mit Sicherheit dem Antichrist.

17

Die Nacht verbrachten sie in der Jurte eines kasakischen Schafhirten. Auch im Frühling waren die Nächte noch bitter kalt, und Josseran und Wilhelm drängten sich zitternd unter Bergen von Fellen, während die Tataren einfach in ihren Filzmänteln auf Teppichen schliefen.

Die Kälte schien sie nicht zu berühren. Sie hatten keine Handschuhe, doch reichten ihre Mantelärmel bis weit über die Fingerspitzen. Allerdings schienen sie darauf nicht angewiesen zu sein, und tagsüber setzten sie nicht einmal ihre Kapuzen auf.

Noch nie hatte Josseran genügsamere Menschen kennengelernt. Obwohl sie die halbe Welt erobert hatten, lebten sie nach wie vor als Nomaden. Alles, was sie zum Leben brauchten, führten sie auf dem Sattel mit sich: Angelhaken und Angelschnur, zwei lederne Flaschen, die eine für Wasser, die andere für *kumys*, einen mit Fell bezogenen Helm, einen Schaffellmantel und eine Feile zum Schärfen von Pfeilspitzen. Zwei der Reiter transportierten für Khutelun ein kleines Seidenzelt und ein dünnes Fell, das man als Bodendecke ausbreiten konnte, falls sie das Lager nachts einmal irgendwo aufschlagen mußten, wo es kein Obdach gab.

So zogen sie an den smaragdgrünen Weidehängen der Täler empor, während sich der Pfad zwischen den Gebirgsbächen und den Felswänden hin und her wand, suchten ihren Weg zwischen großen Felsbrocken und Schotterhängen. Gelegentlich kamen sie an einem Wasserfall vorüber, der vor einer blaugrünen Felswand herabfiel.

Das Frühjahr hatte die Wasserläufe zu Sturzbächen anschwellen lassen, die rote Erde mit sich zu Tal führten. Die Tataren überquerten sie mit Hilfe ihrer aus Rindermägen hergestellten Satteltaschen, die ihnen zugleich als eine Art Schwimmkissen dienten. Bisweilen mußten sie denselben reißenden Wildbach mehrfach überqueren, weil er sich durch die Täler hin und her wand.

In den Hochtälern blühte Enzian, Klatschmohn und Akelei über den Schneeresten, und hoch in den Klüften zeigten Farbflecken an, wo Schlüsselblumen in den Felsspalten wurzelten.

»Stell es dir nicht zu einfach vor, Barbar«, sagte Khutelun. »Bis Karakorum ist es weit, und der Winter kehrt bald zurück.«

Josseran wies auf die gefrorenen Flächen um sie herum, auf den vom Wind zusammengewehten Schnee und die mit Flechten und Eis bedeckten Felsen um sie herum. »Nennt Ihr das hier nicht Winter?«

»Du hast keine Vorstellung davon, wie der Winter auf dem Dach der Welt aussieht. Wir müssen jeden Tag so weit wie möglich reiten, damit wir Karakorum rechtzeitig erreichen und vor Einbruch des Winters noch zurückkehren können. Sonst werden wir unter den Schneemassen begraben.«

Der Alte legte seine Hand auf die linke Schulter und murmelte: »Rahamesch.«

Die Frau des Hauses verbeugte sich mit vor der Brust gekreuzten Armen. Wie ihr Mann trug sie ein gestepptes dunkelbraunes Obergewand über einer weiten Hose und Lederstiefel mit Stulpen. Um den Kopf hatte sie ein seidenes Tuch gebunden, das ihr über die Schulter hing.

Ihr Mann war der *manap*, der Vorsteher des Dörfchens, auf welches sie in diesem abgelegenen Tal gestoßen waren. Mit einer Handbewegung lud er die Reisenden in sein Haus ein. Es enthielt keinerlei Möbel, als Sitzgelegenheiten dienten mit scharlachrot und blau gemusterten Teppichen bedeckte kleine

Erdhügel. Dicke Filzteppiche lagen auf dem Boden und hingen von den Wänden. Auf diese Weise schützte sie das Haus vor den scharfen Winden der Berge.

Zwei junge Mädchen mit Schalen gestockter Milch und dicken Fladen ungesäuerten Brotes traten herein. Die Tataren rissen Stücke von dem Brot ab, tauchten es in die Milch und begannen zu essen. Khutelun bedeutete Josseran und Wilhelm, es ihr gleich zu tun.

Wilhelm aß nur ein wenig Brot und setzte sich mit gekrümmtem Rücken zitternd ans Feuer. Seine Nase war rot von der Kälte und feucht wie die eines Hundes. Als der Hauptgang noch dampfend aufgetragen wurde, legte der *manap*, vielleicht, weil ihm Wilhelm leid tat, ein großes Stück gekochtes Hammelfleisch mitsamt einem faustgroßen Teigkloß in seine Schale und gab ihm mit einer Geste zu verstehen, daß er essen solle.

Die Tataren hatten schon angefangen zu essen. Sie alle trugen eine Holzschale in ihrem *del* mit sich, und so nahmen sie ihre Dolche heraus und begannen, das Fleisch zu zerteilen. Josseran tat es ihnen nach, Wilhelm hingegen beteiligte sich nicht an dem Mahl, sondern saß mürrisch und elend da und starrte in die Glut.

»Dein heiliger Mann sollte etwas essen, sonst beleidigt er den *manap*«, sagte Khutelun.

Wie konnte er den Menschen um sie herum nur den Starrsinn dieses Mönchs und das Fastengebot erklären, überlegte Josseran. Ausgehungert biß er von seinem Hammelfleisch ab und überlegte, wie Wilhelm es fertigbrachte, ohne kräftige Nahrung solche Anstrengungen zu überstehen. Wieder einmal empfand er eine widerwillige Hochachtung vor dessen stoischer Leidensfähigkeit.

»Es ist eine heilige Zeit des Jahres«, sagte er zu Khutelun. »Wie der Ramadan. Er darf nur Brot und ein wenig Wasser zu sich nehmen.«

Khutelun schüttelte den Kopf. »Mir ist es gleich, ob er stirbt oder nicht. Aber es ist doch sinnlos, diese lange Reise durch das Gebirge zu unternehmen, nur um ihn dann im Tal auf der anderen Seite zu beerdigen.«

»Nichts, was ich sage, kann ihn abschrecken. Er hört nicht auf mich.«

Sie betrachtete Josseran über den Rand ihrer Schale hinweg, während sie einen Schluck warme Ziegenmilch trank. »Wir verehren unsere Schamanen. Ich habe dich beobachtet, du behandelst ihn mit Verachtung.«

»Ich habe den Auftrag, ihn zu schützen. Ich bin nicht verpflichtet, ihn zu lieben.«

»Das merkt man.«

Wilhelm löste den Blick vom Feuer. »Was redet Ihr da mit der Hexe?«

»Sie wüßte gern, warum Ihr nicht eßt.«

»Ihr solltet nicht mit ihr sprechen. Es bringt Eure Seele in Gefahr.«

»Es mag schon sein, daß sie eine Hexe ist, wie Ihr sagt, aber unser Leben liegt in ihren Händen. Daher wäre es doch wohl unklug, nicht mit ihr zu reden, findet Ihr nicht auch?«

»Unser Leben liegt in der Hand des Herrn.«

»Ich bezweifle, daß selbst Er seinen Weg durch dieses Gebirge finden würde«, murmelte Josseran so leise, daß Wilhelm es nicht hören konnte.

Mit geneigtem Kopf beobachtete Khutelun die beiden. Es sah fast so aus, als verstehe sie ihre lateinisch geführte Unterhaltung. »Gehörst du seiner Religion an?«

Josseran berührte das hölzerne Kreuz, das ihm um den Hals hing. »Ich vertraue auf Jesus Christus.«

»Und vertraust du auch ihm?« Sie wies auf Wilhelm.

Darauf gab Josseran keine Antwort.

»Es gibt Anhänger dieses Jesus in Karakorum«, sagte sie.

Verblüfft hob er den Blick. Es stimmte also. Rubruck, die Gerüchte, die über Hulagus Gemahlin Dokuz Khatun im Umlauf waren. Er versuchte, seine Erregung zu verbergen. »Man kennt am Hof des Großkhans die Lehre von unserem Herrn Jesus?«

»Dem Khan der Khane sind alle Religionen bekannt. Deswegen ist er ein so bedeutender Herrscher. Nur Barbaren kennen lediglich einen einzigen Gott.«

Josseran überhörte diese beabsichtigte Spitze. »Und gibt es dort viele, die unseren Herrn kennen?« fragte er weiter.

»Du wirst es selbst sehen, wenn du im Mittelpunkt der Welt angekommen bist.«

Josseran fragte sich, inwieweit man dieser Tatarenprinzessin Glauben schenken konnte. Verhöhnte sie ihn, oder steckte mehr hinter ihrer Behauptung? Sofern der Großkhan wirklich Christen an seinem Hof hatte, konnte er sich womöglich doch noch als Priester Johannes erweisen.

»Mein Vater sagt, daß dein heiliger Mann keine Wunder zu bewirken vermag«, fuhr Khutelun fort.

Josseran schüttelte den Kopf.

»Aber wozu ist er dann als Schamane gut?«

»Unsere heiligen Männer sind Gottes Werkzeuge auf Erden. Wir beichten ihnen, das heißt, wir sagen ihnen unsere Sünden, das sind Taten, die gegen das Gebot Gottes verstoßen, und sie vergeben uns in seinem Namen.«

»Und sonst vermag dieser heilige Mann nichts?«

»Er spricht auch im Namen Gottes. Aber Wunder kann er nicht vollbringen. Dazu ist allein Gott imstande.«

Das schien Khutelun zu überraschen. »Heißt das, euer Gott tut für euch Wunder, wenn ihr das wünscht?«

Josseran dachte an sein Söhnchen, das in der Hütte seiner Dienstmagd fieberkrank im Sterben gelegen hatte. Sein winziger Körper war mit Schweiß bedeckt gewesen, und in seinen Augen hatte jenes eigenartige düstere Licht geglüht, das er so oft auf den Gesichtern Sterbender gesehen hatte. Er erinnerte sich, wie er die ganze Nacht hindurch in der Kapelle um ein Wunder gebetet und seinen Sohn dann kalt und tot aufgefunden hatte, als er am nächsten Morgen in die kleine Hütte getreten war.

Er schüttelte den Kopf. »Es ist uns Menschen nicht gegeben, Gottes Willen zu verstehen.«

Er nahm an, sie werde darüber spöttisch lächeln, doch statt dessen betrachtete sie ihn ernsthaft und schüttelte den Kopf. »Es ist einfach, den Willen der Götter zu verstehen. Sie stehen auf der Seite der Sieger.«

Die Logik in ihren Worten war unabweisbar. Er wollte nicht dagegen argumentieren und fragte statt dessen: »Warum hat man Euch den Auftrag gegeben, uns über dieses Gebirge zu führen?« Der plötzliche Themenwechsel schien sie einen Augenblick aus der Fassung zu bringen, ganz, wie es seiner Absicht entsprach.

»Es ist ein Befehl meines Vaters.«

»Und warum hat er ihn nicht Tekudai erteilt?«

»Traust du mir nichts zu, weil ich eine Frau bin?« fragte sie. Als er mit der Antwort zögerte, fuhr sie fort: »Es war nicht mein Wunsch, euch zu führen. Man hat es mir befohlen. Warum sollte ich die Gesellschaft von Barbaren suchen?« Er sah, daß er sie verstimmt hatte. Sie wandte sich von ihm ab und sprach mit ihren Gefährten. Es ging bei der Unterhaltung derb zu, und die darin zwischen Wilhelm und seinem Pferd gezogenen Vergleiche fielen zu Ungunsten des Mönches aus.

Nachdem das Mahl beendet war, holte der *manap* eine aus dem ausgehöhlten Flügelknochen eines Adlers hergestellte Flöte hervor und begann zu spielen. Einer der Männer begleitete ihn auf einem Instrument, das wie eine Laute geformt war. Der gewölbte Resonanzkasten war aus einem Stück Rosenholz geschnitzt und mit Elfenbein eingelegt. Lachend klatschte Khutelun in die Hände und sang mit den anderen. Der Feuerschein warf ihr Profil als Schattenbild an die Wand.

Während Josseran ihr zusah, fragte er sich nicht zum ersten Mal, wie es wohl wäre, bei einer Tatarin zu liegen. Ihm war klar, daß sie nicht willfährig und zärtlich sein würde, wie die käuflichen Weiber in Genua und Venedig. Er überlegte sogar, wie sie wohl im Vergleich mit der Frau seiner Träume wäre, seinem unerreichbaren madonnengleichen Ideal.

Dann aber fragte er sich, warum er sich mit solchen Gedanken quälte.

Die Nacht verbrachten Josseran und Wilhelm gemeinsam mit den Tataren im Hause des *manap*, die Decken um sich gewickelt, den Kopf der Wand und die Füße dem Feuer zugekehrt. Das Bewußtsein, daß sich Khutelun fast in seiner Reichweite befand, ließ ihn trotz seiner großen Müdigkeit nur schwer zur Ruhe kommen, und er schlief lange nicht ein. Sein Gewissen lag im Widerstreit mit seinen Leidenschaften, und er fragte sich, welch sonderbaren Ehrbegriff er hatte.

Seine Ehre schien ihm mit Blut und Begierde bedeckt, und in Wahrheit hatte er wohl gar keine mehr. Jetzt wollte er auch noch mit einer wilden Tatarin das Lager teilen. Er hatte dem Templerorden Gehorsam und Keuschheit gelobt und war mit einem Auftrag betraut worden, mit dessen Erledigung er unter Umständen das Heilige Land vor den Sarazenen bewahren konnte. Und er konnte an nichts anderes denken, als einer Tatarin beizuwohnen!

Du bist fast rettungslos verloren, Josseran Sarrazini, dachte er. *Wenn wir jenes Gebirge überqueren, fürchte ich, daß du auch für Gott verloren sein wirst.*

18

Sie hatten die grünen Täler hinter sich gelassen. Wie dichter Rauch zogen die Wolken zwischen den hohen Gipfeln dahin, und der Boden unter ihren Füßen wurde glatter Schiefer. Mit einem Mal hatte die Welt ihre Farbe verloren.

Gelegentlich wurden durch Wolkenlücken massive Felszacken sichtbar, die inmitten von kaltem Nebelgrau und verharschtem Schnee aufragten, Brustwehren aus weißen Gipfeln, die sich einen flüchtigen Augenblick zeigten, bevor sie wieder hinter den wild dahinziehenden Wolken verschwanden. Adler beobachteten sie von ihren Felsenhorsten aus oder ließen sich mit dem eiskalten Wind dahintreiben, der über die Pässe fegte.

Beim Aufstieg glitten die Hufe ihrer Pferde auf dem losen Gestein aus, Felsbrocken stürzten Hunderte von Fuß tief zu Tal, ohne daß man sie unten aufprallen hörte. Keuchend und nach Atem ringend arbeiteten sich die Pferde empor, und wenn ein Felsgrat erreicht war, mußten die Reiter absteigen und sie auf der anderen Seite hinabführen, was ebenfalls nicht ohne Fehltritte und Ausgleiten vor sich ging. So gelangten sie immer höher; längst lagen die Walnuß- und Pistazienbäume unter ihnen.

Als sie eines Abends einen hochgelegenen Paß erreicht hatten, blieb Josseran stehen und sah sich um. Einen Augenblick lang konnte er einen Blick auf das Labyrinth aus Tälern und Gebirgsrücken werfen, das tief unter ihm lag. In der Ferne erkannte er die einsame Hochebene der tadschikischen Hirten, dann schlossen sich erneut die grauen Wolken um sie und schoben sich wie ein Vorhang vor das Licht. So blieben ihm als Hinweise auf das Leben nur das Klappern der Pferdehufe auf dem Schiefer, der Klang von Wilhelms Stimme, dessen Gebete von den Felswänden zurückgeworfen wurden, und das ferne Heulen eines Wolfes. Neben dem Pfad zerfielen im Schnee die ausgebleichten Knochen eines vor langer Zeit dort krepierten Pferdes.

Noch immer lag das Dach der Welt irgendwo weit über ihnen, grau, kalt und furchterregend.

Da sie nunmehr oberhalb der Baumgrenze aufwärts strebten, gab es nichts mehr, um die Pferde anzubinden. So zeigte Khutelun Josseran und Wilhelm, wie man ihnen die Zügel um die Vorderbeine legen konnte, und wie sich der Knoten, den die Tataren für diesen Zweck verwendeten, rasch lösen ließ. Die Tiere schienen diese Behandlung gewöhnt zu sein, denn Josseran sah nicht ein einziges Mal, daß sich eines von ihnen dagegen zur Wehr gesetzt hätte.

Die Beziehung zwischen den Tataren und ihren Pferden erstaunte ihn. Zwar waren sie zweifellos die besten Reiter, die er je gesehen hatte, doch bestand zwischen ihnen und ihren Pferden keinerlei Gefühlsbindung wie bei den christlichen oder sarazenischen Rittern. Weder behandelten sie ein widerspenstiges Pferd grausam, noch brachten sie einem besonders guten irgendwelche Zuneigung entgegen. Sie sprachen nicht mit ihnen, liebkosten sie nicht und lobten oder ermunterten sie in keiner Weise. Nach einem Tagesritt kratzten sie ihnen lediglich mit einer Art hölzerner Klinge den getrockneten Schweiß vom Fell, banden gleich darauf ihre Vorderbeine zusammen und ließen sie ihr Futter suchen, denn nicht einmal im Schnee des Hochgebirges dachten sie daran, ihre Pferde zu füttern.

Josseran hingegen kümmerte sich endlos um Kismet, die diese schrecklichen Tage vermutlich nicht mehr lange überleben würde.

Sie hatten ihren Tagesritt beendet und befanden sich in den Hochtälern des Gebirges, in denen nicht einmal die abgehärteten Tadschiken oder Kirgisen ihre Sommerjurten aufschlugen. In den vergangenen Nächten hatten sie sich genötigt gesehen, im Schnee unter Behelfszelten zu schlafen, die sie im Windschatten der Berge aufgeschlagen hatten. Dabei hatten sie ihre Satteltaschen als Schutzwall vor die Zeltöffnung gepackt, um den scharfen Wind und die beißende Kälte zumindest teilweise draußen zu halten.

Als die Sonne hinter den dräuenden Wällen des Dachs der Welt unterging, stand Kismet vor Kälte zitternd im Schnee. Die Stute war halb verhungert, deutlich traten die Knochen unter dem Fell hervor, ein Anblick, der Josseran ans Herz griff. Sie stand im letzten Sonnenlicht da, und während die Schatten einer Felswand auf sie zukrochen, stampfte sie bei der Aussicht auf eine weitere bitterkalte Nacht nervös mit den Hufen. Leise klagend drehte sie die Ohren, als Josseran auf sie zukam und ihr den dürren Hals tätschelte.

Er flüsterte ihr einige zärtliche Worte ins Ohr. Ihm war klar, daß er sie verlieren würde, wenn sie nicht bald die Berge hinter sich lassen konnten.

»Gib nicht auf, meine brave Kismet. Es ist nicht mehr weit. Bald bekommst du saftiges Gras, und die Sonne wird dir wieder auf die Flanken scheinen. Halte durch.«

»Was tust du da?«

Er sah sich um. Es war Khutelun.

»Sie leidet.«

»Es ist ein Pferd.«

»Kismet und ich sind seit fünf Jahren zusammen. Ich habe sie seit meinem Eintreffen in Outremer.«

»Kismet?«

»So rufe ich sie«, sagte er und fuhr dem Pferd über die Nüstern. »Es ist mohammedanisch und bedeutet – Schicksal.«

»Dein Pferd hat einen Namen?«

»Ja.«

Khutelun sah ihn verblüfft und ungläubig an.

»Haben eure Pferde keine Namen?« fragte er.

»Haben bei euch die Wolken Namen?«

»Ein Pferd ist etwas anderes.«

»Ein Pferd ist ein Pferd. Gebt ihr auch euren Schafen und eurem Weidevieh Namen?«

Sie verspottete ihn, gewiß, aber sie bemühte sich auch, ihn zu verstehen. Er erkannte in ihr eine Wißbegierde, der er bei den anderen Tataren bisher nicht begegnet war. Zwar hatte er die Sprache dieser Menschen gelernt und konnte sich ohne Schwierigkeiten mit ihnen verständigen, doch stellten sie ihm nicht wie Khutelun Fragen über ihn selbst oder sein Land.

»Wir essen unsere Pferde nicht«, sagte er.

»Ihr verachtet eure heiligen Männer, aber ihr liebt eure Pferde. Ihr seid ein sonderbares Volk und schwer zu verstehen.« Sie wandte sich um und sah im grauen Dämmerlicht zurück zum Lager, ihrer dürftigen Unterkunft für die Nacht. Leinwandfetzen flatterten im Wind der Berge. Dann sah sie zu, wie sich Wilhelm, gegen den Wind gelehnt, an seiner Satteltasche zu schaffen machte.

»Was hat er so Kostbares in seiner Tasche?«

»Ein Geschenk für euren Großkhan.«

»Gold?«

Er gab ihr keine Antwort.

Aus Rom hatte der Mönch außer dem, was er für seine priesterlichen Aufgaben brauchte, unter anderem ein Weihrauchgefäß und ein Chorhemd, eine illuminierte Bibel und einen Psalter mitgebracht. Für ihn waren es die kostbarsten Schätze der Welt, vor allem die Bibel, denn der Besitz des Alten wie des Neuen Testaments war ausschließlich Männern der Kirche gestattet. Josseran selbst besaß lediglich ein Stundenbuch.

»Wenn wir euch wegen eures Tandes hätten töten wollen, hätten wir das mit weit weniger Aufwand einen ganzen Mond früher tun können.«

»Er hat ein Weihrauchgefäß aus Silber dabei«, sagte Josseran.

Sie nickte nachdenklich. »Ich bezweifle, ob sich unser neuer Großkhan besonders beeindruckt zeigen wird. Nach der *khuriltai* wird er Berge von Silber und Gold bekommen.«

»Er hat außerdem einen Psalter und eine Bibel, unser heiliges Buch, dabei. Er hofft, euren Großkhan mit unserer Religion zu beeindrucken.«

»Ohne Zauber?« fragte sie zweifelnd. Sie wandte sich um und bekam noch mit, wie Wilhelm auf dem Eis ausglitt und zu Fall kam. »Er überlebt diese Reise nicht. Ich hätte nie geglaubt, daß er es bis hierher schafft.«

»Ihr unterschätzt ihn. Er genießt sein Leiden ebenso sehr wie Ihr Eure Stutenmilch.«

»Darf ich diese Bibel sehen?« fragte sie mit einem Mal. Die Frage traf ihn unerwartet.

»Da müßt Ihr den Priester fragen.«

»Mir würde er es verweigern, dir aber bestimmt nicht, wenn du für mich fragst.«

»Er hütet sie sehr eifersüchtig.«

»Sag ihm, daß er die Gelegenheit hat, eine Tatarenprinzessin mit seiner Religion zu beeindrucken.«

Josseran überlegte. Er fragte sich, inwieweit das Wilhelm beeinflussen würde, in dessen Augen Khutelun keine Prinzessin, sondern eine Hexe war. »Ich werde tun, was in meinen Kräften steht.«

Ihre Augen begegneten einander. Er hielt ihrem Blick stand. Sie trug Filzmantel, Filzhose und Stiefel. Ein Tuch bedeckte ihr Haar, und nur ihre in der Kälte bronzefarbene Gesichtshaut war zu sehen. Ein großer Teil ihrer Schönheit oder besser gesagt dessen, wovon er vermutete, daß es Schönheit war, verbarg sich unter ihrer Kleidung. Was also erschien ihm an ihr begehrenswert? Worauf gründete seine Besessenheit? War es der Reiz des Exotischen, des Unerreichbaren, dieselbe Schwäche, die ihn schon einmal zu Fall gebracht hatte?

»Könnt Ihr wirklich in die Zukunft sehen?« fragte er sie.

»Ich sehe vieles, was anderen verborgen bleibt. Ich kann diese Gabe jedoch nicht mit meinem Willen beeinflussen.«

Sie nennt es Gabe! dachte Josseran. Bei ihnen daheim würden die Priester sie als besessen ansehen und dafür sorgen, daß sie erst auf die Streckfolter gespannt würde und anschließend auf den Scheiterhaufen käme.

Die plötzlich hereinbrechende Dunkelheit legte sich auf die Berge. Jetzt umgab sie nur noch das trübselige Heulen des Windes und der tiefe, kalte Schatten, der das Tal unter ihnen anfüllte.

»Ich lasse dich die Unterhaltung mit deinem Pferd beenden«, sagte sie. »Vielleicht teilt es uns später seine Gedanken mit.«

Lachend ging sie davon.

19

Keine Sonne, kein Schatten, keine Farbe. Der Sommer dauerte auf dem Dach der Welt nur wenige Wochen, und so zeitig im Frühjahr gedieh in dieser Höhe noch gar nichts. Die Bäche führten Eis mit sich, und der unablässig klagende kalte Wind, der Schnee mit sich brachte, zerrte Stunden um Stunden an den Nerven.

Stetig ging es Tag für Tag weiter aufwärts, vorbei an Krüppelkiefern. Bisweilen zerrten sie ihre Pferde durch vom Sturm verwehten Schnee und folgten einem Felsgrat nach dem anderen, die einem Felsplateau entgegenstrebten. Die Luft wurde dünner, und es sah aus, als stünde Wilhelm vor dem Zusammenbruch. Sein Gesicht war blau angelaufen, und sein Atem kam stoßweise.

Der ständige Wind war ihr Feind. Josseran merkte, daß er ihn nicht nur am Sprechen, sondern sogar am Denken hinderte. Mit unsichtbaren Fäusten hämmerte er auf sie ein, versuchte, sie zurückzutreiben, bestürmte sie aufbrüllend tagaus, tagein.

Eines Nachmittags rissen die Wolken auf, gerade als sie einen hochgelegenen Paß erreichten, und so ging ihr Blick über einen Flickenteppich aus tief im Schatten liegenden grünen Tälern, über graue Schieferflächen und braune Erde unter den blauweißen Gletschern bis hin zur weißen Reihe der fernen Berge. Ein ockerfarbener Fluß zog sich wohl an die drei Meilen unter ihnen wie eine Schlagader zwischen dem Eis und den schlammbedeckten Schieferflächen dahin.

Es war, als sähe man die Erde vom Himmel aus.

Khutelun wandte sich im Sattel um, ihr Tuch flatterte hinter ihr im Wind. »Da siehst du das Dach der Welt!« rief sie.

Josseran zitterte trotz seiner Pelze. Noch nie hatte er sich so unbedeutend gefühlt wie beim Anblick dieser erhabenen Bergwelt. Das war unverfälschte Religion, weit entfernt von den tröstlichen Symbolen einer Kirche.

Er hatte seinen Trost vergeblich im Ritus gesucht. Dort oben war er fern von dem Mann, für den er sich immer gehalten hatte. Jeden Tag spürte er, wie ihm ein Stück genommen wurde, und er war sich selbst fremd. Er unterstand nicht mehr seinem Ordensstatut, stand nicht mehr im Schatten der Kirche, hatte Gedanken, von denen er nie geglaubt hätte, daß er sie in seinem Gehirn beherbergen würde. Diese Reise hatte ihm eine wilde Freiheit geschenkt.

Er sah zu Wilhelm hinüber, der auf seinem Pferd hing, die Kapuze über das Gesicht gezogen. »Wir sind hier weit von Christus entfernt!« rief er ihm zu.

»Niemand ist jemals weit von Christus entfernt, Templer!« überschrie jener das Brüllen des Sturms. »Gottes Hand führt und schützt uns sogar hier.«

Wenn du dich da nur nicht irrst, dachte Josseran. Die Hand, die ihn dort führte, war eine wilde Gottheit und ihm völlig fremd.

Der steifgefrorene Leichnam war schwarz. Die Augen fehlten, waren längst von Vögeln herausgepickt, und wilde Tiere hatten die Eingeweide herausgerissen. Er wurde einen Augenblick lang über ihnen durch den Nebelschleier sichtbar. Man hatte ihn auf eine Felszacke oberhalb des Weges gelegt, ein Arm hing starr herab. Unmöglich zu sagen, ob es die sterblichen Überreste eines Mannes oder einer Frau waren.

»Beim heiligen Joseph, was ist das?« murmelte Josseran.

Khutelun ritt neben ihm. »Wir in der Steppe überantworten die Toten den Würmern«, sagte sie. »Die Bewohner der Täler überlassen ihre den Göttern.«

Wilhelm schlug das Kreuz. »Heiden!« stieß er hervor.

Sie ritten weiter. An jenem Tag sahen sie zwei weitere Leichname in unterschiedlichen Stadien des Zerfalls, und am nächsten Tag hörte Josseran, während sie unter einem finsteren Fels vorüberritten, ein lautes Poltern. Er stieß einen Warnruf aus, weil er an einen Bergsturz dachte. Hinter ihm fiel, von einem Steinhagel begleitet, etwas auf Wilhelms Schulter, das aussah wie eine riesige schwarze Spinne. Angstvoll schrie der Mönch auf, und sein Pferd scheute auf dem losen Schotter, wobei es ihn fast abgeworfen hätte. Josseran, der ihm am nächsten war, wendete Kismet auf dem schmalen Pfad, ergriff den Zügel von Wilhelms Pferd und beruhigte es.

Zitternd saß Wilhelm im Sattel. Sein Gesicht war grau wie das eines Toten. Er sah zu Boden, auf das verfaulte Gebein, das von einem unsichtbaren Leichnam zwanzig Fuß über ihnen herabgestürzt war.

»Da habt Ihr Eure Hand Gottes, Pater Wilhelm«, sagte Josseran.

Er warf den Kopf in den Nacken, und der Hall seines Lachens brach sich an den Felswänden, die den schmalen Pfad säumten.

20

Das Klappern der Hufe ihrer Tiere hallte durch die Schlucht. Josseran hob den Blick und wandte sein Gesicht der Sonne entgegen, die nicht im geringsten wärmte. Die Reste eines alten Turms ragten über ihnen auf und zeichneten sich dunkel vor einem gletscherblauen Himmel ab. Von der im Laufe der Jahrhunderte zerfallenen Festung waren nur noch einige eingestürzte Lehmziegelmauern hoch auf der Klippe zu sehen, Zeugen lange zurückliegenden menschlichen Tuns. Josseran fragte sich, welche einsamen Krieger hier einst Wache gestanden haben mochten.

Khutelun zügelte ihr Pferd neben ihm.

»Wo sind wir hier?« fragte er.

»Wir nennen den Ort Sonnenturm.«

»Sonnenturm«, wiederholte er.

Sie ließ ihr Pferd im Schritt durch die Schlucht gehen. Josseran folgte ihr. Der Pfad verschwand im Schatten der Felsen. »Die Legende sagt, daß vor vielen Jahren ein bedeutender Khan seine Tochter mit einem Fürsten verheiraten wollte, der jenseits des Gebirges lebte. Aber in dieser Gegend trieben Banditen ihr Unwesen, und der Weg war unsicher. So brachte man sie mit einem Gefolge von Mägden zu diesem Turm hier und stellte an beiden Enden des Hohlwegs bewaffnete Posten auf, während man darauf wartete, daß der Fürst mit einer Eskorte käme, um ihr den Rest des Weges das Geleit zu geben. Doch als er schließlich eintraf, um sie heimzuholen, merkte er, daß sie guter Hoffnung war.«

»Die Wächter«, sagte Josseran.

»Möglich.«

»Was ist mit ihr geschehen?«

»Man brachte die Mägde vor den Khan, und sie schworen, kein Mann habe sie berührt. Wohl aber sei jeden Tag um die Mittagszeit ein Gott vom Himmel herabgeritten gekommen, um bei ihr zu liegen. Sie sagten, das Kind gehöre der Sonne.«

»Und hat der Khan die Geschichte geglaubt?«

Khutelun blickte rasch zu ihm hinüber. »Glaubst du etwa nicht, daß ein Gott bei einer Frau liegen und ihr seinen Samen geben kann?«

Josseran lachte, daß seine Stimme von den Felsen widerhallte. »Mir ist nur eine Möglichkeit bekannt, wie ein Kind gemacht werden kann.«

Dann dachte er an seinen eigenen Glauben, und das Gelächter erstarb ihm im Halse. Glaubte nicht auch er eine solche Legende, ging ihm auf, und war sie nicht das Fundament seines Glaubens? Unbehaglich sah er zu dem Turm zurück, dann über die Schulter zu Wilhelm. Der Mönch, in dessen Gesicht das Leiden tief eingegraben war, hielt sich entschlossen am

Sattel fest, während sich sein Pferd den Weg über den Schotter bahnte.

Je weiter Josseran durch diese Länder der Barbaren zog, desto mehr vergaß er sein eigenes Volk, seine eigene Religion. Möglicherweise würde er sich dort sogar verirren und nie seinen Weg zum Christentum zurückfinden – und vielleicht wollte er das sogar.

Während der Nacht drängten sie sich im Zelt wärmesuchend aneinander, zitterten trotz ihrer Felle und Pelze. Kalt standen die schwarzen Berge unter dem silbernen Mond. Der Wind hob die Leinwand des Zeltes, und Josseran spürte, wie ihm Schneeflocken, die in seine Kapuze gedrungen waren, den Nacken hinabglitten.

Er merkte, daß Wilhelm neben ihm zitterte.

»Khutelun sagt, daß es jenseits dieser Berge Christen gibt.«

»Den Priester Johannes?«

»Ich weiß es nicht. Jedenfalls behauptet sie, daß der Khan unsere Religion bereits kennt und es Menschen an seinem Hof gibt, die ihr angehören.«

Wilhelm ließ sich Zeit für seine Antwort, denn die Kälte verlangsamte sein Denken. »Ich hatte Euch ja gesagt, daß Gott uns sogar hier leiten würde, Templer.«

»Sie hat mit mir über die Grundsätze unseres Glaubens gesprochen und den Wunsch geäußert, sich die Heilige Schrift anzusehen«, murmelte er dicht an Wilhelms Ohr.

»Ihr habt der Hexe von der Bibel berichtet, die ich mit mir führe?« zischte Wilhelm. »Wozu?«

»Sie möchte vieles über unsere Religion wissen.«

»Sie darf das Buch keinesfalls berühren! Sie würde es entweihen!«

Von irgendwoher fern in den Tälern ertönte klagendes Wolfsgeheul. Eine Sternschnuppe zeigte sich am Himmel und ließ eine silbrige Spur hinter sich. »Unter Umständen wäre sie die erste, die ihr bekehren könntet«, sagte Josseran.

»Sie ist eine Hexe und kann nicht erlöst werden.«

»Das ist sie nicht.«

»Seid Ihr auf einmal Fachmann auf diesem Gebiet?«

»Sie möchte doch nur einmal die Bibel sehen«, sagte Josseran, der spürte, wie Zorn in ihm emporstieg. »Gewiß kann der Anblick von Gottes Wort nur Gutes bewirken.«

»Ihr habt Euch in sie vergafft.«

Josseran spürte den Vorwurf wie einen körperlichen Hieb. »Der Teufel soll Euch holen«, sagte er.

Ihm war klar, daß es sinnlos war, weiter mit dem Mönch zu rechten. Er zog die Felle noch enger an seinen Körper, und als er die Augen schloß, dachte er in der gleichen Weise an Khutelun wie jede Nacht in der Dunkelheit. Er wußte, daß es Sünde war. Er hatte die Heimat verlassen, um in Outremer Erlösung zu finden, und jetzt hatte er sich, wie Wilhelm sagte, in eine Hexe vergafft. Vielleicht hatte der Mönch recht – für manche Seelen gab es einfach keine Erlösung.

Das galt wohl auch für seine eigene.

21

Sie traten aus dem Schatten einer Felswand in den Sonnenschein. Die Wolken lagen jetzt unter ihnen, und eine kalte Sonne glänzte an einem Himmel von verwaschenem Blau. Ihm kam es einen flüchtigen Augenblick lang so vor, als wären sie bereits im Himmel. Die Welt unter ihnen verlor sich hinter dem Wolkenvorhang.

Sie befanden sich in einem eigenen Kosmos aus gewaltigen Felsbrocken. Um sie herum erhoben sich die gezackten Zitadellen der Berge, zogen die großen Eisströme der Gletscher. Sogar die Felsen waren unter dem Einfluß der Kälte geborsten. Khutelun teilte ihm mit, daß sie sich an der höchsten Stelle der Erde befanden. Tatsächlich waren sie schon seit Tagen keiner Menschenseele mehr begegnet, hatten keinerlei menschliche Ansiedlung gesehen. Nur einmal hatte Josseran beim Blick nach oben zwei Schneeleoparden erkannt, die ihn von einer Felskante herab aus nußbraunen Augen starr angesehen hatten.

Dann waren sie von einem Augenblick auf den anderen verschwunden gewesen.

Jetzt waren die Wölfe ihre einzigen Wegbegleiter. Tagsüber hörte man sie selten, nachts aber hallten ihre einsamen Klagerufe über die Pässe.

Sie gelangten an einen stahlblauen See, in dessen Wasseroberfläche, die glatt dalag wie ein Spiegel, sich ein hoher, dolchförmiger Gipfel mit einem Halsband aus Schnee in vollkommener Weise spiegelte.

Sie ernährten sich von dem Quark, den die Tataren mitführten. Khutelun hatte Josseran dessen Herstellung erklärt: man kochte die Stutenmilch, schöpfte das Fett ab, bis es eine Paste bildete, das Übrige legte man zum Trocknen in die Sonne. Nach einigen Tagen wurde die Masse hart und ähnelte in Farbe und Aussehen Bimsstein. Auf langen Zügen nahm jeder der Tataren zehn Pfund davon in seinen Satteltaschen mit. Wenn unterwegs keine Lebensmittel verfügbar waren, füllten sie morgens ein halbes Pfund in die am Sattel hängende Lederflasche, und bis zum Abend hatten die hämmernden Bewegungen des Ritts eine Art Brei erzeugt, den sie dann verzehrten.

Während sie das Dach der Welt überquerten, ernährten sich die Mitglieder ihrer Gruppe von nichts anderem.

Doch es genügte nicht. Einmal sah Josseran, wie Khutelun nach einem schweren Tag des Anstiegs mit ihrem Messer einen kleinen Einschnitt in die Ader am Hals ihres Pferdes machte. Sie hielt den Mund darunter und trank das herausströmende Blut. Anschließend legte sie die Hände auf die Wunde, bis das Blut geronnen war.

Sie sah sich um und bemerkte, daß er sie beobachtete. Sie wischte sich das Blut mit dem Ärmel vom Mund und lächelte ihm breit zu. »Du hast einen schwachen Magen, Barbar«, sagte sie, denn sie hatte begriffen, was sein Gesichtsausdruck bedeutete.

Er brachte kein Wort heraus. Es war ihm, als hätte er einem Kannibalen zugesehen.

»Wenn man nur wenig nimmt, schwächt es das Pferd nicht, und uns hält es am Leben.«

Wortlos wandte er sich ab. Aber zumindest, was das Tier betraf, hatte sie recht. Seine Perserstute war kaum mehr als ein Gerippe, die Tatarenpferde hingegen schienen unter dem Schnee immer etwas zu finden, das sie bei Kräften hielt.

Aber Blut trinken …

Auch Wilhelm, der hinter ihm ritt, war Zeuge des Vorgangs geworden. »Meint Ihr immer noch, daß sie keine Hexe ist?« zischte er.

»Laßt mich zufrieden«, sagte Josseran.

»Sie trinkt das Blut von Tieren! Sie gehört dem Höllenfürsten!«

»Laßt mich zufrieden«, wiederholte Josseran. »Ich will nichts mit Euch zu schaffen haben!«

»Sie ist eine Hexe!« zischte der Mönch erneut. »Hört Ihr mich, Templer? Eine Hexe!«

Sie umwanden ihre Beine mit Fellen und zerrten ihre Pferde mitten in den Schneesturm hinein. Ohne die aus den Knochen und dem Gehörn toter Schafe errichteten Wegzeichen, die die Reisenden durch den Schnee leiteten, hätten sie schon bald jede Orientierung verloren.

Eines Spätnachmittags kamen sie an ein Wegzeichen, das weit größer war als alle, die sie bisher gesehen hatten. Es bestand nicht aus Knochen, sondern aus aufeinandergetürmten Steinen. Die Tataren nannten es *obo*. Einer nach dem anderen umritt es im Schritt. Dann stieg Khutelun ab und legte einen weiteren Stein auf den Haufen.

»Was tut Ihr da?« wollte Josseran wissen.

»Wir bitten um die Läuterung unserer Seelen«, sagte sie. »Die in diesen Bergen heimischen heiligen Männer sagen, daß wir dann bei unserer nächsten Wiedergeburt auf einer höheren Stufe erneut ins Leben treten.«

Einen solchen Unsinn hatte Josseran noch nie gehört. »Jeder kommt nur einmal zur Welt«, begehrte er auf.

»Das glaubt man hier in den Bergen nicht.«

»Aber Ihr seid Mohammedanerin. Ihr glaubt doch gewiß nicht daran?«

»Es kann nichts schaden. Wenn die heiligen Männer irren, habe ich lediglich einige Schritte vergeudet und nichts weiter als einen Stein geopfert. Falls sie aber recht haben, habe ich mir für das nächste Leben etwas Besseres erkauft.«

Diese pragmatische Antwort entsetzte ihn. Glaube war seiner Ansicht nach unabhängig von geographischen Gegebenheiten. Dennoch erkannte er hinter ihren Worten eine sonderbare Folgerichtigkeit, und er mußte lächeln.

»Du solltest das auch tun«, forderte sie ihn auf.

»Ich habe keine Zeit für solchen Aberglauben.«

»Willst du auf dieser Reise Unglück auf uns herabbeschwören?«

Er zögerte und merkte, daß ihn die anderen Tataren erwartungsvoll ansahen. »Ich werde es um des lieben Friedens willen tun«, sagte er. Widerwillig umritt er den Steinhaufen. Was konnte es schon schaden?

»Was soll dies merkwürdige Gebaren?« fragte ihn Wilhelm.

»Es geht um die Vergebung unserer Sünden«, antwortete ihm Josseran. »Sie wollen, daß Ihr und ich es ihnen nachtun.«

»Die Beichte und die darauf folgende Lossprechung durch einen geweihten Priester der Heiligen Kirche ist die einzige Art, wie Sünden vergeben werden können.«

»Von Euch wird lediglich erwartet, daß Ihr den Steinhaufen umreitet, Pater Wilhelm. Niemand verlangt, daß Ihr an die Sache glaubt.«

»Es wäre ein Verrat an meiner Religion.«

»Es würde Euch nur einige Sekunden kosten.«

Doch Wilhelm lenkte sein Pferd von dem Steinhaufen fort. »Ich bin nicht bereit, mit dem Teufel zu tanzen!« schnaubte er und ritt davon, den Kopf verächtlich zurückgeworfen.

Josseran sah in die Gesichter ihrer Reisegefährten. Ihm war klar, was sie dachten. Ein Schatten kam quer über das Tal auf sie zu, und als er den Blick hob, erkannte er einen Geier, der sich auf der Suche nach Aas hoch über ihnen vom Aufwind tragen ließ – hoffentlich kein Unheil verkündendes Vorzeichen.

22

Sie befanden sich an einem wilden und unwirtlichen Ort. Die Flanken der gezackten Berge waren von tiefen Schluchten durchfurcht, als wäre ein wildes Tier mit seinen Krallen hindurchgefahren. Einen Augenblick lang sahen sie ein Tal weit unter sich. Die steinernen Häuser tadschikischer Hirten waren an schwindelerregender Stelle oberhalb eines zu Tal tosenden Wildbachs an die Felswände geheftet. Dann schloß sich der Vorhang des Schneeregens erneut, und das Bild war verschwunden.

Während der Zug wieder einmal in die Wolken hinabstieg, tobte das Gewitter über den Pässen vor ihnen. Die Wege schwanden ihnen unter den Füßen, und ein gestaltloser eisiger Nebel hüllte sie ein, umgab sie mit Kälte und Stille.

Die Hänge waren mit gewaltigen Felsbrocken übersät. Manche von ihnen waren so groß wie Tagelöhnerhütten, und die Pferde schnaubten unwillig, während sie sich mit ihren unbeschlagenen Hufen den Weg über den mit Flechten bewachsenen Schiefer bahnten, auf von der bitteren Kälte gesprengten Felsen Halt suchten und dabei kleine Lawinen losen Gesteins hangabwärts sandten.

Windstöße trieben Mensch und Tier Eis ins Gesicht, so daß man nichts sah.

Nach einem langen Abstieg gelangten sie erneut in ein Gebiet voller Krüppelkiefern und erreichten ein schmales Felsband am Rande einer tiefen Schlucht. Es bot gerade genug Platz für die Hufe der Pferde, nicht mehr. Ein Fehltritt würde zwangsläufig den Absturz von Tier und Reiter zur Folge haben.

Wilhelm sah zu, wie sich Khutelun und ihre Männer voranarbeiteten; die Spitze des Trupps verschwand bereits im grauen Dunst. Er zerrte an den Zügeln seines Pferdes, zögerte.

»Ihr dürft diesen Pferden vertrauen, Pater Wilhelm«, rief ihm Josseran von hinten zu. Er mußte schreien, um sich über dem Lärm des unter ihnen tosenden Sturzbaches verständlich zu machen.

»Ich vertraue lieber auf Gott«, rief Wilhelm zurück.

Er machte sich an die Überquerung und sang dabei *Credo in Unum Deum*, wobei seine hohe Stimme von den glatten Felswänden der Schlucht widerhallte.

»Ich denke, daß die Pferde die Berge besser kennen«, knurrte Josseran und nahm seinerseits das gefährliche Wegstück in Angriff.

Etwa in der Mitte verlor Wilhelms Tier, vielleicht von der Unruhe seines Reiters angesteckt, den Halt auf dem losen Gestein.

Wilhelm merkte, wie sein Pferd strauchelte und eins seiner Hinterbeine einen kurzen Augenblick lang den Boden unter den Füßen verlor. Mit einem Ruck versuchte es, das Gleichgewicht wiederzufinden. Dabei rutschte Wilhelm im Sattel zur Seite und brachte das Tier erneut in Schwierigkeit.

»Wilhelm!«

Er hörte Josserans Warnruf, sprang aus dem Sattel und riß, den Rücken an die Felswand gedrückt, im vergeblichen Versuch am Zügel, das Pferd auf den schmalen Pfad zurückzuziehen, das mit der Hinterhand über dem Abgrund hing. Angstvoll wieherte es angesichts der Gefahr.

»Helft mir!« rief Wilhelm. »Da ist alles drin! Alles!«

Wilhelm ließ die Zügel los und griff nach der Satteltasche, die neben der illuminierten Bibel den Psalter, die Meßgewänder und das silberne Weihrauchgefäß enthielt. Seine Finger schlossen sich darum. Schon bei dem Versuch, sie über den Sattel zu zerren, wurde er von den Füßen gerissen, dem Absturz entgegen.

Ihn schwindelte beim Anblick der tief unter ihm dahinsegelnden grauen Wolken und der vom Frost zerklüfteten Granitwände.

Er befahl seine Seele Gott, ohne den Griff seiner Finger um die Tasche mit den wertvollen Gegenständen zu lösen. Mit einem Aufschrei fügte er sich in den unvermeidlichen Tod.

Er neigte sich bereits bedrohlich der Schlucht zu, als sich ihm kräftige Arme um den Leib legten und ihn zurückrissen.

»Laßt los!« rief ihm Josseran ins Ohr. »Laßt los.«

In diesem endlos scheinenden Augenblick ging ihm alles durch den Kopf, was für und was gegen seinen Glauben und sein Schicksal sprach. *Nein*, beschloß er, nach einer Gewissenserforschung, die lediglich einen Wimpernschlag lang dauerte, *ich lasse nicht los*. Er war bereit zu sterben, wenn es sein mußte, nicht aber, den Inhalt jener Tasche zu verlieren. Andernfalls wäre die Reise dorthin und alles, was sie ihm bedeutete hatte, vergebens gewesen.

Er sah das Pferd in die Tiefe stürzen. Es glitt den Felshang hinab, trat in der Luft verzweifelt um sich. Dann war es verschwunden, und er erwartete, ihm in den Abgrund zu folgen. Statt dessen fand er sich rücklings auf dem eisigen Fels liegend, den Blick auf die graue Bergwand über sich gerichtet. Die Tatarenhexe stand über ihm, das Gesicht zu einer Grimasse verzogen, in der sich Wut und Ärger mischten.

Sie schrie ihm in ihrer heidnischen Zunge etwas zu, das er nicht verstand. Er preßte den kostbaren Lederbeutel an die Brust, spürte beruhigend das Gewicht der Bibel und des Weihrauchgefäßes. Im Bewußtsein, daß die kostbaren Gegenstände in Sicherheit waren, drehte er sich um, kniete nieder und sandte mit lauter Stimme ein Dankgebet zu dem barmherzigen Gott empor, der ihn um Seiner höheren Zwecke willen verschont hatte.

Khutelun sah auf den Schamanen der Christen, der ein elendes Bündel an die Brust gepreßt hielt und mit von Hochgefühl verzücktem Gesicht zum Himmel emporsah. Der Barbar lag reglos neben ihm am Boden. Sie kniete nieder und schlug die Kapuze seines Umhangs zurück. Blut bedeckte ihre Finger. Er war mit dem Hinterkopf auf einen Stein geschlagen.

»Was für Kostbarkeiten enthält das Bündel, daß die Krähe bereit ist, dafür zu sterben?« knurrte einer der Begleiter. *Die Krähe* – so nannten die Tataren den Schamanen der Christen.

»Ich weiß es nicht«, antwortete Khutelun.

Sie hob eines der Augenlider des Barbaren und sah, daß sich seine Augäpfel verdreht hatten. Vielleicht war er tot. »Joss-ran«, flüsterte sie.

Ihr war, als umkrallte eine Faust ihr Herz.

23

»Ich werde dir jetzt die letzte Ölung geben«, flüsterte Wilhelm. Er küßte die kostbare purpurfarbene Stola, für die er sein Leben aufs Spiel gesetzt hatte, und legte sie sich um. Er begann die Worte des Sterbesakraments zu murmeln, wobei er Josseran einen Finger auf die Lippen, die Augen, die Ohren und die Stirn legte, während er die vertraute lateinische Formel sprach: *»In nomine patris et filii et spriritus sancti …«*

Sie befanden sich in der einsamen Behausung eines tadschikischen Hirten. Draußen tobte und brüllte der Wind, als wäre es der Teufel selbst, der herein wollte, um sich seine Beute zu sichern.

»Du wirst jetzt beichten«, flüsterte Wilhelm, »damit du sogleich in den Himmel eingehen kannst.«

Josseran hob schwach den Blick zu ihm, vermochte aber seine Augen kaum auf einen festen Punkt zu richten. Das Gesicht des Mönchs schien im Schatten des orangefarbenen Feuerscheins zu glänzen und zu tanzen. »Ich… sterbe… nicht.«

»Leg deine Beichte ab, Templer. Wenn du stirbst, ohne gebeichtet zu haben, wirst du des Satans sein.«

Josseran versuchte sich aufzusetzen, aber der Schmerz drang wie ein Messer in sein Gehirn, und er schrie laut auf.

»Ich werde es dir leichter machen und dir die Worte deiner Beichte vorsprechen. Wiederhole, was ich sage: ›Vergib mir, Vater, denn ich bin ein Sünder. Ich habe in meinem Herzen gesündigt, denn ich habe unheilige Gedanken über die Hexe Khutelun gehegt. Ich habe mich bei Nacht mißbraucht, während ich an sie dachte, und dabei meinen Samen vergossen‹. Sag es.«

»Der Teufel soll Euch holen«, knurrte Josseran.

»Du hast sie begehrt. Das ist eine Todsünde, denn sie ist eine Mohammedanerin und eine Hexe. Du mußt davon losgesprochen werden!«

Josseran schloß die Augen. Ihm war es, als durchbohrten spitze Nadeln sein Gehirn.

»Sag es! ›Ich habe gegen Seine Heiligkeit, den Papst, und gegen Wilhelm, dessen Gesandten, gesprochen. Ich habe gotteslästerliche Reden geführt‹ ...«

»Ich ... sterbe ... nicht ... und ich ... brauche ... Eure Absolution ... nicht.«

»Öffne die Augen, Templer.«

Josseran schlug blinzelnd die Augen auf. Wilhelm beugte sich zu ihm, und Josseran spürte dessen heißen und stinkenden Atem. Hinter dem Kopf des Mönchs sah er durch eine Öffnung im Dach einen einzelnen Stern. Gottes Auge, das auf ihn gerichtet war.

»Bevor diese Nacht um ist, wirst du vor deinem Vater im Himmel stehen!«

Josseran wandte den Kopf ab. *Meint er meinen leiblichen Vater*, überlegte er, *oder Gottvater*? Er wußte nicht, welche Begegnung er mehr fürchtete.

»Man wird dich richten und dich in den Höllenschlund hinabstoßen.« Wilhelm hob die Rechte und hielt sie vor Josserans Augen. »Es sei denn, ich erlöse dich mit dieser Hand! *Mit dieser Hand!*«

Tu es schon, dachte Josseran. Warum verweigerte er sich so beharrlich der Beichte? Lag es daran, daß er diesen tyrannischen Mönch verachtete, oder weil er glaubte, Gottes Herrschaft entzogen zu sein?

Josseran hatte gewartet, bis sein Vater nach Carcassonne hatte reiten müssen. König Ludwig hatte zu einer weiteren bewaffneten Pilgerschaft ins Heilige Land aufgerufen, um Jerusalem von den Sarazenen zu befreien. Als Ritter und Lehnsmann des Grafen von Toulouse hatte sein Vater dem Ruf zu den Waffen Folge leisten müssen.

Noch in derselben Nacht war er in ihr Zimmer gegangen. *Gott möge mir vergeben*, dachte er. Viermal hatte er sie in jener Nacht genommen, war wie ein Straßenköter immer wieder in sie eingedrungen, hatte sie unter sich keuchen gehört, hatte das Bett seines Vaters mit ihrer beider Schweiß und seinem Samen besudelt. Jedesmal, wenn er sie genommen hatte, hatte er den Teufel lachen gehört, der ihn immer tiefer in die Hölle hinabzerrte.

Hatte er eigentlich überhaupt nicht an seinen Vater gedacht?

Am nächsten Abend war er wieder zu ihr gegangen. Je tiefer er sich in die Sünde verstrickte, desto weniger schien es ihn zu kümmern. Wenn man bereits verloren ist, ist es wohl der einzige Trost, sich noch mehr zu verlieren. Inzwischen war er davon überzeugt, daß schlechte Menschen auf diese Weise erst richtig verdorben wurden. Was bedeutet für jemanden, der einmal eine unverzeihliche Sünde begangen hat, eine weitere? Bisweilen bestand die einzige Möglichkeit, die Qual des Schuldbewußtseins zu lindern, darin, daß man erneut sündigte.

Sie hatte nackt im Bett gelegen, und er hatte sein schlechtes Gewissen in ihrem heißen, feuchten Fleisch ertränkt. Hatte es ihn nicht auch mit Stolz erfüllt, sich zu nehmen, was seinem Vater gehörte? War es jugendlicher Hochmut gewesen, der ihm eingeredet hatte, jetzt sei er der bedeutendere von beiden?

»Heute nacht wirst du Christus oder den Satan sehen«, herrschte Wilhelm ihn an. »Was sagst du?«

»Ich habe nicht ... mit ihr gesündigt«, krächzte Josseran.

»Sie ist eine Wilde und eine Heidin. Du hast in deinem Herzen mit ihr gesündigt! Das ist das gleiche!«

Erneut zuckte Josseran zusammen. Jedes Wort, jeder Laut war für ihn qualvoll. »Ich bin sicher, daß Gott im Himmel wach liegt und sich um mein einsames und verzweifeltes Vergnügen in der Finsternis grämt. Euer Gott ist ja schlimmer als jede Schwiegermutter!«

Er hörte, wie Wilhelm zischend den Atem ausstieß, als er diese letzte Lästerung aufnahm.

»Du mußt beichten!« wiederholte der Mönch.

Ja, beichten, dachte Josseran. Er sollte seinen Willen haben. Welchen Unterschied machte das jetzt noch?

Sein Gesicht war hochrot, doch die Haut seiner Schultern und Arme wirkte wie poliertes Elfenbein. Der Mönch hatte ihn entkleidet. Eine dünne Behaarung, die im Feuerschein wie Bronze glänzte, bedeckte Brust und Bauch. Seine Muskeln waren hart wie gedrehte Seile.

Angesichts seines sonderbaren Aussehens hielt sie unwillkürlich den Atem an. Zwar wirkte er in seiner Nacktheit furchteinflößend, doch seltsamerweise erregte er sie auch.

Ihr Mund war mit einem Mal trocken.

Sie hatte Angst, der Barbar könnte sterben. Ihr war völlig unklar, warum sie diese Vorstellung ängstigte. Ihre Sorge galt nicht nur dem Zorn ihres Vaters oder seiner Enttäuschung für den Fall, daß es ihr nicht gelänge, die ihr Anvertrauten sicher in Karakorum abzuliefern, wie es ihr aufgetragen war. Sie hatte Angst vor dem Schmerz, den dieser Tod ihrem eigenen Herzen zufügen könnte.

Sie durfte nicht zulassen, daß er starb.

Wilhelm hörte ein Geräusch hinter sich und drehte den Kopf. »Ihr!« keuchte er.

Er sah zuerst die purpurfarbene Kapuze, denn wie damals in Khaidus *ordu* kam sie rückwärts herein. Von ihren Lippen kam ein leiser rhythmischer Sprechgesang in der teuflischen Sprache der Tataren. Drei ihrer Krieger folgten ihr mit grimmig entschlossenen Gesichtern in die Jurte. Khutelun trat in die Mitte und kniete neben dem Feuer nieder, ihren Fetzen-Flegel und ihr Tambourin, die Werkzeuge des Teufels, in den Händen.

Ihre Augen rollten. Sie stand unter dem Einfluß von Drogen. Dem Mönch war klar, daß sie vom Teufel besessen sein mußte.

Vor Empörung keuchend versuchte er, Josserans nackten Leib zu bedecken. »Verschwindet!« rief er und packte sie bei den Schultern, um sie vor die Tür zu befördern. Sogleich ergriffen ihn ihre Begleiter und zerrten ihn hinaus. Sie fesselten seine Handgelenke und lachten über seine vergeblichen Versuche, sich zu befreien. Dann warfen sie ihn auf den kalten Boden, wo er seinen Widerstand in die Einsamkeit der Nacht hinausschreien konnte.

Wilhelm schluchzte vor Verzweiflung. Der Böse herrschte in diesen Bergen, und die Ausgeburten der Hölle hatten eine weitere Christenseele in den Sündenpfuhl hinabgezogen.

24

Josseran schlug die Augen auf. Holzrauch trieb durch die Öffnung im Dach. Schwache gelbliche Sonnenstrahlen fielen durch den Eingang, vor dem die Klappe beiseite gezogen war und den Blick auf eine hochgelegene grüne Wiese freigab. Von draußen hörte er das Stampfen und Wiehern von Pferden. Das Gewitter war abgezogen, und Stille lag über den Bergen. Der Wind hatte sich gelegt.

Wilhelm saß am Feuer und sah aufmerksam zu ihm herüber.

»Es ist gut für Euch, daß Ihr nicht gestorben seid, Templer«, flüsterte er, »denn Eure Seele ist schwarz vor Sünde.«

Sein hämmernder Kopfschmerz hatte nachgelassen. Wilhelm hob ihm den Kopf an und setzte ihm eine hölzerne Schale gegorener Stutenmilch an die Lippen.

»Wie lange habe ich … geschlafen?«

»Nur eine Nacht.«

»Khutelun …«

»Die Hexe ist draußen.«

»Sie ist keine … Hexe«, brachte er heraus.

»Sie ist vom Teufel besessen.«

»Trotzdem scheint sie … mich von meiner Krankheit … geheilt zu haben.«

»Es ist das Werk des Teufels.«

Josseran betastete vorsichtig seinen Hinterkopf. Das getrocknete Blut hatte seine Haare verklebt, und er spürte darunter eine offene Wunde. Er hob den Blick zum Mönch, der sich nach wie vor über ihn beugte. »Ich dachte, ich müßte sterben.«

»Es war nicht Gottes Wille.«

»Sie war hier. Ich erinnere mich. Sie war hier.«

»Sie hat versucht, Euch mit ihrem Teufelszauber zu unterjochen.«

»Teufelszauber? … War Christus … denn ein Teufel?«

Wilhelm sah ihn nachdenklich an. »Unser Herr hat Kranke geheilt. Wollt Ihr diese Wilde auf eine Stufe mit unserem Heiland stellen?«

»Sie hat mich geheilt … Dann ist auch sie … eine Krankenheilerin. Nennt Ihr … sie immer noch … Hexe?«

»Wären wir in Outremer, ich würde Euch wegen Ketzerei vor die Inquisition bringen.«

»Nun, vielleicht … ist es ganz gut, daß wir … nicht in Outremer sind.«

»Der Teufel kann uns auf mancherlei Weise in die Irre führen. Er findet seine Opfer vor allem unter den Schwachen und den Leichtgläubigen.«

Ein Schatten fiel über den Eingang. Khutelun erschien, die Hände in die Hüften gestemmt. Josseran glaubte, in ihren Augen eine gewisse Erleichterung zu erkennen, als sie sah, daß er saß, aber dieser Eindruck schwand so rasch, wie er gekommen war.

»Du scheinst wieder zu Kräften gekommen zu sein«, sagte sie.

»Der Schmerz in meinem Kopf hat aufgehört«, murmelte Josseran. »Ich danke Euch.«

»Wofür?«

»Für … Eure Gebete.«

»Ich hätte dasselbe für jeden anderen Kranken getan.« Sie hielt eine dampfende Schale mit gekochtem Fleisch in den Händen, die sie neben ihn stellte. »Du solltest etwas essen.«

Ihre Augen trafen sich kurz. Josseran hätte zu gern gewußt, was sie dachte. Sie war ihm so fremd wie die Berge, durch die sie zogen, und ihr Temperament war ebenso unvorhersagbar wie jene.

»Ich bin froh, daß du dich erholt hast«, sagte sie. »Mein Vater hätte gegrollt, wenn du nicht überlebt hättest. Er hatte den Auftrag, dafür zu sorgen, daß du sicher im Mittelpunkt der Welt abgeliefert wirst.« Sie erhob sich und ging.

Wilhelm sah ihr nach, wobei er das Kruzifix vor seiner Brust umklammerte. »Was hat die Hexe gesagt? Zweifellos hält sie sich Eure Genesung zugute.«

»Ihr wart bereit … mich in die Grube … fahren zu lassen. Sollte ich … ihr da nicht danken?«

»Ihr wart nicht in Lebensgefahr. Ihr hattet lediglich einen Schlag auf den Kopf bekommen. Es war nichts Ernstes.«

»Ihr wollte mir aber ... die letzte Ölung geben.«

»Damit wollte ich Euch lediglich dazu bringen, die Beichte abzulegen und Eure sündhafte Seele zu erleichtern.«

Josseran sah auf die Schale, die ihm Khutelun hingestellt hatte. »Schon wieder gekochter Hammel?«

»Nein. Heute gibt es zur Abwechslung etwas anderes.« Auf seinem Gesicht lag ein Ausdruck, den Josseran nicht deuten konnte. »Über Nacht ist eines der Pferde gestorben.«

Er spürte, wie ihm die Kälte bis in die Knochen kroch. »Welches?«

Wilhelm gab keine Antwort. Immerhin besaß er den Anstand, so zu tun, als wäre er beschämt.

»Kismet«, sagte Josseran.

»Die Hexe hat gesagt, es habe keinen Sinn, das Tier den Geiern zu überlassen.« Wilhelm erhob sich. »In Seiner Weisheit hat Er beschlossen, statt Eurer Seele die Eures Pferdes zu sich zu nehmen.« Dann fügte er hinzu: »Vielleicht ist sie ihm wertvoller erschienen.«

»Dann ist Er nicht gerecht. Er hätte meiner Stute gnädiger sein müssen. Schließlich habe ich mich zu dieser Reise entschlossen, und nicht sie.«

»Wie könnt Ihr es wagen, so zu lästern! Es war lediglich ein Reittier! Preist Gott, daß Ihr noch am Leben seid.« Mit diesen Worten stürmte Wilhelm hinaus.

Kismet, dachte Josseran. Gram schnürte ihm die Kehle zu. Wieder einmal fühlte er sich verantwortlich für den Tod eines anderen Lebewesens, und daß es sich, wie der Mönch gesagt hatte, lediglich um ein Pferd handelte, verminderte sein Gefühl der Schuld nicht. Die Stute war langsam erfroren und verhungert, ähnlich wie sein Vater, der jedoch eine andere Art von Kälte und Hunger in seiner Brust gespürt haben mußte. Wie jener hatte auch sie lange leiden müssen, bis ihr Leben schließlich erloschen war.

Das war der Grund gewesen, warum er Wilhelms Aufforderung zu beichten nicht befolgt hatte. Neben seiner wirklichen Sünde schienen alle anderen Missetaten, deren er schuldig war, bedeutungslos zu sein. Wenn er selbst es für unmöglich hielt, daß ihn der Mönch von dem lossprechen konnte, was er seinem Vater angetan hatte, wie konnte er da hoffen, daß Gott ihm verzeihen würde?

Schon am nächsten Tag konnte Josseran wieder weiterreiten. Nachdem ihm Wilhelm den Kopf mit einigen Stoffstreifen verbunden hatte, sattelten sie ihre Pferde. Khutelun hatte dem Mönch eines ihrer eigenen Tiere gegeben, eine boshafte, strohfarbene Stute mit einem milchig getrübten Auge. Josseran war ein Hengst von unbestimmbarer Farbe mit Schultern wie ein Holzfäller zugewiesen worden. Der Glanz des Sonnenlichts und der Schneefelder über ihnen blendete sie, der Himmel konnte nicht schöner sein.

»Etwas stimmt mit diesen Tataren nicht«, zischte Wilhelm, während er seinen Sattelgurt festzog.

»Mir ist nichts Ungewöhnliches aufgefallen«, knurrte Josseran.

»Sie mustern uns finster. In ihren Augen liegt Blutdurst.«

»Das gilt nicht *uns*, Pater Wilhelm, sondern *Euch*.«

Verwirrt sah ihn der Gottesmann an.

»Ihre schlechte Laune richtet sich ausschließlich gegen Euch«, sagte Josseran, als müsse er einem kleinen Kind etwas erklären.

»Gegen mich?«

»Sie geben Euch die Schuld daran, daß sie ein Pferd eingebüßt und einen Tagesritt verloren haben. Sie sagen, daß Ihr uns Unglück bringt.«

»Es lag nicht an mir, daß mein Pferd auf den Felsen den Halt verloren hat.«

»Aber Ihr wart derjenige, der sich geweigert hat, um den *obo* herumzureiten.«

»Dahinter stand doch lediglich ihr törichter Aberglaube.«

»Möglich. Aber seht Ihr denn nicht, daß Ihr sie mit Eurer Überheblichkeit in ihrem Glauben an die Heiligkeit des *obo* bestärkt habt? Jetzt sind sie davon überzeugt, daß unsere Religion der ihren unterlegen ist, denn sie hat Euch nicht zu beschützen vermocht. Mit Eurem Versuch zu beweisen, wie bedeutend wir sind, habt Ihr die Wertschätzung, die wir in ihren Augen genießen, nur vermindert.«

»Ich bin nicht bereit, meinen Glauben dadurch herabzuwürdigen, daß ich der Hexerei dieser Leute Vorschub leiste.«

»Ihr mögt fromm sein, Pater Wilhelm, aber weise seid Ihr nicht.« Josseran schwang sich auf sein Tatarenpferd.

Wilhelm zerrte schlecht gelaunt an den Zügeln seiner Stute, die daraufhin den Kopf wandte und nach ihm schnappte. »Manchmal fürchte ich, daß Ihr den Zweck unseres Unternehmens vergessen habt. Ich werde einen Bericht über Euer Verhalten abfassen, sobald wir wieder in Akko sind.«

»Wenn Ihr fortfahrt, unsere Begleiter gegen uns aufzubringen, werdet Ihr Akko nie wiedersehen.«

»Wie Gott will.«

»Bisweilen scheint es mir, daß Ihr die Geduld unseres Herrn auf eine zu harte Probe stellt.«

Wilhelm packte die Zügel von Josserans Pferd. »Das ist Gotteslästerung.«

Josseran beugte sich zu ihm hinüber. »Die Hexe, wie Ihr sie nennt, will immer noch die Bibel und den Psalter sehen.«

»Sie wird sie entweihen.«

»Gott im Himmel!« fluchte Josseran, riß die Zügel seines Pferdes aus den Händen des Priesters und trabte an.

25

Die weißen Gipfel, die das Dach der Welt bildeten, lagen nun hinter ihnen und waren an einem mit bleigrauen Wolken verhangenen Himmel verschwunden. Unversehens war die Luft wärmer geworden. Sie ritten eine Sanddüne hinab zu einem Salzsumpf, wo ihr Näherkommen einen Schwarm Wildgänse auffliegen ließ. Dem Verlauf eines mit Felsbrocken übersäten Tales folgend, gelangten sie durch eine weitere Schlucht auf eine sich weithin erstreckende Sand- und Kiesebene.

Eine staubige Straße führte auf eine Doppelreihe leise murmelnder Pappeln zu, hinter der eine große Oasenstadt lag.

Der Ritt ging vorüber an Lehmziegelhäusern, auf deren flachen Dächern Stroh und Dung in der Sonne trockneten. Nach einer Weile überholten sie einen endlos scheinenden Zug von Eselskarren, auf denen sich Melonen, Kohlköpfe und Mohrrüben zu Bergen türmten. Bisweilen sah es so aus, als ob ganze Familien auf den Tritten jener Karren mitführen. Fassungslose Gesichter sahen von den Feldern und aus den Häusern zu ihnen herüber.

Khutelun ritt neben Josseran. Da sie wieder das Tuch vor dem Gesicht trug, konnte er lediglich ihre dunklen, glänzenden Augen sehen. »Der Ort heißt Kaschgar«, sagte sie. »Wir haben das Dach der Welt lebend hinter uns gebracht.«

Sie zog das Tuch beiseite. »Du hattest einen Beschützer, Christ.«

Sie nannte ihn Christ. Er war also in ihren Augen kein Barbar mehr.

Er ließ seinen Blick umherschweifen und sah den Mönch, der hinter ihnen zusammengesunken im Sattel des Pferdes mit dem milchig getrübten Auge hockte. »Eher würde ich mein Leben einem Hund anvertrauen.«

»Ich meine nicht deinen Schamanen. Ein Mann reitet mit dir.«

Er spürte, wie sich seine Nackenhaare aufrichteten. »Was für ein Mann?«

Sie sah ihn an. Ihr Gesichtsausdruck war gelassen und strahlte Gewißheit aus. »Er hat langes, helles Haar, das ins Graue spielt, und einen Bart sehr ähnlich dem deinem. Er ist zwar alt, trägt aber eine stählerne Rüstung und ein Schwert. Sein weißer Umhang hat ein rotes Kreuz auf der linken Brust. Ich habe ihn oft hinter dir reiten sehen.«

Es war, als hätte ihm jemand kaltes Wasser über den Rücken gegossen. Er konnte ihr nicht antworten, brachte kein Wort heraus. Der Mann, den sie beschrieb, war sein Vater. Wilhelm hatte recht. Das konnte nur Hexerei sein.

Vor seinem Aufbruch hatte sein Vater kein Wort mit ihm gesprochen, aber Josseran war überzeugt gewesen, daß er Bescheid wußte. Er hatte es ihm an den Augen angesehen. Zwar hatte er dem Sohn nach seiner Rückkehr aus Carcassonne mitgeteilt, man habe ihn wegen seines Alters von der Pflicht entbunden, König Ludwig auf der bewaffneten Pilgerschaft zu begleiten, doch schon wenige Tage darauf erklärt, er habe es sich anders überlegt. Er schien mit einem Mal geradezu darauf erpicht gewesen zu sein, bei der Befreiung des Heiligen Landes aus den Händen der Sarazenen mitzuwirken, was in keiner Weise seiner sonstigen Haltung entsprach.

Josseran kannte den wahren Grund für diesen Gesinnungswandel.

Später wurde ihm dann berichtet, daß bei der Ausschiffung der fränkischen Ritter ein Trupp schwer bewaffneter sarazenischer Reiter am Strand von Damiette bereits auf sie gewartet hätte. Die Ritter hätten daraufhin nach Verlassen ihrer Schiffe mit ihren Lanzen und in den Sand gerammten Schilden auf den Angriff gewartet.

Nur sein Vater habe sein Pferd durch die Brandung an den Strand gezerrt und sei in den Sattel gesprungen, ohne auch nur das Kettenhemd anzulegen. An den verblüfften Verteidigern vorüber sei er gegen die Sarazenen angeritten und habe drei von ihnen niedergestreckt, bevor man ihn überwinden konnte. Als ihn seine Gefährten mit einer Schwertwunde im Unterleib zum Schiff zurücktrugen, habe er noch gelebt. Vier volle Tage, berichteten sie, habe es gedauert, bis er tot war.

Warum hatte er so unbesonnen gehandelt?

Josseran wußte nur eine Antwort darauf, und ihm war im tiefsten Inneren seines Herzens klar, daß nicht die Sarazenen die Schuld am Tod seines Vaters trugen.

»Nun, Christ?« sagte Khutelun und riß ihn damit aus seinen Träumereien.

»Der Mann, den Ihr beschreibt, ist mein Vater. Er ist aber schon seit vielen Jahren tot und würde nie mit mir reiten.«

Ihre Augen waren unergründlich. »Ich weiß, was ich sehe.«

Er sah sie unverwandt an. Was geschah da mit ihm? Am Anfang ihrer Reise hatte der einfache Auftrag gestanden, eine Audienz bei einem tatarischen Khan zu erlangen, um diesem ein Bündnis gegen die Sarazenen anzubieten. Jetzt befand er sich in einer Odyssee, die ihn über die Grenzen der Welt hinausführte, und jene junge Frau brachte alles ins Wanken, woran er je geglaubt hatte: seine Keuschheit, sein Pflichtgefühl und seinen Glauben.

»Bei uns wird solche Hexerei mit dem Tod bestraft«, teilte er ihr mit.

Mit einem Mal flammte in ihren Augen Zorn auf. »Wenn ihr Barbaren nicht wißt, wie man Verbindung mit der Welt der Geister aufnimmt, braucht sich niemand zu wundern, daß es so leicht ist, euch in der Schlacht zu besiegen.«

Sie trieb ihr Pferd an, und seinen Stolz verfluchend sah er ihr nach. Alles, was ihm früher gewiß erschienen war, schien jetzt in Frage gestellt zu sein.

TEIL III

Die Karawanserei

Von Kaschgar nach Kumul

1

Im Jahr des Affen

Sie hatten das Dach der Welt überquert, weil sie auf der Suche nach dem Priester Johannes und den Ländern der drei Weisen aus dem Morgenlande waren, doch alles, was sie hinter den von Wachtürmen unterbrochenen Wällen fanden, waren die Mohammedaner. So hatte sich Josseran eine Stadt im sagenumwobenen Kitai nicht vorgestellt. Mit ihren *hans* und Basaren, den Bogengängen und mosaikgeschmückten Kuppeln, den Moscheen vor einem verwaschenen blauen Himmel, wobei die gewaltige geschwungene Mauer der Zitadelle das Ganze überragte, wirkte sie auf ihn in keiner Weise anders als irgendeine Stadt in Outremer.

Die Menschen, die dort lebten, nannten sich Uiguren. Zu seiner Überraschung bemerkte Josseran, daß ihre Augen nicht mandelförmig und ihre Nasen nicht flach waren wie die der Tataren. Sie sahen annähernd aus wie Griechen und schienen eine Turk-Sprache zu sprechen, denn sie hatte große Ähnlichkeit mit der Sprache vieler sarazenischer Völkerschaften.

Er folgte den Tataren, die sich ihren Weg durch das Gedränge in den Straßen nahe der alten Moschee bahnten, wo Greise, das bestickte Gebetskäppchen auf dem Kopf, auf den Stufen des *iwan* saßen und Kinder barfuß im Wasser eines Abzugskanals in der Straße spielten.

Der Basar war ein Fest für die Sinne. Josseran hatte in Outremer viele arabische Märkte erlebt, aber keiner konnte sich mit diesem vergleichen, was seine Größe oder Farbenpracht betraf. Von allen Seiten wurden sie von einer Menschenmenge bedrängt, und Josseran gaffte mit offenem Mund wie ein Bauerntölpel auf einem Jahrmarkt. Ein undurchsichtiges Gewirr von Gäßchen breitete sich in alle Richtungen aus. Hier und da erreichten einzelne Sonnenstrahlen die im Schatten liegenden Straßen, auf denen bettelnde Krüppel um Almosen flehend ihre entsetzlich verstümmelten Hände hoben. Barbiere rasierten mit langen Messern die Schädel ihrer Kunden kahl,

Schmiede und Bäcker schwitzten in der glühenden Hitze ihrer finsteren winzigen Gelasse. Das Klirren von Hämmern auf Metall sowie die Rufe der Händler waren allerorts zu hören, und der warme Geruch nach frischem Brot vermischte sich mit dem üblen Gestank von Gekröse und Exkrementen.

Man sah übermannshohe Seidenballen und Kalikosäcke voller Gewürze, orangefarben, grün und rot, bunte Teppiche sowie kunstvoll mit Jade und Rubinen verzierte Dolche. Gesottene Ziegenköpfe starrten mit leblosen Augen von den Wänden, und fettige Schaflungen kochten in riesigen Töpfen. *Basaaris* hockten inmitten von Säcken voller Haschisch, während auf den kunstvoll durchbrochenen hölzernen Balkonen der Teehäuser in lange Gewänder gekleidete weißbärtige Männer grünen Tee tranken und genüßlich an der Wasserpfeife sogen.

Die hölzernen einstöckigen Häuser drängten sich auf beiden Seiten, und wenn Josseran den Blick hob, sah er von Zeit zu Zeit ein verschleiertes Gesicht hinter einem reich geschmückten Fensterladen, das ihn neugierig musterte und sogleich wieder verschwand.

Die Luft war voller Staub und winziger Fliegen. Schweiß lief Josseran über den Rücken und bedeckte sein Gesicht, während er in der Menge dahintrieb. Er sah Gesichter in den verschiedensten Färbungen, von hell bis tief braun, und die Menschen trugen die unterschiedlichsten Trachten, die man sich denken konnte. Neben hakennasigen Händlern mit einer Haut wie Leder, die wie Sarazenen in wallende Gewänder und Turbane gekleidet waren, sah man sandsturmerprobte Reiter mit Pelzmützen und langen Fellmänteln, die gegen ihre hohen Stiefel schlugen; außer Tadschiken mit hohen schwarzen Hüten und Uiguren, die man an ihren Lederstiefeln und knielangen schwarzen Mänteln erkannte, waren auch Frauen mit farbenprächtigen seidenen Umschlagtüchern zu sehen, die Ringe an den Fingern und goldenen Fußschmuck trugen. Andere waren unter so langen und unförmigen, dichten braunen Gewändern verborgen, daß man nicht einmal hätte sagen können, in welche Richtung sie blickten, wenn sie stillstanden.

Doch gehörte der Basar nicht den Menschen, sondern den Tieren: den Kamelen, dem furchterregend aussehenden Hornvieh, das man Yaks nannte, den Eseln, Pferden und Ziegen. Ihr Lärm und Geruch erfüllte die Luft, und wohin man trat, überall lag ihr Kot. Unausgesetzt ertönten die Glöckchen von Pferdefuhrwerken und Eselskarren, die mit Melonen, Kohlköpfen und Bohnen beladen waren, und man hörte die anfeuernden Rufe, mit denen Männer ihren Fahrzeugen einen Weg durch das Gewühl zu bahnen versuchten. Vom *maidan* herüber kamen kirgisische Reiter durch dichte Staubwolken herbeigaloppiert und fingen, noch im Sattel sitzend, zu feilschen an; andere sammelten sich in lautstarken und wild gestikulierenden Gruppen um die Hahnenkampf-Gruben.

Khutelun schritt voran, ihr Pferd an der Hand führend. In ihrem purpurfarbenen *del*, das lange Seidentuch eng um den Kopf geschlungen, wirkte sie sogar in diesem Menschengewimmel exotisch. Lediglich der lange Zopf, der ihr über den Rücken fiel, ließ erkennen, daß sie eine Frau war. Beim Näherkommen des Trupps von Tataren und ihrer sonderbaren Gefährten wich die Menge achtungsvoll zur Seite, so daß für die Herrscher des Landes eine Gasse entstand.

Josseran beobachtete Khutelun, wie sie mit Kamelhändlern feilschte. Offenbar beherrschte sie die Turksprache, die man auch in Outremer hörte, denn sie verhandelte voll Feuer und Ungestüm mit einem einäugigen Kamelhändler.

»Was geht da vor sich?« wollte Wilhelm wissen.

»Khutelun sagt, daß wir unsere Pferde gegen Kamele eintauschen müssen, denn zwischen diesem Ort hier und Karakorum liegt eine große Wüste.«

»Eine Wüste? Wie weit wollen die uns denn noch führen?«

»Da es für eine Umkehr ohnehin zu spät ist, dürfte es besser sein, es nicht zu wissen.«

»Bald werden wir den Rand der Welt erreichen. Vielleicht wollen sie uns mit sich in den Hades hinabnehmen und uns zu ihrem wahren Herrscher führen.«

»Sie sind ebenso aus Fleisch und Blut wie wir, Pater Wilhelm.«

»Sie treiben Zauberei und trinken Pferdeblut. Sie sind aus dem Samen des Teufels gezeugt.«

Josseran bemerkte, daß sie von allen Seiten neugierig angestarrt wurden. Vermutlich boten sie mit ihren zusammengewürfelten tatarischen Gewändern sogar in dieser bunten Menschenansammlung ein sehenswertes Bild: Josseran, dessen feuerblondes Haar nach wie vor mit Blut verklebt war, und der abgezehrte und wild dreinblickende Wilhelm mit dem ungepflegten weißgrauen Bart, der ihm vor dem schwarzen Mantel herabhing. Nicht nur waren seine Augen vor Erschöpfung rot gerändert, er war in den letzten Wochen auch sehr schmal geworden und wirkte mit seinen eingefallenen Wangen wie ein *ghul*, einer der fleischfressenden Dämonen, an welche die Menschen dort glaubten.

Als ihn ein Bettler am Ärmel faßte, stieß Wilhelm einen Fluch aus und wich zurück. Einer der Tataren näherte sich und zog dem Krüppel mit der Peitsche eins über.

Unterdessen hatte Khutelun den Einäugigen am Gewand gepackt. »Du willst uns bestehlen!« knurrte sie. »Möge dein Glied verfaulen wie Fleisch an der Sonne!«

»Es ist ein guter Preis«, setzte sich der Alte mit irrem Grinsen zur Wehr. »Ihr könnt jeden fragen! Ich bin ein Ehrenmann!«

»Wenn du ein Ehrenmann bist, wächst in der Wüste Reis und kann mein Pferd Koransuren auswendig hersagen!«

So ging es fort, Khutelun schleuderte ihm Beleidigungen ins Gesicht und feilschte verbissen. Hätte Josseran solche Szenen nicht Tausende von Malen auf den Märkten von Akko und Tyrus erlebt, er hätte wohl angenommen, Khutelun und der Kamelhändler würden sich im nächsten Augenblick ernsthaft in die Haare geraten. Sie spie vor dem Mann aus und schüttelte drohend die Faust vor seinem Gesicht, während jener die Hände zum Himmel hob und seinen Gott anflehte, ihm zu helfen, bevor ihn die ruinösen Preise zum armen Mann machten.

An jenem Tag kam es auf dem Basar weder zu einer Gewalttat noch zu einem finanziellen Ruin. Wohl aber verließen ihn eine Stunde später Khutelun und ihre Tataren mit einem Trupp Kamele statt ihrer Pferde. Und der grinsende einäugige Händler zog ihnen als Führer voran.

2

Die Oase von Kaschgar erstreckte sich einen Tagesritt weit über die Ebene. Während sie zwischen Pappelreihen, Sonnenblumen- und grünen Weizenfeldern hindurchzogen, sah sich Josseran zu den roten Hügeln um, die hinter ihnen lagen. Jenseits derer waren die gezackten Gipfel des Dachs der Welt durch den Dunst kaum noch sichtbar – wie ein böser Traum, der allmählich verblich.

Die Nacht verbrachten sie in einer düster wirkenden Karawanserei, einer Art befestigten Wüstenherberge, die nicht nur Menschen und Tieren Schutz vor Räubern bot, sondern auch über einen Brunnen verfügte. Die aus Lehmziegeln bestehenden fensterlosen Außenmauern der Anlage waren mit Schießscharten für Bogenschützen versehen. Zutritt zum Innenhof gewährte ein einflügeliges schweres Tor aus eisenbeschlagenem Holz. Das Hauptgebäude war im wesentlichen ein großer Saal mit einer hohen gewölbten Decke und einem Boden aus gestampfter Erde, in dem alle Reisenden gemeinsam aßen und schliefen. Daneben war ein Raum für die Verrichtung der vom Islam vorgeschriebenen Gebete vorgesehen. In einer solchen Karawanserei, erfuhr Josseran von Khutelun, herrschten strenge Regeln. Selbst Menschen, die bis aufs Blut miteinander verfeindet waren, ließen ihre Fehde im Schutz der Mauern ruhen.

In jener Nacht waren die Tataren mit ihren europäischen Begleitern die einzigen Reisenden und hatten daher die riesige Halle für sich. Obwohl das Gebirge hinter ihnen lag, waren die Nächte noch kalt, und Josseran hüllte sich auf dem harten Boden in seine Felle. Er sah zu den geschwärzten hohen Deckenbalken empor und fragte sich, wie viele Reisende im Laufe der Jahrhunderte in jenem Raum genächtigt haben mochten: Händler, die mit römischen Münzen in der Tasche auf der Seidenstraße ostwärts nach Kitai oder mit ihrer Ladung von Seide, Gewürzen und Elfenbein westwärts nach Persien gezogen waren. Die wenigsten von ihnen dürften Christen gewesen sein. Zwar hatte er von venezianischen Händlern gehört, die angeblich diesen Weg genommen hatten, doch waren sie nie zurückgekehrt, um von der Reise zu berichten.

Er fragte sich, ob er ihr Geschick würde teilen müssen.

Der Feuerschein tanzte an den gelben Wänden. Die Tataren machten einen mißmutigen Eindruck. Sie schienen die Wüste noch mehr zu fürchten als das Dach der Welt. Ihre Furchtlosigkeit schien erschüttert worden zu sein, als unmittelbar vor Sonnenuntergang von Westen her ein Reiter vor dem Tor der Karawanserei erschienen war. Josseran hatte in ihm einen Mann aus Khaidus Leibwache erkannt. Die Flanken seines Pferdes waren schaumbedeckt, und es wirkte erschöpft.

Khutelun hatte sich im Flüsterton von ihm berichten lassen und war dann mit weißen Lippen davongegangen.

Offenbar hatte er schlechte Nachrichten gebracht. Was es wohl sein mochte?

Zu Abend hatten sie gewürztes Hammelfleisch mit Reis gegessen, der von winzigen Sandkörnern durchsetzt war, so daß es fortwährend zwischen ihren Zähnen knirschte. So würde es ab sofort täglich sein, hatte ihnen Khutelun mitgeteilt, denn der Wüste könne man in keine Richtung ausweichen.

»Ganz wie dem Teufel«, hatte Wilhelm gesagt, als ihm Josseran ihre Worte übersetzt hatte.

»Wenn Ihr jedes meiner Worte als Vorwand für eine Predigt benutzt«, sagte Josseran, »werde ich dafür sorgen, daß Ihr für den Rest der Reise nichts mehr erfahrt und nichts mehr sagen könnt.«

Nach dem Abendessen hatten sie sich zum Schlafen niedergelegt. Wilhelm lag neben Josseran unter einem Berg von Fellen. »Wann wollt Ihr beichten?« flüsterte er ihm im Dunkeln zu.

»Ihr werdet lästig.«

»Eure Seele ist in Gefahr.«

»Laßt das meine Sorge sein.«

»Ich würde meine Pflicht versäumen, wenn ich mich nicht um Euer Seelenheil kümmerte. Ich habe gesehen, wie Ihr die Hexe mit den Augen verschlingt.«

»Ihr seid nicht mein Beichtvater. Ich bin hier, um Euch auf dieser Reise zu beschützen. Meine unsterbliche Seele steht nicht unter Eurer Obhut.«

»Habt Ihr beim Eintritt in Euren Orden kein Keuschheitsgelübde abgelegt?« fragte Wilhelm.

»Meine Gelübde binden mich nicht lebenslänglich. Ich habe mich dem Orden für fünf Jahre verpflichtet, um Buße zu tun. Sie sind so gut wie vorbei.«

Wilhelm schwieg eine Weile. Offensichtlich bemühte er sich, das Gesagte zu verdauen. »Das heißt, Ihr seid kein wahrer Tempelherr.«

»Ich habe dem Orden getreulich gedient. Wenn die Zeit abgelaufen ist, für die ich mich verpflichtet habe, kehre ich in meine Heimat zurück. Dort besitze ich ein Herrenhaus und einige Felder, die mir meine Nachbarn zweifellos gestohlen haben, weil sie mich für tot halten.«

»Ihr habt Euren Besitz aufgegeben, um nach Outremer zu gehen? Welche Sünde verlangt nach einer solchen Buße?«

Als Josseran keine Antwort gab, setzte Wilhelm nach. »Etwas muß Euer Gewissen schwer belasten.«

»Für meinen Dienst im Orden ist mir der Sündenablaß zugesagt.«

»Glaubt Ihr deshalb, auf dieser Reise ungestraft lästern zu dürfen? Glaubt Ihr, mit Eurem Dienst auch einen Anspruch auf Ablaß für das Gelüst nach einer Hexe erworben zu haben?«

»Ihr dürft sicher sein, daß ich nach meiner Rückkehr meinem Beichtvater im Orden meine Sünden aufzählen werde.«

»Ihr dürft Euch darauf verlassen, daß ich das ebenfalls tun werde.«

»Daran zweifle ich nicht.«

»Tut Umkehr, Templer, sofern Ihr Toulouse wiedersehen wollt«, sagte Wilhelm, dann drehte er sich um und schlief ein.

Tut Umkehr, Templer, sofern Ihr Toulouse wiedersehen wollt.

Josseran lag wach und starrte in die Dunkelheit. Die Auswirkungen seiner Starrhalsigkeit waren ihm klar. Zweifellos hatte der Mönch die Absicht, ihn nach ihrer Rückkehr nach Outremer bei der *Haute Cour* anzuschwärzen. Er kannte den Ruf der Dominikaner. Für die von ihnen betriebene Inquisition gestattete ihnen ein spezieller päpstlicher Dispens, Sünder in Fällen von Gotteslästerung und Ketzerei ›hochnotpeinlich zu befragen‹, mit anderen Worten, sie zu foltern.

Auch wenn er Wilhelm fürchtete, so war ihm doch klar, daß dieser eine leere Drohung ausgestoßen hatte. *Sofern Ihr Toulouse wiedersehen wollt.* Einst hatte sich Josseran mit dem Satz *sofern du Toulouse wiedersehen willst* selbst geködert – es war stets sein fester Vorsatz gewesen, nach fünf Jahren, sobald die Zeit seiner Buße abgelaufen war, ins Languedoc heimzukehren. Vielleicht würde er dort eine Gemahlin finden und einen Erben für seinen Besitz zeugen, bevor es zu spät war.

Inzwischen fragte er sich, ob ihm eine solche Zukunft sinnvoll erschien.

Bei seiner Ankunft in Outremer hatte er sich in so mancher schlaflosen Nacht nach den vertrauten Bildern und Gerüchen des Languedoc gesehnt, aber diese Erinnerungen waren im Laufe der Zeit längst verblaßt. Allmählich hatte er vieles vergessen: die Gesichter von Freunden, den Namen seines Beichtvaters, den Geruch, der im Sommer über den Feldern um sein Herrenhaus lag.

Nach dem Aufbruch aus Aleppo hatte ihn eine ähnliche Sehnsucht nach allem heimgesucht, was ihm am Leben in Outremer so gewohnt und vertraut gewesen war: Scherbets und Feigen, die Gesellschaft von Christen, das tägliche Ritual der frühmorgendlichen Gebete, die militärischen Übungen, die Komplet, die Ausritte und das Vespergebet, die endlosen Vaterunser für die Lebenden und die Toten. Doch sogar diese Erinnerungen waren in den letzten Wochen verblaßt, und er fragte sich, ob er überhaupt noch daran denken würde, wenn Wilhelm nicht bei ihm wäre.

3

Am nächsten Tag ging der Ritt in die Wüste hinaus. Sie bestand nicht aus gelbem weichem Sand, der sich in Gestalt von Dünen dahinschwang, sondern war eine von einem heißen Wind durchwehte bedrückende Ebene aus grauen Salzflächen, in der sich hier und da niedrige Hügel erhoben und vereinzelt dürre, dornige Wüstenpflanzen wuchsen. Der Horizont löste sich in einem staubigen gelben Dunst auf, die Pappeln am Rande der Oasen beugten sich unter dem Druck des Windes, und immer weiter zog ihre Karawane den großen Wüsten in der Mitte der Welt entgegen.

Statt ihrer schweren Filzjacken und -stiefel trugen die Tataren jetzt die bei den Uiguren üblichen Baumwollgewänder, und alle wanden sich wie Khutelun Seidentücher um den Kopf, um ihr Gesicht vor den schlimmsten Auswirkungen der Sonne und dem vom Wind herbeigetragenen Staub und Sand zu schützen.

Die Tiere, die Khutelun auf dem Basar von Kaschgar erworben hatte, unterschieden sich gründlich von denen, die Josseran aus Outremer kannte. Während dort das einhöckrige Dromedar ein vertrauter Anblick war, handelte es sich hier um zottige zweihöckrige Kamele, die mit ihren vorspringenden Kiefern und den häßlichen gespaltenen Lippen in keiner Weise anziehend wirkten. Die beiden Höcker waren mit dichten Fellbüscheln bewachsen, und auch von den Fesseln ihrer spindeldürren Beine hing wolliges Haar. Da der Sommer näherrückte, verloren die Tiere einen Teil ihrer Behaarung und sahen von Tag zu Tag zottiger aus.

Ihre Höcker ragten senkrecht auf dem Rücken empor. Für den Fall, daß sie sich seitwärts auf die Flanken senkten, erfuhr Josseran von ihrem Führer Einauge, bedeutete das, daß sie den größten Teil ihrer Reserven verbraucht hatten und am Rande ihrer Kräfte waren. Diese Tiere aber seien in erstklassigem Zustand, die besten von ganz Kaschgar.

Schließlich war Einauge ein Ehrenmann.

Wenn die Karawane rastete, suchten sich die Tiere ihr Futter in der Wüste und schienen auch stets etwas zu finden. Sie sahen ihre menschlichen Gefährten mit einer Überheblichkeit an, die einem arabischen Vollbluthengst nicht schlecht zu Gesicht gestanden hätte, und wer sich ihnen näherte, wurde mit einem warnenden Schnauben und Spucken begrüßt.

Ihre Abneigung schien jedoch vor allem Einauge zu gelten. Er konnte an sie herantreten, wann er wollte, sie schrien auf und bespien ihn, als wäre er der Leibhaftige. Dabei sprach er stets freundlich auf sie ein, behandelte sie aber mit fester Hand, wie ein strenger, aber geduldiger, Vater.

Rein äußerlich machte er kaum einen besseren Eindruck als seine Kamele. Sein linkes Auge war milchigtrüb, was ihm zusammen mit seinen braunen und wie mit Moos bewachsenen Zähnen das Aussehen eines Bettlers gab, wie sie sie oft auf dem Basar von Kaschgar gesehen hatten. Auch er schien seine Winterbehaarung abzuwerfen, denn sein dunkler Bart wuchs ungleichmäßig. Und da er eine Schulter sonderbar hochzog, konnte man fast sagen, daß auch er einen Höcker hatte. Seinem unvorteilhaften Aussehen zum Trotz war er ein kundiger Kameltreiber und schien die Wüste gut zu kennen.

Einauge zeigte Josseran und Wilhelm, wie man auf ein solches Kamel aufsteigt. Zuerst mußte man es dazu bringen, sich vom Boden zu erheben. Er zeigte ihnen, auf welche Weise man an einem Strick zu ziehen hatte, der an einem Pflock in der Nasenscheidewand des Tieres befestigt war. Zwar brüllte es bei dieser Behandlung verärgert auf, folgte dann aber widerwillig der Aufforderung, die Hinterbeine zu heben. Dann setzte Einauge den linken Fuß auf den langen Hals des Tieres und kletterte auf den Packsattel, den es auf dem Rücken trug. Als es sich danach vollständig aufrichtete, wurde er nach hinten geschleudert. Vor allem schien es wichtig zu sein, daß man sich gut festhielt. Beim Reiten hielt Einauge die Beine parallel zum Rücken des Kamels vor sich ausgestreckt.

Zum Absteigen kletterte er einfach vom Hals des Tieres herab, ließ den Sattel los, an dem er sich festgehalten hatte, und sprang beiseite.

Anschließend stand er vor ihnen und grinste sie mit seinen fauligen Zähnen an. »Seht Ihr«, sagte er in der Turk-Sprache zu Josseran, »das ist ganz einfach. Es ist genau so, wie wenn man ein Weib besteigt. Wer den Entschluß einmal gefaßt hat, muß rasch und mit Entschiedenheit vorgehen und sich auch durch Bisse nicht abschrecken lassen.«

»Was hat er gesagt?« wollte Wilhelm wissen.

Josseran schüttelte den Kopf. »Das ist unwichtig«, gab er zur Antwort. Zugleich fragte er sich, mit welcher Art Frauen ihr Führer in den übel beleumdeten Häusern von Kaschgar in Berührung gekommen sein mochte.

4

Josseran merkte bald, welche neuen Unannehmlichkeiten das Kamelreiten mit sich brachte. Die zweihöckrigen Kamele gingen mit langen, schwingenden Bewegungen, die sich etwa so auswirkten wie ein schwankendes Boot, und es dauerte einige Tage, bis er sich daran gewöhnt hatte. Ihm wurde zuerst regelmäßig übel, doch dann lernte er, sich den Bewegungen des Tieres anzupassen und mitzuschwingen.

Die Tataren schienen im Umgang mit Kamelen ebenso erfahren zu sein wie im Umgang mit ihren Pferden. Er sah mehrere von ihnen, unter anderem Khutelun, auf- und absitzen, ohne daß die Karawane dazu anhalten mußte. In einem Augenblick lief sie neben ihrem Tier her, im nächsten ruckte sie am Nasenstrick, so daß das Tier den Hals senkte, griff mit der anderen Hand nach dem Sattel, und zog sich hinauf. Das Geheimnis bestand wohl darin, den Nasenstrick nach und nach loszulassen, damit das Kamel den Kopf nicht zu rasch hob und den Reiter von seiner Schulter abwarf.

Genau das widerfuhr Josseran zur großen Erheiterung Einauges und der Tataren bei seinem Versuch, auf ein gehendes Tier aufzusteigen.

Das Kamel, das die Tataren Wilhelm zugedacht hatten, hieß eigentlich Leila, doch hatte ihm der Mönch den Namen Satan gegeben. Aus irgendwelchen Gründen war es das schlechtestgelaunte Tier des ganzen Trupps. Es war von einschüchternder Größe, hatte endlos lange Beine und einen ausgesprochen wolligen Schädel. Wann immer der Priester aufsitzen wollte, jedesmal kam ihm Satan zuvor und wandte den Kopf, um ihn zu beißen, sobald er sich an den Aufstieg machte.

Eines Tages wurde nach einem langen Ritt das Nachtlager aufgeschlagen. Nachdem man den Tieren die Lasten abgenommen hatte, ließ man sie frei laufen, damit sie sich ihr Futter suchen konnten. Als Satan an Wilhelm herantrat, der ihm den Rücken zuwandte, nahm Josseran an, das Kamel wolle ihn beißen. Doch es hielt den Kopf dicht neben Wilhelms Schulter und schrie ihm gellend ins Ohr. Mit einem entsetzten Ausruf sprang er hoch, als hätte ihn jemand mit einer flachen Schwertklinge auf die Schulter geschlagen.

Die Tataren lachten dröhnend, auch Khutelun. Zum ersten Mal seit Tagen sah Josseran wieder eine Gemütsbewegung in ihrem Gesicht. Ganz gegen ihre sonstige Gewohnheit hatte sie tagelang verdrießlich gewirkt. Er hatte sich gefragt, was sie bedrücken mochte, und war zu dem Ergebnis gekommen, daß ihre schlechte Laune an dem Abend in Kaschgar begonnen haben mußte, als der Bote ihres Vaters aus Almalyk eingetroffen war.

Tatsächlich war ihr die Botschaft ihres Vaters seither nicht aus dem Kopf gegangen. Es sah ganz so aus, als entwickelten sich die Ereignisse in Karakorum und Shangdu rascher als ursprünglich vermutet.

Die zur Wahl des neuen Khans der Khane einberufene *khuriltai* war bereits, wie es der Überlieferung entsprach, in Karakorum zusammengetreten, und, wie allgemein erwartet, hatte man Arik Böke, den Bruder des verstorbenen *khaghan*, als neuen Großkhan ausgerufen.

Aber nicht alle waren damit einverstanden. Sein jüngerer Bruder Khubilai, der im fernen Kitai Krieg gegen das Volk der Chin führte und bei der Versammlung nicht zugegen gewesen war, hatte in seiner Hauptstadt Shangdu seine eigene *khuriltai* einberufen und sich von seinen Heerführern zum *khaghan* wählen lassen. Doch war es undenkbar, eine tatarische *khuriltai* an irgendeinem anderen Ort als in der Hauptstadt Karakorum abzuhalten. Und so stellte diese Entwicklung einen Akt offenen Aufruhrs dar. Zum ersten Mal seit Dschingis Khans Tagen stand den Tataren ein Bürgerkrieg bevor.

Alle Gattinnen und Söhne Möngkes standen auf Arik Bökes Seite, auch die aus Dschingis Khans Nachkommen bestehende Goldene Sippe, die sozusagen die königliche Familie der Tataren bildete, hatte ihm ihre Unterstützung zugesagt. Ebenso stand sein Bruder Batu aus der Goldenen Horde treu zu ihm. Lediglich Hulagu hatte sich auf Khubilais Seite geschlagen.

Eigentlich hätte er als Aufrührer isoliert sein müssen, doch er verfügte über ein mächtiges Heer, das sich in einer günstigen strategischen Ausgangsposition befand. Es sah ganz so aus, als bedeute er für das gesamte Reich der Tataren eine große Bedrohung.

Khaidus Botschaft hatte mit der Warnung geendet, um so achtsamer zu sein, je näher sie der Grenze des Reiches Kitai kämen, denn ein Trupp von Khubilai treu ergebenen Männern konnte durchaus zu einer Bedrohung für ihre Karawane werden.

Es war also ohne weiteres möglich, daß die Wüste nicht die einzige Gefahr darstellte, die ihnen im Verlauf des ersten Sommermondes drohte.

5

Sie hatten in einer riesigen mit Kies und Schotter bedeckten Ebene angehalten, um Rast zu machen. Grau und ereignislos lag der Horizont vor ihnen. Die Kamele suchten mit aneinandergebundenen Vorderbeinen das wenige Futter, das sie um sich herum fanden: etwas Salzgras und hie und da einen Zweig von einem trockenen Dornbusch.

Wilhelm kniete unter einer vom Wind geschwärzten und verdrehten Weide. Er hielt das Kruzifix in der Hand, das ihm um den Hals hing, und bewegte die Lippen in lautlosem Gebet. Die Tataren sahen ihm von ferne zu, einerseits voll Verachtung für dies unbedarfte Geschöpf und andererseits voll

Angst vor seinem unerschütterlichen Glauben. Einmal hatte er ihnen bereits Unglück gebracht. Sie waren überzeugt, daß er es wieder tun würde.

Josseran setzte sich neben den Mönch und schlug als Schutz gegen den scharfen, trockenen Wind die Kapuze seines Umhangs hoch. »Worum betet Ihr, Pater Wilhelm?«

Dieser beendete seine stumme Anrufung und ließ dann die Hände sinken. »Daß wir mit unserem Leiden hier Gottes Willen erfüllen.«

»Und was glaubt Ihr, worin Gottes Wille besteht?«

»Das zu erfahren, steht armseligen Geschöpfen wie uns nicht zu.«

»Ihr kennt aber doch den Inhalt des Handschreibens, das Euch sein Stellvertreter mitgegeben hat. Gewiß hat der Papst Kenntnis von Gottes Willen – oder etwa nicht?« Dieser Punkt hatte Josseran seit ihrem Aufbruch aus Akko keine Ruhe gelassen. Er vermutete, daß dem Papst ebenso wie den Tempelherren an einem Bündnis mit den Heiden lag, es ihm aber politisch unklug schien, das allgemein bekannt werden zu lassen.

»Das Schreiben ist geheim. Ich werde seinen Inhalt ausschließlich dem Tatarenherrscher zugänglich machen, wie es meinem Auftrag entspricht.«

»Der Heilige Vater wünscht einen Waffenstillstand mit den Tataren.«

»Er möchte ihnen das Wort Gottes bringen.«

»Glaubt Ihr, daß denen daran liegt? Ihnen steht der Sinn doch ausschließlich nach Beute. Sie wollen ihr Reich auf Erden, nicht im Himmel.« *Ganz wie wir*, hätte er fast hinzugefügt.

»Gott wird ihre Herzen und Sinne öffnen.«

Wilhelm erhob sich von den Knien und setzte sich auf den harten Boden. Dabei stöhnte er laut auf.

»Was fehlt Euch?« fragte ihn Josseran.

»Es ist nur mein Rheuma. Macht Euch um mich keine Sorgen.«

Josseran zuckte die Achseln. »Das tue ich nicht. Bitte versteht mich, Pater Wilhelm, Ihr seid mir als Mensch nicht besonders sympathisch. Aber es ist meine Pflicht, Euch sicher an Euer Ziel zu bringen, und ich würde es als Scheitern betrachten, wenn mir das nicht gelänge, nachdem wir schon so weit gekommen sind.«

»Ich werde mich bemühen, Euch nicht zu enttäuschen.«

»Vielen Dank.«

Wilhelm versuchte, sich seine Schmerzen nicht anmerken zu lassen, doch in Wahrheit litt er entsetzlich. Er hatte Schwellungen an seinem Sitzfleisch, die kleinen Weintrauben ähnelten, und die ruckhaften Bewegungen des Kamels machten für ihn jeden Augenblick auf dem Rücken des Tieres zur Qual. Aber wenn er litt, so geschah das für seinen Erlöser, und jeder Schritt durch diese entsetzliche Wüste läuterte seine Seele und brachte ihn seinem Gott näher.

Khutelun sah, wie sich Josseran mit dem christlichen Schamanen unterhielt. Nach einer Weile erhob sich dieser und trat beiseite, um Wasser zu lassen. Sein in der Nähe grasendes Kamel hob den häßlichen Kopf und beobachtete ihn. Fast kam es ihr vor, als könnte sie die Gedanken des Tieres in dessen leeren, braunen Augen lesen. Während es bedächtig an einem stacheligen Tamariskenzweig kaute, betrachtete es aufmerksam seinen Quälgeist im schwarzen Mantel und hörte, wie der Wasserstrahl auf die Steine plätscherte. Es näherte sich ihm, bis ans Ende des Stricks, an dem es angebunden war, und stand dann nahezu unmittelbar hinter ihm.

Dann würgte es seinen grünen, schleimigen Mageninhalt hoch, und bespie damit Wilhelms Rücken.

Entsetzt tat der Mönch einen Schritt nach vorn, wobei er seinen Mantel benäßte; dann griff er mit der freien Hand an seinen Rücken. Einauge, der ebenfalls Zeuge des Vorfalls geworden war, wälzte sich vor Lachen am Boden, während sich Wilhelm bemühte, den widerlichen Schleim abzuwischen, ohne sein Glied dabei loszulassen. Als er den Blick hob, merkte er, daß Khutelun zu ihm hinsah, und er wandte sich mit hochrotem Gesicht ab.

Auch Josseran beobachtete das Schauspiel. Er war zwischen Verblüffung und Mitleid hin- und hergerissen. Khutelun fragte sich insgeheim, warum er nicht mit den anderen lachte, wußte sie doch, daß er seinen Gefährten nicht besonders schätzte.

»Das Tier scheint ihn nicht zu lieben«, sagte sie zu ihm.

»Das ist offensichtlich.«

»Sag ihm, daß er warten soll, bis die Sonne den Schleim getrocknet hat«, sagte sie. »Dann kann er ihn leicht abklopfen. Alles andere macht es nur noch schlimmer.«

»Das werde ich tun«, sagte Josseran und ging fort.

Wilhelm schrie, als wäre das wiedergekäute Futter flüssiges Blei. Khutelun dachte, sofern alle Schamanen der Barbaren so waren wie dieser, konnten die Tataren weder von ihnen noch von ihrer Religion etwas lernen. Der Krieger, Joss-ran, schien aus anderem Holz geschnitzt zu sein. Er hatte sich als stark und tapfer erwiesen, und er besaß die Intuition eines Schamanen. Seit er im Gebirge verletzt worden war, fühlte sie sich ihm auf unerklärliche Weise innerlich verbunden.

Sie waren jetzt im Land der Uiguren. Die dort lebenden Menschen, erfuhr Josseran von Khutelun, waren Vasallen des in Buchara residierenden Khans Dschagatai, und zwar seit den Tagen Dschingis Khans, denn zu jener Zeit hatten sie sich ihm unterworfen, um die Zerstörung ihrer Felder und Städte zu verhindern. Die nomadisierenden Tataren erlegten den Völkern Steuern durch einheimische Statthalter auf, die beauftragt waren, die Regierungsgewalt auszuüben. Kaufleute und Handwerker in den Städten mußten einen als *tamga* bezeichneten jährlichen Tribut entrichten, und Bauern eine Grundsteuer, die *kalan* hieß. Selbst einheimische Nomaden zahlten mit einem Teil ihrer Herden eine Abgabe an Buchara, die als *koptschur* bezeichnet wurde. Außerdem wurde für alle durch das Khanat transportierten Waren eine Abgabe in Höhe eines Zwanzigstels von deren Wert erhoben – die Seidenstraße war also an jener Stelle ausgesprochen einträglich.

Angesichts dessen, daß es sich bei den Tataren um ein Nomadenvolk handelte, fand Josseran, kannten sie die Grundregeln des Herrschens ziemlich gut.

Eine Woche später erreichten sie die uigurische Hauptstadt Aksu. Die Ruinen alter Leuchttürme erhoben sich aus einem sonderbaren Dunst. Als sie dem grünen Streifen der Oase näherkamen, der den Ufern eines Flusses folgte, merkte Josseran, daß es sich bei dem scheinbaren Nebel in Wahrheit um einen Staubsturm handelte. Hinter den Leuchttürmen lag die alte Stadt, eng an einen gelben Lößhang geschmiegt. Ihre weißen Häuser drängten sich im Schutz hoher Pappeln dicht aneinander.

Von einem Augenblick auf den anderen lag die Wüste hinter ihnen, und sie ritten über pappelgesäumte Wege zwischen grünen Feldern, auf denen unter anderem Eierfrüchte gediehen. Wasser blitzte in den Bewässerungsgräben zwischen den Feldern, deren Erde so trocken war, daß es zu jedem einzelnen Baum geleitet werden mußte. Ein junges Mädchen legte sich beim Anblick der Reisenden rasch den Schleier vor das Gesicht, während kleine Jungen, die nackt in den Bächen badeten, sie mit weit aufgerissenen dunkelblauen Augen anstarrten. Bei ihrem Ritt durch die Straßen der Stadt bildeten sich Gruppen Neugieriger. Hier und da sah man Scheitelkäppchen auf den Köpfen von Männern, und gelegentlich schob sich sogar ein Weißbart durch die Menge, um die sonderbaren Barbaren aus dem Westen genauer in Augenschein nehmen zu können.

Die Nacht verbrachten sie diesmal nicht in einer Karawanserei, sondern im Haus des örtlichen *darughachi*, des von den Tataren ernannten Statthalters. Seine Diener trugen nicht nur gewürzten Hammel mit Reis auf, sondern auch Tabletts voller Obst und Töpfe mit aromatischem grünen Tee – und anschließend schliefen sie in richtigen Betten mit seidenen Decken.

Als Khutelun am nächsten Morgen munter und kraftvoll auf ihr Kamel sprang, lächelte sie Josseran breit zu. »Ich hoffe, du hast diese Ruhepause genossen«, richtete sie das Wort an ihn. »Von hier aus geht es nämlich in die schlimmste Wüste auf der ganzen Welt. Wir wollen uns im Namen Gottes auf den Weg machen.«

6

Das unvermittelte Hereinbrechen des Sonnenuntergangs und die Plötzlichkeit, mit der es in der Wüste Nacht wurde, überraschten Josseran immer wieder aufs neue.

Als die Sonne sank, sahen sie in der Ferne eine einsame Karawanserei, eintönige braune Mauern mit einem Hof, in dem einige knorrige Bäume standen. In der Sicherheit dieser Mauern angekommen, lagerten sie sich, umgeben von den Kamellasten, am Boden, stellten die Wasserkessel aufs Feuer und waren dankbar für den Schutz vor dem Wüstenwind.

In den anderen Nächten jedoch schlugen sie ihr Lager in der offenen Wüste auf. Sie drängten sich in der bitteren Kälte um ein klägliches Feuer, das von getrocknetem Kameldung gespeist wurde, den die Tataren *argol* nannten. Einen anderen Brennstoff gab es nicht, aber dieser stand wenigstens reichlich zur Verfügung, da sie über die Haupt-Karawanenstraße zogen, die etwa alle dreiviertel Meilen von einem Steinhaufen gekennzeichnet war. Einauge sammelte tagsüber den Kameldung in Körben ein, und wenn abends für die Nacht Rast gemacht wurde, trugen die Tataren Hände voll davon herbei, während das Feuer entzündet wurde.

Dann aßen alle, möglichst dicht ans Feuer gedrängt, um sich ein wenig zu wärmen, den dünnen Brei aus Stutenquark, der nun ihr Hauptnahrungsmittel geworden war. Anschließend betteten sie sich auf dem harten Boden unter ihren Schaffellen zur Ruhe und fielen in einen erschöpften Schlaf.

Eines Abends lag Josseran noch lange am Feuer, nachdem sich fast alle anderen bereits in ihren *del* gehüllt und am Boden zur Ruhe gelegt hatten. Auch Khutelun zögerte, schlafen zu gehen. Er fragte sich, ob sie vielleicht seine Gesellschaft suchte, so wie er die ihre.

Wilhelm blieb wach, solange er konnte, aber schließlich übermannte ihn die Müdigkeit, und er sank seitwärts auf den harten Boden, wo er im Feuerschein noch sichtbar war.

Jetzt sahen nur noch Josseran und Khutelun den kleiner werdenden Flammen zu. Josseran zitterte vor Kälte in seinem Kapuzenumhang. Ringsum hörte man das Schnarchen der Tataren, und Einauge redete im Schlaf irgendwo in der Dunkelheit. Es hörte sich so an, als setze er sich gegen Dämonen zur Wehr, die seinen Schlaf störten. Die Kamele schnaubten und stießen rauhe Töne aus, die wie Gebell klangen.

»Erzähl mir etwas über dich, Christ«, sagte Khutelun leise.

»Was wollt Ihr wissen?«

»Vielleicht etwas über den Ort, von dem du gesprochen hast, dieses Outremer. Bist du dort zur Welt gekommen?«

»Nein, zur Welt gekommen bin ich in der Nähe einer Stadt namens Toulouse im Languedoc. Das ist eine Provinz des Landes, das Frankreich heißt. Ich habe es schon fünf Jahre oder länger nicht gesehen. Von dort bin ich nach Outremer gereist, nach Akko, einer großen befestigten Stadt gleich am Meer.«

»Wie lebt es sich in einer Festung? Kommt man sich da nicht manchmal sehr beengt vor?«

»Ich habe mein ganzes Leben in Burgen verbracht, umgeben von steinernen Mauern. Ich bin es gewöhnt. Mir machen eher diese weiten Flächen Angst.«

»Ich könnte nie hinter einer Mauer leben«, sagte sie. »Ein zivilisierter Mensch muß Gras unter den Füßen spüren und ein gesatteltes Pferd haben, damit er reiten kann.«

Wollte sie ihn mit diesen Worten verspotten, oder bemühte sie sich nur, ihn zu verstehen?

»Ohne ein Dach über dem Kopf fühle ich mich nackt«, sagte er. Er sah zum Himmel auf, der aussah wie ein mit Diamanten besetztes schwarzes Samttuch. Es kam ihm vor, als brauche er nur die Hände auszustrecken, um die Sterne ergreifen zu können. »Ich erinnere mich, daß ich als Kind einmal versucht habe, die Sterne zu zählen. Ich habe mich eines Nachts aus dem Haus geschlichen, mich auf den Boden gelegt und angefangen zu zählen.«

»Und wie viele Sterne gibt es?«

»Ich weiß nicht. Ich bin darüber eingeschlafen. Mein Vater hat mich fast erfroren unter einer großen Eiche gefunden und mußte mich ins Haus zurücktragen. Ich weiß noch, daß ich auf einem Fell neben einem großen Feuer aufgewacht bin. Ich habe nie wieder so gefroren, bis ich auf dem Dach der Welt war.«

Er mußte daran denken, wie ihn die kräftigen Arme des Vaters umschlossen und gewärmt hatten, an seinen Geruch und die Art, wie ihn sein Bart an der Wange gekitzelt hatte. Es hätte eine angenehme Erinnerung sein müssen, aber wie so viele andere war auch sie mit Bitterkeit durchsetzt. *Vielleicht hätte er mich dort unter der Eiche liegenlassen sollen*, dachte Josseran. *Es wäre für ihn besser gewesen.*

»Meine Mutter hat mich oft nach Hause getragen«, sagte Khutelun. »Ich bin nachts immer fortgelaufen. Ich wollte fliegen, wollte die Sterne mit den Fingerspitzen berühren können.« Sie streckte eine Hand aus. »Manchmal glaubte ich, es gelänge mir.« Sie zog die Hand zurück und umschlang ihre Knie mit den Armen. »Habt ihr in eurem Land Namen für die Sterne?«

»Das dort ist der Polarstern«, sagte er und wies nach Norden. »Aber meist haben wir einen Namen für ganze Gruppen von Sternen.« Er wies nach oben auf das Sternbild Ursus. »Das da nennen wir beispielsweise den Großen Bären. Wer lange genug hinsieht, kann den Umriß eines Bären erkennen.«

»Ihr müßt ja eine großartige Vorstellungskraft haben«, sagte sie, und er lachte. »Wir nennen es die Sieben Riesen. Siehst du den Stern dort? Das ist der Goldene Nagel. Dort binden die Götter ihre Pferde an.«

»Wirklich poetisch«, sagte er. »Aber es gibt nur einen Gott, der uns und alles gemacht hat, und daher ist das nicht möglich.«

»Woher willst du wissen, daß es nur einen Gott gibt? Hast du mit ihm gesprochen? Warst du schon am Blauen Himmel und hast nachgesehen?«

»Es ist … eine Sache des Glaubens.«

»Glaube«, wiederholte sie. »Ich glaube, daß mich mein Pferd ans Ende meiner Reise bringt. Alles andere muß ich wissen.«

Josseran war nicht in der Stimmung, mit ihr zu streiten, und überließ ihr gern ihren kleinen Triumph. Sie schwiegen eine Weile. »Hast du Kinder, Christ?« fragte sie mit einem Mal.

»Ich hatte einen Sohn.«

»Was ist mit ihm geschehen?«

»Er ist gestorben.«

»Was ist mit deiner Frau?«

Er zögerte. Wieviel sollte er ihr von seiner Vergangenheit erzählen? Und wieviel würde sie von seinen Qualen begreifen, wenn sie nicht begriff, was es bedeutete, Christ zu sein? »Seine Mutter ist weit fort, in Frankreich«, sagte er.

»Liebst du sie?«

»Ich habe ihren Körper geliebt.«

»Wie lange hast du sie nicht gesehen?«

»Schon viele Jahre. Ich nehme an, daß sie inzwischen vergessen hat, wie ich aussehe.«

»Warum kehrst du nicht zu ihr zurück?«

»Sie ist nicht wirklich meine Frau. Sie gehört einem anderen. Auf meinem Haupt liegt eine Sünde.«

Khutelun nickte, als hätte sie verstanden. Da sie sich das Tuch gegen die Kälte um das Gesicht gewickelt hatte, konnte er nur ihre Augen sehen, in denen sich der Schein des niedergebrannten Feuers spiegelte.

»Ich will es Euch offen sagen«, sagte er. »In meinen Augen war eine Frau nie etwas anderes als ein Kissen, etwas Weiches, auf dem man nachts liegen kann. Spreche ich für Eure Vorstellungen zu frei?«

»Mein Vater hat viele Frauen, die er sich um der Freuden des Leibes willen hält. Aber er hat nur eine Lieblingsfrau, und jetzt, da er nicht mehr so jung und sein Blut abgekühlt ist, bringt er viele Tage mit ihr zu. Ein Tatar versteht den Unterschied im Wesen von Mann und Frau.«

»Es ist nicht recht, mehr als eine Frau zu haben.«

»Warum?«

»Der Mensch muß seine niederen Begierden zügeln. Sie sind eine Kränkung Gottes.«

»Redet euch das euer Schamane ein?«

»Ich kann ihn nicht besonders gut leiden, nehme aber an, daß er Gottes Absichten besser versteht als ich.«

»Wie kann ein Mensch Gottes Absichten verstehen? Gesetze sind da, um die Sippe zu schützen. Alles andere ist unsicher. Wenn wir wirklich verstehen könnten, was die Götter wollen, wozu brauchten wir dann die Schamanen?«

»Ich verstehe nicht, was Ihr da über Götter und Schamanen sagt. Es gibt nur einen Gott. Sein Gesetz ist unwandelbar, und die Menschen müssen danach leben.«

»Als Kinder hat man uns gelehrt, kein Gesetz zu achten als das unseres großen Khans Dschingis, denn das macht unser Reich stark. Was die Götter betrifft, hören wir auf die Geister des Ewigen Blauen Himmels, die durch den Mund unserer Schamanen zu uns sprechen.«

»Hat Dschingis Khan Euch gelehrt, daß ein Mann so viele Frauen haben darf, wie er will?«

»Eine Frau ist nicht nur eine warme Stätte für die Begierde des Mannes, Christ, sondern auch ein hungriger Mund und ein Leib, in dem Kinder heranwachsen können. Nicht das Gelüst eines Mannes bestimmt über die Zahl seiner Frauen, sondern sein Wohlstand. In dem Gesetz, das uns Dschingis Khan gegeben hat, heißt es, daß kein Mann das Weib eines anderen zu seinem Vergnügen nehmen darf, denn das wäre ein Verbrechen. Der Sinn dieses Verbotes liegt darin, daß eine solche Handlungsweise den Frieden in der Sippe gefährden würde, keineswegs aber in der Vorstellung, sie könnte den Geist des Ewigen Blauen Himmels beleidigen.«

Es erstaunte und beschämte Josseran zugleich, so freimütig mit einer Frau über derlei Dinge zu sprechen. Doch fühlte er sich dort, unter dem kalten Gewölbe des Sternenhimmels und inmitten der Einsamkeit der Wüste, sonderbar frei von den Zwängen der Gesellschaft, der er angehörte, und von dem Ausschließlichkeitsanspruch des Gottes, an den er glaubte. War dieser nicht zugleich der Gott aller Menschen und nicht nur der der Franken? Bedeutete es nicht eine Selbsttäuschung anzunehmen, man könne auf einer Reise über die Grenzen Seines Reiches hinausgelangen?

Konnte er je frei von den Sünden sein, mit denen er seine Seele befleckt hatte?

Die Vertrautheit im Umgang mit Khutelun hatte dazu geführt, daß er dieses exotische Geschöpf begehrte wie noch nie eine Frau vor ihr. Dabei wußte er nicht einmal, wie ihr Körper unter den langen Mänteln und Hosen aussah, die sie ständig trug. Vorgestellt hatte er ihn sich oft im Fieber seiner Nächte, aber alles, was er bisher davon gesehen hatte, waren die schmalen Hände und das bronzefarbene Gesicht mit den klaren Zügen.

Gott mochte seiner armen Seele gnädig sein, wenn er mit Verlangen an sie dachte.

»Sag mir«, fuhr sie fort, »diese Beichte, wie ihr es nennt – was sagt ihr da euren Schamanen?«

»Unsere Sünden.«

»Eure Sünden?«

»Ja. Dazu gehören auch verbotene Wonnen des Fleisches.«

»Ihr braucht ihnen also nur zu sagen, was ihr mit Frauen tut?«

»Nicht nur das. Auch unsere Falschheit und die schlechten Taten, die wir an anderen verübt haben. Und unsere unreinen Gedanken.«

»Eure Gedanken?«

»Beispielsweise, wenn wir neidisch sind. Oder wenn wir zu stolz sind.«

»Ihr sagt ihnen also alles, was an euch menschlich und nicht göttlich ist?« Sie wirkte verwirrt. »Hört ihr danach auf, das zu tun, was ihr sündigen nennt? Fühlt ihr euch besser, wenn ihr gebeichtet habt?«

»In Wahrheit lebe ich in der Angst, auf alle Ewigkeit gestraft zu werden.«

»Ihr habt also einen Gott, der euch schwach macht und euch dann für eure Schwäche bestraft. Findest du das nicht merkwürdig?«

Er wußte nicht, was er darauf antworten sollte. Erneut hatte er in seinem Glauben versagt. Er war nicht einmal fähig, seine Religion in einem Gespräch mit einer Tatarin zu verteidigen.

Daher wich er aus und sagte: »Ihr wollt in den Bergen einen alten Mann gesehen haben, der mit mir geritten ist.«

Das Feuer war erloschen. Er konnte ihr Gesicht nicht mehr sehen. »Du glaubst nicht an unsere Religion – warum fragst du mich dann danach?«

»Aus Neugier.«

»Der Reiter ist da, ob du es nun glaubst oder nicht. Und er ist da, ob du neugierig bist oder nicht.«

»Ich glaube, ich weiß, wer es ist.«

»Ich sage dir nur, was ich sehe. Du brauchst es mir nicht zu erklären. Es ist nicht nötig.«

»Der Mann war mein Vater.«

»Das erscheint mir in keiner Weise merkwürdig, Christ. Unsere Vorfahren sind stets um uns. Wir müssen sie ehren, sonst bringen sie uns Unglück.«

»Glaubt Ihr das? Glaubt Ihr, der Geist meines Vaters würde mir hierher folgen, um mich zu beschützen?«

»Aber ja. Warum sähe ich ihn sonst hinter dir reiten?«

»Als mein Verhängnis, weil er mich verflucht.«

»Wenn sich das so verhielte, warum hat er dich dann nicht vom Berg gestürzt, als du euren Schamanen gerettet hast?«

Darauf blieb ihr Josseran die Antwort schuldig, denn er wußte keine. Mit einem Mal empfand er das unwiderstehliche Bedürfnis, Khutelun eng an sich zu ziehen. Er spürte, wie ihm das Herz gegen die Rippen schlug und ihm eine eigentümliche Wärme in den Lenden und im Unterleib aufstieg. »Ich bin noch nie einer Frau wie Euch begegnet«, murmelte er.

Sie erhob sich, und einen wilden Augenblick lang stellte er sich vor, wie er sie zu sich zog und sie auf den Mund küßte. Er hegte die Hoffnung, sie werde die Hände nach ihm ausstrecken, und sie würden sich miteinander unter der großen Sternendecke zur Ruhe legen, während ihre Gefährten nur in wenigen Fuß Entfernung von ihnen schliefen. Doch sie sagte lediglich: »Ich bin jetzt müde und lege mich schlafen.«

Nachdem sie in die Dunkelheit geglitten war, legte er sich verwirrt und erschöpft zu Boden, unfähig, Ruhe zu finden. Seine Seele und sein Herz waren in Aufruhr; es war ein verzweifeltes Gemisch aus Schuld und Begierde, in welches auch Angst mit hineinspielte.

Er legte den Kopf in die Hände. »Verzeih mir«, flüsterte er zwischen den zusammengelegten Fingerspitzen seinem vor langer Zeit gestorbenen Vater zu.

Der Mond erhob sich über der Wüste, allein und sehr fern.

7

Erneut brachen sie in Richtung Osten auf. Links von ihnen erhob sich das von den Tataren Tienschan, Himmelsgebirge, genannte Massiv. Vor einem indigofarbenen Himmel glitzerten seine eisbedeckten Gipfel hinter der vor Hitze flirrenden Luft. Tief eingeschnittene Rinnen zogen sich durch die Ausläufer des Vorgebirges, so daß diese aussahen wie die Tatzen eines sich duckenden wilden Tieres. Auf ihrem Ritt, der Tag für Tag weiterging, boten die Berge die einzige Abwechslung in der eintönigen Landschaft. Sie änderten ihr Aussehen mit dem Vorüberziehen der Sonne.

Überall in der Ebene kamen sie an in der Sonne bleichenden Skeletten von Pferden, Kamelen und Eseln vorüber, und bisweilen stießen sie auch auf einen Menschenschädel.

Ihr Weg führte sie am Rande der großen Wüste Takla Makan entlang, wie Khutelun erklärte, ein uigurischer Name, der so viel bedeute wie ›hineingehen und nicht wieder herauskommen‹. Aber ihr Zug würde sich auf keinen Fall in den Schlund der Takla Makan begeben, versicherte Einauge. Oasen umgaben ihr totes Herz wie eine Perlenkette, die um den Hals einer Prinzessin liegt. »Sofern kein Unwetter kommt und wir uns nicht verirren, werden wir unseren Weg finden.«

»Wie häufig gibt es ein solches Unwetter?« fragte ihn Josseran.

»Das ganze Jahr über«, antwortete Einauge und brach in sein übliches meckerndes Lachen aus.

Die Wüste Takla Makan unterschied sich in mancher Hinsicht von den Sandwüsten in Outremer. Es gab riesige Flächen ohne eine Spur von Sand, eintönige Ebenen aus *gebi*, wie der Sammelbegriff für Schotter und Kies lautete. Von ferne hatte man den Eindruck, als gäbe es keinerlei unterscheidende Merkmale. Doch als Josseran anhielt und einen der Kiesel näher betrachtete, bemerkte er, daß sie leuchtend schwarz, rot oder dunkelviolett waren. Sie sahen nicht nur schön aus, sondern lagen auch angenehm und glatt in der Hand.

Später wurde aus der *gebi*-Ebene eine Salzpfanne – von der Hitze aufgerissener Schlamm, den eine brüchige Salzkruste bedeckte –, dann wieder eine Ödnis aus grauem verdichtetem Sand, die mit dem Dunst zu verschmelzen schien, so daß zwischen Himmel und Erde kein Horizont zu sehen war. Oft hatte es den Anschein, als legten sie einen endlosen Tag um den anderen immer wieder dieselbe Meile zurück.

Einmal begegnete ihnen, die Nachmittagssonne warf bereits lange Schatten über den Wüstenboden, eine Karawane, die westwärts nach Kaschgar unterwegs war. Die Kamele trugen unter den hölzernen Sattelgestellen eine große ovale Decke auf dem Rücken, und jedem von ihnen waren auf beiden Seiten je zwei Seidenballen aufgeladen. Die Rufe der Treiber und das Läuten der Kamelglöckchen trugen im heißen Wind weit.

In dem Augenblick ging es Josseran auf, daß sie sich mittlerweile auf der sagenumwobenen Seidenstraße befinden mußten, von der er in Outremer so viel gehört hatte. Dabei handelte es sich aber nicht, wie häufig angenommen, um eine einzige Route, sondern um ein ganzes Spinnennetz von Wegen, die aus dem geheimnisvollen Kitai im Osten bis ans Mittelmeer reichten. Schon in Outremer war er mohammedanischen Kaufleuten begegnet, die über diese Straße gezogen waren, aber nur wenige konnten den Anspruch erheben, weiter als bis nach Persien gelangt zu sein. Dort waren sie mit Karawanen zusammengetroffen, die aus dem Osten kamen, und hatten auf den Basaren von Buchara, Täbris oder Bagdad Tauschhandel getrieben.

Es hieß, daß die Kaufleute mit ihren Karawanen dort bereits entlanggezogen waren, als Christus auf dieser Erde lebte. Auf diese Weise war die erste Seide nach Rom gelangt und erfreute sich dort bald so großer Beliebtheit, daß Gaius Julius Caesar angeordnet hatte, sie dürfe ausschließlich für seine eigenen purpurfarbenen Togen und die Gewänder seiner höchsten Würdenträger verwendet werden.

Zu Christi Zeiten wußte kaum jemand, woher das herrliche Material stammte oder wie es hergestellt wurde. Die Römer vermuteten zu jener Zeit, Seide wachse auf Bäumen. Über Jahrhunderte hinweg war das Geheimnis ihrer Herstellung bewahrt worden, bis schließlich zwei Mönche in ihren ausgehöhlten Wanderstäben einige Eier der Seidenraupe aus dem fernen Kitai hatten nach Syrien schmuggeln können. Und erst wenige Jahrzehnte zuvor hatten Weber in Italien und Frankreich entdeckt, auf welche Weise man die langen Fäden der Kokons abwickeln und zu Seide spinnen konnte.

Bis dahin war sie, zusammen mit Ingwer, Töpferwaren und Lackarbeiten aus dem Lande Kitai, ausschließlich mit Kamelkarawanen in den Westen gelangt, die auf dem Rückweg Felle, Bernstein, Honig sowie Gold- und Silbermünzen mitgenommen hatten. Doch nie legte eine Karawane die ganze Strecke zurück. Viele Male wechselte die Seide den Besitzer, bevor sie ihren Bestimmungsort erreichte, wobei der Preis jedesmal stieg. Sie wurde in Kaschgar gegen Koriander, Jade oder Lapislazuli getauscht und in Persien gegen Glas, Datteln und Walnüsse – es war eine fortwährende Tauschkette.

Während Josseran der Karawane nachsah, die im flirrenden Dunst der Takla Makan verschwand, fühlte er sich in den Sog der Jahrhunderte hineingezogen. Es kam ihm so vor, als sei sein eigenes Schicksal auf irgendeine zeitlose Weise in die Geschichte des schimmernden Stoffs hineinverwoben.

8

Für die Wüstendurchquerung verknotete Einauge den Nasenstrick eines Kamels mit dem Packsattel des nächsten, so daß alle Tiere eine Reihe bildeten. Das letzte von ihnen hatte eine Glocke um den Hals. Falls man diese Glocke nicht mehr hören sollte, hieß das, daß sich die Verbindung zwischen den Kamelen an irgendeiner Stelle gelöst hatte. Schon bald gewöhnte sich Josseran an das leise Läuten, zusammen mit dem rhythmischen Aufsetzen der Kamelfüße, dem einschläfernden Knarren der Stricke und dem geflüsterten »*suk-suk*« ihres Führers, der seinen Tieren voranschritt.

Der heiße Wind trocknete alles aus. Josseran spürte seine Lippen nicht mehr; sie waren angeschwollen und aufgerissen. Es gab kein Wasser zum Waschen, doch war das nicht so wichtig, denn in der trockenen Luft sammelte sich kein Schweiß auf der Haut an. Nicht einmal mehr von Wilhelm ging der gewohnte üble Geruch aus, bemerkte Josseran.

Als einzige Pflanzen gediehen dort dornige Tamariskenbüsche. Der Wind hatte den Boden um sie herum leergefegt, so daß sie in trockenen und halb abgestorbenen lila Klumpen frei in der Landschaft standen. Doch selbst in diesen ödesten Landstrichen ernährten sich Herden wilder Ziegen von ihnen.

Die von diesem Glutofen des Teufels aufsteigende Hitze ließ Fata Morganen am Horizont erstehen, Trugbilder von Bäumen und Burgen. Nachmittags, wenn seine Augen müde waren und die Kehle ausgedörrt, glaubte Josseran manchmal, Seen und Flüsse zu erkennen, bis er sich dann klarmachte, daß sie in Wahrheit nicht existierten.

Der Tag begann für sie bei Morgengrauen. Geräuschlos erhob sich Einauge vom Lager, rollte seinen Gebetsteppich aus, verneigte sich in Richtung Mekka und vollführte dann seinen komplizierten Gebetsritus: er kniete sich nieder und warf sich mit aufwärts gedrehten Handflächen immer wieder in Anrufung seines Gottes zu Boden.

Dann führte er, nach wie vor schlaftrunken und ungekämmt, die Kamele zu ihren Lasten. Mit einem Ruck am Strick ließ er sie sich niederknien, und zwei der Tataren beluden die hölzernen Packsättel zwischen den Höckern. Ungeachtet des aufbegehrenden Geschreis der Tiere wurden die Hanfseile unter ihrer Brust verknotet. Während die Sterne noch am Himmel standen und sich im Osten lediglich ein dunkelorangefarbener Schimmer erkennen ließ, zog der Trupp erneut dem Sonnenaufgang in der Wüste entgegen.

Bisweilen träumte Josseran, er schwanke im großen Holzsattel eines der Kamele hin und her, und erwachte dann mitten in der finsteren Nacht. Es kam aber auch vor, daß er unvermittelt auffuhr und merkte, daß er auf einem Kamel saß, ohne sich erinnern zu können, daß er aufgestiegen war.

Die schmale Kost der Tataren hatte ihn geschwächt, seine körperlichen und geistigen Kräfte vermindert. Endlos schwankte er auf dem Rücken des Kamels vor und zurück, sein Rückgrat schmerzte und sehnte sich schon bei Tagesanbruch nach dem Abend. Immer weiter schien es irgendeinem endlosen Horizont entgegenzugehen, und die Eintönigkeit ihrer Reise bewirkte einen dumpfen und nicht mehr beschreibbaren körperlichen Schmerz. Er schloß die Augen vor dem blendenden Licht, verhüllte sein Gesicht gegen den heißen Wind. Jegliches Gespräch war inzwischen erstorben.

Mitunter fürchtete er um seinen Verstand. Der endlose Himmel und die graue eintönige Wüste schienen miteinander zu verschmelzen. Es gab nichts, worauf sich die Augen ausruhen konnten, und auch seinen Sinnen konnte er nicht mehr trauen. Er sah in der Finsternis Berge und merkte dann nach wenigen Schritten, daß es sich lediglich um eine Handvoll Steine handelte.

Nach einigen Wochen des Zugs durch die Wüste erreichte er einen Punkt, an dem in seinem Kopf nur noch der Gedanke an Durchhalten Platz hatte. Er war ebenso dumpf und teilnahmslos geworden wie die Kamele.

Aus seiner Erfahrung als Krieger wußte er, daß man etwas braucht, worauf sich der Geist richten kann, damit der Körper einen langen Marsch zu überstehen vermag, etwas, das ihn von der Qual und der endlosen geisttötenden Eintönigkeit der Reise ablenkt. Er versuchte, sich auf ein Gedicht zu konzentrieren, sich an die Lieder der *jongleurs* auf dem Markt von Carcassonne oder Toulouse zu erinnern, versuchte, Psalmen vor sich hin zu sagen oder das Vaterunser. Aber irgendwie war ihm in der Hitze sogar die Fähigkeit zu solch einfachem geistigen Tun abhanden gekommen. Ziellos irrten seine Gedanken hin und her, wie Schwalben durch die Gewölbebögen eines Kreuzgangs. Er hatte nicht einmal mehr Hunger. Das aber war angesichts der schmalen Rationen wäßrigen Quarks unter Umständen sogar ein Segen.

Durst und Hitze setzten ihnen einen Tag um den anderen zu. Gelegentlich kamen sie an eine Art Schlammpfütze, in der Schilfrohr wuchs. Wasserläufer glitten über den Spiegel des Brackwassers, dunkle Gestalten regten sich im grünen Schatten. Begeistert füllten die Tataren ihre Wasserflaschen mit dieser kräftig gewürzten Brühe.

Draußen in der Wüste tanzten Windhosen und wirbelten wie Gespenster umher.

Khutelun sah, wie er eines Abends vor sich hinstarrte, während sie das Lager in der *gebi*-Ebene aufschlugen. »Wir nennen sie Teufelsgeister«, sagte sie.

»Es sind immer zwei, die sich in entgegengesetzter Richtung drehen«, murmelte er.

»Die Uiguren erzählen eine Geschichte darüber. Sie sagen, daß es die Geister zweier Liebender aus verschiedenen Sippen sind, die wegen einer Stammesfehde nicht heiraten durften. Weil sie den Gedanken nicht ertragen konnten, getrennt voneinander zu leben, sind sie dann in die Wüste geflohen, um beisammen zu sein, und dort sind sie umgekommen. Aber ihre Geister leben weiter und bringen jetzt ihre Tage damit zu, durch die Hügel zu laufen und umeinander herumzutanzen.«

»Sie sind jetzt also frei?«

»Ja«, sagte sie. »Wenn du der Sage glaubst, sind sie jetzt frei.«

Je länger der Zug dauerte, desto heißer wurden die Tage. Mitunter, wenn die quälend langen Nachmittage fast unerträglich wurden, merkte er, daß er nach den Windhosen Ausschau hielt, und wenn er sie am Horizont entdeckte, erschien ihm ihre Anwesenheit in gewisser Weise tröstlich.

Die Oasenstädte tauchten in eindrucksvoller Weise aus dem rund um sie herrschenden Grau auf. Ausgedörrt und erschöpft saßen die Reisenden auf ihren Kamelen und suchten, die Augen gegen das Flirren der Hitze zusammengekniffen, den glatten gesichtslosen Horizont ab. Mit einem Mal umgab ihn ein schmaler grüner Rand, Bäume tauchten neben einer Wasserfläche auf, doch war das Ganze nach Minuten wieder im Dunst verschwunden. Obwohl sie den ganzen langen Nachmittag hindurch immer wieder diese quälende und sich ihnen entziehende Erscheinung sahen, schien sie nie näherzukommen. Die Wasserfläche erwies sich schließlich als Fata Morgana, die ihre Entstehung Staubstürmen oder einem abendlichen Dunstschleier verdankte, die Bäume aber waren wirklich, schlanke Pappeln, die grün und golden im Abendschein schimmerten. Mit einem Mal ritten sie über eine baumbestandene Straße, vorüber an grünen Feldern, auf denen Weizen und Wassermelonen wuchsen, sowie an ummauerten Gärten mit Maulbeerbäumen und Espen.

Auch in dieser Ansiedlung hatte es den Anschein, als wären alle Bewohner der Stadt vor ihre Häuser getreten, um den Einzug der kleinen Karawane mitzuerleben: graubärtige Bauern, Mütter, die ihre Säuglinge auf dem Rücken trugen, nackte Kinder, die im Schatten der Bäume jauchzend durch schlammige Gräben rannten. In der Luft lag außer dem Staub die Aussicht, sich gründlich zu waschen und in reifen Früchten zu schwelgen.

Wie schon oft auf dieser Reise fühlte sich Josseran auch hier nach Outremer versetzt, als er zwischen den Pappelreihen Weißbärte auf Eselskarren sah und Moscheen, deren in verschiedenen Grün- und Blautönen schimmernder Kachelschmuck in der Sonne glänzte. Hinter den aus Lehmziegeln errichteten Mauern der Stadt kam es ihm gleich wieder vor, als befände er sich im Gewirr der Gassen einer sarazenischen Ansiedlung, die in dunkle Höfe und holzgeschnitzte Bogengänge führten.

Doch nachdem sie eine Kieswüste mit von Menschenhand angelegten Steinhügeln sowie Lehmsarkophagen durchquert hatten, sahen sie in einer Stadt namens Kuqa Hinweise auf eine ihnen unbekannte Religion.

Zu beiden Seiten der Straße erhoben sich zwei identische steinerne Kolossalstatuen, die gleichsam Wache standen. Sie zeigten eine gütig lächelnde Gottheit, deren Rechte zum Segen erhoben war. Durch den Einfluß von Wind und Sand wirkten die breiten Wangen der Gesichter sanft gerundet.

Während sie im Schatten der riesigen Götzenstatuen dahinzogen, unterdrückte Josseran einen Schauder. Er fragte sich, welche neue Teufelei auf sie wartete.

»Er heißt Borkan«, erklärte Khutelun an jenem Abend, als sie im Hof der Karawanserei am Feuer saßen.

»Ist er ein Gott?« wollte Josseran wissen.

»Etwas in der Art. In manchen Gegenden verehrt man ihn als Propheten, der ebenso bedeutend ist wie Mohammed.«

»Ich verstehe nicht«, sagte Josseran. »Ihr seid hier die Herren und gestattet dennoch diesen Leuten, ihre Götzenbilder in aller Öffentlichkeit aufzustellen?«

»Was denn sonst?«

»Aber gehört das Land hier nicht den Tataren?«

»So ist es. Die Herrscher der Wüste zahlen der Regentin in Buchara Tribut. Sie ist Mohammedanerin, wie wir alle.«

»Aber ihr laßt ihnen ihre Götter.«

»Dieser Borkan ist schwach. Wäre er stärker als Allah oder Tengri, der Geist des Ewigen Blauen Himmels, hätten wir sie nicht im Kampf besiegen können. Also lassen wir ihnen ihre Götter. Es ist besser für uns.«

Diese Argumentation erstaunte Josseran. Undenkbar, daß die römische Kirche in ihrem Einflußbereich die Ausübung irgendeiner anderen Religion gestattete. Er wußte noch genau, wie einst der Papst in seiner eigenen Heimat, dem Languedoc, den Kreuzzug gegen die Katharer befohlen hatte. Zwar hingen sie der Lehre Christi an, waren aber weder bereit gewesen, im Bischof von Rom den Statthalter Christi zu sehen, noch, die römische Liturgie anzuerkennen. Allein aus diesem Grunde hatte der Papst sie ›schlimmer als die Sarazenen‹ genannt und ihre Ausrottung befohlen.

Jedem, der seinem Aufruf folgte, hatte er Sündenablaß zugesagt, und die Edelleute aus dem Norden Frankreichs und aus dem Süden Deutschlands, die sich an diesem heiligen Kreuzzug beteiligten, hatten diese Aufgabe mit großer Begeisterung übernommen. Dabei handelte es sich um nichts anderes als einen von der Kirche gutgeheißenen bluttriefenden Plünderungszug. Domingo Guzmán und seine Dominikaner waren bei jedem Massaker in vorderster Reihe dabeigewesen.

Josseran erinnerte sich daran, mit welchem Entsetzen sein Vater, der damals noch ein Junge gewesen war, geschildert hatte, wie in einer Kirche der Stadt Béziers Männer, Frauen und Kinder abgeschlachtet worden waren. Noch vierzig oder fünfzig Jahre nach jener Schreckensszene lagen in jener Gegend viele Orte in Trümmern, und nach wie vor blieb so manches Feld der Katharer in der Nähe der zerstörten Weiler brach liegen.

Hier im fernen Osten aber strebten jene Teufel – wie Wilhelm sie beharrlich nannte – lediglich nach der Macht über das Land, nicht aber nach der über den Geist der Menschen. Das erschien Josseran zivilisiert, wie so manches andere, was seiner Ansicht nach die Christen von jenen ›Barbaren‹ lernen konnten.

Allerdings war er nicht bereit, alle ihre Vorstellungen zu übernehmen. Der Vorfall ereignete sich zwei Tagesreisen hinter Kuqa, während sie rasteten.

Als das Kamel stürzte, sah Josseran zwischen den Steinen den Schwanz einer davongleitenden Giftschlange. Die schlimmste seiner Befürchtungen bewahrheitete sich bald. Das Kamel sank in die Knie, den Kopf so weit zurückgeworfen, daß es den vorderen Höcker berührte, das offene Maul zum Himmel gereckt. Das Geräusch, das es im Sterben ausstieß, ein Knurren aus den Tiefen seiner Brust, ließ ihm das Blut in den Adern gefrieren.

Er zog sein Schwert.

»Was tut Ihr da?« rief Einauge, der mit wehender *dschellabah* auf ihn zugerannt kam, das gesunde Auge vor Entsetzen weit aufgerissen.

»Eine Schlange hat das arme Tier gebissen. Ich will es von seinen Leiden befreien.«

»Das geht nicht!« sagte Khutelun und trat zu dem kleinen Kameltreiber.

»Aber es bedeutet eine Erlösung für das Tier!«

»Man darf kein Kamel töten. Seine Seele würde uns Unglück bringen. Wir müssen warten und sehen, ob es stirbt.«

»Natürlich wird es sterben. Der Biß der Schlange ist tödlich, oder etwa nicht?«

»Trotzdem müssen wir warten«, entschied sie.

Also sah er mit den beiden tatenlos zu, bis das Tier schließlich ein letztes Stöhnen von sich gab und auf die Seite fiel. Seine Beine zuckten durch die Luft, dann war sein Leiden vorüber.

»Seht Ihr«, sagte Josseran. »Wir hätten ihm die Qual ersparen können.«

»Es zu töten hätte uns Unglück gebracht«, wiederholte Khutelun und kehrte zu den anderen zurück.

Josseran stieß das Schwert in die Scheide. »Aberglaube!« zischte er.

»Nein, Barbar! Sein Geist wäre zurückgekehrt und hätte uns während der ganzen Reise verfolgt«, seufzte Einauge, betrübt über den Verlust eines seiner kostbaren Tiere. Dann ging er hinter Khutelun zurück ins Lager.

Gedankenverloren sah Josseran ihnen nach. Wer durfte hoffen, je ein Volk zu verstehen, das auf seinem Gebiet anderen Religionen Freiheit gewährte und selbst einem Lasttier eine Seele zubilligte? Wie sollte sich ein christlicher Ritter gegenüber solchen Geschöpfen verhalten?

9

Wie immer in jener Wüste kam der Übergang zwischen Ödland und fruchtbarem Boden schlagartig und unvorhergesehen. In dieser Landschaft gab es keine allmählichen Übergänge, sondern nur Extreme, so, als gelange man vom Land aufs

Meer. So tauchte auch die Stadt Gaotshang unvermittelt aus dem Dunst- und Staubschleier auf und bot in der grauen Einöde ein geradezu überwältigendes Bild. Gerade waren sie neben ihren Kamelen hergetrottet, die Sonne heiß im Rücken, die Augen fest gegen das grelle Licht zusammengepreßt, das von den Steinen zurückgeworfen wurde, als plötzlich eine schattige Pappelallee auftauchte, die von einem buntem Muster aus Reis-, Hanf- und Gerstenfeldern eingerahmt war. Nach der völligen Stille der Wüste wirkte schon das leise Murmeln des Windes in den Blättern und das Geräusch, mit dem das Wasser durch die Bewässerungsgräben neben der Straße lief, geradezu beunruhigend. In der Ferne durchstießen die Wehranlagen und Pagoden von Gaotshang den trügerischen Horizont.

Josseran kniete nieder, um sich das Gesicht mit eiskaltem Wasser zu waschen. Es erschien ihm unmöglich, daß es mitten in einer solch entsetzlichen Wüste Wasser geben sollte. Er folgte dem Bewässerungskanal mit den Augen und sah, wie das Wasser aus einer Höhlung am anderen Ende des Feldes strömte. Darüber lag ein Erdhügel, dahinter ein weiterer und dann noch einer – eine ununterbrochene Linie, die in Richtung auf die etwa dreißig Meilen entfernt liegenden violett schimmernden Berge immer blasser wurde.

»Das sind die *kareses*«, sagte Khutelun neben ihm. Sie nahm das Tuch vom Gesicht und kniete sich ebenfalls hin, schöpfte mit der hohlen Hand kaltes Wasser und trank. »Alle Oasen der Takla Makan werden auf diese Weise mit Wasser versorgt.«

Sie führte ihn an den Höhleneingang. Während sie sich näherten, sah er, daß es sich nicht um eine Höhle, sondern um den Eingang zu einem Tunnel handelte. Er bestehe schon seit Jahrhunderten, teilte sie ihm mit, und reiche bis unter die Gletscher im fernen Tienschan-Gebirge. Man konnte aufrecht darin gehen, und da sein Gefälle so angelegt war, daß das Wasser dicht über der Oberfläche der Wüste hervortrat, ließ es sich zur Bewässerung der Felder verwenden.

Von den Erdhügeln, die sie gesehen hatten, führten Schächte senkrecht zum Tunnel hinab, die es den Bauern ermöglichten, dafür zu sorgen, daß ihn weder Geröll noch Ablagerungen verstopften. Khutelun führte Josseran über den harten Sandboden zu einem dieser Schächte. Er spähte über die Lehmziegelwandung nach unten, warf einen Stein hinab und hörte es spritzen, als er in das unter ihm fließende Wasser fiel.

»Die Tataren haben die *kareses* angelegt«, teilte sie ihm mit.

Josseran erinnerte sich an das Bewässerungssystem, das er in der Nähe von Samarkand und Merw gesehen hatte, und fragte sich, ob als Erbauer dieser Anlage nicht eher die Perser infrage kämen, sagte aber nichts. Offenbar waren diese Tataren wie alle Eroberer der Ansicht, daß nichts auf der Welt existiert hatte, bevor sie auf der Bildfläche erschienen waren.

Sie kehrten zu ihrer Karawane zurück und ritten durch die langen Alleen von Gaotshang. Dabei kamen sie an großen Kamelherden vorüber, die auf offenen Weideflächen grasten, an niederen Häusern, deren hölzerne Dachbalken über Lehmziegelwände vorkragten, an Sonnenblumen, die ihre Köpfe hoch über die braunen Mauern erhoben, die bei den Uiguren beliebt zu sein schienen. Verschleierte Frauen spähten aus Hauseingängen zu ihnen herüber. Alles war wie bei den Arabern der Levante, wirkte fremdartig und zugleich vertraut.

Eine hohe doppelte Verteidigungsmauer aus Lehmziegeln umgab die Stadt. Die Karawane zog durch das Westtor ein. Dabei kam sie an einem Kloster vorüber, aus dessen buntbemalten Nischen hoch über dem Eingang Standbilder jenes Gottes Borkan auf sie herabgrinsten.

Ein großer Park umgab den Regierungspalast. »Heute nacht werden wir die Gastfreundschaft des *darughachi* genießen«, sagte Khutelun und fügte hinzu: »Ich glaube, Gaotshang wird dir gefallen.«

Er fragte sich, welch tieferer Sinn hinter der Bemerkung liegen mochte, aber sie war bereits wieder nach vorn geeilt, und er grübelte noch eine ganze Weile über ihre Worte nach.

10

Der Mann stand mit gesenktem Kopf und in unterwürfiger Haltung nahe dem Kamelpferch vor Khutelun. Töricht grinsend standen Einauge und mehrere Tataren dabei und hörten zu, was er ihr zu sagen hatte. Josseran trat zu der Gruppe, Wilhelm folgte ihm.

»Ihr habt nach mir gerufen?« fragte er Khutelun.

»Dieser Mann möchte mit dir reden.«

»Was will er?«

»Er hält dich für reich, weil du zum Khan der Khane reist.«

»Ist er ein Bettler?«

»Er lädt dich ein, die Nacht in seinem Hause zu verbringen.«

»Die Unterkunft hier ist sehr behaglich.«

»Dieser Ansicht ist er nicht. Er fordert dich auf, sein ganzes Haus zu übernehmen, mit allem, was das bedeutet.«

Josseran sah sich um. Die Tataren grinsten noch unverhohlener als zuvor. »Er will das Feld räumen, damit du für die Nacht Herr seines Hauses sein kannst. Er sagt, daß er eine Frau und zwei schöne Töchter hat, mit denen du tun kannst, was dir gefällt.« Sie sagte das mit ausdruckslosem Gesicht, und auch ihre Augen verrieten nicht, was sie dachte. »Natürlich erwartet er, daß er für diesen Dienst bezahlt wird.«

Josseran sah erst sie und dann den Mann an.

»Was ist, Christ? Habt Ihr noch nie etwas mit einer Frau zu tun gehabt?« fragte ihn Einauge.

Die Tataren quittierten das mit brüllendem Gelächter.

»Das ziemt sich doch wohl nicht?« sagte Josseran unsicher.

»Die Leute hier rechnen sich das als Ehre an«, gab ihm Khutelun zur Antwort.

»Sie glauben, daß ihnen das den Segen ihrer Götter einträgt.«

»Was geht hier vor sich?« rief Wilhelm, außer sich, weil er kein Wort von der Unterhaltung mitbekam.

»Man bietet mir ... eine Frau an ... für die Nacht.«

»Eine Hure?« rief Wilhelm

»Nein. Sie ist die Gattin jenes Mannes.«

»Seine Gattin? Dann ist seine Gattin eine Hure.«

Josseran wollte schon sagen: »Da habt Ihr recht, und seine Töchter auch«, überlegte es sich aber anders. Wilhelm sah aus, als würde ihn im nächsten Augenblick der Schlag treffen.

»Ihr habt selbstverständlich abgelehnt.«

Josseran hatte noch keine Entscheidung getroffen. Fünf Jahre ohne Frau, fünf Jahre der Buße und Keuschheit hatten seiner Seele nichts genützt. Doch sollte er jetzt sein Gelübde brechen? Aber vielleicht hatte er ja sein Gelöbnis bereits erfüllt.

Er überschlug die vergangene Zeit. Es mußte kurz vor Pfingsten sein. Nach seiner Rechnung waren die fünf Jahre des Dienens vorüber, er hatte das den Tempelherren gegebene Wort gehalten und war nun wieder frei. Mit seiner Freiheit vor Gottes Augen mochte es anders aussehen, aber da er bereits tief in der einen Sünde steckte, konnte eine andere wohl keine große Rolle mehr spielen?

Ich könnte noch einmal sündigen, dachte er, *und morgen dem Priester beichten.*

»Ihr werdet das Angebot zurückweisen«, zischte ihm Wilhelm zu. »Wir sind in heiliger Mission unterwegs, persönliche Abgesandte des Papstes. Ich werde es nicht dulden.«

Das gab den Ausschlag. Josseran war entschlossen. »*Ihr* seid in heiliger Mission für den Papst unterwegs. Ich bin lediglich ein Mann aus Fleisch und Blut, nichts weiter.« Er wandte sich wieder an den Uiguren, der geduldig die Antwort auf sein Anerbieten abwartete. Josseran sah ihn aufmerksam an. Seine Haut war dunkeloliv, und er hatte schlechte Zähne. Einige Haarbüschel an seinem Kinn mochten die Reste dessen sein, was in früheren Jahren ein Bart gewesen war. Der von einer Schärpe zusammengehaltene Rock des Mannes war schadhaft, und die Sohlen seiner staubbedeckten hohen Lederstiefel wiesen Löcher auf. Vielversprechend sah er nicht gerade aus.

»*Es salaam aleikum*«, sagte der Mann und war begeistert, als Josseran auf arabisch antwortete, wie er es in Outremer gelernt hatte, »*Wa Aleikum Es salaam*.«

»Möchtet Ihr mein Gast sein, Herr?«

Josseran zögerte. »Ist deine Frau schön?« fragte er.

Der Mann nickte und senkte diensteifrig den Kopf. »Wie es Gott gefällt.«

Eine aufrichtige Antwort, fand Josseran.

Wilhelm zog die Schultern zurück. »Ihr müßt hier im Palast bleiben. Ich verbiete, daß Ihr Euch auf diese Sache einlaßt!«

»Ihr könnt mir nichts verbieten! Ich werde hingehen, wohin ich es für richtig halte, und schlafen, wo es mir angebracht erscheint!«

»Gott sei Eurer Seele gnädig!« sagte Wilhelm und schritt steifbeinig davon.

Einauge sah fragend auf Josseran. »Mag er keine Weiber?«

Josseran schüttelte den Kopf. »Er hält sich von allem Fleischlichen fern.«

Das schien Einauge zu verblüffen. »Ihr meint, nicht einmal von Zeit zu Zeit ein Schaf?«

Darüber hätte Josseran fast gelächelt. Wieder einmal fragte er sich, bei welcher gefährlichen Unternehmung ihr Kameltreiber sein Auge eingebüßt haben mochte.

»Ihr werdet doch die Gastfreundschaft dieses Mannes nicht verschmähen?« beharrte Einauge. »Er möchte unbedingt die Gunst seiner Götter erringen.«

Zögernd warf Josseran einen raschen Blick zu Khutelun hinüber, die betont wegsah. Der Teufel mochte sie holen. Sollte er sich etwas versagen, nur weil ihm der Sinn nach Genüssen stand, die er nie erreichen würde?

Nun, er ist nur ein Mann, dachte Khutelun, während sie zum Palast zurückkehrte, um dort ihre Gemächer aufzusuchen. Was hatte es schon zu bedeuten? Ihr eigener Vater besaß einen Harem, der Großkhan in Karakorum hatte hundert Frauen zu seiner Verfügung, jedenfalls berichtete man das. Außerdem war dieser Joss-ran nichts weiter als ein Abgesandter eines barbarischen Landes – was kümmerte es sie, wo er seine Nächte verbrachte, welche Stute er besprang?

Trotzdem beunruhigte dieser Mann sie. Bevor er in die Steppen gekommen war, hatte sie ihr Schicksal klar vor sich gesehen. Sie wollte das Unausweichliche möglichst viele Winter aufschieben, doch war ihr bewußt, daß sie sich auf Dauer nicht dagegen sträuben konnte, eines Tages von einem starken und zu ihr passenden Oberhaupt einer anderen Sippe zur Gemahlin genommen zu werden, dem sie Kinder schenken mußte. Immerhin würde das den Einfluß ihrer eigenen Sippe und ihres Vaters stärken.

Doch dieser Christ hatte sie aus dem Gleichgewicht gebracht, so daß sie mittlerweile daran zweifelte, ob es klug war, für eine solche Zukunft zu leben. Sie wußte nicht, woran das lag. Keinesfalls konnte sie einen Barbaren lieben. Die bloße Vorstellung war abstoßend. Sie mußte mit einem Tataren gleichen Ranges in der Steppe leben, wo sie ihre Kinder in Verbindung mit den Geistern des Windes, der Weiden und des Ewigen Blauen Himmels aufziehen würde.

Ein Fluch dem Uiguren und seiner ganzen Sippschaft! Sie hoffte inständig, daß seine Frau das Gesicht eines Kamels hatte und seine Töchter wie Ziegen stanken.

An jenem Abend gab der *darughachi* ein Fest zu Ehren seiner Gäste, doch Khutelun erschien nicht. Als man einen ihrer Leute nach ihr ausschickte, stieß sie ihn mit einem wohlgezielten Fußtritt aus dem Raum. Kaum hatte er die Tür hinter sich geschlossen, fuhr Khuteluns Messer ins Holz von deren Rahmen – es hatte sein Gesicht nur um wenige Zoll verfehlt. Er floh.

Einsam saß sie in ihrem Gemach, während die Schatten über den Boden krochen. Nachdem sie drei Schalen schwarzen *kumys* geleert hatte, sank sie in übelster Laune zu Boden und schlief wie eine Tote.

11

Wie alle Häuser in Gaotshang war das von Josserans Gastgeber aus Lehmziegeln errichtet. In der Mitte des mit Wandteppichen versehenen Raumes stand ein *khang*, ein gemauerter Ofen, auf dessen mit gelben und roten Filzdecken bedeckten Ziegelbänken man schlafen konnte. Eine Rundbogentür führte auf einen Hof, den an einem Gestell emporrankende Pflanzen beschatteten.

Die Frau des Hauses stand in einem Seidengewand in der Mitte des Raumes. Sie trug dicke braune Strümpfe, und auf ihrem Haar lag ein brauner Schleier. *Selbst nach fünf Jahren der Enthaltsamkeit könnte ich ebensogut mein Pferd besteigen wie sie,* dachte Josseran finster. Die beiden Töchter seines Gastgebers trugen die übliche *dopa,* eine mit Goldfäden durchwirkte Samtkappe, unter der ihnen das Haar in Zöpfen bis auf die Hüften fiel. Hinter ihrem Gesichtsschleier waren lediglich die mit Kajal umrandeten aufgerissenen Augen zu sehen, mit denen sie ihn anstarrten. Ihren Hals schmückten hübsche blaue Ketten aus Glasperlen.

Die Frau goß Wasser in eine Schüssel und wusch sich dreimal die Hände, wie es die Sitte des Landes gebot. Sie forderte ihn auf, es ihr gleich zu tun. Dann hieß sie ihn eintreten.

»Möge Allah zu unserem Schutz eine Heerschar seiner Engel herabsenden«, flüsterte sie ihren Töchtern zu. »Seht nur, wie groß er ist! Nach seinen Füßen zu urteilen, müssen wir den gnädigen Gott anflehen, daß er eine verzehrende Krankheit in sein Glied schickt, sonst sind wir des Todes! Und seine Nase! Er ist häßlich wie ein toter Hund, und ich wette, daß er sich benimmt wie ein Schwein!«

Josseran sah die Frau an und überlegte, wie er sich verhalten sollte. Sie erwiderte seinen Blick, und ihre Augen weiteten sich, als sie begriff, welchen Fehler sie begangen hatte, als sie glaubte, er verstehe ihre Sprache nicht.

»Was hast du gesagt?« fragte Josseran sie, dem endlich der rettende Einfall gekommen war. »Ich bitte tausendmal um Entschuldigung. Seit ich am Kopf verwundet wurde, höre ich nicht mehr gut.«

»Du sprichst uigurisch?« sagte die Frau entsetzt.

»Ein paar Worte.«

»Meine Mutter hat gesagt, wie sehr ihr Euer Bart und das feuerfarbene Haar gefällt«, kicherte eines der Mädchen.

Josseran erwiderte ihr breites Lächeln. »Danke«, sagte er, zur Mutter gewandt. »Mich ehrt die Einladung in ein Haus, in dem drei so schöne Frauen wohnen.«

Die Mutter lächelte geschmeichelt und senkte den Kopf. Auf ihr Gesicht trat zugleich Furcht und Erleichterung. »Ihr seid sehr gütig«, sagte sie. »Heute nacht ist unser Haus das Eure, und wir werden uns geehrt fühlen, einen solchen Herrn zu haben.«

Die als *dastarkan* bezeichnete Abendmahlzeit verlief förmlich. Ein Tuch war auf den Boden gelegt worden, und die Frauen brachten Früchte und flache Brote herein, die sie *nan* nannten. Josseran setzte sich mit aufwärts gewandten Handflächen, die er dann an seinem Gesicht vorbei nach unten führte, als wollte er sich waschen. Auf diese Weise dankte ein Mohammedaner Allah für die Speisen und flehte dessen Segen auf seine Familie herab. Mutter wie Töchter sahen ihn verblüfft an. Dieser Barbar wußte, wie sich ein zivilisierter Mensch benahm!

Dann kredenzten sie ihm erst süßen Weißwein und anschließend in einer Keramikvase etwas, das sie Eis-Paste nannten. Kichernd sahen sie zu, wie er diese zum Mund führte und anschließend um mehr bat, denn der Geschmack war köstlich.

Auf seine Frage, wie diese Herrlichkeit zubereitet werde, teilte ihm die Mutter mit, daß man sie aus einem Gemisch von Butter und Milch herstelle, das sie mit Vanille würzten. Aufbewahrt wurde es in einem unterirdischen Vorratsraum, und man hielt es kühl, indem man den Behälter mit Eis umgab, das man in den Wintermonaten aus den fernen Gletschern hackte und über die Ebene herbeischaffte.

Nach der dritten Schale dieser Eis-Paste lehnte er sich zurück. Er konnte nicht mehr. Die Frauen sahen ihn aufmerksam an, und das Schweigen wurde länger.

Inzwischen hatten die Töchter den Schleier abgenommen, und er sah, daß sie keineswegs unansehnlich waren. Sie hatten runde Gesichter, blickten kokett und waren von munterem Wesen. Sie schienen auf ihn ebenso neugierig zu sein wie er auf sie. Kichernd sahen sie unverwandt auf seine Füße, entsetzt und aufgeregt zugleich. Er konnte sich schon denken, was sie dachten. Es war bei den Frauen im Osten eine weitverbreitete Ansicht, man könne von den Füßen eines Mannes auf die Größe seines Gliedes schließen.

Unruhig rutschte er hin und her, peinlich berührt von einer so unschicklichen Haltung der Frauen.

Schließlich stand die Mutter auf und bedeutete ihm, mit ihr zu kommen. Sie führte ihn über den Hof in ein weiteres Gebäude. Die Mädchen schlossen sich ihnen an, wobei sie nach wie vor hinter vorgehaltener Hand kicherten. Er war in einem großen Raum, in dessen Mitte ein Behälter mit lauwarmem Wasser stand. Die Mutter blieb wartend stehen.

»Was willst du?« fragte er sie.

»Legt bitte Eure Kleider ab, Herr«, sagte sie.

Weiteres Kichern folgte.

Josseran schüttelte den Kopf. Sollte er sich etwa vor drei Frauen entkleiden?

Aber die Mutter ließ nicht locker. Sie begann, an seinem Gewand zu nesteln, das nach nahezu einem Monat in der Wüste vor Schmutz und Staub förmlich stand. »Ich werde es für Euch waschen, Herr. Zuerst aber werden wir Euch baden.«

Anders als manche seiner Landsleute fürchtete sich Josseran nicht vor einem Bade. In Outremer hatte er häufig gebadet, wie die Mohammedaner, aber nicht vor fremden Augen. »Das möchte ich lieber allein tun«, sagte er.

»Ihr seid heute nacht der Herr«, erinnerte ihn die Mutter. »Es ist unsere Pflicht, Euch zu baden.«

Josseran zögerte. Schließlich gab er nach. »Wie ihr wollt«, sagte er.

Nachdem er seine Kleidung abgelegt hatte, hielten die Frauen staunend den Atem an und wiesen auf ihn.

Er sah sie scheu lächelnd an. »In meinem Lande«, sagte er, »gilt eine solche Lanze nicht als besonders groß oder umfangreich. Aber es schmeichelt mir, daß ihr sie dafür haltet.«

Er mußte sich auf den Kachelboden stellen, während sie mit hölzernen Schöpfgefäßen Wasser aus dem Behälter nahmen. Sie befreiten seinen Leib und seine Haare von Staub, wobei sie kichernd an seiner dichten Brust- und Bauchbehaarung zupften und seine Körperteile handhabten, als wäre er ein Kamel auf dem Basar. Sie schienen von ihm gleichermaßen abgestoßen und fasziniert zu sein.

Nachdem sie ihn abgetrocknet hatten, gab ihm die Mutter ein langes Gewand, das offensichtlich ihrem Mann gehörte.

Als sie ins Haupthaus zurückkehrten, war die Sonne untergegangen. Die Mutter entzündete eine Öllampe und forderte ihn auf, mit in den Schlaftrakt des Hauses zu kommen. Die beiden Mädchen nötigten ihn, sich auf ein Bett zu setzen, und einen langen Augenblick verharrten alle reglos und stumm.

»Wollt ihr alle hierbleiben?« fragte er.

»Ihr seid der Herr«, sagte die Mutter. »Ihr bestimmt.«

Sei es, daß die Mutter den Ausdruck in seinen Augen richtig gedeutet hatte, sei es, daß sie schon zu viele Besucher erlebt hatte, die von der Gastfreundschaft ihres Mannes Gebrauch gemacht hatten, so daß ihr der Segen der Götter zu reichlich erschien, jedenfalls stand sie rasch auf und stellte die Lampe in eine Wandnische. »Ich werde Euch gute Nacht sagen, Herr«, sagte sie. »Ruht wohl.«

Dann verließ sie den Raum und zog einen Vorhang vor den Eingang.

Josseran sah die Mädchen an. Sie hatten aufgehört zu kichern.

Die Jüngere erhob sich und legte ihr langes Gewand ab. Erstaunt sah er sie an. Im sanften gelben Schein der Lampe wirkte sie zerbrechlich wie Porzellan. Ihre Brüste waren kaum mehr als Knospen, jedenfalls wenn er sie mit denen der Huren Genuas und Antiochias verglich. Von ihrem Haupthaar abgesehen war sie am ganzen Leibe unbehaart.

Ihre Schwester war ein wenig fülliger. Er spürte, wie sich die Lust in ihm regte. Er glaubte, Cathérines Stimme zu hören, die ihm aus dem Schatten zuflüsterte: »Vergiß alles, Josseran, vergiß heute nacht alles außer mir.«

Die beiden Töchter legten sich neben ihn. Beide machten einen leicht verängstigten Eindruck.

Schließlich wagte es die Ältere, sein Gewand zu öffnen. »Der Herr ist mächtig«, flüsterte sie, und die Jüngere kicherte wieder.

Er fuhr ihr mit den Fingerspitzen über den Rücken. Ihre Haut war wie Alabaster. »Ihr habt nichts zu fürchten. Ich werde sanft sein.«

Immer noch zögerte er. Diese jungen Mädchen waren kaum alt genug, um als Frauen bezeichnet zu werden. *Ich bin nicht sicher, ob ich das fertigbringe*, dachte er.

Er hörte seinen eigenen Atem.

Mit einem Mal wurde der Vorhang beiseite gerissen, und mit tiefen Kehllauten stürmte die Frau des Hauses herein. Sie war nackt. Die Hemmungslosigkeit, mit der sie sich auf ihn warf, hätte ihn entsetzt, wenn er auf dem Weg von Frankreich nicht so lange in Genuas Freudenhäusern verweilt hätte.

Sie umschlang ihn mit ihren Schenkeln und drehte ihn so, daß er oben zu liegen kam. Sie vereinigten sich mit wilder Heftigkeit. Es war offensichtlich, daß sie derlei schon früher getan hatte.

Er bemerkte, daß die beiden Töchter gebannt zusahen. Und zu seiner ewigen Schmach mußte er sich eingestehen, daß das seiner Manneskraft in keiner Weise Abbruch tat.

Heilige und die ihnen dienenden Engel, deren Umrisse an den Wänden und Säulen der großen Kirche mit breiten schwarzen und goldenen Pinselstrichen herausgearbeitet waren, lagen im düsteren Licht. Flackernd tanzte der Schein Dutzender von Kerzen auf den Bildern der Jungfrau Maria, während eine zahnlose Alte mit braunem Gesicht Öl auf die Lampen goß, die in Nischen entlang der Lehmziegelmauern angeordnet waren.

Der Knabenchor auf der Empore stimmte einen Gesang in hoher Stimmlage an, während die Meßdiener in ihren blaßvioletten Gewändern feierlich zum Altar schritten. Als der süße Duft des Weihrauchs aus den Messinggefäßen aufstieg, breitete der schwarzbärtige Priester die Arme zum Gebet aus.

»Nestorianer«, zischte Wilhelm, der mit bleichem Gesicht im Schatten am hinteren Ende der Kirche stand.

Achthundert Jahre zuvor hatte sich Nestorius, den der Papst zum Patriarchen von Konstantinopel erhoben hatte, geweigert, diesen weiterhin als seinen geistlichen Führer anzusehen. Diese Absage und der Vorwurf, eine Ketzerlehre zu verbreiten, hatte ihn veranlaßt, mit seinen Anhängern nach Persien zu fliehen. Dort lebten Nestorianer nach wie vor in gutem Einvernehmen mit den Mohammedanern, und Wilhelm hatte zu seinem großen Kummer in Merw und Buchara nestorianische Kirchen gesehen.

Jetzt schien es ganz so, als hätten sie ihre Lehre sehr viel weiter nach Osten getragen, als dies irgend jemand in der römischen Kirche vermutet hatte. Rubruck hatte von Nestorianern in Karakorum berichtet, und die tatarische Hexe hatte diese Aussage bestätigt. Jetzt gab es also sogar welche in Kitai.

Der Priester küßte den mit gepunztem Goldblech beschlagenen Deckel des Evangeliars und hielt die Liturgie in einer Wilhelm unbekannten Sprache. Es schien ihm weder Tatarisch noch Arabisch zu sein. Dann legte er ein scharlachfarbenes Tuch um den silbernen Abendmahlskelch und tauchte den gleichfalls silbernen Eucharistie-Löffel hinein, um die Gemeinde an Christi Blut teilhaben zu lassen.

Bei diesem Anblick ballte Wilhelm die Fäuste. Tatenlos eine solche Ketzerei mitansehen zu müssen, wurmte ihn in tiefster Seele. Wie konnte jemand Leib und Blut Christi austeilen, ohne dazu von Gottes Stellvertreter auf Erden ermächtigt worden zu sein? Es sprach allem Hohn, was ihm heilig war.

Auf der anderen Seite, befand Wilhelm, gab die Existenz dieser Kirche im fernen Reich der Tataren Anlaß zur Hoffnung, wenn schon nicht zum Jubel. Immerhin waren die tatarischen Teufel auf diese Weise mit dem Wort Christi nicht ganz unvertraut. Jetzt mußte man nur noch die abtrünnigen Nestorianer-Priester dazu bringen, den Primat des Papstes anzuerkennen. Dann verfügte Rom unter den Tatarenhorden über eine günstige Ausgangsposition. Mochte sich der Templer verbotenen fleischlichen Gelüsten hingeben, zumindest er hatte einen Sinn in ihrer bisherigen Reise gefunden.

12

Josseran erwachte früh und glitt lautlos vom Lager, auf dem die drei Frauen aneinandergekuschelt schliefen. Er betrachtete das Bild, das sich seinen Augen bot, und war von seiner eigenen Verworfenheit entsetzt. Er nahm sich vor, seine Sünde bei Pater Wilhelm zu beichten. Noch am selben Vormittag würde er zu ihm gehen und Gottes Vergebung erflehen.

Dann aber kam ihm der Gedanke, daß diese Sünde verglichen mit seinen früheren eher unerheblich war. Er hatte für eine weit schwerere Übertretung von Gottes Gebot noch keine Vergebung gesucht. Immerhin war der Uigure offen auf ihn zugetreten und hatte ihm seine Weiber angeboten, das Ganze als einen Gefallen betrachtet, den er ihm erwies. Warum sollte sich Josseran dafür lossprechen lassen, daß er genommen hatte, was ihm aus freien Stücken angeboten worden war? Falls es aber doch eine Sünde war, konnte sie nicht vergeben werden. Er war nicht von Leidenschaft übermannt worden, sondern hatte gewußt, was er tat. Er verdiente, in der Hölle zu schmoren, verdiente die ewigen Strafen, die der Teufel für ihn bereithielt.

Die soeben aufgegangene Sonne begann allmählich, den Osthimmel zu erhellen. Er trat ans Fenster. Die mit grünen Kacheln bedeckte Kuppel einer Moschee erhob sich über die weißen Flachdächer der Stadt und reichte fast bis an den tief hängenden, naßkalten Morgendunst. Stumm wie Gespenster zogen Männer mit spitzenbesetzten Scheitelkäppchen durch die Straßen. Eine verschleierte Frau eilte durch eine mit groben Nägeln beschlagene Tür.

Was sich da unter ihm ausbreitete, war ihm so fremd wie eine Gegenwelt, wie sie vielleicht unter der Erdkruste liegen mochte. Hier, fern von allen Gesetzen der Christenheit, umgaben ihn Geheimnisse, trieb er führungslos dahin, ein Opfer seiner eigenen Unsicherheit. An jenem Ort, wo die Vorschriften seines Ritterordens und die erstickenden Gebote seiner Kirche nicht galten, sah er sich selbst deutlicher als je in seinem Leben. Er hatte in die finsteren Winkel seiner Seele geblickt und wußte jetzt, daß das Tier, das darin hauste, der Teufel selbst war.

Gegen einige Gold-*dirham* hatte er sich an den Uigurinnen befriedigt. Ganz gleich, ob sie ihm freudig zu Willen gewesen waren und in ihrer Hingabe einen Segen gesehen haben mochten, der Mönch würde es gewiß als Sünde bezeichnen, und Josseran fürchtete im tiefsten Inneren seines Herzens, daß er damit recht hatte. Aber er hatte nicht nur eine Sünde begangen, sondern gleich zwei, denn während er in der Dunkelheit bei diesen Frauen gelegen hatte, hatte er nicht an sie gedacht, sondern an Khutelun, und ihren Namen hatte er den Sternen auf dem Höhepunkt seiner Wonne zugerufen.

Seine Kleider trockneten in der warmen Luft rasch. Er zog sich an und ging durch die erwachende Stadt zum Palast des *darughachi*, wo Einauge bereits die Kamele gesattelt und beladen hatte. Bei Josserans Näherkommen machte er mit Daumen und Zeigefinger der einen und dem Zeigefinger der anderen Hand eine obszöne Geste, wobei er munter lachend im Staub umhertanzte.

Wilhelm stand in der Nähe der Kamelpferche, die Hände wie ein Büßer vor sich gefaltet. »Ich bin bereit, Eure Beichte anzuhören, wann immer Ihr wollt.«

»Der Teufel soll Euch holen, Priester.«

»Ich hatte gedacht, Ihr würdet lieber nicht an den Teufel denken.«

Josseran seufzte. »Ich komme bei Sonnenuntergang zu Euch. Ihr könnt mich dann anhören.«

»Gott sei gelobt. Ich hatte schon gefürchtet, Ihr schämtet Euch nicht einmal vor Ihm.«

»Es gibt vieles, dessen ich mich schäme.«

»Habt Ihr deswegen im Heiligen Land Buße getan?« Als ihm Josseran nicht antwortete, hob der Mönch die Rechte. »Beichtet mir heute abend alles, damit ich Euch mit dieser Hand von allen Sünden lossprechen kann.«

Josseran schüttelte den Kopf. »Ich werde mich dessen bezichtigen, was in der vorigen Nacht geschehen ist, mehr aber werdet Ihr nicht von mir erfahren.«

»Wollt Ihr denn unbedingt im Höllenfeuer leiden?« zischte ihm Wilhelm zu.

Josseran nickte. »Vielleicht entspricht genau das meinem Wunsch«, sagte er.

Khutelun sprach nicht mit ihm, als sie die Kamele sattelten, und sah ihn nicht einmal an. Eine Stunde nach Tagesanbruch ritten sie durch die im Dunst liegenden Felder dem eintönigen grauen Schiefer- und Schotterboden der Wüste entgegen.

Er wartete, bis sie im Verlauf des Vormittags am äußersten Rand der Oase am letzten Brunnen ihre Wasservorräte auffüllten. Schon bedeckte wieder Sand seine Kleidung, war in die winzigen Falten seiner Augen und in seinen Bart gekrochen. Die Wüste holte sich verlorenes Gelände rasch zurück.

Khutelun hockte neben einem der schlammigen Gräben und füllte ihren ledernen Wasserschlauch.

»Ist es noch weit bis zu unserem Ziel?« fragte er.

»Und wenn nicht? Möchtest du lieber gleich nach Gaotshang zurückkehren?«

Etwas an dem Ton, mit dem sie das sagte, gefiel ihm. Darin lag mehr als nur eine Spur Eifersucht.

»Ich habe Gaotshang als Oase der Genüsse kennengelernt.«

»Wohin wir jetzt ziehen, gibt es nur Wüste«, knurrte sie ihn an. Schroff erhob sie sich und ging an ihm vorüber. Josseran sah ihr nach. *Warum quäle ich Dummkopf mich hier?* fragte er sich. *Immer stand ihm der Sinn nach dem Außergewöhnlichen, nach gaukelnden Traumbildern, von denen ihm die Vernunft hätte sagen müssen, daß sie unerreichbar waren.*

Man brauchte nur daran zu denken, wie sehr sich viele Männer einst nach Jerusalem verzehrt hatten, und sich anzusehen, was dort geschehen war.

13

Ihr Aufbruch aus Kaschgar lag drei Wochen zurück. Sie kamen pro Tag jeweils gut zwanzig Meilen voran und verbrachten die Nächte entweder in einer der Oasenstädte im Schutz eines Wirtshauses oder hinter den Mauern einer Karawanserei. Eines Tages aber gebot Khutelun am frühen Nachmittag in der offenen Wüste nahe einer Gruppe knorriger Pappeln Halt und ordnete an, das Nachtlager an Ort und Stelle aufzuschlagen, ohne dafür eine Begründung zu liefern.

»Laß dein Kamel gesattelt und komm mit«, sagte sie zu Josseran.

Das Tier sträubte sich lautstark, als er es erneut am Nasenstrick zog. Es schien ihm wohl ungerecht, daß seine Artgenossen im Lager zurückbleiben durften. Josseran stieg wieder auf und ritt nordwärts durch die Wüste hinter Khutelun her.

Erst ging es durch eine enge Schlucht, dann folgten sie einem trockenen Flußbett. Zu beiden Seiten stiegen gezackte rote Gesteinsformationen Hunderte von Fuß in die Höhe, der Talboden war mit Schotter bedeckt. Lediglich der Widerhall des leisen *»suk-suk«*, mit dem Khutelun ihr Kamel antrieb, unterbrach die feierliche Stille der Schlucht. Die von den steinernen Hängen zurückgeworfene Hitze war schier unerträglich.

Der Anblick, der sich Josseran bot, als er nach oben sah, ließ ihm den Atem stocken. In hundert Fuß Höhe über ihnen ähnelte die Felswand einer Bienenwabe, denn dort lag eine Höhle an der anderen. Neben der Öffnung einer jeden von ihnen waren riesige Standbilder errichtet und Reliefs von Götzen ins nackte Gestein geritzt, die zum Teil zwei- oder dreifache Menschengröße erreichten. Sie ähnelten den Kolossalstatuen Borkans, die er in Kuqa gesehen hatte, machten hier aber einen völlig unwirklichen Eindruck. Die im Laufe von Jahrhunderten verwitterten feinziselierten steinernen Gewänder schienen sich in der windstillen Luft der Schlucht zu blähen.

»Beim Blut aller Heiligen«, murmelte er.

Khutelun hatte ihr Kamel angehalten und sah zu den Felswänden empor. »Ist das nicht ein Wunder?«

»Wolltet Ihr mir das zeigen?«

»Das ist noch nicht alles«, sagte sie. Sie sprang ab und band rasch die Vorderbeine ihres Kamels zusammen. Josseran tat es ihr nach.

»Wie heißt dieser Ort?« fragte er.

»Man nennt ihn das Tal der tausend Buddhas«, sagte sie. »Ein Mönch namens Lozun hatte hier das Traumgesicht, zahllose Buddhas stiegen in einer strahlenumglänzten Wolke zum Himmel auf. Er hat den Rest seines Lebens damit zugebracht, diese Vision Wirklichkeit werden zu lassen.«

»Ein Mann allein kann unmöglich all diese Statuen und Abbildungen gemacht haben.«

»Am anderen Ende des Tales stand früher einmal ein Lama-Kloster. Die Mönche dort haben ihr Leben der Anfertigung solcher Bilder gewidmet.«

»Aber wie haben sie die dort hinaufbekommen? Ich sehe keinen Weg.«

»Es gibt einen, aber er ist sehr steil. Komm.«

Josseran machte sich daran, den schmalen Pfad durch die Felsen zu ersteigen. Dabei kam er sich schwerfällig wie ein Bär vor, der einer leichtfüßigen Gazelle nachstieg. Khutelun eilte ihm flink vorauf, ohne je eine Atempause zu machen oder den Schritt zu verlangsamen. Sie sah sich lediglich von Zeit zu Zeit um, wohl weil sie feststellen wollte, ob er ihr noch folgte. Das gelang ihm zwar, doch rang er heftig nach Luft. Einmal sah er, wie sie breitbeinig auf einem Felsblock über ihm stand und spöttisch zu ihm herablächelte. Das erbitterte ihn so sehr, daß er seine Anstrengungen verdoppelte, bis es ihn schließlich vor Erschöpfung schwindelte. Trotz aller Mühe vermochte er sie nicht einzuholen.

Sie wartete hoch oben am Felsabsturz auf ihn. Einige Schweißperlen auf ihrer Stirn waren der einzige sichtbare Hinweis auf den anstrengenden Anstieg. Als Josseran oben angekommen war, sank er atemlos und von Schwindel erfaßt in die Knie. Nach einer Weile hob er den Blick zu ihr und sah ein spöttisches Lächeln auf ihren Lippen.

Bei allen Heiligen, dachte er, *man könnte glauben, daß ihre Mutter eine Bergziege war*.

»Da muß sich niemand wundern, daß ihr die Sarazenen nicht zu besiegen vermögt«, sagte sie.

»Eigentlich sind wir im Kampf gegen sie recht erfolgreich.«

»Und warum wollt ihr dann mit uns ein Abkommen schließen?«

Es bereitete ihr offensichtlich Spaß, ihn zu quälen. *So ein Biest.*

»Es war nur ein kurzer Anstieg«, sagte sie zu allem Überfluß.

»Ich lebe... seit drei Wochen... von Milchbrei. Das hat mich... all meine Kraft... gekostet.«

Er sah auf das tief unter ihm liegenden Panorama hinab, die roten Felswände der Schlucht, die Schneegipfel, die sich jenseits des Tales hinter dem Hitzeschleier des Nachmittags erhoben.

Rundherum waren sie von Standbildern der Götzendiener umgeben, die teils aus Holz und teils aus Stein hergestellt waren. Manche lagen auf dem Bauch, den Kopf auf die Hände gestützt wie *houris* im Bade. Sie waren weit größer, als es beim Blick vom Tal aus aufwärts den Anschein gehabt hatte. Seiner Schätzung nach waren einige von ihnen bestimmt ein Dutzend Schritt lang.

Niemand in Akko würde ihm Glauben schenken, wenn er davon berichtete.

Taumelnd kam er wieder auf die Füße. Sie führte ihn zum Eingang der Höhle.

Im Inneren des Berges war es angenehm kühl. Jedes Geräusch wurde hallend verstärkt, bildete sozusagen Ringe wie ein Stein, den man auf die glatte Fläche eines Gewässers wirft. Der dumpfe Modergeruch von Jahrhunderten stieg ihm in die Nase.

Als sich seine Augen an das Dämmerlicht gewöhnt hatten, sah er, daß viele in den Fels gehauene Gänge von der Eingangshöhle abzweigten. Manche von ihnen führten in Räume, die kaum groß genug für einen Menschen waren, andere dagegen hatten eine hohe gewölbte Decke und waren so groß wie die Kirche seines Dorfs im Languedoc. All das war von Menschenhand aus dem harten Fels herausgeschlagen worden.

Unmittelbar gegenüber dem Eingang lag eine rechteckige Fläche, die aussah wie eine Plattform. Auf ihr erhob sich eine in Ocker- und Aquamarintönen bemalte sitzende Kolossalstatue jenes Borkan, wie ihn Khutelun nannte. Inzwischen wußte Josseran, daß er auch unter dem Namen Buddha bekannt war. Er trug ein togaähnliches Gewand und hielt die Rechte erhoben. Ein Lichtstrahl, der vom Eingang hereinfiel, ließ weitere Einzelheiten erkennen: die Gottheit hatte die schweren Lider gesenkt wie eine züchtige Jungfrau, und ihre unnatürlich langen Ohrläppchen hingen ihr bis fast auf die Schultern.

Die Wandnischen um den Raum herum enthielten mannshohe Terrakotta-Standbilder der Jünger dieses Buddha. Sie wirkten in der Dunkelheit so lebensecht, daß Josseran unwillkürlich die Luft anhielt und nach dem Schwert griff.

»Sie sind nur aus Ton«, murmelte Khutelun neben ihm und führte ihn in einen Nebenraum der Haupthöhle.

Dort war es noch finsterer, und es dauerte einige Augenblicke, bis er erkennen konnte, was es an den Wänden und der Decke zu sehen gab. Alles war bemalt, meist mit Abbildungen jenes Gottes und seiner Jünger, die alle das gleiche rätselhafte Lächeln aufgesetzt hatten. Doch neben ihnen gab es noch eine Vielzahl anderer Gestalten: Anbetende und Engel, Porträts von Herrschern und ihren Gemahlinnen, die in herrlichen Palästen residierten; Krieger in der Schlacht; Bauern auf ihren Feldern; winzige Gestalten mit flammenden Aureolen, die Geister darstellen mochten; Höllenmusiker mit Lauten und Flöten. All diese phantasievollen Gestalten waren kunstvoll auf eine Gipsschicht gemalt und bewegten sich in einer Welt aus Berglandschaften mit Festungen. Darüber prangte ein Himmel wie marmoriertes Papier, an dem es von Donnergeistern, Ungeheuern und nackten *huris* wimmelte, die alle in feinsten Schattierungen von Schwarz, Gelb und Jade ausgeführt waren.

»Es ist ... höllisch«, flüsterte er.

»Du verstehst das nicht.«

»Streben diese Mönche mit solchen Darstellungen nach Ruhm?«

»Nein. Die Abbildungen sollen die Sinnlosigkeit weltlichen Tuns zeigen«, teilte sie ihm mit. »Borkans richtiger Name war Siddharta. Er ist als Kind einer hochstehenden Familie zur Welt gekommen, hat aber sein angenehmes Leben aufgegeben, um Mönch zu werden. Er hat gelehrt, daß alles vergänglich ist, daß Glück und Jugend nicht von Dauer sein können, daß alles Leben Leiden bedeutet und wir in einem endlosen Ablauf von Geburt und Wiedergeburt eingeschlossen sind. Wer sich in seinem Leben bewährt, dessen nächstes Leben wird besser sein. Andernfalls kommen wir als Bettler oder vielleicht sogar als Lasttier erneut auf die Welt. Nur wer der Begierde entsagt, kann aus dem endlosen Kreislauf ausbrechen und in den Himmel gelangen.«

»Der Begierde entsagen?« fragte er und sah sie verständnislos an.

»Alles Leiden geht auf unsere Begierde nach Lust oder Macht zurück. Sieh nur«, sie wies mit einem Finger auf die Wand der Höhle, »das ist Mara, der Gott der trügerischen Hoffnungen. Er greift Buddha mit flammenden Felsen und Stürmen an, führt ihn mit Gold, Kronen und schönen Frauen in Versuchung. Dieser aber weiß, daß es sich bei all dem um nichts als Wahnbilder handelt, und gibt seine Göttlichkeit nicht auf.«

Josseran war verblüfft. Was sie ihm da erklärte, ähnelte sehr der Versuchung Christi, wie er sie aus der Bibel kannte. Also handelte es sich doch nicht um Götzendienst oder die Verherrlichung des Teufels. Es war dieselbe Wahrheit, auf eine andere Weise beschrieben.

Für mich, dachte er, *hat sich diese Reise wie die Geschichte meiner eigenen Versuchung entwickelt.* Der Gedanke beunruhigte ihn. Da hielt eine Religion, die Wilhelm als heidnisch und götzendienerisch verteufelte, ihm den Spiegel der Wahrheit über ihn selbst vor Augen. Wenn aber diese Diener Buddhas oder Borkans dasselbe als wahr erachteten wie die Christen – welchen Grund hatte man dann, sie gering zu schätzen?

Dann traf ihn ein Gedanke, von dem er sicher war, daß er weder Wilhelm noch einem der christlichen Krieger in Frankreich oder Outremer je gekommen war: *und wenn wir nun unrecht hätten?*

All die Menschen, die in jenen fremdartigen heißen Gebieten lebten, waren sich ihres Glaubens ebenso gewiß wie er sich des seinen. Alle glaubten, daß ihr Gott sie erlösen würde. Und wenn nun die Christen unrecht hätten? Josseran hatte stets geglaubt, was die Priester von sich sagten, nämlich, daß sie von Gott erwählt seien. Hing die Religionszugehörigkeit eines Menschen aber nicht eher davon ab, an welchem Ort er zufällig zur Welt kam? Und bedeutete das nicht, daß alle Grundsätze und Glaubensprinzipien vom jeweiligen Schicksal eines Menschen abhingen?

»Der hier ist Maitreya, der künftige Buddha«, sagte Khutelun. Ihre Stimme schwang im Hall der Höhle nach. »Die anderen sind Ananda und Kaspaya, Borkans erste Jünger. Das da ist ein Bodhisattva. Er hat zwar die Stufe der Vollkommenheit erreicht, aber einstweilen auf seinen Aufstieg ins Nirwana verzichtet, um auf die Erde zurückzukehren und minder vollkommene Seelen anzuleiten. Er weiß, daß die Geschicke aller Menschen miteinander verwoben sind und die Zukunft eines jeden einzelnen von uns von der Bestimmung des anderen abhängt.«

»Warum habt Ihr mich hierher geführt?« fragte Josseran unvermittelt.

Sie löste sich von dem Gewimmel der Wandbilder und schien zu zögern. »Ich weiß es nicht«, sagte sie schließlich. »Ich war erst einmal hier. Da war ich noch ein kleines Mädchen und mit meinem Vater unterwegs nach Karakorum. Er hat mir das hier gezeigt. Ich habe mich daran erinnert und dachte, du würdest ... es irgendwie verstehen.«

»Aber Ihr glaubt doch gar nicht an diesen Götzen ... an diesen Borkan. Ihr seid Mohammedanerin.«

»Ich bin als Tatarin zur Welt gekommen, und mein Vater hat mich als Mohammedanerin aufgezogen. Aber es gibt viele Religionen. Jede hat ihre eigenen Wahrheiten. Und ist es hier nicht schön?«

Er sah sie in der Dunkelheit an. *Sie glaubt, daß ich verstehe.* Also spürte sie gleich ihm, daß eine Art Beziehung zwischen ihnen bestand, ein nicht näher beschreibbares Einvernehmen. Er war Christ und Tempelritter, sie eine Wilde, eine Tatarin, der die Sanftmut und das Schamgefühl der Christin fremd waren. Und doch hatte sie recht, zwischen ihnen bestand tatsächlich eine Beziehung.

»Hier entlang«, flüsterte sie.

Sie führte ihn durch die anderen Räume. Die Wände einiger von ihnen waren mit einer eintönigen Abfolge von Borkan-Bildern bedeckt, andere waren mit phantasievollen Darstellungen des Paradieses ausgemalt, wie es sich jene Götzendiener wohl vorstellten. Man sah neben sonderbaren Gottheiten mit mandelförmigen Augen deren Diener, Herrscher der Unterwelt mit scharfen Zähnen, sowie im Feuer gepeinigte Sünder, die als Buße den *cangue* genannten schweren Holzkragen um den Hals tragen mußten. *Wie sehr das doch den Vorstellungen unseres sanftmütigen Dominikaners vom Leben nach dem Tode ähnelt,* dachte Josseran mit bitterem Sarkasmus.

In der nächsten Höhle wäre er fast zurückgeprallt. Die Abbildungen dort zeigten einen Mann und eine Frau beim Geschlechtsakt, wobei der aufgerichtete Phallus naturgetreu dargestellt war. Die verschiedenen Positionen, welche die beiden einnahmen, wirkten akrobatisch und vermittelten den Eindruck großer Sinnenfreude. Nur wenig Licht fiel durch die Gänge herein, Reste des spätnachmittäglichen Sonnenscheins warfen einen goldenen Schimmer auf die Wand und ließen die dargestellten Personen fast lebendig wirken.

»Was hast du?« flüsterte sie.

»Es ist das Werk des Teufels!«

»Der Künstler hat nur wiedergegeben, was du vor zwei Nächten mit der Uigurin und ihren beiden Töchtern erlebt hast.«

»Es ist Sünde.«

Er konnte ihren Gesichtsausdruck im Dämmerlicht nicht erkennen, hörte aber den Vorwurf in ihrer Stimme. »Du nennst es Sünde und doch hast du dich fast ohne zu zögern mit ihnen vergnügt. Ich muß dir sagen, ich kann nicht verstehen, was es bedeutet, Christ zu sein.«

»Die Sinnenlust ist ein Werkzeug des Teufels.«

»Dafür, daß du das Werk des Teufels verachtest, tust du es aber mit großer Hingabe.« Sie wandte sich wieder dem Bild zu. »Sieh genau hin. Der schamlose Götze, wie du ihn nennen würdest, ist Shiva, der Gott des persönlichen Schicksals. Borkans Anhänger sagen, daß zwar jedem von uns ein eigenes Schicksal gegeben ist, wir aber zugleich auch eine Wahl haben.« Sie fuhr leicht mit dem Finger über die bemalte Fläche. »Hast du noch nie daran gedacht, daß du und ich auf die gleiche Weise miteinander verbunden sind, wie sich Shiva mit seiner Gattin verbindet? Hast du nicht manchmal darin dein Schicksal gesehen? Und auch meines?«

Seine Stimme gehorchte ihm kaum. »Das wißt Ihr?« brachte er heraus.

»Dennoch bin ich dir nicht zur Ehe gegeben und kann es nie sein. Ist nicht auch das eine Sünde für dich, Christ?«

»Warum quält Ihr mich?«

Sie trat näher an das Bild heran, auf dem jener Shiva seine Gemahlin bestieg, als wäre sie eine Stute. »Obwohl uns diese Begierde um unsere innere Ruhe bringt, können wir uns ihrer nicht vollständig entledigen. Du und dein Schamane sagt, daß euer Weg der bessere ist als der, den wir Tataren gehen, und dennoch bist du von deiner Begierde besessen wie ein Wüstenwanderer von seinem Durst.«

Er wußte nicht, was er ihr antworten sollte.

Das Licht verblaßte so sehr, daß er weder ihr Gesicht noch den Blick ihrer Augen erkennen konnte.

Sie legte ihm eine Hand auf die Schulter. »Wir müssen zurück.«

Mit einem Mal war er von Groll erfüllt. Noch nie hatte eine Frau so mit ihm gesprochen, seinen Glauben und die Vorschriften in Frage gestellt, nach denen er lebte. Frauen sollten sittsam und zurückhaltend sein, sich behüten und beschützen zu lassen. Diese Wilde behandelte ihn mit der Herablassung einer Herrscherin.

Erst hatte sie ihm Zweifel an seiner Religion, dann solche an seinen Überzeugungen, und schließlich sogar Zweifel an dem ins Herz gesät, was er in seinem tiefsten Inneren empfand.

Doch gleich einem Gegner, der sich ihm im Kampf nicht ergeben mochte, achtete er sie wegen ihrer Stärke. Ihm war klar, daß ein Teil seiner selbst mit ihr dahinschwinden würde, sollte er sie je erobern. Die Sirenengesänge, mit denen sie ihn lockte, brachten eine Saite in seiner Seele zum Schwingen, die er lange verborgen und geheim gehalten hatte, da er überzeugt war, daß sie dem Teufel gehörte.

Sie stand am Höhleneingang und sah ihm zu, wie er mit sich rang.

»Wir müssen zurück«, wiederholte sie.

Seine Hände hingen hilflos herab. »Ich habe Akko verlassen, um den Mönch zu eurem Herrscher Hulagu zu bringen. Ich war überzeugt, binnen eines Mondes wieder in den Mauern der Festung zu sein. Ich habe nichts von all dem gewollt.«

»Wer eine Reise beginnt, kann nicht wissen, wohin ihn der Weg führt. Jederzeit können ihn Hindernisse zwingen, die Richtung zu ändern. So ist die Welt nun einmal eingerichtet. Komm, wir müssen gehen. Es wird dunkel.«

Er verließ mit ihr die Höhle. Draußen stand die Sonne als kupferne Scheibe über dem Himmelsgebirge, das Tal lag im Schatten. Geisterhaft hing der Mond an einem lebhaft gefärbten Himmel.

Er folgte ihr den schmalen Pfad hinab. Die Götzenbilder würden eine weitere Nacht lang einsame Wacht auf dem Berge halten.

14

Man nannte es das Land des Feuers. Hinter ihnen lag der Gipfel des Bogdascheng mit seiner Halskette aus ewigem Schnee, und rechts von ihnen der Kuliktarg, eine kahle schroffe Felszacke, die hoch über die Wüste emporragte.

Einauge wies nach Norden. »Die Flammenden Berge«, sagte er.

Links von ihnen lag ein großer Gebirgszug. Er erstreckte sich, so weit das Auge reichte, bis an den Horizont. Zahllose Sturz- und Wildbäche hatten tiefe Schrunden in die Flanken der Berge gefressen, so daß im roten Lehm etwas entstanden war, das einem Flammenmuster ähnelte. Sie warfen die Nachmittagshitze wie die Auskleidung eines Schmelzofens zurück und sahen im wabernden Sonnenlicht tatsächlich aus wie eine Flammenwand.

Dabei lag der schlimmste Teil der Wüste noch vor ihnen.

Josseran ging lieber im Schatten seines Kamels zu Fuß, als fortwährend auf dem harten hölzernen Sattel zu leiden und sich von der Sonne verbrennen zu lassen. Hinter sich hörte er den Dominikaner keuchen.

Er wandte sich um. »Ein angenehmer Tag, um sich ein wenig zu ergehen, Pater Wilhelm.«

»Ich leide Höllenqualen.«

»Das ist ein Gott wohlgefälliger Zustand. Eines Tages wird man Euch dafür heiligsprechen. Im Rückblick wird es Euch dann als Kleinigkeit erscheinen.«

»Spottet nicht, Templer.«

Fast empfand Josseran Mitleid mit dem Mönch. Seine verbrannte Gesichtshaut schälte sich, sein Bart war verfilzt, Hitze, Erschöpfung und Frömmigkeit forderten ihren Tribut. »Das war nicht meine Absicht.«

»Wo wart Ihr gestern nachmittag mit der Hexe?«

»Sie wollte mir ein Wunder zeigen, das Euch nicht besonders begeistert hätte.«

»Ich kann mir schon denken, um welche Art von Wunder es dabei gegangen ist. Habt Ihr auch mit ihr Unzucht getrieben?«

Konnte der Mönch denn an nichts anderes denken? »Bedauerlicherweise habe ich in dieser Hinsicht nichts zu beichten.«

»Glaubt mir, der Papst wird über euch Templer und eure Gottlosigkeit von mir hören. Ihr meint wohl alle miteinander, daß ihr darüber hinaus seid, Gottes Gebote halten zu müssen?«

»Nein. Wohl aber meine ich, daß wir über Pfingsten hinaus sind. Und deshalb bin ich kein Tempelritter mehr. Sofern Ihr Verleumdungen über den Orden verbreiten wollt, kann ich Euch das nicht verwehren, aber ich sage Euch, daß sie jeder Grundlage entbehren. Was mich betrifft, gebe ich zu, daß ich ein Sünder bin. Aber Ihr seid nicht mein Beichtvater, und was ich getan habe, geht nur Gott und mich etwas an.«

»Ich fürchte, es war ein Fehler, Euch mein Leben anzuvertrauen.«

»Bisher habe ich Euch nicht im Stich gelassen. Vergeßt nicht, daß ich es war, der Euch in jenen verfluchten Bergen gerettet hat, auch wenn Ihr mir dafür noch mit keiner Silbe gedankt habt.«

»Es war Gottes Wille, daß ich weiterlebe. Gleichzeitig aber ist es ein Hinweis darauf, daß es für Eure umnachtete Seele noch einen Funken Hoffnung gibt. Heute abend sollt Ihr mir beichten, denn Ihr wißt nicht, was der morgige Tag bringt. Ich fürchte, daß Ihr bald im Feuer der Hölle brennen werdet!«

»Ich werde über Euren Vorschlag nachdenken. Was das Feuer der Hölle anlangt, kann ich mir im Augenblick nur schwer einen heißeren Ort als diesen vorstellen.«

»Ich sage Euch, Templer, haltet Euch von der Hexe fern! Weiber sind gleichbedeutend mit dem Tor zur Hölle, dem Weg der Verderbnis, dem Biß der Schlange.«

»Warum hat Gott dann Eva erschaffen?«

»Weil die Weiber zur Erhaltung der Menschheit notwendig sind und dazu, uns mit Speis und Trank zu versorgen. Doch zugleich bringen sie das Übel in die Welt.«

»Ist das tatsächlich Eure Überzeugung? Ich hatte immer den Eindruck, daß das Übel durch den Mann in die Welt kommt. Ich habe noch nie erlebt, daß eine Frau Kinder hingemetzelt und Frauen vergewaltigt hätte, wohl aber habe ich das von Männern gesehen. Es waren sogar solche darunter, auf deren Umhang das Kreuz prangte.«

»Sofern es sich bei diesen Weibern und Kindern um Sarazenen handelt, dürfte Euch bekannt sein, daß der Papst für jene, welche die Welt von Ungläubigen befreien, einen besonderen Dispens erlassen hat. Dabei handelt es sich nicht um Mord, sondern um die Abtötung des Bösen, und das ist keine Sünde. Im Augenblick aber sprechen wir ohnehin nicht von der Sünde der Gewalttätigkeit, sondern von der Sünde der Wollust.«

»Wer wie ich Männer mit heraushängenden Eingeweiden gesehen hat, dem erscheint die Wollust nicht als besonders schrecklich. Heißt es nicht in der Bibel unter anderem ›du sollst nicht töten‹?«

»Man kann nicht immer sanftmütig sein, Templer. Hat nicht auch der Herr die Händler und Wechsler aus dem Tempel vertrieben? Christus hat selbst gesagt, ›wer nicht für mich ist, der ist wider mich‹. Wer also kein Christ ist, ist des Teufels. Mithin ist es keine Sünde, die Welt von der Sünde zu befreien.«

»Mir ist durchaus klar, was Sünde ist. So ist es zum Beispiel eine Sünde, einen Mann abzuschlachten, dessen Gemahlin Gewalt anzutun und die Kinder in die Sklaverei zu verkaufen, ganz gleich, ob die Opfer Franken oder Sarazenen sind. Wie vermag denn ein Kind böse zu sein? Ich glaube nicht, daß die Sünde in ihm wohnt, wenn es Gottes Wille war, daß es in eine mohammedanische Familie hineingeboren wurde. Und was ist mit dem christlichen Ritter, der einem solchen Kind den Kopf abschlägt, nachdem er die Mutter vergewaltigt und verstümmelt hat? Gewinnt er zum Lohn dafür etwa die ewige Seligkeit? Ist das Gottes Gerechtigkeit und Wahrheit?«

Josseran ruckte scharf am Nasenstrick seines Kamels und kletterte ihm auf den Nacken. Er zog sich hinauf und setzte sich auf dem harten hölzernen Sattel zurecht. In diesem Augenblick zog er die Qual der vom Himmel herabbrennenden Sonne und den ruckenden Ritt auf dem Kamelrücken jeder Unterhaltung mit dem Frömmler vor.

15

Das erste Licht der Sonne vertrieb die Schatten aus der Wüste und überstrahlte sie schließlich mit goldenem Glanz. Die Ebene war eine einzige ockerfarbene Fläche voll sanft geschwungener Dünen und winziger Sandkörner, die ihren Weg in die Augen und Ohren von Mensch und Tier fanden, eine schimmernde Schicht auf Kleidung und Haut zurückließen und sogar zwischen den Zähnen knirschten.

Vor ihnen erstreckte sich die unermeßliche Wildnis, und das einsame und kalte Schweigen nahm sie in sich auf.

Die dem Horizont entgegengleitende Sonne warf schwarze Schatten über die Dünen. Aufbrüllend knieten die Kamele nieder und schnappten nach Einauge und den Tataren, die ihnen die Lasten abnahmen. Die Stricke hatten die Brust der Tiere aufgescheuert, und in den eitrigen Wunden krochen Maden herum. *Kein Wunder, daß sie so schlechte Laune haben*, dachte Josseran. Immer, wenn ihm die Reise zu beschwerlich wurde, verglich er sein Los mit dem der Kamele und kam zu dem Ergebnis, daß auch er sie ertragen könne, solange sie dazu imstande waren.

Er und Wilhelm machten sich daran, *argol* zum Feuermachen zu sammeln. Nach einer Weile hörte er ein lautes Stöhnen, hob den Blick und sah, daß Wilhelm angewidert auf seine Hand blickte. Das *argol*, das er aufzuheben versucht hatte, war nicht von der Sonne getrocknet, sondern ganz im Gegenteil ausgesprochen frisch.

Einer der Tataren erkannte Wilhelms Fehler und lachte meckernd. Seine Gefährten stimmten ein.

Als der Mönch den Kameldung von seiner Hand an die Flanke seines Reittiers Satan schmierte, begehrte das Tier laut brüllend auf und versuchte ihn zu beißen. Wilhelm bemühte sich um einen würdevollen Abgang, doch es gab weder einen Baum noch einen Felsbrocken, hinter dem er sich verbergen konnte, und so ging er immer weiter in die Wüste.

»Hol ihn zurück«, sagte Khutelun zu Josseran. »Bald ist es Nacht, und er wird sich verlaufen.«

Aber der Selbsterhaltungstrieb des Dominikaners war höher entwickelt, als Khutelun ihm zugebilligt hatte. Josseran sah, daß er in Sichtweite der Kamele mit gesenktem Haupt im Sand kniete. »Gott stellt mich auf eine zu harte Probe«, zischte er, als Josseran näherkam.

»Es ist doch nur eine Handvoll verdautes Kamelfutter, Pater Wilhelm.«

»Mir geht es nicht um den Dung an meiner Hand. Mein Rücken fühlt sich an, als hätte man mich aufs Rad geflochten, weiter unten brennt alles wie Feuer, und jeder Knochen im Leibe ist wie zerschlagen. Wie könnt Ihr das nur ertragen?«

»Von einem Ritter und Krieger wird das einfach erwartet.«

Wilhelms sonstige Schärfe schien dahin. »Ihr beschämt mich.«

»Außerdem habe ich neulich die Nacht mit einer Frau verbracht«, fügte Josseran hinzu. »Das muntert ungemein auf.«

Das war die Medizin, die Wilhelm brauchte, ganz wie Josseran vermutet hatte. »Gott verzeih Euch, Templer«, krächzte er und sprang auf. »Ihr kennt keine Scham!« Mit wildem Blick schob er sich an seinem Reisegefährten vorbei. »Also gut, ihr Heiden!« schrie er, als er der Karawane entgegenstapfte. »Ich sammle noch ein bißchen mehr Dung für euch!« Er fuchtelte wie ein Verrückter mit den Händen in der Luft herum. »Man wird uns noch alle darin begraben!«

Josseran sah ihm nach. Der Arme hatte sein ganzes Leben damit zugebracht, auf Wunder und göttliche Eingebungen zu warten, und dabei nicht gelernt, harte Zeiten durchzustehen.

Als die Reisenden zu einer trübseligen kleinen Ansiedlung mit Häusern aus lehmbeworfenem Flechtwerk gelangten, kam sie ihnen nach den letzten Wochen, die sie durch die Takla Makan gezogen waren, vor wie ein Paradies auf Erden. Sie brachten ihre Kamele in die Pferche des *han*, wo diese sich mit unter den Leib gezogenen Vorderbeinen ausruhten und ihre Quälgeister voller Verachtung anblickten, während ihnen die Lasten vom Rücken gelöst wurden. Einige Esel und vielleicht ein Dutzend Pferde befanden sich ebenfalls dort; sie gehörten zu einer großen arabischen Karawane, die Seide und Tee aus Kitai nach Westen brachte.

Als sich Khutelun von den Pferchen entfernte, konnte sie bereits die Sonnensegel des Basars sehen, die Rufe der Händler hören und den Geruch von Gewürzen und gebratenem Fleisch wahrnehmen.

Josseran kam über den Sand auf sie zu. Einen Augenblick lang zögerte sie. Sie wußte, daß man hinter ihrem Rücken über sie redete, weil sie so viel Zeit in seiner Gegenwart verbrachte. Ihr als Prinzessin und Schamanin nahm man besonders übel, daß sie sich diesem Barbaren gegenüber so unbefangen und freundlich verhielt.

Als er sich näherte, sah sie, daß er etwas unter seinem Mantel verborgen hielt. Sie blieb stehen und sah ihn an.

»Ihr wolltet eines unserer Bücher sehen«, sagte er.

Sie bemühte sich, ihre Erregung zu verbergen. »Hast du es dabei?«

Er holte den Psalter unter dem Mantel hervor. Auf dem festen dunklen Ledereinband prangten gehämmerte Goldbuchstaben. Er schlug das Buch auf. »Es ist ein Teil unserer heiligen Schrift«, sagte er, »und in einer Sprache geschrieben, die wir Latein nennen. Diese Verse sind Lieder zum Lobe Gottes.«

Sie hatte schon früher solche Schätze gesehen, denn ihr Vater besaß mehrere illuminierte Exemplare des Korans. Es hieß, daß die Nacht so hell wie der Tag gewesen sei, als Dschingis Khan vor der Stadt Buchara eine große Zahl solcher Bücher hatte verbrennen lassen.

Sie nahm den Psalter zur Hand. Er war vom Staub der Reise bedeckt, sonst aber unversehrt. Sie schlug ihn an einer beliebigen Stelle auf und fuhr mit einem Finger über das Pergament. Die Seiten, auf denen einige der Anfangsbuchstaben zinnoberrot und königsblau ausgemalt waren, beeindruckten sie tief. Die Schrift war so exakt wie auf dem Fayenceschmuck der Moscheen von Samarkand, aber nicht so flüssig. Das Buch enthielt großartig ausgeführte und wunderbare Illustrationen, die sie an die Bilder in den Höhlen in der Wüste erinnerten, wenn auch von ihnen weder deren Kraft noch deren Sinnenfreude ausging.

»Ist das ein Geschenk für den Großkhan?« wollte sie wissen.

»Wilhelm hofft, ihm die Geheimnisse unserer Religion zu enthüllen.«

»Vielleicht sollte er sie besser dir enthüllen.«

Er sah sie an, unsicher, was sie damit meinte.

»Ich habe dich beobachtet«, erklärte sie. »Ich habe den Eindruck, als ob du eure Religion weniger liebst als die Mohammedaner die ihre. Dennoch kämpfst du gegen sie und nennst sie Ungläubige. Ich verstehe dich nicht, wirklich ganz und gar nicht.«

»Es gibt manches an mir, daß ich ebensowenig verstehe wie Ihr.«

Sie sah ihn lange aufmerksam an. Seine große Nase und die runden Augen machten auf sie einen fremdartigen beunruhigenden Eindruck. Was sie aber noch mehr beschäftigte als sein Aussehen, war sein Wesen. Zweifellos war er tapfer, das hatte sie auf der Reise selbst erlebt; und er war auch klug, flink und kräftig. Zugleich aber quälte ihn etwas, das von ihm selbst ausging. Und gerade das ließ ihn in merkwürdiger Weise verlockend erscheinen.

In der Höhle hatte er zugegeben, daß er sie gern besessen hätte. Dieser Wunsch war ihr nicht unangenehm. Doch die Vorstellung, mit ihm verheiratet zu sein, war so abwegig, daß sie nur den Kopf darüber schütteln konnte, den Gedanken je erwogen zu haben.

Sie schloß das Buch und gab es ihm zurück. »Danke.«

»Ich würde Euch gern noch vieles andere zeigen, wenn ich könnte. In meiner Heimat gibt es manches, worüber Ihr staunen würdet.«

»Ich staune über die Steppe, die Berge und die Flüsse. Alles andere erfüllt mich lediglich mit Neugier.«

»Und doch …« begann er, konnte den Satz aber nicht beenden. Im Kamelpferch war Unruhe entstanden. Wilhelm hatte Einauge zu Boden geworfen und durchstöberte das Bündel, das dessen Habseligkeiten enthielt. Einauge verfluchte ihn wortreich und versuchte, Wilhelm von sich zu stoßen. Doch er wurde erneut grob zu Boden geschleudert.

Josseran eilte hinüber. »Was gibt es?«

»Einer von den tatarischen Halunken hat den Psalter gestohlen.«

»Niemand hat ihn gestohlen«, sagte Josseran und hielt das Buch hoch.

Der Mönch sah Josseran verblüfft an und erkannte dann Khutelun hinter ihm. »Habt Ihr etwa zugelassen, daß die Hexe das heilige Buch entweiht?«

»Khutelun hat es nicht entweiht. Sie wollte mehr über die Geheimnisse unseres Glaubens erfahren. Vielleicht winkt Euch hier eine Bekehrung.«

Der Mönch entriß ihm das Buch. »Da könnte ich ebensogut den Teufel taufen!« rief er und stieß mit einem knotigen Finger nach Josseran. »Dafür werdet Ihr Euch verantworten müssen!«

»Zweifellos werde ich für vieles geradestehen müssen.«

Wilhelm warf einen haßerfüllten Blick zu Khutelun hinüber und ging fort.

Einauge, der immer noch am Boden saß, sah ihm nach. »Mögest du in den Ohren Geschwüre so groß wie Wassermelonen bekommen«, rief er ihm nach. »Und möge dein Stengel zu einem Huhn werden, das dir die Hoden wegpickt!«

Josseran wandte sich erneut Khutelun zu. »Er ist gekränkt. Das Buch ist ihm heilig.«

»Eurem Schamanen geht es nicht um das Buch«, gab sie zur Antwort. »Wohl aber hat er große Angst vor Frauen. Ich erkenne seine Schwäche, und das weiß er.«

Josseran war über diese Äußerung erstaunt. »Nein, er hat keine Angst vor Frauen. Er verachtet sie lediglich.« Er lächelte. »Das ist ein Unterschied.«

»Glaubst du?« fragte sie.

Er zuckte die Schultern und kehrte zum *han* zurück. *Wenn du dich da nur nicht irrst*, dachte Khutelun, die ihm nachsah. *Dein heiliger Mann fürchtet sich vor mir, wie er sich vor allen Frauen fürchtet.* Schon am ersten Abend in Tekudais Jurte hatte sie diese schwache Stelle des Priesters erkannt, und obwohl sie nicht wußte, auf welche Weise es geschehen würde, war ihr klar, daß ihn genau diese Schwäche eines Tages zerbrechen würde.

16

Die vollkommen glatte schwarze Wasserfläche des Sees zwischen den Dünen hatte die Gestalt einer Mondsichel, die von Riedgras und Schilfrohr eingeschlossen wurde. Der Halbmond stand über einer Tempelruine. Gläubige aus der Karawanserei hielten sich dort auf, und Josseran erkannte den schwachen orangefarbenen Schimmer einer Öllampe und in Metallgefäßen die kaum wahrnehmbare Glut, mit der nahe dem Altar Weihrauch verbrannt wurde.

Khutelun stand am Ufer, der Wind spielte in dem Seidentuch auf ihrem Haar. »Hörst du?« flüsterte sie.

Josseran neigte den Kopf und lauschte.

Schließlich vernahm er aus der Ferne das Trommeln von Hufen auf dem Sand. Ein Reitertrupp kam auf sie zu. Unwillkürlich fuhr seine Hand ans Schwert.

»Keine Sorge, Christ. Es ist nur der ›Singende Sand‹.«

Er runzelte die Stirn, verstand nicht. »Sie umzingeln uns!« rief er.

»Da draußen ist niemand. Es sind die Geister der Wüste.«

Er stieß sein Schwert wieder in die Scheide und lauschte erneut. Sie hatte recht. Das Geräusch war fort.

»Der ›Singende Sand‹?« fragte er.

»Man hört ihn oft in der Wüste. Manche sagen, es ist das Geräusch des Windes, wenn er über den Sand fährt. Die Uiguren aber glauben, daß es irgendwo da draußen Städte gibt, die vor langer Zeit von der Wüste begraben worden sind. Sie sagen, was man hört, sei die Klage der toten Seelen, die durch die Dünen nach oben dringt.«

Erschrocken legte er die Hand an das hölzerne Kreuz, das ihm um den Hals hing. Nichts als heidnischer Aberglaube. Trotzdem, man konnte nie wissen.

»Die Geister sind einsam«, fuhr Khutelun fort. »Sie sehnen sich nach weiteren Seelen und versuchen, sie zu sich zu holen.«

»Wie das?«

»Sie suchen ihre Beute in den Karawanen, welche die Wüste durchqueren. Jemand fällt hinter seiner Gruppe zurück, hört den Hufschlag und beeilt sich, ihm über die Dünen zu folgen und Schritt zu halten. Aber je rascher er reitet, desto ferner scheint der Klang und lockt ihn immer weiter in die Wüste. Wenn er endlich begreift, daß er sich von den Sandgeistern hat täuschen lassen, ist er bereits rettungslos verloren, und die Wüste behält ihn als ihr Opfer.«

Der Wind fuhr über die Wasserfläche, so daß die Spiegelbilder der Dünen und des Halbmondes verzerrt wurden.

Erneut hörte Josseran den Hufschlag. Diesmal war er so nahe, daß er glaubte, ein ganzes Heer müsse im nächsten Augenblick am Rande der Düne neben ihnen erscheinen. Dann aber schwand das Geräusch ebenso plötzlich wieder mit dem Wind.

Er bekreuzigte sich. »Ich habe auf dieser Reise Dinge gesehen und gehört, die mir niemand glauben wird, wenn ich zurückkehre.«

»Dir stehen noch viele Wunder bevor, Christ.«

»Müssen wir noch weit reisen?«

»Bevor der Mond voll ist, wirst du vor dem Großkhan stehen.«

»Schon so bald?«

Ihre Stimme klang überrascht. »Hat dir die Reise nicht lang genug gedauert? Waren dir die Berge nicht hoch und die Wüste nicht weit genug?«

Er gab keine Antwort.

»In Kumul werden wir Pferde gegen die Kamele eintauschen und nordwärts nach Karakorum reiten. Dort wirst du dem Großkhan Lehnstreue geloben und in euer Land zurückkehren.«

»Ich bin nicht gekommen, um eurem *khaghan* Lehnstreue zu geloben.«

Er glaubte sie lächeln zu sehen, konnte sich dessen aber in der Dunkelheit nicht sicher sein. Abermals hörte er den ›Singenden Sand‹, und diesmal klang es wie Stimmen. Sie waren laut wie der Gemeindegesang in einer Kirche, der Ruf von Sirenen, der zum Abenteuer in der Dunkelheit lockte. Er verstand, wie sich Menschen veranlaßt fühlen konnten, ihm zu folgen.

»Sehnst du dich denn nicht danach, zurückzukehren?« fragte sie.

»Ich weiß nicht, was mich in Outremer erwartet. Die Zeit meines Dienstes ist abgelaufen, und ich bin nicht sicher, ob ich jetzt ins Languedoc zurückkehren möchte. Diese Entscheidung möchte ich noch eine Weile aufschieben. Daher wäre es mir ganz lieb, wenn die Reise noch nicht zu Ende wäre.«

»Jede Reise endet einmal.« Sie sah über die im Dunkeln liegende Wasserfläche. »Nur der Wind und das Wasser bleiben.« Ihre Stimme klang träumerisch. »Es heißt, daß der Wind täglich Sand herüberweht, ohne daß der See je voll wird oder seine Gestalt verändert. Die Uiguren glauben, daß ihn die Götter hier angelegt haben, um sie daran zu erinnern, wie kurz unsere Zeit auf der Erde bemessen ist, und wie vergänglich die Spur, die wir auf ihr hinterlassen. Du träumst davon, die Sarazenen zu besiegen, und in Karakorum träumen andere Männer davon, Khan der Khane zu werden. Doch die Tage folgen weiter aufeinander, der Wind weht, Menschen sterben, Reiche gehen dahin. Der See aber ist nach wie vor hier, so, wie er immer war, wie die Wüste, die Steppen, die Berge. Der Wind weht über das Wasser, und der Sand hört nicht auf zu flüstern. Alle Menschen aber werden einst vergessen sein.«

»Wir sind also Narren, wenn wir nicht jeden Augenblick nutzen, der uns gegeben ist.«

Er sah sie aufmerksam an, ihren Umriß, der sich im Mondschein vor dem Seeufer abzeichnete. Wie alt sie sein mochte? Achtzehn Jahre, zwanzig? Er hatte nie eine Frau wie sie kennengelernt. Sie hatte die Unmittelbarkeit einer der Huren aus Marseille, besaß die Weltferne einer Nonne und die Verstandesschärfe eines Philosophen. Er hätte sie gern gezähmt wie eines der Tatarenpferde, denen sie mit ihrer Zähigkeit und ihrem Temperament glich. Er konnte sich vorstellen, daß sie gleich ihnen ihren Reiter ebenso beißen wie tragen würde. Wie ihr Körper wohl sein mochte, welche Leidenschaften sie für ihren Ehemann bereithielt? Würde er sich in ihr verlieren können, war sie imstande, für ihn alle Frauen zu werden, der

Ort, an dem seine eigenen Leidenschaften zur Ruhe kommen könnten?

»Warum starrst du mich so an?« fragte sie unvermittelt.

»Ich mußte gerade daran denken, wie schön Ihr seid.«

Zwar konnte er ihr Gesicht in der Dunkelheit nicht erkennen, doch stand ihm das Bild ihrer Schönheit vor dem inneren Auge: das ovale Gesicht mit den fremdländischen mandelförmigen Augen; die Strähnen pechschwarzen Haars, in dem der Wind spielte. Es war das Antlitz einer Prinzessin von Geblüt, wie von einem Künstler in Bronze gegossen. *Gott wird mich in der Hölle dafür schmoren lassen, daß ich eine Heidin begehre.*

»Schön.« In ihrer Stimme lag grenzenlose Verachtung. »Was nützt mir das?«

»Wie bitte?«

»Machst du mir den Hof?«

»Ich wollte, ich könnte das.«

In ihren Augen glitzerte Zorn. »Wohin führt die Schönheit eine Frau? Sie gibt ihre Freiheit im Tausch gegen die Jurte und einen Haufen Kinder auf. Ein Hengst bespringt eine Stute und ist glücklich, denn er ist nach wie vor frei. Die Stute hingegen ist die Gefangene ihrer Fohlen. Ich verstehe nicht, wieso Schönheit für mich ein solches Geschenk sein soll.«

»Wenn eine Frau nicht zur Gattin bestimmt wäre, warum hätte Gott ihr dann Milch gegeben?«

Khutelun stand dicht neben ihm. Einen wilden Augenblick lang glaubte er, dieses exotische Geschöpf könnte daran denken, ihn zu küssen. »Hätte ich doch nur meine Peitsche hier«, flüsterte sie.

»Was würdet Ihr damit tun? Mich schlagen? Oder mich der Probe unterziehen, ob ich zu Eurem Gemahl tauge?«

»Du würdest nach drei Schlägen in den Staub fallen«, sagte sie und wandte sich auf dem Absatz um. Sie ging zur Karawanserei zurück, war bald hinter der Düne seinem Blick entschwunden und überließ ihn den Sirenengesängen des Sandes.

17

Tage und Wochen zogen ins Land, gestaltlos, endlos. Nur gelegentlich unterbrachen eine Wetterveränderung oder eine landschaftliche Neugestaltung die Eintönigkeit der Reise. Mitunter erlebten sie alle vier Jahreszeiten an einem einzigen Tag. Der Morgen begann warm unter einem blauen Himmel, doch bis Mittag hatte sich dieser mit bleifarbenen Wolken bezogen, und ein Wüstensturm, der eine volle Stunde dauerte, ließ den Horizont hinter einem undurchdringlichen gelben Schleier verschwinden. Bis zum Nachmittag dann klarte der Himmel wieder auf, und die Wüste war der gewohnte Glutofen.

Am nächsten Morgen erwachten sie dann mit Eis in den Bärten.

Auf glattes *gebi*-Gestein folgte Sand, und die Dünen veränderten unter dem Einfluß des Windes ihre Gestalt immer wieder aufs neue. Die Wogen dieses Sandmeeres erstreckten sich, so weit das Auge reichte. Manche ragten so hoch auf wie die Mauern von Antiochia, und im Vergleich zu manchen Dünen, befand Josseran, würden diese Mauern sogar noch niedrig erscheinen.

Außer ihrer Karawane gab es niemanden in dieser von Hitze erfüllten Wildnis, wo die Sonne sie verbrannte und der Wind sie ausdörrte. Man sah keine Spuren von Leben mehr, weder niedriges Gebüsch, noch Eidechsen oder Vögel. Lediglich Ansammlungen von ausgedörrtem *argol* und die Gebeine von vor langer Zeit krepierten Tieren, die unter der unbarmherzigen Sonne bleichten, zeigten ihnen von Zeit zu Zeit, daß sie noch auf dem richtigen Weg waren.

Zwei Wochen verbrachten sie in der von Stürmen durchtobten Wildnis, die Einauge das ›Lagerhaus der Winde‹ nannte. Tag für Tag umgab sie deren Heulen, und beständig veränderte sich die Landschaft um sie herum. Wenn sie abends ihr Lager aufschlugen, band Einauge einen Pfeil an einen langen Stock, den er in den Sand rammte, damit dieser ihnen am nächsten Morgen ermöglichte, sich zu orientieren. Sie drängten sich unter dem kalten Licht der Sterne aneinander, lauschten auf das unaufhörliche Zischeln des Sandes. Wenn sie morgens erwachten, hatte sich ihre Umgebung vollständig verändert, und ohne die Vorsichtsmaßnahme ihres Kameltreibers wäre es ihnen unmöglich gewesen zu sagen, in welcher Richtung ihr Ziel lag.

Einmal stießen sie auf die Überreste einer großen Stadt. Einauge führte den Trupp an, Josseran folgte ihm, neben seinem Kamel gehend, hinter ihm ritt Khutelun.

Auf dem Kamm einer hohen Düne blieb der Kameltreiber wie angewurzelt stehen. Unter ihnen lagen die Reste eines Pappelwäldchens. Wie die knorrigen Finger eines halb begrabenen Leichnams ragten die Baumstümpfe versteinert aus dem Boden. Dahinter erhoben sich vereinzelt Dächer aus dem Sand. Hie und da konnte Josseran noch den Verlauf von Straßen und Wegen erkennen, an anderen Stellen sah man nur noch gestaltlose Erdhügel und Schutthaufen.

Dunkel kreisten mehrere Geier über ihnen.

»Wie heißt diese Stadt?« fragte Josseran.

»Ich kenne ihren Namen nicht«, gab Einauge zur Antwort. Dabei senkte er mit einem Mal die Stimme, als stünde er über einem frisch geöffneten Grab. »Vielleicht ist es die Goldene Stadt der Legende.«

»Was hat es damit auf sich?«

»Ein bedeutender Herrscher soll hier im Lagerhaus der Winde seine Hauptstadt errichtet haben. Sie war von sagenhaftem Reichtum, denn damals befand sich hier keine Wüste, sondern eine große Oase, größer noch als Gaotshang oder Aksu. Berichte über die Reichtümer, die jener Herrscher besaß, gelangten nach Norden, und so kam eines Tages ein Stamm aus der Steppe, um ihn anzugreifen. Nachdem er die Stadt mit einem Belagerungsring umgeben hatte, schickte dessen *khan* einen Boten mit dem Angebot an den Herrscher, er könne unbehelligt abziehen, sofern er ihm zehn Kisten Gold übergebe. Doch davon wollte der Herrscher nichts wissen. Einen Tag um den anderen schickte der *khan* seinen Boten vor die Mauern, doch immer wieder wies der Herrscher das Angebot zurück. Nach langer Belagerung fiel dann schließlich die Stadt, und der Herrscher wurde als Gefangener vor den *khan* gebracht. Dieser wiederholte sein Angebot: zehn Kisten Gold, und er werde nicht nur den Herrscher am Leben lassen, sondern auch die Stadt samt ihren Bewohnern verschonen. Der Herrscher weigerte sich nach wie vor, denn der Schatz war ihm lieber als sein eigenes Leben.«

»Was ist mit ihm geschehen?«

»Der *khan* gab ihm zu verstehen, er werde sich von seinem geliebten Gold auch im Tode nicht trennen müssen und befahl seine Hinrichtung. Sie erfolgte dadurch, daß man ihn geschmolzenes Gold in Augen und Ohren goß.«

Josseran erschauerte. »Und die Stadt?«

»Der *khan* schickte seine Männer aus, damit diese den Schatz suchten. Obwohl sie in der ganzen Stadt das Unterste zuoberst kehrten, fanden sie das Gold nicht, das sie dort vermuteten. So vergifteten sie alle Brunnen, bevor sie nach Norden zurückkehrten. Ohne Wasser mußten die Menschen sterben, die Früchte des Feldes verdorrten, die Stadt verfiel und geriet in Vergessenheit. Doch der Legende nach liegt das Gold noch immer irgendwo hier im Sand verborgen. Die Uiguren sagen, daß es eines Tages wieder auftauchen wird und Gott irgendeinem Menschen das Glück zuteil werden läßt, den Schatz zu finden.«

»Das klingt wie eine Geschichte, die ein fahrender Sänger am Feuer vorträgt.«

»Vielleicht habt Ihr recht«, gab Einauge achselzuckend zur Antwort.

Josseran sah zu, wie der Wind federleichte Sandkörner von den Dünen herabwehte und sie über die in sich zusammengesunkenen Lehmmauern davontrug. Ihm fiel ein, was Khutelun an jenem Abend am Mondsichelsee gesagt hatte: »Doch die Tage folgen weiter aufeinander, der Wind weht, Männer sterben, Reiche gehen dahin.« Niemand würde je erfahren, was diese Stadt einst gewesen oder wie sie zerstört worden war. Die erbarmungslose Takla Makan würde sie einfach wieder verschlingen.

Wieder heulte der Wind, Sandkörner peitschten ihnen ins Gesicht. Erneut hörte Josseran in den hohen Dünen das sonderbare Geräusch des Sandes, wie den Hufschlag eines unsichtbaren Heeres.

»Die Sandgeister!« überschrie Einauge den Wind.

»Die Geister der Goldenen Stadt«, murmelte Khutelun.

Josseran schüttelte den Kopf. »Am See habt Ihr gesagt, es sei lediglich der Wind und der Sand.«

Sie lächelte. »Wenn ich in der Steppe bin, weit entfernt von der Wüste, glaube ich, daß es nur das Geräusch des Windes ist.« Sie zitterte leicht. »Aber hier bin ich mir meiner Sache nicht mehr so sicher.«

In jener Nacht sprach der Geist des Ewigen Blauen Himmels im Traum zu ihr.

Sie sah sich in den Mauern eines großen Palastes eingeschlossen, aus dessen Fenstern sie das Gras der Steppe erkennen konnte, das sich im Winde wiegte wie die leichten Wellen auf dem Mondsichelsee. Sie wollte ihr Pferd holen, aber die Mauern hatten keine Türen, und das Fenster war mit Eisenstäben vergittert.

Sie lief eine Wendeltreppe hinauf zum Turm und streckte dem Grasland eine Hand entgegen, das so nah und zugleich so fern war. Könnte sie doch fliegen! Sie erwachte von ihrer eigenen Stimme, die furchtsam den Namen ihres Vaters rief.

Den Rest der Nacht lag sie wach, denn sie konnte nicht mehr schlafen. Zwangsläufig wanderten ihre Gedanken zu dem Christen und seinem übelriechenden Priester, und sie fragte sich, was sie an deren Buch, das sie Psalter nannten, und an Joss-rans Geschichten über Paläste, Kirchen und Festungen so gefesselt haben mochte. *Warum nur habe ich ihm das Tal der tausend Buddhas gezeigt?* überlegte sie.

Was hoffte sie eigentlich zu finden?

Vielleicht suchte sie etwas, das ihre innere Unruhe und den Zwiespalt in ihr besänftigte. Manche Fragen, auf die sie keine Antwort wußte, ließen sie daran zweifeln, daß sie und ihr Volk die Auserwählten des Ewigen Blauen Himmels waren. Sie nahm an, andere könnten ihr Volk etwas lehren, vermutete, daß sie nicht als einzige im Besitz der Geheimnisse der Welt waren.

Als Söhne und Töchter der Steppe waren sie frei, ihnen gehörte der Ewige Blaue Himmel. Als Eroberer der Welt aber hatten sie gemordet und vernichtet, hatten sich genommen, was sie brauchen konnten. Sie hatten sich die Welt unterworfen, doch selbst wenn sie alles töteten und alles an sich brachten, mußten auch sie einmal sterben.

Die Eroberung hatte ihnen ein Ziel gegeben. Doch jetzt waren sie die Herren, und sie fragte sich, ob andere Nachfahren Dschingis Khans gleich ihr über die weite Steppe blickten und diese ungeheure Leere in der Seele spürten.

Empfanden ihre Brüder und ihr Vater womöglich wie sie? Vielleicht suchten diese Zweifel sogar bisweilen den Khan der Khane in seiner Prunkjurte in Karakorum heim. Gab es womöglich einen Boten, den sie alle zu finden hofften? War das der Grund dafür, daß ihr Vater die Lehre der Mohammedaner angenommen hatte, während sich andere den Priestern der Tanguten mit den safranfarbigen Gewändern oder den dunkel gekleideten Priestern der Nestorianer zugewandt hatten?

Wieder fragte sie sich, ob es eine Lösung gab, die ihrer Seele Frieden und Ruhe zu bringen vermochte, wenn sie in die einsame Steppe zurückkehrte, und sie versuchte sich darüber klarzuwerden, ob diese Lösung nicht doch bei dem Christen liegen konnte.

18

Das Unwetter kam aus heiterem Himmel von Norden her über sie.

Die Kamele spürten es als erste. Sie wurden unruhig und knurrten, längst bevor die ersten Wolken am Nordhorizont sichtbar wurden. Josseran erkannte einen schmutzigen gelben Schleier, der am Himmel rasch höher stieg. Windhosen sprangen und tanzten über die Ebene, Vorboten des entsetzlichen Sturmes, der ihnen bevorstand.

Es war erst Nachmittag, als sich die Wüste verdunkelte. Die Sonne nahm die Farbe von Kupfer an und verschwand hinter dem Staubschleier. Gewitterwolken stürmten über den Himmel, Blitze zuckten an den Rändern der Wüste ringsum.

Ein plötzlich aufgekommener kalter Wind trieb ihnen erbarmungslos den Sand ins Gesicht.

Aufschreiend zerrten die Kamele an ihren Stricken. Einauge brüllte allen zu, sie sollten schleunigst absteigen.

»Der *karaburan*«, rief Khutelun.

Das bedeutete so viel wie schwarzer Wirbelsturm. Tatsächlich hatte sich der Himmel unterdessen schwarz gefärbt, und ein brauner Staubschleier raste auf sie zu. Das Ganze war so schnell über sie gekommen wie ein Waldbrand oder eine Riesenwelle, die sich aus einer spiegelglatten See erhebt. Schutzlos waren sie dem Wirbelsturm ausgeliefert, denn es gab keinerlei Unterschlupf, nirgendwo konnten sie sich verbergen.

Josseran hörte, daß Wilhelm ein Stoßgebet zum Himmel schickte.

Laut hallte der Donner, und die jüngeren Kamele schrien auf und stampften mit den Hufen. Die älteren Tiere schienen zu wissen, was vor sich ging, hatten sich bereits zu Boden fallen lassen und ihre Schnauzen bis über die Nüstern im weichen Sand vergraben.

Einauge rannte geschäftig hin und her, ruckte am Nasenstrick der jüngeren Tiere und brachte sie dazu, sich niederzuknien, um ihnen die Schnauze auf den Boden zu drücken.

»Helft mir!« rief er Josseran zu. »Sonst müssen sie ersticken.«

Als diese Aufgabe erledigt war, duckte sich Josseran an der dem Wind abgewandten Seite hinter die Flanke eines der Tiere. Die ersten Regengüsse kamen heran. Noch vor wenigen Minuten hatten sie unter der Sonne gelitten, jetzt zitterten sie unter dem Ansturm eines eiskalten Schneeregens.

Er hob den Blick und sah Khutelun. Ihr Gesicht wirkte im Lichtschein des Gewitters verändert. Sie hatte die Augen weit aufgerissen. Man konnte ihren Blick gar nicht falsch deuten: die Prinzessin der Tataren, die sich gern so kalt gab, hatte Angst. Auch ihre Gefährten zitterten wie Espenlaub, duckten sich bei jedem Donnerschlag und kreischten laut auf.

»Es ist ein Zeichen, das uns Tengri schickt«, rief Khutelun. »Der Geist des Ewigen Blauen Himmels zürnt uns!«

Ein sonderbares Volk, dachte Josseran, *da erobern sie die halbe Welt und trauen ihren Göttern nicht zu, daß sie sie vor den Naturgewalten bewahren können.*

Es war ein Gewittersturm, wie ihn Josseran noch nie erlebt hatte. Der Wind tobte, und zu ihrer Linken kam eine riesige Sanddüne wie eine Lawine ins Rutschen, wobei der Sand von ihrer Krone herabdonnerte wie eine goldene Welle, die sich am Ufer bricht.

Aus dem Schneeregen wurde Hagel.

Khutelun drängte sich noch näher an die Flanke ihres Kamels. Obwohl sie höchstens ein Dutzend Schritte von Josseran entfernt war, konnte er sie durch den herniederprasselnden eisigen Regen und den Sand, den der Sturm vor sich hertrieb, nur erahnen. Er taumelte zu ihr hinüber und warf sich neben ihr zu Boden.

»Bedecke Mund und Nase mit deiner Kapuze!« rief sie ihm zu. »Sonst bist du des Todes.«

Er befolgte ihre Aufforderung. Sie hatte recht. Schon jetzt hatte er Sand in den Augen, im Mund und in der Nase. Es war ihm fast unmöglich zu atmen.

Erst klang es wie das Prasseln eines Buschfeuers, dann krachte es, als öffne sich die Erde. Obwohl sich Josseran die Kapuze tief ins Gesicht gezogen hatte, hatte er bereits so viel Sand in den Atemwegen, daß er dem Ersticken nahe war.

Trotz der entsetzlichen Ereignisse um ihn herum war er sich Khuteluns Nähe bewußt. Als er ihr in einer besitzergreifenden und beschützenden Geste einen Arm um die Schulter legte, spürte er, wie sie ihm näherrückte, bis sie einander berührten. Er spürte die Leichtigkeit ihres Körpers an seinem.

Er zog sie näher an sich, spürte den Druck ihrer Finger, als sie ihm einen Arm um die Taille legte. Erregung überkam ihn. Es stimmte also. Sie wollte ihn ebenso wie er sie. Was tat er da? Es war Wahnsinn. Aber hat nicht jeder Mensch Sehnsüchte, die über die Vernunft hinausgehen, und Leidenschaften, denen er versklavt ist?

Nicht nur nach ihrem Körper verlangte es ihn, sondern auch nach ihrem inneren Wesen. Auf jener Reise hatte sie ihm Dinge über die Welt und über sich selbst gezeigt, die ihm nie zuvor aufgegangen waren. Er war von ihrer Eigenart ebenso gefesselt wie von der Verlockung, die von ihrem Körper ausging. Sie war anders als alle Frauen, die er bisher kannte. Nach den scham- und zuchtlosen hatte es ihn gelüstet, er hatte die alten und unschuldigen unter ihnen beschützt und den edlen gedient. Noch nie aber hatte er eine Frau als so gleichwertig – ihm als Mann gegenüber – erlebt wie Khutelun. Wenn er entscheiden dürfte, würde er sich für die Jahre, die ihm der Herr noch zugemessen hatte, wünschen, daß sie nicht nur sein Lager teilte, sondern auch an seinen Gesprächen teilnahm.

Aber die Entscheidung würde nicht bei ihm liegen, das war ihm klar, während er sein Gesicht in den Sand preßte und noch durch den Mantel den Aufprall der vom Sturm herangetriebenen Sandkörner spürte. Der Zauber ihrer gemeinsamen Reise verband sie, doch sobald sie vorüber war, würde auch er gebrochen sein. Vielleicht wäre es ein passendes Ende für sie beide, wenn die Reise jetzt ihren Abschluß fände, der Sturm ihre beiden Leiber Seite an Seite unter dem Sand begrübe und niemand sie je wieder fände. Auf diese Weise würde er nie die Qual ihres Verlustes spüren, was ihm zweifellos bevorstand. Sie würden sich in Windhosen verwandeln und auf alle Zeiten durch die Takla Makan tanzen.

Mit derselben Gier, mit der sie am Leben hingen, lagen sie dort aneinandergedrängt in der brüllenden, erstickenden Dunkelheit, und es kam ihm vor wie eine Ewigkeit. Sie sagten kein Wort – was auch nicht möglich gewesen wäre –, doch Josseran wußte, daß zwischen ihnen ein Abkommen geschlossen worden war.

Der eisige Wind zerrte an ihren Kleidern, Sand und Steine wirbelten mit einem Höllenlärm durch die Luft, als fluchte ihnen der Teufel persönlich, weil er sie dort umschlungen fand.

Josseran erschauerte vor Kälte, spürte aber die Wärme ihres Leibes an seinem, wie die Hitze eines lodernden Feuers, und er hatte keine Angst.

Es schien eine Ewigkeit zu dauern, doch dann war das Unwetter ebenso plötzlich zu Ende, wie es gekommen war. Von einem Augenblick auf den anderen legte sich der Sturm, und schon bald brach die Sonne durch den bleifarbenen Himmel. Erneut spürte Josseran ihre Wärme auf dem Rücken. Vorsichtig hob er den Kopf aus dem Sand. Khuteluns Kamel, in dessen Schutz sie den Sturm überstanden hatten, kam unsicher wieder auf die Beine, prustete den Sand aus den Nüstern und schrie.

Am Horizont sah man nur noch den orangefarbenen Staubschweif des Sturms, der so schnell verschwand wie eine aufgestörte Herde wilder Rinder.

Der Sand hatte die Reisenden fast unter sich begraben. Jetzt aber dampften ihre klammen, durchnäßten Kleider in der Hitze. Khutelun löste sich schroff von Josseran, riß sich das Tuch vom Gesicht und versuchte keuchend und hustend Luft zu bekommen. Nach einer Weile war der Anfall vorüber, und sie setzte sich. Einen Augenblick lang versanken ihrer beider Blicke ineinander.

Sie sagten beide kein Wort.

Die Dünen um sie herum waren mit winzigen, unregelmäßig geformten Auswüchsen gesprenkelt, und sobald sich einer nach dem anderen von ihnen erhob, verwandelten sich die kleinen Hügel in den Menschen oder das Kamel, das der Sturm zugeweht hatte. Ziellos torkelten die Tataren umher. Sie sahen wie Gespenster aus, klopften sich lachend gegenseitig auf die Schultern und beglückwünschten einander zu ihrem Überleben.

Dann hörte Josseran ein Stöhnen, ein etwa zehn Schritte von ihm entfernter Sandhügel bewegte sich, und heftig nach Luft schnappend tauchte Wilhelm wie eine verschüttete Schildkröte daraus auf. Sand bedeckte seine Wangen, Lippen und Augenlider.

Mit schweren Schritten stapfte Josseran zu ihm hinüber, hielt ihm mit der einen Hand den Kopf und setzte ihm mit der anderen die lederne Trinkflasche an die Lippen. Hustend spie der Mönch den größten Teil des Wassers in den Sand und blieb wie ein gestrandeter Fisch auf der Seite liegen. Josseran zog ihn vollends aus seinem Sandgrab heraus. Vom Sturm herangepeitschte winzige Steinchen hatten seinen Mantel zerfetzt.

»Es ist vorüber«, teilte ihm Josseran mit. »Der Sturm ist weitergezogen.«

Wilhelm nickte, unfähig zu sprechen.

Josseran wandte sich um, da er Khuteluns Blick auf sich spürte. Es erschütterte ihn, auf ihrem Gesicht einen Ausdruck zu sehen wie noch nie bei einer anderen Frau – vielleicht mit Ausnahme Cathérines in jener ersten Nacht. Sie sah ihn aufmerksam an, und ihr Blick traf ihn tief in seinem Herzen.

Er hatte sich geirrt. Nichts war vorüber. Der Sturm hatte sich nicht gelegt.

19

Einige Tage später lagen die Dünen hinter ihnen. Statt durch Sand zogen sie jetzt über eine Ebene aus harten Quarzkieseln, die unter den Hufen der Kamele knirschten.

Nach dem Sturm regte sich Leben in der Takla Makan, wenn auch nur für wenige Tage. Winzige trompetenförmige gelbe Blüten saßen auf dornigen braunen Büschen, blaßgelbe Lupinen drängten zum Licht. Manche Samenkörner, erklärte Einauge, lagen jahrzehntelang im Sand und warteten auf einen einzigen Regentag. Es war, wie es ihm Khutelun am Mondsichelsee gesagt hatte: in der Natur ging nichts verloren.

Inzwischen waren sie in die Nähe der Grenze zum Reich Kitai gelangt, teilte ihnen Einauge mit. Khutelun und ihre Krieger schienen von Unruhe erfüllt. Einige von ihnen hatten trotz der Hitze ihren Gliederpanzer angelegt. Josseran nahm an, daß sie Banditenüberfälle fürchteten, und tastete sicherheitshalber nach seinem Schwert. Er war zum Kampf bereit. Hätte er doch nur sein Kettenhemd mit! In einem Gefecht würde er sich ohne diesen Schutz wie nackt vorkommen.

Seit dem Sturm in der Wüste hatte Khutelun nicht mehr mit ihm gesprochen, und er überlegte, was er tun sollte.

Ihm war bewußt, daß ein Mann, der das Gesetz des Handelns aus der Hand gibt, dahintreibt und das Schicksal die Entscheidungen an seiner Stelle trifft. Aber welche Wahl hatte er, was konnte er tun? Glaubte er wirklich, er würde dort bleiben können, wie ein Wilder mit ihr auf den Ebenen am Rande der Welt leben? Oder nahm er etwa an, sie, die Tochter eines Stammeshäuptlings, wäre bereit, sich von ihrem Volk abzuwenden und mit ihm in die Welt der Christen zu ziehen, um sein Leben auf einem Herrensitz im Languedoc zu teilen? Konnte er sich wirklich vorstellen, wie sie dort auf einem Stuhl saß und ihre Tage mit dem Sticken von Wandbehängen zubrachte? Khaidu würde ihr ganz sicher nicht erlauben, daß sie fortginge, selbst wenn sie einen solchen phantastischen Gedanken erwägen sollte.

Und konnte er sich vorstellen, künftig die Stuten zu melken und Tag für Tag mit Khuteluns ungehobelten barbarischen Brüdern *kumys* zu trinken?

Wie würde es weitergehen?

Auf diese Frage gab es vermutlich keine Antwort. Wäre Gott gütig, hätte er sie beide im Sturm begraben, einer in den Armen des anderen. Das wäre die einzige Möglichkeit gewesen, wie sie einander auf alle Zeiten hätten besitzen können.

Er tröstete sich mit dem Gedanken, daß sie bald in Karakorum eintreffen würden und die Qual damit ein Ende hätte.

Es kam ihm vor, als zögen sie nicht hundert Meilen durch die Wüste, sondern immer dieselbe Meile ein ums andere Mal. Sie arbeiteten sich durch ein ausgedörrtes Gebiet mit glühendheißen Steinen voran, eine schwarze Ebene, in der es nicht den kleinsten Hinweis auf Leben gab. Pater Wilhelm betete nahezu unaufhörlich, sogar wenn er im Sattel saß. Er war überzeugt, daß sie das Ende der Welt erreicht hatten und bald vor den Toren zur Unterwelt stehen würden.

Heiß genug dafür war es, überlegte Josseran grimmig.

Sie machten in der Mitte des Nachmittags eine Pause, damit sich die Kamele ein wenig ausruhen konnten. Zwar hatte die Sonne den Zenith bereits überschritten, doch es war immer noch unerträglich heiß, und da es keine Bäume gab, setzten sie sich in kleinen Gruppen in den dürftigen Schatten der Tiere und versuchten, für den letzten Tagesabschnitt noch einmal Kräfte zu sammeln.

Im Osten sah man die Oase Nanhu wie eine grüne Insel, die im grauen Meer der Ebene trieb. Sie würden sie bis zum Anbruch der Nacht erreichen, versicherte ihnen Einauge voll Zuversicht. Doch nicht einmal dieser Gedanke vermochte ihre Lebensgeister zu wecken. Es kam ihnen vor, als würde der Tag nie enden.

Obwohl sie sich in einer Ebene ohne jede Erhebung zu befinden schienen, kamen die Angreifer wie aus heiterem Himmel. Später begriff Josseran, daß es sich um eine perfekt getarnte Falle gehandelt hatte, denn die Reiter hatten sich in einer leichten Bodenvertiefung östlich von ihnen gesammelt, wo die Reisenden sie, vom grellen Sonnenlicht geblendet, nicht sehen konnten.

Beim ersten Hufschlag sprangen die Tataren auf, doch es war schon zu spät. Die Vorderbeine der Kamele waren zusammengebunden, und einige schrien auf, als der erste Pfeilhagel sie in Flanken und Schultern traf. Schluchzend und Klagelaute ausstoßend lief Einauge immer wieder an ihrer Reihe entlang. Sie waren sein Ein und Alles, waren gleichbedeutend mit seinem Lebensunterhalt. Es war, als wären ihm die Pfeile in sein eigenes Fleisch gedrungen.

Die Angreifer kamen genau auf sie zugeritten und schossen aus dem Sattel. Mit gezogenem Schwert rannte Josseran ihnen entgegen.

»Bleib zurück!« rief ihm Khutelun zu, aber er achtete nicht auf sie.

Er sah, daß um ihn herum mehrere Tataren taumelten und zu Boden stürzten. Die zweite Pfeilsalve hatte getroffen.

Sie mußten ihre Augen schirmen, um die Angreifer überhaupt sehen zu können. Josseran schätzte ihre Zahl auf fünfzig bis sechzig, und sie ritten Tatarenpferde. Ohne sein Streitroß und sein Kettenhemd war er ihnen hilflos ausgeliefert. Er machte sich bereit zu sterben und wünschte, es wäre ihm mehr Zeit geblieben.

Er sah, daß Khutelun und einige ihrer Krieger Pfeile gegen die Linie der Angreifer abschossen, konnte aber im grellen Licht nicht sehen, was sie damit bewirkten. Dann war die Kavalkade über ihnen. Einige der Tataren wurden niedergeritten und schrien verzweifelt auf.

Ein halbes Dutzend der Angreifer hatte sich vom Haupttrupp gelöst und kam auf Josseran zu. Doch statt auch ihn niederzutrampeln, rissen sie ihre Pferde im letzten Augenblick herum und umzingelten ihn. Das konnte nur bedeuten, daß sie ihn aus irgendeinem Grund lebend haben wollten. Damit war er im Vorteil.

Sein Schwert mit beiden Händen haltend, wartete er auf sie. Er sah, daß es ebenfalls Tataren waren, aber sie waren stärker gepanzert, als er es je zuvor bei Angehörigen jenes Volkes gesehen hatte. Ihre Lederpanzer waren mit Eisenstreifen verstärkt, was sie furchterregend erscheinen ließ, wie massige braune Käfer. Ihre Flügelhelme waren mit Gold verziert, einigen von ihnen hingen Leopardenfelle von den Schultern, und ihre Pferde hatten leuchtend rote Satteldecken. Doch blieb ihm keine Zeit, zu überlegen, wer diese Reiter sein mochten und aus welchem Grund sie den Hinterhalt gelegt hatten.

Er sah, wie Wilhelm etwa zwanzig Schritte von ihm entfernt in seinem wehenden schwarzen Mantel zwischen den Pferden hin und her eilte, die lederne Satteltasche an sich gedrückt. Einer der Reiter stieß ihn nieder und schlug ihm mit der flachen Schwertklinge auf den Hinterkopf. Der Mönch fiel mit dem Gesicht voran zu Boden und blieb reglos liegen.

Josseran umklammerte sein Schwert fester. Die Schmucksteine, mit denen der Knauf besetzt war, glänzten in der Sonne. Bald würde es auch für ihn vorüber sein.

Er griff einen der Reiter an. Dieser parierte den Schwertstreich, stieß aber seinerseits nicht nach ihm. Josseran wandte sich um und ging erneut vor, versuchte blindwütig, die Angreifer zurückzuhalten. Es war aussichtslos. Sie drängten ihre Pferde, die ihnen bis auf die kleinste Regung hin zu gehorchen schienen, immer enger um ihn. Den Schlag auf den Kopf, der ihn schließlich zu Boden schickte, sah er nicht kommen.

TEIL IV

Kitai

Von Kumul nach Shangdu und Karakorum

1

Im Spätfrühling des Jahres 1260 nach Christi Geburt

Josseran meinte, er kröche aus dem Grabe.

Er sah Licht, und sein Kopf dröhnte vor Schmerzen. Wie lange seine Bewußtlosigkeit angedauert hatte, wußte er nicht. Er schlug die Augen auf und lag lange da, ohne ein Wort zu sagen, sah der verbluffenden Bewegung der Sterne zu, die wie Kometen über den Himmel schossen. Schließlich rollte er sich auf die Seite und erbrach sich. Er hörte Männer lachen. Er wollte »Khutelun« sagen, doch es kam kein Wort aus seinem staubtrockenen Mund.

Jemand beugte sich über ihn, besprengte sein Gesicht mit Wasser und goß ihm ein wenig davon in den Mund.

Langsam kam ihm die Erinnerung: mit einem Mal waren die tatarischen Reiter in ihrer sonderbaren Rüstung aufgetaucht, in der sie wie Käfer aussahen, das tödliche Schwirren der Pfeile, mehrere Krieger hatten ihn umzingelt, der Schlag auf den Hinterkopf, der ihm das Bewußtsein geraubt hatte – vermutlich mit der flachen Klinge oder einem Schwertknauf, denn sonst wäre er tot. Dann hatten sie ihn wohl über eines ihrer Pferde geworfen und waren mit ihm davongeritten.

Doch seine Hände waren nicht gebunden, und niemand stand mit einem Schwert in der Hand über ihm. Was ging da vor sich?

Undeutlich tauchte im Feuerschein ein bronzefarbenes Gesicht mit einem schütteren schwarzen Kinnbart und hängenden Schnurrbartenden vor ihm auf. Ein junger Tatar mit einem schmalen grausamen Mund und den braunen wachen Augen eines Leoparden.

»Aufwachen, Barbar!« Er spürte eine Stiefelspitze in den Rippen. »Willst du bis in alle Ewigkeit schlafen?«

Langsam setzte sich Josseran stöhnend auf, wobei ihn erneut Übelkeit überkam.

Der Tatar hockte sich neben ihn. »Ein leichter Schlag auf den Kopf, und schon wirst du ohnmächtig wie ein Weib.«

Josseran zielte mit der Faust nach dem Gesicht des Mannes, doch dieser sprang lachend zurück. Er wurde erneut mit dem Gesicht auf den Boden gedrückt.

Auch die anderen Tataren lachten. »Hast du doch noch etwas Feuer?« rief der junge Tatar. »Das ist gut!«

»Bringt sie um Gottes willen nicht noch mehr gegen uns auf! Ich fürchte, sie trachten uns nach dem Leben.« Das war Wilhelms Stimme, Gott sei's geklagt.

Sie hatten also auch ihn in ihrer Gewalt.

Er hob den Blick. Der Mönch lag neben dem Feuer. Er sah mitleiderregend aus. Sein Gesicht war kreidebleich, und das Haar an seinem Hinterkopf war von getrocknetem Blut verklebt. Josseran fragte sich, ob die Angreifer noch mehr Gefangene gemacht hatten. Zu sehen war sonst niemand.

»Sofern sie ... uns nach dem Leben ... trachteten ..., würden sie ...«, setzte Josseran an. Hätten die Tataren sie töten wollen, wären sie längst nicht mehr am Leben. Aber warum sollte er das einem Kirchenmann erklären?

Mit Mühe setzte sich Josseran wieder auf und sah die Fremden an. Sie drängten sich, einander stoßend, um ihre Beute zu begutachten. Ihr Grinsen erinnerte an Wölfe, die das Gebiß blecken.

Josseran wandte sich erneut an Wilhelm. »Haben sie ...« Es kostete ihn große Mühe zu sprechen. Seine Zunge kam ihm doppelt so groß vor wie sonst. »Haben sie ... unsere Eskorte getötet?«

»Ich weiß es nicht«, sagte Wilhelm gereizt. »Ich war halbtot, als sie mich weggeschleppt haben. Welche Rolle spielt das auch? Stellt fest, was diese Banditen von uns wollen. Sagt ihnen, daß ich einen dringenden Auftrag vom Papst für ihren Herrscher habe.«

»Bestimmt ... wird sie das ... tief beeindrucken.«

Einer der Tataren stieß ihn mit dem Stiefel an, als wäre er ein Gegenstand, den er auf dem Boden gefunden hatte. »Ein ziemlicher Brocken.«

»Und häßlich«, sagte der junge Anführer. »Sieh dir nur die Nase an.«

»Dem nächsten ... von euch plattnasigen Banditen ... der sich über meine Nase lustig macht ... ramme ich mein Schwert ... in den Leib.«

Mit breitem Grinsen sagte der junge Tatar: »So, so! Du bist also der, der wie ein zivilisierter Mensch sprechen kann. Man hatte uns zwar darauf vorbereitet, aber ich konnte es nicht glauben.«

Sie waren also in den Karawansereien ausspioniert worden. Wer aber mochte dahinterstecken? »Wer seid ihr? Was wollt ihr eigentlich von uns?«

»Ich heiße Sartak. Meine Brüder und ich dienen Khubilai, dem Herrn des Himmels, Kaiser über das Reich der Mitte, Beherrscher der Welt. Wir sind seine Krieger und wollen nichts von euch. Ihr habt den Wunsch, mit dem Khan der Khane zu verhandeln. Man hat uns geschickt, damit wir euch zu ihm geleiten.«

»Aber wir hatten eine ... Eskorte. Ihr habt sie ermordet. Wir waren auf unserem Weg ... zum *khaghan* ... als ihr uns entführt habt.«

Wütend spie Sartak in den Sand. »Das waren Verräter. Sie wollten euch nach Karakorum bringen. Dort würdet ihr lediglich den Bruder des Kaisers finden, den Thronräuber Arik Böke, der so unansehnlich und plump ist wie das Hinterteil eines Pferdes. Sofern ihr den wahren Khan der Khane sehen wollt, müßt ihr uns nach Shangdu zu Khubilai begleiten, dem Himmelskaiser.«

»Was sagt er?« fragte Wilhelm.

»Es sieht so aus, als wären wir ... in einen Krieg geraten. Er sagt, es gibt zwei Herrscher ... und Arik Böke in Karakorum soll sich die Macht lediglich angemaßt haben.«

»Aber was wollen sie von uns?«

Josseran begriff, daß der Besuch von Botschaftern anderer Länder die Legitimität des Anspruchs auf den Thron, den jener Khubilai geltend machte, steigern mußte. Falls er sich für den rechtmäßigen Großkhan hielt, dürfte er unter keinen Umständen zulassen, daß sein Rivale ein Abkommen mit ausländischen Mächten traf. »Sie wollen uns zu dem führen, den sie ihren wahren Herrscher nennen ... ein gewisser Khubilai ... seine Hauptstadt ist Shangdu.«

»Sie haben also nicht die Absicht, uns zu töten?«

»Nein, Pater Wilhelm. Wir ruhen nach wie vor in der Sicherheit, die uns der Himmel gewährt.«

»Der Herr beschützt uns nach wie vor! Er lenkt unsere Schritte. Wir müssen fester im Glauben sein.« Er zog etwas heran. Im Schein des Feuers zeigte sich, daß es die lederne Tasche war. »Wir haben immer noch die Heilige Schrift und den Psalter.« Er klammerte sich an das Bündel, als handelte es sich um eine heilige Reliquie.

Josseran würdigte ihn keiner Antwort. Er dachte an Khutelun. Sie hatte sich in seiner Nähe befunden, als der Kampf entbrannte. Was war mit ihr geschehen? Hatte sie überlebt?

Sartak hockte sich neben ihn. »Wir werden euch nichts tun. Ich bedaure, daß wir dir den Schlag auf den Kopf versetzen mußten, aber das geschah in Notwehr. Du kämpfst wie ein Löwe.«

»Die Gesellschaft der anderen ist mir lieber.«

Sartak sah in die Nacht hinaus. »Wenn du sie suchen möchtest – sie sind irgendwo da draußen in der Wüste. Aber du wirst wie der Wind laufen müssen, denn zwischen ihnen und uns liegen viele Meilen. Unsere Pferde sind schnell, und sie haben nur Kamele.«

»Ihr habt nicht alle getötet?«

»Mein Befehl lautete, dich und deinen Gefährten gefangenzunehmen.«

»Es sind also noch einige von ihnen am Leben?«

Sartak neigte den Kopf zur Seite. »Liegt dir das am Herzen?«

»Was ist mit der Anführerin unserer Gruppe? Ist sie tot?«

Ein Murmeln ertönte aus den Reihen der Tataren. Zum ersten Mal schien Sartak sich seiner Sache nicht mehr sicher zu sein. »Barbar, du erstaunst mich.«

»Was ist mit ihr?«

»Wir haben keine Frau gesehen. Nur tatarische Abtrünnige. Banditen aus der Steppe.«

Es war unmöglich. Sie mußten sie gesehen haben. Oder sagte dieser Sartak etwa die Wahrheit? Warum hätte er lügen sollen? Vielleicht hatten die Angreifer nicht mitbekommen, daß sie gegen eine Frau kämpften, denn Khutelun hatte ihr Gesicht hinter einem Tuch verborgen gehalten.

Er würde für sie beten, beten, daß sie noch lebte und nicht irgendwo da draußen in der Dunkelheit auf den Tod verwundet lag.

Es ist also vorüber, dachte er. Gott hatte seine Zwangslage für ihn gelöst. Er würde die Frau nie wiedersehen, und so konnte er ungehindert seine Pflicht vor dem Großmeister der Tempelherren und seinem Gott tun. Er würde den Boten des Papstes zum Großkhan begleiten und versuchen zu vergessen, daß er je erwogen hatte, seine Religion und seine Mitkrieger um einer Wilden und einer Hexe willen zu verraten.

2

Mit halsbrecherischer Geschwindigkeit durchquerten sie die *gebi*-Wüste und setzten sogar über trockene Wasserläufe in vollem Galopp hinweg. Wie alle Tataren schienen auch ihre Entführer keine andere Art des Reitens zu kennen. Josseran nahm die damit verbundene Qual ergeben auf sich. Erschöpft von den Monaten der Reise und benommen von den Schmerzen seiner Kopfwunde unternahm er nicht einmal den Versuch, sich wie sie in die Steigbügel zu stellen, sondern ließ sich Meile um Meile durchschütteln, daß sein Rückgrat schmerzte.

Inzwischen wußte er, daß es sich bei seinen Begleitern um Angehörige von Khubilais kaiserlicher Wache handelte. Sartak war der einzige, dessen Namen er kannte; zwei andere, die Unterführer zu sein schienen, nannte er insgeheim den Wüterich und den Trunkenbold. Der Wüterich trug ständig ein finsteres Gesicht zur Schau und spie auf den Boden, wann immer sich Josseran ihm näherte; der Trunkenbold schätzte nichts höher als seinen schwarzen *kumys* und torkelte Abend für Abend singend um das Feuer oder durch den Hof der Karawanserei, wobei er immer weitertrank. Dieses Verhalten schien keinen seiner Landsleute im geringsten zu stören oder aufzubringen.

Es fiel Josseran auf, daß die Krieger besser ausgerüstet waren als Khaidus Männer. Neben einem Bogen und drei hölzernen Köchern voller Pfeile führte jeder von ihnen eine Streitaxt oder Keule am Gürtel mit sich und hatte einen Dolch an den linken Arm gebunden. Seidenfäden verbanden die Eisenplatten ihrer Rüstung miteinander.

Unter dieser Rüstung trugen sie als zusätzlichen Schutz ein seidenes Hemd. Sartak erklärte, Seide reiße nicht einmal unter dem Aufprall einer Pfeilspitze, sondern dringe gemeinsam mit ihr in die Wunde. So lasse sich der Pfeil leicht herausziehen, ohne eine zu große Wunde zu verursachen.

Wie Khaidus Krieger auch waren diese Männer übermäßig stolz auf ihre Eroberungen und Fähigkeiten. Aber sie sprachen abschätzig von Arik Böke und dessen Anhängern und gaben sich überzeugt, daß deren Tage gezählt waren. Den Boten, der am ersten Abend in Kaschgar zu ihnen gestoßen war, das begriff Josseran jetzt, hatte vermutlich Khaidu ausgesandt, um seine Tochter Khutelun von diesem Stand der Dinge in Kenntnis zu setzen. Nicht Banditen hatten sie und ihre Gefährten veranlaßt, die Rüstung anzulegen, sondern Khubilai.

Khaidus Befürchtungen waren offensichtlich begründet gewesen. Mit diesen Querelen in den Reihen der Tataren waren auch er und Wilhelm in eine Zwickmühle geraten: welchen Sinn hätte es, ein Abkommen mit einem ihrer Großkhane zu schließen, wenn ihm der andere nicht zustimmte? Und sofern sie Gnade vor Khubilais Augen fanden, auf welche Weise würden sie dann nach Akko zurückkehren? Mit Sicherheit würden ihnen Khaidu und seine Leute den Weg über die Seidenstraße versperren.

Eine Festung erhob sich aus der grauen Ebene, die jadegrünen Giebel der Pagodentürme, von denen dreieckige grüne Wimpel flatterten, glänzten vor dem schneebedeckten Hintergrund des Qilian-Gebirgsmassivs. »Das Jadetor«, kündigte Sartak an. Eine schwarze Bergkette, die sich im Norden erhob, nannten ihre Gefährten die Pferdemähne.

In der Nähe sahen sie das zerstörte Stück einer Mauer, von der ihnen der Trunkenbold mitteilte, die verschiedenen Herrscher der Chin hätten sie einst zum Schutz gegen Dschingis Khans Vorfahren zwischen ihrem Reich und der ungeheuren Weite der Steppe errichtet.

»Urteilt selbst, was sie ihnen genützt hat«, sagte er lachend.

In der Ferne sahen sie den Schimmer grüner Felder und erkannten Reihen von Pappeln. Von dort aus, teilte ihnen Sartak mit, lief die Ebene in eine schmale Zunge aus, die sich zwischen dem Qilian-Massiv und den schwarzen Vorbergen der Pferdemähne dahinzog. Hier liefen die verschiedenen Äste der Seidenstraße zusammen und bildeten die Handels-Schlagader, die ins Herz des sagenumwobenen Landes Kitai führte.

»Willkommen im Reich der Mitte«, sagte Sartak, der stolz aufgerichtet im Sattel seines Pferdes saß. »Die Takla Makan liegt hinter uns. Sagt ihr Lebewohl.« Er spie in den Sand.

Josseran übersetzte Wilhelm seine Worte. »Wir haben also durch Gottes Güte überlebt«, erwiderte der Mönch.

Josseran nickte.

»Warum so finster, Templer? Denkt Ihr immer noch an die Hexe?«

Ob er an sie dachte? Tag und Nacht beschäftigte ihn nichts anderes. Er würde keine Ruhe finden, bis er wußte, ob sie lebte. Doch wie sollte er in Erfahrung bringen, was aus ihr geworden war? Nachts kämpfte er gegen den Wunsch an, sich im Dunkel durch das Lager zu schleichen und Sartak seinen Dolch in die Eingeweide zu stoßen. »Sie hat uns nichts getan«, sagte Josseran und bemühte sich, keinen Ärger in seiner Stimme mitschwingen zu lassen.

»Ihr wart ja auf nichts anderes erpicht, als mit ihr Unzucht zu treiben. Ohne es zu wollen, haben diese Barbaren Eure unsterbliche Seele vor weiterer Sünde bewahrt.«

»Immer wieder kommt Ihr auf das fleischliche Verlangen zu sprechen. Es scheint Euch ja ungemein zu beschäftigen, Priester«, stieß Josseran hervor. Die Schadenfreude des Dominikaners hatte die letzten Reste von Zurückhaltung hinweggefegt, die seiner Wut auf ihn bisher Einhalt geboten hatten.

»Die geschlechtliche Vereinigung von Mann und Frau ist Sünde, es sei denn, das Sakrament der Ehe hätte sie geheiligt und sie gehe auf den Wunsch zurück, Kinder zu zeugen. Ich kenne Euer Herz, Templer. Es riecht darin so widerlich wie in einem Bordell.«

»Es ist doch gewiß besser, seinen Samen zu verbreiten, als Blut zu vergießen, oder?«

»Die Bibel duldet weder das eine, noch das andere.«

»Tatsächlich? Ich habe in ganz Outremer Sarazenen gemetzelt, und dennoch sagt Ihr Kirchenleute mir, ich befände mich im Zustand der Gnade, solange ich mich keiner Zärtlichkeit schuldig mache, nicht tue, was mein Körper von mir verlangt. Ist es eine so große Sünde, bei einer Frau zu liegen, die sich nicht dagegen sträubt? Und ist es so heilig, einem Mann mein Schwert durch den Leib zu stoßen?«

»Müßt Ihr beständig Ausflüchte für Eure Sündhaftigkeit finden? Ich habe das schon zahllose Male von Euch gehört. Wollt Ihr noch die Sünde des Stolzes auf die der Unzucht häufen?«

Wie alle Kirchenmänner nannte der Priester die Liebe zwischen Mann und Frau sündig, und Josseran mußte sich eingestehen, daß der Hang zum Weib in so mancher Männer Leben zur Katastrophe geführt hatte – auch in seinem. Vielleicht hatten die Priester sogar recht.

Aber so einfach war das nicht, denn die sanftmütige Liebe einer Frau vermochte Männer ebenfalls sanftmütig zu machen. Wenn der leidenschaftliche Ausbruch vorüber war, blieben keine Leichen, die man verbrennen mußte, roch es nicht nach Blut, sondern lediglich angenehm nach Schweiß. Wie konnte Liebe schlecht sein, wenn sie dafür sorgte, daß ein Mann eine Zeitlang nicht tötete?

»Ihr müßt zu Gott um Vergebung beten«, sagte Wilhelm.

»Ich kann Euch Priestern nicht vergeben. Ich hasse Euch alle, denn Ihr seid schuld daran, daß ich mich selbst hasse.«

Darauf antwortete Wilhelm mit eisiger Stimme: »Wenn wir wieder in Outremer sind, werde ich dafür sorgen, daß man Euch vor die Inquisition bringt.«

»Tut, was Ihr für richtig haltet.«

Die Tataren verfolgten den Zank ihrer beiden Geiseln verständnislos. Auf ihren Gesichtern lag zugleich Neugier und Überraschung. Schließlich schwieg Josseran, und Wilhelm wandte seine Aufmerksamkeit erneut der schäbigen kleinen Stadt unterhalb der Festung zu, aus der sich die braunen Tempel und Trommeltürme der Götzendiener erhoben.

»Hier gibt es viel zu tun«, sagte er. »Mit Eurer Hilfe werde ich diesen Menschen das Wort Gottes bringen. Ich ermahne Euch, mich dabei zu unterstützen. Vielleicht wird es Euch dann nicht so schlimm ergehen, wenn wir einst wieder in Akko sind.«

»Ich wollte, ich wäre mit ihr gestorben.«

»Ohne gebeichtet zu haben?«

»Der einzige Grund, warum ich nicht in die Hölle fahren möchte, ist der, daß ich im tiefsten Inneren meines Herzens weiß, daß sie voller Priester sein wird!« rief Josseran aus und folgte im Galopp Sartak und dessen Kriegern den Hang hinab.

3

Reste verbrannten Weihrauchs stiegen in Sonnenstrahlen auf, Papieropfer brannten in einer Kupferschale. Ein mandeläugiger Gott, dessen schwarzer Bart über seine vergoldete Rüstung hinabfloß, sah sie aus einer Ecke des Raumes finster an. Zu seinen Füßen lagen Opfergaben von Obst und Blumen.

Vor ihnen erhob sich zwischen zwei karmesinroten Säulen ein Altar fast bis zur Decke. In seiner Mitte hockte im Schneidersitz das Bronze-Standbild eines Gottes mit kugelrundem Bauch, dessen Ohrläppchen ihm bis zu den Schultern hingen, und lächelte breit. Josseran erkannte in ihm die Gottheit, die Khutelun abwechselnd Borkan und Buddha genannt hatte. Die Statue war mit Blattgold bedeckt, das im Laufe der Jahrhunderte matt geworden war. Andere Darstellungen der Gottheit aus Bronze und Holz befanden sich allenthalben in dem Tempel, auf Sockeln oder in Wandnischen.

Die Stille wurde nur durch das leise Läuten einer Glocke irgendwo im Tempel unterbrochen.

Ein Mönch kniete am Schrein nieder, vor sich ein Buch mit Mantras und eine Gebetsglocke. Sein kahl geschorener Schädel glänzte im Zwielicht wie poliertes Messing. Er hörte sie eintreten und erhob sich langsam, um sie zu begrüßen. Auf seinem Gesicht war weder Überraschung noch Furcht zu erkennen.

»Wer ist das?« fragte der Dominikaner Josseran.

»Er sagt, er sei der Abt.«

»Weiß er, wer wir sind?«

»Er sagt, er habe uns erwartet, da man ihm unsere Ankunft gemeldet habe. Er heißt uns willkommen.«

»Er hat uns erwartet? Warum?«

»Ich weiß es nicht. Aber das hat er gesagt.«

Der Abt sprach erneut und nickte dabei zu Wilhelm hinüber.

»Was sagt er?«

»Er will wissen, wie alt Ihr seid.«

»Sagt ihm, dreiunddreißig Jahre – ebenso alt wie unser Herr, als er für uns am Kreuz starb.«

Josseran gab diese Angabe weiter. Nachdem er noch einige Worte mit dem Abt getauscht hatte, lachte Josseran laut auf, und auf das Gesicht des Abtes trat ein breites Lächeln, so daß man seine Zahnlücken sehen konnte.

»Was hat er gesagt?« wollte Wilhelm wissen.

»Daß Ihr viel älter ausseht. Er hat gefragt, ob Ihr ein sehr ausschweifendes Leben führt.«

»Was habt Ihr ihm geantwortet?«

»Daß Ihr ein notorischer Hurenbock seid.«

Zischend stieß Wilhelm den Atem aus. Er war mit seiner Geduld diesem Templer gegenüber am Ende. Das war kein Mitbruder, sondern ein meineidiger Ritter. Eine Weile lang hatte er ihn ertragen und war zum Lohn dafür mit Gotteslästerungen und Spott bedacht worden. All das hatte seinen Verdacht und den anderer Vertreter der Kirche in Rom bestärkt, daß der Templerorden des Vertrauens in keiner Weise würdig war, das der Papst in ihn setzte. Ihm gehörten Ketzer und Aufsässige an, und insbesondere dieser Josseran legte nicht die Spur von Frömmigkeit an den Tag. Eines Tages, das nahm sich Wilhelm vor, würde er mit ihm abrechnen. Das war er Gott schuldig.

Es kam dem Dominikaner so vor, als mustere ihn der Abt mit seinen ausdruckslosen Triefaugen aufmerksam. Wie all die Götzenanbeter in jener Weltgegend trug er safranfarbene Gewänder, aber keinen weiteren Schmuck. Er war schon sehr alt. Straff spannte sich seine glatte Haut über dem Schädel, hing aber in losen Falten unter dem Kinn. Mit den hohen Wangenknochen und dem schütteren Bart sah er aus wie ein trübsinniger und sonderbarer Affe, der zugleich irgendwie boshaft wirkte.

Trotzdem lächelte er.

»Sagt ihm, daß ich gekommen bin, ihm die frohe Botschaft unseres Herrn zu verkünden«, forderte Wilhelm den Templer auf.

Abermals flüsterten die beiden anderen in der fremden Sprache. Als sich Josseran wieder an Wilhelm wandte, lag erneut dieses aufreizende Lächeln auf seinen Zügen.

»Er sagt, eine frohe Botschaft ist ihm immer willkommen.«

»Teilt ihm mit, daß ich im Auftrag des Papstes hier bin, Gottes sterblichen Stellvertreters hienieden auf Erden, und den einzigen und wahren Glauben verkünde. Er soll unverzüglich seinen Götzendienst einstellen und den Gott anbeten, dessen Sohn, unser Herr und Heiland Jesus Christus, in die Welt gekommen ist, um für die Sünden der Menschheit zu sterben. Sollte dieser Heide das nicht tun, wird er in die Hölle fahren und dort ewige Qualen erleiden – sagt ihm das.«

»Er ist schon alt, Pater Wilhelm. Das ist für ihn ein bißchen viel auf einmal.«

»Tut einfach, was ich Euch sage.«

Eine lange Unterhaltung folgte. Aufmerksam achtete Wilhelm auf das Gesicht des alten Mönchs, dessen Ausdruck sich überhaupt nicht zu ändern schien. Schließlich wurde er ungeduldig.

»Was hat er gesagt?«

»Er hat mir eine Menge Fragen über die Hölle gestellt, und ich habe versucht, sie zu beantworten, so gut ich das kann.«

Wilhelm biß die Zähne aufeinander. Jetzt hielt sich dieser Templer schon für einen Theologen. »Es wäre besser, Ihr würdet mir seine Fragen übersetzen. Ich kann mir nicht vorstellen, daß Ihr mit irgendeiner Art von Sachkunde über die Hölle zu sprechen vermögt – jedenfalls bisher noch nicht«, fügte er mit boshaftem Lächeln hinzu.

»Ich habe ihm meine Ansichten näher erläutert.«

»Was hat er dazu gesagt?«

»Die Hölle scheint ihn ziemlich zu interessieren, und er wollte wissen, ob sie irgendwo in der Nähe der Takla Makan liegt.«

»Sagt ihm, daß sie nicht von dieser Welt und den Seelen der Verdammten vorbehalten ist.«

Josseran verzog das Gesicht. »Das habe ich bereits getan, und er hat gesagt, daß er seit langem an die Hölle glaubt.«

Hoffnung stieg in Wilhelm auf.

»Seiner Überzeugung nach befindet sie sich bereits auf unserer Erde«, fuhr Josseran fort. »Er sagt, daß er mit angesehen hat, wie sein eigener Vater unter Qualen an der Pest gestorben ist und die Krieger des Dschingis Khan seine Mutter vergewaltigt und aufgeschlitzt haben. Außerdem hat man ihn gezwungen mit anzusehen, wie all seinen Geschwistern die Kehlen durchgeschnitten wurden. Er wüßte gern, was der Teufel Eurer Ansicht nach noch mehr tun kann, um ihm Angst einzujagen.«

»Ihr müßt ihm sagen, daß seine unsterbliche Seele auf dem Spiel steht und er nicht spotten soll.«

Der belustigte Ausdruck verließ Josserans Gesicht. »Ich versichere Euch, daß er nicht gespottet hat.«

»Ihr müßt ihm sagen, daß der Teufel zehnmal schlimmer ist als Dschingis Khan.«

Wieder sprach Josseran mit dem Alten. Sehnsüchtig wünschte sich Wilhelm die Sprachbegabung, die Gott in seiner Weisheit dem Templer geschenkt hatte.

Schließlich wandte sich dieser wieder an ihn. »Er sagt, wenn Ihr meint, der Teufel sei schlimmer als Dschingis Khan, könnt Ihr Dschingis Khan nicht gekannt haben.«

»Aber sehnt er sich denn nicht nach der Ewigkeit?« wollte Wilhelm wissen.

Josseran gab die Frage weiter. »Er meint, nein«, sagte Josseran.

Wilhelm traute seinen Ohren nicht.

»Er sagt, er leidet schon seit vielen Jahren an Gicht, die ihm unerträgliche Schmerzen bereitet. Die Ärzte haben ihm klar gemacht, daß er sie so lange aushalten muß, bis er stirbt. Er sagt auch, daß er in beiden Kniegelenken Schmerzen hat, und die einzige Möglichkeit, sie zu ertragen, bestehe darin, sich immer wieder ins Gedächtnis zu rufen, daß er nicht mehr lange leiden muß.« Josseran zögerte. »Er wüßte auch gern, warum Ihr auf alle Zeiten weiterleben wollt, wo Ihr doch eine so unreine Haut habt und so übel riecht.«

Wilhelm wurde blaß vor Wut und brachte vor Empörung eine ganze Weile kein Wort heraus. Jetzt beleidigten ihn diese Barbaren auch noch, wo er doch gekommen war, ihnen das Heil zu bringen!

Unterdessen beugte sich der Alte vor und flüsterte Josseran etwas zu.

»Was sagt er jetzt? Hört er nicht auf, mich zu kränken?«

»Seiner Ansicht nach gibt es keinen Gott, der dem Fleisch Unsterblichkeit verleihen kann. Wir sollen uns doch nur umsehen: der Schnee schmilzt, die Bäume verlieren ihr Laub, Blumen welken – alles hat seine Zeit. Der Himmel könne, meint er, keinem Ding Dauer verleihen, warum wollt also Ihr danach streben? Reiche werden errichtet und vergehen, und auch Dschingis Khan hatte nicht das ewige Leben.«

»Ihr müßt ihm die Geschichte unseres Herrn Jesus erzählen.«

Josseran schüttelte den Kopf. »Nein, Pater Wilhelm. Ich bin es leid. Er ist alt, und ich denke, in manchem klüger als Ihr. Wir sollten jetzt gehen.«

»Weigert Ihr Euch, mich bei meinem heiligen Auftrag zu unterstützen?«

»Ich habe für den Papst gegen die Sarazenen gekämpft. Genügt das nicht?«

Damit ging Josseran fort. Der alte Mönch sah ihm reglos und stumm aus seinen triefenden Augen nach. Wilhelm empfand die Aussichtslosigkeit seines Unterfangens und hätte am liebsten geweint. So viele Seelen bedurften der Errettung, und alle waren sie verhärtet und uneinsichtig.

Was sollte er tun? Wo würde er in diesem sonderbaren Land der Verworfenen Unterstützung finden, wo würde er auf Gott stoßen?

4

Hinter dem Jadetor gelangten sie in das Gebiet, in dem die ›Pfeilreiter‹ der jeweils acht Meilen voneinander entfernten kaiserlichen *yams* oder Poststationen unterwegs waren. Im wesentlichen ähnelte ein solcher *yam* einer Karawanserei, war aber bedeutend luxuriöser eingerichtet als alles, was sie in der Wüste gesehen hatten. So verfügten sie alle über Vorratshäuser und Küchen. In jedem von ihnen erwartete ein kaiserlicher Beamter Josseran und Wilhelm. Sie bekamen jeweils einen Raum mit hölzernen Betten, auf denen bisweilen sogar eine seidene Decke lag, und Dienstboten brachten ihnen Erfrischungen.

In einem solchen *yam* gab es außerdem große Stallungen, umgeben von ausgedehnten grünen Weideflächen, auf denen Hunderte von Pferden grasten. Weitere standen in Pferchen bereit und konnten jederzeit gesattelt werden.

Schon bald sollte Josseran sehen, wie sinnvoll diese Einrichtung war.

Eines späten Nachmittags, sie waren gerade an einer abgelegenen Poststation eingetroffen und nahmen ihren Pferden die Sättel ab, kam ein Reiter von Norden und stieß in ein Horn. Kaum war er in den Hof galoppiert, als schon ein Pferdeknecht ein fertig gesatteltes frisches Pferd an seinem scharlachroten Zaumzeug herbeiführte. Der Reiter sprang ab, schwang sich, ohne ein Wort zu sagen, auf das frische Pferd, ritt in einer Staubwolke davon und überließ dem Pferdeknecht das dampfende und erschöpfte Tier. Wenige Minuten später war er nur noch als kleiner Fleck am Horizont zu erkennen, der über die Ebene davonstob, westwärts, dorthin, woher sie gekommen waren.

Josseran hatte nur einen kurzen Blick auf ihn erhascht. Um den Leib trug er dicke Ledergürtel, den Kopf hatte er mit dicken Tüchern umwickelt, und um den Hals hing ihm ein großes goldenes Medaillon.

»Wer war das?« fragte er den Trunkenbold.

»Ein Bote des Kaisers«, antwortete dieser. »Wir nennen sie Pfeilreiter.«

Später erklärten der Trunkenbold und Sartak ihnen die Bedeutung von Khubilais kaiserlichen *yams* so stolz, als hätten sie sie selbst erfunden.

Ein Pfeilreiter, sagte Sartak, befördere dringende Botschaften, die vom kaiserlichen Hof ausgingen oder für ihn bestimmt waren, und müsse den ganzen Tag im vollen Galopp reiten. »Auf diese Weise kann er am Tag über hundert Meilen zurücklegen, wobei er an jeder Poststation das Pferd wechselt. In dringenden Fällen reitet er möglicherweise sogar nachts, dann eilen Läufer mit Fackeln dem Pferd vorauf. Auf diese Weise kann der Kaiser Botschaften, für die sonst zehn Tagesreisen nötig sind, in einem Tag und einer Nacht empfangen.

Jede Ortschaft, ob Weiler oder Stadt, muß Pferde für die Poststation zur Verfügung stellen. Auf diese Weise kostet das System den Kaiser nichts. Von ihm kommen nur die Pferde für jene Poststationen in der Steppe oder Wüste, in deren Nähe keine Ortschaften sind.«

Die dicken Ledergürtel, erläuterte er, halfen dem Reiter, aufrecht im Sattel sitzenzubleiben, und die Tücher um den Kopf schützten ihn vor dem Wind und hochgeschleuderten Steinen.

»Und wenn sein Pferd einmal lahmt?« wollte Josseran wissen.

»Hast du das goldene Medaillon gesehen, das er um den Hals trägt? Es trägt das *paisa*, das kaiserliche Siegel, und damit hat er die Vollmacht, von jedem sein Pferd zu verlangen und dem die Todesstrafe anzudrohen, der sich weigert.«

»Nicht so eilige Botschaften werden oft durch Läufer befördert«, fügte der Trunkenbold hinzu. »Sie übergeben nach jeweils drei Meilen die Botschaft im nächsten Dorf an einen anderen Läufer. Ein Glockengürtel, den sie um die Taille tragen, teilt dem nächstgelegenen *yam* ihre Ankunft mit, so daß dort bereits ein frischer Läufer bereitsteht, der die Botschaft sofort übernimmt und weiter trägt.«

»Aber darf man denn sicher sein, daß alle Boten ihre Aufgabe zuverlässig erledigen?«

Sartak lachte. »Niemand wagt es, den Kaiser zu erzürnen. Außerdem gibt es in jeder Festung einen Beamten, der die Uhrzeit von Eintreffen und Aufbruch eines jeden Boten festhält. Einmal im Monat werden alle *yams* kontrolliert, und ein Bote, der seine Aufgabe saumselig erledigt, wird schwer bestraft.«

Nichts, wovon Josseran je gehört hatte, ließ sich mit diesem sich über das ganze Reich erstreckenden ausgeklügelten Botennetz vergleichen. Wieder einmal war er erstaunt über diese Menschen, und er war überzeugt, daß sie auf dem Weg zu einem Herrscher waren, der sich in jeder Hinsicht von den wilden Reiterkriegern der Steppe am Fuß des Dachs der Welt unterschied. Offensichtlich war dieser Khubilai nicht mit Khaidu zu vergleichen.

Womöglich hatten die Tataren recht; es war denkbar, daß *sie*, die Männer aus dem Westen, in Wirklichkeit die Barbaren waren.

5

Sie befanden sich im Reich der Mitte.

Anfangs zogen sie noch einmal durch eine Wüste und sahen dabei die gleichen steinigen Ebenen und staubbedeckten Oasenstädte, die sie seit Kaschgar kannten. Allmählich aber wich das Wüstengebiet zurück, und die Straße folgte einem breiten Fluß, der in einer Schlucht mit grün bewachsenen Hängen dahinfloß. Es war eine sonderbare und exotische Welt, fern von den Gebieten der Mohammedaner. Selbst die gewaltige Einöde der Takla Makan war nichts mehr als eine Erinnerung.

Die Dörfer lagen so dicht beieinander, daß sie die Mauern des nächsten sehen konnten, kaum, daß sie das eine verlassen hatten. Überall umgab sie fruchtbares Weideland, unterbrochen von eingezäunten Bauernhöfen, deren strohgedeckte Lehmhäuser sich unter Pappelgruppen duckten. Männer mit sehnigen Körpern gingen hinter Ochsenpflügen über das Feld oder fischten im Schatten der roten Berge an den seichten Stellen des Flusses.

Immer wieder stießen sie auf Zeugen der langen Geschichte jenes Tales. Überall erhoben sich die Reste von Wach- und Leuchttürmen sowie von befestigten Mauern. Meilenweit zogen sich diese durch Einöden und Salzsümpfe. Was hatte der alte Mönch noch gesagt? »Reiche werden errichtet und vergehen, und auch Dschingis Khan hatte nicht das ewige Leben.«

Sie gelangten in ein tief eingeschnittenes, enges Tal und folgten einem Fluß, der wie eine gelbe Ader ins Herz des Reiches führte. Die grünen Hänge über ihnen trugen terrassenförmig angelegte Reisfelder, und in die steil abfallenden großen gelben Lößflächen waren in Reihen übereinander Höhlen gegraben. Dort wohnten seit Jahrtausenden die in jener Weltgegend ansässigen Menschen, trennten im Schein der Sonne das Getreide von der Spreu und zogen sich nachts in die Sicherheit ihrer Höhlen zurück.

Die vielen neuen Eindrücke lenkten Josserans ganze Aufmerksamkeit auf sich. Dazu gehörte auch das dämonische Klirren von Zimbeln und der klagende Hall von Gongs aus den Tempeln, der rhythmische Gesang der Priester. Mit erstaunlichen Farben bemalte gewaltige Borkan-Standbilder erhoben sich neben der Straße. Einmal kamen sie an einer aus dem nackten Felsen herausgehauenen Darstellung der Gottheit vorüber, die Josserans Schätzung nach so hoch war wie zehn Männer.

Hier war die Seidenstraße alles andere als einsam. Es wimmelte von knarrenden Fuhrwerken und von Bauern auf dem Weg zum Markt. Sie trugen Körbe voller Obst und Gemüse an langen Bambusstangen, die sie über den Schultern trugen. Kleine, aus wenigen Maultieren oder Kamelen bestehende Karawanen brachten Seide und Tee aus dem Süden. Gelegentlich ertönte das Klirren eines Glockengürtels, und schon bald darauf eilte ein kaiserlicher Postläufer vorüber.

Überall sah man ausgedehnte Gärten mit Maulbeerbäumen. Dort wurden die kostbaren Seidenraupen gezüchtet.

Die Dörfer, an denen sie vorüberkamen, waren arm wie die im Süden Frankreichs, und die Lehmwände der mit Riedgras gedeckten Hütten hatte man mit gehäckseltem Stroh verstärkt. Manches von dem, was er sah, war ihm wohlbekannt: die schmutzigen Gassen, durch welche Gänse watschelten und in deren Schlamm sich Schweine suhlten; Kinder mit bloßem Hinterteil, die sich über die Gräben hockten, um ihre Notdurft zu verrichten.

Anderes aber bestaunte er mit großen Augen. Einmal sah er einen Leichenzug, dem eine Musikantengruppe mit laut tönenden Trompeten voranschritt. Der zugenagelte Sarg war mit leuchtend bunten Seidendecken verhängt, die Angehörigen lachten und sangen, als beginge man einen Festtag. Bei Beerdigungen, wie er sie kannte, pflegte es traurig und still zuzugehen, und so erstaunte ihn dieser Anblick zutiefst.

Es kam ihm ganz so vor, als wirkten Wilhelm und er auf die Menschen im Reich der Mitte ebenso exotisch wie deren Erscheinung auf sie. So sahen sie rundliche, mondgesichtige Kinder, die in überdachten Eingängen unter schwarz und rot bemalten Türstürzen saßen, über denen das Unkraut aus dem geschwungenen Bambusdach wuchs, auf die Straße laufen und laut schreiend auf sie deuten, als sie vorüberzogen.

Weißbärtige Männer legten die langen Pfeifen beiseite und starrten mit vor Staunen aufgesperrtem Mund die hünenhaften rundäugigen Fremdlinge an. Zahnlose alte Weiber in gesteppten Obergewändern und Hosen trippelten auf unvorstellbar winzigen Füßen, die in einer Art Pantoffeln steckten, in ihre Elendsbehausungen, wobei sie wie Hexen kreischten.

Dann erhob sich aus der braungelben Ebene eine Stadt, die größer war als alle, welche Josseran je gesehen hatte, sogar größer als Konstantinopel, Venedig oder Rom. Die Mauer, die sie umschloß, war bestimmt über zwanzig Meilen lang und verschwand links und rechts von ihnen im frühmorgendlichen Dunst, der sie umgab. Eine erstaunliche Anzahl von Trommeltürmen und Pagoden ragte über die Mauerkrone empor. Selbst Wilhelm schien beeindruckt zu sein.

Sartak sagte, in jener Stadt nehme die Seidenstraße ihren Ausgang, sie heiße Kensan Fu und habe mehr als eine Million Einwohner.

»Werden wir hier Khubilai Khan treffen?« fragte Josseran hoffnungsvoll.

»Nein, Barbar«, lachte Sartak. »Er lebt in einer bedeutenderen Stadt.«

Weiter ging es nordwärts, durch riesige, tief eingeschnittene Täler voller Reisfelder, immer am Lauf des Gelben Flusses entlang. Er war von den Regenfällen angeschwollen und führte Unmengen Schlamm mit sich, war aber nicht gelb, wie sein Name vermuten ließ, sondern ockerfarben. Sie kamen an einer weiteren großen Stadt vorüber, welche die Tataren Tai Yuan nannten, und stießen schließlich auf eine Anlage, bei derem Anblick Josseran der Mund offen stehenblieb.

Vor ihnen erstreckte sich eine lange, aus Lehmziegeln errichtete und mit Erdwerk gefüllte Mauer. Sie zog sich Meile um Meile über die Berge und wand sich hierhin und dorthin wie eine Schlange, bis sie im fernen Dunst des Horizonts verschwand. Auf ihrer ganzen Länge erhoben sich in gleichmäßigen Abständen Wachtürme.

»Unfaßbar«, murmelte Josseran.

Hinter der Mauer, die etwa so hoch war wie zwei oder drei Männer, stieg Sartak aus dem Sattel. Sie mußten ihre Pferde einen steilen Pfad hinauf zu den Brustwehren führen, wo sie wieder aufsaßen. Mehrere Tage ritten sie auf dieser Mauer, wobei sie an einer Unzahl von Wachhäusern und Kriegern vorüberkamen, die Rüstungen gleich denen ihrer Eskorte trugen und von deren Lanzen die gleichen grünweißen Wimpel wehten. Lange, bevor sie das Ende dieses erstaunlichen Bauwerks erreicht hatten, trafen sie in Shangdu ein.

6

Möglicherweise war es ganz gut, daß die Götter eingegriffen hatten, überlegte Khutelun. Wer weiß, welcher Wahnsinnstat sie sonst fähig gewesen wäre.

Immerhin war sie Prinzessin, Tatarin und Khaidus Tochter. Jener Joss-ran hingegen war nur ein Barbar, noch dazu ein häßlicher. Dennoch konnte sie nicht bestreiten, daß sie in ihrem Herzen etwas für ihn empfand, dem sie aufgrund ihrer hohen Abkunft auf keinen Fall hätte nachgeben dürfen.

Er würde ihr fehlen. So oft sie mit den Geistern des Ewigen Blauen Himmels flog, würde sie ihn suchen, und sie würde ihn nie vergessen.

Eine graue Gewitterwolke trieb über das Gebirge. Die sommerlichen Regenfälle hatten eingesetzt, und das ganze Land schien vor Wasser zu glänzen. Den gräsernen Ozean der Steppe bedeckten Wildblumen, die in Gelb und allen möglichen Rottönen leuchteten, und die Schafe, die im Tal weideten, waren schon so wohlgenährt, daß sie wie Gänse watschelten. In allen Tälern waren die Lederbehälter, die am Eingang der Jurten hingen, prall von *kumys*.

Ein Schwarm Wildgänse flog über sie hinweg. Der Zug durch die Wüste war nur noch ein Traum.

Aber was für ein Traum! Er hatte sechzehn ihrer Gefährten das Leben gekostet, unter ihnen auch den Kameltreiber Einauge, dem die Lanze eines von Khubilais Reitern die Kehle durchstochen hatte. Ein Dutzend der Männer war an Ort und Stelle niedergestreckt worden, die übrigen waren auf dem langen Weg nach Norden in die Steppe ihren Wunden erlegen.

Nachdem ihnen Khubilais Krieger den Hinterhalt gelegt hatten, wollte Khutelun eigentlich sogleich quer durch die Takla Makan zu ihrem Vater aufs Dach der Welt zurückkehren. Doch dann hatte sie das Vorhaben aufgeschoben. Zuerst, befand sie, mußte Khubilais Verrat Arik Böke berichtet werden, dem Khan der Khane.

In Eilmärschen führte sie die Überlebenden ihres Trupps durch die Steppe. Gesichter tauchten an den Eingängen von Jurten auf, die hier und da in der Ebene verteilt waren. Menschen traten heraus, ihre Hände gegen das grelle Licht der Sonne schützend vor die Augen gehalten, als die Fremden vorübergaloppierten. Laut kläffend hatten ihnen die Hirtenhunde nachgesetzt und waren eine Weile neben ihren Pferden hergerannt, bis sie zurücktrotteten.

Nach dem Tod so vieler ihrer Gefährten tat es ihr wohl, einfach zu reiten, zu fliegen, zu vergessen, was in der Wüste geschehen war. Ebenso wichtig aber war, daß sie vergaß, was ihr der Christ am Mondsichelsee gesagt hatte und wie er sie im Sturm an sich gepreßt gehalten hatte.

Solche Erinnerungen sollten einer anderen Khutelun gehören, die hatten mit ihr nichts mehr zu tun.

Sie zügelten ihre Pferde auf einem hohen Felsgrat und sahen auf Karakorum hinab, die Stadt der Schwarzen Sände. Es war die Hauptstadt der Blauen Mongolen, so weit sich von einem Volk, das auf dem Rücken der Pferde lebt, sagen läßt, daß es eine Hauptstadt besitzt. Auf den üppigen Weideflächen unter ihnen standen Tausende und Abertausende von Filzjurten. In der Mitte dieses gewaltigen Lagers glänzten die kunstvoll geschnitzten Dächer einer Handvoll hölzerner Pagoden jadegrün und gelb in der Sonne des Spätnachmittags, Stupas erhoben sich in den blauen Himmel, und die Kuppel einer einzelnen Moschee war in ihrer Mitte sichtbar. Jenseits der Stadt erkannte man schneebedeckte Bergspitzen und darunter das dunkle Grün der dort wachsenden Nadelbäume.

Während Khutelun die abgekämpften Männer ihrer Eskorte bergab der Stadt Karakorum entgegenführte, mahnte sie sich erneut, in dem, was in der Wüste vorgefallen war, nichts als einen Traum zu sehen. Es war nichts anderes – lediglich ein Traum.

Die Verteidigungsanlagen der Stadt hatten ausschließlich symbolischen Wert, denn unbestritten war der Großkhan der Mongolischen Horde Herr über ganz Asien. So erhoben sich die Erdwälle kaum mannshoch, und der Wassergraben war nicht tief.

Den Eingang zur Stadt bewachten zwei steinerne Schildkröten. Riesige Steintafeln von der Höhe zweier Männer verkündeten die Erlasse des Großkhans, welche die Herrschaft über das Reich betrafen. Unter ihnen befanden sich auch die als *yassaq* bezeichneten Gesetze Dschingis Khans. Eingeleitet wurden sie mit den Worten: »Durch die Kraft des Ewigen Blauen Himmels und auf Befehl des Herrschers über das Reich der Mongolen …« Die fließende uigurische Schrift, in der die Gesetzestexte verfaßt waren, hatten die Tataren von einem der Völker übernommen, die sie sich unterworfen hatten. Darüber waren in den oberen Rand der steinernen Stele kunstvolle Drachen gemeißelt.

Khutelun war bisher nur einmal hier gewesen. Sie hatte als kleines Mädchen den Vater zu der *khuriltai* begleitet, die

Möngke zum Khan der Khane gewählt hatte. Die undeutlichen Erinnerungen, die sie an die Hauptstadt der Tataren hatte, waren von der unverbildeten Betrachtungsweise des Kindes überhöht. So war ihr die Stadt, in der es überall nach Pferden roch, zu jener Zeit unvorstellbar groß erschienen – in Wahrheit gab es in ihr aber nur eine Handvoll fester Bauten, wobei die hölzernen Pagoden des Palastes die Lehmziegelmauern überragten. Hinzu kamen noch einige Ställe und Getreide-Lagerhäuser aus grob zubehauenen Steinen. Mehr am Rand der Stadt lag das Viertel der Handwerker, auf dessen schlammigen Straßen mohammedanische Kaufleute sowie Silberschmiede und Handwerker aus Kitai ihrer Arbeit nachgingen. Die strohgedeckten Häuser bestanden aus Lehmziegeln.

Khutelun und ihre Gefährten gingen in der Menschenmenge, die sich auf dem Schafmarkt drängte, fast unter. Um sie herum ertönten kehlige Rufe in einem Dutzend Sprachen und das ängstliche Blöken der Tiere, und man sah mohammedanische Händler wild gestikulieren. Im Schritt lenkten sie die Pferde durch den dicken, stinkenden Schlamm an einem prunkvollen Haus mit geschwungenen roten Dächern vorüber, dessen Türbalken mit goldenen Drachen verziert waren.

Khutelun hob den Blick zu den aufragenden Stupas, dem Schwung der Pagodendächer und dem einzelnen Kreuz der nestorianischen Kirche. Aus der Nähe hörte sie den Ruf eines Muezzins, den leisen Gesang von Mönchen und den Klang von Schamanentrommeln jenseits der Palastmauer. Dschingis Khans Reich war hier in einer beengten und schlammigen Stadt zusammengedrängt.

Jetzt erhob sich die gewaltige Palastmauer vor ihnen, die so hoch sein mochte wie zwanzig Männer und durch zwei massive, mit Nägeln beschlagene Holztore unterbrochen wurde. Sie saßen ab. Die Kaiserliche Wache trat vor, verlangte ihre Waffen und erkundigte sich ausführlich nach ihrem Anliegen. Nachdem Khutelun klargemacht hatte, wer sie war, führte der Hauptmann der Wache sie mitsamt ihren Männern durch das Tor zum Zollhaus.

Es war ein langes, schmales Gebäude, das auf festen hölzernen Pfeilern stand. Um einen gemauerten Herd in der Mitte des Raumes wärmten sich die Wachen die Hände. Sie warfen mißtrauische Blicke auf Khutelun und ihre Begleiter.

Der Hauptmann der Wache führte sie schnell weiter. Durch einen dunklen Torweg in einer dickeren, niedrigeren Mauer gelangten sie in das Herz von Karakorum. Dort herrschte Stille.

Der Palast des Großkhans erhob sich auf einem künstlich aufgeschütteten Hügel aus gestampfter Erde über dem Sumpf. Bei seinem Bau hatten die Tataren das Beispiel der Chin befolgt, der Bewohner des Reiches Kitai. Drachen wanden sich an den Wänden der Säulenhallen entlang, deren übereinander gestaffelte Dächer in karmesinrot, jadefarben und golden lackierten schwungvollen Ziegeln ausliefen, und alles reckte sich zu einem unendlich blauen Himmel empor.

Die anderen großen Gebäude, Lagerhäuser, Schatzkammern und Privatgemächer der Goldenen Horde, gruppierten sich um den Zentralbau, wie auch die weniger bedeutsamen Paläste, in denen sich die Hofsekretäre um die Verwaltung des Reiches kümmerten. Dammartige Wege verbanden all diese Bauten miteinander.

Khuteluns Blick wanderte über den Palast hinaus, und einen Augenblick lang sah sie einen weiteren niedrigen Hügel am jenseitigen Ende des Palastgeländes, auf dem sich große Jurten aus weißem Filz erhoben. Zwar empfing der Khan der Khane mit seinem Gefolge Besucher im Palast, doch fühlte sich Khutelun durch das Bewußtsein getröstet, daß offenbar auch er nach wie vor lieber wie ein richtiger Tatar mit einem Rauch-Abzugsloch über sich schlief.

Die Chin hatten das Gebäude ›Palast der mannigfaltigen Stille‹ genannt, für die Tataren, die deren Reich erobert hatten, war es einfach der *kharschi* – der Palast.

Zuerst gelangte man in eine riesige Eingangshalle, deren mit zahlreichen goldenen Drachen geschmücktes gewölbtes Dach auf kräftigen lackierten Pfosten ruhte. Die Besucher mußten vor drei dicken, mit Blattgold bedeckten Toren warten. An jedem wachte zu beiden Seiten die Gestalt eines Bären und eines Löwen.

Erneut wurden sie nach Waffen durchsucht, diesmal von den Palasthütern, Angehörige der Leibwache des Großkhans, dann trat ein Kammerherr vor und geleitete sie durch das Südtor hinein, wobei sie sorgfältig darauf achteten, nicht auf die Schwelle zu treten. Dann wurden sie vor das Angesicht des Gottes auf Erden geführt, des Herrn der Throne, des Herrschers aller Herrscher, des Großkhans der Blauen Mongolen.

7

Es war der atemberaubendste Anblick, der sich Khutelun je offenbart hatte.

Die glasierten aquamarinfarbenen Steinplatten unter ihren Füßen schienen zu glänzen, als ginge sie über die Oberfläche eines Sees. Zu beiden Seiten des Saales ragten drei Säulenreihen auf Granitsockeln auf, welche die Aufmerksamkeit eines jeden Eintretenden auf den Thron lenkten, der sich am Nordende des Saales erhob. Die Säulen waren karmesinrot lakkiert und auf Hochglanz poliert. Die Krallen gespreizt und die grünen Flügel ausgebreitet, glitten Drachen mit goldenen Schuppen zur hohen gewölbten Decke empor.

Der Palast hatte einen kreuzförmigen Grundriß. Der Hauptraum verlief von Norden nach Süden, und die Flügel waren nach Osten und Westen verlängert worden. Von dort fiel goldener Lichtschein durch verhängte Fenster. Eine zweifach geschwungene Marmortreppe führte zu einer erhöhten Plattform. Dort ruhte der Khan der Khane auf einem Sofa aus massivem Ebenholz. Der Thron mit seinem zeltförmigen Baldachin aus purpurfarbener Seide war mit einer Einlegearbeit aus Gold, Perlen und Jade verziert. Doch allem Prunk zum Trotz war der Hof ebenso angeordnet, als befände man sich in einem Tatarenzelt. Unterhalb des *khaghan* und rechts von ihm, also im Westen, befand sich eine weitere Plattform, auf der ihm seine Söhne und Brüder aufwarteten. Links, im Osten, erhob sich eine ähnliche Plattform für seine Gemahlinnen und Töchter.

An den Wänden standen erhöhte Sitze für andere Mitglieder der Goldenen Horde. Khutelun erkannte den stumpfen Glanz des Goldes, die kostbaren Felle und die prächtig bestickten Brokatstoffe, den lockenden Glanz blutroter Rubine.

In der Mitte des Raumes verbreitete ein Feuer Wärme.

So eindrucksvoll das Ganze sein mochte, so war Khutelun im tiefsten Herzen doch enttäuscht.

Ganz Karakorum feierte Arik Bökes Erhebung zum Großkhan. Aus Kesseln mit kochendem Hammelfleisch stieg Dampf auf. Die Männer tranken *kumys* aus riesigen Silberschalen, und bei jedem Hochruf auf den Herrscher sprengten weißgekleidete Schamanen ein wenig Stutenmilch in die vier Winkel der Halle, um die Geister des Ewigen Blauen Himmels zu besänftigen.

Ein silberner Baum nahe dem mittleren Eingangstor diente als Behälter für die Getränke. Khutelun sah, daß die Mundschenke, deren Aufgabe es war, den Gästen die Krüge zu bringen, alle Hände voll zu tun hatten.

»Ihr wartet besser bis zum Ende des Festaktes«, flüsterte ihr der Kammerherr zu. »Dann wird Euch der *khaghan* anhören.«

Als der Festakt vorüber war, lagen die meisten Höflinge auf der Männerseite der Halle sinnlos betrunken auf den Teppichen. Gaukler, Akrobaten und Feuerschlucker kamen herein, um diejenigen zu unterhalten, die noch aufnahmefähig waren.

Schließlich führte man einen Schneeleoparden herein. Sein Wärter löste die lange silberne Kette von seinem Halsband, das Tier schritt die Stufen zum Thron empor und legte sich dem Großkhan zu Füßen, als wollte es ihm damit seine Unterwerfung zeigen.

Ein billiger Trick, dachte Khutelun. Ihr wäre es lieber gewesen, der *khaghan* hätte seine Tapferkeit bewiesen, indem er dem Leoparden im Freien mit einem einzigen Pfeil auf der Bogensehne entgegengetreten wäre.

Der Kammerherr wandte sich ihr zu und geleitete sie zum Thron, damit sie dem Khan der Khane ihre Mitteilung machen konnte.

Arik Böke hatte es sich auf dem Diwan bequem gemacht, er war vom vielen Essen und Trinken ganz benebelt. Khutelun sah einen von einem Fellkranz umgebenen schütteren Bart und einen grausamen Mund. Seine Lider waren schwer. Er sah sie mit der Teilnahmslosigkeit eines wilden Tieres an, und sie mußte an einen Leoparden denken, der sich nach erfolgreicher Jagd vollgeschlagen hat und deshalb harmlos war. Rubine glänzten an Arik Bökes Fingern wie getrocknetes Blut.

Sie huldigte ihm kniend, wie es sich geziemte, und berichtete, was sie zu sagen hatte. Wütende Flüche ertönten in der Halle, als sie schilderte, was den Botschaftern aus dem Westen widerfahren war. Die Krieger, die diese Männer entführt hatten, erklärte sie, hatten sich nicht die geringste Mühe gegeben zu verbergen, daß sie Khubilais Kaiserlicher Wache angehörten.

Als sie geendet hatte, herrschte lange Schweigen. Der Khan der Khane sah sich im Raum um, seine gerunzelten Brauen zeigten, daß er äußerst unzufrieden war. Zwar war er ziemlich betrunken, doch seine Stimme wirkte beherrscht, als er sprach.

»Ich habe genug von diesem Khubilai«, sagte er schließlich. »Mein Bruder streckt die Hand nach dem Thron des Dschingis Khan aus, der mir gehört, denn mich hat die *khuriltai* gewählt, wie es Vorschrift ist! Außerdem hat er die *yassaq* mißachtet, die uns unser Vorfahr Dschingis Khan gegeben hat, und deshalb sollte er die Vergeltung der Mongolenhorde fürchten!«

Aus dem Kreise seiner Feldhauptleute ertönte Zustimmung.

»Wir alle wissen, daß er geworden ist, was jeder Mongole verachtet«, rief Arik Böke. »Einer der Chin, unsere Erzfeinde! Er weiß, daß er bei Euch, den Männern seines eigenen Volkes, nicht beliebt ist, daher bietet er die gegen uns auf, die wir einst besiegt haben! Er nennt sich Chang t'ang, als wäre er ein Kaiser der Chin. Er regiert wie einer von ihnen, mit Sekretären, Höflingen und Beamten und nennt sich sogar Sohn des Himmels! Er katzbuckelt vor den Chin, als wären sie die Sieger und wir die Besiegten.«

Weiteres ärgerliches Murmeln ertönte.

Khutelun, die nach wie vor kniete, begriff, daß Arik Böke möglicherweise schon vor ihrem Eintreffen im Palast gewußt hatte, was sie berichten wollte. Seine Worte kamen ihr wie sorgfältig einstudiert vor. Vielleicht hatte er auf die öffentlich gemachte Mitteilung gewartet, damit er seine auswendig gelernte Rede halten konnte.

»Er hat eine Unzahl von Verwaltungsämtern eingeführt. So gibt es nicht nur ein Amt für den Bau und den Schutz der Stadt Shangdu, sondern beispielsweise auch ein Kaiserliches Amt für Pachtabgaben, ein Kaiserliches Amt für Pferdezucht und ein Kaiserliches Amt für Viehfutter. *Ein Kaiserliches Amt für Viehfutter!* Ein gutes Tatarenpferd läßt man frei grasen, selbst im tiefsten Schnee findet es sein Futter! Er hat die Chin-Feldherren und ihre Verwaltungsfachleute gezwungen, ihn zum Kaiser des Reiches Kitai zu krönen, weil er weiß, daß wir Mongolen ihn nie zum Khan der Khane wählen würden!«

Die Versammlung jubelte ihm zu. Der Leopard erhob sich auf die Vorderläufe und spitzte die Ohren.

»Khubilai ist als Löwe nach Kitai gezogen, und sie haben ein Lamm aus ihm gemacht. Mein Bruder kann nicht einmal mehr reiten«, rief er. Das war die schlimmste Kränkung, die ein Tatar einem anderen antun konnte. »Wir werden mit einem Heer unserer besten Krieger vor seine Stadt Shangdu ziehen und sie dem Erdboden gleichmachen!«

Grenzenloser Jubel hob an.

Der Feuersturm mußte kommen, dachte Khutelun, als alle Höflinge um sie herum laut Khubilais Blut forderten. Es sah ganz so aus, als wäre dieser Josseran der Blitz, der den Feuerbrand entzünden sollte.

8

Für Khutelun bedeutete Karakorum zugleich ein Wunder und eine Enttäuschung. Zwar waren die mit Blattgold verzierten Marmorbauten eindrucksvoll, doch fragte sie sich insgeheim, ob es Dschingis Khan recht gewesen wäre, daß seine Enkel Paläste von der Art errichteten, wie er sie sein Leben lang zerstört hatte.

Während sie sich in der Hauptstadt umsah, erkannte sie Hinweise auf Tätigkeiten, die sie dort nicht erwartet hatte. So hatte man über die Ebene einen Kanal vom Fluß Orchon angelegt, und das damit herangeführte Wasser trieb ein großes Rad mit einem Schmiedehammer an. Doch fiel ihr auf, daß in der Schmiede nicht nur Pfeilspitzen, Schwerter und Räder für Belagerungsmaschinen hergestellt wurden, sondern auch Spitzhacken, Pflüge, Sicheln und Hacken.

Mit wehem Herzen begriff sie, daß ihre Landsleute angefangen hatten, die Ebene zu bebauen. Aus den Tataren wurden Landwirte, etwas, das sie stets verachtet hatten.

Bald erkannte sie, daß auch Arik Böke trotz aller flammenden Vorwürfe gegen Khubilai alles andere als ein würdiger Nachfolger Dschingis Khans war. Viele der behaglichen Einrichtungen des Palastes erstaunten sie und widerten sie an. Im Untergeschoß stieß sie auf einen gemauerten Ofen, von dem aus erhitzte Luft durch steinerne Kanäle geleitet wurde. Auf diese Weise konnte jeder Raum des Palastes sogar nachts beheizt werden. Gewiß, das war eine erstaunliche und eindrucksvolle Leistung, aber lebte so ein tatarischer Reiter?

Und dann der silberne Baum, den sie bei ihrer Ankunft gesehen hatte.

Dschingis Khan und seine Nachfolger hatten in den von ihnen eroberten Städten Persiens, Kitais und sogar Europas zahlreiche Handwerker gefangengenommen und mit nach Karakorum gebracht. Unter ihnen war ein Goldschmied gewesen, der ihnen zwei Jahrzehnte zuvor bei einem Raubzug in einem fernen Land namens Ungarn in die Hände gefallen war. Ihm hatte man den Auftrag gegeben, einen silbernen Baum für die Feste des Großkhans zu entwerfen und herzustellen. Er war kunstvoll gefertigt: vier silberne Schlangen wickelten sich um die Äste, und jede von ihnen spie ein anderes Getränk aus, Reiswein, schwarzen *kumys*, Met und roten Wein aus Trauben. Unterhalb dieses Baumes befand sich eine Höhle, in der ein Mann verborgen war. Von dort führte ein Rohr zu einem silbernen Engel auf der obersten Spitze des Baumes, der eine Trompete in der Hand hielt. Sobald eines der Getränke zur Neige ging, blies der Mann in das Rohr, und die Trompete des Engels erscholl und teilte den Dienern in der Küche mit, daß sie herbeieilen und die unterhalb des Baumes verborgenen Fässer nachfüllen mußten.

Auf diese Weise versiegte die Getränkequelle nie, und es gab bei den Festen des Großkhans keinen Vorwand, nüchtern zu bleiben.

An und für sich war das kein großes Wunder, und Khutelun hatte nichts dagegen, daß ein Mann mehr *kumys* trank, als ihm guttat. Das war immer so gewesen, und so würde es vermutlich auf alle Zeiten bleiben. Aber aus einem silbernen Baum trinken? Sah so das Leben aus, das man sie gelehrt hatte? Ein Tatar gewann seine Kraft aus der Steppe, aus dem kalten Wind und den weiten Tälern, und daraus, daß er sich Tag für Tag von Quark und Schnee ernährte. Auf dem Dach der Welt gab es keine beheizten Paläste und keine silbernen Bäume, die der Verweichlichung Vorschub leisteten.

Dieser Arik Böke mochte Dschingis Khans Blut in den Adern haben, aber Khutelun zweifelte sehr, daß es auch in seinem Herzen pochte.

Zumindest erleichterte es sie zu sehen, daß die Krieger des Großkhans den Palast mieden und lieber ihre Jurte auf der Ebene aufschlugen. Zugleich aber bedeutete das, daß eine Mauer den Großkhan von seinem Volk trennte. Sie fragte sich, was Dschingis Khan wohl davon gehalten hätte.

Arik Böke saß auf seinem Ebenholzthron am oberen Ende der Marmortreppe. Zu seinen Füßen lag der blutige Leichnam eines jungen Mannes, dem die Augen aus dem Kopf quollen. Man hatte ihm erst kürzlich die Eingeweide herausgerissen, so daß aus seiner Leibeshöhle noch warmer Dampf aufstieg. Der Großkhan hatte seinen linken Fuß in diese entsetzliche klaffende Wunde gestellt.

Ein Kammerherr führte Khutelun in die Halle, und sie kniete vor dem *khaghan* nieder.

»Das also ist Khutelun«, sagte er, als spreche er zu sich selbst, und als sei sie eine ihm von einem seiner Kammerherren zugeführte Kuriosität.

Sie wartete. Ihr Blick ruhte auf dem leblosen Körper.

»Wir haben viel von dir gehört«, knurrte er. Vielleicht hatte er Schmerzen, denn er verlagerte sein Gewicht auf dem Thron. »Wie geht es meinem Vetter?«

»Großkhan, mein Vater reitet wie ein Jüngling und besiegt im Ringkampf Männer, die halb so alt sind wie er.«

»Wir hören viel Gutes über seine Stärke und Weisheit.« Sie fühlte den Blick seiner Augen auf sich ruhen und fragte sich, was er von ihr wollte. »Er hat dir eine große Ehre dadurch erwiesen, daß er dir die Gesandten der Barbaren anvertraut hat.«

Und ich habe versagt, dachte sie. War sie deshalb herbeizitiert worden? Sollte sie bestraft werden?

»Berichte mir von ihnen.«

»Von den Barbaren, Großkhan? Einer war ein heiliger Mann, kränklich und unfähig zu zaubern. Der andere war ein Krieger, ein Riese mit Haaren wie Feuer. Er war nicht nur stark, sondern auch klug. Er hatte gelernt, wie ein Mensch zu sprechen.« Sie nickte dem Kammerherrn des Khans zu, der mit den Geschenken vortrat, die sie bei dem Überfall in Sicherheit gebracht hatte.

Arik Böke sah sich aufmerksam eines nach dem anderen an: zuerst das damaszierte Schwert, das sie nach dem Kampf auf dem Boden gefunden hatte. Noch jetzt verursachte ihr der Anblick von Josserans Waffe ein sonderbares Gefühl in der Magengrube. Hoffentlich hatte man ihm nichts angetan.

Aufmerksam betrachtete der Großkhan die Ringkapuze, die Lederhandschuhe, das Schreibzeug aus Ebenholz und schließlich die Rubine, die er so beiläufig auf den Marmorboden warf, als handelte es sich um eine Handvoll Reiskörner.

»Waren sie Christen?«

Sie verstand den Sinn der Frage. Sie hatte gehört, daß Arik Böke die Nestorianer begünstigte. »Sie verehren Jesus und die christlichen Heiligen, wie auch Maria. Aber sie haben auch von einem anderen gesprochen, den sie den Papst nennen, und von dem sie gesagt haben, er sei Gottes Auserwählter auf Erden, und sie müßten ihm gehorchen.«

»Ist er ihr Großkhan?«

»Das glaube ich nicht. Soweit ich verstanden habe, ist er kein Krieger, sondern eher ein Schamane.«

Arik Böke knurrte. Zweifellos dachte er daran, wie einst Dschingis einen bedeutenden Schamanen hatte hinrichten lassen müssen, um die Oberhoheit über die Stämme zu erlangen. Vielleicht war der König der Barbaren nicht so weise gewesen und hatte die Herrschaft über seine Stämme vollständig an die heiligen Männer verloren.

»Ich hätte gern mit diesen Barbaren gesprochen. Zweifellos läßt sich von ihnen vieles in Erfahrung bringen und lernen. Es ist klar, warum mein Bruder sie in seine Gewalt gebracht hat.« Er rutschte wieder auf seinem Thron herum. Es war deutlich zu sehen, daß er Schmerzen hatte. »Du weißt, daß ich gegen Khubilai reiten werde.«

Sie schwieg weiter.

»Kann ich auf deines Vaters Unterstützung zählen, wenn ich gegen meinen Bruder zu Felde ziehe? Wird er meine Flanke decken?«

Khuteluns Herz schlug rascher. Khaidu hatte ihr den Auftrag gegeben, Arik Böke bei der *khuriltai* zu unterstützen, nicht aber hatte er sie ermächtigt, Kriegsbündnisse abzuschließen, schon gar nicht mit dem Khan der Khane. Nicht, wenn das ganze Reich in Aufruhr war. »Ich bin sicher, daß er mit allen ihm verfügbaren Mitteln sein Recht schützen wird, als Tatar leben zu dürfen.«

Der Khan lachte leise. »Eine vorsichtige Äußerung. Aber sie beantwortet meine Frage nicht.«

»Ich kann unmöglich wissen, was mein Vater denkt, Großkhan.«

»Ich denke, du weißt es sehr wohl. Sag mir doch, wie ein Tatar deiner Ansicht nach leben soll.«

Khutelun spürte, wie ihr Herz heftig, fast schmerzhaft, in ihrer Brust schlug. »Im Sattel eines Pferdes und nach dem *yassaq* des Dschingis Khan.«

»Und glaubt dein Vater, daß mein Bruder Khubilai wie ein wahrer Tatar lebt?«

»Wie ich gesagt habe, Großkhan, ich weiß nicht, was mein Vater denkt. Wohl aber weiß ich, daß er dem wahren Khan der Khane hier in Karakorum Gehorsam schuldet.« *Jedenfalls bis zu einem gewissen Grade*, fügte sie im Geist dazu.

Arik Böke seufzte. Mit einem Blick auf den Leichnam zu seinen Füßen sagte er: »Es ist wegen der Gicht.« Dabei hatte sie die Situation mit keiner Silbe angesprochen und hätte das auch unter keinen Umständen getan. »Meine Schamanen sagen, ich muß meinen Fuß darin lassen, bis er abgekühlt ist.«

Da er sie nicht aufgefordert hatte zu sprechen, unterließ sie es.

»Ich mußte den Vollmond abwarten. Sie haben ihre Gebete über mir gesprochen und mir gesagt, daß mich das heilen wird.«

Als sie nach wie vor schwieg, bellte er heraus: »Ich habe gehört, daß du eine Heilerin und Wahrsagerin bist.«

»Ja, Großkhan. Es heißt, daß ich die Gabe besitze.«

»Und was hältst du von den Heilmitteln meiner Schamanen?«

Das konnte gefährlich werden. Wenn Khutelun die Männer herabsetzte, die das Ohr des Großkhans hatten, würde sie sicherlich eines der ihren verlieren, weil sie an ihnen Kritik geübt hatte. »Wenn sich ein Heilmittel bewährt, ist es gut.«

Arik Böke lachte erneut, zum Zeichen, daß er ihre Klugheit zu schätzen wußte. »So ist es. Und wenn es sich nicht bewährt – weißt du dann ein besseres?«

»Sollte es Euch keine Erleichterung verschaffen, Großkhan, könnte ich es versuchen. Aber ich fürchte, daß meine bescheidenen Schamanenmittel nicht so aufsehenerregend sind.«

»Und mit was für bescheidenen Schamanenmitteln arbeitest du?«

»Manche sagen, daß sie sich besser gefühlt haben, nachdem ich Tengri geopfert und die Hand aufgelegt habe. Ich selbst erhebe nicht den Anspruch, eine Heilerin zu sein, sondern wiederhole nur, was andere mir sagen.«

Der Großkhan erhob sich, vor Schmerzen aufstöhnend, und trat den Leichnam über den Rand der Plattform. Er rollte die Stufen hinab und blieb schließlich mit ausgebreiteten Gliedmaßen auf den Teppichen unterhalb des Throns liegen. »Dann kannst du deine Hand auf meinen linken Fuß hier legen«, schrie er. »Seit drei Monaten halte ich ihn in ausgeweidete Männer, und die einzige Erleichterung, die mir das verschafft, geht auf das Bewußtsein zurück, daß es sich um Krieger meines Bruders handelt!«

Sie merkte, wie die Schamanen wie Schatten aus dem Zimmer schlichen.

»Ich muß diese Gicht loswerden, wenn ich gegen meinen Bruder reiten soll.«

»Großkhan, ich werde tun, was in meinen Kräften steht«, sagte sie. »Aber zuerst muß ich mit den Geistern zusammentreffen.«

»Was brauchst du dazu?«

»Meine Trommel und meine Schlegel. Außerdem Hanfrauch oder starke Stutenmilch.«

Der Khan sank auf seinem Thron in sich zusammen. »Tu, was du willst. Aber befreie mich von diesem Teufel in meinen Zehen.«

9

Eine eindrucksvolle Versammlung, dachte Khutelun. Sie erkannte viele Angehörige der Goldenen Horde. Dschingis Khans Enkel Durchi und dessen Vetter Khurumschi saßen in voller Rüstung mit finsterem Gesicht auf ihren Pferden. Außerdem erkannte man Möngkes Söhne Asutai und Ürüng Tasch sowie Dschagatais Enkel Alghu, dem Arik Böke gerade das Khanat Dschagatai übergeben hatte. Furchterregend in seiner Plättchenrüstung und dem großen Flügelhelm wirkte Möngkes Feldherr Alandar. Hinter diesen Männern waren die Khane der großen Sippen nördlich der Gobi aufgereiht. Ihre riesigen Zelte standen auf der Ebene, die goldene und himmelblaue Seide bildete ein prächtiges Farbenspiel vor dem sich verdunkelnden Himmel.

Die Leibwächter trugen Arik Böke in einer Sänfte aus der Stadt. Er war in ein mit Gold verziertes reinweißes Gewand gekleidet, und auf seinem Kopf trug er eine Hermelinmütze. Eine Ehrenwache seiner besten Krieger umgab ihn. Trommler, die dem Zug auf Kamelen folgten, schlugen einen kriegerischen Wirbel. Seidenfahnen flatterten rot, gold und weiß im Wind.

Arik Böke sah Khutelun auf ihrem Pferd und gebot dem Zug mit erhobener Hand Halt, um mit ihr zu sprechen.

»Khutelun«, knurrte er.

Sie stieg ab und beugte dreimal das Knie, wie es die Sitte gebot.

»Kehrst du in die Steppe von Almalyk zurück?«

»Ja, Großkhan.«

»Es tut uns leid, dich gehen zu sehen.« Er trat fest mit dem linken Fuß auf den Holzboden der Sänfte. »Du hast das Feuer aus unserem Fuß gebannt. Wir können wieder reiten! Wir hätten dich gern als unsere Leibschamanin, wenn du in Karakorum bleiben würdest.«

Khutelun neigte erneut ein wenig das Haupt. »Ihr ehrt mich, Großkhan. Aber mein Vater erwartet meine Rückkehr.« *Und deine Schamanen würden mich binnen einer Woche vergiften, wenn ich hierbliebe.*

»Wir verlieren dich nur ungern.« Er stützte sich auf den Rand der Sänfte. »Wenn du nach Almalyk zurückkehrst, sag deinem Vater, daß ich gegen Khubilai reite und die Goldene Horde hinter mir ist.«

»Das werde ich tun, Großkhan.«

»Ich werde meinen Bruder in Ketten zurückbringen!« rief er und gab den Befehl zum Aufbruch.

Sie sah zu, wie sich der Zug über die Ebene entfernte. Wie schon zahllose Male zuvor war das Heer des Großkhans der Tataren auf dem Weg nach Osten, um gegen die Chin, den Erzfeind, zu Felde zu ziehen.

Diesmal aber war der Gegner einer aus ihrem eigenen Volk.

TEIL V

Xanadu

Shangdu

1

In der Zeit vom dritten Sommermond bis zum ersten Herbstmond im Jahr des Affen

»Dort«, murmelte Sartak.

Shangdu, Hauptstadt des Himmelssohns und Himmlischen Herrschers über den ganzen Erdkreis, lag neben einem stahlblauen See ausgebreitet vor ihnen. An allen Seiten war sie von stumpfen Bergrücken umgeben, die Josseran an Kamelhöcker erinnerten. Ihre Silhouette setzte sich, wenigstens für die Augen eines Christenmenschen, aus den unharmonischen Schattenrissen der Tempel der verschiedensten Glaubensrichtungen innerhalb der Stadtmauer zusammen; die Stupas der Götzenanbeter und die Minarette der Mohammedaner, die hoch über die graubraunen Lamaklöster der Tanguten und die grell bemalten Zeltdächer der Chin in den Himmel hinaufragten, wetteiferten um die Aufmerksamkeit des Betrachters. Dicht an dicht drängten sich innerhalb der Stadtmauern die Lehmziegelhäuser in den gewundenen Gassen und verdreckten Straßen, ausgenommen im Norden, wo die Stufendächer des Kaiserpalastes, teilweise durch das Laubwerk an den baumbestandenen Pfaden im Königlichen Park verdeckt, in der Sonne glänzten.

Wilhelm schickte, zur großen Verblüffung ihrer Tatareneskorte, ein lautes Stoßgebet zu Gott. Der Wüterich blickte ihn an, als wäre er verrückt geworden.

»Der Herrgott hat uns auf dieser langen Reise geführt und beschützt! Gepriesen sei Er! Und Dank sei Ihm!«

»Ihr seid eine Spur zu voreilig«, sagte Josseran brummend.

»Haben wir unser Ziel etwa nicht erreicht, Undankbarer?« stieß Wilhelm zornig hervor.

»Wir sind sechs Monate lang gereist und haben mehr Elend erlitten, als ich glaubte, ertragen zu können«, antwortete Josseran. »Doch wäre es ratsam, sich daran zu erinnern, daß erst die halbe Wegstrecke hinter uns liegt.« Er wandte sich wieder der spektakulären Ansicht vor ihnen zu. »Vergeßt nicht, daß uns der Rückweg noch bevorsteht.«

Ein Damm aus gestampfter Erde bildete einen Schutzwall rund um die Stadt. Dahinter lag die Ansiedlung, grüne Standarten flatterten auf den Steinmauern, und bewaffnete Wächter blickten von den Wachtürmen herab.

Sie durchquerten den großen Bogen des Südlichen Stadttors und waren sogleich von den Gerüchen und dem Schmutz menschlichen Lebens umgeben. Auf diesem Gebiet zumindest, dachte Josseran, gibt es kaum einen Unterschied zu Saint-Denis oder selbst zu Rom. Durch das Menschengedränge und an den gedrungenen Holzhäusern vorbei bahnten sie sich einen Weg, bis sie auf eine andere Mauer aus Lehmziegeln stießen, etwa zwei Bogenschuß lang und mit zwei riesigen, eisenbeschlagenen Pforten.

Die Wächter erkannten die Uniformen der Kaiserlichen Wache bei ihrer Eskorte, und sofort öffneten sich die Pforten vor ihnen.

Drinnen herrschte unvermittelt vollkommene Stille. Josseran hielt den Atem an. Nach dem Stimmengewirr in den Straßen fühlte er sich hier wie in einer Oase des Friedens. Er blickte auf mit Steinplatten belegte Innenhöfe und hoch aufsteigende Pagoden mit gewölbten Dachgesimsen und Ziegeln aus gold- und jadefarben lackiertem Bambus. Wachposten mit geschwungenen Goldhelmen und Umhängen aus Leopardenfell bewachten die Stille.

Die etwa zehn Ruten breite und mehr als dreißig Ruten lange Halle der ›Großen Harmonie‹ erhob sich vor ihnen auf einer gewaltigen, irdenen Plattform. Auf Sartaks Befehl stiegen sie von ihren Pferden und gingen die Stufen aus Marmor hinauf.

Josseran schaute sich erstaunt um. Das Mauerwerk des Palastes leuchtete ebenso karmesinrot wie die Pfeiler, die das dreifach geschwungene Dach trugen. Farbig glasierte Keramikziegel schimmerten in der Sonne wie Glas. Goldene Drachen und Schlangen wanden sich an zinnoberroten Pfeilern himmelwärts und rankten sich hoch über ihren Köpfen an den Dachschwüngen empor. Vor dem Hintergrund der flugs dahineilenden weißen Wolken schien es, als flögen die Drachen auf ihren goldenen, schuppigen Flügeln davon.

Sie standen auf einer geräumigen Terrasse, die ebenfalls von Balustraden aus weißem Marmor gesäumt war. Aus großen Bronzegefäßen, von denen jedes mehrere hundert Räucherstäbchen enthielt, stieg dichter Rauch auf, der die Luft mit einem schweren, süßlichen Duft schwängerte. Dahinter lag, still und leer, ein gepflasterter Hof.

Im königlichen Hof schimmerten die Palastgebäude mit ihren dreistufigen Pagodendächern zinnoberrot und golden, gesprenkelt vom Schatten der alten Kiefern und Zypressen.

»Ihr seid gesegnet unter allen Barbaren«, flüsterte Sartak. »Ihr habt den Mittelpunkt der Welt erreicht.«

Zwei riesige Steinlöwen von der Größe eines Tatarenponys bewachten den Eingang, eine große, mit Messing beschlagene Tür mit zwei kleineren Türen zu beiden Seiten.

Offenbar war man auf ihr Kommen vorbereitet. Ein Haushofmeister mit kleinem, rundem Hut und einem Gewand aus karmesinroter Seide stand bereit, um sie durch die Pforten bis in die Audienzhalle zu geleiten.

Man bedeutete Josseran und Wilhelm, ihre Stiefel auszuziehen. Der Haushofmeister hielt ihnen statt dessen weiße Lederhalbstiefel hin, damit sie die Teppiche aus Seide und Gold nicht beschmutzten.

»Denkt daran, nicht auf die Schwelle zu treten«, flüsterte Sartak ihnen zu. »Dies gilt als ein denkbar schlechtes Omen, und wer das tut, wird ungewöhnlich hart bestraft.«

»Auch der Gesandte der Christen?« fragte Josseran ihn.

Sartaks Miene sprach für sich.

Wilhelm bereitete sich auf die bedeutende Begegnung vor. Er öffnete seine Ledertasche, holte das weiße Chorhemd sowie die purpurne Stola heraus, die er auf dem weiten Weg von Rom bis Shangdu mit sich geführt hatte, und legte sie an. In einer Hand hielt er die illuminierte Bibel und das Buch der Psalmen, in der anderen das silberne Weihrauchgefäß. Zuletzt legte er die Halskette mit dem Silberkreuz an.

Josseran dachte an die Geschenke, die er aus Akko mitgenommen hatte, an das damaszierte Schwert, die Rubine und die ledernen Schutzhandschuhe, die ihm alle bei Sartaks Angriff abhanden gekommen waren. Er dachte auch an seinen weißen Umhang mit dem achtspitzigen roten Zackenkreuz des Templerordens. Ursprünglich hatte er beabsichtigt, diesen bei seiner Audienz mit dem Großkhan anzulegen, doch statt dessen mußte er nun wie ein gewöhnlicher Tatar gekleidet auftreten. Er kam sich so schäbig wie ein Bettler vor.

»Seid Ihr endlich bereit, Templer?« fragte Wilhelm geringschätzig.

»So bereit wie ein Mann nur sein kann, wenn er einem König gegenübertritt.«

»Dann laßt uns dem Heiden gegenübertreten.«

Josseran atmete tief durch. Wilhelm ging vor ihm her, betrat den großen Hof des Kaisers und stimmte das *Salve Regina* an.

2

Ein Schauspiel für die Sinne, eine Explosion von Farben, eine Szene so unvorstellbar prächtig, daß sie die Seele aufrührte und die Augen blendete. Überall prangten Seide und Brokat, Pelze und Gold; Josseran erblickte Chin in eisernen Glockenhelmen und karminroten Brokatgewändern, Tanguten-Lamas mit kahlgeschorenen Schädeln und unverwechselbaren safrangelben Talaren, Höflinge mit dünnen, herabhängenden Schnurrbärten in der Tracht der Uiguren, orangefarbenen Gewändern mit hohen, von einer Schleife festgehaltenen Seidenhüten. Schreiber in den fließenden Gewändern der Mohammedaner standen Seite an Seite neben den heiligen, halbnackten Tatarenmännern mit ihren wirren Bärten und wilden Mähnen.

Hoch über ihren Köpfen, zwischen den zinnoberroten und vergoldeten Säulen, hingen die grünen und weißen Dreiecksflaggen des Kaisers an den Wänden. Der ganze farbenprächtige Aufzug spiegelte sich auf dem Marmorboden wider.

Khubilai, die Macht Gottes auf Erden, Herr der Throne, Herrscher aller Herrscher, saß auf einem hohen Thronsessel aus Gold und Elfenbein, dessen Armlehnen vergoldete Drachen umschlangen. Er hatte ein Gewand aus Goldbrokat und einen glockenförmigen Helm mit einem Pelzkragen aus Leopardenfell angelegt. An seinem Schärpengürtel prangte eine Schnalle aus reinem Gold.

Ein kleiner, stämmiger Mann, dachte Josseran, weit in den mittleren Jahren. Sein Haar hing nach Art der Tataren am Hinterkopf in zwei Flechten herab. Er trug mit Gold eingefaßte Ohrringe und nannte einen dünnen, herabfallenden Schnurrbart sein eigen.

Sein Thron war, wie bei den Tataren üblich, dem Nordwind abgewandt und nach Süden ausgerichtet. Ihm zur Linken saß die Kaiserin. Zu seiner Rechten saßen seine Söhne auf einem tieferen Podest, so daß ihre Köpfe bis an seine Füße reichten. Ihnen gegenüber saßen seine Töchter. Weitere Hofprinzen saßen niedriger als sie, in abnehmender Rangfolge ihrer Privilegien, die Männer rechts, die Frauen links des Herrschers.

Die niedere Dienerschaft bei Hofe hatte sich entlang der Flügel der Halle aufgebaut; Khubilais Minister in Helmen mit eigenartiger Krempe und chinesischen, mit Brokat verzierten Gewändern; Frauen in hochgeschlossenen Kleidern und mit langen Haaren, die von Haarnadeln in kunstvollen Formen auf dem Kopf zusammengehalten wurden; Tatarenprinzessinnen mit erlesenem, gefiedertem Kopfschmuck; und an den Wänden die kaiserlichen Wachen mit ihren goldenen Flügelhelmen, ledernen Brustpanzern, Umhängen aus Leopardenfell, Bruststücken und karmesinroten Umhängen.

Menschen aller Länder jenseits des Dachs der Welt hatten sich in der Großen Halle eingefunden.

Auch in dieser exotischen Umgebung wurde Josserans Blick von den konfuzianischen Gelehrten mit den langen, spitz zulaufenden Fingernägeln und den schwarzen Seidenturbanen angezogen. Einige hatten ihre Fingernägel fast auf Fingerlänge wachsen lassen, so daß sie den Krallen eines schwarzen, bösartigen Vogels ähnelten. Diese Sitte, so erfuhr Josseran später, sollte nicht einschüchternd wirken, sondern dazu dienen, sie vom gemeinen Volk abzuheben und anzuzeigen, daß sie ihren Lebensunterhalt nicht mit körperlicher Arbeit verdienen mußten.

Josseran bemerkte ebenfalls, daß weit weniger Frauen anwesend waren als an Khaidus Hof in Fergana. Die einzigen Angehörigen des weiblichen Geschlechts schienen hier die ranghohen Damen zu sein, und sie waren den Männern an Zahl weit unterlegen. In Khaidus großem Zelt hatte kein Geschlecht vorgeherrscht.

Neben Khubilai auf dem Podest stand ein Mann im *del* eines Tataren, jedoch mit dem Aussehen und dem glattrasierten Schädel eines Tanguten. »Phags-pa«, flüsterte Sartak ihm zischend zu. Trotz seiner extravaganten äußeren Erscheinung war er ein Lama, und zwar der Kaiserliche Lehrer, der Oberste Ratgeber und Schamane des Kaisers.

Von ihrem Einzug hatte kaum jemand Notiz genommen, denn ein großes Fest war in vollem Gang. Die Kammerherren bei Hofe geleiteten sie in den hinteren Teil der Empfangshalle, wo man sie einlud, sich hinzusetzen. Nur die ranghöchsten schienen an einem Tisch zu sitzen; die meisten Hofangehörigen saßen auf hellen Seidenteppichen, die hier und da den Boden bedeckten.

Sogleich brachten Bedienstete ihnen Gerichte mit gekochtem Hammelfleisch auf herrlich glänzenden Platten.

Wilhelm blicke angeekelt auf die Speisen. Er war offensichtlich beleidigt, hockte unbequem in seinem Chorkleid auf dem Boden und hielt noch immer die heiligen Gegenstände fest umklammert.

»Das ist unerträglich«, sagte er zischend zu Josseran. »Da sind wir durch die halbe Welt gezogen, um uns vorzustellen, und nun behandelt er uns so!«

Josseran zuckte mit den Schultern. »Es gehört sich, Geduld zu zeigen.«

»Ich bin der Sondergesandte des Papstes höchstpersönlich!«

»Ihm wäre es auch einerlei, wenn Ihr der Heilige Petrus wäret. Er scheint hungrig zu sein.«

Weitere Gerichte wurden aufgetragen, und sie aßen mit den Fingern aus ihren Keramikschalen. Es gab Eier und ein Hirsebier, mit Safran gewürztes rohes Gemüse, das in Pfannkuchen eingerollt war, und ein paar Teller mit geröstetem Rebhuhn.

Sartak informierte sie, Obst und Rebhuhn seien frisch am Morgen aus Kitai mit der *yam* angekommen.

Und natürlich gab es auch *kumys*.

In der Mitte der Halle stand eine große Holztruhe, die mit Goldfolie belegt und mit geschnitzten Drachen und Bären verziert war. Auf beiden Seiten befanden sich goldene Zapfhähne, und an diesen füllten die Haushofmeister *kumys* in goldene Krüge, deren Inhalt gewiß den Durst von zehn Männern zu löschen vermochte. Ein solcher Krug mit einer goldenen Schöpfkelle am Rand wurde jeweils zwischen zwei Männern auf dem Boden abgesetzt.

Zwei Treppen führten zum Podest hinauf, auf dem der Kaiser speiste. Gefüllte Kelchgläser wurden feierlich über die eine Treppe hinaufgetragen, die geleerten über die andere wieder hinunter, und es schien ein lebhafter Verkehr zu herrschen. Josseran bemerkte auch, daß die Diener des Kaisers Mund und Nase mit Seidentüchern bedeckt hielten, damit seine Speisen und sein Trank nicht vom Atem eines Lakaien verseucht werden konnten, wie Sartak ihnen erklärte.

Als der Kaiser seinen Kelch an die Lippen führte, fielen alle Anwesenden in der Halle auf die Knie und beugten den Kopf.

»Du mußt das gleiche tun«, sagte Sartak flüsternd.

Josseran gehorchte. Wilhelm blieb, mit vor Zorn bleichem Gesicht, beharrlich sitzen.

»Tut es mir nach«, sagte Josseran fast flüsternd.

»Das werde ich nicht.«

»Das werdet Ihr doch, oder ich werde Euch das Genick brechen und den Tataren zuvorkommen!«

Wilhelm sah ihn überrascht an.

»Ihr werdet weder mein Leben noch Eures in Gefahr bringen!«

Widerstrebend fiel Wilhelm auf die Knie. »Jetzt huldigen wir also schon des Teufels Verführung zur Trunkenheit? Gott vergebe mir! Demnächst zünden wir vielleicht noch vor dem männlichen Glied des Barbaren Kerzen an und sagen unsere Vespern auf, während er eine seiner Jungfrauen defloriert!«

»Wenn es nötig sein sollte«, antwortete Josseran brummend. »Alles im Namen der höfischen Diplomatie.«

Chinesische Musiker in lilafarbenen Kappen und Gewändern, teilweise hinter einem bemalten Wandschirm verborgen, begannen auf ihren Gongs und Streichinstrumenten klagende Laute von sich zu geben. Der Kaiser trank seinen *kumys*, der ihm in seinen Bart und an seinem Hals hinunterlief. Als er seinen Kelch absetzte, hielt die Musik inne, ein Signal für seine wartenden Untertanen, das Mahl wiederaufzunehmen.

Wilhelm starrte angewidert und verwirrt auf diese Possen. Die Festspiele des Himmels, dachte er. Die Manieren der Höllenhunde.

Das Festmahl dauerte an, bis viele der Gäste ihrer übersättigten Bäuche wegen rülpsend und stöhnend auf dem Rücken lagen. Auch dem Kaiser schien das Getränk zu Kopfe gestiegen zu sein.

Nach dem Festmahl traten Jongleure und Feuerschlucker auf. Doch inzwischen waren die meisten Anwesenden nicht mehr in der Lage, deren Kunst zu würdigen, auch Khubilai auf seinem Thron war längst eingenickt.

Schließlich waren die Schaustellungen vorüber, und einer der Haushofmeister eilte durch die Halle und hieß Josseran und Wilhelm aufzustehen.

»Ihr sollt Euch dem Kaiser vorstellen«, flüsterte Sartak.

»Jetzt?« Wilhelm protestierte. Er hatte sich einen großen Auftritt ausgemalt. Zumindest hatte er erwartet, der König der Tataren wäre halbwegs nüchtern.

Statt dessen konnte er nur zusehen, wie der Haushofmeister und seine Helfer ihn unfeierlich in die Mitte der Halle vorwärtstrieben. Josseran und er wurden praktisch vor dem Thron auf die Knie niedergedrückt, nicht anders als Gefangene.

Der Haushofmeister rief sie aus, und in der Halle wurde es auf einmal still. Plötzlich waren alle Augen auf sie gerichtet.

Mühsam wurde der Kaiser wach. In sich zusammengefallen saß er auf seinem Thron und blinzelte schläfrig. Der Lama Phags-pa stand mit steinernem Gesicht neben ihm.

Josseran atmete tief durch. »Mein Name ist Josseran Sarrazani«, begann er. »Mein Herr, Thomas Berard, Großmeister der Tempelritter in Akko, schickt mich her, um Euch Worte der Freundschaft und des Segens zu übermitteln.«

Khubilai schien seinen Worten keine Aufmerksamkeit zu schenken. Er hatte sich Phags-pa zugewandt und flüsterte ihm etwas ins Ohr.

Als Josseran mit seinem Gruß zu Ende war, räusperte sich der Tangute. »Der Sohn des Himmels wünscht zu wissen, warum Ihr eine so große Nase habt.«

Josseran spürte, daß Sartaks Blick auf ihm ruhte und dieser ein Grinsen unterdrückte. Zweifellos fragte er sich, ob Josseran wirklich beabsichtigte, seine Drohung in die Tat umzusetzen, er werde dem nächsten Tataren, der eine Bemerkung über sein hervorstechendes Körpermerkmal zu machen wage, den Wanst aufschlitzen. »Sagt ihm, daß sie unter meinen eigenen Leuten nicht als groß gilt.«

Ein weiterer Austausch im Flüsterton.

»Der Sohn des Himmels meint, dann müßtet Ihr zu einem langnasigen Volk gehören. Habt Ihr Geschenke mitgebracht?«

Josseran nickte Wilhelm zu, der verstand, daß er an der Reihe war. Er hielt die Bibel und das Buch der Psalmen ehrfurchtsvoll vor sich. »Sagt ihm, daß diese Geschenke ihm helfen, ein neues und glorreiches Leben in Christus zu führen«, sagte er Josseran. Die Haushofmeister brachten die heiligen Bände zum Thron, wo Khubilai sie mit der angestrengten und mißbilligenden Aufmerksamkeit jener in Augenschein nahm, die zuviel Wein getrunken haben.

Er schlug das Buch der Psalmen auf. Die Buchmalereien auf den ersten vierundzwanzig Seiten stellten das Leben Jesu Christi dar, und er blätterte mehrere Seiten um und schien sich einige Augenblicke lang gut zu unterhalten. Dann wandte er sich dem Bibelexemplar zu, das mit Bildern von Heiligen verziert war sowie die Darstellung einer sitzenden Frau mit Kind, ganz in Königsblau und Gold gehalten, zeigte. Er tippte mit seinem Finger auf eine der Zeichnungen und machte seinem Schamanen gegenüber eine Bemerkung. Dann legte er die heiligen Bücher so nachlässig beiseite, als handelte es sich um abgenagte Hühnerknochen. Sie landeten mit einem dumpfen Knall, der in der großen Halle widerhallte, auf dem Marmorboden. Josseran hörte, wie Wilhelm nach Luft schnappte.

Josseran begriff, daß weder ihr Erscheinen noch ihre Geschenke bei dem großen Herrscher einen tiefen Eindruck hinterlassen hatten. Er mußte also versuchen, die Situation irgendwie zu retten.

»Ihr seid jemand, dem Gott auf Erden große Macht verliehen hat«, setzte er an. »Wir bedauern, daß wir Euch nur wenig Gold und Silber zu schenken haben. Die Reise aus dem Westen war lang und mühsam, und daher konnten wir nur wenige Geschenke mit uns führen. Leider haben wir unsere anderen Geschenke verloren...« – *als uns die Krieger entführten*, hatte er gerade sagen wollen, und sagte nun statt dessen – »... unterwegs verloren«.

Khubilai war vom Essen und Trinken benebelt und kurz davor, wieder einzunicken. Er neigte sich zur rechten Seite, wo der Tangute stand. Josseran verstand dieses lächerliche Schauspiel der Macht; ein König erniedrigte seine Person nicht, indem er selbst mit Bittstellern redete, auch wenn es sich dabei um die Gesandten eines anderen Königreichs handelte.

»Wie die Sonne ihre Strahlen ausbreitet, so erstreckt sich die Macht des Sohns des Himmels überallhin«, antwortete der Lama Phags-pa. »Deshalb brauchen wir Euer Gold und Silber nicht. Der Sohn des Himmels dankt Euch für Eure armseligen Geschenke und wünscht den Namen Eures Gefährten zu erfahren. Des weiteren möchte er wissen, welche Geschäfte Euch zum Mittelpunkt der Welt führen.«

»Was sagt er jetzt?« flüsterte Wilhelm an seiner Schulter.

»Er möchte wissen, wer wir sind und was wir hier suchen.«

»Erzählt ihm«, sagte Wilhelm, »erzählt ihm, daß ich eine päpstliche Bulle mit mir führe. Sie soll mich, Wilhelm von Augsburg, Prälat Seiner Heiligkeit Papst Alexander IV., an seinem Hof einführen. Sie ermächtigt mich, die Heilige Römische Kirche in seinem Reich zu errichten und ihn und seine Untertanen unter der Hoheit des Heiligen Vaters in die Gemeinde Christi aufzunehmen.«

Josseran übersetzte, was Wilhelm gesagt hatte, erwähnte jedoch nicht, daß Wilhelm die Autorität des Papstes in Shangdu zu errichten beabsichtigte. Das war etwas zu voreilig, hatte er entschieden.

Er blickte in die Runde, wo die Körper zahlreicher Höflinge auf dem Boden herumlagen. Einigen lief der Wein aus dem Mund. Irgendwo ganz nahe bei ihnen ließ einer der Tataren einen Wind fahren. Ein anderer, vom Trinken betäubt, begann zu schnarchen. Keiner der Höflinge schenkte ihnen auch nur die geringste Aufmerksamkeit.

»Erzählt ihm, er solle sich sehr genau anhören, was ich ihm mitzuteilen habe«, sagte Wilhelm, »damit er meine Heilsbotschaft vom Papst selbst befolgen kann, der Gottes Stellvertreter auf Erden ist, und auf diese Weise Jesus Christus kennenlernt und Seinen glorreichen Namen verehrt.«

Josseran starrte ihn an. »Habt Ihr Euren Verstand verloren?«

Wilhelm ließ seinen Blick nicht von Khubilai los. »Erzählt es ihm.«

Er ist wahnsinnig, dachte Josseran. *Ein Glück, daß ich hier bin, um ihn zu beschützen, und daß mir die Wege der Diplomatie besser vertraut sind als dem Kirchenmann.*

»Wir danken Gott für unsere sichere Ankunft«, sagte Josseran, sich an Khubilai wendend, »und wir beten zu unserem Herrn, dessen Name Christus ist, daß Er dem Kaiser ein langes und glückliches Leben schenken möge.«

Wilhelm fuhr fort, denn er glaubte, daß Josseran alles so übersetzt hatte, wie es ihm aufgetragen worden war. »Jetzt sagt ihm, daß wir ein sofortiges Ende der Zerstörung des christlichen Landes verlangen und gebt ihm den Rat, daß, wenn er nicht der ewigen Verdammnis anheimfallen möchte, er sofort bereuen und sich Jesus Christus unterwerfen sollte.«

Josseran glaubte sich verhört zu haben. Nach einem Jahrzehnt des Umgangs mit den Kirchenleuten in Outremer hatte er vermeint, alles über ihre Arroganz zu wissen.

Er wandte seine Aufmerksamkeit wieder Khubilai zu. »Großer Herr, unser König hat uns ausgesandt, um Euch eine Allianz vorzuschlagen.«

Der Kaiser schien sich zum erstenmal aus seiner Erstarrung zu lösen. Seine Augen öffneten sich, und er flüsterte seinem Berater etwas zu.

»Der Sohn des Himmels wünscht mehr über diese Allianz zu erfahren, die Ihr erwähnt habt«, erwiderte der Lama Phags-pa. »Eine Allianz gegen wen?«

»Gegen die Sarazenen aus dem Westen. Euer großer Prinz Hulagu findet, daß sie unsere gemeinsamen Feinde sind. Mein Herr bat mich, hierher zu kommen und eine formelle Allianz gegen sie anzubieten.«

Der Kaiser schien den Vorschlag zu überdenken. Möglicherweise fiel sein Vorschlag auf fruchtbaren Boden, weil er zur rechten Zeit kam, dachte Josseran. Wenn der Kaiser seinen Thron tatsächlich verteidigen mußte, dann lag es in seinem Interesse, seine Grenzen nach Westen sicher zu wissen.

Minute um Minute wartete er auf die wohlüberlegte Antwort des Kaisers. Dann hörte er ein lautes Schnarchen. Der Herrscher aller Herrscher war in den Schlaf der Betrunkenen gefallen.

»Der Sohn des Himmels hat Eure Worte vernommen«, sagte der Lama Phags-pa. »Er meint, er wolle darüber nachdenken und später wieder mit Euch reden.«

Und dann wurden sie auf der Stelle entlassen.

Als sie die Audienzhalle verließen, bemerkte Josseran, daß die Regel, nicht auf die Schwelle zu treten, die zu beachten Sartak ihnen zuvor so nachdrücklich eingeschärft hatte, von den Wachen nicht durchgesetzt wurde. Vielleicht weil fast niemand mehr in der Lage war, sie einzuhalten. Mehrere Teilnehmer aus der höfischen Versammlung traten nicht nur auf die Schwelle, sondern einige Volltrunkene stolperten sogar und fielen direkt darauf und blieben mit dem Gesicht nach unten liegen.

3

»Dieser verkommene Trunkenbold«, sagte Wilhelm zischend, als sie sich wieder draußen befanden. »Seht nur, wie er sich betragen hat! Trotz all des feinen Staats, den sie machen, sind diese Leute nichts als Barbaren.«

»Immerhin waren wir es, die sechs Monate lang unterwegs waren, um mit ihnen zu reden. Für ihn bestand keine Notwendigkeit, nach Akko zu kommen. Oder gar nach Rom.«

Doch Wilhelm hörte ihm nicht zu. »Was hat er auf meine Worte geantwortet?« fragte er. »Ihr müßt mir alles sagen, was er gesagt hat.«

»Seine letzten Worte, bevor er in seinen Schlummer fiel, lauteten, die Haushofmeister sollten nicht vergessen, mir heute nacht eine Jungfrau und ein Dutzend Krüge mit *kumys* auf meine Schlafkammer zu schicken.«

»Was sollte ich anderes von Euch erwarten, als daß Ihr ein solches Geschenk annehmt«, sagte Wilhelm empört. »Hat er mich erwähnt?«

»Ja.«

»Und?«

»Als ich ihm sagte, daß Ihr ein Dominikanermönch wäret, befahl er, Euch bei lebendigem Leib die Haut abzuziehen und Euer Fell über seine Jurte zu hängen.«

Josseran drehte sich um und entfernte sich. Sechs Monate lang waren sie bis ans Ende der Welt gezogen und hatten ihr Leben auf zahllose Weisen aufs Spiel gesetzt, und doch kam es ihm vor, als sei alles vergebens gewesen. Von diesem arroganten, dummen Kirchenmann hatte er vollends genug.

Mehr als ein Dutzend Leben lang wollte er von Kirchenleuten nichts mehr wissen.

Das Herz schwer und die Gedanken wirr, ging Wilhelm durch die Tore hinaus. Sein Glaube hatte ihn für alle Hindernisse blind gemacht, und so hatte er Rom verlassen, um Größe von sich selbst zu erwarten. Er war fest davon überzeugt gewesen, daß Gott diese Mission für ihn persönlich aufgehoben hatte, eine Aufgabe, die nur er allein erfüllen konnte: die heidnischen Seelen zu retten, die ansonsten zum Höllenfeuer verdammt wären, den wilden Tatarenhorden das Heil zu bringen und gegen die Sarazenen im Heiligen Land eine militärische Allianz zu schmieden. Er hatte sich nichts Geringeres vorgenommen, als das Christentum zu retten.

Jedoch hatte man ihn bisher nur unwürdig behandelt, ihn mit einem häretischen Tempelritter als Begleiter und Gefährten belastet, und nicht eine einzige Seele hatte er retten können, was seine Leiden wenigstens etwas aufgewogen hätte.

Fast zweifelte er an sich selbst.

Die innere Stadt war dem Kaiser und seinem Hof vorbehalten, doch fern von dem glänzenden Marmor und den goldenen Schnörkeln machte die Stadt Shangdu einen überlaufenen und schmutzigen Eindruck, genau wie alle anderen Städte, die Wilhelm gesehen hatte, sei es in der Christenwelt, in Outremer oder hier in Kitai.

In den Gassen wimmelte es von Menschen und Tieren. Schwer beladene Maultiere wurden von ihren Besitzern mit Bambusstöcken angetrieben, mit Getreidesäcken hoch beladene Ochsenfuhrwerke rumpelten vorüber. Eine große Dame schaukelte in einer Sänfte mit bestickten Vorhängen durch die Menschenmenge; Haarnadeln aus Jade steckten in ihrem glänzenden, schwarzen Haar; juwelenbesetzte Ohrringe schlugen ihr gegen die Wangen. Lastenträger mit Weidenkörben und Tonkrügen, die an Jochstangen baumelten, stießen ihn an, als sie an ihm vorübereilten. Jeder rempelte und drängelte in diesem lärmenden Tumult.

Im Gegensatz zu den Höflingen, die er im Palast gesehen hatte, trugen die armen Leute aus Shangdu einfache Jacken und Hosen aus Hanftuch, kleine Stoffturbane und Holzsandalen. Wie bei den Tataren waren die meisten Schädel rasiert, wenn auch einige einen langen Backenbart oder einen schütteren Ziegenbart trugen.

Die Häuser waren schmal, Bruchbuden aus Brettern oder Lehmziegeln, wobei die Balken des einen jeweils auf dem Nachbarhaus ruhten, so daß die Häuser in den Gassen eine einzige Fassade bildeten. In den Fensteröffnungen hingen Streifen aus Hanftuch.

Die Straßen glichen einem Tollhaus. Die Zuckerrohrverkäufer lockten ihre Kunden an, indem sie auf ein Stück Bambusrohr schlugen, und die Hausierer an den Straßenecken und die Straßenhändler an den mit Zelttuch bespannten Ständen priesen ihre Waren an und versuchten dabei, einander zu übertönen. Aus einer Seitengasse vernahm Wilhelm die anfeuernden Rufe eines Hahnenkampfes.

Nur die geschmeidigen und hagergesichtigen Wasserträger mit ihren sehnigen Muskeln, die wie Schiffstaue hervortraten, eilten weniger lärmend mit ihrer Last hin und her oder hockten, ihrem flinken Mundwerk freien Lauf lassend, in den Eingängen zu den Badehäusern.

Und überall blickte man in die müden und gequälten Augen der Armen.

Am Fluß, in der Nähe der buckligen Brücken, wo das Gedränge am ärgsten war, hatten sich die Gaukler versammelt, um das Volk mit ihren Vorführungen zu ergötzen. Er sah einen Akrobaten, der seinen Kopf zwischen die Beine steckte; Männer, die mit großen Tonkrügen jonglierten, Schwertschlukker und einen einarmigen Mann mit einem Tanzbären.

Von einem Puppenspieler sah man die langen Beine groteskerweise unter einer mit einem Vorhang bedeckten Kiste herausragen, und ein paar Schauspieler führten Burlesken für die Zuschauer auf. Wilhelm verstand kein Wort von dem, was gesagt wurde, aber die Chin schienen die Vorführungen zu genießen, denn sie lachten schallend auf. Als eine Kriegerschar des Kaisers an der Brücke auftauchte, wurden die Vorstellungen jedoch jäh abgebrochen, und die Gaukler machten, daß sie wegkamen.

Er vermutete, daß möglicherweise Tataren die Zielscheibe ihrer kleinen Pantomime gewesen waren.

Als er durch die Straßen zurückschlenderte, erkannte er die Lamaklöster und Pagoden der Götzenanbeter. Er kam an einem Fenster vorbei, sah eine Menge alter Weißbärte und hörte, wie sie Suren sangen. Dies stürzte ihn noch mehr in Verzweiflung. Gab es denn hier keinen Platz für Gott?

Zufällig geriet er in einen kleinen Innenhof mit einem gedeckten Arkadengang und stieß dort auf ein Teehaus, einen Schlupfwinkel wohlhabender Kaufleute und Höflinge aus dem Palast. Er spähte durch die Fenster, die zur Straßenseite hin offen waren, ins Innere. Zinnoberrote und vergoldete Laternen baumelten an den Gesimsen, an den Wänden hingen

Kalligraphie- und Bildrollen. Eine Traube singender Mädchen und Kurtisanen lehnte sich über die gestrichene Balustrade und animierte die Vorübergehenden dazu, mit ihnen drinnen einen Tee und Pflaumenwein zu trinken. Kichernd nickten sie nun Wilhelm zu, der sich von ihnen abwandte und das Weite suchte.

Auf diese Weise kam er an einen Erdwall mit einer kleinen Tür, die sich zur Straße hin öffnete. Er sah nach oben und erblickte ein grobes Holzkreuz hoch oben auf den glasierten Dachziegeln. Er hielt den Atem an und nahm all seinen Mut zusammen, um hineinzugehen.

Drinnen war es dunkel und die Luft von Staub und Weihrauch geschwängert. Die Öllampe, die auf dem Altar brannte, verbreitete ein gelbliches Licht. Er ging näher heran und bemerkte, daß auf dem Altar ein goldenes Tuch lag, das mit Bildern bestickt war, die ihm vertrauter erschienen als sein eigenes Spiegelbild.

Er starrte auf das Porträt der Jungfrau und von Johannes dem Täufer an ihrer Seite.

Er atmete schwer und machte das Kreuzzeichen.

Plötzlich wurde er von seinen Gefühlen überwältigt. »Gott ist hier«, sagte er keuchend. »Und zwar hier in Kitai. Der Priester Johannes ist mir zuvorgekommen.«

Hinten im Halbdunkel schimmerte schwach ein großes, mit Jade und Türkis besetztes silbernes Kreuz. Der einzige Unterschied zu dem Kreuz, das er verehrte, lag darin, daß keine Christusfigur darauf war. Daneben stand eine kleine silberne Statue der Mutter Gottes und ein schwerer silberner Kasten wie jener, der ihm in Augsburg als Tabernakel gedient hatte.

Wilhelm glaubte, sich wie Paulus auf dem Weg nach Damaskus zu fühlen. Er erlebte einen Augenblick göttlicher Offenbarung. Jetzt hatte er seine Vision von Christus. Sie bestätigte ihm, daß Gott ihn wirklich mit einer heiligen Mission betraut hatte, und er verfluchte sich selbst wegen seiner Zweifel.

Er fiel auf die Knie und sprach flüsternd ein Dankgebet zu Gott. Hier, im Herzen der Finsternis, hatte er den Erlöser gefunden. Gott war bis nach Kitai gelangt. Die Geschichte über den Priester Johannes war demnach also wahr.

Als er das Paternoster zu sprechen begann, tauchte aus der Dunkelheit im hinteren Teil der Kirche eine Gestalt auf.

Wilhelm stand auf. »Mein Name ist Wilhelm«, sagte er auf Latein. »Der Papst, der Statthalter Christi auf Erden, hat mich hierher geschickt, um Euch den Segen des einzigen und wahren Glaubens zu überbringen und Euch des Schutzes des Heiligen Vaters zu versichern.«

»Ich bin Mar Salah«, antwortete der Priester auf türkisch, »ich bin der Metropolit von Shangdu. Ich habe alles über Euch gehört und will Euch nicht in meiner Kirche haben. Geht hinaus!«

4

Wilhelm eilte durch die Straßen Shangdus zum Palast zurück, wegen seiner Entdeckung sowohl erregt als auch verwirrt. Daß er die Kirche Christi hier in dieser Brutstätte der Barbaren gefunden hatte, kam einem Wunder gleich, mit dem er nie gerechnet hätte. Doch über die Natur der Hindernisse, die noch vor ihm lagen, machte er sich keine Illusionen. Zuerst würden sie die Irrlehre ausrotten müssen, so wie sie es im Languedoc gemacht hatten.

Es war ihm nicht möglich gewesen, sich direkt mit dem Priester zu unterhalten. Dazu würde er die Hilfe des Tempelritters in Anspruch nehmen müssen. Doch es bestand kein Zweifel daran, daß dieser Metropolit dem Irrglauben des Nestorius anhing. Er hatte sich sogar erdreistet, ihn aus der Kirche zu werfen.

Doch zugleich fand er auch Trost darin, denn auf der Reise hatte er selbst gesehen, daß diese Nestorianer tatkräftig genug gewesen waren, Christi Wort bis nach Kitai zu bringen. Er hatte eine ihrer Kirchen in Gaotshang besucht und hatte von der Tatarenhexe gehört, daß es eine weitere im Karakorum gab. Das würde ihm seine Aufgabe sehr erleichtern. Man brauchte sich diese abtrünnigen Kirchenanhänger nur gefügig zu machen, und schon könnte die Römische Kirche unter den Tataren Fuß fassen.

Dies war die Aufgabe, für die Gott ihn bestimmt hatte. Und er war bereit.

»Der Herr ist hier«, sagte Wilhelm.

Josseran starrte Wilhelm an. Sein Gesicht war bleich, und in seinen Augen funkelte ein seltsamer Glanz.

»In der Stadt gibt es ein Haus«, fuhr Wilhelm fort, »das ein Kreuz über dem Eingang hat, und im Innern gibt es einen Altar und Heiligenbilder. Die Priester sind natürlich eindeutige Ketzer, aber es beweist, daß die Menschen hier Christus kennen. Versteht Ihr? Das Wort des Herrn ist bis hierher gekommen. Ist das nicht ein Wunder?«

Josseran nickte. Hier im Herzen Kitais auf Christen zu treffen, kam, wie Wilhelm es formuliert hatte, tatsächlich einem Wunder gleich. Er überlegte, was diese Tatsache für sie und ihre Expedition bedeuten könnte. Hulagus Frau, also die Schwägerin Khubilais, war eine Christin. Wer von den anderen mächtigen Tataren konnte sich noch zum Herrn bekannt haben?

Wilhelm schwatzte jetzt aufgeregt weiter und erging sich in einer rosigen Zukunft. »Wir müssen nur diese Anhänger des nestorianischen Irrglaubens in den Schoß Roms zurückführen, und mit den Tataren gemeinsam können wir die Mohammedaner nicht nur aus dem Heiligen Land vertreiben, sondern vielleicht sogar von der ganzen Erde!«

Josseran erschien das sehr unwahrscheinlich, denn viele Tataren waren Mohammedaner. Doch wenn es tatsächlich eine christliche Kirche hier in Shangdu gab, so war dies ein vielversprechender Anfang.

»Ihr müßt sofort mit mir kommen und mit dem Priester reden!«

Josseran schüttelte den Kopf. »Es wäre besser, wenn wir etwas umsichtiger handelten. Vergeßt nicht, daß deren Gründer von römischen Priestern aus Konstantinopel hinausgejagt wurde. Höchstwahrscheinlich mögen sie uns nicht.«

Wilhelm nickte, und sein Fanatismus wich einer nüchterneren Einschätzung der Lage. »Ihr habt recht, Templer. Meine Liebe zu Gott macht mich verwegen.«

»Wir sollten mehr von den Tataren und ihrem König lernen, bevor wir tätig werden.«

»Ja. Ja, ich muß lernen, geduldiger zu werden.« Er faßte Josseran bei der Schulter, und eine Schrecksekunde lang fürchtete dieser, daß Wilhelm ihn umarmen wolle. »Ich fühle, daß wir dazu bestimmt sind, hier gute Arbeit zu leisten«, sagte er. »Jetzt will ich gehen und meine Gebete sprechen. Ich werde Gott für dieses Zeichen danken und in der Stille auf sein Wort hören.« Er drehte sich um und verließ den Raum.

Josseran seufzte auf und ging ans Fenster. Es war spät geworden, und die Nacht hatte sich über die Stadt gesenkt. Plötzlich fühlte er sich furchtbar müde. Wilhelms Worte hallten in seinem Geist wider. Wie seltsam wäre es, wenn er hier Gottes Sache in solcher Weise dienen könnte; einer wie er, der sich sein Leben lang nur im Stand der Sünde gesehen hatte.

Ihre Unterkünfte im Palast waren prächtig ausgestattet. Josserans Räume waren mit Vorhängen aus Hermelin und Seide geschmückt. Ein Bett wie dieses hatte er noch nie gesehen; es bestand aus einem geschnitzten Kasten und war an drei Seiten mit Verschlägen geschlossen, an denen kunstvolle Tuschmalereien von Wasserfällen und Bambushainen hingen, allesamt auf weiße Seide gemalt. Das Bettlager selbst bestand aus Binsenmatten, die Decken waren mit Florettseide bezogen.

Im Raum standen mehrere niedrige, schwarz polierte Lacktische und exquisite Vasen und Ornamente in Elefanten- oder Drachenform, alle aus Jade geschnitzt. Doch der seltsamste Gegenstand von allen war eine Katze aus Porzellan mit einer in den Kopf geschickt eingearbeiteten Öllampe. Wenn sie des Nachts brannte, schienen die Augen der Katze im Dunkeln zu glühen.

Die ganze Kammer duftete nach Weihrauch und Sandelholz. Es war ein weiter Weg gewesen, dachte er, von den nackten Steinwänden und der harten Holzpritsche seiner Mönchszelle in Akko bis hierher.

Die ganze Stadt war ein Traum. Sollte er je ins Languedoc zurückkehren, so würden ihm die Leute niemals glauben, was er hier gesehen hatte.

Erschöpft fiel er auf sein Bett und schlief ein.

Am nächsten Morgen riß Sartak ihn aus dem Schlaf. Dieser teilte ihm mit, er sei ihm für die Dauer seines Aufenthalts in Shangdu als Begleiter zugeteilt, und seine erste Aufgabe bestehe darin, ihn zu Ahmad, dem Schatzmeister Khubilais, zu begleiten. Er führte ihn zu einem der großen Paläste auf der anderen Seite des großen Hofes. Ein Mohammedaner in weißer Robe und mit einem angegrauten Bart wartete in einem großen, durch das viele Kirschholz dunkel wirkenden Raum, der sich auf einer Seite zum Garten hin öffnete. Ahmad saß, umgeben von seinen Günstlingen, mit untergeschlagenen Beinen auf kostbaren Teppichen in Burgunderrot und Pfauenblau. Auf hölzernen Spindeln aufgewickelte Bildrollen, ein Abakus und Stapel purpurroten Papiers lagen um ihn herum verteilt auf den Teppichen.

Ohne jede Feierlichkeit überreichte man Josseran einige purpurrote Papiere. Diese, so teilte Ahmad ihm mit, dienten als Empfangsbestätigung für Wilhelms silbernes Weihrauchgefäß und das Silberkreuz, die beide sofort auszuhändigen seien.

Sie seien jetzt in das Eigentum des Kaisers übergegangen.

Daraufhin war er achtlos entlassen.

Josseran fand Wilhelm bei den Morgengebeten in dessen Kammer. Er wartete, bis dieser damit zu Ende war, und als Wilhelm aufstand, hielt Josseran ihm die purpurroten Papiere hin und drängte sie ihm in die Hand.

»Was ist das?« fragte Wilhelm, der sie gedankenverloren anstarrte.

»Das ist für das Weihrauchgefäß und das Silberkreuz«, erwiderte er.

»Das Weihrauchgefäß?«

»Und das Silberkreuz. Der Kaiser möchte sie in seinen Besitz übernehmen.«

»Das geht nicht. Denn die waren nicht als Geschenke gedacht.«

»Das scheint aber keine Rolle zu spielen. Man hat mir gesagt, daß alles Gold und Silber im Reich per Gesetz vom Kaiser für das Schatzamt beschlagnahmt wird. Der Besitz dieser Metalle entspricht an sich schon einem Gesetzesverstoß – da dies nur Khubilai zusteht. Im Austausch dafür gibt er Euch das da.«

Wilhelm starrte auf die Papiere in seiner Hand. Sie waren auf der Rinde des Maulbeerbaums gefertigt und trugen das zinnoberrote kaiserliche Siegel. Auf beiden Seiten stand ein Text in uigurischer Schrift. »Papiere?« fragte er. »Soll das eine weitere Beleidigung sein?«

»Sie nennen es Papiergeld. Ihr könnt sie gegen Waren eintauschen, als wären es Münzen.«

»Sie halten Euch für einen Narren.«

»Im Gegenteil, Pater Wilhelm. Ich bin mit Sartak in den Basar gegangen und habe dort diese Pflaumen erstanden. Die Händler nahmen mein Papier an, ohne zu murren, und gaben mir diese Schnur mit Münzen noch obendrein.« Er hielt eine Kette mit Münzen in die Höhe, durch deren viereckiges Loch in der Mitte eine Schnur gefädelt war.

Wilhelm starrte auf die Papiere zu seinen Füßen. Geld aus Papier. Wer hatte je etwas davon gehört? Er wandte sich dem Fenster zu. An der Traufe des Daches aus gespleißtem Bambusrohr fauchte ihn ein goldener Drache an. Er war völlig von Barbarei umgeben. »Ich werde mich direkt beim Kaiser beschweren. Wann haben wir unsere nächste Audienz? Es gibt viel zu bereden.«

»Wir haben heute nachmittag eine Audienz.«

»Hoffentlich ist er diesmal nicht wieder betrunken.«

»Hoffentlich redet Ihr diesmal zu ihm, wie es einem Herrscher gebührt, und nicht wie mit einem armen Menschen, der in Eure Kirche zum Beichten kommt.«

»Haltet mir keinen Vortrag darüber, wie ich die Angelegenheit der Kirche zu führen habe. Wir sind hier, um Seelen zu retten.«

»Wir sind hier, um das Heilige Land zu retten. Ich sage Euch eins, Pater Wilhelm, was immer Ihr auch von meiner Frömmigkeit halten mögt – wenn wir ohne irgendeine Verständigung mit den Tataren von hier wegziehen, so werdet Ihr nie wieder in den Tälern des Herrn wandeln.« Er warf ihm die restlichen Papiere des Kaisers vor die Füße, als er ihn verließ. »Hier«, sagte er, »kauft Euch selbst ein paar Pflaumen.«

5

Khubilais Untertanen in Kitai waren in unterschiedliche Klassen eingeteilt. Zur Elite gehörten die Tataren selbst, darunter standen die Menschen aus West- und Mittelasien, die Händler, Künstler, Höflinge, Krieger und Priester. Den untersten Rang bekleideten die Chin, wodurch sie praktisch im eigenen Land zu Ausgestoßenen wurden. Selbst die konfuzianischen Höflinge wurden mit größtem Argwohn betrachtet.

Die Mohammedaner, so erfuhr Josseran zu seiner großen Enttäuschung, waren an Khubilais Hof zahlreich vertreten. Sie hatten sogar ihr eigenes Stadtviertel mit Basaren, ein Siechen- und ein Gotteshaus. Die Tatarensprache war ihnen nicht aufgezwungen worden, und viele von ihnen verwendeten für ihren gesamten Handelsverkehr ihre fließenden arabischen Schriftzeichen.

Josseran fand heraus, daß innerhalb der Palastmauern arabisch und persisch gesprochen wurde, wie auch die Sprache der Tataren und andere, die er zuvor noch nie gehört hatte. Die Turk-Sprache der Uiguren war allen vertraut.

Shangdu hatte sich während der Herrschaft der Tataren zu einem Schmelztiegel vieler Völker und Rassen entwickelt. Khubilai war mehr als zwei Jahrzehnte zuvor in Kitai eingetroffen, mit einer Apanage, die ihm sein Onkel Ögedei, der damalige Khaghan, ausgesetzt hatte. Schnell war ihm klar geworden, daß die eigenen tatarischen Generäle Krieger und keine Verwalter waren. Sie hatten die Bauern brutal behandelt und die Bevölkerung mit so hohen Steuern belegt, daß diese kurz davorstand, sich zu erheben. Khubilai wußte, daß eine neue Politik vonnöten war und übernahm das konfuzianische

Ideal des Regierens, das den Chin seit langem vertraut war und vorschrieb, daß der Herrscher, auch wenn er das Mandat des Himmels besaß, bei seinen weisen Ministern Rat und Hilfe einholen sollte.

Doch Khubilai vertraute den konfuzianischen Ministern in der Lehensverwaltung der Chin nicht und wandte sich an andere, die ihn dabei unterstützen sollten, den umfangreichen Regierungsapparat zu lenken. Er behielt nur eine Handvoll Staatsbeamter der Chin und stellte dann selbst persische Schreiber, heilige Männer aus Tibet, einen Nestorianer als Geheimen Rat, uigurische Minister, Künstler und Forscher, Philosophen und Techniker aus dem ganzen Reich ein. Die Mohammedaner, so hatte Sartak erläutert, hatten sich seine besondere Gunst erworben, weil viele von ihnen mit dem Handel auf der Seidenstraße verbunden und daher in großem Umfang als Finanzverwalter verpflichtet worden waren.

Khubilais Schatzmeister Ahmad, so erinnerte sich Josseran, war einer von ihnen.

Doch diese Konstellation ließ nichts Gutes für ihre Mission ahnen. Als sie aus Akko losgezogen waren, hatten sie alle angenommen, die Anwesenheit von Christen unter den Tataren lasse darauf schließen, daß ihr Vorhaben beim Khan besonders gute Chancen haben werde. Inzwischen war Josseran aufgegangen, daß innerhalb des tatarischen Reiches viele verschiedene Religionen verbreitet waren. Hulagus besondere Grausamkeit in Aleppo und Bagdad den Sarazenen gegenüber war demnach untypisch gewesen.

Es war eigenartig: die Verfolgung der Sarazenen durch die Tataren verstand er. Khubilais Toleranz allen Religionen gegenüber empfand er geradezu als ein Wunder.

»Diese Tataren verstehe ich einfach nicht«, sagte er zu Wilhelm. »Sie haben jedes Land erobert, durch das wir in den vergangenen sechs Monaten gezogen sind, und dennoch erlauben sie den Mohammedanern und den Irrgläubigen, ihre Religionen frei auszuüben. Ja, sie übernehmen sogar deren Götter. Man sagt, Khubilais Weib bete zu diesem Borkan, von dem so viel die Rede ist. Khaidu in Almalyk ist ein bekennender

Mohammedaner, und nach allem, was man hört, ist Hulagus Weib eine Nestorianerin.«

»Das ist ein Zeichen von Schwäche«, erwiderte Wilhelm. »Eine Schwäche, die wir zu unseren Gunsten nutzen sollten.«

»Mir fällt es schwer, sie um ihrer Toleranz willen zu hassen.«

»Toleranz? Ein wahrer Glaube duldet keine Toleranz. Diese Tataren besitzen keinen beständigen Gott. Deshalb suchen sie nach einem anderen. Aus diesem Grund hat der Herr uns bis hierher geleitet. Um sie auf den einzig wahren Weg zu führen.«

Vielleicht hatte Wilhelm recht, dachte Josseran. Und dennoch würden sich die Angelegenheiten im Heiligen Land besser regeln lassen, wenn man dort etwas von der Nachsicht der Tataren walten ließe.

Wilhelm las seine Gedanken. »Ich sehe, daß Ihr Euch von ihrem Irrglauben anstecken laßt.«

»Ich stelle nur fest, daß wir zwar die halbe Welt erobert haben, aber nur ein paar Schlösser in Outremer übrigbehalten haben. Vielleicht können wir etwas von ihnen lernen.«

»Von ihnen lernen?«

»Findet Ihr es nicht bemerkenswert, daß sie, trotz all ihrer schlechten Manieren, den Mohammedanern, Irrgläubigen und Christen gegenüber Toleranz wahren und ihre Götter neben den eigenen gelten lassen?«

Wilhelm warf ihm einen nachsichtigen Blick zu. »Daß sie Christus den gebotenen Respekt bezeugen, gehört sich auch. Alles andere jedoch ist ein Verbrechen gegen Gott.«

»Ich habe gehört, daß in Jerusalem allerlei Religionen friedlich miteinander gelebt haben, bis wir Franken gekommen sind und Feuer gelegt und Konflikte heraufbeschworen haben. Daher wäre es nicht verwunderlich, wenn die Tataren behaupteten, daß wir nicht vorhaben, ihnen den Frieden Gottes zu bringen, sondern nur Macht über sie gewinnen wollen. Es fiele mir schwer, meinen Glauben solchen Anschuldigungen gegenüber zu verteidigen.«

»Ihr seid ein Narr. Die einzige Möglichkeit für einen Christen, seinen Glauben gegen Ungläubige zu verteidigen, besteht darin, sein Schwert so tief wie möglich in die Eingeweide der Heiden zu stoßen. Weniger als das zu tun, liefe darauf hinaus, Gott zu entsagen und sich selbst in Sünde zu stürzen.«

»Ihr seid Priester«, entgegnete Josseran, »und müßt daher recht haben.«

Er hatte sich mit diesem Pater bereits genug belastet. Er hätte ihm sagen können, daß er in Outremer genug Eingeweide von Männern gesehen habe, die seiner Gefährten wie die seiner Gegner. Ein Abschlachten sei ihm nie wie eine heilige Sache vorgekommen, und er bezweifle, daß dies jemals der Fall sein werde. Doch er hielt lieber den Mund. Bisher war noch niemand aus einem Disput mit einem Kirchenmann als Sieger hervorgegangen.

6

Für diese zweite Audienz beim Kaiser führte man sie nicht in die große Halle, sondern durch zwei überdachte Tore in den innersten Bezirk eines Parks, der hinter dem Palast lag. Dieser Hof, so teilte Sartak Josseran mit, war zu Khubilais persönlichem Vergnügen angelegt worden.

Es war der schönste Garten, den Josseran je gesehen hatte. Pavillons mit grünen Dachpfannen waren von Weidenbäumen und Bambushainen umstanden, die Sonne funkelte wie Quecksilber auf der Oberfläche eines großen Teichs. Dicke, goldfarbene Fische, die die Kitais Langes-Leben-Fische nannten, bewegten sich träge im Wasser unter den buckligen Brücken mit den Balustraden aus bearbeitetem Stein. Pfauen beäugten sie mißtrauisch, weiße Schwäne schwammen gelassen zwischen den Lotusblüten oder breiteten ihre Flügel in der Sonne aus.

Ein Paradies auf Erden.

Sie gingen eine Weidenallee entlang, und geradeaus vor ihnen erblickte Josseran die große, weiße Jurte des Kaisers, deren luxuriöse Ausstattung allerdings im krassen Widerspruch zu den traditionellen Filzzelten der Tataren stand. Sie befand sich zwischen beflaggten Höfen und großen Weiden auf einer Erhebung aus gestampfter Erde.

Über den Bäumen hing eine gelbe Papiersonne, und ein blau-orangefarbener Schmetterling war am Himmel sichtbar, ein farbenfroher Drachen, den die Kinder der Höflinge hatten aufsteigen lassen.

Vor der großen Jurte hielten sie an und warteten darauf, daß einer der Kammerherren Khubilais sich zeige. Während sie sich in Geduld übten, flüsterte Sartak Josseran zu, daß sie sich dem kaiserlichen Thron auf Knien nähern müßten.

Josseran gab diese Anweisung an den Pater weiter, der wie erwartet reagierte.

»Ich denke nicht daran!« sagte er wutschnaubend. »Vor diesen Wilden habe ich mich oft genug hingekniet! Von nun an beuge ich meine Knie nur noch vor Gott!«

»In diesen Ländern *ist* der Kaiser gleich Gott«, erwiderte Josseran.

»Eine Gotteslästerung!«

»Gebt dem Kaiser, was des Kaisers ist.«

Wilhelm zögerte. Seine Miene spiegelte ein Dutzend widerstreitender Gefühle wider. Schließlich schien er die Weisheit von Josserans Worten anzuerkennen. Der Kammerherr kam, um sie abzuholen, und als sie die Jurte betraten, fiel er neben Josseran nieder und näherte sich dem Sohn des Himmels auf den Knien.

In der großen Jurte war es sehr warm. Die Höflinge in ihren Gewändern aus rotem Brokat und mit eigenartigen Helmen bewegten nervös ihre seidenen Fächer. Die runden und starren Fächer waren mit Tuschzeichnungen und Kalligraphie verziert und flatterten wie tausend grellbunte Schmetterlinge. Tatarische Musiker konzertierten hinter einem großen Wandschirm; die zweisaitige Laute, die Gongs und die Trommeln brachten Melodien hervor, die für Josserans christliche Ohren schrill und mißtönend klangen.

Heute schien der Kaiser eher geneigt zu sein, sie gebührend zu empfangen. Zumindest war er nüchtern. Er lehnte sich auf einem Thron aus Gold und Elfenbein zurück, der mit Perlen und Jade verziert war. Seine Kleidung, ein Helm mit Krempe aus gehämmertem Gold und ein Gewand aus karmesinroter Seide, entsprach seiner Erhabenheit. Seine Füße steckten in kurzen Lederstiefeln mit einer gewölbten Zehenpartie nach Art der Tataren. Diesmal stand der Lama Phags-pa nicht als Mittelsmann neben ihm. Khubilais Geist war auch nicht vom Trank vernebelt, und seine goldenen Augen blickten so wachsam und undurchdringlich drein wie die einer Katze.

Josseran und Wilhelm wurde bedeutet, sie sollten auf den Knien verharren, während einer der Diener ihnen eine Silberschale mit schwarzem *kumys* brachte, die zu trinken sie eingeladen wurden.

Wilhelm weigerte sich.

»Mag er unseren Wein nicht?« wollte der Kaiser von Josseran wissen, als er beobachtete, daß Wilhelm die Schale ausschlug.

»Unsere Religion verbietet es ihm«, sagte Josseran zur Erklärung.

»Das habe ich bei Christen aber anders erlebt«, entgegnete der Kaiser etwas rätselhaft. »Aber Ihr dürft trinken?«

»Ich bin kein Priester.«

»Ihr mögt also unseren Wein?«

»Ja, sehr.«

»Und mögt Ihr auch den Kelch?«

»Er ist sehr schön«, antwortete Josseran und fragte sich, worauf diese Fragen wohl abzielten.

»Er wird ›Dschingis Khans Rache‹ genannt.«

Josseran sah ihn sich genauer an und spekulierte darüber, was daran ihn wohl so wertvoll machen mochte. Es war eine große, versilberte Schale, eine sehr schlichte Arbeit ohne jede Verzierung.

»Sie ist aus dem Schädel eines Anführers gearbeitet, der sich meinem Großvater widersetzt hat«, erläuterte Khubilai. »Er nahm ihn gefangen und ließ ihn bei lebendigem Leib in einen großen Kessel mit siedendem Wasser werfen. Nachdem er tot war, trennte er ihm selbst den Kopf vom Leib und ließ dessen Schädel in Silber fassen.« Er hielt inne, um seinen Gästen Zeit zu lassen, diese Neuigkeit zu verdauen. »Habt Ihr in den barbarischen Ländern auch solche Gefäße?«

Dieser versteckten Drohung eingedenk, versicherte Josseran ihm, dies sei nicht der Fall.

»Was sagt er?« wollte Wilhelm wissen.

»Er hat mir erzählt, daß diese Trinkschale aus dem Schädel eines der Feinde seines Großvaters hergestellt wurde.«

Wilhelm bekreuzigte sich. »Diese Menschen sind des Teufels.«

»Was sagt der Häßliche?« fragte Khubilai.

Josseran zögerte, bevor er antwortete. »Er fürchtet sich in Eurer Gegenwart«, sagte er, »und möchte, daß sein Glück nicht von ihm weicht.«

Der Kaiser brummte zufrieden.

»Sagt ihm, daß ich ihm die gute Botschaft von dem einzigen und wahren Glauben bringe sowie das Heilsversprechen auf das Ewige Leben für ihn und all seine Untertanen!«

»Gebt Ruhe«, entgegnete Josseran barsch.

»Ich bin der Gesandte des Papstes! Und ich werde keine Ruhe geben! Ihr werdet für mich übersetzen, während ich die päpstliche Bulle verlese!«

Josseran wandte sich wieder dem Kaiser zu. »Wir möchten Euch die christliche Religion überbringen, die allen Menschen, wo auch immer, zur Hoffnung und Freude gereicht.«

»Wir besitzen bereits die Leuchtende Religion in unserem Reich.«

»Aber dies ist nicht die wahre Form unserer Religion.«

Der Kaiser lächelte mild. »Mar Salah, der Metropolit von Shangdu, sagte mir, daß Ihr keine wahren Christen wärt und ich Euch mein Ohr nicht leihen sollte.«

Ohne mit der Wimper zu zucken, nahm Josseran diese Nachricht zur Kenntnis. Wilhelm wartete ungeduldig auf seine Übersetzung. Josseran teilte sie ihm wortwörtlich mit.

Das Gesicht des Paters überzog sich mit Zornesröte. »Dieser Wilde wertet das Wort eines Irrgläubigen höher als das des Papstes selbst?«

»Es wäre klüger, dieser Provokation mit Würde zu begegnen«, erinnerte Josseran ihn.

Doch Wilhelm hatte bereits ein Pergament in lateinischer Schrift aus seiner Kutte hervorgeholt. Es war eindeutig zu erkennen, daß er beabsichtigte, daraus vorzulesen, ungeachtet aller Versuche Josserans, ihn daran zu hindern. Er hatte nicht das geringste Quentchen Gespür für die Feinheiten des diplomatischen Taktierens und würde sich den Kaiser nur zum Feind machen. Vielleicht würde es sie sogar das Leben kosten. *Gott vergib mir, aber ich verspüre nicht die geringste Lust, die Bulle zu übersetzen*, dachte Josseran. Wilhelm war zu aufdringlich, und der Papst war weit weg. Wenn sie in Würde nach Outremer zurückkehren wollten, mußte er sich auf sein eigenes Urteil verlassen.

»... so daß Ihr anerkennen möget Jesus Christus als Sohn Gottes und seinen Namen anbetet, indem Ihr Seine Religion ausübet...« Wilhelm war aufgestanden und hatte damit begonnen, den Brief des Papstes aus vollem Halse auf lateinisch vorzutragen, das im übrigen weder der Kaiser noch irgendeiner seiner Höflinge verstehen konnte. Wenn er in diesem Ton fortfuhr, würde der Kaiser seine Sammlung bald um einen weiteren Kelch erweitern können, befürchtete Josseran. »... daß Ihr ablasset von der Verfolgung der Christen und daß Ihr nach so vielen und so bitteren Vergehen durch eine angemessene Buße den Zorn der Göttlichen Majestät beschwichtigen möget, die Ihr zweifelsohne durch eine solche Brüskierung ernsthaft erregt habt...«

»Was sagt er?« wollte Khubilai wissen.

»Hoher Herr, ich fürchte, daß die Reise ihn sehr ermüdet hat. Vielleicht könnten wir unsere Unterredung allein fortsetzen und meinem Gefährten die Ruhe gewähren, derer er so dringend bedarf.«

Auf ein Kopfnicken des Kaiser hin traten zwei Männer des *kesig*, der Kaiserlichen Leibwache, vor und griffen Wilhelm bei den Armen. Er sträubte sich heftig. Ohne von seiner Gegenwehr Notiz zu nehmen, entfernten sie ihn aus der Jurte. Josseran konnte seine Protestschreie selbst dann noch hören, als sie mit ihm über die Weidenallee zurückgingen.

7

»Sagt mir, Barbar, wer ist Euer Khan?«

Noch jemand, der mich Barbar nennt, dachte Josseran. »Mein König heißt Ludwig.«

»Hat er Euch geschickt?«

»Nein, mein Herr. In Outremer habe ich dem Großmeister der Tempelritter Treue geschworen, der dem Papst, dem Oberhaupt der christlichen Kirche, dient.«

Der Kaiser dachte über die Antwort nach. Eine phantastische und verwirrende Vereinbarung, schien er zu denken. »Wo liegt dieses Outremer, das Ihr erwähntet?«

»Weit entfernt im Westen, mein Herr. Seine Hauptstadt heißt Akko und diese liegt in der Nähe von Aleppo, das Prinz Hulagu belagert hat.«

»Die Belagerung ist zu Ende. Vor vielen Monden habe ich erfahren, daß Hulagu inzwischen Herr über Aleppo und eine andere Stadt namens Damaskus ist.«

Josseran sah dem Kaiser offen in die goldenen Augen und fragte sich, was er sonst noch wußte. Hatten die Tataren noch weitere Festungen in Outremer belagert? Hatten sie bereits alle Sarazenen vertrieben? Falls Khubilai die Antworten auf diese Fragen kannte, so schien er nicht in der Laune zu sein, sie ihm mitzuteilen.

»Woher kommt Ihr, Barbar?«

»Ich bin Franke, großer Herr. Ich stamme aus einem Ort, der Toulouse heißt.«

»Habt Ihr dort gutes Weideland? Züchtet Ihr viele Pferde?«

»Es ist ein Land mit vielen Hügeln und Tälern. Es ist so viel anders als das Eure hier.«

»Man sagt, die Pferde, die Ihr mitgebracht habt, seien groß und langsam und hätten nicht einmal die Reise aufs Dach der Welt überlebt.«

»Mein eigenes Pferd hat mir auf vielen Feldzügen gute Dienste geleistet.«

»Und ist doch während der Reise verendet.«

»Ich hatte nicht genug, um es zu füttern.«

»Können Eure Pferde sich denn nicht selbst Nahrung suchen?«

»Nein, großer Herr. Das entspricht nicht ihrer Natur. An Berge und Wüsten sind sie nicht gewöhnt.«

In dieser Weise unterhielten sie sich noch eine Weile weiter. Khubilai stellte noch endlose Fragen wie zum Beispiel: Lebten die Frankenkönige in solch schönen Palästen wie er? Welche Strafe stand auf Pferdediebstahl? Wie bestrafte man jemanden, der sein Messer ins Feuer warf – eine Handlung, die, so hatte Josseran erfahren, von den Tataren als verwerflich betrachtet wurde. Er wollte soviel wie möglich über das Christentum erfahren, schien allerdings abgeneigt, Josseran zu erlauben, seinerseits Fragen zu stellen.

Schließlich wandte Khubilai seine Aufmerksamkeit den Fragen der Religion zu. »Mar Salah gehört wie Ihr der Leuchtenden Religion an. Er sagt, der Name seines Gottes sei Jesus. Außerdem kennt er noch einen, den er den Vater nennt. Und diesen Heiligen Geist. Habt Ihr dieselben Götter?«

»Es gibt nur einen Gott. Christus war sein Sohn auf Erden.«

»Nur ein Gott? Dann scheint es mir, daß Ihr, trotz all Eurer großen Töne, der Religion nur einen geringen Wert beimeßt.«

»Ganz im Gegenteil. Wir führen für unsere Religion sogar Kriege. Aus diesem Grund sind wir bewaffnet bis nach Outremer gepilgert. Es gibt dort eine Stadt namens Jerusalem, wo der Sohn Gottes gekreuzigt wurde. Männer aus der ganzen Christenheit sind gekommen, um sie zu verteidigen.«

Der Kaiser betrachtete ihn eine lange Weile. »Und aus diesem Grund wünscht Ihr eine Allianz mit uns gegen die Sarazenen. Damit Ihr diesen Ort namens Jerusalem halten könnt?«

»Richtig.«

Josseran wartete ab, da er sein Herz in der Brust pochen hörte. Schließlich besprachen sie das Anliegen, dessentwegen sie diese sechs langen Monate bis hierher gezogen waren.

Khubilais Miene war nicht zu ergründen. »Ich werde darüber nachdenken, was Ihr vorgeschlagen habt«, sagte er endlich. »Vielleicht bleibt Ihr auf Einladung meines Hofes so lange hier in Shangdu, bis ich mit meinen Ratgebern über einen solchen Pakt gesprochen habe. Inzwischen möchte ich mehr über Eure Religion erfahren, und inwiefern sie sich von der unterscheidet, die wir bereits haben. Zudem möchte ich mehr über diesen Papst wissen, den Ihr erwähnt habt.«

»Mein Gefährte, ein Priester, den der Papst selbst hergeschickt hat, wäre bereit und höchst erfreut, Euch weiter unterrichten zu dürfen.«

»Das würde ich zwar begrüßen, jedoch nehmen die zahlreichen Angelegenheiten des Staates bereits meine Zeit sehr stark in Anspruch. Allerdings, wenn es Euch gefällt, gibt es jemand anderen, der daran interessiert sein könnte, was Ihr zu sagen habt.« Josseran wartete ab, während der Kaiser ihn mit seinen irreführend sanften und feuchten braunen Augen betrachtete. Was mag hinter dieser Miene wohl vor sich gehen? fragte Josseran sich. Etwas anderes als Politik?

»Kennt Ihr Euch aus mit dem Zauber?« fragte ihn der Kaiser unvermittelt.

»Zauber?« wiederholte Josseran und sah ihn verblüfft an.

»Ja. Kann dieser Schamane in Eurer Begleitung zaubern?« In des Kaisers Blick war kein Anzeichen einer Brüskierung zu erkennen. Eher, so vermutete Josseran, lag so etwas wie eine leise Hoffnung darin.

»Leider nicht, großer Herr.«

»Mar Salah behauptet, daß Jesus die Toten zum Leben erwecken und Wasser in Wein verwandeln konnte. Können der Papst und seine Priester das auch?«

»Unser Erlöser konnte das tun, ja«, antwortete Josseran ihm. »Aber Wilhelm ist nur ein einfacher Mensch.«

Diese Antwort schien Khubilai, den Herrscher des Himmels, zu enttäuschen. Er nickte bedächtig. »Was ist eine Religion ohne Zauberei wert?« fragte er.

Sechs Monate zuvor hätte er diese Frage nicht einmal verstanden. Doch in diesem Augenblick empfand der Ritter, Tempelherr und Sünder Josseran Sarrazini ein gewisses Mitgefühl gegenüber dem Kaiser.

Als Josseran in den Palast zurückkehrte, sah er zwei Wachen vor Wilhelms Tür stehen. Sartak zufolge hatten sie den Auftrag, den ›barbarischen Wahnsinnigen‹ in seinem

Quartier zu bewachen, bis er von seiner Raserei abgelassen hatte.

Josseran atmete tief durch, bevor er sacht die Tür öffnete.

Wilhelm stand mit verkniffenem und vor Zorn kreideweißem Gesicht am Fenster. Eine Zeitlang sprach keiner der beiden Männer ein Wort. »Was sollte Euer Verhalten bedeuten?« fragte er schließlich.

»Es war Eure Schuld«, antwortete Josseran. »Ihr habt uns und unsere Mission in Gefahr gebracht.«

»Ich bin der Gesandte des Papstes! Ihr seid mein Begleiter, nicht aber mein Herr und Gebieter!«

»Offensichtlich hat Euch der Papst Eures Eifers und nicht Eurer diplomatischen Fähigkeiten wegen ausgewählt. Und ich vermute, seine Wahl fiel auch deshalb auf Euch, weil er Euch fern von Rom wissen wollte, damit er von Eurer ständigen Nörgelei verschont bleibt.«

Wilhelms Miene erstarrte. »Ich weiß, warum man Euch hierher geschickt hat. Euer Thomas Berard begeht aber den Fehler, daß er seine Macht höher einschätzt als die des Heiligen Vaters. Ihr seid kein Spitzel. Ihr seid vielmehr hier, um ein Geheimabkommen mit den Tataren zu schließen. Würde der Papst von Eurer Heimtücke hören, er würde seine schützende Hand vom Orden zurückziehen, und Ihr alle würdet vernichtet werden!«

Josseran sah ihn gefaßt an. »Ich werde dafür sorgen, daß der große Tatar Euch anhört«, erwiderte er, die Drohung überhörend. »Aber Ihr werdet mir vertrauen müssen. Leider versteht Ihr nichts von der diplomatischen Kunst.«

»Euch vertrauen? Eher traue ich einer Schlange!«

Josseran beschloß, ihn zu beschwichtigen. »Ich schlage vor, Ihr wartet mit Eurer Meinung über mich noch etwas, Pater Wilhelm. Ich habe Nachrichten für Euch. Der Kaiser, das wird Euch freuen zu hören, möchte, daß ihr seine Tochter im christlichen Glauben unterweist.«

Wilhelm setzte sich langsam auf sein Bett nieder und fragte erstaunt: »Seine Tochter?«

»Das ist sein Wille. Daher behaupte ich, daß wir beide, ungeachtet dessen, was Ihr von mir oder meinen Methoden haltet, heute einige Fortschritte gemacht haben.«

»Gelobt sei Gott.« Wilhelm fiel auf seine Knie und murmelte ein kurzes Dankgebet. Als er wieder aufstand, schien er sich etwas beruhigt zu haben.

»Sehr gut, Tempelherr«, sagte er. »Ich werde mich jetzt an Euer Vorhaben halten. Wir kennen Gottes geheime Wege nicht. Vielleicht mag Er selbst ja jemanden wie Euch zu seinem Werkzeug auserkoren haben.«

»Danke«, sagte Josseran lächelnd und verließ die Kammer, innerlich schäumend.

Kirchenleute!

8

Josseran blickte von seinem Fenster hoch oben im Palast auf die dunklen Straßen Shangdus hinunter. Der vereinzelte, düstere Klang einer Holztrommel wehte herüber, gefolgt von dem längeren, nachhallenden Ton eines Gongs, als der Wachmann auf der Brücke die nächtliche Stunde ausrief.

Er fühlte sich schmerzlich einsam. Er war weiter gereist als jeder andere, den er kannte, weiter als er je gehofft oder gewünscht hatte. Sein Gut und Besitz im Languedoc kamen ihm nun wie ein Traum vor. Viele von denen, die ihn einst kannten, hatten ihn inzwischen bestimmt längst vergessen. Und jene, die sich noch seiner erinnerten, würden seinen Namen zusammen mit einem Fluch aussprechen.

Wieder einmal machte er sich in den dunkelsten Stunden der Nacht Vorhaltungen und schwor, den Priester aufzusuchen und dessen Absolution zu erbitten, bevor der Tod ihn überraschte, ohne daß er vorher gebeichtet hatte. Doch wenn es dämmerte, kam die Entschlossenheit zurück, sich der unweigerlichen und gerechten Tatsache seiner eigenen Verdammnis zu stellen.

Er schloß die Augen, um die Geister auszusperren.

Und er dachte an Khutelun.

Er hatte gehofft, daß die Tollheit aus seinem Blut weichen würde, wenn er sie nicht mehr ständig sah. Statt dessen mußte er feststellen, daß sie ihm nicht aus dem Kopf ging und er sich nach wie vor nach ihr verzehrte. Warum gelüstete es ihn nach verbotenen Früchten? fragte er sich.

Der Gedanke daran, wie sie vielleicht blutend und verstümmelt in der Wüste lag, quälte ihn unaufhörlich. Er mußte sich einreden, daß sie alles unversehrt überstanden hatte; nur so konnte er seine Seelenruhe finden. Wenn es doch eine Möglichkeit gäbe, dies mit letzter Sicherheit zu erfahren!

Sie geisterte beständig in seinem Kopf herum. Er konnte sie nicht vergessen. Er trauerte um sie, wenn er sie sich als Tote vorstellte; es schmerzte ihn, wenn er daran dachte, daß sie sich irgendwo dort draußen befand, noch lebendig und warm. Sie ließ ihn als Trauernden zurück, der sich wie ein Junge quälte.

Wahrscheinlich hatte er in ihr die verwandte Seele einer Abtrünnigen gefunden. Wenn sie eine Hexe sein sollte, wie der Pater behauptete, würde er liebend gern mit ihr zusammen verbrannt werden. Ob sie tatsächlich gesehen hatte, daß sein Vater in seinem Schatten ritt? War es nur Phantasie oder hatte sie die Auferstehung gesehen, die er selbst nach der Beichte seiner Sünden nicht würde finden können?

Sie war eine Frau, wie er sie zuvor noch nie gesehen hatte und niemals kennenlernen würde, falls er dieses fremde und verwirrende Land verlassen würde. Und er würde sie nie wiedersehen.

Ein tiefer Schmerz durchzuckte seinen ganzen Körper und warf ihn auf den Boden nieder, wo er sich verzweifelt zusammenkauerte. *Ich werde sie nie wiedersehen.*

Es war die dritte Stunde des Tages, und ein nebelhaftes Licht tauchte am östlichen Horizont auf. In den Lamaklöstern lärmten die Muschelhörner. Die Bonzen durchquerten die noch dunklen Straßen, wobei einige auf ihre hölzernen Gongs schlugen, um die Ankunft des Morgens anzukündigen, und andere ihre Bettelschalen aus Holz fest umklammert hielten, in denen sie die Almosen einsammelten.

Jeden Tag erfüllen sie ihre Pflicht ihrem Gott gegenüber, dachte Josseran, so wie ich die meine. Mehr verlangen sie nicht.

Doch ich wünsche mir für mich selbst nur noch eines. Ich wünsche mir, daß ich sie noch einmal sehe, bevor ich sterbe ...

9

Wilhelm war aufgebracht. Die Nachricht, der Kaiser wünsche, daß er seine eigene Tochter im christlichen Glauben unterrichte, hatte ihn nur ein paar Stunden lang besänftigt. Seine Selbstzufriedenheit hatte nur so lange angehalten, bis er entdeckt hatte, daß sich christliche Handwerker in der Stadt aufhielten, die man vor vielen Jahren als Gefangene aus Ungarn und Georgien hergebracht hatte und die Mar Salah vom Empfang der Sakramente ausgeschlossen hatte.

Sie hatten ihm erzählt, ihnen sei die Heilige Kommunion so lange vorenthalten worden, bis sie schließlich eingewilligt hatten, sich in der nestorianischen Kirche erneut taufen zu lassen und der Autorität Roms abzuschwören. Und selbst dann war Mar Salah nur gegen Geld bereit gewesen, für sie die Messe zu feiern.

Mit dieser erstaunlichen Neuigkeit war er in den Palast zurückgegangen, ganz außer sich vor Zorn. Zuerst hatte er angenommen, seine Entdeckung einer christlichen Kirche in Shangdu sei hilfreich bei seinem Unterfangen, den Tataren den Glauben zu bringen. Doch alles, was er über die Nestorianer hier in Kitai in Erfahrung gebracht hatte, ließ darauf schließen, daß sie sich nur als ein weiteres Hindernis erweisen würden.

Mar Salah hatte, wie es schien, Gottes Gesetz überdies verfälscht, indem er sich nach Art der Tataren drei Ehefrauen genommen hatte, und seine Seele verdunkelt, indem er Abend für Abend Unmengen von schwarzem *kumys* zu sich nahm.

»Dieser Mensch schadet dem Ruf aller Geistlichen!« rief Wilhelm erbost Josseran zu.

Vielleicht hängt das davon ab, wie viele Geistliche Ihr in Eurem Leben kennengelernt habt, dachte Josseran grimmig, erwiderte jedoch nichts.

»Er hat seine Religion hintergangen! Nein, sogar Gott selbst! Und jetzt hetzt er auch noch gegen mich! Den Gesandten des Papstes!«

»Zweifelsohne empfindet er Euch als Bedrohung.«

»Unverschämt, als Priester zuerst an sich, dann erst an Gott zu denken. Wir alle sind Diener Gottes!«

»Ja, es stünde uns allen gut an, uns etwas diplomatischer zu verhalten. Wie mir scheint, ist dieser Mar Salah bei Hof nicht ohne Einfluß. Wenn wir mit den Tataren verhandeln wollen, sollten wir umsichtig vorgehen.«

»Wir sind hier, um ihnen den wahren Weg zum Heil zu zeigen, und nicht, um mit ihnen zu verhandeln! Ihr redet von ihnen, als handelte es sich um Gleichgestellte. Diese Tataren sind plump, großmäulig und übelriechend!«

»Von Euch haben sie das gleiche gesagt«, murmelte Josseran.

»Auf deren Meinung von mir gebe ich nichts. Mir geht es nur um die Wahrheit. Deshalb wünsche ich, daß Ihr mit mir kommt, um diesem Mar Salah gegenüberzutreten und ihn an seine Pflicht vor Gott zu erinnern.«

Josseran warf ihm einen wütenden Blick zu. Von diesem arroganten Geistlichen wollte er keine Befehle entgegennehmen. Und dennoch konnte er ihm seine Dienste als Dolmetscher nicht versagen.

»Wie Ihr meint«, sagte er schließlich.

10

Hier drinnen war es kühler, auch stiller als in den von Lärm erfüllten Straßen. Das gelbe Licht der Öllampe spiegelte sich im silbernen Altarkreuz wider. Wilhelm kniete sofort vor dem Altar nieder und sagte das Paternoster auf. Josseran zögerte erst, dann kniete er sich neben ihn.

Aus dem Schatten hinten in der Kapelle löste sich eine Gestalt.

»Was sucht Ihr hier?« fragte Mar Salah sie auf türkisch.

Josseran erhob sich. »Seid Ihr Mar Salah?«

»Ja, der bin ich.«

»Wißt Ihr, wer wir sind?«

»Ihr seid die Barbaren aus dem Westen.«

»Wir sind Christusgläubige, wie Ihr auch.«

Mar Salah trat etwas vor. Mit seinem länglichen, eckigen Gesicht und seiner Hakennase ähnelte er eher einem Griechen oder Juden aus der Levante. Ein Uigure, ohne jeden Zweifel. Er trug eine Tonsur, nicht anders als Wilhelm. Er hatte jedoch schlechte Zähne und eine Hautkrankheit, die rote Flecken auf seinen kahlen Schädel gezeichnet hatte. »Was wünscht Ihr?« fragte er krächzend.

»Pater Wilhelm möchte mit Euch sprechen«, antwortete Josseran.

Mar Salah musterte sie beide von Kopf bis Fuß. Die Priester sind doch alle gleich, dachte Josseran. »Er ist hier nicht willkommen.«

»Wie es aussieht, ist er alles andere als erfreut, uns hier zu erblicken«, teilte Josseran Wilhelm mit.

Das Gesicht des Paters wirkte im fahlen Licht abgehärmt und boshaft. »Fragt ihn, ob es zutrifft, daß er dem Kaiser berichtet hat, wir seien keine wahren Christen.«

Josseran wandte sich wieder Mar Salah zu. »Er weiß, was Ihr dem Kaiser über uns gesagt habt.«

Mar Salah schenkte ihnen ein hämisches Grinsen. »Er fragte mich, was ich von Euch hielte. Da habe ich es ihm gesagt.«

»Was sagt er?« erkundigte sich Wilhelm.

»Er verstellt sich.« Josseran wandte sich erneut dem Nestorianer zu. »Pater Wilhelm ist wütend, weil er erfahren hat, daß Ihr den Georgiern und den Ungarn das Sakrament erst zu spenden bereit wart, nachdem sie sich in Eurer Kirche erneut haben taufen lassen.«

Mar Salah näherte sich ihnen über den Seitengang. »Für wen haltet Ihr Euch, daß Ihr glaubt, mich ausfragen zu können. Hinaus mit Euch!«

»Was sagt er?« rief Wilhelm. Vor lauter Enttäuschung hätte er heulen mögen. Hätte er doch bloß das Talent für Sprachen, über das sein gottloser Begleiter verfügte. Der Herr ging bei der Verteilung seiner Gaben nicht gerecht vor.

»Er sagt, Ihr habt nicht das Recht, ihn zu befragen«, antwortete Josseran.

»Nicht das Recht? Wenn er so verderbt ist, mit drei Frauen zu leben? Wenn er den Namen seiner Kirche besudelt, indem er sich jeden Abend einen Rausch antrinkt und von den armen Seelen, die die Tataren hier als Geiseln festhalten, Geld verlangt, um die Messe zu feiern?«

»Er sagt, Ihr sündigt mit drei Frauen«, gab Josseran an Mar Salah weiter, »und daß Ihr Geld von den Christen am Ort stehlt, um den Gottesdienst abzuhalten. Was habt Ihr selbst dazu zu sagen?«

»Es geht weder Euch noch den Papst im Westen etwas an, was ich hier tue und lasse. Der Kaiser wird Euch nicht anhören. Jetzt hinaus mit Euch!«

Josseran zuckte die Schultern. Ihm stand nicht der Sinn nach einem theologischen Disput mit diesen beiden heißspornigen Priestern. »Er sagt, wir hätten ihm nichts zu sagen und müßten gehen. Wir können hier nichts mehr ausrichten. Laßt uns gehen.«

»Sagt ihm, daß er im Höllenfeuer rösten wird! Gott wird ihn als den erkennen, der er ist, und ihm seinen Racheengel schicken!«

Josseran schwieg.

»Sagt es ihm!«

»Verflucht ihn, soviel Ihr mögt. Ich selbst habe so viel über das Höllenfeuer gehört, daß es mir für mein ganzes Leben reicht.«

Damit marschierte er aus der Kirche, doch selbst draußen hörte er noch, wie die beiden Priester, jeder in seiner eigenen Sprache, einander lautstark beschimpften. Sie hörten sich an wie zwei Kater, die sich des Nachts in einer Gasse anfauchen.

11

Man nannte ihn den Palast der Kühle. Die Säulen waren aus Paradies- und Sandelholz, und die ins Holz geschnitzten Drachen in Gold und Grün wanden sich bis an die Decke an ihnen hoch, wo ihre schuppigen Köpfe sich um die Querbalken rankten und ihre Krallen sich an den Traufen festhakten. Die Fenster waren mit viereckigem Gitterwerk bedeckt und mit

Ölpapier bespannt, und auf dem Boden lagen Teppiche mit reichlich Gold- und Purpurbrokat. Tuschmalereien mit Winterlandschaften hingen an den Wänden, die bei warmem Wetter den Eindruck von Kühle vermittelten. Auf diese Weise war der Pavillon zu seinem eigentümlichen Namen gekommen.

Miao-yen empfing sie auf einem Seidenteppich kniend. Sie war ein auffallendes Geschöpf mit Mandelaugen und bronzefarbener Haut. Ihr langes, tiefschwarzes Haar trug sie aus der Stirn zurückgekämmt, in Schnecken geflochten und auf dem Kopf zu einem Knoten zusammengesteckt. Dieser war mit Haarnadeln und Elfenbeinkämmen sowie mit goldenen Vögeln und silbernen Blumen geschmückt. Ihre Augenbrauen, die sie sich hatte auszupfen lassen, waren durch eine dünne, aber fein gezogene Linie aus Kajal ersetzt worden, und ihre Fingernägel waren mit einer Tinktur aus zerstampften Balsamblättern rosafarben lackiert.

Die Tochter des Kaisers – von seinen fünf Töchtern war sie die jüngste, hatte er erfahren – ähnelte überhaupt nicht der Frau, die Josseran erwartet hatte. Er hatte sich eine eher robuste und lebhafte Kreatur wie Khutelun vorgestellt; doch in ihrer Art und Zierlichkeit glich sie vielmehr einer christlichen Prinzessin. Galt Khutelun bei den Tataren als groß, so war Miao-yen eher klein zu nennen; Khubilais Tochter schlug die Augen nieder und kam einem so zerbrechlich wie eine Porzellanfigur vor, wogegen Khutelun eher hochnäsig und von aufbrausendem Naturell war.

Auch war sie dem kaiserlichen Hof entsprechend gekleidet. Sie trug ein langes Kleid aus rosafarbener Seide mit einem weißen Satinkragen, der auf der linken Seite mit kleinen, ovalen Knöpfen befestigt war, die in Tuchschlaufen steckten. Die Ärmel hingen so weit herunter, daß ihre Hände darin verschwanden. Ihre Taille umschlang ein breiter Gürtel mit einer Schnalle aus Jade in Form eines Pfaus, und ihre Füße steckten in winzigen roten Satinpantoffeln mit Goldstickereien. Sie hatte nicht etwa den Blick einer Prinzessin, sondern den eines hübschen Kindes.

Er erinnerte sich an Tekudais Ermahnung: *Der Blutschleier ist das Zeichen für eine Frau, die nur wenig Zeit auf dem Rücken eines Pferdes zugebracht hat. Sie kann keine gute Reiterin sein und ist ihrem Ehemann eine Last.*

Er fragte sich, ob ihm diese Tatarenprinzessin gefallen könnte.

Sie ließen sich auf dem Teppich um einen Tisch nieder. Josseran blickte sich im Raum um. Bildrollen mit den herrlichsten Kalligraphien in kräftigem Zinnoberrot auf weißem Hintergrund hingen an den Wänden. Auf dem niedrigen, schwarz lackierten Tisch stand eine Pferdestatue aus einem einzigen Stück Jade und eine Achatvase, auf die ein Zweig mit Pflaumenblüten aufgetragen war. Auf der Seite der Prinzessin stand ein Bambuskäfig mit einer riesigen Grille.

In einer Ecke des Raums musizierten hinter einem silbernen Wandschirm drei junge Chinesinnen in prächtigen Gewändern auf winzigen, harfenähnlichen Instrumenten. Ihre sanfte und eigentümliche Musik schwebte zum Teich hinaus, ein Kontrapunkt zum Wind im Bambushain.

»So«, sagte sie, »man hat Euch also hergeholt, damit Ihr mich in Eurer Religion unterweist.«

»Dies war der Wunsch Eures Vaters«, erwiderte Josseran.

»Ist es auch Euer Wunsch?« wollte sie wissen.

»Ich möchte, daß jeder den einen und wahren Gott kennenlernt.«

Miao-yen schenkte ihm ein Lächeln, aus dem er nicht klug wurde. Zwei Dienerinnen trugen ihnen ein Getränk auf, das sie Weiße-Wolken-Tee nannte. Er wurde ihnen in hauchdünnen, blau-weißen Porzellantassen auf einem lackierten Tablett kredenzt.

Als sie den brühendheißen Tee schlürften, stellte sie ihnen zahllose Fragen. Sie war sehr neugierig und wollte, wie zuvor schon ihr Vater, alles über Frankreich – das sie Christen nannte – und Outremer erfahren und interessierte sich auch für ihre Reise und das, was sie gesehen hatten. Wissensdurstig lauschte sie Josserans Beschreibung vom Dach der Welt und der großen Wüste in der Mitte der Welt und den Grotten der Tausend Buddhas. Zwischendurch belästigte Wilhelm ihn unablässig mit seinen Bitten ums Dolmetschen, die er teils überhörte, teils nur kurz angebunden erfüllte.

Schließlich wurde Wilhelm ungeduldig. »Genug davon«, flüsterte er Josseran zu. »Es wird höchste Zeit, daß wir ihr von Christus erzählen.«

Josseran seufzte und nickte. »Er möchte jetzt mit der Unterweisung beginnen«, sagte er ihr.

»Also nicht Ihr unterweist mich?«

Josseran schüttelte den Kopf. »Ich bin nur ein Krieger und ein sehr bescheidener Herr.«

»Ihr habt nicht die Augen eines Kriegers. Eure Augen sind sanftmütig. Für einen Priester sind seine Augen dagegen sehr hart.«

Josseran lächelte über ihre Wahrnehmung. »Ich wünschte, ich wäre sanftmütiger, als ich in Wirklichkeit bin«, entgegnete er. »An meinem Schwert klebte zu häufig Blut, als daß man mich so nennen dürfte.«

Miao-yen zeigte auf Wilhelm. »Spricht Euer Gefährte unsere Sprache nicht?«

»Nein, deshalb werde ich seine Zunge und sein Ohr sein.«

Erneut wußte er ihren Blick nicht zu deuten. Sie ließ einen kurzen, zitternden Seufzer vernehmen, nicht mehr als das Rascheln der Blätter, wenn der Wind als Vorbote eines fernen Sturms in den Baum fährt. »Bevor wir beginnen, möchte ich Euch noch eine Frage stellen. Wißt Ihr, weshalb mein Vater Euch zu mir geschickt hat?«

»Er sagte uns, Ihr wünschtet, mehr vom christlichen Glauben zu erfahren.«

»Die Leuchtende Religion ist bereits bei uns in Shangdu vertreten.«

»Sie ist nicht die wahre Form unserer Religion. Die Mönche, die sie unterrichten, sind Widersacher. Sie erkennen die Autorität des Papstes nicht an, der Gottes Abgesandter auf Erden ist.«

»Und glaubt Ihr, meinen Vater zu Eurer Religion bekehren zu können?«

»Was sagt sie?« unterbrach Wilhelm sie erneut, der inzwischen immer unruhiger geworden war.

»Einen Augenblick«, sagte Josseran ihm, der diese unerwartete Gelegenheit beim Schopf ergreifen wollte, um einen

Einblick in das Wesen des Kaisers zu gewinnen. Er wandte sich wieder an Miao-yen. »Glaubt Ihr, er spielt mit uns?«

»Mein Vater ist ein Krieger, der ein Gelehrter werden möchte. Er hat sein eigenes Erbe bei der Suche nach Macht preisgegeben, so daß ihm nun nichts anderes mehr übrigbleibt, als von überallher zu stehlen. Ihr habt den königlichen Hof gesehen. Da gibt es Tanguten und Uiguren und Mohammedaner und Chinesen und Kasachen. Von allen holt er sich ein wenig und hortet die Weisheit der Welt wie ein Erdhörnchen, das alles in seinen Bau bringt, was es finden kann, bevor der Winter kommt. Er möchte von Euch nichts kaufen, sondern er will Euch Eure Börse wegnehmen.«

Er hatte nicht damit gerechnet, eine solch unverblümte Einschätzung über den Herrscher der Herrscher aus dem Mund der eigenen Tochter zu hören. »Der Pater hier glaubt, wir könnten ihn davon überzeugen, daß die unsere die einzig wahre Religion ist«, sagte Josseran.

Sie wackelte mit dem Kopf, eine Geste, die vielerlei bedeuten konnte.

»Glaubt Ihr das nicht?«

Er mußte mit seinen Fragen zu eifrig gewesen sein, denn sie lächelte ihn kaum merklich an und senkte den Kopf. »Ich glaube eher, daß ich mich Euch gegenüber nicht so freimütig äußern sollte. Ihr seid ein Fremdling, und ich sollte Euch nicht trauen.«

»Allerdings«, erwiderte Josseran zustimmend.

»Ich werde jetzt mit dem Frauengeplapper aufhören und Euch lieber zuhören. Ihr sollt mich in Eurer Religion unterweisen, falls das Euer Wunsch ist.«

Josseran brannte darauf, aus dieser intimen Quelle mehr über diesen Khubilai zu erfahren, doch er ermahnte sich, geduldig zu sein, wie er dies so häufig Wilhelm gegenüber getan hatte. Es würden sich bestimmt noch andere Gelegenheiten ergeben.

»Was also hat sie *gesagt*?« flüsterte ihm Wilhelm zu.

Josseran zuckte die Schultern. »Nichts von Bedeutung. Trotzdem vielen Dank für Eure Geduld, Pater Wilhelm. Sie ist jetzt bereit für Eure Unterweisung.«

12

Schweißgebadet wachte Wilhelm mitten in der Nacht auf. Mit weit aufgerissenen Augen und offenem Mund keuchte er, als hätte er sich soeben vor einem Feuer retten müssen. Er rollte sich auf die Seite, zog seine Knie an den Brustkorb heran und machte sich so klein, wie es ihm möglich war. Er stellte sich vor, er würde sich vor Gott verstecken.

Doch er wußte, daß Er Wilhelm selbst in dieser barbarischen Finsternis sah und Er kannte die Krankheit in seiner Seele. Wilhelm stöhnte laut auf.

Und dennoch war es nicht sein Fehler. Die Kirche hatte darauf aufmerksam gemacht, daß diese übernatürlichen Dämonen Männer wie Frauen im Schlaf überfielen und diese schändeten, während sie sich in diesem hilflosen Zustand befanden. Er vermeinte, seine persönliche Teufelin viele Male besiegt zu haben, doch nun war sie zurückgekehrt, mit Mandelaugen und geschmeidigem Körper, um ihm die Ruhe zu rauben.

Er setzte sich im Bett aufrecht hin und entledigte sich seiner Mönchskutte mit zitternden Händen. Im Dunkeln suchte er nach der Rute, die er sich am Morgen aus einem Kirschzweig zurechtgeschnitten und unter seine Bettstatt gelegt hatte.

Dann stand er auf, während sein dünner Oberkörper von Schluchzern erzitterte und ihm eine Gänsehaut über seinen bleichen, weißen Brustkorb lief. Er wünschte sehnlichst, makellos rein zu sein, und doch hatte sein sterbliches Fleisch ihn erneut hintergangen.

Er hörte wieder das Knistern der Seide in der Nacht, als die Teufelin erschien und ihr das karmesinrote Gewand von der Schulter glitt. Er konnte den Pulsschlag an ihrer Halsschlagader erkennen und den Schattenriß ihrer Brustwarze in Form einer Träne – sie schimmerte im Dunkeln wie Perlmutt. Die Augen hielt sie niedergeschlagen, während ihr tiefschwarzes, langes Haar ihr über die Schulter fiel.

Er peitschte sich mit der Rute und versuchte, die Gesichte aus seiner gequälten Seele zu verscheuchen.

Doch die Teufelin schritt durch das Dunkel auf ihn zu, und er kniete zu ihren Füßen wie ein Büßer. Er nahm ihren Moschusgeruch wahr und stellte sich das feuchte, glänzende Fleisch so wirklich und so eindringlich vor, daß er nicht das Blut auf seinem geschundenen Rücken spürte, sondern nur die Hitze seiner aufwühlenden Gesichte, als er sein eigenes Fleisch in die Hand nahm und der Teufelin nachgab.

Wilhelm segnete den Wein und hielt ihn hoch.

»Das ist das Blut Christi«, flüsterte er und hob die Augen zum Gewölbe des vom Weihrauch geschwärzten Daches. Seine weißen Kleider sahen nach der langen Reise aus Outremer zerlumpt und verschmutzt aus, doch es war immer noch die Kleidung der Heiligen Mutter Kirche, und sie war ihm so willkommen wie die Sonnenstrahlen in diesem stockfinsteren, heidnischen Land.

Für seine geheime Gemeinde aus Ungarn und Georgiern war es ein erhebender Augenblick, denn keiner der Anwesenden hatte einer lateinischen Messe beigewohnt, seit man sie vor zwanzig Jahren während des Feldzugs des tatarischen Generals Sübedei durch Europa gefangengenommen hatte. In den dazwischen liegenden Jahren hatten sie sich allmählich daran gewöhnt, die Messe in Aramäisch zu verfolgen, was für diese einfachen Menschen genauso unverständlich war wie ein in Latein gehaltener Gottesdienst. Wenngleich Aramäisch die ursprüngliche Sprache der Bibel war, so war sie ihnen dennoch nicht so vertraut wie das Latein, das sie stets gehört hatten.

Für Wilhelm bedeutete diese Handlung einen Akt der Inbesitznahme. Wilhelm, der Mar Salahs eigene Kirche für seine Messe in Beschlag genommen hatte, war nur mit der Heiligen Schrift bewaffnet hergekommen, die Khubilai so achtlos beiseite gelegt hatte. Jetzt, als er seiner ersten Gemeinde in Kitai vorstand, war er fest davon überzeugt, daß dies die einzige mögliche Weise sei, seine Sünden zu büßen, indem er dieser verlassenen Herde Gottes Beistand leistete und die Heilige Mutter Kirche hier unter den Heiden Einzug halten ließ.

Doch als seine Gemeinde durch die von Kerzen erleuchtete Dunkelheit schritt, um die Hostie zu empfangen, sprang die Kirchentür auf und der Schattenriß von Mar Salahs Gestalt zeichnete sich scharf ab. Seine Priester im schwarzen Rock bauten sich wie ein Krähenschwarm hinter ihm auf. Er stürmte mit wutentbranntem Gesicht durch den Seitengang nach vorn.

»Ihr wagt es, meine Kirche zu schänden!«

Wilhelm wich nicht von der Stelle und blickte ihm unverwandt in die Augen. Doch dann, um vor der Gemeinde seine Frömmigkeit zu beweisen, fiel er auf die Knie und begann, das Credo aufzusagen.

Da stürzten sie sich auf ihn, schleppten ihn über den Seitengang, traten und schlugen ihn, während die Gläubigen schuldbewußt und verängstigt zusahen. Wilhelm verspürte einen kräftigen Schlag gegen seine Rippen und schrie vor Schmerz laut auf. Sie zerrten ihn über den gestampften Erdboden zur Tür, zerkratzten ihm das Gesicht, prügelten auf ihn ein und traten ihn mit Füßen. Zum Schluß warfen sie ihn in den Schmutz, die Heilige Schrift gleich hinterher.

Dann wurde die schwere Tür zugeworfen.

Ein paar verdutzte Städter, die in der schmutziggrauen Dämmerung auf dem Weg zum Markt waren, kamen näher und starrten ihn an. Wilhelm richtete sich mühsam auf, verzog das Gesicht wegen der Schmerzen in seiner Seite und stolperte über die übelriechenden Straßen in den Palast zurück.

13

Wenigstens dreimal in der Woche hatte Josseran die Gelegenheit, zu baden. Wie in Outremer empfand er das sowohl für den Körper als auch für den Geist als sehr wohltuend. In seinem Quartier gab es ein großes irdenes Bad mit einer kleinen Bank, auf der man während des Badens saß. Um das Wasser zu erwärmen, wurde ein heißer Stein hineingelegt, oder man entfachte ein Feuer unter dem Bad, das dort die schwarzen Steine erhitzte, die die Chin in den Bergen geschürft hatten. Diese spendeten stundenlang eine große Wärme, bevor sie zu grauer Asche zerfielen.

An den anderen Tagen brachten die ihm zugeteilten Diener frühmorgens wenigstens einen Krug mit Wasser und eine Schale, damit er sich Hände und Gesicht waschen konnte.

Nach dem Körpergeruch Wilhelms zu schließen, verschmähte der Pater sämtliche dieser Möglichkeiten.

Wie bereits in Outremer kleidete sich Josseran auch hier lieber nach Art der Menschen vor Ort. Man gab ihm ein weites Gewand aus goldfarbener Seide, dessen Ärmel ihm fast bis zu den Fingerspitzen reichten. Am Hals war es in einer dunkleren Farbe abgesetzt, und auf den Rücken war kunstvoll ein Phönix gestickt. In der Taille wurde es zusammengehalten von einer breiten Schärpe mit einer Spange aus Horn, die aus einem Land namens Bengalen stammte. Dazu hatte man ihm ein Paar Seidensandalen mit Holzsohlen gegeben.

Außer den buddhistischen Mönchen, so hatte er bemerkt, ging hier niemand barfuß oder barhäuptig herum. Daher gewöhnte er sich an, einen Turban aus schwarzer Seide anzulegen, wie es beim Adel Sitte war. Auch ließ er den Barbier des Palastes kommen und sich rasieren. Im Gegensatz zu Outremer, wo die Sarazenen jemanden als unmännlich betrachteten, der sich keinen Bart wachsen ließ, waren die meisten Männer in Shangdu glatt rasiert. Tataren und Chinesen hatten Mühe, sich einen Bart stehen zu lassen, und wer es dennoch versuchte, konnte nur mit einem spärlichen Ergebnis aufwarten, wobei die längsten Haare am Kinn oder am Schnurrbart sprossen.

Der struppige und finster dreinblickende Wilhelm dagegen blieb unnachgiebig und sonderte einen hartnäckigen Körpergeruch ab.

Shangdu, das in der Sprache der Tataren Zweite Hauptstadt bedeutete, war Khubilais Sommerresidenz; sein Hauptsitz, in dem er die langen Winter verbrachte, war die alte Chin-Stadt Dadu, die Erste Hauptstadt, die weiter gen Osten lag, dort wo das Klima milder war. Der Bau Shangdus, den Khubilai persönlich überwacht und dessen Ausrichtung man nach den Chin-Prinzipien des *fengshui* bestimmt hatte, war erst vor kurzem vollendet worden.

Die Schönheit der Bauwerke gab Anlaß zu einer nie versiegenden Verwunderung. Die Häuser in Kitai, das hatte Miaoyen ihnen erklärt, wirkten wie Malereien oder Erzählungen, so schön wie die Zeichen, die die Chin beim Schreiben benutzten. Die Dächer waren so geschwungen und gefältelt wie die Berge, die gebogenen Dachpfannen ahmten die Oberfläche eines Sees nach, die der Wind kräuselt, die Säulen, auf denen die großen gewölbten Dächer ruhten, waren so zahlreich wie die Bäume in den Wäldern.

Zahllose Pagoden standen über die ganze Stadt verteilt. Auf seiner Reise durch das Mittlere Königreich hatte Josseran viele solcher Türme gesehen; sie waren achteckig und zuweilen mit acht, ja zehn Stufendächern ausgestattet, die sich nach oben verjüngten. Am Giebel eines jeden Stocks hingen Glokken, und jeder von ihnen besaß eine umlaufende Galerie mit einer eigenen Balustrade. Die Schönheit dieser Bauten beruhte nicht allein auf ihrer Farbgebung, dem bemalten Holz und den glasierten Dachpfannen, sondern ebenfalls auf ihren harmonischen Proportionen.

Josseran konnte sich nicht genug über die Ordnung wundern, die die Chin ihrem Leben zu verleihen suchten. Sie glaubten, daß der Himmel rund und die Erde viereckig war, und der Grundriß ihrer Hauptstadt spiegelte diesen Glauben wider. Shangdu war mit einer mathematischen Präzision entworfen worden, ein Gitterwerk aus parallelen Straßen, so daß Josseran aus seinem Fenster hoch oben im Palast in der Nähe der Nördlichen Mauer die Durchgangsstraße erblicken konnte, die bis zum Südlichen Tor führte.

Ihm war auch aufgefallen, daß jedes Haus in der Stadt auf dem Querbalken über der Tür mit Schriftzeichen versehen war, und er hatte dies Sartak gegenüber erwähnt. Der tatarische Hauptmann erzählte ihm, daß es in Kitai ein Gesetz gab, das jeden Einwohner dazu verpflichtete, auf der Vorderfront seines Hauses seinen Namen und den seiner Ehefrau, Kinder oder Diener wie auch die Zahl der Tiere zu notieren, mit denen er zusammenlebte. Auf diese Weise wußte Khubilai genau, wie viele Menschen in seiner Stadt, ja sogar im ganzen Königreich, lebten.

Khubilais Leben war, natürlich zu seinen eigenen Gunsten, auf ähnliche Weise geordnet. Sartak hatte erläutert, der Kaiser besitze entsprechend tatarischer Sitte vier *ordus* oder Haushalte. Jeder Haushalt seiner vier Frauen, die wie er selbst aus dem Tatarenvolk stammen mußten, war eigenständig. Doch neben seinen Frauen hielt er sich noch einen umfangreichen Harem zu seinem eigenen Vergnügen. Alle zwei Jahre wurde eine Expedition aus Hofbeamten ins Reich ausgesandt, um für den Neuzugang von Jungfrauen zu sorgen, die so schön sein mußten, daß sie als Konkubine des Himmelssohns in Frage kamen. Die Auserwählten wurden nach Shangdu überführt, damit die älteren Haremsdamen sie in Augenschein nehmen konnten. Bevor man sie als Konkubinen einführte, schliefen sie mit den älteren Frauen in einem Bett, und wenn die Ausdünstungen ihres Atems oder ihrer Körper nicht süß genug waren, oder wenn sie schnarchten oder in ihren Gewohnheiten unrein waren, so suchte man für sie statt dessen eine Verwendung als Köchin, Näherin oder Schneiderin. Jene aber, die diese strenge Prüfung bestanden hatten, wurden schön hergerichtet und auf ihren Dienst beim Sohn des Himmels vorbereitet, den sie schließlich zu fünft drei Nächte lang antraten.

An diesem Punkt von Sartaks Monolog stellte Josseran fest, daß seine Handflächen feucht geworden waren, und er drängte nicht mehr darauf, weitere Einzelheiten zu erfahren.

Jeden Tag gab es ein neues Wunder. Die Speisen an Khubilais Hof waren unvergleichlich besser als alles, was er jemals zuvor gegessen hatte, in jedem Fall besser als die unvermeidliche Milch und verkohlten Hammelspeisen der Tataren, delikater sogar noch als die Scherbets und Früchte aus Outremer. Zu unterschiedlichen Zeiten genoß er duftende Schalentiere in Reiswein, Lotussamensuppe, Fische mit Pflaumenbeilage und Gänsefleisch mit Aprikosen. Er aß Bärentatzen, gebakkene Eulen, geröstete Pantherbrust, Lotuswurzeln, gedämpfte Bambussprossen und ein Schmorgericht aus Hundefleisch. Die Methode der Zubereitung war sorgfältiger, als er es je gesehen hatte. So benutzten sie ausschließlich das Holz des

Maulbeerbaums, um ein Huhn zu kochen, da es ihrer Meinung nach dessen Fleisch noch zarter machte, ähnlich wie Akazienholz ausschließlich für Schweinefleisch und Kiefernholz zum Erwärmen des Teewassers in Frage kam.

Anders als die Tataren waren die Chin in ihren Eßgewohnheiten sehr heikel. Statt mit den Fingern und einem Messer zu essen, benutzten sie zwei kleine spitze Stäbchen mit Elfenbeineinlage, mit deren Hilfe sie Stücke von den Tellern pickten.

Doch am allermeisten wunderte sich Josseran über die Bücher, die sie besaßen. Sie waren nicht von Hand kopiert worden, wie bei den Christen üblich, sondern in großen Stückzahlen vervielfältigt worden, indem man geschnitzte Holzplatten zur Wiedergabe ihrer Kalligraphie auf Papier benutzte.

Zuerst, so hatte man ihm erklärt, übertrug ein Schreiber das Buch auf dünnes Ölpapier, dann klebte ein Graveur die Bogen auf Tafeln aus Apfelbaumholz. Die Striche wurden dann mit den Werkzeugen des Graveurs nachgezogen, so daß danach die Zeichen im Relief ausgestochen werden konnten. Eine solche Schablone fertigten sie für jede Buchseite an und vermochten auf diese Weise hunderte, ja tausende Exemplare auf einmal anzufertigen.

Ein Buch wie Wilhelms Bibel war in der Christenheit ein seltener und kostbarer Gegenstand; doch in Shangdu gab es reichhaltige Vorräte an Kalendern und astrologischen Schriften für das gemeine Volk, ebenso wie Ausgaben des *Pao*, das von den Götzenanbetern und den Buddhisten benutzt wurde, um ihren Anhängern die Verdienste und den Tadel für fast alle Taten aufzuzählen.

Die Götzenanbeter bezogen ihren Glauben aus einem Buch mit dem Titel *Tao-Te-ching* und versuchten, ihr Leben mit einer komplizierten asketischen Disziplin und Magie zu verlängern. Sie behaupteten, dank ihrer Amulette und Astrolabien die Macht zu besitzen, Kriege und Plagen und das Wetter vorhersagen zu können, und verkauften Talismane zu horrenden Preisen, wobei sie den Händlern saftige Gewinne, den Männern ein langes Leben und den Frauen eine glückliche Ehe versprachen.

Andere wiederum, viele darunter Gelehrte und Höflinge, waren Anhänger des Konfuzius. Sie legten großen Wert auf die Verehrung der Ahnen, ebenso wie die Tataren, und lebten nach dem Dogma, das sie die Fünf Tugenden nannten, die Josseran in Gedanken mit den Zehn Geboten verglich. Nicht anders als in seiner eigenen christlichen Welt, so stellte er fest, schenkte man diesen Regeln in der Theorie mehr Beachtung als in der Praxis. Die Konfuzianer legten großen Wert auf die Zeremonien und waren davon überzeugt, daß nur durch das strenge Befolgen bestimmter Sitten und Riten die Götter zu besänftigen waren und das Volk der Chin gedeihen konnte.

Farbige Statuen von Konfuzius, sowohl aus Holz wie aus Keramik, sah man allerorten, wie es sie ähnlich auch von Borkan und vielen anderen Götzen gab, denen die Gläubigen Gebete und Opfergaben darbrachten.

Sie sind so anders als wir, dachte er, und doch ähneln sie uns auf vielfältige Weise. Sie huldigen ihren Göttern, und genau wie wir zählen sie ihre Sünden und ihre Tugenden zu Lebzeiten auf. Und sie respektieren ihre Toten und verbringen viele Stunden ihres Lebens damit, über das Leben nach dem Tode nachzusinnen.

Wilhelm würde diese Gedanken sicher verwerfen, überlegte Josseran.

Der Pater setzte ihm ständig zu, er solle mit ihm und Miaoyen zusammenbleiben und ihre Unterweisung fortsetzen, oder drängte ihn, eine weitere Audienz beim Kaiser zu arrangieren. Die Prügel von den Nestorianern hatten ihm Rippenprellungen eingetragen und Blutergüsse im Gesicht, das so geschwollen war, daß er aussah wie die kranken Bettler, die Josseran in den Basaren von Akko hatte herumspuken sehen. Dieser Zwischenfall hatte jedoch weder seinem Unternehmungsgeist noch seinen Vorsätzen einen Dämpfer versetzt. Er wurde nicht müde, Mar Salah und die Nestorianer zu schmähen, und verbrachte jeden Tag Stunden um Stunden vor der Kirche im armen Stadtviertel, schrie seine Bittgebete um ein göttliches Einschreiten zum Himmel empor und zog die Aufmerksamkeit vieler neugieriger Chins auf sich, die sich diesen seltsam aussehenden, übelriechenden und im Schmutz knienden Fremden ansehen wollten.

Josseran versuchte vergeblich, ihn davon abzubringen. Wilhelm sagte, der Herr werde ein Wunder wirken und die Nestorianer in Gottes Kirche zurückführen. Doch war er kaum weniger erstaunt als Josseran, als das Wunder schließlich tatsächlich eintrat.

14

Sie verbrachten Stunde um Stunde mit Miao-yen in ihrem Pavillon mit den gelben Dachziegeln. Sie erwies sich als gelehrige Schülerin, konnte bald die Zehn Gebote aufsagen und hatte keine sonderliche Mühe, lange Passagen der Bibel zu behalten, die Wilhelm für sie ausgesucht hatte. Wilhelm seinerseits war ein geduldiger Lehrer, erlaubte allerdings nicht, daß man seine Lehre in Frage stellte.

Einmal, als sie im Gebetbuch blätterte, zeigte sie auf eine der Gestalten und wollte wissen, wer das sei.

»Das ist Maria, die Mutter Gottes«, erklärte Josseran ihr.

»Mar Salah sagt, daß Gott kein Mensch sei und deshalb keine Frau die Mutter Gottes sein kann.«

»Sagt ihr, es steht ihr nicht an, die Mysterien des Glaubens in Frage zu stellen«, erwiderte Wilhelm Josseran, nachdem er ihre Frage übersetzt hatte.

Miao-yen schien das zu akzeptieren und hielt die Seite gegen das Licht, damit sie sie sich genauer ansehen konnte. »Sie ähnelt sehr Kuan Yin. Unter den Chin ist sie als Göttin der Barmherzigkeit bekannt.«

Als Wilhelm dies hörte, schoß ihm das Blut in die Wangen. »Ihr könnt die Heilige Jungfrau nicht mit den heidnischen Götzen vergleichen«, sagte er barsch, »das ist Blasphemie.«

Miao-yen reagierte mit Fassung auf diese Zurechtweisung und erlaubte sich nie wieder einen Kommentar zu seinen Lektionen, denen sie sich rückhaltlos widmete. Trotz ihrer offensichtlichen Begeisterung für die Aufgabe spürte Josseran, daß es für sie nicht mehr war als eine intellektuelle Übung. In ihrem Herzen aber blieb sie Tatarin.

Nach einer Weile spürte sogar Wilhelm diese Widerspenstigkeit und begnügte sich nicht mehr damit, ihr nur Unterweisung über die äußeren Erscheinungsformen der christlichen Religion zu geben. Er suchte nach sichtbaren Anzeichen dafür, daß seine Lektionen Früchte trugen.

»Sagt ihr«, wandte er sich an Josseran, nachdem sie Miao-yen den Wortlaut des Paternoster beigebracht hatten, »sagt ihr, um sich als gottesfürchtig zu erweisen, müsse sie auf die Düfte und die Farbe im Gesicht verzichten.«

Josseran übermittelte ihr diese Forderung so behutsam wie möglich und wandte sich wieder Wilhelm zu. »Sie sagt, als chinesische Dame und Tochter des Kaisers erwarte man dies von ihr.«

»Sie schaut aus wie eine Dirne und riecht auch so.«

»Möchtet Ihr wirklich, daß ich ihr das übersetze?«

»Natürlich nicht«, gab Wilhelm schroff zurück.

»Was wünscht Ihr denn, daß ich ihr statt dessen sage?«

»Sagt Ihr, sie solle zu Gott um gute Führung beten. Eine Frau sollte auf allen Gebieten tugendhaft sein, und Farbe und Düfte sind die Werkzeuge des Teufels.«

»Was sagt er?« erkundigte Miao-yen sich.

»Er schmeichelt Euch wegen Eurer Schönheit«, sagte Josseran. »Selbst ohne Eure Gesichtswässer und Düfte müßtet Ihr die vorzüglichste Frau in ganz Shangdu sein, meint er.«

Miao-yen lächelte und nickte.

»Was hat sie gesagt?« wollte Wilhelm wissen.

Josseran zuckte die Schultern. »Sie sagt, sie werde es sich überlegen.«

An einigen Tagen leistete Josseran, nachdem Wilhelm seine Unterweisung beendet hatte und gegangen war, ihr im Pavillon noch etwas länger Gesellschaft. Sie war sehr nützlich für ihn, wenn es darum ging, etwas über Khubilai und sein großes Reich zu erfahren. Außerdem war er auch von diesem eigenartigen Geschöpf fasziniert, wenn auch nicht auf dieselbe Weise, wie dies bei Khutelun der Fall gewesen war, denn es handelte sich um kein körperliches Verlangen. Zu gerne hätte er jedoch erfahren, wieso die Tochter des Kaisers hier in diesem goldenen Palast gefangen war, während Khutelun mit Männern aß und sprach und ihr Leben auf dem Rücken der Pferde verbrachte. Waren sie nicht beide die Tochter eines Tatarenkhans?

Auch Miao-yen behagte seine Gesellschaft. Sie unterhielten sich stundenlang bei duftendem Tee, den ihre Dienerinnen ihnen servierten, denn sie war unendlich neugierig und wollte alles wissen über den Languedoc und Outremer und deren Burgen und Herrenhäuser und christliche Kirchen.

Eines Tages saßen sie beieinander und sahen einer der jungen Dienerinnen beim Füttern der Goldfische zu. Sie zeigte übers Wasser hinweg auf eine Stelle, an der ein Hirsch ruhig unter den Weiden im Kaiserlichen Park äste. »Geht Ihr in den barbarischen Ländern auf die Jagd?« fragte sie ihn.

»Ja, bei uns im Languedoc ist das ein allseits beliebter Zeitvertreib.«

»Dann würde es Euch sicher gefallen, im Park meines Vaters zu jagen. Das ist sein einziges Zugeständnis an sein Erbe.«

Josseran sah Khutelun vor seinem geistigen Auge und erinnerte sich daran, wie sie einen angreifenden Wolf mit einem einzigen Pfeilschuß erlegt hatte. »Geht Ihr auf die Jagd?«

Sie lachte bitter auf. »Manchmal wünsche ich mir das sehr.«

»Weshalb tut Ihr es dann nicht?«

»Bei den Chin dürfen sich die Frauen nicht so benehmen wie bei den Tataren.«

»Aber Ihr seid doch eine Tatarin.«

Sie schüttelte den Kopf. »Nein, ich bin eine Chin, weil mein Vater das so wünscht. Mein Vater hat in jeder Beziehung die Formen und Manieren der Chin angenommen. Habt Ihr das nicht selbst bemerkt?«

»Ich muß gestehen, daß alles, was ich hier sehe, mir eigenartig vorkommt.«

»Dann will ich Euch etwas erzählen. Mein Bruder Chen-chin wird der nächste Kaiser und Khagan der Tataren. In seinem Alter ritt Dschingis Khan bereits an der Spitze seines *touman* und hatte die Hälfte der Steppe erobert. Chen-chin aber verbringt seine Tage damit, eingeschlossen mit den konfuzianischen Höflingen sich die chinesische Etikette und deren Sitten anzueignen, indem er das *Buch der Oden*, die *Analekten des Konfuzius*, das *Buch der Rituale* und das *Wörterbuch der Begriffe* wie auch chinesische Geschichte studiert. Statt sich den Geruch der Pferde um die Nase wehen zu lassen, riecht er nichts als Aloe und Sandelholz. Statt mit Eroberungen befaßt er sich mit Kalligraphie.«

»Kein Zweifel, Khubilai tut dies, um das Volk auf seine Seite zu ziehen.«

»Mein Vater tut das, weil seine Seele vertrocknet ist. Er möchte es jedem recht machen. Er möchte sogar, daß diejenigen, die er zermalmt hat, freundlich von ihm denken.«

Es verblüffte Josseran, solch ein bitteres Urteil über den Kaiser aus ihrem Mund zu hören. »Falls das sein Ziel ist, würde es mich wundern, wenn er erfolgreich sein sollte«, murmelte er halblaut.

»Es ist alles nur Schein. Die Chin lächeln uns freundlich an und gehorchen unseren Befehlen, füllen unsere Höfe und geben vor, uns zu mögen. Doch unter sich nennen sie uns Barbaren und machen sich über meinen Vater lustig, weil er unfähig ist, ihre Sprache zu sprechen. In ihren Theaterstücken amüsieren sie sich auf unsere Kosten. Die Schauspieler lästern über uns, die Puppenspieler verspotten uns. Sie machen uns lächerlich, weil wir gern so sein möchten wie sie. Die Wahrheit aber lautet: Wir sind Invasoren, und sie hassen uns. Wieso auch nicht?«

Josseran war über diese Offenbarung überrascht. Der Sohn des Himmels war demnach nicht so allmächtig, wie es der äußere Anschein vermuten ließ. Er sah sich sowohl in seinem Heimatland einem Bürgerkrieg wie auch in seinem Reich Aufständischen gegenüber. »Aber Sartak sagte mir, daß viele von Khubilais Kriegern Chin sind.«

»Klug wie er ist, benutzt er sie. All seine ausgehobenen Truppen werden weit weg von der eigenen Heimat in entfernten Provinzen eingesetzt, wo sie sich genauso fremd wie die Offiziere der Tataren fühlen, und als Leibwache sucht sich mein Vater Elitekrieger aus, die *kesig* und die *toumans*, ein Regiment aus Angehörigen seines eigenen Clans. Seine Leute haben die Mauern aller chinesischen Städte geschleift, haben sogar die Pflastersteine in den Straßen herausgerissen, damit unsere Tatarenponys nicht zurückgehalten werden, falls wir eine Rebellion niederschlagen müssen. Versteht Ihr? Sie hassen ihn nicht offen, weil sie es nicht wagen würden. Das ist alles.«

Er war über die Gehässigkeit in ihrer Stimme entsetzt. Ihr schien aufzugehen, daß sie möglicherweise etwas zu weit gegangen war, und sie senkte den Blick. »Ich habe zu offen mit Euch gesprochen. Ihr seid ein guter Spion, Barbar.«

Josseran wandte seinen Blick ab, beschämt darüber, daß sie seinen Absichten auf die Schliche gekommen war.

»Es hat politische Gründe, weshalb ich hier in diesem schönen Park lebe, nur mit den Vögeln und Langes-Leben-Fischen zur Gesellschaft, denn Khubilai will, daß aus mir eine Chin-Prinzessin wird. Doch bei allem politischen Kalkül liebt er diese Chin, die er besiegt hat, wirklich aufrichtig. Ist das nicht seltsam bei einem solchen Mann?«

Josseran nickte zustimmend. »Da habt Ihr wohl recht.«

»Ich aber möchte so gern auf einem Pferd reiten und lernen, wie ein Tatar mit Pfeil und Bogen umzugehen. Und doch muß ich den lieben langen Tag hier unter den Weiden sitzen und habe nichts weiter zu tun, als mir die Haarnadeln in meinem Haar neu zu stecken. Unser Vater ist unser Leben und unsere Last. Stimmt das nicht, Barbar?«

»Das ist richtig«, antwortete er und dachte an seine eigene Last. »Wirklich, es entspricht ganz der Wahrheit.«

»Wo seid Ihr gewesen?« fragte Wilhelm ihn, als Josseran am späten Nachmittag vom Palast zurückkehrte.

»Ich habe mich mit Prinzessin Miao-yen unterhalten.«

»Ihr verbringt zuviel Zeit mit ihr. Das lohnt sich nicht.«

»Durch sie erfahre ich viel über den Kaiser und seine Leute.«

»Ihr begehrt sie. Ich kann es an Euren Augen ablesen.«

Josseran war über diese Anschuldigung empört, denn sie war ungerecht. »Sie ist eine Prinzessin und des Kaisers Tochter.«

»Wann hätte Euch das je von Euren gemeinen Instinkten abgehalten? Ihr Duft, die Kunstfertigkeit, die sie auf ihr Gesicht verwendet, die Seidengewänder, die sie trägt. Sie beherrscht sämtliche Kunstgriffe des Teufels. Ich verschwende Stunde um Stunde an sie, um ihr den Pfad der Tugend und zu Gott zu weisen, und Ihr macht danach mein ganzes Werk zunichte.«

Josseran seufzte über diesen unangenehmen Pater. »Ich weiß nicht, was Ihr noch mehr von mir verlangt.«

Wilhelms Augen waren gerötet. Es schien, als hätte er in den vergangenen Wochen nicht gut geschlafen. »Ich verlange nichts von Euch. Es ist Gott, der verlangt, daß Ihr mir dabei behilflich seid, diesen Menschen die Liebe Christi zu bringen.«

»Habe ich denn nicht alles in meiner Macht Stehende unternommen?«

Wilhelm schüttelte sein Haupt. »Ich weiß es nicht«, sagte er. »Gott allein weiß es.«

Khubilai saß auf einem Thron aus Ebenholz, der mit Jade und Perlmutt geschmückt war, im Pavillon der Süßen Blumen und erwartete sie. Er trug ein Gewand aus grüner Brokatseide und stellte eine Miene von aufmerksamer Unzufriedenheit zur Schau.

Der Pavillon war auf allen Seiten zum Park hin offen. Große Töpfe waren mit rosafarben blühenden Bananen- und Zimtstauden bepflanzt worden, und Windräder waren im gepflasterten Innenhof so kunstvoll verteilt, daß durch die sanfte Bewegung der Flügel der Duft der Blumen bis in die Halle getragen wurde. Der Gesang der Vögel auf den Zweigen, die über den Dachgesimsen hingen, war beinahe ohrenbetäubend. Im Hintergrund hörte man das anhaltende Plätschern eines Springbrunnens und das Knacken des Bambus.

Miao-yen erblickte flüchtig den Altar am nördlichen Ende des Pavillons. Er enthielt Gras aus der Steppe und auch Erde aus dem Stammland der Tataren, ockerfarbenen Schlamm, gelben Sand sowie schwarzweiße Kieselsteine aus der Wüste Gobi. Obwohl es sich offensichtlich um einen Schrein der Tataren handelte, entsprach dieser Altar einem konfuzianischen

Ideal, denn grün, rot, gelb, weiß und schwarz waren im Konfuzianismus die Grundfarben; rot stand für die Freude, grün für die Harmonie, gelb für den Himmel, weiß für die Reinheit und schwarz für die Trauer. Der Altar war mit einem Tuch aus rotem Brokat bedeckt, auf das man mit den Zeichen der Chin Segenssprüche in Gold gepinselt hatte.

Lauter Widersprüche.

Sie näherte sich auf Händen und Knien. Sie legte ihre Handflächen gegeneinander, berührte dreimal mit der Stirn den Boden und sah dann ihrem Vater fest in die Augen. Die strengen Gesichter seiner konfuzianischen und tangutischen Ratsherren beobachteten sie vom Podest unterhalb seines Thrones aus.

»Nun, Miao-yen. Was machen deine Studien?«

»Ich bin fleißig, mein Gebieter.«

»Wie denkst du über deine Lehrer, diesen Franken und diesen heiligen Mann?«

»Sie sind aufrichtig, mein Gebieter«, antwortete sie umsichtig und fragte sich, worauf ihr Vater hinauswollte.

»Was hältst du von dieser Religion, die sie mitbringen?« erkundigte er sich.

»Wie ich Euch schon gesagt habe, Vater. Sie ähnelt sehr der Leuchtenden Religion von Mar Salah, nur daß sie viel Achtung vor diesem Mann haben, den sie Papst nennen. An der Vereinigung von Mann und Frau haben sie viel auszusetzen, und sie glauben auch an die Beichte der Sünden eines Menschen in der Gegenwart seines Schamanen, die ihm die unmittelbare Vergebung ihres Gottes einträgt.«

»Sie haben etwas an der Vereinigung von Mann und Frau auszusetzen?« wollte Khubilai wissen, der dabei gewiß an seinen umfangreichen Harem dachte.

»So ist es, mein Gebieter.«

Er brummte, ließ sich aber von dieser Philosophie nicht beeindrucken. »Es heißt, daß sich jedermann im Land der Barbaren vor diesem Papst verneigt.«

»Gewiß, mein Gebieter, er scheint ihr Khan der Khane zu sein, und er besitzt die Macht, Könige aus ihnen zu machen. Dabei trägt er weder Schwert noch Bogen, wenn man ihnen glauben darf. Er scheint ein Schamane zu sein, der zu weit mehr Macht gelangt ist als selbst der größte ihrer Krieger.«

Khubilai sagte nichts. Sie wußte, was er dachte. Er wünschte sich keinerlei Religion, die auch nur andeutungsweise die oberste Stellung des Kaisers bedrohte.

»Kennen sie die Zauberei?« fragte Khubilai sie schließlich.

»Ich habe sie nicht bei einer Zauberei beobachtet, mein Gebieter. Sie haben mir Gebete beigebracht, die sie mir zu sagen auferlegt haben, und mir von diesem Jesus erzählt, den sie so sehr schätzen, so wie dies Mar Salah und seine Anhänger auch tun.«

»Magst du ihre Religion?«

Sie blickte Phags-pa in die Augen. »Ich glaube, daß sie weder so groß ist wie die der Tanguten, mein Gebieter, noch so einflußreich.«

Phags-pa schien sich zu entspannen. Auch ihr Vater schien mit ihrer Antwort zufrieden zu sein. Dieser Christ und sein Schamane mögen wahrscheinlich nicht, daß ich so etwas über sie sage, dachte sie. Doch jede anders lautende Antwort würde sie in unnötige Gefahr bringen, denn am Hofe meines Vaters wimmelt es von Schlangen.

»Was ist mit dem Krieger? Was hältst du von ihm?«

»Er scheint ein aufrichtiger Mensch zu sein, mein Gebieter.«

»Hat er dir etwas über die Armee der Barbaren erzählt?«

»Ich glaube nicht, daß sie sehr stark sein kann, mein Gebieter. Er selbst behauptet von sich, nur drei Pferde zu besitzen, und die seien von der Art, daß er jeden Tag etwas für sie zu fressen suchen oder kaufen müsse. In Wirklichkeit ist er sehr arm, denn Schafe oder Kühe nennt er nicht sein eigen. Von den Bauern, die seine Felder bestellen, verlangt er Steuern, während er selbst in einem Schloß lebt. Das Folgende verstehe ich jedoch nicht: er sagt, er ist in ein anderes Land gereist, um diese Sarazenen zu bekämpfen, wie er sie nennt. Dabei hat er jedoch weder Beute gemacht noch Weiber gewonnen. Er sagt von sich, daß er dies tut, um sich den Himmel zu verdienen. Auch scheint es so zu sein, daß sie davor zurückschrecken, ihre Festungen zu verlassen, und zwar aus Angst vor denselben Sarazenen, die zu vernichten sie sich verpflichtet haben.«

Khubilai brummte zustimmend, denn ihre Einschätzung stimmte mit der seinen überein. »Ich habe nicht den Eindruck, daß sie starke Verbündete abgäben. Selbst Mar Salah predigt gegen sie, und wie du sagst, verehrt er ebenfalls diesen Jesus, wie die andern auch. Er sagt sogar, sie planen, uns alle der Herrschaft dieses Papstes zu unterwerfen, den sie so übermäßig im Munde führen.«

»Ich weiß nur, daß Josseran freundlich zu mir ist und es ehrlich meint«, fügte Miao-yen flink hinzu, denn sie fühlte sich zu diesem riesenhaften Barbaren hingezogen und wünschte ihm nichts Böses.

»Und was ist mit diesem Schamanen?«

»Zu dem kann ich kaum etwas sagen«, erwiderte sie, »außer daß er abscheulich riecht.«

Khubilai grübelte eine Weile über ihre Worte nach. »Ich lobe dich für deinen Bericht, Tochter«, sagte er schließlich. »Sei strebsam. Wenn sie dir etwas sagen, von dem du annimmst, daß ich es wissen sollte, so teile es mir persönlich mit.«

Damit war sie entlassen. Als sie sich auf ihren winzigen Füßen rückwärts bewegte und aus der Halle schlurfte, erinnerte sie sich daran, daß sie nicht einen Augenblick lang ein Gefühl der Liebe verspürt hatte. Die Konfuzianer hatten ihr beigebracht, daß die Kindesliebe die höchste aller Tugenden sei, und wenn das zutraf, dann war sie gewiß ohne alle Verdienste.

15

Es war noch nicht viel Zeit verstrichen, nachdem der Nachtwächter die Stunde ausgerufen hatte, als Wilhelm durch ein lautes Hämmern gegen seine Tür geweckt wurde. Einer der schwarz berockten Priester des Metropoliten stand atemlos auf dem Gang, zwei der *kesig* des Kaisers an seiner Seite. Es war Mar Gabriel, denn Wilhelm erkannte ihn sofort als denjenigen, der seine Rippen so heftig mit Füßen traktiert hatte. Er redete etwas Unverständliches in seiner heidnischen Sprache.

Einer der Wärter ging, um Josseran aus seiner Kammer zu holen. Der Tempelritter, der schließlich mit zerzaustem Haar und noch verschlafener Miene erschien, hatte sich flink in ein Seidengewand gehüllt. Er hörte sich an, was der Priester zu sagen hatte, und erklärte dann Wilhelm, daß Mar Salah ihm diesen Mann geschickt hatte. Der Metropolit von Shangdu wünschte ihn sofort zu sprechen.

Er lag im Sterben.

Sie folgten den Kriegern mit ihren brennenden Fackeln durch die dunklen Straßen Shangdus bis zu einem großen Haus in der Nähe der Palastmauer. Mar Salah lebte in einer solchen Pracht, daß sich auch ein christlicher Bischof nicht hätte zu schämen brauchen, dachte Josseran. Es bestand kein Zweifel, daß er seine Gemeindemitglieder bestohlen hatte, wie Wilhelm behauptete. Scheinbar taten alle Kirchenleute in aller Welt immer das gleiche.

Das Haus war von einer hohen Mauer umgeben und besaß ein Dach mit glasierten Keramikziegeln in der traditionellen Form halber Bambusrohre. Die eisenbeschlagene Pforte unter dem überdachten Tor stand weit offen, und sie folgten dem Priester über einen mit Steinplatten belegten Hof, der von Weidenbäumen, Kiefern und Fischteichen gesäumt war.

Am Ende eines gedeckten Ganges mit lackierten Säulen, die allesamt mit geometrischen Mustern bemalt waren, wartete ein halbes Dutzend Diener wehklagend bei der Tür. Womöglich beweinten sie mehr die Ungewißheit ihrer eigenen Zukunft als die ihres Herrn, dachte Josseran.

In einem abseits stehenden Gebäude befand sich das Privatquartier des Hausherrn. Beim Eintreten staunte Josseran über die prunkvolle Einrichtung; es gab ein mit Achaten besetztes Kreuz aus Sandelholz, große Truhen aus Kampferholz mit Perlmutteinlagen, Vasen aus gehämmertem Gold und kostbares weiß-blaues Porzellan, Teppiche aus Brokat und Schmuckgegenstände aus Jade und Silber.

Nichts von alledem war Mar Salah nunmehr von Nutzen.

Das Schlafzimmer war ebenfalls prächtig ausgestattet mit Vorhängen aus Seide und Hermelin. In einer Ecke stand ein riesiges Bronzegefäß mit Trockenblumen. Mar Salah lag, gekleidet in ein dunkelblaues Brokatgewand, hinter einem bemalten Wandschirm auf seinem Bett.

Josseran war bestürzt, als er den Metropoliten erblickte. Er war totenbleich, seine Wangen waren eingefallen und seine Augen von pflaumenblauen Ringen umrandet. Er hatte Blut gehustet, denn an beiden Seiten des Mundes klebte dunkelroter, eingetrockneter Schaum.

Seine drei Frauen standen am Bett und jammerten.

Josseran nahm den Gestank des Todes wahr, dem er schon oft zuvor begegnet war. Er empfand das Wehklagen der Frauen entnervend und ließ sie von den Wachen aus dem Raum hinausdrängen.

Er sah zu Wilhelm hinüber und erinnerte sich daran, wie dieser in den vergangenen Wochen vor Mar Salahs Kirche gestanden und um die Rache seines Herrgottes gebetet hatte. Ihn schauerte, und er fühlte, wie sich ihm die Nackenhaare sträubten.

Mar Salah hob den Kopf vom Kissen hoch und streckte einen krummen Finger in die Höhe, um anzudeuten, daß Josseran näher kommen solle. Als er sprach, glich seine Stimme nur noch einem Flüstern.

»Er will wissen, was Ihr ihm angetan habt«, übersetzte Josseran für Wilhelm.

Wilhelms Lippen waren vor lauter Verachtung zu einer dünnen Linie zusammengepreßt. »Sagt ihm, daß ich ihm nichts angetan habe«, antwortete Wilhelm herrisch. »Das ist vielmehr Gottes Urteil über ihn.«

»Er glaubt, daß Ihr ihn mit einem Zauberbann belegt habt.«

Wilhelm schlug seine schwarze Kapuze zurück und legte sich die purpurfarbene Stola über die Schulter, die er aus dem Palast mitgebracht hatte. In der anderen Hand hielt er seine Bibel. »Sagt ihm, daß ich ihm die Beichte abnehmen werde, wenn er es wünscht. Denn sonst wird er im Höllenfeuer schmoren.«

Mar Salah schüttelte den Kopf.

»Er sagt, er glaube nicht an die Beichte«, erwiderte Josseran. »Er behauptet, von einer Beichte werde in den Texten der Evangelien nicht gesprochen.«

»Sagt ihm, daß er für alle Ewigkeit in die Hölle kommt, wenn er mir jetzt nicht beichtet.«

Mar Salahs Augen beobachteten den Pater verängstigt und niedergeschlagen. Josseran berichtete ihm, was Wilhelm gesagt hatte.

Josseran nickte. »Er hat Angst und sagt, er sei einverstanden. Aber Ihr müßtet ihn einweisen.«

Wilhelm grinste triumphierend. Er hob seine rechte Hand. »Ich werde ihm die Beichte nur unter der Bedingung abnehmen, daß er vor seinem Tod all seine Priester in diesen Raum befiehlt und vor ihnen den Papst als den Vater aller Christen in aller Welt anerkennt und darin einwilligt, daß die Führung seiner Kirche in die Autorität des obersten Pontifex in Rom übergeht.«

Josseran wollte seinen Ohren nicht trauen. »Ihr erpreßt einen Sterbenden?«

»Wie könnt Ihr es wagen, mit mir in diesem Ton zu reden?«

»Ist euch Priestern denn gar nichts heilig?«

»Wenn ich unsere gesegnete Kirche vereinen kann, wie Gott dies wünscht? Nein, dafür würde ich vor nichts zurückschrecken. Dolmetscht ihm jetzt, was ich gesagt habe.«

»Wir erniedrigen uns selbst und Gott mit uns.«

»Tut, wie ich Euch geheißen habe!«

Josseran zögerte, beugte sich dann aber über den Sterbenden. Er konnte seinen fauligen und ranzigen Atem riechen. »Mar Salah, Pater Wilhelm meint, bevor er Euch die Absolution erteilen kann, müßtet Ihr die Autorität über Eure Kirche an den gesegneten Papst in Rom abtreten.«

»Niemals.«

»Er besteht darauf.«

»Nein«, sagte Mar Salah krächzend.

Josseran drehte sich zu Wilhelm um und schüttelte den Kopf. Die Vorstellung, ohne Absolution sterben zu müssen, war zu gräßlich, um sie zu ertragen. Er dachte an seine eigenen Sünden und fragte sich erneut, ob seine Entschlossenheit, sich selbst zu demselben Schicksal zu verdammen, in seinen letzten Atemzügen ins Schwanken geriete. »Habt Ihr denn kein Mitleid?« fragte er Wilhelm.

»Nein, mit Sündern nicht.«
»Er sagt, er wolle es nicht tun.«
»Haltet ihm noch einmal die Qualen der Hölle vor Augen. Erinnert ihn an die heißen Flammen, die endlos nach seinem nackten Fleisch schnappen, und an die Mistgabeln, die immer wieder in seinen Bauch stechen, und an die Peitschen mit ihren Metallspitzen. Sagt es ihm.«
Josseran schüttelte den Kopf. »Nein.«
»Hierbei werdet Ihr Euch mir nicht widersetzen! Die Zukunft der Heiligen Kirche in Kitai steht auf dem Spiel!«
»Einen sterbenden Menschen werde ich nicht quälen. Das ist nämlich, wie Ihr ausgiebig erklärt habt, Teufelswerk, und damit verschont mich.« Und unter Wilhelms wütenden Protesten stürmte er aus dem Raum.

Eine Stunde vor Morgengrauen, als man soeben die Rufe der Bettelmönche in den Straßen hören konnte, gab Mar Salah seinen Geist auf und fuhr – wie Wilhelm vermutete – zum Teufel und seinem erlesenen Folterbankett.

16

Ein von einem goldenen Geländer eingezäunter Hof, dunkle Hügel, die sich in der Windstille im nebelverhangenen See widerspiegelten. Hinter den Hügeln lag eine Kette schwarzer, baumloser Berge aufeinandergefaltet wie weiche und zerknitterte Seide auf einem Bett.
Die Krieger der *kesig* standen gleichmütig über den Hof verteilt, während der Kaiser sich dem Ufer näherte, einen Pelz aus Leopardenfell um die Schultern als Schutz vor der Kühle des Morgengrauens. Der Lama Phags-pa stand neben ihm.
Josseran erschien in Begleitung Sartaks und eines Angehörigen seiner Truppe. Er kniete sich hin, verneigte sich und wartete auf die Befehle der Kaisers. Weshalb er dermaßen überstürzt und zu solch früher Stunde herbeigeholt worden war, wußte er zwar nicht, konnte es sich aber denken.

»Der Metropolit von Shangdu ist tot«, sagte Khubilai nach einer Weile.

»So ist es, hoher Herr«, erwiderte Josseran.

»Euer Gefährte hat ihn mit einem Fluch belegt.«

»Ich glaube vielmehr, es war allein Gottes Werk.«

»Dann müßt Ihr tatsächlich einen sehr mächtigen Gott besitzen. Noch mächtiger als der von Mar Salah, wie mir scheint.«

Also nahmen sie an, daß das Leben des nestorianischen Bischofs durch Hexenkraft beendet worden war. Khubilai mußte davon ausgegangen sein, daß Wilhelm wegen des offenen Widerstands des Metropoliten ihm gegenüber irgendeinen Schurkenstreich ausgeheckt hatte. Josseran fragte sich, ob es irgend etwas gab, daß er tun oder sagen konnte, um ihn von dieser Meinung abzubringen.

Oder könnte sich das vielleicht sogar zu ihren Ungunsten auswirken?

»Ich bin geneigt zu glauben, daß an Eurer Religion mehr dran ist, als ich anfangs glaubte.«

Josseran blickte überrascht auf. Hinter Khubilais Schulter sah er das Gesicht seines tangutischen Ratgebers, und der Abscheu in dessen Augen war nicht zu übersehen. Genau wie Mar Salah sah er in Wilhelm einen Rivalen um die Gunst des Kaisers. Und in dieser Hinsicht, dachte Josseran, lag er gewiß richtig.

»Jeder meiner Ratgeber sagt mir, sein Weg sei der beste und wahrste«, meinte Khubilai. »Und nun haben wir hier eine weitere, neue Religion. Wie soll ich mich entscheiden?«

Darauf erwiderte Josseran nichts. Dies war die Gelegenheit, von der sie geträumt hatten, die Chance, den Tataren das Christentum über das geneigte Ohr Khubilais selbst zu bringen. Gelang es ihm, den Herrscher zu bekehren, so führte man gewiß auch das ganze Volk dem Glauben zu. Falls dies geschah und sie die Sarazenen von zwei Armeen der Römischen Kirche einschließen konnten, dann wäre Outremer gerettet, und Jerusalem fiele erneut in christliche Hände.

Falls. *Falls*.

»Ich werde ein Streitgespräch arrangieren«, sagte Khubilai.

»Ein Streitgespräch, großer Herr?«

»Ich möchte für mich entscheiden, welche unter all diesen Religionen die wahre ist. Bestellt Eurem Schamanen, er solle sich zur siebten Stunde in der Audienzhalle einfinden. Dort wird er auf die anderen Schamanen meines Königreichs stoßen und mit ihnen über das Wesen ihrer Götter streiten. Und danach will ich ein für allemal entscheiden, welcher der Götter der wahre ist.«

»Wir werden kommen, mein Herr«, murmelte Josseran, verblüfft über diesen dramatischen Vorschlag.

»Geht jetzt und sagt Eurem Schamanen, er solle sich vorbereiten.«

Josseran verneigte sich noch einmal vor dem Kaiser, wobei er den giftigen Blicken des Lamas Phags-pa auswich, und ließ sich von Sartak aus dem Palast hinausbegleiten. *Ein Streitgespräch!* Nun, das entsprach vollkommen Pater Wilhelms Stil. Plötzlich bekam er weiche Knie. Da so viel auf dem Spiel stand, hoffte er, daß seine Künste als Dolmetscher und Unterhändler der Herausforderung in diesem folgenreichsten aller Spiele gewachsen waren.

17

Der Sommerpalast des Kaisers lag hinter den Mauern seines Jagdparks. Man konnte ihn als eine Jurte nach Art der Tataren bezeichnen, deren Wände jedoch aus feinster Seide statt aus Filz bestanden. Hunderte dicker Seidenschnüre hielten sie gegen den Wind zusammen. Das Dach war aus gespaltenem und lackiertem Bambusrohr gefertigt, das mit Tieren und Vögeln sowie Hirschen, Pfauen und Wildschweinen bemalt war, die man in den Wäldern dahinter antreffen konnte. In die zinnoberrot lackierten Säulen waren sich windende Schlangen eingeschnitzt.

»Ist das nicht ein Wunderwerk?« flüsterte ihm Sartak zu. »Der Pavillon ist so gebaut, daß man ihn innerhalb weniger Stunden abbauen und an einem anderen Platz wieder aufbauen kann, wenn der Kaiser es wünscht.«

Josseran nickte zum Zeichen seiner Zustimmung, daß es sich tatsächlich um ein Wunderwerk handelte, obwohl er vermutete, daß solch ein Umzug noch nie unternommen worden war und dies nur ein weiterer Mosaikstein zu der Legende war, die den Mythos von Khubilai als dem traditionellen Tatarenhauptmann stützen sollte.

Als sie eintraten, war die Audienzhalle bereits mit den heiligen Männern aus Khubilais Hof besetzt: Man sah den persönlichen Schamanen des Kaisers im weißen Gewand, mit wildem, ungekämmtem Haupt- und Barthaar und schmutzig schuppiger Haut, dessen Augen durch den Genuß von Haschisch trancehaft geradeaus starrten; die Tanguten mit kahlrasiertem Schädel und safrangelber Kleidung; die Götzenanbeter in ihren schweren Kleidern aus orange- und purpurfarbenem Brokat und mit den schwarzen Schachtelhüten, die holzgeschnitzte Gebetstafeln in den Händen hielten; die schwarz berockten Nestorianer; und die weißbärtigen Mohammedaner mit den weißen Käppchen.

Unterhalb des Throns und zu Khubilais Linken stand Kaiserin Chabi, seine Lieblingsfrau. Von Sartak hatte Josseran gehört, sie sei eine glühende Verehrerin Borkans. Sie beäugte sie mit kaltem Argwohn, als sie eintraten. Zu Josserans weiterer Verblüffung erblickte er Phags-pa an der Seite des Kaisers. Damit war deutlich erkennbar, daß er sowohl der Vorsitzende des Streitgesprächs als auch ihr führender Teilnehmer sein würde.

Khubilai gab Lama Phags-pa ein Zeichen, der daraufhin ankündigte, daß das Verfahren bald eröffnet werde. Zu Beginn solle ein Sprecher jeder Fraktion einen kurzen Abriß über die eigene Religion geben, und danach werde das Streitgespräch eröffnet.

Als man mit den Darstellungen begann, war Josseran über den Irrglauben und die Zauberei und die Götzenanbetung, die seine Ohren vernahmen, entsetzt. Er übersetzte alles getreu für Wilhelm, der finstere Blicke in die Runde warf und wie ein Kater fauchte, als jeder der Theologen seine Version von der wahren Natur der Welt und der Welt des Geistes darstellte.

Als Wilhelm an die Reihe kam, erhob er sich, in seinem weißen Chorhemd und seiner purpurfarbenen Stola prächtig anzusehen, und gab das von sich, was er den wahren Bericht der Geschichte nannte, angefangen bei der Erschaffung der Welt und von Mann und Frau durch Gott. Danach sprach er über die wunderbare Geburt Christi, berichtete über dessen Leben und Leiden und endete mit der Aufzählung der Gesetze Gottes, die den Menschen als die Zehn Gebote überliefert worden waren. Zuletzt erläuterte er die besondere Stellung, die der Papst und die Heilige Mutter Kirche im Herzen Gottes einnahmen.

Nach seinen letzten Worten ließ der Kaiser durch Lama Phags-pa die Debatte für eröffnet erklären. Schnell stellte sich heraus, daß Wilhelm in seiner Eigenschaft als Neuzugang zur Hauptzielscheibe aller anderen wurde.

Lama Phags-pa selbst war der Sprecher in der Befragung, und Josseran hätte Wilhelms Unbehagen genossen, wenn es für das Überleben der Christenheit in Outremer nicht darauf angekommen wäre, daß sie hier einen guten Eindruck hinterließen. Denn trotz all seiner Zweifel war es nichtsdestoweniger die Religion seines Herzens.

Tatsächlich spürte er, daß ein unvermuteter Zorn sich in ihm aufstaute, als Phags-pa und die Götzendiener versuchten, den Papst und seine Kirche an den Pranger zu stellen. Unter anderen Umständen wäre er mit seinem Schwert auf sie alle losgegangen.

Phags-pa fragte Wilhelm über die Zehn Gebote Gottes aus.

»Er fragt, ob Ihr im Himmel wart, daß Ihr so genau wißt, was Gott denkt?« dolmetschte Josseran.

»Sagt ihm, das nicht, doch Gott hat unseren Propheten seine Wünsche offenbart, und Er selbst ist vom Himmel herabgestiegen, um die Menschen zu lehren.«

Phags-pa lächelte. Daraus folgerte Josseran, daß er ihnen eine Falle gestellt hatte und sie hineingestolpert waren.

»Er fragt, ob wir denn glauben, daß wir den einzigen und wahren Gott kennen«, übermittelte er Wilhelm.

»Antwortet ihm: ja, den kennen wir.«

»Wollt Ihr damit sagen, daß der Kaiser die Gebote Gottes nicht befolgt? Denn er hat bestimmt alle anderen Nationen unterworfen. Bedeutete dies nicht, daß er allein gesegnet ist und Ihr und all Eure anderen Götter unterlegen seid?«

Josseran spürte, wie sich Khubilais Blick aus den goldenen Augen in ihn hineinbohrte.

»Sagt ihm, der Wert eines Menschen bemißt sich nicht nach dem, was er in dieser Welt zu seinem Eigen macht«, entgegnete Wilhelm. »Christus hat uns gelehrt, daß die Welt den Demütigen gehört.«

»Das habe ich anders erfahren«, warf der Kaiser brummend dazwischen, als er Wilhelms Antwort hörte, und einige seiner Generäle, die diese Debatte neugierig verfolgten, lachten offen heraus.

»Wie kann ein Mensch den Willen Gottes kennen, es sei denn, das, was er tut, zieht Gefallen oder Unheil nach sich?« wollte Khubilai wissen und nahm damit unmittelbar an der Aussprache teil.

Wilhelm schien sich durch die Gegenrede des Kaisers verwirren zu lassen. »Es ist eine Frage der Religion, des Glaubens.«

»Ein Mann wird nicht durch seinen Glauben bestimmt«, warf Phags-pa nun ein, »sondern durch seine Taten. Tausend Jahre der Weisheit haben sich in unserem Buch vom *Pao* niedergeschlagen. Es versetzt jeden Menschen in die Lage, sich Verdienst und Tadel in seinem Leben auszurechnen.«

»Wenn ein Mensch aber durch sein Handeln Tadel erfährt«, warf einer der Götzenanbeter ein, indem er einen Moment lang die Aufmerksamkeit von Wilhelm ablenkte, »dann besteht gewiß der beste Weg zur Gelassenheit im Nichtstun. Das ist der Weg des *Tao*.«

Auf diese Weise setzte die Debatte sich fort.

Josseran war verblüfft, daß er bei einem solchen Streitgespräch dabei sein durfte. Nie zuvor hatte er eine solche Verschiedenheit des Denkens kennengelernt, und als die Erörterungen um ihn herum in vollem Gange waren und er Wilhelm jedes Wort atemlos berichtete, ging ihm plötzlich auf, wie sehr die Argumente der Mohammedaner ihren eigenen ähnelten.

Tatsächlich sprachen beide von Propheten und der Unveränderlichkeit eines einzigen Gottes und seiner Gesetze. Unter all den an diesem Abend vertretenen Geistlichen erschienen ihm die Mohammedaner, jene erbitterten Feinde aus Outremer, als die engsten Verbündeten.

Die Nestorianer dagegen griffen sie mit derselben Heftigkeit an wie die Tanguten.

Khubilais eigener Schamane sagte, Worte seien unwichtig, die Richtigkeit einer Religion sei an der Effizienz ihrer Zauberei abzulesen. Der Kaiser unterbrach ihn und wies darauf hin, wenn dies zutreffe, dann müsse der Papst wegen allem, was Wilhelms Gott Mar Salah angetan habe, ein sehr mächtiger Zauberer sein. Als er dies hörte, versuchte Wilhelm, einen Vorteil herauszuschinden, indem er sagte, daß Gott vom Tag der Schöpfung an nichts anderes gewollt habe, als daß alle Menschen auf Erden Ihn anerkennen, Ihm das gebührende Lob zollen und Gehorsam schuldig seien. Auf jene aber, die ihn abweisen, lasse er seine Rache hinabfahren.

Ein alter Mönch in safrangelber Kutte meldete sich danach zu Wort. »Er sagt, daß die Welt nur Illusion sei«, übersetzte Josseran. »Und das Leben enttäusche uns immer, und Geburt, Alter, Krankheit und Leiden seien unausweichlich.«

»Sagt ihm, genau deshalb sei Christus auf die Erde gekommen!« schrie Wilhelm fast, seine Wangen vor lauter Erregung gerötet. »Und daß wir, wenn wir unser Leiden auf christliche Weise ertragen, den Weg ins Paradies finden.«

Josseran übermittelte dem Mönch diese Ansicht, der Wilhelm fest in die Augen blickte, als er ihm darauf antwortete. »Sogar der Bauer auf dem Feld leidet«, sagte er. »Durch das Lesen der heiligen Texte, eine fleischlose Ernährung, die Verehrung Buddhas und das Almosenspenden erwirbt man Verdienste für das nächste Leben. Doch für eine Befreiung vom Leiden ist eine persönliche Erfahrung von der Leere der Welt vonnöten.«

»Wie kann die Welt leer sein?« rief Wilhelm laut aus. »Gott hat sie geschaffen! Nur die Menschen sind Sünder!«

Der alte Mönch schaute finster drein. »Er fragt, was Ihr unter Sünde versteht?« sagte Josseran.

»Begierde. Unzucht. Schwachheit des Fleisches.«

Der alte Mönch lächelte und murmelte eine Antwort, die Josseran offenbar nicht weitergeben wollte.

»Was hat er gesagt?« erkundigte sich Wilhelm.

»Er sagte – nun er sagte, daß Ihr gut daran tätet, diese Schwachheit zu fürchten.«

»Was will er damit sagen?«

»Das weiß ich nicht, Pater Wilhelm. Er sagte nur, daß Eure Bindung zur Welt groß sei, dies aber nicht ungewöhnlich sei bei einem Mann, von dem man annehme, daß er heilig ist. Er sagte noch, Eure Schwäche stehe in Euren Augen geschrieben und Ihr tätet gut daran, sie zu fürchten.«

»Der rechtschaffene Mann fürchtet nichts!« rief Wilhelm aus. »Wer Gottes Gesetze befolgt, der wird im Himmel belohnt werden!«

Khubilai hob eine Hand und bat um Ruhe. Er neigte sich zu Lama Phags-pa und begann eine längere Unterhaltung im Flüsterton mit ihm.

Währenddessen wandte sich Wilhelm an Josseran. »Ihr habt nicht alles, was ich gesagt habe, genau gedolmetscht!« sagte er wütend und mit zusammengebissenen Zähnen.

»Woher wollt Ihr wissen, was ich gesagt habe, wenn Ihr nicht ihre Sprache sprecht?«

»Das wird mir klar aus ihren Blicken und Mienen. Hättet Ihr die wahren Worte Gottes gesprochen, so hätten sie nicht auf eine solche Weise reagiert.«

»Es waren aber nicht die Worte von den Honiglippen unseres Erlösers, Pater Wilhelm. Es waren lediglich Eure Worte.«

»Ich habe nur erwähnt, was in den Büchern geschrieben steht, und das sind so gut wie Gottes Worte. Sollten wir heute hier unterliegen, so seid Ihr daran schuld, und ich werde Euch nach unserer Rückkehr nach Akko beim *Haute Cour* anzeigen. Ebenfalls werde ich es dem Heiligen Vater mitteilen, dem gegenüber ich den Verlust dieser Gelegenheit rechtfertigen muß!«

»Ich habe alles, was Ihr sagtet, getreu und ohne Einschränkungen übersetzt!«

»Für mich steht fest, daß Ihr dies nicht getan habt!«

Die Beratung zwischen dem Kaiser und seinem Berater endete abrupt, und Lama Phags-pa wandte sich an die Versammelten. »Der Sohn des Himmels hat sich all Eure Argumente angehört und glaubt, daß jeder von Euch beredt und überzeugend gesprochen hat. Er wird alles überdenken, was er gesehen und gehört hat. Er wünscht, daß Ihr Euch nun zurückzieht. Ausgenommen der Barbar.«

Er zeigte auf Josseran.

»Ich werde ebenfalls bleiben«, sagte Wilhelm, als alle anderen die Audienzhalle verließen. »Ich kann Euch nicht ohne Anweisung allein lassen.«

Phags-pa funkelte ihn wütend an. »Sagt ihm, daß er jetzt gehen muß«, teilte er Josseran mit.

Josseran wandte sich an Wilhelm. »Wenn Ihr jetzt nicht geht, so fürchte ich, daß sie Euch hier herausschleppen, wie schon letztes Mal. Das hinterläßt keinen besonders guten Eindruck.«

Wilhelm, dessen Augen vor Erschöpfung, Eifer und Zorn gerötet waren, zögerte kurz, verneigte sich dann widerstrebend vor dem Sohn des Himmels und verschwand aus der Halle.

Sie befanden sich jetzt allein in der Halle. Khubilai, der Sohn des Himmels, sah Josseran Sarrazini aus trägen, haselnußbraunen Augen an.

»Wir haben lange darüber nachgedacht, was wir heute gesehen und gehört haben«, sagte er.

Josseran wartete ab; sein Mund war so trocken, daß er kaum schlucken konnte. Das Schicksal ihrer gesamten Expedition, das Ergebnis der viele Monate dauernden Reise durch die entlegensten Gegenden der Welt, hingen von diesen wenigen Augenblicken ab. »Ich hoffe, daß Euch unsere Argumente gefallen haben, hoher Herr.«

»In der Tat. Wir sind sehr beeindruckt von allem, was wir heute gehört haben, und wir danken Euch, daß Ihr die lange und gefährliche Reise an unseren Hof unternommen habt. Es hat uns großes Vergnügen bereitet und uns sehr belehrt. Was die Angelegenheiten der Religion betrifft, so hört diese Worte, die mir von Herzen kommen…«

18

Wilhelm wartete, auf den Steinplatten kniend, und sagte das Paternoster auf. Als er Josseran sah, sprang er auf. Sie sahen einander lange Zeit an.

»Was hat er gesagt?« fragte Wilhelm, die Stimme noch heiser von dem vielen Sprechen.

»Er sagte, er habe alles gut erwogen und möchte uns mitteilen, daß von allen Religionen, über die er etwas gehört hat ... die unsere ihm am besten gefällt.«

Wilhelm traute seinen Ohren kaum. Er ließ sich auf die Knie fallen und rief seine Lobpreisungen Gottes zum Himmel empor, über die Köpfe der Drachen hinweg, die sich um die Schnörkel des Sommerpavillons herumwanden.

Er hatte Erfolg gehabt. Alle Prüfungen und alles Mißgeschick hatten sich doch noch gelohnt. Er hatte getan, worum Gott ihn gebeten hatte, und den König der Tataren in den Schoß der Kirche geführt.

Josseran gesellte sich ihm in seiner Danksagung nicht bei. Er ließ ihn allein und ging zum Palast zurück. Irgendwie hatte er den vagen Eindruck, daß ihre Freude voreilig war. Nach so vielen Monaten der Reise auf den Straßen Mittelasiens und Kitais kam ihm die Bekehrung des Himmelssohns, des Herrschers der Herrscher, des Khans der Khane aller Tataren, alles in allem ... zu einfach vor.

19

Am Morgen darauf fanden sie sich wieder in Miao-yens Wohngemächern ein. Wilhelm hatte dunkle Ringe unter den Augen. Er war viel zu aufgeregt gewesen, als daß er hätte schlafen können, und hatte die Nacht damit zugebracht, Dankgebete und Fürbitten aufzusagen. Josseran seinerseits war unfähig, mit seinen Gefühlen ins Reine zu kommen. Offensichtlich hatten sie einen Triumph errungen, der jenseits aller Erwartungen lag, und dennoch hatten die

Vorträge bei der Debatte einen Schatten auf seine Seele geworfen.

Konnte ein Mensch wirklich den Willen Gottes kennen? fragte er sich. Konnte irgendeiner angesichts so vieler anderer Gedanken und Meinungen in seinem Herzen wirklich wissen, daß er auf die absolute Wahrheit gestoßen war? Irgendwie beneidete er Wilhelm um seine Gewißheit.

Miao-yen erwartete sie, auf einer Seidenmatte sitzend. Sie verneigte sich kurz, als sie eintraten. Die beiden erwiderten ihren Gruß und setzten sich mit untergeschlagenen Beinen hin. Eines ihrer Mädchen trug ihnen Schalen mit Pflaumentee auf und stellten sie auf einem schwarzen Lacktischchen zwischen ihnen ab.

»Sagt ihr, daß ich ihr heute erklären werde, wie man beichtet«, sagte Wilhelm.

Josseran gab dies an sie weiter, wobei er das Gesicht des Mädchens genau in Augenschein nahm und sich fragte, was wohl hinter ihren schwarzen Augen vor sich ging.

»Ich fühle mich geehrt, daß ich diese Beichte erlerne«, sagte Miao-yen. »Ich habe von Eurer triumphierenden Stunde im kaiserlichen Pavillon gehört.«

»Euer Vater schien zufrieden mit uns zu sein«, sagte Josseran.

Ein eigenartiges Lächeln spielte um ihre Lippen. »Er war mit allen sehr zufrieden.«

Josseran runzelte die Stirn. »Er versicherte uns, daß er unsere Religion am liebsten mag.«

Miao-yen lächelte wieder. »Hat er Euch das gesagt?«

»Allerdings, Prinzessin.«

Sie wandte ihr Gesicht ab und blickte träumend zu den abgeblendeten Fenstern über den Teich hinweg und auf die fernen Berge hinaus. Josseran hörte das Schaben eines Kehrbesens im Hof draußen. »Ihr versteht meinen Vater nicht«, sagte sie schließlich.

»Was verstehen wir denn nicht?«

»Was sagt sie?« erkundigte Wilhelm sich.

Josseran blieb ihm die Antwort schuldig, da er von Miao-yens Antwort nichts versäumen wollte.

»Versucht nicht, sie selbst zu unterweisen«, warnte Wilhelm ihn. »Ich werde nicht zulassen, daß sie sich an Eurem Irrglauben ansteckt.«

»Na schön, dann werde ich Euch weitergeben, was sie gesagt hat«, erwiderte er voller Ingrimm. »Sie zweifelt unseren gestrigen Sieg vor dem Kaiser an.«

»Aber Ihr habt das Urteil doch aus seinem eigenen Mund vernommen!«

»Sie deutete an, daß der Kaiser nicht denkt, was er sagt. Es wäre nicht das erste Mal, daß ein König zum eigenen Nutzen etwas verhehlt«, setzte er mit blanker Ironie hinzu.

Wie beispielsweise der Papst.

Miao-yen wandte sich wieder vom Fenster ab. »Alle denken, daß sie siegreich aus der Debatte hervorgegangen sind. Wußtet Ihr das nicht?«

Josseran atmete tief durch.

»Ihr habt doch nicht wirklich geglaubt, daß er sich dermaßen von seinen Verbündeten am Hof isolieren würde? Das Streitgespräch diente nur dazu, Euch alle gegeneinander aufzubringen. Ich habe Euch schon gesagt, daß mein Vater für alle vielerlei darstellt. Das ist das Herzstück seiner Stärke.«

»Aber er sagte, er habe in unserer Religion die größte Vernunft erkannt.«

»Für die Chin ist er der Meister des Konfuzius; wenn er mit den Tanguten zusammen ist, folgt er dem Weg des Buddha; für die Mohammedaner ist er der Bewahrer ihres Glaubens. Für Mar Salah war er der Beschützer Eures Jesus. Das ist seine politische Taktik.«

»Berichtet mir, was sie Euch sagt!« rief Wilhelm ungeduldig.

Miao-yen hielt ihre Augen gesenkt, während Josseran alles übersetzte, was sie gesagt hatte. Wilhelms Gesicht wurde aschfahl, und die euphorische Stimmung, die ihn den ganzen Morgen über nicht verlassen hatte, verflüchtigte sich vollkommen. »Sie sät Zwietracht«, meinte er. »Das würde der Kaiser nicht mögen.«

Josseran zuckte die Schultern. »Daß er aus politischen Gründen mit uns spielt, ergibt für mich mehr Sinn, als daß er sich plötzlich bekehrt hat.«

»Das glaube ich nicht«, entgegnete Wilhelm, doch Josseran konnte an seiner Miene unschwer erkennen, daß er begann, die furchtbare Wahrheit zu begreifen.

»Allerdings ist es nur ihre Meinung.«

»Aber glaubt Ihr ihr?«

Darauf blieb Josseran ihm die Antwort schuldig.

Wilhelm sprang auf. Seine Hände zitterten. »Ich bin der Gesandte des Papstes höchstpersönlich!« brüllte er. »Er kann nicht so einfach mit mir herumspielen!«

Und er machte sich davon.

Nachdem er gegangen war, wandte Josseran sich wieder Miao-yen zu. »Ich fürchte, daß es heute keinerlei Unterweisung geben wird, Prinzessin«, sagte er ihr.

Las er in ihren Augen Mitgefühl? Oder war es Belustigung?

»Ich bitte Euch tausendmal um Entschuldigung. Aber es ist besser, wenn Ihr das Spiel versteht, das mein Vater spielt, auch wenn Euch nicht sämtliche Regeln bekannt sind.«

»Ja, Prinzessin.«

Also hat es unseren großen Triumph nur in unserer Vorstellung gegeben, dachte er. Seit er in dieser Sache unterwegs war, hatte er im Zusammensein mit den Tataren schon oft das Gefühl gehabt, als würden ihm seine Erfolge schnell zwischen den Fingern zerrinnen.

Er sah die Prinzessin an und fragte sich, was er von diesem eigenartigen Geschöpf noch alles würde lernen können. Wünscht sie sich uns als Verbündete oder möchte sie uns mit unserer Torheit lediglich quälen? Ihre Augen wandten sich ihm langsam wieder zu, und in ihnen war kein Hinweis auf ihre Absichten zu erkennen.

Die Vergnügungsbarke glitt über einen See von samtener Schönheit, so glänzend schwarz wie Steinkohle, hier und da von den Laternenlichtern der Pagoden am Seeufer gefärbt. Die Nacht war kühl und von Jasminduft erfüllt. Von ihrer Kabine aus sah Miao-yen die ganze Stadt vor sich. Die glasierten Dachziegel der Paläste und Tempel glitzerten im Schein eines Dreiviertelmondes wie die Edelsteine im Haar einer Dame.

Dahinter lag die dunkle Silhouette der Hügel in Form eines schlafenden Drachen. An Deck unter ihr hielten drei junge Dienerinnen Seidenlaternen auf krummen Holzstangen in die Höhe und warfen damit Lichtbänder auf das schwarze Wasser.

Sie lag auf den Seidenteppichen und war bis auf die kleinen Seidenpantoffeln nackt. Ihr Körper war glatt und geschmeidig und duftete aromatisch nach Badeölen.

An ihrem Kopf kniete eine Dienerin. Miao-yens Haar lag aufgefächert auf dem silberschwarzen Teppich. Die Frau hielt ihr zierliches Kinn in der linken Hand, und mit dem rechten Daumen fuhr sie ihr leicht über den Schädel und konzentrierte sich darauf, jenen Akupressur-Punkt zu finden, der sich zwischen den Ohren und unmittelbar unter dem Schädelknochen befand. Die ruhige, kreisende Bewegung, mit der die Kopfhaut massiert wurde, leitete die Spannung aus dem Körper des Mädchens ab, linderte ihren Zorn und Schmerz, und mit einem leichten Aufstöhnen, das sich von ihren Lippen löste, entspannten sich die Muskeln in Armen und Beinen.

Die Frau massierte nun mit beiden Daumen die zarte Haut der Stirn und konzentrierte ihre Aufmerksamkeit auf die ›Helle des Auges‹ zwischen den Augenbrauen und den Punkt ›Zusammengelegter Bambus‹, bevor sie zum höchsten Yang an der weichen Schläfe weiterfuhr, wo sie das leichte Pochen des Pulses spürte.

Mit ihren erfahrenen Daumen zog sie zur ›Säule des Himmels‹ am unteren Rand des Hinterhauptknochens weiter, dann kniff sie mit den Daumen und zwei starken Fingern die Haut am Nacken zusammen, knetete sich nach unten durch zu den Akupunkturpunkten in den geschmeidigen Schultermuskeln des Mädchens.

Miao-yen ächzte vor Vergnügen und öffnete die Augen. Die Kabinendecke war mit Blumen und Berglandschaften in Wasserfarben ausgemalt, eine reine Traumwelt aus Wolken und Weiden. Sie fühlte, wie sie davontrieb, und ließ sich treiben.

Die Masseurin setzte inzwischen die Spitzen ihrer Daumen ein, bearbeitete jetzt die weichen Arme des Mädchens, kam zu den Punkten ›Glückliches Alter‹ oberhalb des Handgelenks und ›Kleines Meer‹ unterhalb des Ellbogens, drückte kräftig in das ›Tal des Yang‹, ließ nach, drückte, ließ nach, so daß die Prinzessin laut aufstöhnte, als sie spürte, daß der Druck sich zwischen den Augen staute und dann wunderbarerweise verschwand.

Dann ging sie zu den Beinen über, vermied jedoch alle Punkte, die das sexuelle Verlangen der Jungfrau hätten stimulieren können.

Miao-yen rollte sich träge auf den Bauch. Die Frau fuhr nun mit beiden Handflächen das leicht gewölbte Rückgrat entlang und übte mit ihren Handballen Druck aus. Mit den Knöcheln ihrer abgeknickten Mittelfinger drückte sie fest in die ›Spalte des Fleisches‹ unterhalb der rechten und der linken Gesäßbacke und hörte, wie das Mädchen schwer atmete und sich vor lauter Schmerz in den Arm biß. Dann drehte sich Miao-yen wieder um, so daß sie abermals mit dem Rücken auf dem Teppich lag. Die Masseurin arbeitete nun eine Zeitlang mit den Meridianpunkten am Bauch, um den Stoffwechsel der Prinzessin anzuregen.

Dann glitt sie langsam mit ihren Handballen über die Muskeln beider Beine nach oben, von den Knien aufwärts bis zur Leistengegend. Die Frau begutachtete den glatten, haarlosen Körper des Mädchens und knetete dann sanft den Unterleib, vom ›Paßtor des Yin‹ oberhalb des Schambeins bis zu dem Punkt ›Mittlerer Zufluß‹ unterhalb des Nabels, mit einer langsamen, kreisenden Bewegung der Handflächen. Sie spürte die Reaktion des darunterliegenden Muskels.

Zum Schluß drückte sie mit ihren Daumen auf den Punkt der ›Wandelgalerie‹ unterhalb der Brust des Mädchens. Miao-yen hielt jetzt die Augen geschlossen, ihr Körper entspannte und ihre Lippen öffneten sich.

Die Masseurin setzte sich aufrecht, ihre Arbeit war zu Ende. Sie ließ ihre Augen mit dem kritischen und unbeteiligten Blick einer älteren Frau über den Körper des Mädchens schweifen und beneidete sie ihrer straffen Muskeln und wohlriechenden Haut wegen. Ein perfektes Juwel für einen Chin-Prinzen, dachte sie.

Und am allerschönsten war das wunderbare Geheimnis ihrer Pantoffeln.

Wilhelm lag in der Dunkelheit der dritten Stunde wach und hörte die spöttischen Laute dieser Satansstadt, den Ruf des Muezzins, mit dem diese Heiden in die Moschee gerufen wurden, die dröhnenden Gongs der Götzenanbeter, die sich zum Bettelgang durch die dunklen Straßen aufmachten. Er war von Ungläubigen umgeben, ein Lamm unter Höllenhunden. Er spürte die Last dieser Bürde, dieser großen Absprache, die er mit Gott hatte, das Wort Gottes bis hier ans Ende der Welt zu bringen.

Seine Augen brannten vor Müdigkeit, doch der Schlaf wollte sich nicht einstellen. Seine Muskeln und seine Nerven waren so gespannt wie eine Bogensehne.

Er schloß die Augen und erinnerte sich an den süßen Puder und die duftenden Tees seines Zöglings, hörte das Plätschern des Wassers vom Teich um ihren Pavillon, die befremdliche Lautenmusik in Kitai. Und es war, als könnte er durch den Palast hindurch das glitzernde Hausboot auf dem See sehen, mit den eigenen Fingern die Linien des festen hellen Fleisches nachzeichnen. Das Rascheln der Seide war so bedrohlich und so durchdringend wie der Donner. Der Teufel führte einen auf so mancherlei Weise in Versuchung. Der Leib, dieser für einen Gläubigen armselige Diener, ließ einen im Stich.

Er stand auf, kniete sich auf den Boden nieder und versuchte, sein Herz auf das Gebet zu lenken. Doch es gelang ihm nicht, seine Gedanken auf Gottes Antlitz zu konzentrieren, sondern er sah nur die Peitschen und Werkzeuge, die im Schmelzofen seiner Verdammung auf ihn warteten.

Seine Hände begannen zu zittern.

Er riß sich die Kutte von der Schulter, bis sie an seiner Hüfte herunterhing, und suchte im Dunkeln nach dem Zweig. Er fand ihn an seinem Versteck auf dem Boden, neben dem Bett. Er begann, mit großem Elan seinen Rücken zu traktieren, denn der größte Triumph für seinen Glauben war in Gefahr, wenn ihm die Kraft versagte.

Oder würde er auf diese Weise nur dazu beitragen, daß sein Herr erneut leiden mußte?

Er schloß die Augen und sah das geschminkte Gesicht, und seine Nasenflügel zuckten bei dem schweren Aroma ihrer

Düfte. Er schlug sich immer wieder, bis das Blut an seinem Rücken herunterlief. Er war ein unwürdiger Christ. Gott hatte ihn auserwählt und mit der wunderbarsten Aufgabe betraut, und wenn er versagte, so wußte er, daß seine Strafe schlimmer ausfallen würde als bei einem einfachen Laien.

Er wünschte sich innig, ein des heiligen Dominikus würdiger Mönch zu sein, doch fürchtete er, statt dessen entdecken zu müssen, daß er nur aus Staub und Asche bestand.

20

Das Jagdgehege lag im Nordwesten der Stadt und grenzte an die Stadtmauer, ein weitläufiger Paradiesgarten mit Weideland, Wäldern und Bächen voller Hirsche und Rehe und Ziegen. Es gab auch Herden weißer Stuten, deren Milch allein dem Kaiser gehörte. Der Park war von einem Erddamm gesäumt, der sich über sechzehn Meilen durch die Ebene schlängelte und von einem tiefen Graben umgeben war, so daß niemand anders als der Sohn des Himmels das darin befindliche Wild jagen konnte. Der Zugang zu diesem Park war nur von der Palastseite aus möglich.

Josseran hatte den Park von Miao-yens Pavillon aus gesehen und gedacht, daß er wohl nie einen Fuß dorthin setzen würde. Zu seiner großen Überraschung wurde er eines Tages jedoch eingeladen, den großen Khubilai höchstpersönlich dort bei der Jagd zu begleiten.

Man befestigte die Sitze auf den Rücken von zwei grauen Elefanten. Der überdachte Sitz war prächtig ausstaffiert, die Wände und das Dach waren mit Leopardenfell drapiert, das Innere war reichhaltig mit Tüchern aus Silberbrokat und Hermelin und Zobelpelzen ausgeschlagen. Das ist nicht Khaidus Art, auf die Jagd zu gehen, dachte Josseran, und einen Augenblick lang sah er diesen großen Anführer mit den Augen eines Tataren aus der Steppe, wie Khutelun, und er begriff ihre Verbitterung.

Der Kaiser selbst trug einen goldenen Helm und eine weiß gesteppte Rüstung. Ein Geierfalke saß auf seinem Arm, und er strich ihm mit der freien Hand über den Kopf, als handelte es sich um ein Kätzchen.

Ich bin gespannt darauf, was er von mir will, dachte Josseran.

»Man sagt mir«, begann Khubilai, »daß Ihr über das Dach der Welt hierher gekommen seid.«

»So war es, mein Herr.«

»Dann wart Ihr gewiß eine Zeitlang Gast bei meinem Herrn Khaidu.« Er beobachtete Josseran mit funkelnden goldenen Augen. »Hat er von mir gesprochen?«

Josseran wußte, daß er sich umsichtig verhalten mußte. Dieser Kaiser spielte gerissene Spiele.

»Er sprach viel von Arik Böke«, sagte er vorsichtig. Er klammerte sich an den Seiten des Sitzes fest, da ihm diese Schaukelbewegung nicht vertraut war. Er fühlte sich wie auf einem Schiff bei rauher See.

»Und er rechnete ihm zweifellos die Qualitäten hoch an, die er jedoch nicht besitzt. Was haltet Ihr von meinem Herrn Khaidu?«

»Er hat mich sehr freundlich behandelt.«

»Eine diplomatische Antwort. Aber Ihr wißt, weshalb ich diese Fragen stelle. Nicht alle Tataren erkennen Khubilai als ihren Herrn an.« Er wartete gar nicht erst eine Antwort ab und fuhr fort: »Ihr wißt dies, denn Ihr habt unseren Disput mit eigenen Augen gesehen. Doch wisset auch dies: Ich bin Herr sowohl des mongolischen als auch des Himmlischen Königreichs, und wer sich mir widersetzt, den zermalme ich zu Staub. Hulagu im westlichen Il-Khanat erkennt mich an, und mit ihm müßt Ihr jetzt wegen Eures Waffenstillstands verhandeln.«

Dann können wir also immer noch unsere Allianz schmieden, dachte Josseran. Oder ist das Teil eines neuen Spiels? Die Geierfalken waren von Khubilais Reitern freigelassen worden und stießen schrille Schreie des Triumphes aus, als sie über die Kraniche herfielen.

»Einige denken, daß wir wie unsere Großväter in der Steppe leben, Pferde stehlen und Städte brandschatzen sollten. Doch Khaidu und mein Bruder Arik Böke leben in einer Zeit, die dahingegangen ist. Sollen wir etwa so leben wie Dschingis, also in jedem Winter die Welt von neuem erobern, um uns dann im Sommer zurückzuziehen und Pferde und Schafe zu züchten? Wenn wir behalten wollen, was wir erworben haben, so müssen wir unsere alte Lebensweise verändern. Die Welt mag vom Rücken der Pferde aus zu erobern sein, beherrschen läßt sie sich so nicht.«

Josseran hatte den Eindruck, als dächte der Kaiser laut nach, und sagte deshalb nichts.

»Der mongolische Tatar ist im Kampf der beste auf der Welt, doch wir können viel von den Chin lernen, wenn es ums Regieren geht. Khaidu und Arik Böke begreifen das nicht. Man braucht einen Weisen, um die Welt Kitais und das Volk des Ewigen Blauen Himmels zu vereinen.« An der Art und Weise, in der Khubilai sich ausgedrückt hatte, erkannte Josseran, daß er sich selbst für diesen Weisen hielt.

Ihr Elefant hob den Rüssel zum Himmel empor und trompetete, als ein Wildschwein aus dem Unterholz hervorbrach, ihren Weg kreuzte und im Gebüsch verschwand. Der Sitz machte einen unangenehmen Ruck. Sogleich gab Khubilai dem Reiter ein Zeichen, der den Jagdleoparden mit sich führte. Der Offizier löste die Kette des Leoparden, und unverzüglich jagte dieser hinter dem Wildschwein her, wobei sein Kopf durch das hohe Gras auf und ab hüpfte und sein gestreckter Rücken mit jedem Sprung länger zu werden schien. Das Wildschwein quiekte und schoß fliehend davon, doch der Leopard riß es erbarmungslos nieder. Der Kaiser brummte vor Vergnügen.

»Ihr wünscht eine Allianz gegen diese Sarazenen, wie Ihr sie nennt«, sagte Khubilai unvermittelt.

»Sie sind ebenso Eure Feinde wie die unseren, mein Herr.«

»Ich habe mich entschieden, in diese Allianz einzuwilligen. Wenn unsere Armeen den Sieg errungen haben, dürft Ihr Eure Königtümer an der Küste behalten und auch diese Stadt Jerusalem, die Ihr erwähntet. Zum Ausgleich dafür muß Euer

Papst mir hundert seiner besten Berater schicken, die mir dabei behilflich sein sollen, mein Königreich zu verwalten.«

Dies war die Antwort, auf die er gehofft hatte, und doch war Josseran von diesem plötzlichen Angebot überrascht. Er wußte, daß eine Allianz gut in seine Strategie paßte. Khubilai wollte seinen Bruder Hulagu so früh wie möglich von den Kämpfen im Westen freistellen, damit er seinen Anspruch auf das Khanat unterstützen konnte. Aber hundert Berater? Was erwartete der große Kaiser von einer Hundertschaft Priester? Ihm selbst war ein einziger von ihnen eine ausreichend große Last. Doch dies war im Augenblick ohne Bedeutung, denn Khubilai konnte nicht unbekannt sein, daß sich eine solche Bedingung erst dann erfüllen ließ, nachdem die Allianz Bestand gezeigt hatte und die Kämpfe gewonnen waren.

»Pater Wilhelm bittet darum, daß ihm erlaubt werden möge, Euch nach unserer heiligen Religion zu taufen«, wagte Josseran zu sagen.

Khubilai blickte ihn mit Augen an, die so kalt und tödlich wie die des Leoparden waren. »Das habe ich Euch nicht versprochen.«

»Ihr habt uns sehr begünstigt mit Eurer Meinung, daß Ihr unsere Religion lieber mögt als alle anderen«, entgegnete Josseran, alle Vorsicht außer acht lassend. Er wollte selbst herausfinden, ob Miao-yens Vorwurf von der Doppelzüngigkeit ihres Vaters zutraf.

»Wir Mongolen glauben, nicht anders als Ihr auch, daß es nur einen Gott gibt, dank dessen wir leben und sterben. Doch genauso wie Gott die Hand mit verschiedenen Fingern ausgestattet hat, so hat er den Menschen verschiedene Arten des Glaubens gegeben. Dies akzeptiert der Kaiser. Ihr müßt verstehen, daß der Sohn des Himmels seine Religion nicht so frei wählen kann wie andere Menschen. Ich habe Euch tatsächlich anvertraut, daß ich Eure Religion allen anderen vorziehe, aber Ihr täuscht Euch, wenn Ihr denkt, daß ich all ihre Formen und Gebräuche übernehmen könnte. Seid mit dem zufrieden, was Ihr habt, Barbar. Deshalb seid Ihr doch hierher gekommen.«

Josseran hörte den drohenden Unterton in seiner Stimme und schwieg.

Der Leopard war von seinem Betreuer wieder eingefangen worden, und die Geierfalken hatte man freigelassen, damit sie ihren Fraß genießen konnten. Als er die Vögel dabei beobachtete, wie sie an dem Fleisch des Wildschweins herumzerrten, bemächtigte sich seiner eine eigenartige Niedergeschlagenheit. Bei der Aufgabe, die der Orden ihm gestellt hatte, war er trotz aller Behinderungen durch Pater Wilhelm erfolgreich gewesen; doch nun spürte er nur dasselbe Gefühl der Scham, das ihn stets überkam, wenn ihm nach einer Schlacht deren Folgen bewußt wurden und er den Geruch verbrannter Leichen wahrnahm.

Er hatte den Priester betrogen und die Tochter des Kaisers ausspioniert, und nun hatte man ihn seinerseits betrogen und als Faustpfand benutzt. Er fragte sich, ob irgend etwas davon zum Guten führte. Er wußte lediglich, daß das große Abenteuer zu Ende war und er nicht zu seinem eigenen zurückkehren mochte.

21

Der Pavillon war über einem künstlichen See gebaut worden. Er war als ›Palast des Widergespiegelten Mondes‹ bekannt und so errichtet worden, daß die Wirkung des Mondaufgangs über den Bergen voll zur Geltung kam. Heute abend schimmerte ein wächserner Mond tief über den Bergen, warf silberne Sterne auf das Wasser des Sees und der Teiche und hob die Silhouetten der Bambusrohre und der Pagoden deutlich gegen den Nachthimmel ab.

Doch nichts von alledem konnte ihr Gefallen finden.

Miao-yen saß an der Fensteröffnung, die Töpfchen mit ihren Schönheitssalben und ihr Schmuck befanden sich in einer rot lackierten Holzschachtel vor ihr. Oben auf ihrem Toilettentisch stand ein Spiegel aus polierter Bronze. Sie nahm ihn in die Hand und starrte ihr Spiegelbild im Schein der Lichter an, die in den bemalten Seidenlaternen an der Decke brannten.

Das Gesicht, das sie sah, war das einer Chin-Prinzessin, das Haar in der Art der Chin-Frauen gelegt, das Gesicht gepudert und geschminkt in der Art der Chin-Frauen, kurzum, sie verkörperte eine lebende Verbeugung vor der ihrem Vater untergebenen Rasse.

In ihrem Herzen aber war sie eine Tatarin, eine aus dem Blauen Land der Mongolen von Dschingis Khan, und sie sehnte sich danach, endlich zu reiten.

Sie blickte auf den See hinaus und auf das Spiegelbild des Mondes im Wasser. Ihr lief es kalt über den Rücken, irgendeine unbestimmbare dunkle Ahnung bezüglich ihrer Zukunft überkam sie. In einer plötzlichen Aufwallung von Ärger riß sie ihren Arm zurück und schleuderte den Spiegel weit von sich fort. Einen Augenblick darauf hörte sie, wie er in den See fiel.

Bis auf den zirpenden Gesang der Grillen war danach die Nacht wieder still.

22

Sie wurden erneut in den großen Hof des Himmelssohns geleitet und mußten vor dem Thron aus Gold und Elfenbein niederknien, inmitten der zum Schweigen gebrachten Menge der Höflinge, Generäle, Schamanen und Tanguten mit den safrangelben Gewändern. Es sollte eine bestimmte Zeremonie stattfinden, soviel Josseran verstanden hatte, und diesmal würde es keine informelle Unterhaltung wie bei der Jagd zwischen ihnen geben. Wieder einmal würde der Kaiser nur durch Phags-pas Mund sprechen.

»Die Barbaren aus dem Westen haben beim Sohn des Himmels eine Petition mit der Bitte um Milde und Schutz eingereicht«, verkündete Phags-pa.

Josseran lächelte grimmig und fragte sich, was Wilhelm wohl dazu sagen würde, wenn er ihr Abkommen dermaßen charakterisiert hörte.

»Was sagt er?« wollte Wilhelm wissen.

»Es wird eine bestimmte Zeremonie abgehalten. Sie wollen uns rasch auf unseren Heimweg befördern.«

Phags-pa fuhr fort: »Der Kaiser wünscht kundzutun, daß, falls die Barbaren mit uns in Frieden leben möchten, wir zusammen mit ihnen die Sarazenen bis an ihre Grenzen bekämpfen und ihnen den Rest der Erde nach Westen überlassen werden, bis es uns gefällt, diese einzunehmen. Im Austausch dafür werden die Barbaren uns eine Hundertschaft ihrer Schamanen an den Hof hier in Shangdu schicken, um uns zu dienen.« Ein Höfling trat vor und händigte Josseran ein mit dem königlichen Siegel versehenes Pergament in uigurischer Schrift aus. »Dies ist ein Brief für Euren König, den Papst, der das Abkommen im wesentlichen bestätigt«, sagte Phags-pa. Ein anderer Höfling überreichte Josseran ein goldenes Täfelchen, das er als *paisa* bezeichnete. Es war eine flache Goldplatte mit eingravierten Falken und Leoparden, die zudem das Siegel des Kaisers trug.

»Hängt sie um Euren Hals und nehmt sie niemals ab. Diese kleine Tafel stellt Euch unter den kaiserlichen Schutz. Mit ihrer Hilfe erhaltet Ihr überall auf der Welt Begleitung und Beistand, vom Reich der Mitte bis an den Rand der Welt, im ganzen Gebiet, das unter der Herrschaft des Himmelssohns steht.«

Josseran nahm die Tafel entgegen. Sie stellte tatsächlich einen Paß für freies Geleit von Shangdu bis zum Mittelmeer dar. Er las in uigurischer Schrift, die so sehr dem klassischen Arabisch ähnelte: »*Bei der Macht des Ewigen Blauen Himmels! Der Name des Khans aller Khane sei heilig! Wer ihm keine Achtung erweiset, wird niedergeschlagen und muß sterben!*«

Es wurden weitere Geschenke überreicht: ein Ballen feinster Seide, ein Tuschgemälde, eine Rolle mit schwarzer Chin-Kalligraphie auf rotem Untergrund. Ebenfalls wurde ihm ein tatarischer Bogen überreicht. »Der Kaiser tut kund, daß dies das Siegel zum Abkommen zwischen uns ist«, erklärte Phagspa. »Es soll den Papst der Barbaren, welcher der König der Christen in den westlichen Ländern ist, daran erinnern, daß solche Bögen, sollte er jemals sein Wort brechen und gegen uns kämpfen, weit reichen und schlimm treffen können.«

»Gehört das alles noch zur Zeremonie?« fragte Wilhelm flüsternd.

Soll ich ihm etwa sagen, daß es sich hierbei um die Besiegelung eines geheimen Abkommens zwischen dem Templerorden und den Tataren handelt? überlegte Josseran. Und daß Hulagu nunmehr verpflichtet war, auf der Seite der Franken die Sarazenen zu bekämpfen? Josseran entschied sich dagegen und sagte: »In meiner Hand halte ich einen Freundschaftsbrief des Kaisers für den Heiligen Vater. Er entbietet unserem Papst seinen Gruß und bittet darum, daß hundert Priester hierher reisen, um das Bekehrungswerk zu beginnen.«

»Und erniedrigt sich der Kaiser selbst vor Gott?«

»Das glaube ich nicht, Pater Wilhelm.«

Wilhelm schien auf einmal den Tränen nahe. »Ihr müßt ihn bitten, es sich zu überlegen! Sagt ihm, daß er, wenn er um seine unsterbliche Seele fürchtet, unseren Herrn Jesus Christus bereitwillig annehmen muß!«

»Wie es scheint, hat er alles gesagt, was in dieser Angelegenheit zu sagen war.«

Wilhelm ließ den Kopf hängen und einen langen, erbebenden Seufzer vernehmen. »So, dann habe ich versagt. Die Frau hatte recht. Er ist widerspenstig.«

»Er hat um hundert Priester gebeten. Bestimmt gibt uns dies Anlaß zur Hoffnung.«

»Wenn der Kaiser unsere heilige Religion nicht annimmt, so wird es auch das Volk nicht tun.«

»Wie dem auch sei, wir haben alles getan, was wir konnten.« Josseran bewegte sich rückwärts zum Ausgang und wandte nicht einen Moment lang dem Kaiser seinen Rücken zu, wie die Sitte es hier verlangte. Sobald sie draußen waren, kniete Wilhelm sich wieder hin und begann, um ein göttliches Einschreiten zu beten.

Bei allen Heiligen! Dieser Mann ruinierte sich noch seine Kniegelenke! Josseran schritt kräftig aus und ließ ihn allein zurück.

23

»Er wird der ›Garten des Erfrischenden Frühlings‹ genannt«, erklärte sie ihm.

»Er ist herrlich.« Das war nicht übertrieben. Ein Bächlein ergoß sich glucksend in einen kleinen Teich mit goldfarbenen Langes-Leben-Fischen, die sich träge im dunklen Wasser fortbewegten. Alte, knochige Kiefern bogen sich über den Pfad, Räucherstäbchen brannten in einer in den Fels geschlagenen Höhle, die einem Wasserfall gegenüberlag. Der Garten war erfüllt von Jasmin- und Orchideendüften.

Während sie neben ihm spazierte, trieb Miao-yen einen grünseidenen Sonnenschirm, der sie vor der heißen Nachmittagssonne schützte, wie einen Kreisel an. »Ihr verlaßt also Shangdu«, sagte sie.

»Wir brechen auf zum Dach der Welt.«

»Dann gibt es keine Gebete und auch keine Geschichten über *Gesu* mehr«, sagte sie. Sie konnte das Wort Jesus nicht aussprechen, und wenn sie sich noch so sehr bemühte.

»Nein, Prinzessin. Und keine Paternoster mehr.«

»Ich werde Euch vermissen, Christenmensch. Den Körpergeruch Eures Begleiters dagegen werde ich nicht vermissen. Wie haltet Ihr es nur aus mit ihm? Selbst die Enten schwimmen ans andere Ufer des Sees, wenn er kommt.«

Josseran hatte sich mit ihr bisher nur in ihrem Pavillon oder in ihrer Vergnügungsbarke getroffen. Dort hatte sie immer gesessen. Jetzt erstaunte ihn ihr eigenartiger, watschelnder Gang. Der Grund dafür wurde ihm sofort klar. Unter dem langen Kleid erspähte er zwei unwahrscheinlich kleine Füße, die in seidenen, leichten Schuhen steckten. Sie waren wirklich so klein, daß es ihr schwerfallen mußte, normal darauf zu gehen.

Sie bemerkte, daß er auf ihre Füße starrte. »Gefallen Euch meine Füße?«

»Es gefiel der Natur, sie klein wachsen zu lassen.«

»Nicht die Natur hat das veranlaßt«, antwortete sie flüsternd.

Er sah sie erstaunt an.

»Man hat mir die Füße gebunden, als ich noch klein war. Und zwar auf Befehl meines Vaters. Ich habe Euch bereits gesagt, daß er alles Chin-mäßige liebt. Aber in diesem Fall mußte ich den Preis bezahlen.«

»Sind sie zusammengebunden? Betrübt Euch dies?«

Sie schenkte ihm ein gequältes Lächeln. »Was soll ich Euch darauf antworten?« Sie hielt im Gehen inne und sah zu ihm auf. »Als ich vier Jahre alt war, wickelte meine Mutter mir feste Bandagen um die Zehen und zurrte sie an der Fußsohle fest. Dann beschwerte sie den Spann mit schweren Steinen, um die Knochen zu brechen.«

»Gott der Allmächtige!« rief Josseran aus.

»Das gehört zu den Dingen, die man nicht nur einmal tut«, fuhr sie fort. »Natürlich versucht der Fuß, sich selbst zu heilen. Deshalb müssen die Zehen immer wieder abgeknickt werden. Die Bandagen kann ich selbst jetzt nicht abnehmen.«

Er wußte nicht, was er darauf antworten sollte. »Mir fehlen die Worte«, brachte er schließlich heraus.

»Viele Männer sagen, solche Füße seien sehr schön. Die Chin nennen sie Lilienfüße. Für die Männer in Kitai gehören sie zum Inbegriff von Weiblichkeit. Aber vielleicht halten sie auch einen Aussätzigen oder Einarmigen oder andere Krüppel für schön.« Sie errötete und senkte den Kopf. »Wiederum spreche ich zu offen mit Euch. Vermutlich ist das der Teil von mir, der immer noch tatarisch ist.« Sie blickte wehmütig auf das Wasser hinaus. »Meine Großmutter und meine Urgroßmutter waren sehr anerkannte Frauen. Beide herrschten über den Clan, während die Männer auf die *khuriltai* warteten. Ich werde nie irgendwo herrschen. Ein Mädchen mit Lilienfüßen ist so wenig nutze wie ein Krüppel.«

»Ihr seid schön und klug«, sagte er ihr.

Bei diesem Kompliment senkte sie den Kopf, lächelte jedoch nicht. »Meine Mutter war eine Konkubine aus dem *ordu* von Tarakhan, der dritten Frau meines Vaters«, sagte sie. »Wenn Chabi mich geboren hätte, wäre ich von meinem Vater vielleicht anders behandelt worden.«

Eine lange Weile standen sie beieinander und lauschten dem Murmeln des Wassers. Josseran war unfähig, das Bild des jungen Mädchens zu verscheuchen, das ständig aus Gründen der Schönheit unter großen Schmerzen gefoltert wurde, nur weil es ihrem Vater so gefiel.

»Ihr müßt begierig sein, wieder nach Hause zu kommen«, sagte sie schließlich.

»Ich bin begierig danach, die Nachricht über unser Abkommen mit dem Kaiser mitzunehmen.«

»Und doch liegt eine große Traurigkeit auf Eurem Gesicht. Ihr möchtet nicht abreisen.«

»Diese Reise hat mir so manches Mal die Augen geöffnet. Ich habe Dinge gesehen, von denen andere Männer nur träumen können. Wenn ich jetzt in meine Welt zurückkehre, fürchte ich, daß sie für mich zu eng sein wird.«

»Ihr befürchtet, daß man Euch die Füße bindet.«

»Ja. Ja, ich glaube, genau das meine ich.«

»Und das alles macht Euch traurig?«

Wie kann ich ihr das mit Khutelun erklären? fragte er sich. Er wußte, daß, wäre er erst einmal nach Akko zurückgekehrt, der Traum von ihr verblassen würde, nicht anders als seine Erinnerungen an Shangdu, an die große, flimmernde Wüste und an das Dach der Welt. In Outremer würde er nie herausfinden, ob sie noch am Leben wäre oder bereits im heißen Sand der Takla Makan begraben läge. Solange er sich noch in Shangdu aufhielt, konnte er sich wenigstens vorstellen, daß er sie eines Tages wiedersehen würde. In Akko hatte eine solche Illusion keinen Bestand.

»Wißt Ihr, daß Eure Rückreise gefährlicher sein wird als Eure Herreise?« fragte sie ihn.

»Wie ist das möglich?«

»Hat mein Vater, der Kaiser, Euch erzählt, daß zwischen ihm und seinem Bruder in Karakorum Krieg herrscht?«

Josseran schüttelte den Kopf. Nein, Khubilai hatte ihm eine solche Information nicht anvertraut, obwohl er es erwartet hätte. Einige Tage zuvor hatte er eine mächtige Kriegerarmee aus der Stadt nach Westen ziehen sehen. Er hatte bereits von dem Konflikt zwischen den beiden Brüdern erfahren, und nach dem zu schließen, was Khubilai ihm an jenem Nachmittag während der Jagd mitgeteilt hatte, mußten diese Spannungen in einen Krieg ausarten.

»Arik Böke nennt sich selbst jetzt Khan der Khane und genießt die Unterstützung der Goldenen Horde, der Nachkommen Dschingis Khans.«

»Euer Vater wäre demnach der Usurpator.«

»Usurpator?« fragte sie lächelnd. »Laßt mich Euch noch eines sagen. Die meisten Krieger hat mein Vater ausheben lassen; ob Chin, Uiguren, Tanguten oder Birmesen, sie alle sind von tatarischen Generälen in tatarischer Kriegsführung ausgebildet worden. Die Fußtruppen sind mit kurzen Stoßspeeren ausgerüstet, und zwar nicht zum Kampf gegen die Menschen, sondern gegen die Pferde. Einst bedeutete das große Aufkommen unserer Gegner angesichts der berittenen Truppen der Tataren nicht viel. Doch inzwischen sind die Krieger der Chin und Uiguren, die einst so leicht zu schlagen waren, dank der Anstrengungen meines Vaters allen anderen überlegen. Khubilai hat zwar seine Heimat und seine Legitimität verloren, dafür aber ein Reich gewonnen. Deshalb ist Arik Böke jetzt der Usurpator, denn so gewiß die Sonne aufgeht und versinkt, wird er meinen Vater nicht auf dem Schlachtfeld besiegen, und die Autorität macht den Kaiser, nicht die Legitimität.«

»Und wie ist das mit Euch?« fragte Josseran leise.

»Mit mir?« fragte sie wispernd zurück, da sie die Frage nicht ganz verstand.

»Welchen großen Khan haltet Ihr für den Usurpator?«

»Für mich ist das einerlei, da ich weder eine Tatarin noch eine Chin bin. In mir fließt das Blut von Dschingis Khan, doch meine Füße sind die einer Chin-Prinzessin. Ich kann weder reiten noch wie eine Frau gehen. Mein Vater hat mich der Nation geopfert, die er erobert hat.«

In diesem Augenblick begriff er, aus welchem Grund sie ihren Vater haßte und weshalb sie ihm so viel von dessen Seele enthüllt hatte. Er empfand ein unaussprechliches Mitgefühl für sie.

»Ich sollte mich jetzt verabschieden«, sagte er. Ihm fiel nichts mehr ein, was er noch hätte sagen können.

»Ich hoffe, daß wir uns wiedersehen.«

»Ein solch freudiges Ereignis halte ich nicht für wahrscheinlich. Aber ich wünsche Euch Gottes Frieden.«

»Für Euch ebenfalls. Und tausend Grüße an Vater-unser-der-du-bist-im-Himmel«. Diesen Namen hatte sie Wilhelm gegeben.

»Prinzessin«, murmelte er und verbeugte sich.

Und so verließ er sie im Garten des Erfrischenden Frühlings, die Prinzessin mit dem Herzen einer Tatarin, dem Körper einer Puppe und den winzigen, schrecklich schönen Lilienfüßen eines Kindes.

Im zweiten Mond des Herbstes machten sie sich auf den Rückweg, in Begleitung einer Hundertschaft kaiserlicher Krieger. Sartak führte zusammen mit dem Trunkenbold und dem Wüterich die Vorhut an. Ihr Weg führte sie südwärts auf die zahllosen Dörfer und Städte zu, die die grünen Ebenen Kitais säumten, und in Richtung der ersten staubigen und dürftigen Pfade der Seidenstraße nach Westen.

TEIL VI

Der singende Sand

Die Wüste Takla Makan

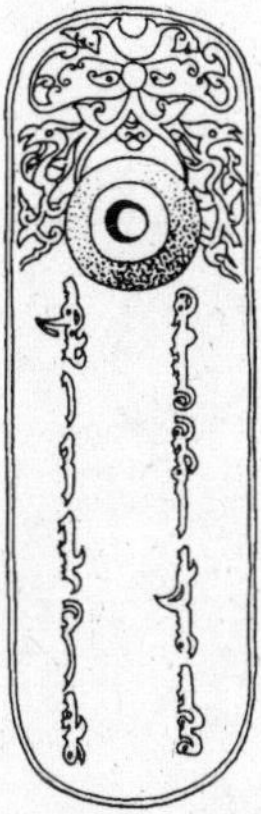

1

Vom Fest der Himmelfahrt Mariä
bis zum Fest des heiligen Michael

Nach dem trockenen Sommer wehte der Wind feinen Lößstaub aus der nördlichen Steppe zu ihnen herüber. Die Gegend war so gleichmäßig golden eingefärbt, daß es schwerfiel, die Pfade von den Flüssen zu unterscheiden, ausgenommen vielleicht durch die wenigen gesprenkelten Lichtkreise an der Wasseroberfläche. Die Felder waren von einer Mauer aus Rundsteinen aus dem Flußbett umgeben, damit die Erde nicht vom Wind weggetragen wurde. Eine ganze Landschaft war honiggelb eingefärbt.

Hinter dem gelben Schleier verbarg sich die emsige Sommeraktivität der Bauern: die sorgfältig gepflegten Maulbeerbaumgärten, in denen die kostbaren Seidenraupen durchgefüttert wurden; das Heu steckte in Behältern, die Bienenkörben glichen, die man verkehrt herum aufgestellt hatte; Wintersaat und Gemüse trockneten auf den Dächern. Hier und da arbeiteten einige wenige Bauern mit Sicheln auf den Feldern, die gebeugten Körper nur mit einem Lendenschurz bekleidet. Maultiere beförderten in Weidenkörben die Lasten der Ernte mühsam über gewundene Pfade an den Ufern des Gelben Flusses entlang.

Je mehr sie nach Westen vorankamen, um so mehr häuften sich die Hinweise auf eine militärische Tätigkeit: kaiserliche Fußtruppen mit ihren schuppenartigen Brustpanzern und leicht bewaffnete Rekruten marschierten westwärts, die kurzen Lanzen auf den Schultern; tatarische Offiziere mit Flügelhelmen führten Schwadronen aus Uiguren und Tanguten an. Josseran bemerkte, daß, wo sie auch hinkamen, den Bauern und Feldarbeitern die Angst im Gesicht geschrieben stand. Ihm fielen wieder Miao-yens warnende Worte ein, daß sie auf dem Weg zum Dach der Welt in Schwierigkeiten geraten könnten. Wenn der Krieg ausbrach, so könnten sie hier in Kitai jahrelang festsitzen. Falls das geschehen sollte, so fragte er sich, ob das Abkommen noch irgendeine Bedeutung besäße, wenn sie … ja, wenn sie tatsächlich in Akko ankämen.

Was Wilhelm betraf, so waren diesem die gegenwärtigen oder künftigen Gefahren einerlei. Seine Gedanken waren nach innen gerichtet und kreisten um sein eigenes Unvermögen. Ein Gefühl des Versagens hatte sich seiner bemächtigt und war ebenso erstickend und undurchdringlich wie der dunstige Schleier um sie herum. Da war der Sinn seines Lebens in Reichweite gewesen, die größte Gelegenheit, seinem Gott und seiner Kirche zu dienen, die Erfüllung seines Schicksals, das er selbst angestrebt hatte, und nun war ihm alles zerronnen. Er hatte angenommen, einen Kaiser für Christus gewonnen zu haben, doch statt dessen hatte der ihn zum Narren gehalten.

Einhundert Priester. Vielleicht ließe sich der Heilige Vater damit trösten, aber das konnte Wilhelm gar nicht gefallen. Für sich selbst hatte er nichts weniger als eine apostolische Mission erhofft, eine Bekehrung paulinischen Ausmaßes, bei der alle Seelen im Osten Gott zugeführt werden konnten. Statt dessen kehrte er mit Hinhaltungen und Versprechungen heim. Darin hätte für ihn die Möglichkeit zum Ruhm im Namen Gottes gelegen, und seine unerfüllt gebliebenen Träume hatten ihn nicht nur dazu gebracht, sich selbst, sondern zugleich auch alle anderen zu verachten. Weshalb waren die Menschen so dumm, daß sie die Wahrheit nicht erkennen konnten, wenn sie vor ihnen stand, wenn Christus selbst unter ihnen weilte?

Über allem lag, wie ein Schatten, der sich so schnell wie die Tiere des Waldes fortbewegte, das Wissen um seine eigene Begierde und Scham. Seinen Samen hatte er wie ein Satyr verströmt bei dem Gedanken an die Heidenkönigin, die sich in seiner Vorstellungswelt festgesetzt hatte. Vor den Menschen mochte er diese Gedanken vielleicht geheimhalten können, doch vor Gott konnte er sie nicht verbergen.

Er war zu der Überzeugung gelangt, daß er versagt hatte, weil Gott ihn gewogen und für zu leicht befunden hatte.

Auf der Reise war er in sich gekehrt, wechselte kaum ein Wort mit Josseran, die Mönchskutte über das Gesicht gezogen, allein mit seinem Elend und weder so verängstigt noch so hoffnungsfroh wie zwei Monate zuvor, als er über dieselben Wege gezogen war.

Gebetsfahnen flatterten im Wind, das sonore Dröhnen eines Gongs erklang und eine ockerfarbene, von der Sonne in rosafarbene Töne getauchte Mauer, deren eine Holzpforte mit klobigen Nägeln beschlagen war, stand vor ihnen. Josseran folgte Wilhelm in den Innenhof eines Lamaklosters und blickte um sich. An allen vier Seiten gab es eine umlaufende Galerie über ihren Köpfen, die aus alten, schwarzen Hölzern geschnitzt war. In einer Ecke standen zwei Kamele, deren Kopfgeschirre mit Stricken an den krummen Ästen eines Granatapfelbaums festgebunden waren.

Sie schlenderten durch einen Kreuzgang mit lebhaften Fresken, die scharlachrot und grün und ultramarinblau schimmerten, auf denen ein zähnefletschender Teufel in irgendeiner heidnischen Hölle unglücklichen Wesen die Glieder ausriß. Wilhelm gab einen Schrei des Entsetzens von sich. In einem Türeingang tauchte ein fauchender Bär auf.

»Nur eine Statue«, sagte er aufstöhnend mit heiserer Stimme, während sein Herz aufgeregt gegen seine Rippen hämmerte.

Es stellte sich jedoch heraus, daß es ein ausgestopfter, naturgetreu präparierter Bär war, dessen Augen sie als zwei finstere Höhlen ansahen. Seine Flanken strotzten vor Butter, die man vermutlich rituell auftrug.

Sie stießen auf einen weiteren Flur, der von Weihrauch, vermischt mit Moschusduft, erfüllt war. Eine Reihe *Bonzen* mit kahlgeschorenen Schädeln, auf denen sich die Öllampen spiegelten, saßen mit gekreuzten Beinen auf dem Boden. Ihre klagenden Gesänge hallten von den scharlachroten Säulen und dunklen Wänden wider.

Wilhelm beobachtete sie mit bleichem Gesicht und ausdrucksloser Miene. Unvermittelt sank er auf die Knie.

Josseran war verblüfft. Er kauerte sich neben ihn hin. »Wilhelm?«

Der Pater zwinkerte mit den Augen, auf denen ein seltsames Licht, ein Anflug von Wahnsinn lag. »Ich bin von Scham ergriffen, Josseran. Diese Menschen lieben ihre Religion mehr als wir die unsere.«

Josseran erwiderte nichts darauf, sondern wunderte sich

nur, eine solche Bemerkung aus dem Mund dieses Dominikaners zu hören.

»Sie bieten ihre Dienste nicht gegen Geld an. Sie prassen nicht wie die Bischöfe und treiben keine Unzucht wie die Priester, sie sind auch nicht so berechnend wie die Kleriker in Rom. Sie lieben ihren Borkan genauso sehr, wie wir unseren Christus lieben. Sie haben zwar den Glauben nicht, leben aber dennoch ein heiliges Leben.«

»Und wenn sie nicht haben die Auferstehung Christi, was nützet ihnen all ihre Heiligkeit?« fragte Josseran, der die Worte der Litanei wiederholte, die ihm seit seiner Kindheit als Stachel in seinem Gewissen steckten.

Doch Wilhelm ging darauf nicht ein. Statt dessen sagte er: »Betet mit mir, Templer!«

So kam es, daß Josseran zusammen mit ihm betete, nicht aus Frömmigkeit, sondern weil er in jenem Augenblick Mitleid mit dem Pater empfand und ihn der Anblick des verstörten Paters zermürbte. Und so sagten sie gemeinsam mehrere Paternoster für die Lebenden und mehrere Paternoster für die Toten auf. Schließlich betete er noch ein paar Paternoster für sich, auf daß er den Weg von den Vergessenen und Verlorenen zu den Lebenden zurückfinde.

2

Nahe Almalyk, östlich von Samarkand

In den Steppen wurden die versengten Gräser bereits gelb, und der kurze Sommer auf dem Dach der Welt war vorüber. Der Klee und die Mohnblumen verwelkten bereits, und die Schafherden bereiteten sich darauf vor, in die geschützten Täler der Tiefebene zu ziehen, um die Berge erneut den Wölfen, Schneeleoparden und Adlern zu überlassen.

Das Hochzeitsfest war noch in vollem Gange, als Khutelun ins Lager geritten kam.

Die Braut war jünger als sie, ein Mädchen mit rundem Gesicht und bronzefarbenen Wangen, deren Miene wie versteinert wirkte, während die Männer und Frauen des Familienclans um sie herum sich amüsierten, lärmten und zechten. Ihr Kopfschmuck mit den Bronzemünzen spiegelte das Flackern der tausend Fackeln wider. Sie saß neben ihrem Ehemann im seidenen Pavillon, während in den Kesseln das Hammelfleisch köchelte und dampfte und Männer große Humpen *kumys* packten, der auf die dicken Teppiche schwappte und auch auf die von der Trunkenheit niedergestreckt am Boden liegenden Körper.

Es sah ganz danach aus, als hätte Khaidu, während sie sich in Karakorum aufgehalten hatte, eine weitere Frau geheiratet. Sie war die Tochter eines Anführers aus der Gegend westlich des Balkaschsees, und die Verbindung hatte seine Macht an den Westgrenzen von Khagans Reich weiter gefestigt. Wie Hulagu im Westen und Batu im Norden, so sah sich ihr Vater nach einem Schutz um, nun da Möngke nicht mehr war.

Als sie die große Jurte betrat, saß er zusammengesunken auf seinem Thron aus Ebenholz neben seiner neuen Braut. Seine Züge wirkten versteinert, und er sah sich grübelnd inmitten der lärmenden Festlichkeit um. Als er sie erblickte, erschien für einen kurzen Augenblick der Anflug eines Lächelns unter seinem dichten, graumelierten Bart, das Äußerste, was er sich als Reaktion erlaubte.

Er erhob sich von seinem Thron und verließ das Zelt, seine Leibwache folgte ihm auf den Fersen. Ein Eisklumpen lag ihr schwer auf dem Magen, und ein Kloß steckte ihr im Hals. Nun mußte sie ihm gestehen, daß sie versagt hatte.

»Khutelun«, sagte er. »Tochter.«

Sie kniete vor ihm nieder, um im Schein der Fackeln seiner Krieger von ihm den Segen zu empfangen. »Vater«, erwiderte sie. Ein kühler Windstoß vom Hochland peitschte das Seidentuch des Zeltes.

»Ich schätze mich glücklich, daß du gesund heimgekehrt bist.«

»Tausend Glückwünsche an diesem Freudentag.«

»Es geht um Politik, Tochter, das verstehst du. Wie war deine Reise?«

Sie zögerte. »Ich habe Euch im Stich gelassen, mein Khan«, sagte sie und erstickte fast an diesen Worten.

»Im Stich gelassen. Warum?«

»Ich habe es zugelassen, daß Khubilais Krieger uns in einen Hinterhalt lockten. Dabei haben wir sechzehn Mann verloren. Der Gesandte der Barbaren wurde entführt.« Jetzt war es heraus, sie hatte es unverblümt ausgesprochen und darauf verzichtet, den Sachverhalt in viele schöne Worte zu kleiden, die das Ausmaß ihres Versagens keinesfalls verringert hätten.

Er brummte leise. Eine Weile sprach er nicht. »Das weiß ich.«

Natürlich. Die Nachricht wird ihn über das *yam* von Karakorum aus erreicht haben. Er verfügte, wie jeder Khan von Einfluß und Rang, bei Hofe über eigene Spione.

»Der Fehler lag nicht bei dir«, sagte er schließlich. »Khubilai hat seitdem alle Wege östlich von Besh Balik besetzt. Wenn man seine Hand in ein Hornissennest steckt, darf man sich nicht wundern, daß man gestochen wird. Ich hätte dich über die nördliche Strecke schicken sollen, um den Balkaschsee herum.«

»Ich habe sechzehn Frauen zu Witwen gemacht.«

»Nicht du, sondern Khubilai hat sie dazu gemacht. Und bald wird er noch mehr Frauen zu Witwen machen.«

Er packte sie grob an der Schulter und stellte sie auf die Füße. »Hast du Arik Böke gesehen?«

»Ich habe ihm deinen Treueschwur überbracht. Er wollte von dir wissen, ob du ihm Truppen zur Unterstützung gegen Khubilai schickst.«

»Was hast du ihm geantwortet?«

»Ich habe gesagt, ich wisse nicht, was mein Vater denkt. Was hätte ich ihm anderes antworten sollen?«

Er lächelte. »Eine gute Antwort, denn ich kann ihm nicht helfen. Ich wage es ja selbst nicht, mich hier ohne Schutz aufzuhalten. Nicht jetzt.«

Khutelun entnahm diesen Worten, daß während ihrer Abwesenheit irgend etwas geschehen sein mußte. Sie hörte die Rufe der Tänzer und den heiseren Gesang der Trinker im Zelt.

»Ich habe auch Neuigkeiten. Organa ist ermordet worden. In Buchara ist jetzt ein neuer Il-Khan. Arik Böke hat das Khanat an Alghu abgegeben. Das war eine politische Entscheidung, denn Alghu ist ein mächtiger Khan, auch wenn ich selbst ihm nicht über den Weg traue.«

»Er hat Arik Böke seine Unterstützung zugesichert.«

»Die Menschen tun das, was ihren Absichten im Augenblick am meisten nützt. Jahreszeiten kommen und gehen, auch die Menschen.« Ein plötzlicher Windstoß brachte die Fackeln der Krieger zum Knistern.

»Was ist mit Berke und Hulagu?«

»Sie kümmern sich jetzt um ihre eigenen Länder und ihre eigenen Dynastien, so wie wir uns um die unseren kümmern müssen. Ich glaube jetzt, daß Möngke der letzte der großen Khaghane war. Unser Tatarenland ist kein Reich mehr, sondern eine Versammlung von Rivalen.« Er streckte die Hand aus und legte sie ihr auf den Kopf. »Du hast mich nicht im Stich gelassen. Es freut mein Herz wirklich, dich sicher zurückgekehrt zu wissen. Geh jetzt mit mir hinein und erfreue dich am Hochzeitsfest.«

Khutelun folgte ihm ins große Zelt. Sie sah Gerel ausgestreckt auf dem Teppich liegen, ebenso Tekudai. Ihre Rückkehr war besser verlaufen, als sie befürchtet hatte. Ihr Vater hatte ihre Scham und ihr Versagen mit einer Handbewegung weggewischt, als wäre dies nichts von Bedeutung. Dennoch war ihr nicht nach Feiern zumute. Ihr fiel auf, daß ihr Vater seine neue Braut mit steinerner Miene betrachtete. In Wahrheit war dies keine Vermählung, sondern eine Allianz zur Unterstützung der Kriegsvorbereitungen.

3

In der Wüste Takla Makan

Im Fort am Jadetor hatten sie ihre Pferde gegen Kamele eingetauscht und sich erneut in die Wüste Takla Makan aufgemacht. Als sie sich eine Wegstrecke in die *gebi* hineingearbeitet hatten, sahen sie keine lebende Kreatur mehr, weder Falken, noch Eidechsen noch Bussarde. Es gab keine Bäume, keine Sträucher, sondern nur Meile um Meile hitzestarrender Leere. Manchmal bestand die Wüste aus hartem Kiesuntergrund, und die Kamele kamen gut voran; dann war es wieder feiner Sand mit bröckeliger Kruste, die unter den Kamelhufen nachgab und jeden wackligen Schritt zu einer Tortur für Mensch und Tier machte.

Allerorten sahen sie die sonnengebleichten Gerippe von Pferden und Kamelen und einmal die verrenkten Überreste eines Esels, der sich in der Hitze mumifiziert erhalten hatte. Luftspiegelungen flimmerten in der Hitze, die Geister der Seen und Flüsse kräuselten sich in der schiefergrauen Weite.

Die Sonne ist unser Feind, dachte Josseran. Sie brannte auf die Steine herab, blendete sie und versengte ihnen den Rükken. Das waren die Tage, an denen Josseran sich wünschte, die Sonne nie wieder zu sehen.

4

Unter einem windstillen Himmel und einem Baldachin aus kalten Sternen beluden sie die Kamele kurz vor Einbruch der Dunkelheit. Sie hatten begonnen, nachts zu reiten, um der fürchterlichen Tageshitze zu entkommen. Nun hatten sie zum zweiten Mal die großen Sanddünen der Takla Makan erreicht. Mit dem Mondaufgang wurde die Wüste schön, denn der Sand schien sich wie feine Seide auf einem flachen Tisch zu kräuseln.

Im Mondschein, der den Sand in Silber verwandelte und die Windschattenseiten der Dünen in eine undurchdringliche Dunkelheit tauchte, setzte sich die Karawane in Bewegung. Auf dem gekräuselten Sand zogen sich die Schatten der Kamele in die Länge, sogar die dürren Tamariskensträucher nahmen schreckenerregende Formen an, etwa die von Monstern, die Wilhelm erwähnt hatte, als sie sich auf die Reise gemacht hatten.

Das stumme Schweigen der Wüste beeinträchtigte ihre Stimmung und ihre Unterhaltungen, und nur das Knirschen der Stricke und das sanfte Aufsetzen der Kamelhufe auf dem Sand waren zu hören. Orientierungspunkte, die das Dahinfließen der Nacht angezeigt hätten, gab es nicht, und wenn dann der Mond über der Wüste stand, folgten sie einem einzigen, hell strahlenden Stern nach Westen. Sie zogen die ganze Nacht lang weiter, und wenn ein purpurfarbener Streifen Morgendämmerung am Horizont auftauchte, keuchten die Kamele vor Erschöpfung und mußten an ihren Führungsstricken weitergezogen werden.

Sie stolperten auch noch weiter vorwärts, nachdem sich die Sonne längst am Himmel gezeigt hatte, und hielten erst an, wenn es zu heiß geworden war, um weiterzuziehen. Dann ließen sie sich entkräftet im Schatten ihrer Kamele nieder und versuchten, in der brütenden Tageshitze zu schlafen. Der heiße Wind ließ jedoch keinen ruhigen und ungestörten Schlaf zu. Kurz vor Abend wachten sie mit ausgedörrter Kehle und bedeckt von feinen Sandschichten auf, die der Wind herangetragen hatte. Zeit blieb nur für etwas bitteren Tee und ranziges Dörrfleisch, und dann beluden sie die Kamele erneut und nahmen ihre endlose Reise wieder auf.

Die ersten Stunden nach dem Morgengrauen waren die schlimmsten. Vor lauter Erschöpfung zerschlagen, die Gedanken und die Stimmung untergraben von den endlosen Mühen und der Eintönigkeit der Reise, mußten sie nun häufig absteigen und ihre sich sträubenden Kamele über die letzten Meilen hinwegzerren.

Eines Morgens, als die Wüste noch schwarz und bitterkalt

war, ging Josseran neben seinem Kamel her, den Kopf gebeugt, um gegen den hartnäckig nagenden Wind anzugehen. Wie so oft dachte er an Khutelun. Es gab Zeiten, da redete er sich selbst ein, sie sei längst tot; dann wieder, wie jetzt, stellte er sich vor, sie erscheine am Horizont auf ihrer tatarischen Schimmelstute, wobei ihr purpurfarbener Seidenschal im Wind hinter ihr her flatterte.

Da blickte er verblüfft auf, denn kaum hatte er diesen Gedanken zu Ende gedacht, als er die Rufe von Reitern und trommelnde Pferdehufe hörte und diese schon hinter der nächsten Dünenlinie auftauchen sah.

»Was ist das?« rief Wilhelm hinter ihm.

Sie hielten alle an. Josseran aber erinnerte sich an das letzte Mal, da er das gleiche Trommeln am Mondsichelsee gehört hatte. »Das sind die Sandgeister«, antwortete er Wilhelm. »Sie wollen uns in die Wüste locken.«

»Was für Sandgeister?«

»Die Toten der Wüste.«

Wilhelm bekreuzigte sich. Er wußte, daß es wirklich Teufelswerk sein mußte, denn ihre Verlockung war sehr mächtig. Ihn hatte der Drang gepackt, dem Rufen nachzugeben – damit sein Versagen nun aus der Welt geschafft würde. Die Dunkelheit verbarg die Tränen, die ihm die Wangen hinunter liefen. *Ich bin schwach*, wiederholte er immer wieder. *Schwach.*

Josseran horchte erneut. Das Trommeln war verflogen, der Sand wieder still geworden.

Die Karawane setzte ihre einsame Durchquerung der Wüste fort. Aber von Zeit zu Zeit hielt Wilhelm inne, um den Rufen der einsamen Geister zu lauschen, und er vermeinte zu hören, daß sie seinen Namen riefen.

Salzflächen ohne Ende, von der grauen, ebenen Fläche aufsteigende flimmernde Hitze, keine Pfade auf dem versengten Ödland, der Weg statt dessen von zerfallenden, alten Leuchttürmen gesäumt. Einige wenige dürre Hügel, die der Wind um die Wurzeln der stacheligen braunen Tamariskensträucher herum abgetragen hatte.

Vor ihnen lag noch eine ausgedehnte Dünenfläche.

Der Wind fuhr aufheulend über den Sand und peitschte ihnen den feinen Sand in die Gesichter. Vom Sattel seines Kamels aus war es Wilhelm nicht mehr möglich, durch den gelben Schleier hindurch das Ende des Halteseils zu erkennen. Von Müdigkeit und dem Hämmern des Windes überwältigt, barg er sein Gesicht in seine Mönchskutte und überließ sich selbst den Stimmen der Selbstbezichtigung, die noch immer in seinem Kopf herumspukten. Er nahm nur das ununterbrochene Heulen des Windes und auch den Paßgang des Kamels wahr.

Irgendwann im Laufe des Vormittags flaute der Wind ab, und er traute sich, die Kutte von seinem Gesicht zu nehmen, in der Hoffnung, irgendeine Veränderung in der Eintönigkeit ihres Horizontes wahrzunehmen.

In diesem Augenblick entdeckte er, daß er einsam und allein war auf weiter Flur.

Es war ihm nicht möglich herauszufinden, wann der Strick gerissen war, ob dies vor Minuten oder schon vor Stunden geschehen war. Vollkommen entsetzt und ungläubig starrte er auf das durchgescheuerte Seilende, das am Halfter des Kamels baumelte. Er ließ seine Blicke über den Sand in der Umgebung schweifen und suchte ihn nach Spuren ab, doch selbst die seines eigenen Kamels waren bald vom Treibsand verschüttet. Die Dünen dehnten sich, wie die Wellen des Ozeans, in alle Richtungen aus.

Er hörte ein Stammeln, jemanden, der zu schnell und zu laut unverständliche Worte redete. Verzweifelt sah er sich um in der Annahme, daß sich jemand hinter ihm befinden müsse, und mußte doch feststellen, daß die Wörter aus seinem eigenen Mund gekommen waren.

5

Nahe Almalyk, östlich von Samarkand

Ein scharfer Wind aus Norden jagte die Wolken über den Himmel, bevor eine dunkelgraue Gewitterwolke auftauchte und ein Schauer eiskalten Regens ihnen ins Gesicht peitschte. Der kurze Sommer war zu Ende gegangen; es wurde Zeit, die Herden zu den Winterstandorten in der Steppe zurückzutreiben.

Die Schafe waren über das ganze Tal verteilt. Khutelun hielt vom Sattel ihrer weißen Stute Ausschau nach ihnen. Es waren Tausende, die wie Ziegen hüpften, und sie waren durch die reichhaltige Nahrung auf den hoch gelegenen Weideflächen wohlgenährt.

Tekudai ritt hinter ihr her. Seit ihrer Rückkehr aus Karakorum hatten sie nur wenige Worte miteinander gewechselt, doch sein Schweigen verriet seine Feindseligkeit. Zweifellos empfand er, daß die Begleitung der barbarischen Gesandten eigentlich seine Aufgabe gewesen wäre, doch nun frohlockte er angesichts ihres Versagens.

»Ich hoffe, du findest diese ärmlichen Täler nicht allzu fade nach den edlen Höfen in Karakorum.« Da sie ihm nicht antwortete, fuhr er fort: »Obwohl es schade ist, daß du die Barbaren nicht dem Khaghan übergeben konntest, wie dein Vater dir befohlen hatte.« Sie biß die Zähne zusammen und schwieg. »Obwohl man sagte, es war so am besten und der Barbar wurde keinen Augenblick zu früh entführt.«

»Wer sagt das?« fragte sie aufbrausend.

Er lächelte. »Schwester, schließlich ist der Hengst eine Stute.«

Er machte sich über sie lustig. Sie wandte sich ab. Diese Befriedigung würde sie ihm nicht gönnen.

»Man erzählt sich, er habe dich dreimal bestiegen.«

Sie drehte sich blitzschnell im Sattel herum, und plötzlich lag das Messer in ihrer Hand. Er lächelte ihr zu und hob sein Kinn, um ihr seinen Hals anzubieten. Eine flüchtige Geste, die seinem Trotz entsprach. Beide wußten, daß sie nicht zustoßen würde.

Sie fühlte, wie das Blut in den Adern ihrer Schläfen pochte. »Wer hat das von mir gesagt?« zischte sie.

Seine Augen funkelten, doch er antwortete nicht.

Sie steckte das Messer ins Futteral zurück, wohl wissend, wie närrisch sie reagiert hatte. »Es ist gelogen«, sagte sie ihm. Mit den Fersen trat sie ihrem Pferd in die Flanken und galoppierte davon. Doch sie konnte das triumphierende Gelächter ihres Bruders hören, das ihr in den Ohren klang und von den Bergwänden zurückhallte.

In der Wüste Takla Makan

Wilhelm kletterte vom Rücken seines Kamels herunter und warf sich auf die Knie. Der Sand war glühendheiß. »Bitte, oh Gott … lieber Herr Jesus Christus, beschütze mich! … Rette mich!« Kostbarer Speichel lief ihm am Kinn hinunter. Er jammerte, warf mehrere Handvoll Sand in die Luft, kaum wissend, was er da tat, denn er war voller Panik.

Da hörte er das hohle Trommeln von Hufen, und er dachte, daß Gott ihm geantwortet hätte. Er schrie seine Dankesrufe in den sengenden Himmel hinein und kam wieder auf die Beine, lief stolpernd über die Sandwehe hinauf, der zurückkehrenden Karawane entgegen. Als er den sanften Gipfel erreicht hatte, rief er Josserans Namen und fiel taumelnd die Sandwehe hinunter.

Doch da war nichts als Leere.

Dennoch konnte er immer noch das Trommeln gleich hinter der nächsten Düne hören. Rollend und fallend lief er den Treibsand hinunter, dann kroch er auf Händen und Knien den nächsten Kamm empor, während seine Muskeln sich verkrampften und vor Schmerz aufschrien. Sein Herz klopfte heftig in seinem Brustkorb, als wollte es gleich zerplatzen.

»Nein! … Bitte nicht … Großer Gott, höre mich an … dein Diener, in dieser Stunde … Wartet auf mich! Josseran! … Dir sei alles Lob … mein Erlöser … Ich bin Wilhelm! So wartet doch!«

Er stieg den Kamm hinauf, und als er oben angekommen war, hatte er erwartet, die Karawane unter sich zu sehen, doch abermals lag nur die leere Wüste vor ihm. Verunsichert sah er sich um. Bis auf das Flüstern des Windes war es um ihn herum still. Zu spät erinnerte er sich daran, was Josseran ihm über die Sandgeister gesagt hatte, und da wußte er, daß sie ihm einen bösen Streich gespielt hatten.

Stille. Sandschlangen krochen am Dünenkamm entlang.

Blind lief er den Kamm hinunter, wobei der lose Sand ihm die Kraft aus den Schenkeln saugte, und schließlich brach er stammelnd und erschöpft zusammen. Als er schließlich wieder zu Bewußtsein kam, wußte er, daß er sein Kamel suchen mußte. Sein Kamel mit dem Wassersack. Er stand mühsam auf und winselte über die Muskelkrämpfe und Schmerzen in den Schenkeln und Waden.

Er drehte sich im Kreis, die Augen fest auf das grellweiße Leuchten der Wüste gerichtet. Er suchte nach seinen Spuren, doch der Wind hatte sie bereits verwischt, und ihm ging auf, daß er verloren war. Er stand inmitten des unendlichen und leeren Ödlands, blickte zum Himmel empor und schrie.

Stets hatte er gehofft, im Augenblick seines Todes ein Gefühl des Friedens, vielleicht sogar der Hochstimmung, zu empfinden. Doch statt dessen packte ihn eine kalte und furchtbare Angst, und er begann zu weinen. Als die Sonne über der Wüste Takla Makan höher stieg, wickelte er sich in seine Kutte ein, schluchzte wie ein Kind und rief unablässig den Namen Christi – doch vergeblich.

Bald kreisten die Geier über dem kleinen, kauernden Ding im Herzen dieser weiten, schrecklichen Einsamkeit.

6

Die Sonne, eine große Kupferscheibe, die am Himmel herabglitt, schien einen Augenblick lang hinter dem Staubschleier zu schweben, bevor sie widerstrebend am Horizont unterging. Das bronzefarbene Zwielicht währte nur eine kurze Weile, bevor die tödliche Kälte der Wüste abrupt die Nacht ankündigte. Josseran hüllte sich in seinen Umhang ein, während der Wind stöhnte und ächzte.

Sie saßen um ein spärliches Feuer aus rohem Weinstein herum, von dem die Tataren während des Morgenmarsches ein wenig hatten sammeln können. Die Kamele husteten in der Dunkelheit.

»Wir können nichts für ihn tun«, sagte Sartak.

Josseran starrte ins Feuer. Das war genau das, was er sich gewünscht, aber nicht zu hoffen gewagt hatte. Der Pater war verlorengegangen. Er mußte seine Anschuldigungen nicht mehr fürchten. Er konnte ihn weder einen Häretiker noch Gotteslästerer schimpfen. Josseran hatte ein Abkommen mit den Tataren in der Tasche, und die Ehre würde ihm allein gehören.

Doch er konnte es nicht über sich bringen, Wilhelm einfach aufzugeben. Es war seine Pflicht, sowohl als Tempelherr wie auch als Christ, zurückzugehen und nach ihm zu suchen. Denn dieser verwünschte Pater konnte irgendwo in dieser weitläufigen Wildnis noch am Leben sein. Er würde nicht sofort sterben. Ihn schauderte bei dem Gedanken an ein solch langsames und einsames Ende.

»Wir müssen zurückgehen, um ihn zu suchen.«

Sartak gab ein verächtliches Schnauben von sich. »Wenn ein Mann von der Wüste geschluckt wird, dann spuckt sie ihn nie wieder aus. Genausogut kann man einen Mann im Magen eines Bären suchen. Da findet man nur die Knochen.«

»Wir müssen zurückgehen«, wiederholte er.

Der Wüterich spuckte in den Sand. »Der Barbar ist verrückt.«

»Ich weigere mich weiterzuziehen. Wir müssen umkehren und ihn suchen.«

»Niemand kann einen Tag ohne Wasser in dieser Wüste überleben«, sagte Sartak. »Selbst ein an das Klima gewöhnter Reisender kann hier nicht allein überleben. Und dein Gefährte weiß nichts von der Takla Makan. Ich wette mit dir, daß er sich inzwischen längst von seinem Kamel entfernt hat.«

Josseran wußte, daß er recht hatte. Umzukehren war zwecklos, und überdies schuldete er Wilhelm nichts. Vielmehr verachtete Josseran ihn, so wie er alle Kirchenleute verachtete. Und dennoch, wäre er in dieser furchtbaren Wildnis verloren gegangen, so hoffte er, daß es irgendeine Seele gäbe, die sich seiner erbarmte.

»Ich suche morgen nach ihm, auch allein, wenn es sein muß. Ihr müßt entscheiden, was ihr machen wollt. Aber wird euch der Sohn des Himmels noch seine Gunst gewähren, wenn er vernimmt, daß ihr eure *beiden* Gesandten verloren habt?«

Der Wüterich spuckte erneut aus und schrie und verfluchte ihn, bis Sartak ihm befahl, still zu sein. Der Trunkenbold, ohne den Trost der starken Stutenmilch, kauerte beim Feuer und fing an, leise in die schnell zunehmende Asche zu summen, während der Mond über der Wüste aufging.

Es war das Klagelied der Tataren für die Toten.

Der Mond stand am Himmel, als Wilhelm erwachte. Es war derselbe Mond, den er sein ganzes Leben über gekannt hatte, doch heute nacht erschien er ihm fremd und bedrohlich. Er dachte an andere Christenmenschen, die wie er denselben Himmel betrachteten und in ihren Schlössern und Palästen in Outremer, Rom oder Augsburg in Sicherheit saßen. Das war alles, was ihn noch mit der Welt der zivilisierten Menschen verband.

Als sein Bewußtsein langsam wieder Konturen annahm, traf das Entsetzen über seine Lage ihn so heftig wie ein körperlicher Schlag, und er begann wieder zu weinen. Er verspürte eine solche Sehnsucht nach dem Leben, daß er laut aufstöhnte. Die Tröstungen des Himmels bedeuteten ihm nichts, gar nichts mehr.

Die Wind war abgeflaut, und das große Wüstenmeer lag ruhig da, die hohen Dünen fielen nach Süden hin ab und kräuselten sich wie Seide im Licht eines Dreiviertelmonds.

In diesem Moment sah er den Haufen zusammengefallener Lehmziegel, vielleicht die Überreste eines zerfallenen Turms, die sich im Mondlicht als scharf gezeichnetes Relief abhoben. Eine lange Zeit starrte er sie verständnislos an. Schließlich erhob er sich und schleppte sich dort hin. Er stürzte sich auf die Ruinen, als wären sie ein Becken mit kaltem Wasser.

Der Ort war eine Ansammlung von Fundamentsteinen, vielleicht von einer Festung, die man vor vielen Jahrhunderten an dieser Stelle errichtet hatte, bevor die Wüste sie für sich beansprucht hatte. Er wühlte mit den Fingern im Sand, machte eine kleine Ausbuchtung im Windschatten der Mauerruine, die ihm als Bettstatt dienen konnte, und kuschelte sich hinein. Irgendwie fühlte er sich sicher aufgehoben, die Abgrenzung durch die Steine bot ihm Schutz vor der form- und gottlosen Leere, die ihn umgab.

Hier blieb er vor Kälte zitternd liegen und lauschte seinem unregelmäßigen Atem. In seinen Ohren klang er wie das Keuchen eines verwundeten Tieres. Er versuchte zu schlafen.

Als er nach einem kurzen und unruhigen Schlaf die Augen wieder öffnete, hing der Mond fahl und flimmernd fast genau über ihm. Er blickte sich um, und da sah er zu seinen Füßen etwas Funkelndes im Sand liegen.

Auf allen Vieren kroch er darauf zu, denn jede Zerstreuung, die ihn vom morgigen Tag und seinem sicheren Tod ablenkte, war ihm höchst willkommen.

Der Atem stockte ihm.

Es war ein Rubin, ein enorm großer Stein. Er drehte ihn in den Fingern hin und her und beobachtete, wie das Mondlicht mit ihm spielte. Er pflügte den Sand mit den Fingern um und fand noch einen zweiten, und dann noch einen. Nachdem er ein paar Minuten im Sand gewühlt hatte, hielt er lauter Juwelen in den Händen, und er vermutete noch weitere im Sand. Vielleicht war das der verborgene Schatz, der hier in der Takla Makan begraben lag, wie der Kamelmann ihnen erzählt hatte.

Er fing an zu lachen.

Einer der größten Schätze der Welt für einen toten Mann! Er ließ sich auf den Rücken fallen und brüllte zum Himmelszelt hinauf. Gott erlaubte sich einen großen und letzten Scherz mit ihm. Dann blieb er schwer atmend liegen, und es kam ihm vor, als müsse er nicht sterben. Denn in diesem Augenblick hatte er, genau wie seinerzeit Saulus, eine bedeutende Vision. Er sah eine große Kirche in Shangdu, hundert Priester, die ihn durch die Wüste zurück an den Hof des Kaisers Khubilai begleiteten, um die heilige Religion zu predigen und zahllose

Menschen unter den Schutz des Heiligen Vaters in Rom zu bringen. Doch kämen sie nicht als Arme, denn sie hätten das Geld, um hundert Kirchen zu bauen. Deutlich trat ihm vor Augen, daß der Schatz dazu bestimmt war.

Und da wußte er, daß er nicht sterben würde.

7

Nahe Almalyk, östlich von Samarkand

Der Reiter, der aus dem Osten kam, war völlig erschöpft, und seine Finger waren schwarz vor Kälte. An dem scharlachroten Halfter und den Decken seines Pferdes sowie an den dicken Gürteln, die er um die Taille trug, war er für Khaidu sogleich als kaiserlicher Bote zu erkennen. Ob er von Khubilai oder von Arik Böke kam, war nicht auszumachen.

Der Mann wurde zu Khaidu in sein *ordu* geführt, wo man ihm eine Schale mit gekochtem Hammelfleisch und etwas heißen Reiswein gab. Nachdem er seine Botschaft übermittelt hatte, erschien der Khan mit finsterer Miene und beorderte seinen ältesten Sohn und seine Lieblingstochter sofort zu sich.

Khaidu saß auf einer Unterlage aus seidenen Teppichen hinter einem Kochfeuer, die Augen in die Ferne auf die Berge gerichtet, die vom Eingang der Jurte eingerahmt wurden. Der Tradition und dem Gesetz nach durfte niemand sein Zelt vor dem des Khans aufbauen, und sein starrer Blick galt dem gesamten Panorama des südlichen Horizonts, den weißen Gipfeln und hohen Pässen, die nach Buchara und ins Khanat Dschagatai führten.

Tekudai und Khutelun, die beim Eintreten von Khaidus Ehefrau aus dem zweitem *ordu* willkommen geheißen wurden, setzten sich an ihre angestammten Plätze beiderseits des eisernen Kochkessels. Man brachte ihnen Schalen mit warmem *kumys*.

»Ich habe erfahren«, sagte Khaidu, »daß Khubilai die Kontrolle über die gesamte Seidenstraße von Gansu bis Besh Malik übernommen hat. Mein Cousin Khadan hat ihm seine Unterstützung zugesichert und mit dessen Hilfe hat er Arik Bökes Versorgungsroute nach Süden und nach Osten abgeschnitten.«

»Alle Völkerschaften der Blauen Mongolen haben sich gegen ihn verschworen«, sagte Tekudai. »Es ist ein vorübergehender Rückschlag.«

Khaidu warf ihm einen Blick voller Ungeduld zu. »Khubilai hat unter den Uiguren und den Tanguten jetzt zu viele Freunde. Das Volk der Blauen Mongolen könnte ihnen bald unterlegen sein.«

Tekudai starrte ihn an. Dieses Plädoyer schien ihn zu überraschen.

»Das Reich Dschingis Khans ist dahin«, fuhr Khaidu fort, »wie ich vorausgesagt habe. Hulagu und Batu und sogar Alghu besitzen jetzt ihre eigenen Königreiche. Nun führen die Brüder Krieg um Kitai.«

»Dann kam der berittene Bote also von Khubilai?« fragte Khutelun.

Khaidu nickte. »Es ist ihm ein Herzenswunsch, daß ich seine Augen im nächsten Sommer in Shangdu mit meiner Anwesenheit erfreue.«

»Gehst du hin?«

Er schüttelte den Kopf. »Ich werde mein Knie nicht vor Khubilai beugen.«

»Dann werden wir kämpfen?« fragte Tekudai beflissen. »Verbünden wir uns mit Arik Böke?«

»Und was ist mit diesem Alghu, der in Buchara sitzt? Wenn du es mit zwei Feinden zu tun hast, kämpfst du gegen den einen, während du dem anderen deinen Rücken zuwendest, wohl wissend, daß er ein Messer in der Hand hält. Aber abgesehen von diesem Alghu, sollten wir in einer Armee kämpfen, die verhungern könnte? Mein Herz schlägt für Arik Böke, und dennoch müssen wir gut überlegen, was mit uns geschieht, wenn Khubilai sich als der stärkere erweist.«

Tekudai schwieg. Es war deutlich erkennbar, daß er diese Möglichkeit nicht bedacht hatte.

»Vor Dschingis Khan lebten die Menschen in diesen Steppen ohne einen Palast in Karakorum und ohne einen Khan der Khane. Die Tataren haben von Anbeginn der Zeiten an so gelebt. Wenn wir nun zu dieser Zeit zurückkehren müssen, so ist dies keine Katastrophe, sondern nur der Lauf der Welt.

Ich habe eine Entscheidung getroffen. Wir werden weder rebellieren, noch mit diesen mächtigen Herren zusammenarbeiten. Wir werden die Karawanenrouten offen halten, doch alle, die das Dach der Welt überqueren möchten, müssen Khaidu ihren Tribut entrichten. Von nun an wäre es gut, wenn Khubilai sich daran erinnerte, daß zumindest im Tal von Fergana Khaidu der Khan der Khane ist!«

8

In der Wüste Takla Makan

Die Kolonne der Kamele und Pferde schlängelte sich durch die Dünen. Sartak führte die Karawane zu Fuß an, indem er sein Kamel am Seil hinter sich her zog. Josseran folgte ihm. Es herrschte eine so unerträgliche Hitze, daß man vermeinte, sich in der Esse eines Schmieds aufzuhalten, allein die Luft schien die Lungen zu versengen.

Das einzige Geräusch war das sanfte Klingeln der Kamelglocken und das Knarren der hölzernen Sättel.

Nach einem halben Tagesmarsch hielten sie an, um sich auszuruhen. Niemand sprach ein Wort, doch Josseran spürte den Zorn der Tataren. Wie vorauszusehen brach der Wüterich als erster sein Schweigen. Er schleuderte einen leeren Wassersack aus Leder in den Sand. »Wir werden ihn nicht finden!« schrie er Sartak an. »Der Barbar ist verrückt!«

Sartak sah zu Josseran hinüber.

»Ich will ihn nicht aufgeben«, sagte er.

Sartak blickte den Wüterich wieder an und zuckte mit den Schultern.

Josseran ging zu seinem Kamel zurück und zog an der Nasenleine, wodurch es, trotz seines protestierenden Brüllens, mit den Hinterpfoten zuerst aufstand. Er schleppte sich mühsam weiter. Den Tataren blieb keine andere Wahl, als ihm zu folgen.

Und so durchkämmten sie auf dem Weg dorthin, wo sie hergekommen waren, die Dünen und hielten Ausschau nach einem einsamen Wesen in diesem riesigen Ozean aus Sand.

Gleich, was ich von ihm halte, dachte Josseran, mein Auftrag lautet, ihn zu beschützen, so gut ich vermag. Wenigstens einen Tag Suche bin ich ihm schuldig. Wenn es auch nur der Beruhigung meines Gewissens dient.

Die dunklen Engel hatten sich versammelt. Sie umschwärmten ihn mit ihren furchtbaren, ausgebreiteten Schwingen und den winzigen Augen, die vor Gier funkelten. Die Hilfstruppen des Teufels.

Wilhelm hob seinen Kopf aus dem Sand. »Nein!« schrie er. Er streckte seine Hand in Erwartung von Gottes Rettung aus, doch Er ließ sich nicht blicken.

Die bösen Engel trauten sich nun noch näher an ihn heran und schienen bereit, ihn in die Hölle zu tragen. Er konnte das Feuer zu seiner Bestrafung bereits prasseln hören. Gott hatte kein Erbarmen mit den Sündern, und Wilhelm wußte, daß er wirklich gesündigt hatte. Wie Jesus gesagt hatte, entschieden nicht nur die Taten eines Menschen während seines Erdenlebens, sondern auch die Sehnsucht seines Herzens, das ihn betrogen hatte, darüber, wie er vor Gottes Angesicht trat. Und wegen seiner geheimen Sünden wartete der Teufel mit eisernen Spitzen auf ihn und die Brandeisen glühten im Feuer.

Auch jenseits der Takla Makan stand ihm noch ewiges Leiden bevor.

»Lasset ab von mir!« schrie Wilhelm. »Gott sei mir gnädig!«

Die Geier flatterten zurück, nur ein paar Schritt, argwöhnisch, jedoch nicht abgeschreckt. Es waren die größten Geier, die er je zu Gesicht bekommen hatte. Jeder dieser Vögel war so groß wie der Brustkorb eines Mannes und besaß eine

Spannweite von vielleicht zwei Ruten. Sie krümmten die Flügel in Erwartung der Dinge, denn sie wußten, daß das Aas ihnen gehören würde. Doch wollten sie ihre Schnäbel nicht eher einsetzen, als bis ihre Beute ruhig war und sie sich sicher fühlen konnten, daß keine Gefahr bestand.

»Christus rette mich!« schrie Wilhelm wieder und schleuderte eine Handvoll Sand gegen den nächsten Vogel. Dann brach er weinend zusammen und fiel auf sein Gesicht.

Hoch über ihm, vom Kamm einer der höchsten Dünen, beobachtete Josseran die verzweifelten Verteidigungsbemühungen mit denselben Gefühlen von Mitleid und Abscheu, die er bei der Bärenhatz oder einer öffentlichen Hinrichtung verspürte. Die Tataren hatten sich in scheuem und schrecklichem Schweigen hinter ihm gesammelt. Sie hatten nicht damit gerechnet, den Barbaren zu finden, doch stand für sie fest, daß sie sowieso zu spät gekommen waren, denn offensichtlich hatte die Sonne ihn um den Verstand gebracht.

»Ihr habt kein Anrecht auf mich!« schrie Wilhelm wieder. Er erhob seine Arme gen Himmel. »Heiliger Vater, vergib mir meine Sünden und lasse mich auf den Armen der Engel in den Himmel kommen!«

Josseran ließ sich den Sand hinunter rollen. Die Geier verrenkten ihre häßlichen Köpfe bei seinem Näherkommen und flogen nacheinander weiter weg, da ihre Beute ihnen zu entgleiten schien. Dennoch erhoben sie sich noch nicht endgültig in die Lüfte, sondern warteten in sicherer Entfernung mit gereckten Hälsen und hofften nach wie vor auf eine leichte Beute.

»Wilhelm!«

Der Priester blickte sich um, die Augen halbblind von der Sonne, die Gesichtshaut roh vor lauter aufgeplatzten Blasen. An seinen Lippen und seinen Augenlidern klebte Sand.

»Wilhelm!«

Der Pater schien zuerst unfähig, ihn wiederzuerkennen oder zu begreifen, welcher Art dieses Geschöpf war. Er streckte ihm eine Hand entgegen und fiel in den Sand, noch immer phantasierend. Josseran versuchte, ihn auf die Beine zu stellen. Er war merkwürdig schwer.

Er fühlte das Gewicht der Mönchskutte. »Was tragt Ihr in Eurer Kutte?« fragte er knurrend.

Der Pater packte mit seinen Fingern Josserans Umhang. Seine Lippen waren aufgeplatzt und bluteten, und von der Stirn hing die Haut in Fetzen hinunter. Josseran roch seinen fauligen Atem und verzog die Miene, als er den Kopf abwendete.

»Was habt Ihr in Eurer Kutte?« wiederholte er.

»Beschützt mich«, sagte Wilhelm krächzend, »und die Hälfte davon gehört Euch.« Nach diesen Worten wurde er ohnmächtig.

Es war klar, daß Wilhelm zu schwach war, um die Reise fortsetzen zu können. Deshalb bastelten ihm die Tataren aus einigen Stöcken und Tuchstreifen einen behelfsmäßigen Schutz und legten ihn darunter in den Schatten. Josseran ließ Wasser in seinen Mund tröpfeln, während Wilhelm schrie und phantasierte.

Der Kopf des Paters war auf den Sand zurückgefallen, und er hatte die Augen geschlossen. Wäre noch Flüssigkeit in ihm gewesen, so hätte er geweint. Statt dessen verzog er in einer Agonie der Verzweiflung die Miene, und das Blut von seinen Lippen lief ihm in den Mund.

9

Konnte man Khaidus Berge als Dach der Welt bezeichnen, so entsprach Kharakoja dem Verlies der Welt, denn es lag in einer großen Bodensenke weit unterhalb des Meeresspiegels. Die Oase war nicht mehr als ein graues Durcheinander von windschiefen Hütten und staubigen Feldern, die plötzlich aus dem schmutzigen Nebel auftauchten. Irgendwie war es den Uiguren, die hier lebten, gelungen, mit Hilfe des eisigen Wassers der *karezes* in diesem großen, grauen Wüstenofen Wein, Feigen und Pfirsiche anzupflanzen.

Wie die anderen Oasen in der Takla Makan bestand auch diese aus einem Dorf mit staubigen, engen Gassen und Innenhöfen, die von Lehmmauern eingegrenzt waren. Doch hier hatte man viele Häuser zum Schutz vor der sengenden Sommerhitze und den heulenden, sandigen Winden in den Boden hinein gebaut. Holzpfähle und Strohmatten dienten als Dachabdeckungen, und nur die über den schmutziggrauen Sand hinausragenden Schornsteine waren zu sehen. Die Eintönigkeit der Silhouette wurde unterbrochen von der Kuppel einer Moschee, den Lanzenspitzen einiger Pappeln und den dicken Türmen aus Lehmziegeln, in denen die Leute die Trauben zu Rosinen trocknen ließen.

Selbst zu dieser Jahreszeit war die Hitze immer noch unerträglich. Die roten Lehmstraßen waren wegen der Trockenheit aufgesprungen und ergaben ein Muster, das Pflastersteinen glich. Die Straßen waren menschenleer, die Bewohner des Dorfes hatten bereits in ihren Kellern Zuflucht gesucht. Ein einsamer Esel stand verloren unter dem spärlichen Schatten eines abgestorbenen Baumes und schlug hin und wieder mit dem Schwanz nach den Fliegen.

Niedergeschlagen suchten sie den *han* auf, der sie eine Zeitlang vor den scharfen, brennenden Winden schützen sollte.

»Der schlimmste Platz auf Erden«, sagte Sartak knurrend. »Man sagt, hier könne man ein Ei kochen, indem man es im Sand vergräbt. Die Uiguren behaupten, wenn man ein Huhn schlachte, brauche man es nicht einmal zu kochen, das Fleisch sei bereits weiß und zart.«

Seinem seltsam bellenden Gelächter fehlte jeglicher Humor. Keiner der anderen ließ sich von ihm anstecken. Sie befanden sich nun nahe am Grenzgebiet, und die Tataren wurden zunehmend nervöser. Khaidu und seine Abtrünnigen warteten dort draußen irgendwo auf sie. Sartak wußte, auf wie viele Arten man einen Hinterhalt legen konnte. Jetzt wurde ihnen gegenüber der Spieß umgedreht.

Die Sonne verschwand hinter dem Horizont, der Wind war abgeflaut, und eine große Stille bemächtigte sich des Landes. Die Menschen in Kharakoja verließen ihre Häuser, um wieder durch die windstillen und beleuchteten Straßen zu gehen.

Josseran stand auf dem Dach des *han* und blickte in die Dunkelheit hinaus. Er konnte gerade noch die dunkle Silhouette der Himmlischen Berge erkennen, die sich nur schwach vom Abendhimmel abhoben. Dahinter befand sich irgendwo das Dach der Welt. Und vielleicht Khutelun.

Der Gedanke an sie verursachte einen dumpfen Schmerz tief in seiner Brust. Er schloß die Augen und sah sie auf ihrem Tatarenpony reiten, den scharlachroten Schal flatternd hinter sich her ziehend, erinnerte sich an die Wärme ihres Körpers, als sie vor dem *karaburan* Schutz gesucht hatten, und an den rauhen Ton ihrer Stimme an jenem Abend am Mondsichelsee.

Er hütete diese gestohlenen Augenblicke in den dunklen Nischen seiner Erinnerungen wie kostbare Bilder. Der Pater würde solche Bilder und solche Begierden zum Teufelszeug erklären, doch ihm war nicht zu helfen. Hatte der Körper erst einmal Feuer gefangen, war kein Platz mehr da für einen Gedanken an die Seele.

Dabei sollte ein wahrer Ritter nicht ständig an Frauen denken; in den vergangenen fünf Jahren hatte er als Kriegermönch den Templern gedient, und dort lag seine Aufgabe; nicht aber darin, daß er sich nach irgendeiner Wilden auf einem Pferd verzehrte. Und dennoch …

Er mußte in Erfahrung bringen, ob sie noch lebte und in Sicherheit war. Er mußte sie noch einmal sehen.

»Ich dachte nicht, daß ich Euch hier finden würde, sondern eher bei den Vergnügungen mit den Frauen der Heiden.«

Er drehte sich um. Es war Wilhelm.

»Wie es scheint, frönen nahezu alle aus unserer tatarischen Eskorte der Hurerei, die in diesen Ländern als Zeichen der Gastfreundschaft gilt.«

Josseran zuckte mit der Schulter. Ihm waren ähnliche Tröstungen angeboten worden, doch heute abend verspürte er kein Interesse an dergleichen Labsal. Doch andererseits wollte er Wilhelm nicht einmal diesen kleinen Sieg gönnen, und daher erwiderte er ihm: »Ich fürchte, nur die häßlichen Frauen sind übrig geblieben. Sartak hat mir angeboten, ich dürfte auf dem Kamel reiten, wenn ich eine fände, die meinem Auge nicht allzu sehr mißfällt.«

»Templer, Ihr werdet nie Euren Weg zum Himmel finden.«

»Das ist mir einerlei, denn mir liegt nichts daran.«

»Ihr werdet in der Hölle schmoren!«

»Lieber das, als eine Ewigkeit in der Gesellschaft von Heuchlern zu verbringen!«

»Glaubt nur ja nicht, daß ich jetzt in Eurer Schuld stünde. Ihr werdet Euch nach unserer Rückkehr in Akko für Eure Gotteslästerungen verantworten müssen. Ihr selbst habt zugegeben, daß Euer Eid den Templern gegenüber nicht mehr gelte. Sie können Euch jetzt nicht mehr schützen!«

Josseran fand nicht die Kraft für den Zorn, den er eigentlich spürte. Dazu war er einfach zu erschöpft, und so zuckte er lediglich erneut die Schulter und sagte: »Ich hätte nicht Euretwegen umkehren, sondern Euch in der Wüste liegen lassen sollen.«

»Es war Gottes Wille, daß ich lebe.«

»Falls das zutrifft, dann habe ich ihm sehr dabei geholfen.«

»Wir alle sind Gottes Werkzeuge. Beglückwünscht Euch daher nicht übermäßig. Vielleicht würdet Ihr größere Verdienste erwerben, wenn Ihr weder ein Dieb, noch ein Hurenbock, noch ein Gotteslästerer wärt.«

»Ich bin kein Dieb, und es gab keinen Schatz. Wie oft muß ich Euch das noch sagen? Der bestand lediglich in Eurer wüsten Phantasie. Alles was Ihr in Euren Manteltaschen hattet, waren ein paar Steine. Die Sandgeister haben Eure Augen genarrt wie auch Eure Ohren. Darauf gebe ich Euch mein Wort.«

Er sah den Zweifel in Wilhelms Augen. Der Mann war von einer unverbesserlichen Verbohrtheit, die ihn daran hinderte zu erkennen, daß die vermeintlichen Steine eine Sinnestäuschung waren. »Euer Wort? Euer Wort ist nichts wert. Ich weiß, daß Ihr Euch um nichts anderes als um Euch selbst sorgt.«

Josseran schüttelte resigniert den Kopf. Wie war es möglich, mit einem Mann zu diskutieren, der nicht einen Funken Dankbarkeit im Leib hatte und dessen Natur ebenso unbeugsam war wie die Jehovas? Vielleicht verschonte Gott ihn zu irgendeinem höheren Zweck, dachte Josseran, denn er wußte wirklich nicht, welcher Impuls ihn veranlaßt hatte, den Pater zu suchen. Vielleicht hatte Gott ihn in seinem unergründlichen Ratschluß mit Wahnsinn geschlagen. »Vielleicht sollte ich nicht nach Akko zurückgehen, wenn Ihr für mich dort nur Unheil plant.«

»Ob Ihr zurückkehrt oder nicht, kann nicht meine Sorge sein. Ihr mögt versuchen, Gottes Urteil zu vergessen, Gott aber wird Euch nie vergessen.«

»Wirklich, manchmal wünsche ich mir, Er möge mich vergessen. Mein ganzes Leben lang schien es mir, daß Er nur da war, um mich zu quälen, mir über die Schulter zu sehen und Zeuge jeder noch so kleinen Sünde von mir zu werden. Er ist schlimmer als Ihr!«

»Was Ihr da von Euch gebt, ist gotteslästerliche Rede!«

»Wenn dem so ist, dann vielleicht, weil mein Glaube auf dieser Reise auf eine schwere Probe gestellt worden ist.«

»Dann müßt Ihr um Gottes Führung beten.«

»Ihr sagt, ich müsse beten. Im Lauf von fünf Jahren habe ich eine Unmenge Paternoster aufgesagt. Es hat mir wenig genützt. Deshalb frage ich mich beim Beten, ob Gott mir wirklich zuhört. Versteht Er meine Sprache, und widmet Er wirklich meinem kleinen Leben ein Gutteil Seines Tages? Und wenn Er mir zuhört, was bringen mir dann meine Gebete ein? Gute Menschen, die zu Gott um eine schnelle Erlösung gebetet hatten, habe ich ganz langsam und qualvoll sterben sehen, wogegen bösen Menschen die geringsten Wünsche sogleich erfüllt wurden und überdies die Gunst gewährt wurde, reich und zufrieden ein hohes Alter zu erreichen. Wenn Gott den bösen Menschen Sein Ohr leiht, die Bitten der guten dagegen überhört, dann besitzt Er eine geringe Urteilskraft.«

»Es steht uns nicht zu, die Wege des Herrn zu ergründen.«

»Aber wenn ich sie nicht verstehe, wie soll ich mich dann auf den Wegen Gottes auskennen? Wie soll ich wissen, was gut und was eine Sünde ist? Ich habe gesehen, wie diese Heiden zu ihren Göttern gebetet haben, und sie glauben, nicht anders als wir auch, daß ihre Götter sie erhören. Wie können wir wissen, wer recht hat?«

»Wir haben die Bibel als unseren Fels und unsere Gewißheit.«

»Mag es sein, wie es will, dennoch ergibt das für mich keinen Sinn. Denn wenn die Tataren, so wie wir, zu ihrem Gott um einen Sieg über die Sarazenen beten, weshalb erreichen sie dann ihre Ziele, während wir in unserer Festung in Akko ausharren vor lauter Angst, die Mauern zu verlassen? Erklärt mir das!«

Wilhelm wandte sich ab, damit der Templer die Verwirrung auf seinem Gesicht nicht erkennen konnte. Denn auf diese Frage mußte er ihm die Antwort schuldig bleiben. Er selbst fragte sich auch, warum Gott ihm im Palast des Kaisers nicht zu Hilfe geeilt war, als er die Beredsamkeit eines Paulus gebraucht hätte. Er hatte sich selbst damit getröstet, daß er unwürdig gewesen sei. Doch waren, wie der Templer dies erwähnt hatte, die Tataren nicht noch unwürdiger als der geringste unter den Christenmenschen?

»Der Heiligen Kirche ist der Weg gewiesen worden«, sagte er hartnäckig.

»Manche Gläubige sagen, daß das Seelenheil eine Angelegenheit zwischen den Menschen und Gott, nicht aber zwischen den Menschen und der Kirche ist.«

»Gott erbarme sich Eurer Seele!«

»Ihr möchtet gewiß, daß man mich peinigt und verbrennt, nicht wahr? Ist das etwa die gütige Art der Christen?«

»Ihr würdet es nicht wagen, eine solche Sprache in Akko zu führen.«

»Nein, ich würde es nicht wagen. Doch dadurch werden meine Zweifel kein bißchen weniger wirklich.«

»Ich werde Euch brennen sehen!«

»Ich hätte Euch den Geiern überlassen sollen.«

»Das hättet Ihr gewiß so gehalten, wärt Ihr in diesen wenigen Stunden nicht vom Heiligen Geist erfüllt gewesen, der Euch zurückgeschickt hat.«

»Gebt acht darauf, Pater, mir nicht noch einmal den Rücken zuzukehren. Es ist noch nicht zu spät für mich, diese gute Tat wieder rückgängig zu machen.« Josseran stapfte in der Dunkelheit davon, erfüllt von einem Zorn, den er nicht erwartet hätte. Das jedenfalls war dem herausragenden Talent des Paters zuzuschreiben.

Wilhelm blieb auf dem Wall allein unter dem kalten Schutz der nüchternen Sterne zurück. Diese Güte, die der Templer erwähnt hatte, war einfach nur Schwäche, sagte er sich selbst, denn der andere war vom Irrglauben angesteckt. Ein Geschwür, das sich nicht durch Heilmittel kurieren ließ, mußte mit dem Messer herausgeschnitten werden. Jeder wahre Christ hätte dafür Verständnis.

10

Die Nacht war eine einzige Qual. Josseran plagten die Insekten, die in der Dunkelheit ausgeschwärmt waren. Flöhe, Moskitos und Kriebelmücken weideten sich an ihm mit gefräßigem Appetit, und es gab kein Entkommen.

Schließlich fiel er erschöpft in einen unruhigen Schlaf, wurde aber mitten in der Nacht rüde durch etwas geweckt, das von den Balken über ihm heruntergefallen war. Er setzte sich aufrecht hin – sein Herz pochte bis zum Hals – und suchte nach der Kerze neben sich. Er sah eine Spinne mit einem Körper so groß wie ein Ei, die sich hastig über den gestampften Erdboden zurückzog, in ihrem Maul eine rotäugige Schabe.

Nach diesem Zwischenfall war an Schlaf nicht mehr zu denken.

Am Morgen wurde er von furchtbaren Schreien geweckt. *Wilhelm!* Sein erster Gedanke war, daß vermutlich ein Skorpion den Pater gebissen hatte.

Josseran rappelte sich auf. Ein graues Licht fiel schräg in die gewölbte Halle der Karawanserei und auf die dunklen Schemen der schlafenden Tataren.

»Wilhelm!«

Als er den Pater fand, saß dieser mit dem Rücken an die Wand gelehnt, den Mund geöffnet und die Augen vor Entsetzen weit aufgerissen. Gesicht und Arme waren über und über mit den Bissen von Läusen und Flöhen bedeckt. Davon abgesehen schien er nicht verletzt.

Sartak stand über ihm mit einer Fackel in der Hand, die er von der Wand geholt hatte. Die anderen Tataren, von den Schreien aufgeweckt, erschienen einer nach dem anderen durch das Zwielicht schwankend.

»Ich habe ihn schreien hören«, sagte Sartak. »Als ich bei ihm war, sah ich nur eine Schabe auf seinem Gesicht sitzen.«

»Woran willst du eine Schabe bei diesem Gesicht erkennen?« warf jemand ein. Es war der Trunkenbold.

Sartak und die anderen brüllten vor Lachen.

Doch Wilhelm schätzte ihren Spaß nicht. Er rollte sich zu einer Kugel zusammen, wobei er mit den Fingern über den Lehmboden kratzte und wie ein verwundetes Tier ein leises Wimmern von sich gab. Das Lachen blieb den abergläubischen Tataren im Hals stecken.

»Er ist von den Sandgeistern besessen«, sagte Sartak flüsternd. »Sie sind in seinen Körper gekrochen, als er sich in der Wüste verirrt hatte.«

»Ich kümmere mich um ihn«, sagte Josseran. »Laßt uns allein.«

»Der Dämon des Unglücks wohnt in ihm«, flüsterte Sartak, und danach zogen er und seine Gefährten sich zurück. Er hörte sie draußen, wie sie die Karawane vorbereiteten und Pferde und Kamele für die Tagesreise sattelten.

Josseran kauerte sich hin. »Wilhelm?«

»Ich habe geträumt, es sei der Teufel«, murmelte er. »Er weiß, daß ich schwach bin.«

»Es war nur eine Schabe. Sonst nichts.«

»Der Teufel weiß, welch ein Sünder ich bin. Er weiß, daß ich versagt habe.«

Vielleicht hatte die Sonne ihm tatsächlich, wie Sartak gesagt hatte, das Gehirn versengt, dachte Josseran. »Wilhelm, es ist Morgen. Wir müssen unsere Reise fortsetzen.«

»Ich habe meine Finger in Christi Wunden gelegt und glaube immer noch nicht! Ich habe nicht den rechten Glauben. Statt dessen bin ich von Begierde und Neid erfüllt. Aus diesem Grund hat Gott mir nicht die Seelen der Barbaren anvertraut. Er weiß, daß ich Seiner nicht würdig bin.«

»Bald geht die Sonne am Himmel auf. Wir müssen hier weggehen.«

Wilhelm schauderte, obwohl es im *han* nicht kalt war. »Ich habe versagt«, wiederholte er. »Mein ganzes Leben lang wollte ich Gott die Menschen zuführen, aber ich habe versagt.«

Josseran schüttelte den Kopf. Er hatte diesen unbedarften Pater stets nur als hochmütigen, groben Kirchenmann ohne jedes Erbarmen oder menschliches Mitgefühl kennengelernt. Nun mußte er erkennen, daß dieser ihm fast leid tat, wie er so zusammengekauert und weinend auf dem Boden hockte. In diesem Priester steckte also doch noch ein Überrest von Menschlichkeit.

Er half ihm aufzustehen und führte ihn in den Innenhof. Die Pferde stampften in der Morgenkälte, und die Kamele gaben Laute von sich und schienen sich zu beschweren, als Sartak ihnen die Seile festband.

Josseran war Wilhelm dabei behilflich, sein Kamel zu besteigen, und führte ihn, als hätte er es mit einem blinden Bettler zu tun. Der Pater war in tiefes Schweigen verfallen. Als eine malvenfarbene Morgendämmerung über den Horizont wanderte, zogen sie durch die Tore der Karawanserei hinaus. Wilhelm hielt den Blick fest auf den Horizont und die Bilder seines Alptraums gerichtet.

Ein weiterer endloser Tag in brütender Hitze lag vor ihnen. Gegen Mitte des Vormittags hob sich plötzlich der Dunstschleier, und vor ihnen tauchten die Himmlischen Berge schemenhaft am Horizont auf. Ihre Halskette aus Schnee schien zum Greifen nahe. Weit im Westen konnten sie sogar die weißen Kämme des Dachs der Welt ausmachen.

Der Schleier senkte sich wieder so schnell, wie er sich gehoben hatte, und die Berge verschwanden hinter dem gelben Nebel der Takla Makan.

Wilhelm sprach den ganzen Tag über wenig. Josseran und die anderen bewegten sich in einem ähnlich trübsinnigen Schweigen vorwärts, wobei die abergläubischen Tataren sich von dem verwirrten Mönch fernhielten.

In dieser Nacht schlugen sie ihr Lager in den Ruinen einer Karawanserei auf.

Der Ort war so verwüstet, wie Josseran selten einen zuvor gesehen hatte. Die Kuppel der Moschee mußte vor vielen Jahren eingestürzt sein, und der Mondschein fiel durch das Gewölbe herein und tüpfelte die Bodenfliesen und die verfallenen, verkohlten Holzbalken. An den Wänden waren Brandflecken vom Feuer zu sehen, das möglicherweise Dschingis Khans Krieger vor einem halben Jahrhundert hier gelegt hatten.

Josseran und Wilhelm saßen abseits von den anderen, die sich um ein Feuer versammelt hatten, sich leise miteinander unterhielten und feindselige Blicke in Wilhelms Richtung warfen. Riesige Schatten tanzten an den Wänden. Doch Josseran fürchtete sie nicht. Die Tataren hatten in Khubilais Heer eine eiserne Disziplin gelernt, und sie würden sie sicher an ihren Bestimmungsort bringen, auch wenn er wußte, daß etwa der Wüterich ihnen beiden liebend gerne die Kehle durchschneiden würde. Josseran blickte nach oben. Durch die Lücken in der Dachruine sah er einen einzelnen Stern am östlichen Himmel aufgehen.

Vielleicht war es Wilhelms Zustand, der ihn nervös machte, oder der erste flüchtige Blick an diesem Tag auf das Dach der Welt, an diesem Abend bedrückte die Last seines Lebens ihn schwerer als je zuvor. Trotz all seiner Reden war er doch noch ein Christ, und in seinem Herzen lebte er in der Furcht vor einem strafenden Gott. Er bedauerte seine Gotteslästerungen vom Vorabend oder fürchtete vielmehr deren Folgen.

Und so stand er langsam auf und ging zu Wilhelm hinüber, der gegen die Wand gelehnt saß und sein Gesicht in der Mönchskutte barg. »Vergebt mir, Vater, denn ich habe gesündigt«, flüsterte er und fiel auf die Knie.

Wilhelm sah überrascht zu ihm auf. Lange rührte er sich nicht und sprach auch kein Wort. Als er seinen Mund öffnete, war seine Stimme so sanftmütig wie die einer Frau. »Ich gehe mein Gewand aus dem Gepäck bei den Kamelen holen«, sagte er und schickte sich an, seine Berufskleidung anzulegen und eine Seele zu retten.

11

»Meine Mutter starb, als ich neun Jahre alt war, und mein Vater, der Herzog von Montgisors, heiratete die Tochter eines Edelmanns aus Carcassonne. Ihr Name war Cathérine. Sie war viel jünger als mein Vater und vielleicht nur fünf Jahre älter als ich. Sie hatte so schwarze Augen wie die Sünde, und wenn sie mich ansah, wurde mir ganz heiß. Ich war nur ein Junge, gerade einmal siebzehn Jahre alt, und meine Lenden waren so heiß und entzündet wie eine offene Wunde.«

»Redet weiter«, murmelte Wilhelm und war sich dessen bewußt, daß die Tataren sie beide beobachteten, den verrückten christlichen Schamanen mit der purpurnen Stola um den Hals und den riesigen Barbaren, der vor ihm niederkniete.

»Ich versuchte ständig zu erreichen, daß sie ein Auge auf mich warf, aber sie übersah mich und stürzte mich in eine helle Verzweiflung. Wann immer sie in meiner Nähe vorbeiging, nahm ich ihren Duft wahr, und nachts konnte ich nicht schlafen. Ich wachte schweißgebadet auf und verströmte meinen Samen in meiner Hand, während ich an die Frau meines Vaters dachte. Ich betete sogar in der Kapelle darum, daß er sterben möge, damit ich sie haben konnte. Mit meinem Beichtvater konnte ich darüber nicht sprechen, sondern bezichtigte mich selbst der Sünde der Begierde. Ich war durch meine unheilige Verehrung für sie verloren.«

Er hielt inne und fuhr sich mit der Hand übers Gesicht. Er hatte lange gezaudert, bevor er sich von dieser Last zu befreien suchte.

»Mein Vater übte jeden Tag mit mir den Gebrauch von Schwert und Lanze und auch das Kämpfen vom Pferderükken aus. Und immer wenn wir übten, wünschte ich, daß er mich tötet. Doch was ich wünschte, fürchtete ich auch zugleich, denn ich glaubte, er könnte erraten, was ich hinter meinem sündhaften Antlitz dachte.

Eines Tages nahm ich sie im Lagerhaus. Es war so schnell vorüber, daß ich kaum wußte, was ich getan hatte. Dies allein wäre schon Sünde genug gewesen für meinen jungen Leib. Ich hatte meine jugendliche Lust gesättigt, war das nicht genug? Aber nein, ich begehrte sie und hungerte nach mehr.« Er atmete tief durch, denn seine Stimme war heiser geworden und von Schuld erstickt. »Was nun geschah, war kein Zufall. Während mein Vater sich in Toulouse aufhielt, machte ich mich zu ihrer Kammer auf, wobei ich eigentlich wünschte, die Tür möge verriegelt sein, und hoffte, sie werde nach den Dienern rufen und mich vor dem Gesinde beschämen. Statt dessen empfing sie mich mit heißer Umarmung, und in dieser Nacht wurden wir Geliebte.«

Er hielt inne und blickte in das Gesicht des Priesters, konnte in der Dunkelheit jedoch dessen Miene nicht erkennen, wohl aber das tiefe und geräuschvolle Atmen hören.

»Ihr könnt nicht ahnen, wie es mich schmerzt, diese Dinge zu beichten, Euch, der Ihr den Frauen abgeschworen habt. Seht Ihr, ich lernte sie zu hassen, wegen dem, was sie meinem Vater und auch mir angetan hatte. Sie hatte ihm Hörner aufgesetzt und sich selbst zur Ehebrecherin gemacht. Und sie war die Ursache dafür, daß ich mich aus tiefstem Herzen verabscheute.

Mein Vater war, zusammen mit anderen Edelleuten, an den Hof des Königs nach Toulouse einbestellt worden. König Ludwig hoffte, sie dazu zu überreden, mit ihm an der heiligen und bewaffneten Pilgerfahrt ins Heilige Land teilzunehmen. Da mein Vater aber langsam alt wurde, teilte er uns nach seiner Rückkehr vom Königshof mit, daß er sich geweigert habe, am Kreuzzug teilzunehmen. Doch ein paar Tage später wurde er anderen Sinnes und bereitete sich auf seine Abreise vor. Ich kann daraus nur schließen, daß er ahnte, was in seiner Abwesenheit vorgefallen war, und daß dies zu seinem Meinungsumschwung geführt hatte.« Hier machte er eine Pause und räusperte sich, denn es fiel ihm zunehmend schwerer zu reden. »Er bewaffnete ein Dutzend Bauern, die ihn auf der großen Pilgerfahrt begleiten sollten, und verkaufte zehn Hektar Land, um die notwendigen Geldmittel zur Finanzierung seines Vorhabens aufzubringen. Cathérine selbst nähte ihm das rote Kreuz auf seinen Umhang.

Nachdem er abgezogen war, blieb ich in Montgisors als Herr des Ritterguts und der Ländereien zurück. Nun wurde

Cathérine schamlos. Jede Nacht suchte sie mich in meiner Kammer auf. Doch da sie befürchtete, während der Abwesenheit ihres Gemahls ein Kind zu bekommen, erlaubte sie mir nur, sie auf die verbotene Weise zu nehmen.

Doch da mein Vater nun fortgezogen war, empfand ich, daß ich nicht das tun durfte, wovon ich geträumt hatte. Sie aber lachte mich deswegen nur aus. Sie sagte, der Apfel falle nicht weit vom Stamm, und verspottete uns beide im selben Atemzug. Bald darauf hörte sie auf, zu mir zu kommen, und mir blieben nur noch die Erinnerungen an meine Sünden.«

Er atmete tief durch.

»Innerhalb eines Jahres erhielt ich die Nachricht vom Tode meines Vaters in Damiette.«

Lange Zeit schwieg er.

»Aller Vorsichtsmaßnahmen zum Trotz wurde Cathérine dennoch schwanger. Ich schickte sie in ein Kloster, wo sie das Kind gebären konnte, und als sie zurückkehrte, wurde der Junge an die Frau eines meiner Stallburschen weggegeben, die auf dem Gut lebte. Die Frau war unfruchtbar und liebte das Kind wie ihr eigen Blut. Doch der Knabe starb im Alter von vier Jahren an einem schweren Husten, und meine tödliche Bestrafung war vollkommen.

Mit dieser Sünde habe ich viele Jahre lang gelebt. Ich verwaltete das Gut meines Vaters, suchte jedoch nie wieder seine Witwe auf. Vor sechs Jahren dann begab ich mich selbst ins Heilige Land, in der Hoffnung, im Kampf zu fallen. All mein Gold und meine Vorräte verlor ich durch die Hurerei und das Glücksspiel in Genua, Antiochia und Tripoli. Aus reiner Verzweiflung leistete ich den Templern einen Eid und verpflichtete mich bei ihnen für fünf Jahre. Ich glaubte, dadurch meine Sünden büßen zu können. Doch ich fürchte, daß nichts meine Sünden wiedergutmachen kann. In meinem Herzen weiß ich, daß ich für den Tod meines Vaters verantwortlich bin.«

Wilhelm sagte eine lange Weile gar nichts. Schließlich hob er die rechte Hand. »Mit dieser Hand erteile ich Euch die Absolution von Euren Sünden«, sagte er. »Als Buße gebe ich Euch auf, bis ans Ende Eurer Tage in Keuschheit zu leben und

Euren gesamten Reichtum sowie Euer Land der Heiligen Mutter Kirche zu vermachen.«

Josseran fühlte, wie er nach Luft rang. Mit einer solchen Buße hatte er nicht gerechnet, als er sich zur Beichte entschloß. Doch wie er selbst gesagt hatte, welche Taten konnten schon seine Sünden wiedergutmachen? Dennoch ärgerte ihn ein dermaßen brutaler Urteilsspruch. Er hatte sich der Illusion hingegeben, daß Wilhelm in der Wüste seine Menschlichkeit entdeckt hätte. Statt dessen hatte er die Gunst des Augenblicks genutzt, um ihn zu zermalmen, so wie er es auch mit Mar Salah gehalten hatte.

Doch wohin führten diese Überlegungen? Er wußte, daß er es nicht besser verdient hatte.

»Ich danke Euch, Pater Wilhelm«, sagte er.

»Gehet hin in Frieden und sündigt nicht mehr«, sagte Wilhelm und lächelte triumphierend.

TEIL VII

Der Geist des Ewigen Blauen Himmels

Auf dem Dach der Welt

1

Im Herbst des Jahres 1260 nach Christi Geburt

Die Wüste lag nun hinter ihnen, die große Durchquerung war geschafft. In Kaschgar hielten sie bei der Feste, die mit Khubilai-treuen Soldaten besetzt war, und tauschten die Kamele gegen schnelle Tatarenpferde. Entlang des Grenzlandes des Kaiserreichs ritten sie den westlichen Pässen entgegen.

Über ihnen hatte der erste Schnee das Vorgebirge auf dem Dach der Welt bestäubt.

Sie folgten einem tiefen Tal zwischen den Bergen, vorbei an rauschenden Gebirgsbächen und wuchtigen Findlingen, die von den Schmelzwassern im Frühling mitgerissen worden waren, und zwischen hohen roten Felsen hindurch, die in den Wolken verschwanden. Sie gelangten vom Tal auf eine Ebene hinaus und hielten an den Ufern eines großen Salzsees kurz an.

Josseran änderte seine Haltung im Sattel seines Tatarenhengstes. Die grünen Fichten und die stahlblauen Berge stachen düster von den weißen Wolken ab. Die Brise sprühte ihm Kristalltröpfchen ins Gesicht, und ein Regenbogen spannte sich über das Tal. Vom Sommerfutter rundlich gewordene Schafe mit buschigen Schwänzen grasten auf der Weide.

Das Panorama vor seinen Augen vermittelte ihm ein Gefühl der Demut. Es ist, als wäre Gott selbst hier anwesend, dachte er. Josseran fühlte sich ganz klein in dieser weitläufigen Landschaft; und doch, so überlegte er, wie klein wir auch sein mögen, so können wir die Welt dennoch unserem Willen unterwerfen, wenn auch nur für einen flüchtigen Augenblick. Er hatte das Dach der Welt erklommen, das tote Herz der furchtbaren Wüste durchquert, und hatte sich letztlich nur auf seinen Durchhaltewillen stützen können. Und er hatte überlebt.

Selbst wenn es einem manchmal leichter erscheint aufzugeben, ringt unser Geist um das Leben, kämpft man mit unendlicher Leidenschaft um Liebe und Ewigkeit, für irgendeinen namenlosen Gral unserer Sehnsucht. Und man lebt trotz aller Übermacht weiter.

Und was war sein Gral? In Wahrheit würde er, hätte er bei Gott einen Wunsch frei, diesen um Khutelun bitten.

Der von einem Sonnenstrahl getriebene Sprühregen fegte jetzt schneller über den See. In wenigen Augenblicken hatte er das Tal saubergefegt und ließ es saftig grün im gelben Sonnenlicht zurück. Bald würde die Sonne hier nur noch ein seltener Gast sein.

Sie mußten sich beeilen, bevor das Eis auf dem Dach der Welt alles einschloß und sie in der Falle saßen. Doch hatten sie erst einmal diese Berge überwunden, so waren sie nur noch wenige Monatsritte von Aleppo entfernt und bald sicher heimgekehrt.

»Daheim«, murmelte er.

Was erwartete ihn nach seiner Rückkehr nach Akko? Was als geheime Mission begonnen hatte, war zu einer Odyssee ausgeufert, die sein ganzes Denken auf den Kopf gestellt hatte. Möglicherweise lag es an der Nähe des Winters an diesem wilden Ort, denn plötzlich spürte er das Schwinden seiner Jahre. Er war nunmehr über dreißig Jahre alt, und nur wenig Lebenszeit war ihm noch vergönnt. Vielleicht fünfzehn Jahre, wenn er in die Provence zurückkehrte, weniger als fünfzehn, wenn er es vorzog, in Outremer zu bleiben, wo Krankheiten, Meuchelmörder und endlose Scharmützel und Kriege auf einen lauerten.

2

Sartak hatte ihrer winzigen Kolonne befohlen, bei einem schnell fließenden Strom anzuhalten. Die Pferde, denen man die Vorderläufe zusammengebunden hatte, suchten nach Futter, während die Tataren ihre ledernen Wassersäcke füllten. Weiter stromabwärts beobachtete eine Kranichfamilie sie mit erstauntem Mißtrauen.

Das Ufer des vom Gletscher gespeisten Gewässers war bereits vereist, und das Knacken des Riedgrases unter ihren

Schritten ließ ebenfalls auf Frost schließen. Sie waren hoch in die Berge hinaufgestiegen, und die Luft war schon deutlich kälter. Mit dem Winter im Nacken, strebten sie zu den Pässen hinauf.

Ein Falke kreiste hoch über ihren Köpfen und kreischte. Josseran blickte überrascht zu ihm empor. Mehr als diese Warnung erhielten sie nicht.

Der Tatar an Josserans Seite wirbelte plötzlich zurück, die Hand an den Hals gepreßt. Ein Pfeil war ihm durch die Kehle gefahren. Er fiel hintenüber und in den Strom, seine Beine zuckten krampfhaft, und ein furchtbar gurgelndes Geräusch kam aus seiner Kehle, als er starb. Sein Blut verfärbte das seichte Wasser.

Sartak reagierte als erster, lief durch den Fluß zu seinem Pferd und befreite es im Nu von der Fußfessel. Josseran machte es ihm nach.

Er blickte über die Schulter zurück und sah eine dunkle Linie aus Reitern, die von einer trockenen Senke aus, die gerade einmal eine Meile entfernt war, auf sie zu geprescht kamen. Noch mehr Pfeile regneten auf sie hinunter, und Josserans Pferd schrie auf, als es von einem getroffen wurde, der es zum Glück nur leicht an der Schulter verletzte. Sartak erteilte seinen Männern vom Sattel aus schreiend Befehle, denn er bemühte sich verzweifelt, eine Verteidigungslinie aufzubauen.

Die Angreifer waren inzwischen so nahe herangekommen, daß Josseran ihre Gesichter erkennen konnte. Es handelte sich um Tataren, wie die aus ihrer Eskorte, jedoch nicht um reguläre Krieger, sondern um leicht bewaffnete Reiter, die Pelze trugen und mit Bogen und groben Lanzen ausgerüstet waren. Sie waren vielleicht nicht mehr als zwanzig an der Zahl, hatten jedoch den Vorteil der Überraschung auf ihrer Seite.

Wieder kam ein Schock Pfeile pfeifend angeschwirrt, und dann hatten sie auch schon zu ihnen aufgeschlossen, stachen mit den Hakenspitzen ihrer Lanzen zu und fällten all jene, die nicht schnell genug auf ihre Pferde gekommen waren. Josseran ritt, das Schwert wild schwingend, mitten in die Linie der Angreifer hinein und hieb einen von seinem Pferd herunter. Dann wendete er sein Pferd und griff einen anderen an, den er aus dem Sattel warf.

Er hörte einen Schrei, und als er sich umdrehte, sah er Wilhelm, der sich anschickte, zu Fuß durch das seichte Wasser zu waten. Einer der tatarischen Bogenschützen war ihm, kaum zehn Schritt entfernt, dicht auf den Fersen. Er grinste und erfreute sich an diesem Spiel. Er bremste sein Pferd vom Galopp in den Schritt ab, steckte den Bogen in den Köcher und löste gemächlich das Schwert von seinem Gürtel. Nun lehnte er sich vom Sattel zur Seite und machte Anstalten, zum tödlichen Hieb anzusetzen.

Josseran trieb sein Pferd zum Galopp an und ritt geradewegs auf ihn zu. Der Tatar sah ihn zu spät kommen. Seine Gesichtszüge versteinerten zu einer Maske des Entsetzens, denn er wußte, was ihm bevorstand, und auch, daß er sich nicht selbst verteidigen konnte. Er hielt gerade seinen rechten Arm mit dem Schwert hoch erhoben und gab sich daher auf der rechten Seite eine Blöße. In diese Rippen stieß Josseran mit ausgestrecktem Arm sein eigenes Schwert bis zum Heft hinein. Der Mann schrie auf, sein Mund blieb offen, und er rutschte vom Sattel. Während er zu Boden glitt, wurde Josseran das Schwert durch das Gewicht dieses Körpers aus der Hand gewunden.

Josseran beugte sich hinunter, packte Wilhelm unter den Armen und zog ihn vor sich quer über den Sattel. Er blickte sich um. Sartak hatte ein Dutzend seiner Männer um sich versammelt und baute am anderen Ufer des Stroms eine Verteidigungslinie auf. Er galoppierte zu ihm hin.

Hinter der Ringstellung, die Sartak mit seiner Reiterei gebildet hatte, setzte er Wilhelm ab. Der Pater fiel sogleich auf die Knie und betete mit demselben Instinkt, mit dem ein Krieger nach seinen Waffen greift.

Das Scharmützel war vorüber. Etwa ein halbes Dutzend Tote, von Pfeilen durchbohrt, lagen im Strom. Noch mehr pelzbedeckte Leichen lagen im Riedgras. Die Angreifer hatten bereits den Rückzug angetreten.

»Laßt sie laufen«, hörte er Sartak seinen Männern zurufen. »Laßt sie laufen!«

Doch Josserans Blut war inzwischen so in Wallung geraten, daß Sartaks Befehl seinen Instinkten und seiner Ausbildung völlig zuwiderlief. Er sprang vom Sattel und schnappte sich eine Lanze von einem der gefallenen Tataren. Dann bestieg er wieder seinen Hengst und jagte mit ihm den davoneilenden Reitern nach.

Er lenkte sein Pferd den Abhang hinauf, doch die Angreifer waren bereits hinter einem Felsvorsprung verschwunden. Als er auf der Kuppe war, sah er ihnen hinterher. Sie hatten inzwischen mehr als hundert Schritt Vorsprung vor ihm. Nach einer kurzen Weile gab er die Verfolgung auf. Nie im Leben könnte er sie einholen.

Hinter sich hörte er plötzlich ein Hufescharren, und er drehte sich um. Zwei von Sartaks Männern waren ihm gefolgt. Er erkannte einen von ihnen – es war der Trunkenbold.

»Barbar! Sartak befiehlt dir umzukehren!« rief er.

Doch die Warnung kam zu spät.

Als Josseran sich mit seinem Pferd umdrehte, sah er, was für ein Narr er gewesen war. Der Rückzug hatte sich als Finte entpuppt. Ein Dutzend weiterer Tataren hatten einen Halbkreis hinter ihnen gebildet. Ein neuer Schwarm Pfeile regnete auf sie herab, und Josseran schrie Alarm. Die beiden Tataren schrien auf und glitten von ihren Pferden. Josseran spürte einen qualvollen Schmerz in seiner linken Schulter.

Der Scheinrückzug, ein Lieblingsmanöver der Tataren. Wie hatte er nur so verblendet sein können! Die dunkle Linie der Reiter schloß sich und kam auf ihn zu geritten.

So muß ich also sterben, dachte er. Aber dann bitte nach meinen Vorstellungen.

Er gab seinem Pferd die Sporen, um es den Hang hinaufzutreiben. Zwei seiner Angreifer hoben ihre Bogen und legten an, und im nächsten Augenblick schien sein Pferd auf der Stelle zu treten. Es wankte und fiel langsam auf die Knie. Josseran spürte einen gräßlichen Schlag, als er mit dem Rücken auf dem Gras landete. Der Pfeilschaft, der ihm in der Schulter steckte, zerbrach dabei.

Plötzlich blickte er erstaunt in einen blauen Himmel.

Er ließ sich zur Seite rollen und zwang sich auf die Knie. Der

Schmerz war überwältigend. Lange kann es nicht mehr dauern, sagte er sich. Die Tataren kreisten ihn jetzt ein, wobei sie einander etwas zuriefen, wohl um abzusprechen, wem die Ehre zufallen sollte, ihn zu töten. Einer von ihnen stieg ab und rannte auf ihn zu, sein Schwert vom Gürtel lösend. Josseran versuchte auf die Beine zu kommen, um sich mehr schlecht als recht zu verteidigen, doch seine Knie versagten ihm den Dienst.

Er hatte seine Lanze fallen gelassen, als man ihn von seinem Pferd heruntergeholt hatte. Er tastete im Gras herum, und als er sie gefunden hatte, schlossen sich seine Finger um den Stab. Eine letzte, verzweifelte Tat. Die Lanze war so nutzlos in seiner Hand wie ein Kinderspielzeug. Die Welt vor ihm drehte sich, alle Kraft war ihm aus den Gliedern gefahren. Als der Schwertträger zum Todesstreich ansetzte, hob er zu seiner Verteidigung die Lanze auf Verdacht hoch, hörte das furchtbare Aufeinanderprallen von Stahl auf Holz und fühlte, wie der Stab brach, der den Schlag abgelenkt hatte und den Todesstreich einen Augenblick lang aufschob.

Eine überflüssige Geste, denn von nun an war er schutzlos und mußte gewiß sterben.

Der Tatar hob sein Schwert ein zweites Mal. Jetzt konnte er nichts mehr unternehmen, um sich selbst zu retten.

So also sieht mein Ende aus, dachte Josseran. Dabei hatte ich mir immer vorgestellt, als Tempelritter auf einem Schlachtfeld umzukommen, nicht aber hier bei irgendeinem belanglosen Scharmützel in einem dieser heidnischen Länder und gegen einen Feind, den ich nicht einmal kenne und der in Pelz und zerfransten Mänteln daherkommt. Zumindest aber kann ich ehrenhaft sterben. Ich werde nicht um mein Leben betteln, sondern werde diesem Kerl ins Auge blicken und nicht zusammenzucken, wenn sein Schwert dann auf mich herunterfährt.

3

»Halt!«

Diese Stimme kannte er.

Er sah auf und erblickte zwei schwarze Augen hinter einem purpurroten Schal. »Khutelun«, sagte er. Die Welt fing an, sich schneller zu drehen. Er führte die Hand zur Schulter und starrte sie an. Sie war voller Blut.

Das war das letzte, woran er sich erinnern konnte.

Sie legten ihn mit dem Rücken auf den Boden der Jurte und rissen ihm die Kleider vom Leib. Seine Haut war kreideweiß, sein seidenes Unterhemd mit Blut aus der Schulter vollgesogen. Außerdem hatte er sich oberhalb eines Auges verletzt, dort, wo er bei seinem Sturz vom Pferd mit dem Kopf hart auf dem Boden aufgeschlagen war.

Khutelun packte ein eigenartiges warmes und vertrautes Gefühl, als sie ihn betrachtete. Sie hatte angenommen, sie würde ihn nie wiedersehen. Sie versuchte sich einzureden, daß auch dies nichts änderte.

Sie holte ihr Messer heraus und schnitt das Hemd um die Wunde herum aus. Seine Schultermuskeln waren so hart wie Klafterholz, und seine Größe machte Eindruck, selbst wenn er wie jetzt hilflos war. Sein Brustkorb und sein Bauch waren mit blondgekräuseltem Haar bedeckt, wie sie sich noch aus der Zeit erinnerte, als er verletzt in der tadschikischen Hirtenunterkunft gelegen hatte. Die Haut der tatarischen Männer war so glatt wie Marmor, und sie fuhr mit der Hand durch das Haar und empfand das Gefühl als seltsam und aufregend zugleich und überhaupt nicht unangenehm.

Sie fühlte, wie ihr der Atem stockte.

Bilder aus ihrer Erinnerung überfielen sie: wie sie ihn zu den Buddha-Grotten in den Flammenden Bergen geführt hatte; jene Nacht am Mondsichelsee, als sie dem Singenden Sand lauschten; das Gefühl seines festen Körpers, der sich während des *karaburan* gegen den ihren schmiegte, wie sie sich gefürchtet und wie seine Gegenwart sie beruhigt hatte.

Unwirsch drängte sie diese Gedanken beiseite. Er war ein Gefangener. Es hatte schließlich keinerlei Bedeutung, überhaupt keine.

Er öffnete blinzelnd die Augen. »Du«, sagte er murmelnd.

»Ich muß die Pfeilspitze entfernen«, sagte sie.

Er nickte kaum wahrnehmbar.

Sie hatte vier Männer aus ihrem *arban* mitgebracht. Einem jeden teilte sie eines der Glieder des Barbaren zu, und sie drückten ihn mit ihrem Körpergewicht fest auf den Boden, während sie sich ans Werk machte.

Wegen des Widerhakens an der Metallspitze des Pfeils entstand beim Herausziehen eine größere Wunde als beim Eintreten. Doch die Seide seines Unterhemdes hatte sich fest um die Pfeilspitze gewunden, und Khutelun konnte deshalb so mit der Seide arbeiten, daß sie den Widerhaken herauszog, ohne allzu viel Fleisch zu zerfetzen. Doch Josserans Schultermuskeln hatten sich dermaßen verkrampft, daß sie sehr viel Kraft einsetzen mußte. Josseran stöhnte und sträubte sich, während sie sich abmühte. Schließlich löste sich die Pfeilspitze mit einem schmatzenden Geräusch, und Josseran schnappte nach Luft und fiel in Ohnmacht.

Sie tupfte das Blut in seiner Wunde mit einem Stück Stoff ab. Gerade als sie ihre Arbeit beendet hatte, hörte sie hinter sich ein Geräusch, mit dem die Eingangsklappe beiseite geworfen wurde. Ihr Vater blieb in der Tür stehen, die Hände in die Hüften gestemmt.

»Wird er überleben?«

Sie nickte. »Der Pfeil steckte in einem Muskel und hat kein lebenswichtiges Organ beschädigt.« Sie hielt die goldene Tafel in die Höhe, die sie ihm vom Hals gelöst hatte. »Er trägt eine *paisa* von Khubilai.«

»Khubilais Siegel hat hier keinen Wert«, sagte Khaidu grollend. Er blickte auf den Körper des riesenhaften Barbaren zu seinen Füßen. Er stieß ein wenig mit seinem Fuß nach ihm, mehr aus Verärgerung denn aus Boshaftigkeit. »Es wäre besser gewesen, wenn der Pfeil ihm das Herz durchbohrt hätte.«

»Die Geister des Ewigen Blauen Himmels haben ihn beschützt.«

»Dann verstehe ich die Geister nicht.« Ihre Blicke begegneten sich. Dabei wurde ihr klar, daß er mehr über ihre Gedanken und Gefühle wußte, als sie vermutete, und sie wandte sich von ihm ab.

»Ein unglücklicher Zufall.«

»Wirklich«, sagte er. »Doch das kann man nun auch nicht mehr ändern. Bringe ihn in meine Jurte, wenn er sich erholt hat. Ich will ihn mir dort genauer ansehen.«

Khaidu ging auf den Teppichen hin und her, die Hände zu Fäusten geballt. Vor ihm standen seine drei Gefangenen, zwei Männer aus Sartaks Eskorte, die beide zu Khubilais *kesig* gehörten, und der Gesandte der Barbaren. Khuteluns Reiterei hatte Josserans Pferd eingefangen, und in der Satteltasche war man auf das Abkommen gestoßen, das Khubilai dem Großmeister des Templerordens in Akko anbot. Auch die angebotenen Geschenke hatte man gefunden.

»Was habt Ihr denn hier?« sagte Khaidu grollend. Er öffnete das Bündel und warf die Rollbilder mit der feinen Pinselarbeit auf den Boden. »Ist es das, was Khubilai besonders schätzt?« Er trat mit den Stiefeln auf die Bildrollen, um dem Barbar zu demonstrieren, wie wenig er von den Geschenken des Kaisers hielt.

»In unserem Land würde man sie als ...« Josseran suchte nach dem Wort der Tataren für Kunst, konnte sich jedoch nicht daran erinnern und wußte nicht einmal mit Bestimmtheit zu sagen, ob es solch ein Wort in ihrer Sprache gab. »Die Menschen würden sie wegen ihrer Schönheit schätzen.«

»Schönheit!« Khaidu spuckte aus. Es entstand ein angespanntes Schweigen. Josseran war sich der Anwesenheit der Tataren und dem Aufblitzen der Lanzenspitzen in dem trüben Dunkel um ihn bewußt.

»Ein wahrer Krieger lebt in einer Jurte«, sagte Khaidu zornig. »Er reitet jeden Tag auf seinem Pferd, er kämpft, er trinkt *kumys*, er jagt, er tötet. Die Chin haben Khubilais Kraft unterhöhlt, und er hat diese Dinge vergessen. Seht nur!« Er schnappte sich eine der Bildrollen und hielt sie in die Höhe. »Was taugt das für einen Mann?«

Infolge seines großen Blutverlustes überkam Josseran eine Schwäche, und er sank auf die Knie. Es fiel ihm zunehmend schwerer, den Verhandlungen zu folgen. Ihm ging auf, daß er nicht mehr als eine kleine Bauernfigur in diesem Schachspiel war. Khaidu betrachtete ihn als Khubilais Geschöpf, und die goldene *paisa*, die ihm sicheres Geleit garantieren sollte, konnte statt dessen sein Schicksal besiegeln.

»Khubilai hat bewiesen, daß er kein Khan mehr ist. Er ist mehr Chin als die Chin selbst.«

»Es ist sicher nicht falsch, ein wenig von den anderen zu lernen«, entgegnete Josseran, der sich sogar jetzt noch bemüßigt fühlte, seinen Schutzherrn zu verteidigen.

»Lernen? Was gibt es denn von denen zu lernen, die nicht einmal stark genug sind, um unserer Armee zu widerstehen?«

Eine unwiderlegbare Logik, dachte Josseran und entschloß sich, den Mund zu halten.

Khaidu steigerte sich in einen immer größer werdenden Zorn hinein. »Wir sind die Herren der Chin«, schrie er, »und doch haben sie Khubilai so geschluckt, wie ein Adler ein krankes Lämmchen frißt. Er hat sich einen Palast in Shangdu errichten lassen und einen weiteren in Kitai, und er lebt dort ungeniert. Jetzt möchte er sogar seinen eigenen Lebensstil verändern, das heißt genau die Art und Weise, die uns zu den Herren der Welt gemacht hat! Er möchte, daß wir alle wie die Chin werden und in Städten oder Palästen leben. Er versteht uns, sein eigenes Volk, nicht mehr! Werden wir seßhaft, so bedeutet das für uns den Untergang!«

Die herausgestoßenen Worte, die Zustimmung erheischten, brachen über Josseran und seine Mitgefangenen herein. Khaidu nutzt unsere Gefangennahme für seine eigene Politik. Sein Wüten soll seine Krieger und seine Verbündeten beeindrucken.

»Wenn Khubilais Art sich durchsetzt und unsere Kinder nur noch in Seide herumlaufen, schmierigen Fraß fressen und ihre Tage träge in Teehäusern vergeuden, werden unsere Söhne sich mit Frauen amüsieren und nicht mehr daran erinnern, daß sie dem Ewigen Blauen Himmel verpflichtet sind. Sie werden vergessen, wie man im Galopp einen Pfeil abschießt, und werden vor dem Wind Zuflucht suchen. Und dann werden sie wie die Chin, und wir sind auf ewig verloren.

Seht Euch nur alles an, was wir haben!« Er breitete die Arme aus, um auf den Pavillon, das Lager und das Weideland zu deuten. »Wir haben eine Jurte, die mit den Jahreszeiten wandert. Wir haben unsere Pferde und unsere Bogen und unsere Steppe, wir haben den Ewigen Blauen Himmel! Damit haben wir uns selbst zu Herren über die Erde erhoben! Das ist die Lebensweise der Tataren, die von Dschingis Khan und von Tengri! Khubilai ist vielleicht Khan in Shangdu, aber er ist nicht mein Khan. Er ist für die Mongolen gefährlicher als all unsere Feinde zusammengenommen. Arik Böke wird die Tataren in die Steppen und zu ihrer alten Lebensweise zurückführen, die uns stark gemacht hat! Möngkes General unterstützt ihn dabei, und die Goldene Horde ist jetzt auf seiner Seite. Sie marschieren bereits mit einer Armee auf Shangdu zu!«

»Eure Auseinandersetzungen sind für mich ohne Bedeutung«, rief Josseran, aus Erschöpfung und vor Schmerz jede Vorsicht außer acht lassend, über die Hoch- und Bravorufe hinweg. Er war es leid, das Spiel dieser tyrannischen Prinzen als Bauernfigur mitzuspielen. »Ich bin hergekommen, um mit dem Khan der Tataren ein Abkommen gegen die Sarazenen zu schließen. Dann wurde ich entführt und zu Khubilai gebracht, der für sich in Anspruch nahm, der Khan der Khane zu sein. Mit Eurem Kampf um den Thron habe ich nichts zu schaffen. Ich bin nur ein Gesandter meiner Herren in Outremer.«

»Wenn Ihr mit uns verhandeln möchtet«, schrie Khaidu, »dann hättet Ihr Euren Frieden zu Füßen von Arik Böke in Karakorum schließen müssen.«

»Ich würde mich glücklich schätzen, mit jenem Frieden zu schließen, dem der Thron rechtmäßig zusteht.«

»Der Thron steht Arik Böke zu! Aber Ihr habt recht, Barbar, Ihr seid ein Gesandter, nicht wie diese beiden Hunde dort.« Er trat nach dem Trunkenbold, der aufschrie und seinen Kopf noch tiefer in den Teppichen vergrub. »Was ich mit Euch anfange, Barbar, muß ich erst noch entscheiden. Wenn ich Euch zu Euren anderen Barbaren zurückgehen ließe, würdet Ihr ihnen zweifellos sagen, daß wir im Streit liegen. Aber da Ihr ein Gesandter seid, sollten wir Vorsicht walten lassen. Legt ihm einen Holzkragen an, damit er nicht flüchten kann, und wir werden weiter darüber nachdenken!«

Als sie ihn abführten, suchte Josseran die Menge der bronzefarbenen und feindlich dreinblickenden Gesichter nach dem von Khutelun ab, aber er erkannte nur seinen alten Freund Tekudai, dessen Miene so mürrisch war wie die aller anderen. Er überlegte, ob auch sie ihn verlassen haben könnte.

4

Der Holzkragen bestand aus einem Joch aus schwerem Holz, das um den Hals gelegt wurde, und besaß zwei kleinere Aussparungen für die Handgelenke. War der Kragen erst einmal angelegt, so war es unmöglich, sich auf den Boden hinzulegen und gleichermaßen unmöglich, zu schlafen. Das den Nacken belastende Gewicht und die Verkrampfung in den Schultermuskeln, die er verursachte, sollten zweifellos seinen Widerstand brechen.

Das Blut aus seiner Wunde über dem rechten Auge war inzwischen verkrustet, und sein Auge war zugeschwollen. Ab und an spürte er, wie ein Tropfen wässerigen Bluts auf seine Wange sickerte. Doch die Beschwerden am Auge waren, verglichen mit den lähmenden Schmerzen seiner Wunde an der Schulter, gering zu nennen. Diese beherrschten seine Gedanken und Gefühle, denn die Wunde brannte, als wäre das Schulterblatt mit einem Metallhaken geöffnet und mit geschmolzenem Blei ausgegossen worden.

Er fühlte, wie er erneut in die Dunkelheit abglitt, in eine Phantomwelt, die von den Trommeln der Schamanen und einer kalten, unablässigen Pein erfüllt war.

Wie aus weiter Ferne hörte er das Gemurmel und das Gelächter von Männerstimmen, dann wieder ein unheimliches Kreischen, das das Klappern der Trommeln übertönte, und ein anderes Mal einen vielleicht nur eingebildeten Schrei aus dem Mund eines seiner Mitgefangenen.

»Joss-ran«, sagte eine Stimme.

Er sah auf. Durch den Eingang der Jurte konnte er nur den orangefarbenen Schein der Feuer und das ferne Leuchten eines einzelnen Sterns erkennen.

»Joss-ran.«

Da war ihr Gesicht, es war seine schöne Hexe Khutelun, ihre Augen blitzten im Dunkeln und glühten im Widerschein des Feuers rot auf wie die einer Katze. Sie kauerte vor ihm. »Du hättest nicht wegreiten sollen«, sagte sie.

»Hätte ich vielleicht lieber fortlaufen sollen? Etwa wie der Geistliche?«

»Du bildest dir ein, du seist mutig gewesen. Sieh nur, wohin dich das geführt hat.« Ihr Gesicht verriet keinerlei Mitgefühl. Der Pater hatte sicherlich doch recht. Eine Wilde kann nicht wie eine Christin wirkliches Mitgefühl empfinden. Sie ist nicht viel anders als ein Tier. Ein Mann könnte da eher noch einem Leoparden beiwohnen.

Da hörte er es wieder, dieses furchtbare Kreischen. »Was war das?« fragte er sie.

»Sie trauern mit den Witwen, die du heute gemacht hast.«

»Das habe ich nicht beabsichtigt, denn ich habe um mein Leben gekämpft. Und was ist mit den Witwen, die *du* gemacht hast?«

Sie hob eine Hand und zeichnete mit den Fingerspitzen die Umrisse seiner Wunde an der Stirn nach. Wenigstens ein Zeichen von Zärtlichkeit, vielleicht hat sie die Wüste doch noch nicht vollkommen vergessen, dachte Josseran.

»Was wird mit mir geschehen?«

»Mein Vater ist böse mit mir, weil ich dich als Gefangenen mitgebracht habe, und er ist böse mit dir, weil du an deiner Verwundung nicht gestorben bist. Es wäre ihm lieber, du wärst tot, aber die Verantwortung dafür möchte er nicht übernehmen.«

Er versuchte, seine Haltung zu verändern, doch diese Bemühungen verursachten ihm stechende Schmerzen in der Schulter. »Ich bedaure die Unannehmlichkeiten, die ich ihm bereitet habe.«

Falls sie die Ironie in seiner Stimme herausgehört hatte, so ließ sie es sich jedenfalls nicht anmerken. »Er hat den Brief gelesen, den du von Khubilai mitgebracht hast. Einige der Generäle meines Vaters sagen, du seist ein Gesandter und man müßte dich mit Respekt behandeln. Andere sagen, da du mit Khubilai, nicht aber mit unserem wahren Khan der Khane, Arik Böke, verhandelt hast, müßte man dich hinrichten. Wiederum andere möchten dich als Geisel behalten. Aber ist dein Leben für Khubilai denn von irgendeinem Wert?«

Er zwang sich zu einem grimmigen Grinsen. »Sag ihm, der Kaiser von Kitai liebt mich wie einen Bruder.«

Bei seinem schwachen Scherz lächelte sie nicht. Etwas in ihrer Miene verwirrte ihn.

»Und was ist deines Vaters Meinung?«

»Mein Vater zieht die Hinrichtung vor. Er meint, tote Männer essen weniger.«

Mußte er jetzt wirklich sterben? Eigentlich war die Frage schon beantwortet, denn nachdem er über das Dach der Welt gezogen war, hatte er die Hoffnung irgendwie aufgegeben, das Heilige Land nochmals wiederzusehen. Und dennoch wollte er nicht aufgeben. In dieser merkwürdigen Fehde war er ein Eindringling, und diese Anführer waren möglicherweise noch zu überzeugen.

»Vielleicht läßt sich dieser Konflikt ohne das Abschlachten der Gesandten aus anderen Königreichen beilegen.«

»Ich werde alles tun, was ich kann, um meinen Vater umzustimmen. Ich werde versuchen, dich freizubekommen.« Sie hatte eine hölzerne Schale mitgebracht, die mit Wasser gefüllt war. Sie tauchte ein Stück Stoff hinein und wusch ihm damit das verkrustete Blut an seinem Auge weg. Er biß die Zähne zusammen, als das eiskalte Wasser ihn schmerzte. Dann säuberte sie seine Einschußwunde so zärtlich wie eine Geliebte. Auch jetzt, in seiner verzweifelten Lage, war er sich der Wärme ihres Körpers bewußt und auch der Umrisse ihrer Brust, die gegen das seidene Unterhemd unter ihrer Jacke drückte.

An diesem Ort habe ich mich so weit von Gott entfernt, dachte er. Vergesse ich bereits die Buße, die Pater Wilhelm mir auferlegt hat? Laß mich hier sterben und zur Hölle fahren.

»Ich will dich noch immer, Gott helfe mir«, sagte er flüsternd und erschrak über seine heisere Stimme.

Darauf antwortete sie nicht.

»Hörst du mich, Khutelun?«

»Ich darf dir deine Wunden auswaschen. Darüber hinaus kann ich nichts für dich tun.«

»Ich muß es wissen. Empfindest du gar nichts mehr für mich?«

»Du bist ein Barbar aus dem Westen. Wie kann ich da etwas für dich empfinden? Ich werde den Sohn eines Khan heiraten, der mir Prinzensöhne der Steppe machen wird, so wie mein Vater es erwartet.« Sie beendete ihre Waschungen. Es war nur Freundlichkeit, dachte er, obwohl sie seine Schmerzen nicht gelindert hatte. »Diese Wunde ist sauber.«

»Weshalb quält dein Vater mich mit diesem Kragen? Bestelle ihm: Wenn ich ihn dermaßen ärgere, dann soll er tun, was er will. Ich habe keine Angst vor dem Tod.«

»Ich werde ihm berichten, was du gesagt hast.« Sie stand langsam auf und ging auf die Türöffnung der Jurte zu. Er betrachtete ihre Silhouette, die sich vor den Lagerfeuern abzeichnete.

»Ich würde alles darum geben, noch einmal bei dir zu liegen, bevor ich sterbe.«

»Dann bist du ein Narr«, sagte sie und entwich in die Dunkelheit.

5

Josseran hatte den Holzkragen erst ein paar Stunden lang getragen, als er den Eindruck gewann, er trage das Gewicht der Kathedrale von Chartres auf den Schultern. Jede auch noch so kleine Bewegung wurde ihm zur Qual. Vor lauter Schmerz und Erschöpfung fiel er in eine Traumwelt, die allerdings dem Schlaf nicht gleichkam, denn daran war nicht zu denken. Dennoch beförderte sie ihn ein paar gesegnete Augenblicke lang weg von seiner schrecklichen Zwangslage. Er sah die Wiesen mit blendend gelbem Raps im Languedoc, fuhr mit dem Auge eines Fremden darüber hinweg, war von ihrer Schönheit beeindruckt und fühlte dennoch kein Heimweh, ganz als gehörten sie zur Zeichnung eines Gobelins.

Er war sich sicher, daß er sie nie wiedersehen würde.

Als er seine Augen öffnete, stellte er fest, daß noch jemand sich in der Jurte befand, und er blickte auf und sah Khaidu, der über ihm stand und ihn beobachtete. Sein Herz pochte ihm bis zum Hals. Vielleicht kam nun sein Urteilsspruch, und er würde bald erfahren, wie er sterben würde.

Khaidu stand, die Hände in die Hüften gestemmt, mit gespreizten Beinen neben ihm. »Was soll ich mit Euch anfangen, Barbar? Meine Generäle raten mir, Euch mit den anderen hinrichten zu lassen.«

»Mit den anderen?«

»Mit Khubilais Kötern. Sie haben das Volk der Blauen Mongolen verraten und sind ein Schandfleck in der Geschichte Dschingis Khans. Ich habe bestimmt, daß sie bei lebendigem Leib gesotten werden.«

Gerade als er dies sagte, konnte Josseran hören, wie seine Mitgefangenen dem Tod entgegengingen. Er hoffte, daß man dem Trunkenbold noch etwas von seinem geliebten *kumys* verabreicht hatte, damit er seine schwere Prüfung leichter überstand. Er veränderte seine Lage etwas, damit er dem anderen Mann in die trüben, grauen Augen blicken konnte. Wie gerne würde er dessen Eingeweide um sein Schwert wickeln.

»Und was bringt Euch dazu, bei meiner Person länger nachzudenken?«

»Einige bestehen darauf, daß Ihr ein Gesandter Eures Königs seid und als solcher ein Anrecht darauf habt, daß man Euch verschont.«

Josseran grübelte über diesen seltsamen Gerechtigkeitssinn nach, der seine tatarischen Gefährten in große Kessel mit siedendem Wasser führte, während man im Zusammenhang mit dem Schicksal eines Fremden über Gewissensfragen debattierte. Die Schreie der gefolterten Männer hallten im Lager wider. Ja, sie hatten den Kessel bereits angeheizt. Josseran konnte sich nicht vorstellen, auf eine solche Weise sterben zu müssen. Aber er würde nicht um sein Leben betteln, selbst wenn sie ihm einen Knochen nach dem anderen brechen würden. Mochte Gott ihm die Kraft verleihen, diesen Teufeln zu widerstehen.

»Vielleicht kann ich Euch etwas anderes vorschlagen.«

Ein kurzes wölfisches Grinsen erschien auf Khaidus Gesicht. War er etwa deshalb hier? Um ihm dabei zuzusehen, wie er feilschte?

»Was habt Ihr mir anzubieten, Barbar?«

»Gebt mir Khutelun zur Frau.«

Das Lächeln erstarb, und Khaidu fuhr mit der Hand an sein Schwert, seine Knöchel um den Griff traten weiß hervor. Josseran dachte einen Augenblick lang, daß er ihm hier und jetzt den Kopf abschlagen werde. Doch statt dessen begnügte er sich damit, einen Fuß auf den Holzkragen zu stellen und ihn fast bis auf den Boden zu zwingen, indem er Josserans Hals bis zwischen die Knie hinunterdrückte. »Spielt Ihr mit mir?«

Josseran wollte, konnte aber nicht antworten. Der Schmerz überstieg jede Vorstellung. Mit einem Knurren nahm Khaidu schließlich seinen Fuß vom Kragen und trat einen Schritt zurück.

Josseran versuchte mühsam, den Kopf zu heben. Er hat mir das Genick gebrochen, dachte er.

Er war nicht in der Lage, den Rücken zu strecken, und fiel zur Seite. Er stieß einen Schmerzensschrei aus, sein ganzes Gewicht lag nun auf der rechten Hüfte und dem rechten Knie.

»Vielleicht werdet Ihr doch noch mit den anderen gesotten«, knurrte Khaidu.

»Ich meine … es ernst.«

»Ein Mensch kann auf viele verschiedene Arten sterben, Barbar. Ihr macht es Euch nicht gerade leicht.«

»Ich schlage … einen Wettkampf vor.«

Da Rücken und Hals durch den Holzkragen verdreht waren, konnte er Khaidus Gesicht nicht sehen, dafür aber das Zögern in seiner Stimme hören. »Einen Wettkampf?«

»Ein Rennen … mit den Pferden … Khutelun gegen … mich. Wenn ich … gewinne, gebt Ihr sie mir … zur Frau.«

»Und was tut Ihr danach? Werdet Ihr sie mit in die barbarischen Länder nehmen?«

»Ich würde … hier bleiben.«

»Hier?« Khaidus Stimme kippte vor lauter Ungläubigkeit. »Weshalb möchtet Ihr hier bleiben?«

Darauf wußte Josseran auch keine Antwort. Denn wohin wollte er zurückkehren, wenn es keine Seele gab, die ihm auch nur eine Träne nachweinte, wenn er nicht heil nach Akko zurückgelangte?

»Und was wettet Ihr dagegen?« wollte Khaidu wissen.

Diese Qualen durch den Holzkragen machten ihn noch verrückt, dachte Josseran. Mochte der Herr im Himmel ihm vergeben. Er feilschte mit allem, was er hatte, jagte einem Phantom nach und setze alles auf eine Karte.

»Viele junge Männer haben vor Euch schon um sie geworben«, fuhr Khaidu fort. »Keine lumpigen Gesandten der Barbaren, sondern edle Tatarenprinzen, und jeder bot hundert Pferde für ihr Heiratsversprechen. Was bietet Ihr an, wenn Khutelun gewinnt, wovon ich überzeugt bin?«

»Mein ... Leben!«

»Euer Leben ist sowieso verwirkt.«

Die Schreie setzten erneut ein. Wie lange brauchte man, um einen Mann zu kochen?

»In diesem Augenblick ... habe ich es noch. Es ist alles, was ich ... habe, solange Ihr noch ... keine Entscheidung darüber gefällt habt, was mein ... Schicksal sein wird.«

Khaidu brummte, vielleicht in widerstrebender Bewunderung für Josserans Mut. »Und wenn ich Euch sagte, daß ich beabsichtige, Euch freizulassen? Wollt Ihr dann diese Wette immer noch eingehen?«

Darauf antwortete Josseran nicht. Wie konnte ein Mann so etwas aushandeln, wenn Kopf und Arme in einem Holzkragen steckten? Khaidu gab einem der Wachmänner durch Kopfnicken ein Zeichen, der daraufhin das teuflische Gerät an den beiden Enden packte und Josseran aufrecht hinsetzte. Das Gewicht war nun auf erträglicherere Weise verlagert, und Josseran gab einen Seufzer der Erleichterung von sich. Jetzt brauchte er nur noch den Holzkragen gegen eine Verstrebung der Jurte zu lehnen, und schon konnte er sich einen Augenblick lang von diesem niederschmetternden Gewicht befreien.

»Wollt Ihr mich freilassen, mein Herr Khaidu?«

»Ja.«

»Dann ergibt die Wette für mich keinen Sinn. Einverstanden?«

»Nein!« Khubilais Sendschreiben an den Großmeister der Tempelritter wurde ihm unter die Nase gehalten. »Das ist alles, was ich von Euch will. Wir lassen es nicht zu, daß der Usurpator sich mit Hulagus Hilfe bewaffnet!«

»Das ist einerlei. Der Botschafter und die Botschaft sind ein und dasselbe. Ihr könntet nicht den einen ohne das andere packen. Falls ich nach Akko zurückkehren sollte, werde ich all meine Vorgesetzten und Prinz Hulagu davon unterrichten, was ich gesehen und gehört habe. Ihr seid besser bedient, wenn Ihr in die Wette einwilligt. Es wäre unklug von Euch, wenn Ihr mich gehen ließet.«

»Ihr wißt natürlich, daß Khutelun, und nur sie allein, wünscht, daß Ihr am Leben bleibt.«

Josseran schwieg und lächelte leicht. Sie hatte ihn also nicht vollständig im Stich gelassen. Gegen jede Vernunft hörte er seine Stimme wie aus weiter Ferne sagen: »Ich will meine Freiheit nicht. Ich will Khutelun.«

»Ihr seid ein Narr.«

»Da mögt Ihr recht haben.«

Khaidu sah ihn lange an. »Ihr seid ein Fremder hier, und das fasziniert sie, weil sie eine Schamanin ist und nicht so wie die anderen Frauen. Sie fühlt sich von Dingen angezogen, die uns, die wir diese Gabe nicht haben, Angst machen. Aber Ihr seid nicht für sie bestimmt. Sie muß einen jungen Khan heiraten, ihm Kinder schenken und ihr Leben in diesen Steppen beschließen.«

»Laßt sie entscheiden«, entgegnete Josseran.

Khaidu stand eine Weile nachdenklich da. Josseran konnte sein Atmen hören und vermochte nicht länger seinen Kopf zu heben, um in den Augen des Khan zu lesen. »Es wäre besser gewesen, Ihr wärt heute gestorben«, sagte er schließlich, kehrte auf dem Absatz um und verließ die Jurte. Draußen waren die Trommeln der Schamanen und die schrecklichen Schreie der Gefolterten zu hören, die der Tod noch nicht erlöst hatte.

6

Khutelun saß auf einer Hügelkuppe oberhalb des Lagers, unter sich den Halbkreis der Nachtfeuer und das schützende Ringlager der *kibitkas*. Sie war hierher gekommen, um mit den Geistern allein zu sein, unter dem schützenden Baldachin des Himmelszeltes, das heute abend am hellen Knopf des nördlichen Polarsterns aufgehängt schien. Ihr Körper wurde von einem bitterkalten Wind gebeutelt, ganz so, als würde eine unsichtbare Hand sie durchrütteln. Kalt wie der Tod war es hier oben.

Sie konnte sich ihre innere Unruhe nicht erklären, und sie umfaßte ihre Knie mit den Armen und drückte ihre Stirn auf die Fäuste. Sie stieß einen kleinen Schrei aus, der einen Wachmann verwirrte, der irgendwo unterhalb von ihr auf seinem Pferd döste.

So lange sie sich erinnern konnte, hatte sie ihr Geschlecht und alles, was damit zusammenhing, immer gehaßt. Als Kind hatte sie die Gesellschaft ihrer Brüder der ihrer Schwestern vorgezogen, eine Vorliebe, die der Wettstreit noch beflügelte. Bald hatte sie es gelernt, ihre Brüder im Jagen, Reiten, ja sogar im Ringen zu übertreffen. Als sie heranwuchs, hatte sie alles Erdenkliche unternommen, um die Gunst ihres Vaters zu gewinnen, allerdings immer auch gefühlt, daß er ihren Brüdern freundlicher zulächelte als ihr selbst. Durch das Beobachten der Pferde auf der Weide hatte sie die Unterschiede zwischen Stute und Hengst herausgefunden, und sie begriff, daß hier die Quelle des Problems lag.

Doch bei den Tataren saß eine Frau nicht so ruhig und unterwürfig da wie eine Frau der Chin mit ihren geflochtenen Haaren und ihren Lilienfüßen. Also hatte sie sich daran gemacht, ihrem Vater zu beweisen, daß sie auf dem Pferderücken stärker, mutiger und geschickter war als irgend jemand im Clan. Mit Pfeil und Bogen hatte sie stundenlang, ja tagelang geübt. In den beiden vergangenen Jahreszeiten hatte sie ihre Belohnung erhalten, denn ihr Vater hatte ihr auf der Jagd erlaubt, neben ihm zu reiten, ihr sogar das Kommando über einen *mingan*, ein Regiment von eintausend Kriegern, übertragen.

Doch sie war immer noch eine Frau, und er erwartete von ihr, daß sie heiratete und Söhne gebar. Und wenn dies schon sein mußte, so hatte sie sich geschworen, dann sollte eines ihrer Kinder, und nicht irgendeines aus der Brut ihres Bruders, eines Tages den Platz ihres Vaters als Khan des Clans und Herr der Steppen von Fergana einnehmen. Und wenn dieser Tag gekommen war, so plante sie, ihre Freiheit und ihren Sattel gegen wirkliche Macht innerhalb des Stamms einzutauschen.

Doch ihr Ehrgeiz war von einer inneren Schwäche hintertrieben worden, die sie nie in sich vermutet hätte. In einer Vereinigung mit diesem Barbaren sah sie keine Vorteile für sich, und dennoch hatte sie es sich gestattet, sich vorzustellen, wie es sei, bei ihm zu liegen. Manchmal fragte sie sich, wie sie einen so verheerenden Gedanken gutheißen konnte. Zu anderen Zeiten wiederum konnte sie an nichts anderes mehr denken.

Seine Augen hatten seine Sehnsucht verraten, lange bevor er die Worte ausgesprochen hatte. Sie konnte nicht begreifen, warum Männer dieses heftige Verlangen nach ihrem Körper verspürten. Sie war sich sicher, daß sie – hatten sie erst einmal entdeckt, daß sie auch nur eine Stute wie alle anderen war – enttäuscht sein würden. Weshalb dann verweilte sie bei diesem gefährlichen Spiel?

Khaidu hatte ihr von der Herausforderung berichtet, die der Barbar vorgeschlagen hatte. Sie war sehr erstaunt darüber gewesen. Schließlich hatte sie eingewilligt. Er würde genauso zur Prüfung antreten wie alle anderen Bewerber zuvor, mit ihr bis zum Gipfel des Kamms um die Wette reiten und von dort den Kadaver einer Ziege holen. Wer von ihnen zuerst die Beute am Eingang zu Khaidus Jurte ablegte, hätte gewonnen.

Morgen also mußte sie gegen den Barbaren antreten. Gewann sie, mußte er sterben. Gewann er, mußte sie ihren Sattel und den Stolz ihres Vaters aufgeben und sich ihm wie eine Frau ihrem Gemahl ergeben.

Welchen Ausgang wünschte sie sich? Die Entscheidung darüber überließ sie dem morgigen Tag.

7

Das Tal war reingewaschen worden, und der Himmel zeigte ein fahles Blau, das Blau Tengris, des Herrn des Ewigen Blauen Himmels. In der Ferne fiel das schneebepuderte Grün des Fichtenwaldes zu einem kobaltblauen See hinab.

Khutelun saß auf ihrer Schimmelstute, im langen *del* und in Reitstiefeln, das Gesicht in einen purpurfarbenen Schal gehüllt. Sie würdigte Josseran keines Blickes, der auf einer reizlosen und launischen fahlgelben Stute mit schlechten Zähnen saß, die man ihm zugeteilt hatte. Seine langen Beine reichten fast bis auf den Boden hinunter.

Das ganze Lager hatte sich versammelt, um dieser unterhaltsamen Veranstaltung beizuwohnen. Es herrschte eine ausgelassene Atmosphäre, denn jedermann nahm an, daß der häßliche Barbar verlieren würde. Vielleicht gab es am Abend eine weitere Kochveranstaltung, auf die man sich freuen konnte.

Khaidu trat aus seiner Jurte heraus, ging zu Khutelun und legte eine Hand auf den Kopf ihres Pferdes. Er beugte sich zu ihr. »Du darfst nicht verlieren«, flüsterte er.

»Ich weiß, was ich zu tun habe.«

»Laß nicht zu, daß deine weiblichen Gefühle für diesen Barbaren den Interessen des Clans im Wege stehen.«

»Ich hege keine weiblichen Gefühle für ihn, Vater.«

»Enttäusche mich nicht.«

Ihre Stute stampfte und schlug mit dem Schweif vor lauter Vorfreude. »Ich bin gegen bessere Reiter als ihn angetreten und habe gewonnen. Ich weiß, was ich zu tun habe.«

Josseran biß die Zähne zusammen, als die Schmerzen in seiner Schulter zunahmen. Trotzdem genoß er das Gefühl, von der Last des Holzkragens befreit zu sein. Da die Verwundung dazu führte, daß er so gut wie keine Kraft in seinem linken Arm mehr besaß, mußte er die Zügel wohl oder übel mit einer einzigen Hand führen.

Er sah sich um und blickte in die Gesichter der Tataren. *Sie sähen es gerne, wenn man mich wie die anderen in den Kessel werfen würde und sie dabei zusehen könnten.*

Khutelun wich seinem Blick aus.

Er spürte ein auflodererndes Unwohlsein. In Wahrheit, so dachte er, würde sie ihm auf einem Pferderücken tatsächlich ebenbürtig sein, zumal sie dieses hügelige Gelände besser kannte als er. Doch er hoffte, sie hätte verstanden, daß es bei diesem Wettstreit nicht um die Reitkunst, sondern um ihr Herz ging.

»Wer immer mir die Ziege bringt, erhält seinen Willen«, rief Khaidu aus, und kurz bevor er zurücktrat, versetzte er Khuteluns Pferd einen Stoß. Es machte einen Satz nach vorn. – Das Rennen war längst eröffnet, da machte Josserans Pferd immer noch keine Anstalten, sich zu bewegen.

Er galoppierte hinter ihr her auf die bewaldeten Hügel am Fuß des Kamms zu. Das flache, hämmernde Trippeln des Ponys verursachte ihm Wellen des Schmerzes in der Schulter. Inzwischen gegen das eigene Leiden abgehärtet, gab er darauf nicht mehr besonders acht. Jetzt zählte nur noch dieses Wettrennen.

Khuteluns Pferd schwenkte plötzlich ab und hielt auf den steilsten Hang des Berges zu, auf jene Spur, die die Tataren den Platz-wo-der-Esel-von-der-Ziege-gefällt-wird nennen. Aber Josseran hatte sich bereits einen eigenen Anstieg ausgewählt, und zwar über die breite Schulter des Gebirgspasses.

Obwohl Khutelun ihn bereits um mehr als die Entfernung eines Bogenschusses abgehängt hatte, wähnte er den Sieg in Reichweite, weil er in seinem Herzen davon überzeugt war, daß sie ihn nicht würde sterben lassen.

Er erreichte den Schatten des Kamms und sah sich nach Khutelun um. Wo steckte sie? Sie hatte, wie ihm schien, den steilsten und kurvenreichsten Pfad gewählt, und er erwartete eigentlich, sie auf dem Pfad unter sich zu sehen. Doch dort gab es nicht das geringste Anzeichen von ihr.

Als dann ein Schatten auf sein Gesicht fiel und er überrascht nach oben blickte, sah er sie über sich auf dem eigentlichen Gipfel. Sie hielt einen der Kadaver triumphierend in die Höhe.

Jetzt erinnerte er sich daran, was Wilhelm ihm gesagt hatte. »*Sie ist eine Hexe und jenseits der Auferstehung.*«

Nein! Er wollte nicht glauben, daß sie ihn ausgestochen hatte.

Er gab seinem Pferd die Sporen und jagte es den Pfad hinauf. Als er den Kamm erreichte, lehnte er sich aus dem Sattel, ergriff den zweiten Kadaver und legte ihn quer vor sich. Verzweifelt sah er sich nach Khutelun um.

Jetzt erblickte er den Weg, den sie genommen hatte. Er führte durch eine hohle Gasse, die sich quer über den ganzen Berg zog, von unten jedoch nicht einzusehen gewesen war. Sie ritt denselben Pfad zurück. Er trieb sein Pferd den Abhang hinunter, ihr hinterher.

Er verspürte ein prickelndes Gefühl der Angst in der Magengegend. Vielleicht war dies letztlich die wahre Khutelun; Khutelun, die Tatarin, Khutelun, die Hexe, die keine Niederlage irgendeinem Mann gegenüber zuließ und um ihres eigenen Stolzes willen bereit war, sein Leben aufs Spiel zu setzen.

Er trieb sein Pony über das steinige Schiefergeröll, das den Hufen keinen Halt bot. Inzwischen ließ er jede Vorsicht außer acht.

Aber er wußte, daß er nicht mehr gewinnen konnte. Sie war jetzt gut dreißig Schritt tiefer als er, und ihre Stute jagte leichtfüßig und geschickt auf einem engen, steinigen Pfad dahin, den sie viele Male zuvor gegangen war. Khutelun hüpfte im Sattel auf und ab oder stand zuweilen aufrecht in den Steigbügeln. Diesen Rückstand konnte er nicht mehr einholen.

Hätte er noch ein wenig Verstand im Kopf, so fiel ihm urplötzlich ein, würde er sofort sein Pony wenden und auf den Pfaden südwärts über die Berge reiten, fort von Khaidu und den Steppen Almalyks. Vielleicht hatten Khaidu und Khutelun dies möglicherweise sogar beabsichtigt; dann diente dieses Wettrennen lediglich als Ablenkungsmanöver, das ihn mit einem frischen Pferd versorgen und ihm zu einem Sicherheitsabstand zum Lager verhelfen sollte. Khaidu wollte, daß er floh und ihn der Verantwortung für sein Schicksal enthob. Sie würden selbstverständlich so tun, als jagten sie hinter ihm her, doch der Khan würde dafür sorgen, daß sie ihn nicht wieder einfingen. Khutelun hätte ihn besiegt, und abends würden sie sich bei Hammelfleisch und *kumys* an ihren Lagerfeuern über den Barbaren amüsieren.

Er zügelte sein Pferd und blickte hinter ihr her. Er fragte sich, ob sie ihn wohl je geliebt hatte.

Er sah, wie sie sich im Sattel umdrehte und zum Kamm hinaufblickte. Sie hob eine Hand in die Höhe. Zum Abschied oder im Triumph?

Und dann stürzte ihr Pferd.

8

Seine Silhouette, etwa dreißig Schritt über ihr, hob sich verschwommen gegen die Sonne ab. Flüchtig spürte sie einen stechenden Schmerz. So war es für alle Beteiligten das Beste, sagt sie sich immer wieder. Sie hatte ihm das Leben gerettet und im besten Interesse ihres Vaters und ihres Clans gehandelt. Die eigenen Gefühle waren ihr in diesem Zusammenhang weniger wichtig.

Khaidu hatte sie am Morgen gelobt und gepriesen. Warum befand sie sich dann nicht in Hochstimmung? Woher rührte ihre Zurückhaltung?

Sie sah, wie er sein Pferd wendete und die Verfolgung aufgab. Sie drehte sich noch weiter im Sattel herum, um einen letzten Blick von ihm zu erhaschen. Diese Bewegung reichte aus, um alles zu ändern.

Hätte sie den Weg vor sich besser beobachtet, hätte sie vielleicht das lose Schiefergeröll bemerkt und wäre ihm mit ihrer Stute ausgewichen. Oder hatte ihre veränderte Position im Sattel das Pony aus dem Gleichgewicht gebracht? Was auch immer der Grund war, sie fühlte den plötzlichen Ruck, als ihr Pferd den Halt unter den Hufen verlor. Sie sprang aus dem Sattel, um zu verhindern, daß sie beide kopfüber den Hang hinunterrutschten.

Der Instinkt der Stute und ihre eigene Behendigkeit retteten sie. Sie sprang wieder auf die Beine, griff nach den Zügeln, während das Pony wild mit den Beinen schlug und versuchte, auf dem bröckeligen Schiefergestein einen Halt zu finden. Noch immer hielt sie die Zügel fest in der Hand, um das erschreckte Tier unter Kontrolle zu bringen. Mit letztem Kraftaufwand schaffte das Tier es zurück auf den Pfad.

Khutelun stand eine lange Zeit da, atemlos und durch den Sturz wie betäubt. Langsam kam sie wieder zu sich und stöhnte auf bei dem Schmerz in ihrer Seite, mit der sie auf dem Felsgestein gelandet war.

Und dann war er über ihr.

Sie sah, wie er über den schmalen Pfad herangaloppiert kam, wobei der Ziegenkadaver gegen den Hals des Ponys schlug. Er ritt viel zu schnell, denn die Hufe des Ponys fanden kaum Halt auf dem Pfad, doch irgendwie gelang es ihm, sich im Sattel zu halten.

Sie reagierte instinktiv. Plötzlich hatte sie ihre Hand an den Gürtel geführt, und schon lag die geflochtene Peitsche in ihrer Hand. Sie holte in der Luft aus, und als sie sie herabsausen ließ, knallte es wie ein berstender Baum. Josserans Pony scheute und bockte, und Josseran fiel zu Boden.

Sie ging zu ihrer Stute und sprang auf.

Josseran kam mühsam wieder auf die Beine und sah ungläubig, wie sie den Pfad hinunterwirbelte. Er blickte auf seine linke Hand und den blutigen Striemen hinab, den der Peitschenhieb hinterlassen hatte. Er hatte sogar den Stoff seines Mantels zerfetzt. Seine Schulter brannte wieder wie Feuer, und er fühlte, wie das Blut an seinem Arm hinunterlief. Durch seinen Sturz war die Wunde vermutlich aufgeplatzt.

Aber den Schmerz nahm er nicht mehr wahr. In seinen Ohren strömte das Blut zusammen. Ihn überkam ein heller, heißer Zorn.

Sein Pony hüpfte ein paar Schritt entfernt herum und schlug mit der Hinterhand aus. Seine Nerven und sein Naturell waren von den jüngsten Erlebnissen mächtig in Mitleidenschaft gezogen worden. Josseran lief hinter dem Pferd her, griff sich die Zügel und sprach beruhigend auf es ein. Es war noch nicht zu spät, den Pfad hinauf und über den Kamm zu reiten. Immer noch hätte er flüchten können, wie alle es von ihm erwarteten.

Nein, verflixt noch mal! Sie sollte ihn nicht übers Ohr hauen. Er würde es der kleinen Hexe nicht gestatten, sich über ihn lustig zu machen.

Er sprang in den Sattel, gab seinem Pony die Sporen und jagte hinter ihr her den Pfad hinunter.

Khutelun blickte wieder einmal über ihre Schulter zurück, in der Hoffnung, er habe den Rettungsring ergriffen, den sie ihm zugeworfen hatte. Bestimmt hatte er davon abgelassen, sie zu verfolgen.

Doch nein, da war er, etwa hundert Schritt über ihrem Pfad, und jagte weiter hinter ihr her. »Flieh!« rief sie ihm zu, und ihre Stimme hallte von den Bergen wider.

»Geh zurück! Geh zurück nach Kaschgar! Khaidu bringt dich um!«

Er zügelte sein Pony und blieb auf einem Felsvorsprung stehen. Seine Silhouette zeichnete sich scharf über ihr ab. Sie wartete ab, was er jetzt wohl unternehmen würde. Schließlich machte er kehrt und schien seine Verfolgung doch aufgegeben zu haben. Als sie ihn umkehren sah, durchflutete sie ein Gefühl der Erleichterung, in das sich ein Schuß bitterer Enttäuschung mischte. Letzten Endes war er doch nur ein Mann wie jeder andere.

Und dann erkannte sie, was er vorhatte.

Er wußte, daß er sie jetzt nicht mehr einzuholen vermochte. Sein kleines Pony rutschte ständig aus und hatte auf dem losen Geröll mit jedem Schritt zu kämpfen. Wenn er es allzu sehr forderte, würde es schließlich stürzen und sie beide den Berghang hinunter in den Tod reißen.

Als er einen flachen Felsvorsprung erreicht hatte, erkannte er, eingebettet zwischen den Wänden der Schlucht, die graubraun getönte Steppe und die schwarzen Jurten des Tatarenlagers. Er hörte das Rauschen des Wasserfalls in den Bergen, der sich in einen schwarzen Gletschersee weiter unten schäumend ergoß. Das Riedgras am Seeufer war noch gefroren, die

Oberfläche des Sees glänzte tiefschwarz, abgesehen von den wenigen Eisstücken, die darauf herumschwammen. Flecken harten Schnees klebten an den schwarzen Höhlen am kleinen Bergsee, an die die Sonnenstrahlen nicht heranreichten.

Er lugte über den Rand des Felsvorsprungs und hörte das Hufgeklapper auf dem Pfad unter ihm, das der Berg zurückwarf. Khuteluns Stimme echote das Tal entlang. »Flieh, Jossran!! Geh zurück nach Kaschgar!«

»Besser im kalten schwarzen Wasser sterben als in deines Vaters verdammtem Kochtopf!« sagte Josseran laut. Er gab dem Pony die Sporen und versuchte, es näher an den Felsvorsprung heranzuführen. Doch es rührte sich nicht vom Fleck. Da holte er seinen Dolch aus dem Stiefel und stach ihn in den Rumpf des Ponys.

Es tat einen wilden Sprung in den Abgrund.

Während sie durch die Luft taumelten, löste Josseran sich vom Sattel, wobei er noch immer den Ziegenkadaver mit der rechten Faust umklammerte. Er vermeinte, die Schatten der unter der schwarzen Oberfläche verborgenen Felsen zu erkennen, und stellte sich vor, wie seine Knochen daran zerschellten. Das Echo seines eigenen Schreis übertönte das Rauschen des Wasserfalls. Als er, die Fäuste zuerst, auf der Wasseroberfläche aufprallte, fragte er sich, ob er jetzt sterben werde. Wenn er denn sterben mußte, so betete er darum, daß ihm die Gnade widerfahre, es möge schnell mit ihm vorbei sein.

Ein solches Schauspiel rief in ihr Entsetzen, aber auch Verwunderung hervor, denn über seinen Mut und seinen Stolz konnte sie sich nur wundern. Eben hatte sie noch nach oben zum Felsvorsprung geblickt, indem sie ihre Augen mit einer Hand vor der Sonne abschirmte, und angenommen, er sei verschwunden. Und plötzlich wirbelten zwei Gestalten durch die Luft, kurz darauf spritzte ein großer Pilz aus dem Wasser des Sees hoch, als das Pferd unter der schwarzen Oberfläche verschwand, und ein kleinerer hinterher, als Josseran eintauchte. Dann waren beide nicht mehr zu sehen.

Khutelun mußte schwer schlucken, denn was er getan hatte, erschütterte sie sehr. Es war so plötzlich gekommen, so völlig unerwartet, daß sie eine lange Weile brauchte, um das ganze Grauen zu verdauen. Die Druckwellen schwappten auf das seichte Wasser zu, wo sie sich brachen und leicht aufschäumten.

Wie hatte er bloß so etwas tun können?

Mit zunehmender Angst wartete sie darauf, daß sein Körper wieder auftauchte. Sie nahm an, daß er tot war.

Nach einigen Augenblicken sah sie den Kopf des Ponys an der Oberfläche und beobachtete, wie es verzweifelt ans ferne Ufer schwamm. Es mühte sich auf wackligen Beinen am Ufer ab, an seiner Flanke klebte Blut.

Noch immer kein Zeichen von ihm. Sie suchte den kalten See mit ihren Augen ab, ein Schrei der Trauer blieb ihr im Hals stecken.

So also war er gestorben …

9

Und dann sah sie ihn.

Ein Kopf kam an die Oberfläche, von Blut überströmt. Mit seinem heilen Arm holte er aus und schwamm auf das jenseitige Ufer zu. Dort stemmte er sich aus dem Wasser und legte sich keuchend auf das schwarze Felsgestein. Sie konnte erkennen, wie sein Brustkorb sich beim Atmen schwer hob und senkte und er das Wasser ausspie, das er geschluckt hatte. Noch immer hielt er den Ziegenkadaver in der Höhle seines verletzten Arms dicht an den Körper gepreßt. Und dann schaffte er es mit letzter Kraft, aufzustehen, hielt kurz darauf die Zügel seines Pferdes wieder in der heilen Hand und mühte sich ab, in den Sattel zu steigen. Das Pony, von diesem Verrückten besiegt, schockiert und vermutlich gequält, war so willfährig wie ein Lämmchen.

Khutelun fluchte zähneknirschend und verdammte Tengri für seine Grausamkeit, denn sie wußte, daß es für sie beide besser gewesen wäre, wenn Josseran in jenem Augenblick gestorben wäre. Jetzt gab es keine Hoffnung mehr, weder für ihn noch für sie.

Sie konnte versuchen, den See schwimmend zu durchqueren, sie konnte um ihn herum reiten. Wie immer sie es auch anstellte, er hatte jetzt einen Vorsprung. Sie zog ihr Pferd über den Pfad hinter sich her, denn sie wußte, daß sie ihn nicht einholen konnte.

Josserans Kopf lag am Hals seines Pferdes. An seinem Gesicht lief Blut von einer neuen Schnittwunde am Kopf herunter, frisches Blut tropfte ihm von den Fingerspitzen, das aus der Schulterwunde kam. Er zitterte, bis auf die Knochen durchnäßt von dem eiskalten Wasser im See. Sein Pferd blutete ebenfalls aus seiner Wunde, und Dampfschwaden lösten sich von seiner Flanke.

Er lenkte das Pony durch das Spalier, das die Tataren in der Ebene gebildet hatten, und bewegte sich direkt auf den Eingang von Khaidus Jurte zu. Das Schweigen um ihn herum war eisern und umfassend.

Khaidus Gesicht war vor Entsetzen und Demütigung kreideweiß. Seine Tochter war noch nie besiegt worden. Nunmehr unterlag sie ausgerechnet jenem Mann, den sie auf keinen Fall heiraten konnte.

Ihre Gestalt erschien, mit mehr als zweihundert Schritt Abstand, als winzige Figur in der Ebene.

Der Barbar warf Khaidu den Kadaver vor die Füße und gestattete sich ein kühles Lächeln. »Ich habe das Rennen gewonnen.«

Khaidu bedeutete seiner Leibwache durch ein Kopfnicken, Josseran aus dem Sattel zu heben.

»Ihr könnt meine Tochter nicht heiraten«, sagte Khaidu.

»Ihr habt mir Euer Wort gegeben!«

»Ich bin meinem Volk, nicht aber Euch gegenüber verantwortlich. Führt ihn fort und legt ihm den Holzkragen an. Morgen stirbt er.« Daraufhin stürmte er in seine Jurte.

10

»Du hattest die Gelegenheit zu flüchten. Weshalb hast du sie nicht genutzt?«

Er antwortete ihr nicht. Er sah sie nicht einmal an.

Sie waren allein in der Jurte, der Wind rüttelte an den dicken Filzwänden und heulte durch die Berge, ein Echo seiner eigenen Wut. Sein Kopf gab unter dem Gewicht des Holzkragens nach, doch seine Gedanken waren von seinem Zorn gefangengenommen.

Man hatte ihn betrogen. Beide hatten ihn betrogen.

Er erträgt seine Schmerzen, ohne zu murren, dachte Khutelun, wie man es nicht anders von einem Mann erwartet. Vielleicht aber war das nur ein weiterer Vorwurf. Ihr Peitschenhieb hatte die Haut an seinem linken Handrücken und an seiner Schläfe aufgerissen. Beim Aufprall auf dem Wasser hatte er sich das linke Bein verletzt, und sein Knie war auf die Größe einer Melone angeschwollen. Auch seine Schulterwunde war erneut aufgeplatzt, und um die Wunde herum hatte sich ein neues Blutgerinnsel gebildet. Auch auf dem Holzkragen war Blut zu sehen, das aus der Kopfwunde sickerte und seinen Bart verfilzt hatte.

Dabei hatten ihm all seine Strapazen lediglich eine Verabredung mit Khaidus Henker eingetragen.

Die Geister des Ewigen Blauen Himmels hatten sich wirklich einen Spaß mit ihr erlaubt. Endlich hatte sie einen Mann gefunden, der ihrer würdig war, der sie wie kein zweiter zuvor auf dem Pferderücken übertroffen hatte, und dann war er kein Tatar, sondern ein Barbar aus dem Westen.

Sie kniete vor ihm und hielt eine kleine Holzschale mit Wasser in der Hand. Sie tauchte ein Stück Tuch ins Wasser und begann, ihm die Wunden auszuwaschen. »Weshalb wolltest du nicht flüchten?« wiederholte sie.

»Laß mich dich erst etwas fragen«, erwiderte er. »Wußtest du, was dein Vater vorhatte?«

»Ich bin die Tochter eines Khan und werde den Sohn eines Khan heiraten, wenn es mir gefällt. Einen Barbaren kann ich nicht heiraten.«

»Und deshalb hast du gedacht, ich würde eher um mein eigenes Leben rennen, als zu bleiben und um dich zu kämpfen?«

»Jeder andere vernünftige Mann hätte diese Gelegenheit ergriffen, wenn man sie ihm geboten hätte.«

»Jeder andere vernünftige Mann befände sich nicht in dieser gottverlassenen Ebene Tausende von Meilen von dem Ort entfernt, an dem er geboren wurde. Jeder vernünftige Mann hätte seine Ländereien nicht verkauft, um fünf Jahre als Mönch und Krieger zu dienen. Kein vernünftiger Mann würde vergeblich um die halbe Welt rennen.« Er blinzelte langsam, als erwachte er aus einem Traum. »Aber du hast mir meine Frage noch nicht beantwortet. Ich habe dich gefragt, ob du wußtest, was dein Vater vorhatte.«

»Natürlich wußte ich das.«

Ihre Augen waren jetzt nur wenige Zentimeter von den seinen entfernt, schwarze Augen, so schwarz wie der Gletschersee, in dem er am Morgen beinahe ertrunken wäre. Wie bei dem See ahnte er auch hier nicht, was sich unter der Oberfläche verbarg.

Sie nahm den Schal vom Kopf, befeuchtete ihre Lippen, beugte plötzlich den Kopf, preßte ihren Mund auf die Wunde an seiner Schulter und begann, das geronnene Blut abzusaugen.

»Was tust du da?« fragte er aufstöhnend. Er spürte, daß sie mit den Zähnen das Fleisch um den Muskel bearbeitete, ein kleines vibrierendes Saugen wie das eines Kindes an der Mutterbrust. Ihr Mund war feucht und heiß. Ein köstlicher Schmerz und eine geringe Lust.

»So reinigt man am besten eine Wunde«, erklärte sie ihm und wiederholte den Vorgang.

»Bitte nicht«, sagte er mit rauher Stimme.

Sie ließ von ihm ab und sah ihn verwirrt an, so als verstünde sie ihn nicht. Ihre Augen leuchteten so hell wie nie zuvor. »Aber sonst wird das Blut schlecht.«

»Bitte nicht. Laß mich in Ruhe.«

»Möchtest du das wirklich?«

»Nein, aber laß mich trotzdem in Ruhe.«

An ihren Lippen klebte sein Blut. Nun sieht sie tatsächlich aus wie eine Wilde, die sie in Wirklichkeit auch ist, dachte er. Er nahm ihren erregenden Duft wahr, allerdings roch sie nicht nach süßen Salben, sondern nach Leder und Schweiß.

»Du kannst keine Tatarenprinzessin heiraten«, sagte sie.

Er nickte. Das wußte er und hatte es immer schon gewußt. Aber ähnlich wie bei ihr, so wollte auch sein Stolz dies nicht anerkennen. »Wie will dein Vater mich töten lassen?«

»So wie es die Tradition für Männer von hoher Geburt und großem Wert vorsieht. Man wird dich in einen Teppich rollen und von den Pferden zertrampeln lassen. Auf diese Weise kann dein vergossenes Blut nicht den Boden tränken und dem Stamm Unglück bringen.« Unerwartet streckte sie ihre Hand aus und berührte ihn unterhalb des Herzens. »Du bist zu mutig, das habe ich dir schon einmal gesagt. Du hättest wegrennen sollen, als du die Chance dazu hattest. Das war mein Plan, und mein Vater hatte dem zugestimmt. Dies hier habe ich nicht gewollt.«

»Wie alt bist du?« sagte er flüsternd.

»Ich bin neunzehn Jahre alt.« Also achtzehn nach christlicher Zählweise, denn er hatte erfahren, daß diese Menschen die Zeit, die sie im Bauch der Mutter verbracht hatten, ihrem Lebensalter hinzurechneten.

»Du solltest schon verheiratet sein«, sagte er.

»Ich entscheide über die Zeit und den Bewerber.«

Josseran sah sie an. Im Geiste hatte er oft versucht, sich vorzustellen, wie ihr Körper unter den dicken Pelzen aussehen mochte. Ihr Gesicht war ebenmäßig und schmal, und er nahm an, daß es sich mit ihrem Körper ebenso verhielt. Es fiel ihm schwer, sich bei diesem zähen, sehnigen Mädchen weibliche Formen vorzustellen.

Er wurde gewahr, daß sein Blick seine Gedanken verraten hatte.

»Es kann nicht sein«, sagte sie.

»Bitte«, sagte er.

Ihre Augen, solch schwarze Augen. Eine lange Zeit sprach keiner von beiden. Dann stand sie plötzlich auf und ging zum Ausgang. Er nahm an, sie wollte fortgehen. Doch statt dessen schlug sie die Eingangsklappe vor und kam auf ihn zu.

11

Khutelun zog die Stiefel und die schwere Filzhose aus. Sie knöpfte ihren Mantel auf und ließ ihn offenfallen.

Ihm stockte der Atem. Sein Mund war auf einmal so ausgedörrt, wie während der Tage der Wüstendurchquerung. Wenn dies seine letzte Nacht auf Erden sein sollte, dachte er, würde er ewig davon zehren können. Die Lust war ihm eine körperliche Folter und drang ihm so sehr durch Mark und Bein, daß sie sogar die Höllenqualen des Holzkragens, den schrecklich pochenden Schmerz in der Schulter, das triumphierende Gelächter des Teufels verdrängte.

Das seidene Unterhemd, das sie unter ihrem *del* trug, reichte ihr bis zur Taille. Nicht anders als bei den uigurischen Frauen war ihr Körper, selbst an den intimsten Stellen, völlig unbehaart. Ihre Haut wirkte so poliert wie ein Bronzegefäß, die Muskeln unter der Haut waren durch das jahrelange Stehen in den Steigbügeln so straff wie eine Bogensehne. An ihrer rechten Hüfte und ihrem rechten Schienbein waren frische, weiße Narben zu sehen. Er erinnerte sich daran, daß sie damals am Tag der Jagd unter ein Wolfsrudel geraten war, und nahm an, daß die Narben von daher stammten.

Sie kniete sich mit gespreizten Beinen nieder. Vor lauter Unvermögen stöhnte er laut auf. Er konnte sie nicht berühren, ja, er konnte sie wegen seines Holzkragens nicht einmal küssen. So verharrte sie lange, die Knie zu beiden Seiten seines Körpers, die Augen fest auf ihn gerichtet, als überlegte sie.

Sie lüftete sein zerfetztes und blutgetränktes seidenes Unterhemd. Er spürte, wie sie mit den Fingern über die Haut an seiner Seite fuhr. Kleine Runzeln auf der Stirn ließen erkennen, wie konzentriert sie vorging, als wünschte sie die kleinsten Umrisse seines Körpers in ihrem Gedächtnis einzubrennen. Dann neigte sie den Kopf und küßte seine Brust mit kleinen, sanften Küssen, die nicht enden wollten. Schließlich blickte sie ihn an, ihr Gesicht nur wenige Fingerbreit über dem seinen.

»Hast du dafür dein Leben weggeworfen?« flüsterte sie.

»Du bist alles, was ich haben will.«

»Du wirst enttäuscht sein. Wenn es vorbei ist, wirst du dich fragen, weshalb du soviel riskiert hast. Die Vereinigung von Hengst und Stute ist so gewöhnlich wie Wind und Regen.«

»Du weißt, daß es mehr als nur das ist.«

Sie schälte ihm seine Filzhose von der Hüfte hinunter, berührte ihn aber immer noch nicht. Doch er spürte ihre Augen auf sich ruhen, und die Macht ihrer Augen wirkte stärker auf ihn als ihre Berührung; die Zärtlichkeit ihrer Augen war köstlicher als die Finger von tausend *huris*. »Mein Hengst«, murmelte sie. Zuletzt befeuchtete sie ihre Finger mit der Zunge und streichelte ihn langsam, ganz sanft, mit einem Finger nach dem anderen. Er schnappte laut nach Luft.

»Ich möchte hier bleiben«, murmelte er, »in diesen Steppen. Mich treibt nichts mehr nach Hause.«

»Das geht nicht. Du bist ein Fremder und ein Barbar.«

»Ich bin ein Mann.«

»Bei uns Tataren gibt es genügend Männer.«

Behutsam schob sie ihr seidenes Unterhemd hoch, und er fühlte, wie sich ihr warmer und weicher Körper an seinen schmiegte. Wegen des Holzkragens mußte sie ihren Kopf einziehen und legte ihn auf seine Brust. Ihr Haar war seidenglatt.

Er glaubte, seine Schultern müßten ihm brechen bei dem Bemühen, den Holzkragen für sie anzuheben. Soviel Schmerz, soviel wilde Lust. Der Wunsch, sie zu besitzen, ging weit über das körperliche Verlangen hinaus. Nicht nur gelüstete es ihn nach der Süße ihres warmen Körpers, sondern er verlangte nach ihrem wilden Geist und sehnte den Eintritt in diese dunkle, dionysische Welt herbei, aus der sie kam. Und die von Pater Wilhelm auferlegte Buße, die er noch nie allzu ernst genommen hatte, konnte ihm gestohlen bleiben.

»Erinnerst du dich an die Höhlenmalereien in der Wüste?« flüsterte sie.

»Ja.«

»Auch wenn wir tausend Nächte für uns hätten und alle unterschiedlichen Stellungen ausprobierten wie Gott Shiva und seine Gemahlin, so würdest du letztendlich doch meiner überdrüssig werden und dir nichts sehnlicher wünschen, als in dein eigenes Land zurückzukehren.«

»Du irrst dich gewaltig, Khutelun. Auch wenn du einmal alt und zahnlos bist, werde ich dich immer so sehen, wie du jetzt bist.«

»Nichts als leere Worte!«

»Als ich vorschlug, ich wolle mit dir um die Wette reiten, waren das mehr als nur Worte. Ich bin auch nicht mit dem Pferd geflüchtet, das du mir gegeben hattest. Ich bin vom Felsvorsprung ins Wasser gesprungen, ohne zu wissen, ob ich es überleben würde. Du hattest mein Wort, daß ich für dich mein Leben aufs Spiel setzen würde, und ich habe es gehalten.«

Sie setzte sich auf seine Oberschenkel, und er spürte, wie ihr Bauch und ihre Leiste sich gegen ihn preßten. Er stöhnte laut auf. Sie küßte ihn auf die Brust, und der feuchte Abdruck ihrer Lippen blieb auf seiner Haut zurück. Ihr Gesicht konnte er nicht sehen. Die Sanftheit ihrer weichen Brüste, das Geräusch des pfeifenden Windes vor der Jurte, die vom Feuer an die Wände geworfenen Schatten und ihr Haarkranz beschrieben ihm das Ausmaß ihres Liebesspiels.

Seine Fäuste steckten im Holzkragen, er war zur Untätigkeit verdammt. Er schloß die Augen vor dem verzweifelten Drängen seines Körpers. In Hals und Schultern rasten die Schmerzen, und sein Körper steckte in den Fängen eines unerträglichen Begehrens. Ihn verlangte danach, sie zu umarmen und seiner Leidenschaft freien Lauf zu lassen.

»Wie ist es mit den christlichen Frauen?«

»Nie so schön wie mit dir. Niemals.«

»Ich muß es dir glauben, wenn du es sagst. Denn ich habe es noch nie gemacht.« Sie lehnte sich zurück, die Hände auf dem Teppich abgestützt, hob den Körper an und wölbte den Rumpf. Schließlich ließ sie sich auf ihn hinab, und er spürte, wie ihre seidene Feuchte ihn berührte. Er versuchte, sich mit ihr zu vereinigen, doch der schwere Holzkragen hinderte ihn daran.

»Ist es dieser Augenblick mit mir, für den du so viel gewagt hast?« fragte sie flüsternd.

»Nicht nur dieser Augenblick, sondern alle Augenblicke mit dir bis ans Ende meiner Tage.«

Ihre Lippen zitterten. Fast unmerklich ließ sie sich auf ihm nieder, und ihre Hitze nahm in völlig gefangen. Sie schrie auf vor Schmerz.

»Allmächtiger und alle Heiligen …« sagte er keuchend.

Als sie ganz von ihm Besitz genommen hatte, schmiegte sie sich an ihn. Er fühlte ihren Atem und die unbeschreibliche Weichheit ihrer Brüste an seinem Oberkörper. So blieb sie liegen, eine Ewigkeit lang, wie ihm schien, ohne sich zu rühren.

»Bitte«, flüsterte er.

Sehr sanft und sehr langsam kam sie allmählich wieder auf die Knie, und er erwartete, daß sie sich wieder auf ihm niederließ. Er ächzte, denn sein Körper verzehrte sich in glühendem Verlangen. Doch unvermittelt löste sie sich von ihm, und ihre Vereinigung war vorüber, bevor sie richtig begonnen hatte. »Was tust du da?« fragte er schwer atmend. Ihm war zumute, als hätte ihn jemand ausgeweidet und kalt und leer zurückgelassen.

Er sah ihr Gesicht im Widerschein des Feuers, mit halb geöffneten Lippen, ihre Augen leicht auseinanderstrebend und von Schmerz und Verlangen verdunkelt. Sie schüttelte den Kopf.

»Khutelun!«

Ihr Atem ging rasch. Sie strich sich die Haarsträhnen aus dem Gesicht und schüttelte nochmals den Kopf. »Nein.«

»Bitte!«

»Ich will deinen Samen nicht nehmen. Oder möchtest du, daß ich ein Kind von dir trage, wenn du fort bist?«

»Du kannst jetzt nicht aufhören!«

»Ich muß.« Er spürte, wie sie ihm die Kleider zurechtstrich. Vor Enttäuschung hätte er am liebsten losgeheult.

Langsam stand sie auf. Blutrinnsale liefen an ihren Schenkeln entlang. »Wie du siehst, blute ich ein wenig für dich. Dann kannst du auch für mich bluten.«

Darauf wußte er nichts zu antworten. Er wollte nur noch sterben, wie Khaidu es ihm angekündigt hatte. Der Holzkragen, die Frau. Was davon galt bei diesen Tataren wohl als die erlesenste Folter?

»Wenn ich dich nicht haben kann«, sagte sie leise, »dann sollst du mich auch nicht haben.« Sie beugte sich über ihn und küßte ihn sanft auf die Lippen. »Ich möchte, daß du dich ewig nach mir verzehrst.«

Sie zog sich schnell an und war schon entschwunden. An ihre Stelle trat die Dunkelheit, die Hoffnungslosigkeit angesichts seiner letzten Nacht auf Erden, die quälende Verzweiflung eines Lebens ohne Ende, eine leere Hand, die sich dem Himmel entgegenstreckt.

12

Sein Bewacher war noch ein Knabe. Er saß vor dem Ausgang der Jurte auf dem Boden und hielt sich mit beiden Händen an seinem angerosteten Schwert fest. Er beobachtete Josseran mit dumpf feindseliger Miene und gab sich große Mühe, älter, mutiger und kriegerischer zu erscheinen. Josseran gab vor zu schlafen und beobachtete ihn unter halb geschlossenen Augenlidern.

Irgendwann im Laufe der langen Nacht hörte er die tiefen, gleichmäßigen Atemzüge des Knaben und sah, daß ihm der Kopf auf die Brust gesunken war. Das war der Augenblick, auf den er gewartet hatte.

Er versuchte, sich auf alle viere zu wälzen, doch die Muskeln in den Schenkeln waren durch seine erzwungene Haltung verkrampft, und in beiden Beinen war das Empfinden geschwunden. Die Wunde an der Schulter hatte sich ebenfalls verhärtet, und als er sich anschickte, sich zu bewegen, kam es ihm vor, als hätte ihm jemand glühende Kohlen in die Gelenke gesteckt.

Es dauerte viele Minuten, bis er endlich in der Lage war, sein Bein langsam auszustrecken. Und als das Blut wieder zirkulierte, war ihm, als würden heiße Nadeln sein Fleisch durchbohren. Ohne einen Laut von sich zu geben, ertrug er die Schmerzen, die nur allmählich nachließen. Er bewegte seine Beinmuskeln und erprobte sie im Dunklen. Erneut versuchte er, auf die Beine zu kommen, verlor jedoch sein Gleichgewicht und stieß gegen den Bambusaufbau der Jurte. Er hatte befürchtet, daß der Lärm seinen jungen Bewacher aufwecken würde, doch der Knabe schniefte im Schlaf wie ein Hausschwein und rührte sich nicht.

Bei seinem dritten Versuch gelang es Josseran endlich, sich ganz aufzurichten.

Ohne sich zu rühren, blieb er länger auf ein und demselben Fleck stehen, bis das Pochen des Blutes in seinen Ohren nachgelassen hatte und er sich seines Gleichgewichts wieder sicher war. Zaghaft setzte er ein Bein nach vorne und begann schwankend die Jurte zu durchqueren.

Erst im allerletzten Moment wachte der Knabe auf. Er blinzelte mit den Augen und starrte Josseran an; sein kindliches Gesicht leuchtete im Mondschein auf und war bleich vor Entsetzen. Josseran ließ sich auf die Knie fallen und schwang zugleich mit dem Holzkragen im Bogen herum, so daß die Kante des schweren Holzes den Knaben seitlich an der Schläfe traf. Es gab ein fürchterliches Krachen, dann kippte der Junge um und fiel auf den Boden. Seine Glieder zuckten ein paarmal, und kurz darauf rührte er sich nicht mehr.

Trotz seiner verzweifelten Lage hoffte Josseran, daß er den Knaben nicht umgebracht hatte.

Er verzog die Miene, als der Schmerz ihn erneut zu überwältigen drohte. Die Anstrengung, die es ihn gekostet hatte, den Holzkragen herumzuschwingen, verursachte ihm wieder einmal Krämpfe in den Halsmuskeln. Es kostete ihn seine sämtliche Willenskraft, sich wieder auf die Füße zu stellen.

Er schob die Eingangsklappe beiseite und trat in die Dunkelheit hinaus. Draußen war es bitterkalt, und der Boden war hart gefroren. Er trug nur ein seidenes Unterhemd am Leib und Filzhosen, nicht genug, um in der kalten Steppe die Nacht bis zum nächsten Morgen zu überstehen. Aber mit dem Holzkragen auf der Schulter war dies nun einmal nicht anders zu bewerkstelligen. Ihm blieb nur die Wahl zwischen Erfrieren und dem Tod, den Khaidu für ihn vorgesehen hatte. Keine dieser beiden Aussichten erschien ihm verlockend. Wenigstens, sagte er sich, würde er so sterben, wie er wollte.

Blindlings lief er zwischen den stummen Jurten in die Nacht hinaus. Nach wenigen Minuten waren seine Finger vom kalten Wind taub geworden, und vor Kälte konnte er kaum noch atmen. Bald zitterte er am ganzen Leib so heftig, daß er stolperte und stürzte, wobei der Holzkragen ihm Hals und Wirbelsäule verrenkte, als er auf dem Boden aufschlug.

Es wäre leicht gewesen, aufzugeben, auf der gefrorenen Erde zu verweilen und den Tod zu erwarten. Er hätte nicht sagen können, was ihn veranlaßte, sich wieder aufzurappeln.

Während er noch ging, fragte er sich, welcher Instinkt in ihm die Hoffnung hatte aufkeimen lassen, daß er überleben werde. Woher kam dieses verzweifelte Festhalten am Leben? Steckte dahinter Mut oder einfach nur Angst? Männer hatten ihn einst mutig genannt, doch im Augenblick hielt er sich nur für gleichgültig. Mit einem Schwert in Händen hätte er sogar die Arroganz besessen, sich für unbesiegbar zu halten. Auch dies, so dachte er, hatte wenig mit Mut zu tun. Vielmehr ähnelte er einem Ertrinkenden in einem weiten und leeren Meer, der zwar verloren war, dennoch aber nach jedem vorübertreibenden Holzbalken griff, wohl wissend, daß Rettung nicht möglich war.

Inzwischen lag das Lager hinter ihm. Er hatte sich darüber gewundert, daß man nur einen einzigen Bewacher für ihn abgestellt hatte, und auf einmal erkannte er, aus welchem Grund dies so geschehen war. Wohin sollte er sich auch wenden? Er hatte eine Hinrichtung durch die Tataren gegen ein langsames Erfrieren in dieser dunklen Wildnis eingetauscht. In seinem dünnen Hemd würde er nicht länger als eine Stunde überleben. Schon fühlten sich seine Lungen an, als hätte der beißende Wind sie in Flammen gesetzt. Weit und breit um ihn herum war nichts als dunkle Steppe, die endlose Weite, die dunklen Berge. Vielleicht hätten ihm die Hufe von Khaidus Pferden ein barmherzigeres Ende bereitet.

Er fiel auf die Knie, schlotterte vor lauter Kälte, Hals und Schulter wurden von heftigen Schmerzen heimgesucht. Im Dunkeln konnte er die Pferde der Tataren hören, die schnaubten und trotz der Fußfesseln mit den Hufen stampften. Den fremden Geruch hatten sie gegen den Wind wahrgenommen. Unter normalen Umständen hätte er sich ein Pferd schnappen und auf ihm flüchten können, doch wegen seiner teuflischen

Schmerzen in der Schulter war überhaupt nicht daran zu denken, auf ein Pferd zu steigen.

Khaidu hatte ihn so gewiß, als ob er im Kerker von Akko gefangensäße.

Auf dem gefrorenen Schlamm brach er zusammen, zu steif und zu erschöpft, um weiterzugehen.

Er spürte das Beben unter sich und hörte das Trappeln der Pferdehufe auf dem harten Boden. Irgendwie zwang er sich wieder auf die Knie und sah einen Schatten vom Ufer des Flusses emporkommen. Der Stahl eines Schwertes blitzte im Mondschein auf, ein Glockenhelm zeichnete sich vor dem Dunkel ab. Er machte die dünnen, drahtigen Umrisse eines tatarischen Reiters aus.

Die Wache kam direkt auf ihn zu geritten und hielt nicht an, um Alarm zu geben. Er brachte sein Pferd neben ihm zum Stehen und hob sein Schwert bis über die Schulter hoch. Josseran wartete auf den erlösenden Hieb, der ihm den Schädel spalten und ihn in die Dunkelheit befördern würde.

13

Der Holzkragen brach mit einem einzigen, mächtig geführten Hieb entzwei. Ein neuer schmerzhafter Krampf in der Schulter zwang ihn zu Boden. Nur so gelang es ihm, einen Schmerzensschrei zurückzuhalten.

Der Tatar sprang von seinem Pferd herunter und trat mehrmals wild aus, bevor er den Holzkragen der Länge nach spaltete und das Scharnier zerbrach. Josseran warf die furchtbare Last weit von sich und seufzte erleichtert auf. Er bemühte sich aufzustehen, mußte jedoch feststellen, daß ihm die Kraft dazu fehlte. Wieder fiel er auf den gefrorenen Boden, die Kälte kroch in ihn hinein wie der schleichende Tod.

»Ich dachte schon, du kämst nicht mehr«, sagte sie.

Khutelun.

Sie warf ihm ein paar Pelze zu. »Lege sie dir über, bevor du erfrierst. Hier ist etwas *kumys* und trockenes Hammelfleisch in der Satteltasche. Deine Leute sind zwei Tagesritte von hier entfernt. Für dich sind es vielleicht sieben Tagesritte.«

Er rührte sich nicht.

»Schnell! Bevor der ganze Clan wach wird.«

»Sei verflucht und alle Tataren auch«, sagte er knurrend.

Sie packte ihn am Hemd, zwang ihn zum Aufstehen und legte ihm einen Mantel über die Schulter. Er stöhnte vor Schmerz auf, als sie seinen Arm, nicht einmal sanft, in den *del* hineinzwängte. Sie zerrte ihn auf die Füße und stieß ihn auf das Pferd zu.

»Du mußt dich beeilen!«

Er spürte etwas Warmes auf seiner Brust und wußte, daß seine Schulterwunde wieder aufgeplatzt war. Seine Nackenmuskeln waren wegen des Holzkragens ganz steif, seinen Kopf konnte er kaum bewegen. Er war sich nicht sicher, ob er genug Kraft besaß, davonzureiten.

»Behalte den Polarstern immer im Rücken«, gab Khutelun ihm als Rat mit auf den Weg. »Bei Tagesanbruch kommst du in ein breites Tal unterhalb eines Berges mit der Silhouette einer auf dem Rücken liegenden Frau. Folge dem Tal und du kommst nach Kaschgar. Deine Freunde sind dort.«

»Kommst du nicht mit mir?«

»Weshalb sollte ich mit dir gehen?« In ihrer Stimme lag ein aufrichtiger Unterton des Erstaunens.

Natürlich. Weshalb sollte sie mitkommen? Hatte sie ihm etwa nicht deutlich genug zu verstehen gegeben, daß sie als Frau eines barbarischen Abtrünnigen für sich keine Zukunft sah? Sie half ihm in den Sattel und gab ihm die Zügel in die rechte Hand.

»Willst du mir nicht danken?« fragte sie.

»Das war das allerwenigste, was du … für mich tun konntest.«

»Ich werde dich nicht wiedersehen.«

»Sei dir da bloß nicht zu sicher.«

»Wenn du jemals in diese Täler zurückkommst, wird mein Vater dich umbringen. Geh jetzt heim, Joss-ran.«

In der Dunkelheit konnte er ihr Gesicht nicht genau sehen. *Ich möchte, daß du dich ewig nach mir verzehrst.*

»Komm mit mir«, sagte er noch einmal.

»Jetzt habe ich dir schon zum zweiten Mal das Leben gerettet. Was soll ich noch für dich tun?«

»Beantworte mir nur meine Frage«, sagte er flüsternd.

»Du mußt dich beeilen!«

»Der alte Mann, den du hast mit mir reiten sehen?«

»Er reitet immer noch mit dir. Wie sonst hättest du so lange überleben können?«

»Dann ist mir vergeben worden«, sagte Josseran.

»Du redest Unsinn. Geh jetzt!«

Sie hatte ihn nicht verstanden. Er verstand selbst nicht, warum er so viel Wert auf ihre Hexenkraft legte. Und dennoch tröstete es ihn, was sie gesagt hatte. Zwei Bürden waren ihm in dieser Nacht von der Schulter genommen worden, die des Holzkragens und die seines Vaters.

»Ich hätte dir gerne Söhne geboren«, sagte Khutelun flüsternd, und dann schlug sie dem Pferd kräftig auf die Flanke. Es lief in die Nacht hinaus, auf die Steppen und das dunkle Bergmassiv im Süden zu.

Die Ebene lag in einem purpurfarbenen Dämmerlicht vor ihnen. Nichts bewegte sich in dieser schwarzen und furchtbaren Kälte. Khaidu stand am Eingang zu seiner großen Jurte, Khutelun neben ihm.

»Ist er geflohen?« fragte Khaidu.

»Er ist weit weg von hier. Ich weiß nicht, ob er überlebt. Er hat ein Pferd und Vorräte und Pelze. Außerdem ist er ein mutiger und tapferer Mann.«

»Allerdings«, murmelte Khaidu. »Was ist mit seinem Bewacher?«

»Er hat sich erholt, obwohl ich befürchte, daß er sein ganzes Leben lang als Quittung für seine Sorglosigkeit eine Narbe mit sich herumtragen muß.«

»Ich sollte ihn bestrafen, denn sonst könnte jemand auf den Gedanken kommen, daß ich meine Hand bei der Flucht mit im Spiel hatte.«

Der Hauch ihres Atems wehte mit dem Wind davon.

»Schön, daß es erledigt ist«, meinte er. »Ich verfluche den Tag, als er den Weg ins Tal von Fergana gefunden hat.«

Das Schweigen war ein beredtes Zeugnis für die Gefühle seiner Tochter.

»Wenn er jemand von uns und kein Barbar gewesen wäre, hättest du ihn dann geheiratet?« wollte er von ihr wissen.

»Er hat sich als ein Mann bewiesen.«

»Ja, Mut billige ich ihm zu«, erwiderte Khaidu brummend. »Aber ebenso kann ein Pferd mutig sein.«

»Letzte Nacht hatte ich einen Traum«, sagte Khutelun.

Khaidu respektierte die Fähigkeiten seiner Tochter als Schamanin, und ihre Träume hatten ihm bei wichtigen Entscheidungen oft geholfen. Deshalb fragte er einigermaßen beklommen: »Was hast du geträumt?«

»Ich habe geträumt, daß ich ihn wiedersehe.«

»Das ist unmöglich.«

»Und trotzdem habe ich ihn gesehen.«

Khaidu schüttelte den Kopf. Das durfte nicht sein. Eines Tages würde sie die Mutter des Khans sein. Er konnte es nicht zulassen, daß sie nach einem Barbaren schielte. »Du hast für den Clan das Beste getan«, sagte er. »Jetzt mußt du vergessen, was geschehen ist.«

Die beiden Gestalten waren plötzlich dem aufgekommenen eiskalten Wind ausgesetzt, dem ersten Anzeichen des nahenden Winters.

14

Kaschgar

In Kaschgar war es Spätsommer, und in den Straßen wirbelte der Staub auf und schwirrten Fliegen umher. Ganze Schwärme dieser Insekten krochen über die Köpfe der Schafe und die fettigen Lungen, die in den Straßen zum Kauf aushingen. Tadschiken mit Bärten so fein wie Drahtgeflecht und schlitzäugige Kirgisen knackten Sonnenblumenkerne mit den Zähnen auf, während sie durch die Basare stolzierten oder sich auf hölzernen Diwanen in den *chai-khanas* räkelten und grünen Zimttee aus gesprungenen Teeschalen schlürften.

Die Marktstände ächzten unter dem Gewicht der letzten Ernte, den Pfirsichen, Wassermelonen und Feigen, den Melonen, Trauben und Granatäpfeln. Auf dem Boden der Gänge lagen knöchelhoch die abgenagten Melonenschalen. Doch mit den Sommerfrüchten kamen auch die Vorboten des Winters. Durch die staubigen Straßen holperten Eselskarren, schwer beladen mit Reisigbündeln und Holzscheiten, dem Brennstoff fürs Feuer. Inzwischen lag Schnee auf dem Vorgebirge unterhalb des Dachs der Welt. Die Schutzwälle an den Pässen nach Westen waren für die Zeit bis zum nächsten Frühling errichtet worden.

Josseran öffnete langsam die Augen. Er nahm einen pulsierenden Schmerz in seiner Schulter und ein brennendes Stechen in seinem Kopf wahr. Sein Mund fühlte sich trocken und klebrig an. Als er aufwachte, nahm er als erstes die Gerüche wahr, die in die Kammer drangen, und zwar von ofenfrischem Fladenbrot, Holzkohle, geröstetem Fleisch, ein Hauch von Kloake und ein Gemisch aus allen anderen ihm aus den Basaren vertrauten Düften.

Er sah sich in der Kammer um, eine spärlich möblierte Zelle mit Wänden aus nacktem Ziegelstein. Seinem Bett gegenüber befand sich ein vergittertes Fenster, durch welches die fernen Berge vom Dach der Welt hinter einem Nebelschleier kaum auszumachen waren.

»So«, sagte eine Stimme zu ihm, »Ihr lebt also noch.«

Ein undeutliches, verschwommenes Gesicht, Wilhelms Gesicht, tauchte vor seinen Augen auf. Er wollte etwas sagen, brachte aber keinen Ton heraus. Er fühlte, daß Wilhelm ihm den Kopf anhob und eine Schale mit Wasser an seine Lippen führte. Es war eiskalt und schmeckte so köstlich wie Wein.

»Wo … bin ich?« fragte Josseran krächzend.

»Jedenfalls nicht im Himmel, wenn Ihr das erwartet haben solltet.«

»Als ich Euch sah ... wußte ich gewiß, daß es nicht der Himmel sein konnte.« Er lag auf einer dicken Unterlage aus Teppichen. Vermutlich lag er auf einem *khang*, einem gemauerten Ofenbett, das von unten mit Hilfe eines Holzfeuers beheizt wurde, denn an seinem Rücken war ihm wohlig warm.

»Wie seid Ihr entkommen?«

»Es war Gottes Wille.«

»Dann ist Gott tatsächlich barmherzig und verzeihend.«

»Wo bin ich?«

Wilhelm schenkte ihm ein schmallippiges Lächeln. »Wir befinden uns in der Feste von Kaschgar. Tadschikische Stammesangehörige haben Euch vor drei Tagen hergebracht. Sie haben Euch halb bewußtlos auf einem Tatarenpony in den Bergen herumirrend gefunden. Ihr hattet zwei Wunden am Kopf und eine Pfeilwunde an der Schulter, die böse entzündet war, als man Euch herbrachte. Inzwischen ist sie schon etwas verheilt, jedoch nicht etwa dank dieser Tataren. Sie wollten schon ihre ekligen Schamanen herschicken, um Zauberei mit Euch zu veranstalten, doch ich habe sie davon abgehalten. Ich habe für Eure unbedarfte Seele gebetet und Euch zur Ader gelassen. Ich glaube, meine Heilkunde und Gottes Gnade haben Euch wieder gesund gemacht.«

»Dafür sei Euch Dank.«

»Dankt nicht mir. Jetzt stehe ich nicht mehr in Eurer Schuld.« Wilhelm erhob sich. »Für Eure Rettung solltet Ihr vielmehr Gott danken. Ich dachte schon, ich würde Euch nie wiedersehen.«

»Hätte Euch das sehr viel ausgemacht?«

»Spottet Ihr schon wieder über mich?« Er beugte sich näher über ihn. »Was ist in diesen Bergen geschehen, Templer?«

»Als meine Häscher die *paisa* erblickten und erkannten, daß ich als Gesandter der Christen unter dem besonderen Schutz Khubilais stand, ließen sie mich wieder laufen. In diesem Teil der Welt achtet man das Leben der Gesandten sehr hoch.«

»Wer waren sie?«

»Banditen, nichts weiter. Sie griffen uns der Beute wegen an.«

»Ich glaubte, die Hexe unter ihnen gesehen zu haben«, sagte Wilhelm.

Josseran wich seinem Blick aus. »Da habt Ihr Euch geirrt«, erwiderte er und wandte sein Gesicht dem Fenster zu. »Haben Sartak und seine Tataren Euch gut behandelt?«

»Er hat mir weder die Kehle durchgeschnitten noch meine Innereien für sein Abendessen zubereitet. Dafür danke ich Gott.«

Josseran lächelte. Ein Mensch konnte also die ganze Welt bereisen und trotzdem nicht ein Jota von seinen Vorurteilen abrücken. »Ich hatte schon befürchtet, Ihr wärt nach Khotan oder Osh weitergereist.«

»Nach dem Überfall befahl Sartak uns, zur Feste zurückzukehren. Seitdem halten wir uns hier hinter diesen Mauern auf, aber ich weiß nicht, warum. Vielleicht, um auf Euch zu warten. Da diese Menschen nicht die Sprache der zivilisierten Menschen sprechen und nur wie Esel blöken können, habe ich es nicht herausgefunden. Sartak möchte übrigens mit Euch reden, sobald Ihr Euch erholt habt.«

»Ich bin müde. Ich werde ihn morgen sehen. Im Augenblick brauche ich Schlaf.«

»Dann verlasse ich Euch jetzt.« Wilhelm hielt bei der Tür inne. »Als man Euch herbrachte, wart Ihr im Delirium. Ihr habt gebrabbelt wie ein Kind.«

Josseran sah ihn an. »Was habe ich gesagt?«

Wilhelm schüttelte den Kopf. »Es war der reine Unsinn.« Doch dann fügte er noch hinzu: »Vergeßt Eure Buße nicht, Templer.« Und dann verschwand er hinter der schweren Tür, die ins Schloß fiel.

Erst am folgenden Tag, als Josseran sich soweit erholt hatte, daß er Sartak empfangen konnte, erfuhr er den wahren Grund für die Rückkehr der Tataren in die Feste. Nach dem Überfall hatte Sartak eine Botschaft nach Buchara geschickt und Organa, die Regentin des Khanats Dschagatai, gebeten, seine Eskorte zu verstärken, da er ansonsten Gefahr laufe, seinen anderen Gesandten ebenfalls an die Banditen zu verlieren. Während er in Kaschgar auf die Antwort wartete, erhielt er eine Botschaft mit dem *yam*, daß Organa von Arik Bökes Verbündetem, Alghu, ermordet worden sei, und von Khubilai den Befehl, bis zu einer Klärung der Situation dort zu bleiben, wo er war.

»Wer hat den Hinterhalt gelegt?« fragte Sartak ihn. »Wessen Krieger waren das?« Als Josseran mit der Antwort zögerte, antwortete er selbst: »Khaidu hat sie geschickt.«

»Ja.«

»Was geschah mit den beiden anderen, die mit Euch aufgegriffen wurden?«

»Sie wurden hingerichtet.«

»Hatten sie einen schönen Tod?«

Josseran überlegte, was er ihm darauf antworten sollte. Galt Tod durch Sieden bei den Tataren als schöner Tod? Das bezweifelte er. »Sie wurden geköpft. Es war schnell vorbei.«

»Seid Ihr gewiß?«

»Ich habe es mit eigenen Augen gesehen.«

Sartak schien erleichtert. »Das wenigstens ist ein Segen. Dai Sechen«, sagte er, indem er den wahren Namen des Trunkenbolds nannte, »war mein Bruder.«

»Er starb wie ein Mann«, sagte Josseran und wandte den Kopf ab. Das war zwar eine Lüge, doch gab man besser nicht alle Ereignisse wahrheitsgetreu weiter.

TEIL VIII

Die Seidenstraße

Von Kaschgar nach Buchara

1

Im Jahr 638 nach der Hedschra und im Jahr 1261
nach Christi Geburt

Wegen der Krise im Khanat Dschagatai saßen sie den Winter über in Kaschgar fest. Nun erzählte Sartak ihnen, es könne Jahre dauern, bevor sie sicher über das Dach der Welt kämen. Doch die schnellen Reiter des *yam* erschienen auch weiterhin auf ihrem Weg nach Osten oder auf dem Rückweg fast täglich in der Feste. Es war nicht schwer, sich die Geschäftigkeit der Ränkeschmiede und Intriganten in Karakorum und Shangdu auszumalen.

Eines Tages vertraute Sartak Josseran an, der Sohn des Himmels habe tatsächlich einen Ausweg gefunden, um aus dieser Sackgasse herauszukommen. »Eine Karawane ist auf dem Weg von Buchara nach Tatu«, sagte er. »Alghu hat versprochen, für die Eskorte Krieger abzustellen. Wir werden uns der Karawane anschließen, wenn sie hier eingetroffen ist. In jedem Fall müssen wir den Frühling abwarten, bevor wir uns an die Überquerung des Dachs der Welt wagen können.«

»Khubilai hat sich demnach mit dem Dschagatai-Khan gütlich geeinigt?«

»Insgeheim.«

»Was befördert die Karawane? Gold?«

Sartak lächelte. »Gold kann man durchbringen. Nein, es ist eine Frau. Eine der Töchter des Kaisers soll Alghu heiraten. Eine kluge Verbindung, denn sie sorgt für Harmonie zwischen den Häusern des Kaisers und dem des Il-Khanats Dschagatai.«

»Wie heißt die Prinzessin?« fragte Josseran, auch wenn er die Antwort bereits zu kennen glaubte.

»Es ist Miao-yen«, antwortete Sartak. »Prinzessin Miao-yen.«

Im Norden befanden sich die Berge, als Schranke zu den neuen und unentdeckten Gebieten; im Westen die Medinas und murmelnden Pappeln von Samarkand und Buchara; im

Osten die Pavillons und der raschelnde Bambus von Kitai; im Süden fegten die heulenden Winde über die Takla Makan. Und hier in Kaschgar, dem Kreuzpunkt der Seidenstraße, trafen die Pfade seines Lebens zusammen.

Von den Mauern der Feste aus beobachtete er, wie die Karawane sich durch die Oase schlängelte. Die Kamele husteten und ächzten, die Pferde, zermürbt von der langen Wüstendurchquerung, hielten den Kopf gesenkt. Zwei Reiterschwadronen mit heraldisch geschmückten goldenen Helmen, in denen die Sonne sich widerspiegelte, stachen ins Auge, die grünen und weißen Flaggen des Himmelssohns flatterten im Wind.

Die Holztore der Feste flogen auf, und die Vorhut zog als Kolonne ein. Dahinter kam ein vergoldeter Wagen, in dem sich zweifellos die Prinzessin befand und durchgerüttelt wurde; ihm folgten zwei weitere Wagen mit ihren Dienerinnen. Als sie sicher im Innern der Feste angekommen waren, stiegen die Frauen von den Wagen und stellten sich am Wagen der Prinzessin auf. Er spürte sofort, daß irgend etwas nicht in Ordnung war.

Einige Augenblicke später sah er, daß die Krieger die Prinzessin auf einer Trage aus dem Wagen heraustrugen.

Er erinnerte sich an das zarte Geschöpf, mit dem er im Garten des Erquickenden Frühlings spazieren gegangen war. Arme Miao-yen. Es war vorauszusehen, daß ihr zerbrechlicher Liebreiz den Strapazen einer solchen Reise nicht gewachsen war. Er sagte ein stilles Gebet für sie, das er an einen barmherzigen Gott richtete, wenn es denn ein solches Wesen gab.

2

Er hatte es sich zur Gewohnheit werden lassen, bei Tagesanbruch mit Wilhelm aufzustehen, ein Frühstück aus *pilaw* zu sich zu nehmen und sich dann mit dem Wüterich im Ringkampf zu üben. Die Tataren rangen sehr gerne und äußerst geschickt, und Josseran wurde ein begeisterter Schüler. Die

Übungen halfen ihm, seine verletzte Schulter zu kräftigen. Er hatte den Tataren zwar immer noch nicht besiegt, doch zumindest wurde er inzwischen weniger häufig zu Boden gerungen. Jeden Morgen übten sie auf einem *maidan*, doch nach einem Dutzend Würfen hob Josseran stets die Hand, um anzuzeigen, daß er aufgab. Doch er hatte sich fest vorgenommen, eines Tages zu gewinnen.

Der Wüterich, dessen eigentlicher Name Yesün lautete, wie Josseran erfahren hatte, war wie so mancher Tatar klein und stämmig und besaß O-Beine. Die meisten Tataren hatten schon reiten gelernt, bevor sie laufen konnten, und ihre Schenkel- und Wadenknochen hatten sich dadurch der Rumpfform des Pferdes angepaßt. Der Körper dieses Tataren war eher korpulent als muskulös zu nennen, und wenn er angriff, so gewann man den Eindruck, es würde ein kleiner Ochse mit einem zusammenstoßen. Im Ring trat er mit nacktem Oberkörper an, und wegen seines schweißgebadeten Körpers erinnerte er Josseran an ein eingefettetes Schwein.

Der Wüterich hatte ihm eine Menge Griffe beigebracht und auch, wie man sie abwehrt, doch es half alles nichts. Das Ringen war der Lieblingszeitvertreib der Tataren, eine ähnlich dem Reiten von frühester Kindheit an eingeübte Fertigkeit. Josseran fand bald heraus, daß es nicht darauf ankam, Griffe einzustudieren; die Kunst lag vielmehr in der Kombination vieler verschiedener Griffe zu einem Wirbel aus Armen, Beinen und Bewegung, während man den Kontrahenten zugleich durch ein geschicktes Zusammenspiel aus brutaler Kraft und einschüchternder Selbstsicherheit überwältigte.

Eines Nachmittags schließlich gelang ihm ein Wurf, bei dem er seinen Gegner für einen Augenblick aus dem Gleichgewicht brachte und ihn mit markerschütternder Wucht auf den Rücken und in den Staub legte. Josseran war über diese Entwicklung nicht minder überrascht als sein Kontrahent und zögerte daher einen Augenaufschlag lang, bevor er die Bewegung erfolgreich zu Ende führte. Doch bevor er ihn auf den Boden drücken konnte, hob der andere mit schmerzverzerrter Miene die Hand.

»Halt«, rief er außer Atem. »Mein Rücken!«
Josseran starrte ihn entsetzt an. »Bist du verletzt?«
»Du hast mir das Rückgrat gebrochen!«
Josseran beugte sich über ihn. Da trat der Tatar ihm mit einer flinken Bewegung die Beine weg, und Josseran blickte in den azurblauen Himmel, während ihm die Luft aus den Lungen gepumpt wurde. Der andere aber war auf ihn gesprungen, wälzte ihn auf den Bauch und drückte ihm das Knie ins Kreuz. Er fühlte, wie ihm sein Kontrahent beide Hände an den Kopf drückte und ihn verdrehte. Er hörte seine Sehnen knacken.
Im Triumph lachte der Wüterich laut auf und sprang auf die Beine. »Zeig nie Erbarmen mit deinem Gegner«, rief er. »Diese Lektion mußt du auch noch lernen.«
Josseran hätte ihn am liebsten verwünscht, doch es gelang ihm nicht, genug Atem zu schöpfen.
»Denk daran: Überraschung und Finte sind deine größten Waffen.«
Lachend entfernte er sich. Josseran lag mit dem Geruch von Staub in den Nasenflügeln auf dem Boden, sein Körper wurde von Schmerzen durchzuckt. Dies war ganz gewiß eine Lektion, die er nicht so schnell vergaß. Eines Tages würde er den Spieß umdrehen.

Am Morgen nach Miao-yens Ankunft befanden sie sich wieder auf dem *maidan* bei der Übung. Sie umkreisten einander in einem improvisierten Ring, den der Wüterich mit einem Maulbeerzweig in den Boden gezeichnet hatte. Der Tatar ging plötzlich zum Angriff über und setzte zu einer Finte an. Josseran reagierte zu langsam. Ein Sturzbach von Bewegungen, und schon lag er unter dem Gewicht des schweren, schweißtriefenden Tataren, der überdies noch übel roch, mit dem Rükken auf dem harten Lehmboden. Schon wieder war er der Unterlegene.
Der Wüterich lachte und sprang auf. »Wenn alle Barbaren sind wie du, werden wir bald die ganze Welt beherrschen!« schrie er.
Josseran zog eine säuerliche Miene und kam langsam auf die Beine. Wegen seiner Körpergröße war er es nicht gewöhnt,

beim Kräftemessen auf eine solche Weise zu unterliegen. Sein ganzes Leben lang war ihm so etwas nicht widerfahren, und die Niederlagen, die dieser untersetzte Tatar ihm bereitete, brachten sein Temperament zum Überschäumen.

»Noch einmal«, sagte er.

Der Wüterich umkreiste ihn abermals, und dann verkeilten sie sich ineinander, die Hände jeweils auf der Schulter des anderen, und jeder versuchte, den anderen zu Fall zu bringen.

Plötzlich hörte Josseran jemanden rufend über den *maidan* laufen: »Barbar!«

Josseran sah sich um, und der Tatar nutzte seine mangelhafte Konzentration aus, um ihn auf den Rücken zu werfen. Lachend trat er einen Schritt zurück und fragte höhnend: »Ja, lernst du denn nie aus?«.

Zornerfüllt kam Josseran wieder auf die Beine. Nun sah er Sartak laufend auf ihn zukommen. Obwohl dieser äußerlich ruhig wirkte, ahnte Josseran, daß sich etwas Furchtbares zusammenbraute.

»Wo ist dein Gefährte?« rief Sartak ihm zu.

»Bestimmt irgendwo auf den Knien. Was gibt es denn?«

»Es geht um Prinzessin Miao-yens Leben. Auf dem Weg durch die Wüste erkrankte sie ziemlich schwer, und jetzt wacht sie nicht mehr auf, und ihre Haut ist glühendheiß.«

Josseran wußte, daß es ihr nicht gutging, denn er hatte so manches flüstern hören und viel besorgtes Stirnrunzeln bei den Bediensteten bemerkt, die ihr beim Westtor in ihrem Quartier aufwarteten. Am Vorabend hatte er darum gebeten, zu ihr vorgelassen zu werden, doch man hatte es ihm kommentarlos abgeschlagen. Bis zu diesem Augenblick war ihm nicht bekannt gewesen, daß sie schwer erkrankt war.

»Diese Nachricht betrübt mich sehr. Aber was hat das mit unserem guten Pater zu tun?«

»Die Schamanen, die sie auf dieser Reise begleitet haben, sind ratlos und können nichts mehr für sie tun.« Sartak blickte verlegen drein. »Ich dachte vielleicht, daß dein heiliger Mann ...«

»Wilhelm?«

»Schließlich hat er *dich* auch wieder gesunden lassen.«

»Wilhelm besitzt nicht die Macht zu heilen. Nur Gott allein kann das.«

Sartak sah nun überängstlich aus. »Mir ist es gleich, wer sie heilt. Ich freue mich gleichermaßen, wenn es dein Gott oder der unsere ist. Aber sie darf nicht sterben. Sonst gäbe man mir die Schuld.«

Josseran zuckte die Schultern. Es konnte nicht schaden, überlegte er, obwohl er bezweifelte, daß es von Nutzen sein konnte. Er konnte Wilhelm dazu überreden, wenigstens ein paar Gebete zu sprechen. »Ich werde ihn bitten, dir zu helfen, wenn du das möchtest.«

»Bringe ihn so schnell wie möglich zu mir«, entgegnete Sartak. »Ohne sie gibt es keine Allianz mit Alghu, und dann können wir Kaschgar womöglich erst verlassen, wenn unser Haar grau geworden ist.«

3

Nahe Almalyk, östlich von Samarkand

Das Dach der Welt lag unter einer dichten Schneedecke. Aus den im Tal verstreuten Jurten stieg Rauch auf.

Die drei Reiter bewegten sich langsam und mühsam den Berg hinunter, vorbei an den entsetzten Gesichtern ihrer Stammesangehörigen. Ihre Haare und Teile ihrer Gesichter waren angesengt und schwarz, und stellenweise glänzten weiße Knochen zwischen dem verkohlten und rohen Fleisch. Der eine hatte ein Auge, der andere einen gut Teil seiner Nase eingebüßt. Sie mußten sich anstrengen, um sich aufrecht im Sattel zu halten, aber sie fielen nicht herunter, so lange sie den Eingang zur Jurte des Khans nicht erreicht hatten, wo einer von ihnen sich schließlich vom Pferd gleiten ließ und regungslos im Schnee liegenblieb.

»Arik Böke selbst hat Alghu auf den Thron in Buchara gesetzt. Und wie unser Großer Khan wünschte, habe ich ihm eine Abordnung geschickt, um von ihm den Anteil an seinen Steuern einzufordern, damit wir die Armee unseres Khagan zum Kampf gegen den Verräter Khubilai ausrüsten können. Und was tut er? Er sagt, er wolle seinen Anteil in kostbarem Metall bezahlen und läßt geschmolzenes Gold über die Köpfe unserer Gesandten ausschütten.«

Khaidu saß in seiner Jurte, die Söhne zu seiner Rechten, seine Lieblingsfrau und seine Tochter Khutelun zur Linken. Blauer Rauch zog vom Feuer träge zur Öffnung im Dach hinauf.

»Wir sollten uns weiter in die Berge zurückziehen«, sagte Tekudai. »Alghu hat hundertfünfzigtausend Krieger hinter sich.«

»Zurückziehen«, murmelte Khaidu. Sein Verstand wurde eingedenk des groben und unerwarteten Verrats von Alghu durch Zorn und Verwirrung vernebelt. Er wandte sich ratsuchend an Gerel. »Bist du mit deinem Bruder Tekudai einer Meinung?«

Gerel blieb nicht einmal die Zeit zu antworten, denn Khutelun konnte nicht länger an sich halten. »Laufen wir jetzt fort, dann werden wir immer auf der Flucht sein, und unsere Felder und Weiden nie wiedersehen!«

Der Anflug eines Lächelns leuchtete in Khaidus Gesicht auf. »Was also sollten wir deiner Meinung nach tun?«

»Auf dem Schlachtfeld können wir Alghu nicht besiegen. Aber wir können zuschlagen, wenn er es am wenigsten erwartet, und uns in die Berge zurückziehen, bevor er sich rächen kann. Wenn er uns dann den Rücken zukehrt, können wir erneut zuschlagen. Wir sollten ihm keinen Moment der Ruhe gönnen. Wir werden ihn zermürben wie der Wolf den Bären, ihn Mond für Mond und Jahr für Jahr in die Waden beißen, bis er lahm und erschöpft ist. Eines Tages, wenn wir andere Wölfe um uns geschart haben, können wir ihn dann erlegen.«

Khaidu lächelte. Seine Tochter, die Kriegerin und Schamanin. Der Geist Dschingis Khans war in den Körper einer Frau gefahren. Wenn sie doch nur ein Sohn gewesen wäre!

Nun wandte er sich wieder Tekudai und Gerel zu, der eine zu ängstlich, der andere allzu sehr in schwarzen *kumys* vernarrt. Die Geister hatten ihm in seinem Leben übel mitgespielt und sich den Spaß erlaubt, aus seinem ältesten Sohn eine Frau zu machen.

Er überlegte eine Weile. Schließlich sagte er: »Ich stimme Khutelun zu. Meinem Temperament entspricht eher der Wolf als das Schaf. Doch erst müssen wir um die Weisheit der Götter nachsuchen, damit wir ihre Wünsche erfahren. Khutelun, du mußt die Geister anrufen und ihren Rat einholen. Danach erst werden wir entscheiden.«

4

Kaschgar

Sie gingen an einer eisengetriebenen und mit Messing beschlagenen Pforte vorbei, über einen kleinen, ummauerten Innenhof, an dessen Wänden sich die Rosen am unebenen Ziegelwerk emporrankten und der zu einem Bogen mit einem blau-weißen geborstenen kufischen Fries führte. Dann erklommen sie die engen, jahrhundertealten und ausgetretenen Stufen eines Turmes.

Es war eine eigenartige Prozession, die sich über den dunklen Korridor des westlichen Vorwerks begab. Der tatarische Gouverneur mit seinem goldenen Flügelhelm marschierte vorneweg. Ihm folgte ein Mann in einer schwarzen Mönchskutte mit bläßlichem Gesicht und ein bärtiger Riese im *del* und mit Tatarenstiefeln. Im obersten Stock des Turms angekommen, hielten sie vor einer der Kammern inne. Ein Schwarm Dienstmädchen hockte neben der geschnitzten Tür aus Walnußholz und beobachtete sie, die Köpfe gesenkt, aus zusammengekniffenen Augen.

Wilhelm nahm Josseran beiseite, während Sartak sie ungeduldig beäugte. »Was habe ich hier verloren?« stöhnte er. »Für eine Heidin kann ich nicht beten!«

»Dann bete für eine menschliche Seele in Not!«

»Was Ihr da von mir verlangt, ist unmöglich!«

»Möchtet Ihr unsere Eskorte tödlich beleidigen, indem Ihr Euch weigert? Tut, was immer Ihr wollt, und hofft das Beste, denn ich glaube, das Ergebnis wird dasselbe sein.«

»Weshalb flüstert ihr?« sagte Sartak aufbrausend.

»Er fürchtet, er könnte dich enttäuschen«, antwortete Josseran.

»Seine Zauberei hat im Fall von Mar Salah gut gewirkt. Erinnere ihn daran, daß wir uns fünfzig Winter lang hier aufhalten dürfen, wenn die Prinzessin stirbt.«

»Ich kann es nicht tun«, wiederholte Wilhelm.

»Ist er bereit?« fragte Sartak zischend.

»Ja, er ist bereit«, antwortete Josseran.

Sartak öffnete die Tür zur Kammer. Josseran schob Wilhelm hinein. Die Kammer mußte einst einem mohammedanischen Prinzen oder einer Prinzessin als Privatquartier gedient haben, dachte Josseran, denn sie war, im Gegensatz zu seiner eigenen Zelle, reichhaltig ausgestattet. Ein Band mit weißen arabischen Schriftzügen auf pfauenblauem Hintergrund hing an den Bogenfenstern, und die aus Lehmziegeln gemauerten Wände verzierte ein Keramikfries mit geometrischen Mustern, ganz in Rot auf wachsgelbem und blaßgrünem Hintergrund gehalten. Ein fahlgelbes Licht sickerte durch die Fenster herein.

Eine offenbar schlafende Miao-yen lag auf einem großen Bett inmitten der Kammer. Die mohammedanische Umgebung harmonierte ganz und gar nicht mit ihren karmesinroten und goldfarbenen Gewändern. In der weiträumigen Kammer erschien sie verloren, so zerbrechlich wie ein verletzter Vogel im Schnee. In einer Ecke loderten Feuer auf flachen Rosten, doch die knackenden Pappelscheite kämpften vergebens gegen die Kälte in der Kammer an.

Von den Sommergärten in Shangdu bis hierher war es ein langer Weg gewesen.

Sartak weigerte sich, die Schwelle zu übertreten, da er sich vor den bösen Geistern in der Umgebung von Miao-yens Körper fürchtete. Josseran trat zurück, und Wilhelm ging allein auf ihr Bett zu. Beunruhigt blickte er sich um. »Wo sind ihre Heilkundigen?«

»Die Tataren fürchten sich, einer kranken Person allzu nahe zu kommen«, erklärte Josseran ihm. »Sie nehmen an, daß alle Krankheit von bösen Geistern herrührt, so daß nur die Schamanen bereit sind, denselben Raum zu betreten. Aber ihre eigenen heiligen Männer sind verbannt worden, weil sie bei ihr versagt haben.«

Wilhelm blickte auf das junge Mädchen. Er fuhr mit der Zunge über seine dünnen, blassen Lippen. »Ich sage Euch, das kann ich nicht. Sie hat nicht das Sakrament der Taufe erhalten.«

»Wir können unsere Gastgeber nicht beleidigen! Fällt es Euch dermaßen schwer, für sie zu beten? Ihr verbringt doch genug Zeit auf den Knien!«

Wilhelm war kreidebleich. Was hatte ihn so nervös gemacht? überlegte Josseran. Fürchtete er sich etwa davor, sich anzustecken? Wenn die Art ihrer Erkrankung sich durch ihre Ausdünstungen verbreiten würde, dann müßten ihre Dienstmädchen sich längst angesteckt haben. Zudem stand hier mehr als nur ihr Ansehen bei ihren Gastgebern auf dem Spiel. Josseran war betrübt, die Prinzessin in solch einer Lage zu sehen. Sie hatte Besseres verdient, als hier in diesem abgeschiedenen Ort zu sterben, denn eigentlich war sie noch ein Kind. In einem unergründlichen Teil seines Wesens glaubte Josseran noch immer, daß die demütigen Bitten eines Priesters, selbst die eines solch boshaften Klerikers wie Wilhelm, bei Gott mindestens hundert Gebete eines gewöhnlichen Gläubigen aufwogen.

»Tut für sie, was Ihr vermögt«, sagte Josseran und wandte sich zur Tür.

Wilhelm packte ihn am Armzipfel. »Ihr laßt mich doch hier nicht allein?«

»Ihr wißt, daß ich kein Schamane bin. Es liegt an Euch, jetzt ein Wunder zu vollbringen.«

»Ich sagte Euch schon, daß ich nicht für sie beten kann! Gott wird sich nicht um eine Heidin bemühen!«

»Sie ist nur ein junges Mädchen, und sie ist krank!« erwiderte Josseran grollend. »Ihr könntet wirklich etwas mehr Erbarmen zeigen, oder etwa nicht?« Er verließ die Kammer und ließ die schwere Tür mit einem Krachen hinter sich zufallen, das in der ganzen Feste als Echo widerhallte.

5

Wilhelm kniete sich neben dem Bett nieder und begann mit dem Paternoster, doch er verhaspelte sich und konnte es nicht zu Ende aufsagen. Denn der Teufel hielt sich in dieser Kammer auf. Er hörte das Biest knurren, das seine eigenen Gedanken noch eher erfuhr als er selbst, und sah, wie es ihm aus den dunklen Ecken zugrinste.

Er betrachtete das Mädchen auf dem Bett. Ihr Gesicht war fiebrig und schweißnaß. Er konnte sogar die Wärme, die von ihrem Körper ausging, in der kühlen Kammer spüren. Unvermittelt überkam ihn der Gedanke, daß er mit dieser Frau anstellen konnte, was ihm beliebte; wenn er seinen Arm ausstreckte und sie berührte, so erführe es niemand.

Er brannte darauf, seinen Arm auszustrecken und sie zu berühren.

Seine Brust war wie zugeschnürt, er konnte kaum noch atmen. Es war ihm unmöglich, den Unendlichen Gott anzurufen und seine Gedanken auf etwas anderes als auf seinen eigenen Drang zu konzentrieren. Er spürte ausschließlich die Nähe ihres Fleisches. Er sah sich um, da er sich vergewissern wollte, daß die Tür geschlossen und die Kammer leer war. Weshalb dann hatte er den Eindruck, daß jemand ihn beobachtete?

Zaghaft streckte er den Arm aus. Ihm kam es vor, als gehörte er nicht mehr zu seinem Körper. Er beobachtete ihn fasziniert wie eine große, blasse Spinne, die über die Tagesdecke krabbelte.

Die Finger zauderten, ein Finger fuhr über die weiße Haut ihres Arms, zuckte dann plötzlich zurück, als hätte er sich verbrüht.

Doch Miao-yen erwachte nicht, sie schlug die Augen nicht auf, ihre flache und gleichförmige Atmung veränderte sich nicht. Erneut blickte Wilhelm sich schuldbewußt um, als erwartete er, daß ihn aus einer dunklen Ecke ein Augenpaar beobachtete, das nur darauf wartete, ihn zu beschuldigen und der Welt schließlich jene geheimnisvollen und unanständigen Teile seiner selbst zu entdecken.

Natürlich gab es nur die Schatten und den Staub, der lautlos in den Sonnenstrahlen durch die Gitterfenster in die Kammer hineinwirbelte.

Die Finger wurden nun dreister und krochen wieder über das Bett. Sie kniffen Miao-yens Ohrläppchen, bevor sie schnell zurückschreckten, wurden kecker und strichen ihr über die Hand, zogen gar an einigen der winzigen, blonden Härchen auf dem Unterarm, bis sie herausgezupft waren, aber noch immer rührte sie sich nicht.

Innerlich erregt stand er auf, ging in der Kammer hin und her und schaute ständig zur Tür hinüber. Niemand würde den Raum einer Kranken betreten, hatte Josseran gesagt. Die Tataren, ja selbst ihre Dienstmädchen, waren wie durch den stärksten Riegel ausgeschlossen. Er hörte, wie der Teufel ihm einflüsterte, er solle getrost zu Ende führen, was er beabsichtige, denn niemand werde es je erfahren.

Niemand, außer Christus.

»Darum habe ich nicht gebetet«, sagte er laut und senkte den Kopf, während er die Hände zum Gebet verschränkte. Doch Gott antwortete ihm nicht, und die vielen Dämonen, die ihn verfolgten, kamen nun herbei, um ihn ganz zu besitzen.

Nahe Almalyk, im Osten Samarkands

Die Trance wurde mit Hilfe von Haschisch und *kumys* herbeigeführt. Khutelun tanzte allein in ihrer Jurte, bis die Geister herbeikamen und sie mit sich in den Ewig Blauen Himmel entführten. Zuletzt tanzte sie, völlig von der Erdenschwere befreit, und auf einer schwarzen Stute fuhr sie in die Lüfte auf, bis sie ganz hoch über der Erde war. Sie fühlte, daß der barbarische Krieger Josseran bei ihr war, und sie spürte, wie seine Arme sie umfingen, als sie in die weit sich öffnende Umarmung der Wolken eintauchten.

Sie träumte, daß sie über die Berge auf einer hohen Weide ritten, wo sie sich zu ihm in das dichte, lange Sommergras legte. Als sie auf den dicken Teppichen in ihrer Jurte lag und sich dieser Träumerei hingab, tauchte dieses Bild so wirklich vor ihr auf, daß ihre Nasenflügel bei der Wahrnehmung seines fremden Geruchs erbebten und ihre Arme, ihr Bauch und ihre Schenkel die Hitze seines Körpers fühlten.

Etwas in ihrem Innern rührte sich, und sie stöhnte und ächzte vor Schmerzen, während im Traum ein blutüberströmtes Kind aus ihrem Leib schlüpfte, mit der bronzefarbenen Haut eines Tataren und dem goldroten Haar eines Christenmenschen.

Erst gegen Morgen erwachte sie aus dem Traum, und ihre Jurte lag im Finstern. Die Glut ihres Feuers war erkaltet, nur ein schwacher Duft von Haschisch hing noch in ihren Haaren. Sie setzte sich aufrecht hin und blickte überrascht und verwirrt in die Dunkelheit hinein.

Sie hatte die Welt der Geister auf ausdrücklichen Befehl ihres Vaters aufgesucht, um den Willen der Gottheiten über Alghu und Arik Böke zu erfahren. Doch die Bilder von Josseran und dem Kind hatten, wie das Aufheulen des *karaburan* in der Wüste, das Raunen jeder anderen Intuition in ihr übertönt.

Sie begriff nicht, was sie da soeben erlebt hatte. Ihre Traumwelt hatte ihr bisher noch nie etwas über sie selbst enthüllt, es waren stets nur Träume über andere gewesen.

Kalter Schweiß klebte auf ihrer Haut, und in ihrer Lende staute sich die Wärme und die Feuchtigkeit. Schwankend erhob sie sich und trat vor die Jurte.

Der Mond hing über den schneeverhängten Bergen. Sie fühlte, daß *er* sich irgendwo dort aufhielt und zum selben Mond hinaufblickte. Inzwischen war sie sich sicher, daß ein silbernes Band von ihr bis zu ihm reichte und eines Tages der Wind die Samen zur Blume treiben und sie sich schließlich wiedersehen würden.

6

Kaschgar

Für Wilhelm stand fest, daß Prinzessin Miao-yen sich an der Schwelle des Todes befand. Wie oft schon hatte er diese Kammer aufgesucht, wie viele Gebete schon hatte er für sie gesprochen? Er hatte alle darauf hingewiesen. Sie lag im Sterben, und Gott nahm sich nicht einer bemalten Heidin an.

Ihr Gesicht war erhitzt und hellrosa geschminkt, ihre Atmung nicht mehr als ein winziges Flüstern ihrer Lippen. Er schloß die Augen und bedeckte sein Gesicht mit den Händen, als könnte er damit die Bilder seiner eigenen Phantasie verhüllen. Die Versuchung war allzu stark in ihm gewachsen; wie war es da möglich, noch zu widerstehen?

Er streckte seine Hand abermals aus, seine Finger fuhren über ihre fieberheiße Haut, die so glatt wie Elfenbein war. Durch die Vertrautheit mit diesem süßen Gelände ermutigt, führte sie ihre Erkundungen fort und ruhte schließlich auf der Knospe der Mädchenbrust.

Ein Schutzwall brach in ihm zusammen, denn es war niemand zu sehen und niemand erfuhr es, sogar das Objekt seiner Begierde wurde nicht Zeugin seines leidenschaftlichen Begehrens. In seiner Jugend hatten ihn die Frauen ebensosehr eingeschüchtert wie Gott, und nun, da sich diese in seinem Leben einzigartige Gelegenheit wie von selbst ergeben hatte, war er kraftlos und verhext. Diese zerbrechliche Prinzessin mit ihrem in der Farbe eines Leichnams geschminkten Gesicht war ihm als persönliches Spielzeug gegeben worden, das er besitzen konnte, ohne die Folgen fürchten zu müssen. Denn bald würde die Prinzessin ihren Geist der Finsternis übergeben und jede mögliche Sünde, die er begehen könnte, würde mit ihr begraben werden.

Solches oder ähnliches flüsterten ihm die Stimmen in seinem Kopf ein.

Er fuhr unter das seidene Gewand und rang nach Atem, als er ihr fiebrigheißes Fleisch berührte. Er zögerte, bevor er mit den Erkundungen fortfuhr. Seine Hand zitterte, und sein Mund war trocken, sein Geist nichts anderem als den Empfindungen des Augenblickes hingegeben.

Er legte die Bibel beiseite, kroch auf das Bett und legte sich neben sie. Ihre willfährigen Arme legte er sich um die Schulter und küßte ihre geschminkte Wange. Als die Schatten durch die Kammer krochen, gab er dem Drängen seines Körpers nach.

7

Als Krieger und Ritter hatte Josseran sich sein Leben lang regelmäßig in den Kriegskünsten geübt, im Nahkampf wie auch in der Reitkunst. Sobald seine Schulter ausreichend geheilt war, hatte er die Langeweile der langen, in Untätigkeit zugebrachten Wintermonate durch eine selbst auferlegte Disziplin überwunden, indem er sich seine Fertigkeiten erhielt, so gut es möglich war.

Jeden Nachmittag ritt er mit seinem Pferd zu einem *maidan* unterhalb der Feste hinaus und übte mit Schwert und Lanze. Eine Entdeckung, die er im Basar vor Ort gemacht hatte, war ihm dabei enorm zu Hilfe gekommen. Eines Tages war ihm aufgefallen, daß die einheimischen Händler ihre Wassermelonen lagerten, indem sie diese in Gurten an Bambuspfählen aufhängten, so daß sie fast den ganzen Winter hindurch saftig blieben. Daher kaufte er jeden Tag im Basar ein halbes Dutzend dieser Früchte, brachte sie zu einem Obstgarten auf der anderen Seite des *maidan* und spießte sie auf langen Pfählen auf. Dann ritt er in voller Geschwindigkeit zwischen den Maulbeerbäumen hindurch und versuchte, diese Wassermelonen mit einem Schwerthieb sauber zu durchschneiden, ohne dabei den Lauf seines Pferdes zu beeinträchtigen.

Er war soeben von seinem schwarzen Hengst abgestiegen und bürstete ihn mit dem hölzernen Striegel, den die Tataren benutzten. Es war das Pferd, das Khutelun ihm in der Nacht seiner Flucht aus Khaidus Lager gebracht hatte. Er kümmerte sich intensiv um das Tier, wenn er es auch nicht besonders mochte, denn es war reizbar und bösartig. Insgeheim hatte er das Pferd auf den Namen Wilhelm getauft.

Als er Hufgetrappel hörte, blickte er auf. Sartak ritt mit geraden, steifen Beinen, in dem den Tataren eigentümlichen Stil, über den *maidan*. Im Obstgarten angekommen, zügelte er sein Pony und bahnte sich langsam einen Weg zwischen den ausgedorrten Bäumen. Als er die Überreste der Früchte im Staub erblickte, grinste er Josseran an und meinte: »Falls ihr Christen jemals gegen Wassermelonen Krieg führen solltet, müßten die sich wirklich sehr in acht nehmen.«

»Ich stelle mir einfach vor, eine Melone sei dein Kopf«, sagte Josseran. »Das hilft meiner Absicht.«

Sartak lächelte wieder. »Ich habe gute Neuigkeiten«, sagte er. »Dein Schamane hat seine Macht bewiesen.«

Josseran bemühte sich, seine Überraschung zu verbergen. Wilhelm hatte ihm den Eindruck vermittelt, als würde die Prinzessin bald sterben. »Geht es ihr besser?«

»Dieser Wey-ram«, sagte Sartak, wobei er den Namen Wilhelm auf tatarische Weise aussprach, »besitzt trotz all seiner seltsamen Erscheinung eine mächtige Zauberkraft.«

Mächtige Zauberkraft. Josseran hatte angenommen, daß die Prinzessin unabhängig von den guten Gebeten des Paters nach Gottes Willen entweder gesunden oder sterben werde, doch nun erwiderte er: »An der Wirksamkeit seiner Macht habe ich nie gezweifelt.«

Sartak konnte seine Freude und seine Erleichterung nicht für sich behalten, denn nun war ein Ende dieser Reise in Sicht. »Sobald der Schnee schmilzt, überqueren wir das Dach der Welt und ziehen zu Alghus Hof nach Buchara. Von dort aus schicken wir euch in die westlichen Länder.«

Die westlichen Länder.

Mehr als ein Jahr war inzwischen vergangen, seit er Akko verlassen hatte. Er fragte sich, was dort während seiner Abwesenheit wohl geschehen sein mochte. Seine Gastgeber hatten ihm nichts berichtet, doch vielleicht wußten sie ja selbst nichts. Für sie bedeutete Outremer eine andere Welt, die sich auch auf dem Mond hätte befinden können. Hatte Hulagu mit der *Haute Cour* schließlich doch noch ohne Josserans Hilfe ein Abkommen geschlossen? Oder würden Wilhelm und er nach ihrer Rückkehr Akko in Schutt und Asche vorfinden?

Josseran spürte keine Begeisterung bei dem Gedanken an eine Rückkehr. Er würde sich zu den Anschuldigungen des Paters vor dem Rat zu rechtfertigen haben. Die Tatsache, daß er diesem gemeinen Menschen zweimal das Leben gerettet hatte, würde bei dem eigensinnigen Kirchenmann nicht allzu schwer wiegen. Der Orden würde ihn, falls notwendig, vor der Inquisition in Schutz nehmen, allerdings nicht ohne Gegenleistungen, so befürchtete er. Bestimmt würde man ihn zwingen, sein Gelübde zu erneuern, und vielleicht noch weitere fünf Jahre in Outremer festhalten. Jetzt verfluchte er sich selbst, weil er so offenherzig geredet und sich den Pater zum Feind gemacht hatte.

»Ich sehe schon, daß die Aussicht, Kaschgar verlassen zu können, dich vor Freude so sprachlos gemacht hat, daß ich dich mit deinen Melonen allein lassen kann«, sagte Sartak. Dann fügte er noch hinzu: »Solltest du Flankenschutz benötigen, so lasse es mich wissen, damit ich dir eine Schwadron meiner Reiterei zur Verstärkung schicke, die dich beim Kampf unterstützt.«

Er lachte über seinen Scherz und ritt zur Feste zurück.

Der Spaß des Tataren verbesserte Josserans Laune um keinen Deut. Er blickte zu den fernen Bergen, deren ewiger Schnee in der Sonne glänzte, und dachte an Khutelun.

Ich möchte, daß du dich ewig nach mir verzehrst.

Er hatte schon manchmal daran gedacht, daß er immer noch den Weg zurückreiten könnte, der ihn auf die Berge und in Khaidus Lager hinein führte. Wünschte er sich das wirklich? Wollte er wirklich nicht von seinem Versprechen abweichen und einer Wilden wegen zum Außenseiter werden? Doch dies war eine müßige Spekulation, eine Ausgeburt seiner Phantasie. Denn sollte er jemals in das Tal von Fergana zurückkehren, so würde Khaidu ihn hinrichten lassen, und dieses Mal gäbe es keinen Aufschub.

Ich möchte, daß du dich ewig nach mir verzehrst.

Sie hatte recht. Mit Leib und Seele würde er sich ewig nach ihr verzehren. Sein ganzes Leben lang würde ihn die Erinnerung an die seidige Umarmung ihres Körpers und den rauchigen Duft ihres Haars begleiten, die ihm die wilde Freiheit ins Gedächtnis rief, die er in der Welt, in der er lebte, in der dumpfen und erstickenden Gegenwart von Wilhelms Christus, fast vergessen hatte.

Vor seinem Eintritt in den Templerorden hatte er bei so mancher Frau gelegen; zuerst bei Cathérine, dann allzu oft bei den Dirnen in Genua, Tripoli und Akko. Er wußte mit Gewißheit, daß er bei Khutelun nicht allein die Süße des Körpers gesucht hatte.

Die Liebe aber hat ihren Ursprung in der Seele, dachte er, *und dennoch können wir unsere Liebe lediglich mit unserem Körper ausdrücken.* Welche Hoffnung lag für die Menschen darin? Gott war nur ein Traum, mehr nicht. Gott war der Wind, etwas, das man fühlen, aber nicht sehen konnte; der Mensch griff nach dem Geist, und seine Hände blieben leer. Gott konnte man nur mit der Seele empfinden, die Liebe jedoch drückte der Mensch mit seinem Körper aus. So blieb der Mensch zwischen Himmel und Erde an seine irdischen Ketten gefesselt.

Es sei denn, Wilhelm und all die Seinen irren, und die einzige Sünde, die wir begehen, ist die, überhaupt nicht zu lieben.

In diesem Augenblick sehnte er sich danach, ihre Hand zu ergreifen und auf dem Rücken ihres Pferdes über die wilden Ebenen fortgetragen zu werden. Sie war frei, und sie war fort.

Miao-yen lag in ihrem Gewand aus rotem Brokat auf dem Bett, ihre Lilienfüße steckten in winzigen Seidenpantoffeln, zurechtgemacht wie eine schöne Leiche. Und wirklich, Wilhelm konnte Schweiß und Verwesung unter dem Duft des schweren Parfüms wahrnehmen, mit dem ihre Zofen ihren Körper eingerieben hatten. Im fahlen Licht, das durch das Fenster hereinfiel, wirkte ihre Haut noch blasser, fast durchscheinend.

Er saß eine lange Zeit dort, beobachtete sie und wagte nicht, sich zu rühren. Schließlich streckte er seine zitternde Hand aus, um ihre Stirn zu betasten. Das war nicht möglich. Ihr Fieber war geschwunden, ihre Haut fühlte sich kühl an.

Er steckte seine Knöchel in den Mund und biß fest zu, damit er nicht aufschrie. *Was habe ich getan?*

Sie bewegte sich, und einen Augenblick lang fürchtete er, sie könnte aufwachen. Er sprang auf die Füße und trat mehrere Schritte vom Bett zurück, bis seine Schulterblätter gegen die kalte Steinwand stießen.

Über den Dächern der Stadt erschallte der Ruf eines Muezzin, jener infernalische Singsang der Ungläubigen, der von den blauen und fernen Bergen zurückgeworfen wurde, bis er die Kammer auszufüllen schien und ihn betäubte.

Nie wäre es ihm eingefallen, in seinem Alltag auf ein Wunder zu hoffen. Die Bibel, das Buch seines Glaubens, war in seiner Seele als ein phantastisches Werk der Unterwelt verankert, die er sowohl bejahte als auch fürchtete. Ihr Abstand zu der Welt, in der er lebte, verlieh ihr diese Stärke. Doch hier war durch seine eigene Hand ein Wunder geschehen. Gott hatte Seine Hand auf diese heidnische Prinzessin gelegt, um ihn zu widerlegen und, ja, zu bestrafen.

Weshalb sonst hätte Gott sich entschieden, diese Frau jetzt zu retten?

Er fiel auf die Knie und begann wieder einmal zu beten, ebenso sehr um seine Seele wie um die des Mädchens. Und er betete ebenso fromm um seine eigene Erlösung wie seine Seele Miao-yens Tod herbeisehnte, denn nur durch ihr Ableben war gewährleistet, daß man seine furchtbare Sünde nicht entdeckte.

8

Miao-yen saß auf dem großen Holzbett, der weiße Puder ihrer Kosmetik verlieh ihrem Gesicht eine tödliche Blässe. Sie trug ein karmesinrotes Brokatkleid mit kohlschwarzer Schärpe, und in ihrem Haar steckten Spangen aus Elfenbein und Gold. Jetzt da es ihr besser ging, scharwenzelten ihre Dienstmädchen, so lärmend wie die Hennen, ständig um sie herum.

Vom Turm aus überschaute sie die ganze Stadt, ein Gewirr aus Gassen und flachen Lehmdächern, nur unterbrochen von der Kuppel einer Moschee oder den geschwungenen Gesimsen eines Tempels. Der Himmel hing tief über der Ebene, ein Sturm hatte sich von Norden her genähert und die Stadt mit einer Sandschicht überzogen. Öllampen flackerten in tausend Fensternischen, der Nachmittag ging in ein vorzeitiges Dämmerlicht über.

Josseran und Wilhelm wurden von einer der Zofen der Prinzessin in die Kammer geführt, und nachdem sie eingetreten waren, blieben sie nebeneinander am Fuß des Bettes stehen.

»Ich bin erfreut, daß es Euch besser geht, Prinzessin«, sagte Josseran.

Miao-yen bemühte sich zu lächeln. »Dank der Zauberei von Vater-unser-der-du-bist-im-Himmel.«

Josseran wandte sich an Wilhelm. »Sie schreibt Euch ihre Rettung zu, Pater Wilhelm. Sie entbietet Euch ihren Dank.«

Josseran kam es vor, als nähme der Pater diese Nachricht mit etwas weniger Arroganz als gewöhnlich entgegen. Er schien vielmehr sehr in Verlegenheit zu sein. Er umklammerte ein kleines Holzkreuz in seiner Faust, wobei seine Finger wie bleiche, weiße Würmer ständig nervös darauf herum zappelten. »Sagt ihr, es sei Gottes Wille gewesen, daß sie überlebt hat.«

Josseran wandte sich wieder an Miao-yen und berichtete ihr, was Wilhelm ihm zu sagen aufgetragen hatte. Sie unterhielten sich leise murmelnd weiter.

Schließlich sagte Josseran: »Gute Nachricht, Pater. Sie wünscht, daß Ihr sie in unserer heiligen Religion tauft.«

Wilhelm blickte drein, als hätte man ihm einen Schlag versetzt. Sein Gesicht war kreideweiß. »Das kann ich nicht.«

Josseran sah ihn entgeistert an. »Wieso könnt Ihr das nicht?«

»Ich habe sie so weit unterwiesen, wie es mir möglich war. Sie muß beten und Gott für ihre Genesung danken, wenn sie dies wünscht. Aber was die Aufrichtigkeit ihres Glaubens betrifft, so bin ich nicht zufriedengestellt und kann ihr daher nicht das heilige Sakrament der Taufe spenden. Ich habe keine Zeit mehr mit dieser Heidin zu vergeuden.«

»Aber sie wünscht, daß Ihr ihr helft! Hier bittet eine Seele um die Segnungen Christi! Als erste bittet sie Euch darum, bekehrt zu werden! Habt Ihr Euch das nicht immer gewünscht, seit wir in Kitai sind?«

»In dieser Angelegenheit habe ich Euch alles gesagt«, meinte Wilhelm, drehte sich um und floh aus der Kammer.

Es herrschte ein erstauntes Schweigen. Josseran sah ihm mit aufgerissenem Mund nach. Er wußte, daß Miao-yen und ihre Zofen ihn anstarrten, selbstverständlich unfähig zu verstehen, was zwischen ihm und dem Pater vorgefallen war, doch gewiß hatten sie aus Josserans Reaktion schließen können, daß man die Prinzessin beleidigt hatte.

»Ist Vater-unser-der-du-bist-im-Himmel böse mit mir?« fragte Miao-yen schließlich.

Josseran war zu überrascht, um ihr darauf zu antworten. Endlich brachte er stammelnd hervor: »Ich weiß nicht, was mit ihm los ist, Prinzessin.«

»Möchte er denn nicht, daß ich den Papst anbete, wie er es mich gelehrt hat?«

»Ich weiß nicht mehr, was er eigentlich will.« In Wahrheit war Wilhelms Verhalten immer undurchsichtiger geworden, nachdem sie Shangdu verlassen hatten. Vielleicht war es seine Begegnung mit dem Tod in der Wüste, die sein geistiges Gleichgewicht durcheinandergebracht hatte.

»Vielleicht bittet Ihr ihn, zu mir zurückzukommen«, sagte sie. »Ich möchte nicht, daß er mir böse ist.«

»Ich weiß gewiß, daß er Euch nicht böse sein kann, Prinzessin.«

»So kommt es mir aber vor.«

Darauf wußte Josseran wieder nichts zu antworten. Pater Wilhelm besaß die seltene Gabe, einen Triumph in Schimpf und Schande zu verwandeln. »Ich bin erfreut, Euch gesundet zu sehen«, konnte er schließlich noch sagen.

»Damit ich zu meinem Gemahl eilen kann?«

»So wie es vorgesehen war.« Machte sie sich über ihn oder über sich selbst lustig? Es schien ihm unmöglich, hinter die Gedanken dieser rätselhaften Prinzessin zu kommen. Durch die Fenster hindurch hörte er das klagende Blöken der dickschwänzigen Schafe in den Straßen, die zum Markt und zum Schlachter unterwegs waren. Vielleicht konnte diese Tatarenprinzessin mit den verkrüppelten Zehen deren Zwangslage nachvollziehen?

»Nachdem wir uns in den Gärten meines Vaters in Shangdu getrennt hatten, glaubte ich nicht, Euch jemals wiederzusehen.«

»Unsere Unterhaltungen habe ich sehr vermißt.«

»Erinnert Ihr Euch daran, daß Ihr meinen Vater einen Usurpator genannt habt?«

»Ihr sagtet, daß die Macht einen Kaiser ausmache, nicht dessen Legitimität.«

»Ich sagte Euch, daß mein Vater die Oberhand behalten wird. Seht Ihr, wie die Dinge sich entwickeln? Jetzt hat er schon seinen Bruder isoliert. Er hat Alghu auf seine Seite gezogen, indem er ihm das Khanat Dschagatai als eigenes Lehen versprochen hat, einfach als Gegenwert für seine Neutralität im bevorstehenden Krieg. Was kann Arik Böke ihm anbieten? Nur ständige Forderungen nach Männern und Steuern für sein Heer. Arik Böke ist isoliert, ohne Lebensmittel, ohne Waffen, gefangen in den Steppen, die er für sich beansprucht. Alghu dagegen kann ruhig abwarten. Bald können es die anderen auch.«

»Und Alghu kann sich glücklich schätzen, Euch als Teil der Abmachung zu gewinnen.«

»Ich diene meinem Vater nur als Ausrede dafür, daß er so viel von seinem Königreich an einen anderen Prinzen abtritt. Alles nur Politik. Wahrscheinlich bin ich auch deshalb nicht gestorben. Für den Sohn des Himmels hätte es nämlich sehr unangenehm werden können.«

»Ich nehme an, daß Euer Gemahl Euch gut behandeln wird«, sagte Josseran vorsichtig, indem er versuchte, sein Mitleid für ihre Lage zu verbergen.

»Und falls nicht, so ist mein Vater immer noch der Kaiser der Chin. Was also würde dies schon ausmachen?«

Josseran blickte auf die Moschee, die er durch das Fenster hindurch betrachten konnte, mit dem ausgebleichten Mauerwerk und der Fassade mit den weißen Suren des Koran auf pfauenblauem Hintergrund. Ein Tatarenprinzessin, erzogen in der Art der Chin, sollte von nun an mit einem mohammedanischen Prinzen leben. Hatte es je ein einsameres Kind gegeben?

»Ich bin sicher, daß Euer neuer Khan bemerken wird, daß er ein Geschenk erhalten hat, das wertvoller ist als Gold.«

»Wer weiß, was er von einem Mädchen mit Lilienfüßen halten wird?« Sie schloß die Augen und bettete ihren Kopf aufs Kissen. »Jetzt bin ich aber müde. Die Krankheit hat mich sehr geschwächt. Ihr solltet jetzt gehen. Und redet mit Vater-unser-der-du-bist-im-Himmel und sagt ihm, daß ich mehr von seiner Zauberei hören möchte.«

»Ich werde es ihm bestimmt ausrichten, Prinzessin.«

Danach verließ er dieses bemalte Kind, das nur eine Spielfigur im Schachspiel der Könige war. Obwohl die Bittgebete des Paters sie den Klauen des Todes entrissen hatten, dachte er, würde es sich erst im Lauf der Zeit herausstellen, ob es sich dabei um eine Freundlichkeit gehandelt hatte oder nicht.

9

Nahe Almalyk, östlich von Samarkand

Die *kibitkas*, die Zeltkarren, waren mit den zusammengelegten Jurten beladen worden, und große Schaf- und Ziegenherden wirbelten Staubwolken in der Ebene auf. Der lange Winter war vorbei, und der Clan machte sich zur Sommerwanderung in die höher gelegenen Weiden auf.

Khaidu saß hoch zu Roß und überwachte die Vorbereitungen. Seine Lippen unter dem wirren Bart waren so dünn zusammengekniffen wie eine Bogensehne. Stumpf starrte er vor sich hin, die Hermelinmütze mit den Ohrenklappen tief in die Stirn gezogen.

Khutelun ritt auf ihrer weißen Stute zu ihm hin, um ihn zu begrüßen. Sie trug die Insignien einer Schamanin, ein weißes kapuzenförmiges Gewand mit Trommel und Stab.

»Hast du mit den Geistern gesprochen?« fragte er sie.

»Ja, das habe ich.«

»Was hast du in der anderen Welt gesehen?«

Khutelun konnte ihm nicht anvertrauen, daß ihre seherische Gabe sie diesmal im Stich gelassen habe, und daher sagte sie ihm nur, was sie in ihrem Geiste vorhergesehen hatte: »Ich habe einen unendlichen Krieg gesehen. Ich sah das Reich Dschingis Khans in viele Königreiche zerfallen, so wie es früher war.«

Er blickte sie an. »Siehst du uns, wie wir die Steppe von Fergana Alghu überlassen?«

»Ich sehe uns wie ein Wolfsrudel rennen und nur nachts zurückkehren, um die Jungen und Schwachen fortzutragen und niemandem auf dem Dach der Welt auch nur einen Augenblick der Ruhe zu gönnen.«

Mit grimmigem Gesicht überlegte Khaidu. »Khubilai hat eine seiner Töchter als Braut nach Buchara geschickt. Dadurch ist ihm die Allianz sicher und hält er uns alle im Griff, wie einen Vogel in der Faust. Zur Zeit befindet sich die Prinzessin sicher hinter den Mauern der Feste in Kaschgar, doch bald wird sie auf ihrem Weg zur Heirat in Buchara die Berge überqueren. Alghu hat ihr eine *mingan* seiner Reiterei als Eskorte geschickt.« Er starrte auf die Berge, als könnte er die Bewegung ihres Banners sehen. Sein eigenes Banner aus Yakschwänzen wehte im Wind. »Ich wollte, sie käme nie dort an.«

»Laß mich es tun«, flüsterte Khutelun ihm zu. »Gib mir fünf *dschegun* mit jungen Reitern, und ich verhindere es.«

Ein müdes Lächeln. »Hab' ich mir doch gedacht, daß du das sagen würdest.«

Er schwieg eine lange Zeit, doch sie kannte seine Antwort im voraus. »Du gehst«, sagte er. »Du gehst und sorgst dafür, daß Alghus neue Braut ohne Kopf bei ihm ankommt. Kannst du das schaffen?«

»Ja, das kann ich«, versprach sie ihm.

10

Wilhelm fand Josseran in den Ställen, auf einem steinernen Trog sitzend. Sein Schwert und die Scheide hielt er in beiden Händen und stützte sich darauf ab. Sein Gewand hatte er lose über die Schulter geworfen.

Er sah auf, als er die Schritte des Paters in der Dunkelheit hörte, rührte sich aber nicht.

»Dachte ich mir doch, daß ich Euch hier finden würde«, sagte Wilhelm.

Die Intuition des Priesters überraschte Josseran. »Woher wußtet Ihr das?« Seine Stimme hallte in der großen, gewölbten Kammer wider.

»Das vergangene Jahr habe ich in Eurer Gesellschaft verbracht und sollte Euch daher ein wenig kennen, Templer. Ich weiß, daß Ihr plant, mich hier unter diesen Heiden zurückzulassen. Wohin wollt Ihr heute nacht fortreiten oder seid Ihr so liebenswürdig, mir vor Eurer Abreise noch Lebewohl zu sagen?«

»Die Notwendigkeit, Lebewohl zu sagen, habe ich noch nie eingesehen. Und Ihr braucht mich nicht mehr, Pater Wilhelm. Diese Menschen tun Euch nichts an. Ihr seid ein Gesandter des Papstes, und Gesandte werden hier als heilige Männer betrachtet.«

»Man hat Euch mit meinem Schutz beauftragt, bis wir sicher nach Akko zurückgekehrt sind.«

Josseran seufzte. Ja, so hatte sein Auftrag gelautet, und als welche Bürde hatte er sich entpuppt! »Weshalb habt Ihr nicht eingewilligt, das Mädchen zu taufen?«

»Sie ist noch nicht soweit.«

»Ist das von irgendeiner Bedeutung für uns?«

»Hat die Taufe irgendeine Bedeutung, wenn wir von Kaiser Khubilai nicht anerkannt werden?«

»Ihr seid ein Pater. Ihr solltet Euch um die Seelen kümmern, nicht um die Politik.«

»Wagt nicht, mich zu tadeln, Templer. Eure Prinzessin gibt vor, Christus zu lieben, aber ihre Seele begreift Gott nicht. Sie ist immer noch eine Heidin.«

»Dennoch hat sie Euch um Unterweisung gebeten und um den Trost der Taufe, und Ihr habt sie ihr verweigert.«

Wilhelm schwieg.

»Ich verstehe Euch nicht.«

»Weil Eure Berufung der Krieg ist und nicht die Religion. Ich begreife diese plötzliche Fürsorge für eine heidnische Prinzessin überhaupt nicht. Ist das der Grund, warum Ihr heute abend ohne mich fort wollt?«

Ein langes Schweigen entstand. Ihr Atemhauch löste sich in der Dunkelheit auf. Eine Wasserpfütze zu Wilhelms Füßen war bereits gefroren. Josseran schauderte und zog seinen Umhang enger um die Schulter.

»Nun?« fragte Wilhelm hartnäckig.

»Ich bin einunddreißig Jahre alt. Sollte ich weiterhin die Kriege und Seuchen in Outremer überleben, dann kann ich vielleicht noch mit zehn Jahren Lebenszeit rechnen. Oder sollte ich in den Languedoc zurückkehren? Dort habe ich nichts mehr verloren. Ich habe den größten Teil meiner Ländereien und Besitztümer verkauft, um die Kosten für die Pilgerfahrt zu bestreiten. Ich habe das Heilige Land gesehen und die Vergebung meiner Sünden erhalten. Was sonst kann ein Josseran Sarrazini noch von seinem Leben erwarten?«

»Was sonst noch? Da wäre noch Eure Pflicht Gott gegenüber. Man hat Euch mit der Aufgabe betraut, den Gesandten des Papstes heil nach Akko zurückzubringen. Dort müssen wir dem *Haute Cour* alles berichten, was wir gehört und gesehen haben. Und dann habt Ihr noch Khubilais Zusage über ein Abkommen gegen die Sarazenen.«

»Seid Ihr von der Religion so geblendet, daß Ihr Euch weigert, es zu sehen? Der Kaiser hat außer dem Krieg gegen seinen eigenen Bruder keinerlei andere Interessen. Für mich steht eindeutig fest, daß unsere Reise vergebens war. Kämen wir nicht zurück, so würde dies an der Geschichte Jerusalems kein Jota ändern.«

Wilhelm schwieg. In den dunklen Ecken raschelte es, vielleicht waren es Ratten auf ihrer Futtersuche. Schatten und Steine, der Gestank von Dung und Brackwasser, silberhelles Licht fiel gespensterhaft auf die Steinplatten.

»Sie haben mit uns ihr Spiel getrieben, Wilhelm«, fuhr Josseran fort. »Und zwar von Anfang an. Hulagu wußte bereits, daß der Große Khan tot war. Er wollte nur Zeit gewinnen, um zu sehen, ob die Nachfolge von seinen Brüdern angefochten wurde. Dieser Krieg, den sie untereinander führen, hat die Autorität ihres Khans der Khane untergraben, und daher bedeutet diese Botschaft von Khubilai rein gar nichts. Hulagu ist frei, uns nach Gutdünken zu behandeln, und der Sohn des Himmels hat keine Macht über ihn.«

»Ihr habt vor Gott geschworen, daß Ihr mich heil nach Akko zurückbringt«, wiederholte Wilhelm.

»Welchem Gott habe ich das geschworen? Dem Gott von Jerusalem? Dem Gott der Mohammedaner? Oder dem Gott der Tataren? Noch nie habe ich so viele Götter erlebt wie im vergangenen Jahr.«

»Das ist eine Gotteslästerung! Es gibt nur einen Gott. Eure Pflicht besteht darin, mich bis zum Ende meiner Reise zu begleiten, und das werdet Ihr auch tun! Über den Staat der Tataren haben wir einiges zu berichten, und es gibt noch die Chance, daß wir die Botschaft Christi in diese rückständigen Länder bringen können! Zumindest die Nestorianer könnten in den Schoß der Heiligen Mutter Kirche zurückkehren! Denkt Ihr auch an solch geringe Erfolge?«

»Wenn ich Euch so zuhöre, kommt es mir vor, als würdet Ihr um die Seelen feilschen wie ein Händler im Basar oder wie die Juden auf dem Markt in Akko.«

»Und Ihr lauft Eurer Hexe hinterher. Ist das Eure Absicht, Templer? Ich sage Euch, wenn Ihr durch diese Pforte hinausreitet, werdet Ihr sterben. Dann reitet Ihr nämlich nicht nur jenseits der Hilfe des Christentums, sondern auch jenseits der Hilfe von Gott höchstpersönlich.« Als Josseran darauf nichts erwiderte, sagte er: »Wenn Ihr mich bis Akko begleitet, werde ich nichts von Euren Gotteslästerungen an die Inquisition weiterleiten.«

Josserans gesatteltes Pferd stampfte irgendwo im Dunkeln mit den Hufen.

»Was macht Euch soviel Angst, Wilhelm?«

»Ich habe keine Angst«, sagte Wilhelm, doch Josseran hörte heraus, daß ihm die Stimme stockte.

»Ihr fürchtet Euch davor, von hier an ohne mich weiterzureisen.«

»Ihr schmeichelt Euch selbst«, entgegnete Wilhelm. »Geht, wenn Ihr nicht anders könnt. Aber vergeßt eines nicht: Wenn Ihr heute von Kaschgar fortreitet, gebt Ihr Eure eigene Art auf und hintergeht den einen und wahrhaften Gott, Euren persönlichen Erlöser. Ihr werdet in dieser und in der nächsten Welt verloren sein.« Danach drehte er sich auf dem Absatz um und stapfte in die Dunkelheit hinaus.

Noch lange, nachdem Wilhelm gegangen war, saß Josseran regungslos im Dunkeln. Schließlich stand er auf und schlurfte wie ein Mann, der den ganzen Tag lang ohne Rast gewandert war, zu seinem Hengst, legte ihm den Kopf an den Hals und atmete den Geruch von Leder und Pferd ein. Er spürte, wie der Widerrist bei der Berührung mit seinem Bart zu zucken begann.

Wilhelm hatte recht. Khaidu und seine Banditen würden ihn töten, wenn er zurückginge. Seine einzige Hoffnung lag bei Menschen seiner Art und im Gehorsam zu seinem eigenen Gott. Vom Glauben wie von der Vernunft niedergeschlagen, begann er, den Sattelgurt aufzuschnallen.

11

Miao-yen beobachtete die Vorbereitungen vom Fenster ihrer Kammer aus, hoch droben im westlichen Turm. Im Innenhof wimmelte es von Männern und Pferden; bei den meisten Männern handelte es sich um die in braune Pelze gekleideten Angehörigen der Eskorte Alghus, die auf dem Rücken hölzerne Köcher trugen, bis zum Bersten mit Pfeilen gefüllt, und für einen Kampf unterwegs gut gerüstet waren. Diese wurden verstärkt durch die Männer aus ihres Vaters *kesig*, die mit ihr aus Shangdu gekommen waren und einen käferartigen Schuppenpanzer trugen. Die Anführer hoben sich durch Kettenhemden und goldene Flügelhelme von ihnen ab.

Inmitten des Durcheinanders erblickte sie den Barbaren, der steif auf seinem Hengst saß, diesen seltsamen, bleichgesichtigen heiligen Mann neben sich, der in seiner Kutte düster ausschaute.

Ihr schauderte. Vater-unser-der-du-bist-im-Himmel hatte ihr das Leben gerettet, und dennoch weigerte er sich jetzt, mit ihr zu sprechen. Sie verstand nicht, was sie ihm angetan hatte, daß er dermaßen verärgert reagierte.

Sie fand keinen Gefallen an der bevorstehenden Reise. Obwohl sie sich von ihrem Fieber erholt hatte, verspürte sie ein Unwohlsein im Magen, und in diesem Mond hatte sie nicht geblutet. Sie nahm an, daß dies mit ihrer Krankheit zusammenhing. Ihre Brüste taten ihr weh und waren angeschwollen, doch sie scheute sich, eine so delikate Angelegenheit ihren Zofen gegenüber zu erwähnen.

Die Mädchen waren ihr dabei behilflich, die Lilienfüße für die Reise zu binden. Zwei von ihnen streiften ihr die bestickten Seidenschuhe von den Füßen und wickelten behutsam die ellenlangen Stoffstreifen ab. Als ihre Füße frei waren, stöhnte sie vor Erleichterung auf und weinte fast, wie immer, wenn die Stoffstreifen schließlich abgenommen waren.

Mit Abscheu und Ekel blickte sie auf ihre verstümmelten Glieder hinunter. Unter den Binden kamen nicht, wie die Männer es sich häufig vorstellten, die Füße eines kleinen Mädchens zum Vorschein. Ohne die Wickel erschienen ihr die Füße wie die eines Monsters. Das Fußgewölbe hatte man zertrümmert und die Zehen einwärts unter den Spann abgeknickt. In langen Streifen hingen Fetzen verfaulenden Fleisches daran hinunter.

Als man ihr die Füße reinigte, wimmerte sie, denn die Schmerzen hatten im Lauf der Zeit keineswegs nachgelassen. Während dieser Waschungen hielt sie sich stets eine Blume vor die Nase, um den Geruch der Füße nicht wahrnehmen zu müssen. Nach getaner Arbeit erneuerten die Dienstmädchen die Bandagen, indem sie die Füße mit frischen Stoffstreifen umwickelten.

Die Prozedur ertrug sie mit stiller Qual, denn sie gehörte zum Leben einer königlichen Prinzessin. In der Welt meines

Vaters, dachte sie mit Zorn im Herzen, darf eine Frau nichts anderes erwarten als Schmerzen mit einem Firnis aus kleinen Vergnügungen.

Josseran saß starr im Sattel und wartete darauf, daß die Tore der Feste geöffnet wurden. Die Reisegesellschaft war im Innenhof dicht zusammengedrängt, und die Ausdünstungen der Tataren waren überwältigend, eine stechende Mischung aus dem Geruch von Pferden, Ziegen und ungewaschenen Leibern, die ihn selbst nach einer so langen Zeit der Gewöhnung an sie dennoch fast würgte. Wild dreinschauende Schamanen bewegten sich in dem Gedränge von Mensch und Pferd und besprengten den Boden und die Hälse der Pferde mit Stutenmilch. Es waren schmutzige Gestalten mit verfilzten Bärten und Haaren, deren ehemals weiße Gewänder vor Dreck starrten und die ihre Beschwörungsformeln in den Himmel hinausschrien.

Er blickte auf Wilhelms Rücken. Dunkle Flecken zeichneten sich auf der groben Wolle seiner Kutte ab. Wie es schien, hatte er sich wieder mit dem Birkenzweig behandelt und für irgendeine Übertretung gezüchtigt, die nur Gott und ihm bekannt war. Wie sehr wünschte er sich, er wäre ihm nie begegnet.

Die eisenbeschlagenen Tore öffneten sich quietschend, und die Vorhut ritt hinaus. Ihr Anführer lenkte die Kolonne zuerst nach rechts auf den Glück verheißenden Weg, bevor er wieder zur geraden Linie zurückfand und auf die Berge zuritt. Ein mit Seiden, Pelzen und Hermelin beladenes Fuhrwerk, das die vergoldete Sänfte von Prinzessin Miao-yen und ihren Damen beförderte, folgte ihnen.

Josseran und Wilhelm ritten, zusammen mit der übrigen Reiterei Sartaks, ganz hinten in der Kolonne. An diesem Tag durchquerte die Karawane die Oase Kaschgar, vorbei an Pappelalleen und Häusergruppen aus Lehmziegeln und Gärten mit Aprikosenbäumen.

Plötzlich schwenkten Sartak und sein *kesig* auf sein Signal hin nach Südwesten ab und auf die blaue Bergkette zu. Die übrige Karawane, Alghus Eskorte und das Fuhrwerk mit der Prinzessin, zog weiter auf der nördlichen Route über den Paß.

Sie galoppierten über eine Wüste aus schwarzen Steinen, die hohen Berge reckten sich drohend vor ihnen empor. Josseran gab seinem Pferd die Sporen und jagte Sartak hinterher. Bei der Vorhut hatte er ihn eingeholt. Sartak lachte ihn an. »Was gibt's, Barbar?« rief er.

»Es ist noch nie klug gewesen, seine Kräfte aufzuteilen«, rief Josseran ihm zu, gegen den Wind und das Pferdegetrappel ankämpfend.

»Und wenn dein Feind ebenfalls klug ist«, rief dieser zurück, »wird er nie im Leben annehmen, daß du so närrisch bist!«

»Was willst du damit sagen?«

»Khaidus Truppen warten in den Bergen auf uns! Wir wissen, daß sie dort sind, sie aber wissen nicht, daß wir es wissen. Wir wollen sie in eine Falle locken. Wenn die Karawane das Tal der Schäfer erreicht, bietet sie sich als sehr verführerisches Ziel an. Doch bis dahin haben wir längst über die Pässe kehrtgemacht und erwarten sie dort oben. Falls Khaidu mit seinen Truppen einen Hinterhalt gelegt hat, werden wir sie dezimieren!«

»Du setzt Miao-yens Leben aufs Spiel!«

»Miao-yen befindet sich immer noch in der Feste! In der Sänfte befindet sich außer Alghus Bogenschützen niemand.« Entzückt über den eigenen Scharfsinn lachte Sartak laut auf und erwartete begierig den Kampf, den er vorbereitet hatte. »Ein Feind sieht nur, was du ihm erlaubst! Wir haben uns das Schlachtfeld ausgesucht. Ist Khaidu erst einmal in unserer Falle gefangen, sind diese Berge wieder sicher für unsere Karawanen!«

Josseran ließ sich zurückfallen und Sartak allein mit der Vorhut weiterreiten. Die Gerissenheit des Tataren hatte ihn beeindruckt. Doch gleichzeitig fühlte er sich auch unsäglich traurig und sogar verängstigt. Wenn Khaidu seine Angreifer in Sartaks Falle schickte, dann sollte Khutelun, darum betete er inständig, nicht unter ihnen sein und mit ihnen im Tal der Schäfer sterben müssen.

12

Khutelun und ihre Reiterei warteten in den schwarzen Schatten des Fichtenhains. Die braunen Hügel waren mit einer Eisschicht überzogen, die mit der am östlichen Himmel aufsteigenden Sonne langsam abschmolz. Ein Minarett und eine Reihe Pappeln tauchte im Nebel weit unten im Tal auf.

Den ganzen Morgen lang hatten sie schon gewartet, doch auf den Wegen war immer noch keine Bewegung auszumachen; der einzige Passant war ein mit Feuerholz beladener Esel gewesen, den ein barfüßiger Bengel mit einem Stock angetrieben hatte.

Endlich erspähten sie die Karawane in weiter Ferne, die Sonne spiegelte sich auf Schwertern und Lanzen wider. Als die Karawane sich genähert hatte, konnte Khutelun die *kibitka* erkennen, die die Sänfte der Prinzessin beförderte. Hinter dem Karren marschierte die übrige Eskorte, drei weitere *dscheguns* Reiterei. Also hatte sie überlebt. Khutelun hatte es nicht anders erwartet.

Weshalb aber hatten sie ihre Kräfte aufgeteilt? Die Pässe waren steiler auf der südlichen Route und für Fuhrwerke ungeeignet. Vielleicht wollten sie die Christen auf ihrem Weg schneller voranbringen. Was auch immer sie dazu bewogen haben mochte, es wirkte sich zu ihrem Vorteil aus, denn nun hatte sie es mit einem Feind von vergleichbarer Stärke zu tun. Ihr Überraschungsangriff und die Tatsache, daß sie keinen konventionellen Kampf zu führen beabsichtigte, würden sich zu ihren Gunsten auswirken. Ihr Ziel bestand nicht darin, Terrain zu gewinnen, sondern ihnen Khubilais Tochter entweder durch Gefangennahme oder durch das Schwert zu rauben. Sie beabsichtigte, schnell zuzuschlagen und sich dann in die Berge zurückzuziehen.

Khutelun zog ihr Schwert. Den ganzen Morgen über hatte sie gegen ein starkes Gefühl der Vorahnung anzukämpfen. Dieses Gefühl war namenlos, und keine Vision begleitete es. Vielleicht, so dachte sie, ist es die Vorahnung meines eigenen Todes.

Sie schüttelte sich und ging zu den Pferden zurück, die unter den Bäumen ungeduldig warteten.

Sartak saß, zum Schutz gegen die Kälte, zusammengekrümmt auf seinem Sattel, sein langer Mantel hing in dunklen Falten an den Flanken seines Pferdes herunter. In seinem dünnen Bart hingen Eisperlen, sein Atem zeichnete sich weiß in der Luft ab. Seine Krieger warteten im Schatten eines Wasserlaufs auf ihren kleinen, breitschultrigen Pferden. Jedes Gesicht war von einem Pelzkranz eingefaßt, die Pfeile stachen aus den Holzköchern auf dem Rücken hervor. Ein dreieckiger Stander hing schlaff vom glänzenden Stahl einer Lanze herunter.

Sie konnten Khaidus Angreifer genau unterhalb der Baumlinie am fernen Ende des Tals warten sehen. Sartak wandte sich mit einem wölfischen Grinsen an Josseran. »Siehst du! Sagte ich dir nicht, daß sie nicht widerstehen können?«

Darauf erwiderte Josseran nichts. Er lehnte sich an den Hals seines Pferdes und versuchte, einen Punkt aus roter Seide unter dem fernen Reiterhaufen auszumachen, doch es war ihm unmöglich, denn sie waren zu weit entfernt.

Khutelun besprengte den Boden mit *kumys* aus ihrem ledernen Sattelbeutel und rief die Hilfe des Himmels gegen ihre Feinde herbei. Sie schloß die Augen und versuchte den Geistern zu lauschen, aber das Unwohlsein, das sie den ganzen Tag schon bedrückte, hatte jede Intuition in ihr erstickt. Der Traum mit Josseran und dem rothaarigen Kind hatte sie tief erschüttert. Sie blickte in den Himmel, ihre Miene war von Verwirrung gezeichnet. Ihre Unentschlossenheit irritierte auch die anderen Tataren, die sie beobachteten.

»Was versucht ihr, mir mitzuteilen?« fragte sie flüsternd.

Joss-ran war nach Süden geritten. Sie würde ihn nie wiedersehen. Der Traum wies also nicht in die Zukunft, sondern es mußte das weiße Pferd der verborgenen Sehnsüchte gewesen sein. Vielleicht hatte der Barbar ihr sogar die Gabe geraubt.

Sie schüttelte das Gefühl der Trägheit ab, das sie überkommen hatte, und sprang in den Sattel. Die Karawane war auseinandergezogen und über das Tal unter ihnen verstreut. Nun durften sie den Augenblick nicht länger hinausschieben.

Sie reckte eine Faust in die Höhe, das Signal für den Angriff.

13

Die Reiter strömten aus der Baumlinie, und ihre Schlachtrufe segelten auf der kristallklaren Luft vernehmlich durchs Tal. Josseran beobachtete sie mit grimmigem Schweigen. Wenn sich ein Mann nicht selbst in Gefahr befindet, dachte er, dann bedrückt ihn das Abschlachten sehr.

Sartak hob eine Hand in die Höhe und wartete darauf, daß die beiden Truppen zu kämpfen begannen, damit Khaidus Krieger sich nicht schnell zurückziehen konnten. »Rache für meinen Bruder«, murmelte er.

Josseran lenkte seinen Blick auf die dünne, dunkle Linie aus Reitern, die den grünen Hang herunter galoppiert kam. Nun sah er, was er zu sehen gefürchtet hatte: einen roten, seidenen Blitz.

Khutelun. Sein Mund war plötzlich trocken.

»Du bleibst hier«, wies Sartak Josseran an. »Ich lasse zehn Leute von mir als Eskorte bei dir. Du bist in Sicherheit.«

Jetzt senkte er die Hand, und fünfhundert Tataren an der Zahl, alle in starrer Lederrüstung, den Bogen quer über den Rükken, schossen die Moräne hinunter und das Tal entlang, wobei die Stahlspitzen der Lanzen in den Sonnenstrahlen aufblitzten.

»Was ist los?« rief Wilhelm.

»Khaidus Krieger haben die Karawane angegriffen«, erwiderte Josseran brummend, »aber Sartak hat ihnen eine Falle gestellt.« Er bewegte sein Pferd einige Schritte vorwärts. Flüsternd stieß er einen Fluch zwischen den Zähnen hervor und lehnte sich im Sattel vornüber.

»Was habt Ihr gesagt?« fragte Wilhelm.

»Khutelun. Ich sagte, Khutelun.«

»Was?«

»Khutelun ist dabei.«

»Die Hexe?«

Josseran fuhr mit einer Hand an den Hals und an das einfache Holzkreuz, das er unter seinem seidenen Unterhemd trug. Mit einem plötzlichen Ruck riß er es sich vom Hals, führte es an seine Lippen, um es ein letztes Mal zu küssen. Er warf es dem Priester zu. »Betet für mich, Pater Wilhelm.«

Wilhelm starrte verblüfft auf das Kreuz, dann auf Josseran. »Was habt Ihr vor?«

»Ich ergründe nicht, was Gott daran so gefallen hat, Euch in meinen Weg zu stellen, aber ich kann nicht behaupten, ich würde Eure Gesellschaft vermissen, wenn wir getrennt sein werden. Trotzdem wünsche ich, daß Gott bis Akko mit Euch sei.«

»Templer!«

»Meiner Buße kann ich nicht nachkommen. Wenn ich verdammt werde, dann soll ich verdammt sein. Das Gelübde der Keuschheit habe ich bereits mit dem Körper wie mit dem Herzen gebrochen. Ihr werdet mich nicht wiedersehen.« Er gab seinem Pferd die Sporen und jagte Sartaks Reiterei hinterher die graue Moräne hinunter.

Ihre tatarische Eskorte war völlig überrascht. Die Schlacht, nur ein *li* entfernt, hatte ihre ganze Aufmerksamkeit in Anspruch genommen. Sie hörten Wilhelm schreien und wandten ihm ihre Köpfe zu. Doch da war Josseran schon längst an ihnen vorbei galoppiert, und es war viel zu spät, um ihn noch aufzuhalten.

14

Khutelun galoppierte durch die ziellos umherirrenden Reihen von Alghus Reiterei, umgeben von Khaidus *magadai* – das waren ›jene, die Gott gehören‹. Sie alle waren gespannt darauf, wer ihrer auf dem Fuhrwerk harrte. Alghus Leute waren ihnen entgegengeritten, um sie aufzuhalten, doch die Wucht ihres Angriffs hatte sie überrumpelt und Dutzende von ihnen lagen bereits, von der ersten Pfeilsalve niedergestreckt oder verwundet, im Gras oder auf dem Kies in den Untiefen des Flußbetts. Khutelun und ihre Vorhut ritten durch ihre Reihen und um sie herum, wobei sie Nahkämpfen auswichen und sich nur daran interessiert zeigten, was in der *kibitka* auf sie wartete.

Sie hatten sich bis auf ein Dutzend Schritt genähert, als die Vorhänge zur Seite flogen. Khutelun gab noch einen warnenden Schrei von sich, doch der ging im allgemeinen Lärm und dem Pferdegetrappel unter. Statt der erwarteten Prinzessin, die sie hinter den Seidenvorhängen der königlichen Sänfte wähnten, sahen sie sich nun Alghus Bogenschützen gegenüber.

Khutelun zügelte ihr Pferd und versuchte, es herumzureißen, doch dieses Manöver kam zu spät.

Sie hörte das wimmernde Geräusch der herannahenden Pfeile, und um sie herum schrien ihre *magadai* auf und preßten die Hände gegen ihre Wunden. Mehrere von ihnen waren vom Sattel gerutscht. Ihre eigene Stute wurde von einem Pfeil in der Schulter getroffen und bäumte sich auf der Hinterhand auf.

Sie mußte ihr ganzes reiterisches Können aufbieten, um sich im Sattel zu halten. Während sie noch mit Hilfe der Zügel die Kontrolle über ihr Pferd zurückzugewinnen suchte, nahm sie ihren eigenen Bogen von der Schulter und schoß zwei Pfeile auf die Bogenschützen in der Sänfte ab. Sie wußte, daß es hoffnungslos war. Der Angriff war abgewehrt, der Elan verlorengegangen.

Ihre Jagdbeute war nicht da.

Sie gab ihrem Pferd die Sporen, um sich von der Karawane zu lösen. Da ging ihr auf, daß das Unwohlsein vom Morgen mehr als die Vorahnung ihres eigenen Todes gewesen war, es hatte vielmehr auf eine bevorstehende Katastrophe hingedeutet. Sie blickte zum Tal hinaus, obwohl sie wußte, was sie dort sehen würde. Eine schwarze Linie aus Reitern preschte über die Ebene heran, bald würde sie ihre Flanke überrennen. Jetzt verstand sie, wie die Falle aufgebaut war.

Um sich herum hörte sie die Schreie der gequälten und sterbenden Männer und das Aufeinandertreffen von Stahl auf Stahl. Sie galoppierte zurück, fand ihren Boten und veranlaßte, daß die Signalpfeile für den Rückzug durch die Luft zischten.

Dabei wußte sie, daß es zu spät war, viel zu spät.

Als Sartaks Reiterei in die Gefechtslinie einfiel, sah Josseran, daß die dezimierten Überreste von Khuteluns *dscheguns* sich auflösten und zu den Ausläufern des Gebirges strömten. Josseran galoppierte um das Gemenge herum, sah Kuthelun quer über den Berghang reiten, wobei sie versuchte, die versprengten Krieger um sich zu sammeln. Sie hielt auf die Baumlinie auf der Nordseite des Tals zu.

Sartaks Krieger jagten hinter ihr her und schossen Schwärme von Pfeilen auf sie ab. Er bemerkte, daß mehrere von Khuteluns Kampfgefährten von ihren Pferden stürzten.

Schnell schloß er sich den Verfolgern an und jagte durch den Fluß, in der Hoffnung, ihnen den Weg abzuschneiden.

15

Sie mochte etwa zweihundert Schritt von der Baumlinie entfernt sein.

Khutelun drehte sich im Sattel um. Der Rückzug hatte eine Reihe getrennter Verfolgungen nach sich gezogen. Sie ritt ganz allein über den Hang, und zwei Verfolger hatten sich an ihre Fersen geheftet. Ihre schuppenartige Rüstung wies sie als Männer von Khubilais *kesig* aus. Sie holten ständig auf.

Ein weiterer Pfeil traf in den Rumpf ihres Pferdes, das aufschrie und fast gestürzt wäre. Khutelun arbeitet kräftig mit den Zügeln, um das zu verhindern.

Sie blickte sich erneut um und stellte fest, daß ein dritter Reiter die Verfolgung aufgenommen hatte.

Der dunkle Schutz der Kiefern schien in unerreichbarer Ferne zu sein.

Das Pony galoppierte mit halsbrecherischem Tempo über das unebene Gelände. Er konnte sich nur noch gut festklammern. Seine Verfolgung durch das Tal hatte ihn auf die Fährte der beiden *kesig* gesetzt, hinter denen er vorwärtspreschte und die er fast berühren konnte. Er bemerkte, wie der ihm nächste Reiter den Bogen an die Schulter hob und sein Ziel anvisierte.

In einem Akt der Verzweiflung schwang Josseran sein Schwert. Die Klinge fuhr dem Pferd des *kesigs* in den Rumpf. Das Tier heulte auf und brach aus, wodurch der Pfeil sein Ziel verfehlte. Der Bogenschützen blickte sich mit vor Zorn und Überraschung verzerrter Miene zu ihm um.

Josseran versetzte ihm mit dem Knauf seines Schwertes einen Stoß in die Seite, so daß er vom Pferd fiel.

Sie war nur noch hundert Schritt von der Baumlinie entfernt. Khutelun wußte, daß sie dort ihre Verfolger abhängen konnte.

Doch da schwankte plötzlich ihr Pferd und brach unvermittelt zusammen.

16

Der Wüterich vernahm hinter sich einen Schrei und schnellte im Sattel herum. Der Gesandte der Barbaren! Was hatte der hier zu suchen? Der sollte sich doch, weitab vom Kampfgetümmel, auf der anderen Seite des Tals aufhalten.

»Hilf mir!« rief Josseran ihm zu, sank tiefer auf den Sattel hinunter und umklammerte seine Brust.

»Geh weg von hier!« rief der Wüterich ihm zu. »Bist du verrückt geworden?«

Aber er zügelte sein Pferd. Er zögerte. Nicht mehr als zwanzig Schritt von ihm entfernt lag der gefallene *magadai* regungslos im Gras. Das Pferd versuchte, wieder auf die Beine zu kommen, gab wegen der Schmerzen aber auf und legte erschöpft seinen Kopf ins Gras. Zufrieden darüber, daß er seine Beute nicht verlieren würde, fuhr der Wüterich auf seinem Pferd herum und ritt über den Hang zurück. Der Barbar schrie abermals und klammerte sich an die Mähne seines Pferds, um nicht vom Sattel zu fallen.

»Was tust du hier?« rief der Wüterich ihm zu.

»Hilf mir ...«

»Wo bist du verletzt?« Er packte Josserans Mantel mit der Faust und richtete ihn im Sattel wieder aufrecht.

Josseran schlug ihm mit der rechten Faust voll ins Gesicht.

Der Tatar fiel vom Pferd auf den Rücken und blieb überwältigt und halb betäubt am Boden liegen. Aus seiner Nase rann Blut.

»Zur Erinnerung an: Überraschung und Finte«, sagte Josseran ihm. »Deine größten Waffen!«

Er hieb dem Pferd des Tataren fest auf die Kruppe, und es galoppierte leicht den Berghang hinunter. Seinem eigenen Hengst gab er die Sporen und jagte den Abhang hinauf und hinter Khutelun her.

Ihre Stute lag auf der Seite und zuckte im Todeskampf. Ein Pfeil steckte im Rist, ein weiterer im Bauch, noch einer im Rumpf. Blut floß in Bächen über ihre schwer sich hebende und senkende Flanke. Schließlich lag sie ganz ruhig, die Augen weit aufgerissen. Sie japste ein paarmal und atmete danach nicht mehr.

Khutelun lag nicht weit von ihr entfernt. Sie umklammerte ihren Knöchel und setzte sich mühsam auf. So, dachte sie, heute muß ich also sterben.

Sie hörte das Trappeln von Hufen und sah, daß noch jemand aus Sartaks Reiterei den Hang herauf auf sie zu gejagt kam. Nach dem Aussehen zu urteilen, war es einer von Alghus Kriegern, in braunem Pelz und Filzstiefeln. Sie fand ihre Lanze im Gras und kam mühsam auf die Beine, wobei sie den brennenden Schmerzen in ihrem Bein keine Beachtung schenkte. Lebend wollte sie ihnen nicht in die Hände fallen, damit sie sich nicht an ihr vergnügen und sie quälen konnten.

Kurz vor ihr zügelte er sein Pferd. Sie erkannte die runden Augen und den blonden Bart. Joss-ran.

Er beugte sich zu ihr hinunter und reichte ihr die Hand. »Rasch!« Er zog sie zu sich auf den Sattel.

Sie galoppierten durch den dunklen Kiefernwald, dem Grat über den Bergkamm folgend. Nun, da sie in Sicherheit waren, überkam Josseran eine Heiterkeit, die nach einer Schlacht häufig Besitz von ihm ergriff, und er schrie seine Freude, eine Mischung aus Erleichterung und Triumph, laut heraus. Seine Stimme wurde von den nackten Wänden einer Schlucht zurückgeworfen, die man durch den Wald zu ihrer Linken kaum sah. Von irgendwoher hörte er das Rauschen eines reißenden Sturzbaches.

Sie drehte sich im Sattel zu ihm um, und er lächelte ihr zu. Doch sie erwiderte sein Lächeln nicht; ihr Gesicht war blaß, und unter ihrem Schal sickerte Blut durch. »Bist du verletzt?«

»Nur am Knöchel«, antwortete sie. »Du hättest nicht meinetwegen zurückkommen dürfen.«

»Es war ein Glücksspiel. Ich habe gewonnen. Wir haben gewonnen. Oder etwa nicht?«

Darauf reagierte sie nicht.

Sie ritten aus dem Schutz der Bäume hinaus in einen kalten Sonnenschein und gelangten auf einen nackten, roten Grat ohne Bäume und Gras. Sie verlangsamten das Tempo. Der schmale Pfad führte auf einen Felsvorsprung, der über eine Schlucht hinausragte. Plötzlich spürte Josseran ein kaltes Grauen in den Eingeweiden. Mit dem Frühling schmolz das Eis, und dadurch war hier Felsgestein ins Rutschen geraten. Berge von Geröll und Eis versperrten ihnen den Weg.

Josserans Hengst ging auf das Geröll zu und suchte vergeblich nach einem Weg darüber hinweg. Es war zu steil. Die unbeschlagenen Hufe fanden auf den nackten, vom Frost geborstenen Steinen und den Flechten keinen Halt und rutschten aus; loses Schiefergestein rieselte den Hang hinunter. Auf einer Seite war Fels, auf der anderen der Abgrund.

»Laß mich hier allein«, sagte sie. »Wenn du bleibst, bringst du dich nur selbst in Gefahr.«

»Du weißt, was sie mit dir machen, wenn sie dich lebend fangen.«

»Das werde ich zu verhindern wissen.«

Bleierne Wolken hingen in den Felsen über ihren Köpfen fest, unter ihnen hörten sie das Rauschen eines Flusses, den das Schmelzwasser zum Anschwellen gebracht hatte. Josseran wendete sein Pferd und beabsichtigte, umzukehren und nach einem anderen Weg um den Berg herum zu suchen, doch dann hörte er an der Baumlinie Rufe. Sartaks Krieger hatten ihre Spur entdeckt.

Josseran sah den stumpfen Glanz der Lanzenspitzen, dann ritt einer nach dem anderen aus dem Wald heraus; die Flanken der Pferde dampften, Eis, Schmutz und Blut klebte an den Stiefeln und Mänteln der Reiter. Eine ganze Gruppe, die meisten zu Khubilais *kesig* gehörend, seine Gefährten aus Kaschgar. Unter ihnen erkannte er Sartak.

»Geh zurück, Joss-ran«, flüsterte Khutelun ihm zu.

»Ich werde dich nicht verlassen.«

»Geh zurück. Sie sind nicht hinter dir her. Laß mich hier allein.«

Sartak und seine Reiter waren jetzt weniger als hundert Schritt von ihnen entfernt. Einer von ihnen hatte den Bogen angelegt, aber Sartak hob die Hand, und nachdem er ihm einen Befehl zugerufen hatte, nahm dieser widerstrebend den Pfeil von der Sehne.

»Es gibt einen Ausweg«, sagte Josseran. Er führte seinen Hengst bis an den Rand des Felsens und blickte in den schäumenden Fluß hinunter.

»Du bist verrückt«, sagte Khutelun, die seine Gedanken erriet.

»Ich bin schon einmal gesprungen.«

»Damals lag der Felsvorsprung nicht halb so hoch. Diesmal überlebst du es nicht.«

»Entweder ich überlebe es oder ich sterbe. Aber wenn ich überlebe, bekomme ich dich. Oder ich sterbe, und das macht für mich nicht den geringsten Unterschied aus, denn in Akko erwartet mich nichts.« Er legte seine Arme um ihre Taille, um sie zu stützen. »Sag mir, daß du mich heiraten und mit mir den Rest deiner Tage verbringen willst.«

»Es wird keine weiteren Tage mehr für uns geben.«

»Dann sage es mir einfach. Als Abschiedsgeschenk.«

»Sie sind nicht hinter dir her«, wiederholte sie. »Geh zu ihnen zurück. Du brauchst nicht zu sterben!«

»Jeder Mensch muß einmal sterben. Dem Tod entkommt keiner. Doch nur wenige haben die Möglichkeit, Zeit und Ort frei zu wählen.« In Wahrheit hatte er sich stets vor dem Tod in dessen vielfältigen Formen gefürchtet, zu oft dessen Raubzüge beobachtet und ihn zu viele Male auf den Schlachtfeldern in Outremer gerochen. Sein Grauen vor dem Tod war der Grund für seinen erbitterten Kampf gegen die Sarazenen gewesen. Doch im Augenblick fürchtete er sich nicht mehr vor ihm, denn nun wollte er entweder nach seinen eigenen Vorstellungen leben oder überhaupt nicht. »Sag es schon! Sag, daß du mich heiratest!«

Sie versuchte, sich von ihm freizumachen. »Du brauchst nicht zu sterben!«

»Ich werde es trotzdem tun.«

Sie schlug ihn, als er das Pferd wendete und wiederum Sartak und seinen Tataren zuwandte. Sartak grinste, denn er vermeinte, gewonnen zu haben.

Josseran erfaßte nur für einen Augenblick das Entsetzen auf seinem Gesicht, als er den Hengst erneut zum Abgrund hin ausrichtete. Plötzlich erkannte Sartak Josserans Absicht und schrie vor Überraschung und Zorn laut auf. Dann galoppierte Josseran auf die Schlucht zu, und dann stürzten sie und fielen, fielen und fielen dem grausamen Urteil des Flusses entgegen.

Immer schon hatte sie davon geträumt, fliegen zu können.

Sie spürte, wie der Wind ihr über die Wangen strich, und wie zuvor in ihren Träumen befand sich der Himmel gleichzeitig über und unter ihr. Und sie schrie die Worte hinaus: *Ich würde gern mit dir leben und deine Kinder gebären und deine Frau sein, wenn du es wünschst*, doch bald schon erstickte der rauschende Fluß ihre Stimme.

Immer schon hatte sie davon geträumt, fliegen zu können.

17

Der Sommer war nach Buchara zurückgekehrt, und wieder blühten die Mandelbäume. Die honigfarbenen Ziegel des großen Kalyan-Minaretts stachen vom tiefblauen Himmel ab. Unter dem Gewirr aus Sonnendächern im Basar leuchteten die frisch gefärbten und zum Trocknen aufgehängten Teppiche in kräftigem Rot, Butterblumengelb und Königsblau. Die Stände bogen sich unter dem Gewicht der großen Mengen Trauben, Feigen und Pfirsiche, und es gab scharlachrote Wassermelonen in Hülle und Fülle. In den Rinnsteinen lief der süße Melonensaft, und das Kopfsteinpflaster im Basar war über und über mit Schalen bedeckt.

Doch im Palast des Il-Khans Alghu war eine andere Saat aufgegangen, die allerdings mit weniger Frohlocken begrüßt wurde als jene in den Obstgärten und Parks im Tal.

Staubteilchen schwebten in dem Bündel aus Sonnenstrahlen, die vom Gewölbe herunterfielen. In der großen Halle herrschte tiefes Schweigen, der Atem stockte in tausend Hälsen und verriet die schleichende Furcht angesichts der Wut des Khan. Der Gefangene, die Hände mit Lederriemen auf dem Rücken gefesselt, wurde mit dem Gesicht auf die steinernen Fliesen geworfen. In der großen Gesellschaft gab es niemanden, der sich nicht lieber die Adern aufgeschlitzt hätte, als mit dem elenden, verprügelten Wrack den Platz zu tauschen, das sich nun wie ein Nachtkäfer zu Füßen des Khan krümmte. Es war offenkundig, daß man ihn eher tage- als stundenlang geschlagen hatte. Die meisten Zähne hatte man ihm ausgeschlagen, und seine Augen waren so gut wie zugeschwollen.

Wilhelm fühlte, wie seine Eingeweide sich verflüssigten. Zuerst hatte er den Mann nicht wiedererkannt, doch langsam überkam ihn ein furchtbares Entsetzen, als ihm bewußt wurde, daß er dieses Geschöpf kannte, und er vermutete, aus welchem Grund man ihn so übel zugerichtet hatte.

»Was geht hier vor?« flüsterte er dem Mann an seiner Seite zu.

Sein Gefährte war ein Mohammedaner, ein persischer Schreiber, der Latein ebenso beherrschte wie die tatarische Sprache. Bei seiner Ankunft in Buchara vor wenigen Wochen hatte man ihm am Hofe Alghus diesen Mann zugeteilt.

»Prinzessin Miao-yen trägt ein Kind«, antwortete der Mann. »Ihre Jungfräulichkeit ist ihr vor ihrer Ankunft geraubt worden. Man verdächtigt diesen Anführer.«

Von einer schrecklichen Faszination ergriffen, sah Wilhelm zu. Die Wachen schleiften Sartak herbei. Schwankend blieb er dort stehen, in seinem spärlichen Bart klebte Blut, seine Haut war bleich. Obwohl er es nicht zu erkennen gab, vermeinte Wilhelm, den Geruch seiner Angst wahrzunehmen.

Alghu brüllte etwas in seiner heidnischen Sprache, und Sartak antwortete ihm mit einer Stimme, die nicht mehr war als ein Krächzen.

»Er bestreitet, daß er es war«, flüsterte der Perser Wilhelm ins Ohr. »Doch das wird ihm nicht helfen. Jeder weiß, daß er schuldig ist.«

»Was werden sie mit ihm machen?« fragte Wilhelm, obwohl er es tief in seinem Innern eigentlich nicht wissen wollte.

»Was immer, es wird nicht leicht für ihn«, antwortete der Perser.

Erneut sprach Alghu und erteilte seinen Wachen einen Befehl. Wilhelm sah zu, wie man Sartak entfernte. Der Tatar schrie jetzt; angesichts des Todesurteils, das Alghu über ihn verhängt hatte, ließ seine Tapferkeit ihn im Stich.

»Was werden sie mit ihm machen?« wiederholte er seine Frage.

»Das möchtet ihr lieber nicht erfahren, Barbar. Das möchtet ihr lieber nicht erfahren.«

Nein, dachte Wilhelm. Nein, ich kann nicht zulassen, daß dies geschieht.

»Sagt Alghu, daß ich es war«, hörte Wilhelm sich sagen. »Er ist unschuldig. Ich bin der Schuldige. Ich allein.«

Doch er stellte sich diese Worte nur im Geiste vor. Letzten Endes wollte er seine Schuld eingestehen, doch gelang ihm dies nicht, denn das Entsetzen hatte ihn gelähmt, und er konnte weder sprechen noch denken. Er konnte nicht einmal mehr beten.

Er träumte, daß er fiel. Unter ihm tauchte die mit blauen Bändern versehene Kuppel der Schah-Zinda-Moschee und die flimmernden Ebenen von Karakum auf. Mit Armen und Beinen schlug er wild in der Luft um sich, als wollte er den wirbelnden, rollenden blauen Himmel erreichen. Dann bewegte sich der Staub eines Sandplatzes auf ihn zu, und es gab ein furchtbares Geräusch, als würde eine Melone mit einem Schwert geteilt, und sein Schädel platzte auf wie ein Ei und ergoß sich in den Staub.

Und dann träumte er, daß er auf dem sandigen Platz stand und auf seine Leiche hinunterschaute, doch unter dem Todesturm lag nicht sein Körper, sondern der von Sartak; und es war kein Traum.

Sartak bestand bereits nur noch aus Haut und Knochen, als man ihn vom Minarett hinuntergestoßen hatte, denn im Todesturm hatten sie ihm bei lebendigem Leib zuvor mit scharfen Messern die Haut in Streifen geschnitten und mit Eisenzangen abgezogen. Seine Schreie hatten sich über die ganze Stadt ausgebreitet, ein Gebetsruf für alle, ein Gebet für den Sterbenden, gerichtet an Mohammedaner wie an Ungläubige. Wilhelm stand mit den anderen, die Sartaks Hinrichtung am Nachmittag zugesehen hatten, über dem gemarterten und geschundenen Fleisch und murmelte immer wieder: »*Es war meine Sünde.*«

Doch niemand verstand ihn. Wilhelm wußte, daß er dieser grausamen Bestrafung entkommen und wegen seines Schweigens nun von neuem verurteilt war.

18

Alghu sandte eine rasche Botschaft an Khubilai, um seine weiteren Wünsche in dieser Angelegenheit zu erfahren. Die Antwort war eindeutig.

Miao-yen wurde für die verbleibenden Monate ihrer Schwangerschaft mit ihren Dienerinnen zusammen in den Palastturm eingesperrt. Alghus Henker erhielt danach einen weiteren, geheimen Auftrag. Da Miao-yen eine königliche Prinzessin war, durfte ihr Blut, das Blut Dschingis Khans, nicht vergossen werden. Für sie mußte eine andere Hinrichtungsmethode ausgedacht werden.

Die Schwalben schossen zwischen den Nestern an den Kuppeln und Gewölben hin und her, tauchten unter den Zweigen der Maulbeerbäume in den Gärten hindurch und suchten flatternd die Nester auf, die sie unter den hervorspringenden Balken der dickwandigen Lehmziegelhäuser gebaut hatten. So bereiten sich die Schwalben auf ihre Brut vor, dachte sie, während sie eine Hand auf ihren gewölbten Bauch legte. In ihren geschäftigen Sturzflügen und Volten lag eine überschäumende Freude. Und sie mußte hier in diesem trüben Turm wie eine Gefangene ausharren.

Sie wußte, daß sie ihren neuen Herrn, ja alle enttäuscht hatte, und sie konnte sich denken, daß dies mit dem Kind zusammenhing, das in ihrem Bauch wuchs. Sie verstand nicht, wie solch ein neues Leben entstand, doch hatte es damit zu tun, daß Mann und Frau zusammenlagen. Ihren Gesprächen mit den nestorianischen Priestern und mit Vater-unser-der-du-bist-im-Himmel hatte sie entnommen, daß auch eine junge und keusche Frau ein Kind gebären konnte und dies als Segen anzusehen war.

Die Dienerinnen, die mit ihr aus Kitai gekommen waren, hatte man entfernt und durch dumpfe, schweigende persische Mädchen ersetzt, die nur ihr eigenes *farsi* sprachen und ihr nicht berichten konnten, was vor sich ging. Sie begriffen nicht den Brauch der gebundenen Füße und bemühten sich nicht einmal, ihren Abscheu zu verbergen, wenn sie ihr die Stoffstreifen wechselten. Sie ertrug ihre einsamen Nachtwachen und fragte sich, worin ihr Verstoß liegen konnte, und fürchtete sich vor der bevorstehenden Geburt, angesichts derer sie so hilflos und unwissend war wie ein Kind.

Spät an diesem Abend erschienen die Krieger, ihre Rüstung klapperte, als sie über den Flur zu Miao-yens Gemach eilten. Es waren Alghus Krieger, die ersten Männer, die sie seit ihrer Ankunft in Buchara zu sehen bekam. Ihre Mienen waren freudlos. Sie wandte sich vom Fenster ab, da sie auf irgendeine Nachricht hoffte, doch statt dessen packten die Krieger sie bei den Armen und marschierten mit ihr, ohne ein Wort zu verlieren, aus der Kammer und durch die schwere Tür am Ende des Ganges.

Sie wurde über die sechseckigen Fliesen im baumbestandenen Innenhof geschleppt, wobei die Maulbeeren unter den Stiefeln der Krieger im trüben Dämmerlicht knirschten. Hinter einer weiteren Pforte wartete auf einer *kibitka* eine mit Vorhängen versehene Sänfte auf sie, und man bedeutete ihr sowie zwei ihrer persischen Zofen einzusteigen.

Man fuhr sie durch die Straßen zum Westtor. Durch die Vorhänge erspähte Miao-yen die Lichter zahlloser Öllampen, die in den Fenstern und Türöffnungen flackerten. Und dann befanden sie sich vor der Stadt, und sie nahm den heißen, fauligen Geruch der Wüste wahr.

Sie fragte sich, was der Il-Khan mit ihr vorhatte. Vielleicht, so dachte sie, kommt es überhaupt nicht zu einer Heirat. Vielleicht haben sie beschlossen, mich in der Dunkelheit wegzuschaffen und nach Shangdu zurückzubringen.

Doch die Krieger waren nicht angerückt, um sie nach Shangdu zu geleiten. Sie sollte nicht einmal das Khanat des ihr bestimmten Gemahls verlassen. Statt dessen brachte man sie zu einer einsamen Jurte auf der dürren Ebene von Karakum, nur mit ihren beiden stummen Dienerinnen und mit einem Dutzend von Alghus Kriegern als Gesellschaftern.

Die folgenden Tage verbrachte sie allein in der Jurte, verängstigt und verwirrt. Draußen fuhr der Wind heulend über die öde Ebene. Sie wußte nicht, weshalb man sie an diesen Ort gebracht hatte, und es war niemand da, der es ihr hätte verraten können.

Hoffentlich tun sie meinem Kind nichts an, dachte Miao-yen ängstlich.

Es tagte, als die Fruchtblase platzte. Die stechenden Schmerzen in ihrem Bauch waren für sie überraschend aufgetreten; erschrocken rang sie nach Atem und wälzte sich keuchend auf den Teppichen in der Jurte. Sie rief laut nach ihren Dienerinnen und streckte eine Hand nach ihnen aus, doch sie glotzten sie nur mit großen Augen an und machten keinerlei Anstalten, ihr zu Hilfe zu kommen. Vielmehr liefen sie nach draußen, um die Soldaten zu holen. Augenblicke später wurde die Türlasche beiseitegeklappt, und als sie die Gesichter der Männer sah, schrie sie entsetzt auf, denn in diesem Augenblick erkannte sie, welches Schicksal man für sie bereithielt.

Nicht mein Kind.

Sie zerrten sie aus der Jurte hinaus, dorthin, wo die bereits gesattelten Pferde warteten. Der Morgen war schön, die Sonne noch nicht vollständig aufgegangen, und der Mond stand noch wie ein fahler Geist über der Wüste.

»Warum tut ihr das?« schrie sie. »Warum tut ihr das?«

Sie banden ihr die Hände mit Lederriemen auf dem Rücken zusammen und warfen sie auf eine Trage, die sie zwischen zwei Pferde gespannt hatten. Auf diese Weise beförderten sie sie etwa drei bis vier *li* weit von der Jurte weg. Dann warfen sie sie von der Trage hinunter und schleppten sie über den Sand.

Sie schrie, von neuen Wehen gepeinigt, doch sie schenkten ihren Qualen keinerlei Aufmerksamkeit.

In einer leichten Senke, die noch im dunklen Schatten lag, warfen sie sie nieder, und einer der Männer hielt sie fest, während die anderen ihr die Beine zwischen Knien und Knöcheln mit einem Seil verschnürten. Dann befestigten sie Lederriemen an ihrer Hüfte und wickelten noch dickere Lederbänder so fest um ihr Becken, daß sie vor Schmerzen aufschrie.

»Was habt ihr vor?« schrie sie ihnen zu. »Sagt mir, was ihr vorhabt! Was habe ich getan?«

Ohne ihr noch weiter zuzusetzen, standen sie auf und gingen zu ihren Pferden zurück. Der Anführer sah sie lange an, vielleicht um sich zu vergewissern, daß seine Leute ihre Aufgabe nach den genauen Anweisungen des Il-Khan ausgeführt hatten, danach befahl er ihnen, über die Ebene zurückzugaloppieren. Ein neuer Geburtsschmerz raubte ihr den Atem, und als er nachgelassen hatte und sie die Augen wieder öffnete, waren die Krieger nur noch als kleine Punkte am dürren Horizont zu erkennen.

Und als die Sonne hoch am Himmel stand, schrie sie ihren Protest und ihren Schmerz zum Ewigen Blauen Himmel empor, rief immer wieder die Worte des Paternoster, die ihr Vater-unser-der-du-bist-im-Himmel beigebracht hatte, denn sie wußte, daß sie sich nie gegen ihren Vater oder ihren Gemahl versündigt hatte, und Josserans Priester hatte sie gelehrt, daß die Unschuldigen nie bestraft würden. Wenn du nur den Namen Gottes rufst, hatte er ihr gesagt, wirst du gerettet werden.

Epilog

Toulouse, Frankreich

Im Jahre 1293 nach Christi Geburt

Der Mönch blickte den Abt an.

»Nun kennt Ihr die frevlerische Tat, die ich begangen habe. Ich habe sie genommen, während sie an der Schwelle des Todes stand, und dachte, nur der Teufel und ich wüßten, was ich angestellt hatte. Ich habe mich geirrt.« Seine Augen starrten wie gebannt auf die Schatten, die die Kerze in einer Ecke der Kammer warf. »Die Riemen, die sie ihr um den Bauch gewickelt hatten, verhinderten, daß das Kind auf die Welt kam. Letzten Endes wird dem Kind dadurch der natürliche Geburtsweg abgeschnitten; es wird aufwärts gezwungen, in die Eingeweide und bis zum Herzen hinauf. Es tötet die Mutter, und durch ihren Tod stirbt es ebenfalls. Wie lange es dauerte, bevor Miao-yen starb, kann keiner wissen. Wie auch niemand weiß, wie unsäglich sie gelitten haben muß.«

Er machte eine Pause, und der Atem rasselte in seinen Lungen.

»Der Templer hatte selbstverständlich recht. Als ich nach Akko zurückkam, hatte die Geschichte unsere Mission übernommen. Bald nachdem wir zu unserer großen Reise nach Osten aufgebrochen waren, hatten die tatarischen Horden des Nordens Polen überrollt. Lublin und Krakau hatten sie zerstört, und als der Papst diese Nachricht vernahm, rief er einen Kreuzzug gegen die Mongolen aus. Der Heilige Vater erklärte alle Christen, die in Palästina für die Tataren Partei ergriffen, für exkommuniziert. Es war also zu Ende. Die *Haute Cour* hielt sie zurück, als die Mamelucken in Ain Jalut auf die Tataren stießen, sie schlugen und somit Hulagu aus Syrien vertrieben. Jetzt besitzen die Sarazenen natürlich das ganze Heilige Land, und eine unserer Chancen, sie zu schlagen, war vertan.«

»Und was war mit dem Templer und dieser tatarischen Hexe?«

»Niemand hätte einen solchen Sturz überleben können. Obwohl das Wasser an dieser Stelle tief genug war, lagen unterhalb der Oberfläche doch große Findlinge. Selbst wenn sie nicht an diesen Steinen zerschellt sind, war der Strom so reißend, daß sie ertrunken sein müssen. Und dennoch …«

Der Abt lehnte sich nach vorn. »Was?«

»Sartak hat mir nach seiner Rückkehr an jenem Nachmittag berichtet, daß er glaubte gesehen zu haben, wie weiter stromabwärts zwei Köpfe an der Oberfläche aufgetaucht seien. Waren die beiden tot oder lebendig? Er konnte es nicht mit Bestimmtheit sagen. Und auch ich bin mir nicht sicher, jedenfalls nicht vollständig. Als ich zehn Jahre darauf Akko zum letzten Mal besuchte, hörte ich den Bericht eines mohammedanischen Händlers, der behauptete, er sei einem Franken mit feuerrotem Haar begegnet, der irgendwo auf dem Dach der Welt bei den Tataren lebte. Vielleicht war er es, vielleicht gehört diese Geschichte aber lediglich in das Reich der Legenden, von denen es in der Steppe wimmelt und die nicht mehr Substanz besitzen als die Sandteufel und die Wolken.«

Er lächelte und entblößte seine Zähne, die inzwischen verfault waren, und sein Atem trug den Hauch des Todes. Der Abt zog sich vom Bett zurück, doch der Mönch hielt ihn am Ärmel der Mönchskutte zurück. »Oft stelle ich ihn mir bildlich vor. Ist das nicht merkwürdig? Wäre er mit mir nach Akko zurückgekehrt, so hätte ich ihn bei der Inquisition als Irrgläubigen und Gotteslästerer angezeigt. Im Rückblick allerdings halte ich ihn für meinen besten Freund. Ich muß sogar lächeln, wenn ich daran denke, daß er dort aller Wahrscheinlichkeit zum Trotz weiterlebt, in den Armen dieser barbarischen Hexe und als Erzeuger seiner eigenen heidnischen Brut.«

Er schloß die Augen.

»Und nun höret meine Beichte im Jahre zwölfhundertdreiundneunzig nach der Geburt Unseres Herrn. Dreiunddreißig Jahre habe ich nun mit meinen Sünden gelebt und kann sie nicht länger tragen. Bald wird die Kerze tropfen und erlöschen, und ich bleibe hier allein in der Finsternis zurück. Von diesem Fenster aus habe ich häufig nach Osten geschaut, und meine Gedanken sind an die Orte geflogen, die ich in jenen Tagen kennengelernt habe. Heute abend liegt Schnee auf der Schwelle; irgendwo auf dem Dach der Welt liegt auch Schnee, dort, wo die Tataren wieder einmal ihre Herden vor Einbruch des Winters ins Tal führen. Ich erinnere mich an sie, an meine Gefährten aus den Tagen meines Ruhms und meiner Sünden. Betet für mich, ich bitte Euch, da ich bald vor meinen Richter treten werde.«

Der Abt zog sich aus der Zelle zurück. Die Beichte des Mönchs und auch seine wirren Reden über Götzen, seltsame Länder und weibliche Teufel auf Pferden ließen ihn bis auf die Knochen schaudern. Der Fieberwahn eines sündigen und geschwächten Geistes! Kein Wort von diesem Gefasel glaubte er ihm. Er bezweifelte sogar, ob dieser gebrechliche alte Mann je weiter als bis nach Venedig gekommen war. Als er jedoch über den dunklen Kreuzgang eilte, spürte er plötzlich einen kalten Lufthauch, der ihm übers Gesicht fuhr wie ein Wind, der aus dem Nirgendwo aufgetaucht war, und er stellte sich vor, daß er möglicherweise den Teufel selbst gestreift hatte.

Sogar als er vor dem prasselnden Holzfeuer in der Küche hockte und in die Flammen starrte, wollte kein Gefühl der Wärme in ihm aufkommen, und die Härchen im Nacken schienen sich ihm zu sträuben wie die eines Hundes. Er ging in die Kapelle und harrte vor dem Altar bis zur Morgendämmerung auf den Knien aus, während er für die Reinigung seiner unsterblichen Seele betete.

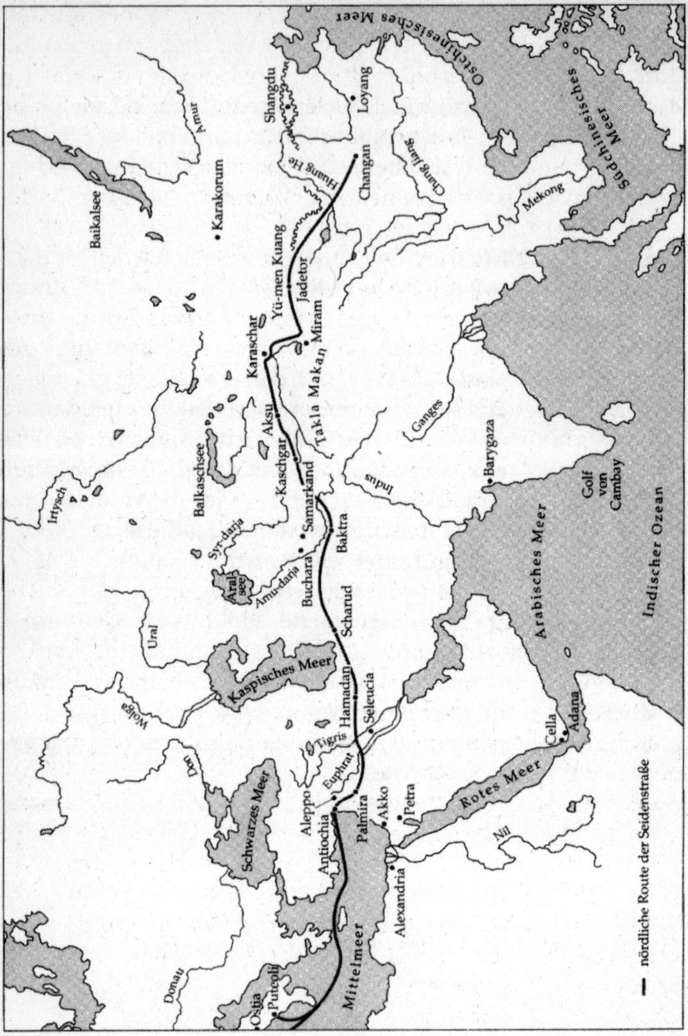
Baikalsee
Amur
Karakorum
Shangdu
Loyang
Huang He
Changan
Chang Jiang
Ostchinesisches Meer
Südchinesisches Meer
Mekong
Yü-men Kuang
Jadetor
Miram
Karaschar
Takla Makan
Aksu
Kaschgar
Samarkand
Balkaschsee
Irtysch
Syr-darja
Amu-darja
Aralsee
Buchara
Baktra
Ganges
Indus
Barygaza
Golf von Cambay
Arabisches Meer
Indischer Ozean
Ural
Wolga
Kaspisches Meer
Scharud
Hamadan
Seleucia
Tigris
Euphrat
Don
Schwarzes Meer
Aleppo
Antiochia
Palmira
Akko
Petra
Rotes Meer
Cella
Adana
Nil
Alexandria
Mittelmeer
Donau
Ostia
Puteoli
nördliche Route der Seidenstraße

Glossar

andas	bei den Tataren: Blutsbruder, auch Bezeichnung für Blutsbrüderschaft
arban	bei den Tataren ein Zug von zehn Kriegern
argol	an der Sonne getrockneter Kameldung (in der Sprache der Tataren)
basaari	Basarhändler
Bonze	buddhistischer Mönch
borkan	Bezeichnung der Tataren für Buddha
chin	Bezeichnung der Tataren für die Bewohner des Reiches Kitai, also Chinas
darughachi	örtlicher Bevollmächtigter. Von den Tataren eingestellte Einheimische, um Aufgaben der Verwaltung im Gebiet wahrzunehmen und Steuern einzutreiben
del	langer, dicker Mantel der Tataren
dopa	Samtmütze in Gaotshang
dschegun	Hundertschaft tatarischer Reiter
dschellabah	langes Gewand
farsi	alte Sprache der Perser
fondaco	Warenlager der italienischen Händlergemeinschaft in den palästinensischen Staaten
gebi	Bezeichnung der Tataren für Kies und Schotter in der Wüste
ghul	sich angeblich von Leichen ernährender Dämon
han	Karawanserei in der Stadt
Haute Cour	oberster Rat und Gerichtsinstanz im Königreich Jerusalem
huri	ewig schöne Paradiesjungfrau im Islam
iwan	gewölbter Eingang zur Moschee
karaburan	›schwarzer‹ Staubsturm
khang	gemauertes Ofenbett der Chinesen
khuriltai	Versammlung zur Wahl eines neuen Großkhans
kibitka	Ochsenkarren, auf dem die Tataren ihre Jurten transportierten
Kitai	von den Kitan, einem mongolischen Stammes-

	verband, abgeleitete zentralasiatisch-osteuropäische Bezeichnung für China
kofia	quadratisches Kopftuch der Araber
kufische Schrift	eckige Monumentalform der arabischen Schrift
kumys	gegorene, leicht alkoholisierte Stutenmilch; die stärkere Alkoholversion heißt ›schwarzer‹ kumys
League	historisches Längenmaß von drei Seemeilen
li	chinesisches Längenmaß von etwa einem halben Kilometer
magadai	wortwörtlich ›die Gott gehören‹, mongolische Selbstmordschwadron
maidan	offenes Feld
mingan	eine Tausendschaft tatarischer Reiter
Muezzin	Gebetsrufer, der vom Minarett die Aufforderung zum Gebet singt
ongon	von Tatarenfrauen gefertigtes Götzenbild aus Filz und Seide
ordu	der Haushalt; das Gesetz gestattet einem Tataren bis zu vier Frauen, mit je einem Haushalt, obwohl ihm nebenbei jede Anzahl Konkubinen erlaubt ist
paisa	als Ausweis dienendes Täfelchen mit Siegel des Kaisers der Chin
die Regel	das strenge Gesetz im Templerorden
registan	Sandplatz – zentraler Platz in den Oasen der Seidenstraße
Rute	Längenmaß von etwa fünf Metern
Stupa	buddhistisches Grab oder Mausoleum in charakteristischer Halbkugelform
Tengri	Gottheit der Tataren, der Herr des Ewigen Blauen Himmels
tuc	hundert Reiter; zehn tucs sind ein touman
yam	chin. Poststation (i.w.S. Postsystem)
yassaq	das von Dschingis Khan veröffentlichte Gesetzbuch